KB242100

한국근대 知日 작가와
그 문학연구

한국근대 知日작가와 그 문학연구

白川 豊(시라카와 유타카)

두 개의 거울 마주 세우기

― 시라카와 교수의 한국어판 논문집에 부쳐

김 윤 식(서울대 명예교수)

1988년 가을, 안면도 없던 김장호 교수께서 학위논문 심사를 의뢰해 왔소. 그런데 그 목소리가 썩 조심스럽게 느껴졌소. 그도 그럴 것이 제출자가 일본인이며, 게다가 '장혁주 연구'였으니까. 나보다 10년이나 연장이며 대학 시절 식민지 체험을 겪은 김 교수로서는, 당시 악명 높은 장혁주에 대한 감회가 남달랐지 않았을까. 난감한 것은 이쪽도 마찬가지. 내 전공은 한국근대문학이며 이 대단한(?) 국민 국가적 이데올로기의 범주 속에는, 장혁주가 들어설 틈은 없었으니까. 김사량의 일어 창작 소설을 조금은 논의할 수 있었고, 그 연장선상에서 장혁주의 프롤레타리아계 소설 「아귀도」 정도는 거론될 수 있었지만, 어디까지나 한 시대의 각주 같은 것에 지나지 않았소. 그럼에도 이에 응한 것은 지도 교수의 난처함을 함께 나누고자 함이기보다 내 하찮은 지적 호기심 탓이 아니었을까. 두 가지 점에서 그러했던 것으로 회고되오.

연구자(1950년생)가 지닌 학적 동기가 그 하나. 여기에는 설명이 조금 요망되오. 재일교포가 아닌, 순종 일본인으로 한국문학 연구회(오무라 마스오 중심, 1970)가 조직되어 상당한 활동을 해오고 있음을 알고

5

있는 내게 있어 이 연구자는 그들과 무관해 보였소. 그렇다면 이 연구자는 어디 소속이며 어떤 학적 지향성을 갖고 있었던가. 다른 하나는, 하필 장혁주 연구에 나아간 개인적 동기는 무엇이었을까. 매우 딱하게도 이러한 내 호기심은 그때나 지금이나 여전히 현재형이오.

연구자가 장혁주를 택한 이유로 장혁주의 소설『아, 조선』(1952)을 1982년 인사동에서 우연히 대면했음이라 했소. 연구자의 유학(1979) 삼 년째였소. 이로 볼진댄 이 연구자는 그동안 뚜렷한 목표 없이 헤맸다고 볼 것이오. 놀라운 것은 이 우발적인 선택이 연구자의 학문적인 닻이 되고 말았음이오. 우발적 선택의 철학적 의미라든가 운명적인 사실 여부가 아니라 이 한 번의 선택에 모든 것을 걸고 순종함의 철학적 의미란 무엇인가. 내 호기심은 바로 이 점에서 현재적이오. 이 연구자가 오늘날까지 장혁주 연구에서 한 발자국도 벗어나지 않는 그 우직한 지속성을 지켜본 나로서는 지적 호기심을 넘어 어떤 경이로움을 느끼지 않을 수 없소.

이 경이로움의 의미를 드러내는 일이 이 연구자를 지켜본 내가 할 수 있는 부분이자 동시에 연구자에 대한 예의라 믿고 이렇게 붓을 들었소.

이 연구자는 우발적으로 장혁주를 선택했다고 했소. 미개척의 영역인지라 연구의 외면적 성과는 금방 달성될 수 있었을 터. 이 때 이 연구자가 미처 대처하지 못한 것은 연구에서의 내면적 성과가 아니었을까. 당시로서는 한국에는 물론 일본에서도 기피 대상에 가까운 장혁주에 대한 학적 의의랄까, 가치평가의 지평 앞에 조만간 이 연구자가 서지 않으면 안 되었을 터. 아마도 이 연구자는 모종의 위기감을 감지하지 않았을까. 내가 지적하고 싶은 것은 이 위기감의 극복방식에 있소.

이 연구자의 극복방식이야말로 연구자 시라카와 유타카 교수의 승리가 아니었을까. 곧 시라카와 교수는 장혁주에서 벗어나지 않는 방법론을 개발했던 것이오. 염상섭의 존재가 바로 그것. 염상섭이라는 한국 근대문학의 대가급 작가를 장혁주 옆에 세워둠으로써 장혁주의 미지의 의미를 캐면서 동시에 염상섭의 미지의 영역을 캐내기. 이 방법론의 중요성은 장혁주도 염상섭도 각각 시대를 공유하되 자립적인 거울에 해당된다는 점이오. 두 거울을 세워두고, 그 한 가운데 시라카와 교수가 서 있소. 세칭, 가장 악명 높은 거울과 가장 훌륭한 거울 말이외다. 시라카와 교수가 공들여 『만세전』의 일역판(2003)과 『장혁주 작품선』(공편, 2003)을 동시에 내놓은 것이 어찌 우연이랴.

시라카와 교수의 이러한 지속성의 의의는 연구자의 한 가지 유형이라는 데서 찾아지오. 내가 경의를 표하는 것은 바로 여기에서 오오. 업적성과에 앞서는 연구자의 삶의 태도 말이외다. 이러한 시라카와 교수가 그동안의 공력을 모아 한국어판 책을 낸다면서 내게 무슨 발문 같은 것을 요청해왔소. 학위논문 심사를 했던 인연 때문이 아닌가 짐작되오. 문득 이 장면에서 학위논문 최종심사 때의 일이 회고되오. 부인과 함께 현해탄을 건너온 어린 아들이 인상적이었소. 그 아들이 아마도 지금은 장년의 신사로 성장했을 터이오. 아무쪼록 이 일가에 행운이 깃드시길.

2010년 4월 20일

김 윤 식

저자의 말

　본서는 2008년 10월 일본에서 출판된 필자의 단행본 『조선 근대의 지일파 작가, 고투의 궤적(朝鮮近代の知日派作家´苦鬪の軌跡)』(벤세이출판[勉誠出版], 9편의 논고 수록)을 골조로, 여기에 기타 논문 두어 편을 더 추가해서 한국어로 번역한 것이다. 이 책에서도 제1편에 '염상섭 문학론'을, 그리고 제2편에 '이중언어 작가', 이석훈과 장혁주를 넣었고, 새롭게 '정인택론'을 추가했다. 한편, 필자는 올해 『장혁주 연구』(동국대출판부, 2010년 1월)를 상재했다. 이 연구서는 1989년 동국대 대학원에 제출한 박사학위논문을 바탕으로, 관련된 논고를 몇 편 더 추가한 것이다. 이 단행본 2권에는, 필자가 30년 가까이 해 온 한국문학 연구의 주요한 논문이 모두 실려 있다. 이를 통해 필자는 주요한 논고를 나름대로 마무리 지었다고 할 수 있는데, 이에 대한 평가는 전적으로 독자의 몫에 맡기고 싶다.

　생각건대, 필자는 본서의 제목에도 있듯이 결국, 한국 근대의 '지일(知日)' 작가와 그 문학에 관한 연구를 주로 해 왔다고 할 수 있을 것이다. 전술한바 일본어 책에서는 알기 쉽게 '친일파'작가가 아닌 '지일파'작가라는 말을 사용했는데, 정확히 말하면 물론 그런 파벌이 있는

것은 아니다. 필자는 어쨌든 일본에 대해 깊이 잘 아는 '지일 작가'에
관심을 쏟아 왔던 것이라고 할 수 있다.

　필자가 한국문학을 연구하는 일본인 문학 연구자 가운데 한 명인만
큼, 한국 작가의 정치적 자세에 관해 논평할 입장에 있지 않을지도 모
른다. 다만 한국 근대 문학이 일본과의 깊은 연관 속에 전개됐던 만큼,
그 구체상을 사실에 기초하여 검증하고 싶었을 뿐이다. 필자가 석사논
문에서, 일본에 유학한 경험이 있는 초창기의 문인 6명(이인직, 최남
선, 이광수, 전영택, 염상섭, 현진건)에 대해 알아 본 것도 그러한 관심
에서 출발한 것이었다. 물론 그 후 필자의 연구가 이들 문인 모두에
대해 심도 깊은 연구 성과를 거둔 것이 아님은 유감이지만. 그래도 30
년 연구 생활을 통틀어 한마디로 말하자면, 역시 '지일 작가'와 그 문
학을 에워싸고 있던 당대 현실에 관한 연구를 해왔던 것만은 틀림이
없다.

　필자가 외국문학으로서 한국문학을 연구하면서, 일본과의 연관성이
라는 측면에만 주력하는 것은 반드시 바람직한 연구자세가 아닐지도
모른다. 가령 한국 이외의 외국문학에 관한 연구 조건을 생각해 보자.
비교문학 연구를 별도로 하면 그 (외국)지역의 문학만을 연구하는데 아
무런 위화감도 없을 것이다. 필자 생각에도 궁극적인 연구 자세는 그
러해야 마땅하다. 그러나, 이러한 조건은 필자의 연구세대의 당면한 한
계가 작용하고 있지 않나하는 생각을 해본다.

　전후 일본의 한국 근대문학 연구자를 세대적으로 살펴보면, 제1세대
는 1960년을 전후한 시기부터 이미 연구성과를 내놓은 개척자 혹은 선
구자였다고 하겠다. 필자는 1980년경 이후에 연구를 하기 시작한 그야
말로 제2세대의 한 사람이라 할 수 있다. 그리고 최근(2000년) 두각을
나타내기 시작한, 제3세대 연구자들이 자유롭고 활기차게 차세대 연구

활동을 전개하고 있다. 이러한 것을 보면 이제 일본 내 한국문학 연구도 여타 외국문학 연구와 같은 수준 및 시각에서 활약하는 시대가 도래한 느낌마저 든다.

연구 주제도 다양해져서, 한국문학을 일본과의 관계를 통해, 고찰하는 방법 이외에 국민국가론, 식민지론, 탈식민지론 등에 입각한 연구도 행해지고 있다. 또한, 비단 그것이 아니더라도 연구 방법은 얼마든지 열려 있다고 봐야 될 것이다. 다만 이러한 연구 가운데 작품 분석이 없는 연구는 문학연구로서는 무언가 모자란 것 같은 느낌을 지울 수 없는 것도 사실이다. 제2세대인 필자로서는, 앞으로도 낡은 스타일일지도 모르지만, 지일 작가와 그 문학에 대한 연구를 조금씩이나마 계속할 생각이다.

이번 출판에 부쳐 서울대 명예교수이신 김윤식 선생님이 진지하고도 따뜻한 격려와 비판의 글월을 주신데 대해 진심으로 감사의 말씀을 드린다. 김윤식 선생님은 필자가 한국 유학을 간 1979년 봄에 서울대에서 처음으로 뵙고 인사를 드렸을 때부터 쭉 사숙해 왔고, 존경해온 특별한 분이시다. 또한 김윤식 선생님은 필자의 연구 자세나 방법 등에 대해 늘 날카로운 눈으로 지켜봐 주시는 무서운 분이시기도 하다. 지적해 주시는 점을 깊이 마음에 새기면서 한 걸음이라도 더 나아가야겠다고 다짐해 본다.

그리고 번역에는 일본 근대문학과 한국문학에 둘 다 조예가 깊은 곽형덕 선생이 수고해 주었다. 자신의 연구도 바쁠텐데 많은 시간을 빼앗은 것 같아, 미안하기 짝이 없다.

그리고 깊은샘 박현숙 사장님은 30년 전에 처음 뵌 이래 다방면으로 편의를 봐주신 분이다. 지난 2006년에 뵈었을 때, 필자가 2010년에 환갑을 맞이하는데 이에 맞춰서 책을 내고 싶다고 잠깐 말씀드렸는데, 그 말을 잊지 않고 이 번 출판을 흔쾌하게 제안해 주셨다. 이 자리를 빌려 박사장님께도 다시 한번 감사의 말씀을 드리고 싶다.

　마지막으로 1970년 가을, 그저 외국어 공부를 좋아할 뿐이었던 필자에게 초보부터 한국어를 가르쳐 주셨고, 문학의 길로 이끌어주신 돌아가신 초 쇼키치(長璋吉)선생님의 영전에 이 조그만 저서를 연구의 중간보고 대신에 바치고 싶다.

2010년 6월 1일

시라카와 유타카白川 豊

번역자의 말

　본서는 일본의 대표적인 한국문학 연구자 가운데 한 명인 시라카와 유타카 선생의 일본어 논문을 옮긴 것이다. 이 책은 염상섭을 중심으로, 장혁주, 이석훈, 정인택, 그리고 그 외 일본잡지에 일본어소설을 게재한 작가들에 대한 논의를 중점적으로 다루고 있다. 시대적으로는 1920년대에서부터 해방 이후까지를 다루고 있지만, 기본적으로 1920년대에서 1945년 이전까지에 중심을 두고 있다. 한국 근대문학과 일본의 관련성은 이제 새삼 언급할 필요도 없겠으나, 아직까지는 세부적인 접근이 이루어졌다고 하기는 힘들다. 본서는 그러한 구체성을 확보하고 있을 뿐만 아니라, 한국인 연구자와는 다른 각도에서 작품을 응시하고 있다.

　그러한 '구체성'은 '실증을 통한 해석'이라는 연구 방법을 통해 드러난다. 즉, 이미 당연하다고 생각되는 전제조차도 우선 자신의 눈과 손을 통해 확인해 본 후에, 그것을 재평가하는 방식이다. 그것은 저자가 '친일'과 '반일'이라는 카테고리에 괄호를 치고, '지일'이라는 새로운 용어를 도입한 것에 극명하게 드러난다. '친일'과 '반일'이라는 지금도 문학연구에서 매우 뜨거운 화두를 '지일'이라는 새로운 카테고리를 통해 반추해 보려는 저자의 시도는, 연구사의 공백을 메운다는 의미에서 뜻 깊은 일이라고 생각한다. 물론, 새로운 방식의 범주화에 대한 '비판'도 동반될 것이라고 보는데, 그것은 연구사를 살찌우고 새로운 의미의 체계를 창출한다는 점에서 환영할 일이라고 생각한다.

저자가 염상섭, 장혁주, 이석훈, 정인택, 김사량을 논하는 '거리'는 "무조건적인 상찬과 폄하"와는 거리가 멀다. 그것은 감정적 이입을 자제하고 최대한 '대상'을 그 당대의 지평에서 평가하고자 하는 자세이기도 하다. 문학연구에서 빼놓을 수 없는 작가의 '전기적 사실'과 텍스트 판본 검토 작업은 초창기 연구사의 중점을 이룬다고 할 수 있는데, 일제말 문학의 경우 이러한 부분이 다소 소홀했던 것이 사실이다. 물론, 한국의 경우 자료를 구하기 힘들었던 환경적 요인과 새로운 담론 창출을 통해 사회적인 발언권을 확보해 갔던 시대적, 연구사적 환경도 무시할 수 없다.

하지만, 초창기 연구사에서 마땅히 채워져야 할 이러한 부분을 뛰어넘을 경우, 다음 세대 연구자들이 이 부분을 보완해 나가기란 쉽지 않은 일이다. 왜냐하면, 실증연구의 경우, 새로운 결론을 노출하기 보다는 이미 존재하는 텍스트를 검토하거나, 스토리를 정리하는 등의 1차적인, 어떻게 보면 지난한 작업을 해야 하기 때문이다. 또한, 자칫 이런 논문의 경우 단순히 자료를 정리했다는 식의 저평가 대상이 될 수도 있다. 일찍이 코바야시 히데오(小林秀雄)는 모토오리 노리나가(本居宣長)의 학문적 업적을 기리면서, '해석(상상력)'의 중요성을 역설했지만, 이것은 실증이 바탕이 된 연구사가 축적됐을 때 가능한 이야기로 해석된다. '현상학'적 관점에서 보더라도, '실증'을 통해 '실제'에 완벽히 다가설 수 없는 것은 자명한 일이지만, 작가가 숨쉬고 생활하며 실제 원고지를 빼곡하게 채워나갔던 시대에 조금이라도 근접하기 위해서는 이러한 연구는 필수불가결하다고 생각한다. 그런 의미에서, 본서는 차세대 연구자를 위한 튼튼한 디딤돌이 될 것으로 믿는다.

본서의 번역은, 2009년 2월부터 서문을 포함해 총 10장에 이르는 저자의 논문을 매달 한 편씩 번역해, 저자의 확인을 거치는 작업을 통해 탄생했다. 주제넘는 비교지만, 저자는 한국문학을 공부하기 위해 한국에서 석·박사를 마쳤고, 역자는 일본문학을 공부하기 위해 일본에서 석사를 마치고 박사과정에 있다. 이러한 상호 동질성과 이질성은 본 번역 작업에서 큰 힘이 되었다.

표현하지 못한 감사의 말과 깨달음의 기쁨을 이루 다 말할 수 없다.

2010년 5월 31일
일본 치바에서 곽형덕

일러두기

1. 작품, 논문, 기사 기타 글의 제목은 「 」또는 〈 〉안에 표기했다.
2. 단행본, 잡지, 신문의 제목은 『 』안에 표기했다.
3. 잡지의 권―호 표시: (1-2) 등은 제1권 제2호 등을 나타낸다.
4. 일본어로 된 제목 등은 원칙적으로, 한국어로 번역한 제목을 먼저 표기하고, 그 뒤에 ( ) 안에 원제목을 달았다.
5. 식민지기 〈조선〉과 〈조선인〉이라는 용어는 편의상, 〈한국〉, 〈한국인〉으로 고쳐 쓴 경우가 있다.(인용문에 나오는 표기는 원문 그대로 옮겼다.)

─•차 례•──

제1부 염상섭과 그 작품

제1장 「만세전」 소고 · 67

제2장 「만세전」의 인물형상과 인간인식 · 87

제3장 1920년대 염상섭 소설과 일본 · 105
―재도일 전후의 소설 4편을 중심으로

제4장 1930년을 전후한 시기의 장편소설에 보이는 일본 · 145

제2부 이중언어 글쓰기 작가와 그 작품

제1장   장혁주의 한국어 작품론 · 291
　　　－초기 장편 3편을 중심으로..

염상섭과 장혁주

– 한국 근대 작가의 두 가지 '삶'과 문학

염상섭과 장혁주
– 한국 근대 작가의 두 가지 '삶'과 문학

시작하며

한국 근대문학의 형성과 전개를 살피기 위해서는 부득이하게 일본과의 관련을 항상 염두에 둘 필요가 있다. 이 책은 특히 이러한 측면에서 매우 대조적인 두 작가, 염상섭(1897~1963)과 장혁주(1905~1997)를 중점적으로 다루는 것을 통해, 한국 근대문학은 물론이고 개별 작가들의 성격을 부각시켜 보려 한다.

이 두 작가를 중점적으로 다루는 것은 둘 다 25살을 전후한 시기부터 작품을 발표하기 시작해서, 일생 동안 작가 생활을 영위하였고, 장기간에 걸쳐서 방대한 작품을 세상에 남긴 '문호文豪' 급의 작가라는 점이 크다. 1945년 8월까지로 한정하더라도 염상섭은 1920년부터 약 25년간 미완성작 3편을 넣으면 15편 정도의 장편소설과 35편 정도의 중단편 소설을 발표했으며, 7편의 단행본을 출판했다. 장혁주의 경우는 1930년대부터 약 15년간 일본어 장편 15편, 조선어(이하, 한국어) 장편 5편을 발표했으며, 단행본만 놓고 보면 수필 등을 포함해 한국어 단행본 1권을 넣으면 총 30권 정도를 냈다. 놀랄만한 권수라고 하겠다. 게다가 이 두 작가는 해방 후에도 많은 작품을 발표했다. 한국 근대 작가 가운데 이처럼 장기간에 걸쳐서 대량으로 창작을 한 경우는 전무하다고 해도 좋다. 물론, 이광수나 김동인의 경우 상당히 많은 작품을 남기고 있으나 6·25 무렵 그 활동이 끝나게 되면서 그 이상의 저작을 남기지 못했다.

창작한 분량만으로도 이 두 작가의 존재는 특이한데, 더구나 두 작가 모두 상당한 '지일知日' 문인이었다(서론 뒤 간략한 연보 참조). 염상섭은 1912~19년, 1926~28년 사이 일본에 체류했으며, 장혁주는 1936년 이후 일본에 정주했다. 당연히 두 작가 모두 일본어에 능통했으며, 일본에 대해서 잘 알고 있었다. 하지만, 두 작가가 보낸 '삶'의 궤적은 매우 대조적이다. 즉, 염상섭은 일본에 대해서 잘 알면서도 잡문 이외에는 일본어로 작품을 쓰지 않았다. 하지만 장혁주는 일본에서 아직 정주하고 있지 않았을 때부터 이미 일본어로 작품을 쓰기 시작했으며, 그것과 동시에 한국어 작품도 함께 쓰는 창작 태도를 견지했다.

그 때문에 장혁주의 경우는 해방 후, '친일' 작가로 간주당해 한국에서는 설 땅이 사라져서, 1952년 일본에 귀화하고 만다. 그 후 한국에서 장혁주라는 이름은 급속하게 잊혀진채 오늘에 이르고 있다. 하지만 1930년대에는 이 두 작가는 이광수나 이태준과 나란히 설 수 있는 중요한 작가의 한 명으로 대우를 받았다. 당시, 삼천리사가 기획했던 조선판 엔뽄(圓本, 권당 1엔 균일의 전집류)에 해당하는 『조선문학전집』(전40권)1)에도 제1권 『이광수소설집』을 시작으로 제5권에는 『염상섭소설집』 그리고 제18권에는 『장혁주소설집』이 기획됐는데, 장혁주는 작

---

1) 『삼천리』, 1936년 2월호 광고 참조.

가 21명을 채록한 소설집 기획 가운데 나란히 들어가 있다. 또한 한성도서주식회사가 기획한 『현대조선장편소설전집』(제1기, 전10권)[2]을 보면, 이기영 『고향』(상, 하), 이광수 『이차돈의 사』, 이태준 『제이第二의 운명』 다음으로 제5권에는 염상섭 『모란꽃 필 때』, 제8권에는 장혁주 『삼곡선』이 들어가 있으며, 게다가 이 두 사람의 장편은 각각 '3판'[3]까지 나왔다.

이러한 것을 보면, 장혁주는 염상섭보다 8살이나 나이가 어림에도 불구하고, 특히 1930년대 조선 문단에서 상당히 유력한 문인으로 활약했음을 엿볼 수 있다. 그렇다면 이러한 장혁주를 염상섭과 나란히 놓고 연구를 하는 의의는 어디에서 찾을 수 있을까? 무엇보다도 염상섭의 경우는 한국 근대 문학사 가운데 그리 많지 않은 문호 가운데 한 사람으로서 연구도 그 나름대로 진행돼 왔음은 사실이다. 하지만 장혁주는 한국에서 거의 그 존재가 회자되지 않는 작가다. 그러한 장혁주의 '삶'과 문학을 염상섭과 대비하는 것을 통해 지금까지와는 다른 각도에서 이들의 문학에 대해서 접근할 수 있을 것으로 기대된다. 즉 지일知日 작가라는 공통점 및 한반도에서 '탈출'한 작가라는 공통점 등을 검토하는 작업은 매우 유익하다고 생각한다. 이러한 작업을 함으로써 이 두 작가의 존재를 통해 지금까지 형성된 한국 근대문학사의 일부를 재검토 할 수 있는 여지가 있음을 피력해 보려한다.

또한, 본서는 식민지 시대에 활동했던 작가의 '삶'과 문학을 1945년 8월 15일 '해방'이라는 시점에서 구분짓는 방식이 아니라 그 후까지를 아우르는 연속적인 시점을 채용했다. 그것은 해방 전과 그 후를 통일

---

2) 『삼천리문학』 제1호, 1938년 1월의 광고에 의함.

3) 한성도서 『도서목록』(1939년도 판)에 의함. 한편, '3판'이라고 함은 오늘 날의 3쇄에 해당한다.

적으로 다루는 입장인데, 우선은 6·25(1950~53년)까지를 연속적으로 고찰해 보겠다.

제1절 염상섭에 대해서

염상섭은 서울 보성중학을 중퇴하고 1912년에 도일한다(첨부한 간략한 연보 참조). 염상섭은 동경에 있는 아자부麻布 중학교, 세이가쿠인聖学院 중학교를 다니다가, 교토부립제이京都府立第二 중학교로 옮긴다. 이 학교를 졸업한 후에 게이오기주쿠慶応義塾 대학 예과에 입학하지만, 바로 중퇴한다. 경제적인 문제도 있었던 것으로 보이는데, 특유의 외고집이 그 경력에도 나타나 있는 것인지도 모르겠다. 쓰루가敦賀에 있는 작은 신문사에서도 불만이 있었던 모양으로, 참을성이 없어 3개월도 되지 않아 그만둔 것도 그러한 사정을 엿볼 수 있다. 때는 마침 3·1독립운동 전날 밤으로, 염상섭으로서는 가만히 있을 수 없었던 것이리라. 그는 1919년 3월 19일에 오사카로 가서, 덴노지天王寺 공원에서 「독립선언서」삐라를 뿌리려다가 체포된다. 주목해야 할 것은 그 때 쓴 글이다. 그 일부를 보면 다음과 같다.

(전략) 合併以來 이미 十年을 閱한 今日까지 日本은 朝鮮에 臨함에
果然 如何히 慘虐과 無道를 極하였는가는 吾人의 言을 俟치 아니하여
도 日本國民스스로 回顧하여 覺悟하는 바 있을 것이다. (후략)
— 在大阪韓國勞動者一同代表 廉尙燮[4]

---

4) 염상섭, 「독립선언서」, 1919. 3. 19, 역사편찬위원회, 『한국독립운동사 Ⅲ』, 1970, 963쪽.(김윤식, 『염상섭연구』, 서울대출판부, 1987, 56쪽 재인용) 원문은 일본어.

이 글은 오사카 지방에 살고 있는 한국인 노동자를 염두에 두고 쓴 것이다. 그런데 이러한 글을 당시 노동자들이 이해할 수 있었겠는지 우선 의문이 든다. 또한, 서명이 '재 오사카 한국 노동자 일동대표'라고 나와 있는데, 염상섭은 당시 아르바이트 정도의 노동 밖에는 한 적이 없는 일개 청년 지식인으로, 이러한 직함으로 서명을 할 권한은 없었다. 요컨대 이 문장은 염상섭이 한국인으로서 평소 품고 있던 울분을 풀기 위한 것임과 동시에 인텔리로서의 자존심을 채우기 위한 것이기도 했다는 것을 알 수 있다. 염상섭은 중학교 시절 학적부 '족적族籍' 칸에도 '사족士族'으로 신고해서 기재한 것을 알 수 있다.5) 당시 염상섭에게 독립운동은 그의 정신적인 자존감과 직결된 행위였다고 할 수 있다. 물론, 일본인에게 호소하고 싶다고 하는 절실함은 있었던 것으로 봐도 좋다. 다음의 문장이 그것을 말해주고 있다.

(전략)併合以來已に十年に垂んとする今日吾人は遺憾ながら白晝街衢に列をなせる憲兵の姿と愚民を驚愕せしむるに足る物資文明の僅かなる進歩を見るのみに非ずや (후략)

朝鮮人 廉尙燮6)

[대의] 병합 이후 이미 십년이 흘러가고 있는 오늘 오인(吾人)은 유감스럽게도 백주대낮거리에 열을 지어 다니는 헌병의 모습과 우민愚民을 경악하기에 충분한 물자문명의 더딘 진보를 볼 뿐이 아니냐.

조선인 염상섭

---

5) 정확하게는 교토부립이중(京都府立二中)의 경우에 한정해서 '평민'이라고 기재돼 있는데, 게이오 대학 예과에는 다시 '사족(士族)'으로 돌아온다.(졸고, 「부속자료3 염상섭, 현진건, 김사량 관계자료(附属資料3 廉想涉, 玄鎭健, 金史良関係資料)」, 『근대 조선 문학과 일본의 관련양상(近代朝鮮文学における日本との関連様相)』, 緑蔭書房, 1998, 290쪽 참조)

6) 염상섭, 「조야의 제공에게 호소한다(朝野の諸公に訴ふ)」, 『데모크라시(デモクラシイ)』 1-2, 新人會, 1919. 4, 2쪽.

본명으로 쓴 이 글을 보면, 앞서 거론한 「독립선언서」와 호응하는 내용인 것을 알 수 있다. 당시 염상섭은 요시노 사쿠조吉野作造[7])에게 경도돼 있었는데, 그러한 그의 의식은 당시 지식 청년들의 전형적인 모습이기도 했다. 덧붙여서 이 글은 당시 염상섭의 일본어 수준을 알 수 있는 안성맞춤 자료라고 할 수 있다.

염상섭은 1919년 11월에는 요코하마에 있는 후쿠인福音 인쇄소 직공직에 취업하기도 하지만, 이 벼락치기 노동자는 역시 금방 일을 그만둔다. 바로 이 시점에서 염상섭은 문필 활동만으로 살아가고자 하는 결의를 한 것은 아니었을까. 어쨌든 문필 활동과 직업이 일치하는 직업은 신문사였다. 1920년 초에는 동아일보사가 창립됨과 동시에, 진학문(秦學文)의 추천으로 정치부 기자가 된다. 그 후 염상섭은 일본 정계의 다채로운 인사들은 물론이고, 시가 나오야志賀直哉 등의 문인을 면담하고 귀국한다. 대체로 염상섭은 이 시기 이후 신문사와 관계된 일로 생활을 영위하게 된다. 이와 거의 동시에 문사로서의 길도 걷기 시작해서, 1920년에는 동인지 『폐허』를 창간하고, 다음해 21년에는 소설 「표본실의 청개고리」를 세상에 내놓는 등, 한국 근대문학을 이끌어 나가는 주역이 되는 동시에, 이광수의 바로 뒤를 잇는 세대의 선두 주자의 한 사람이 된다. 다만, 염상섭은 공동 작업을 하는 것이 질색이었던 모양으로, 『폐허』와 그 후속지 『폐허이후』(1924)의 동인이 된 것 말고는, 그 후 단체적인 활동은 거의 하지 않고,[8]) 오직 작품으로 승부하는 노선을 취한다.

---

7) 요시노 사쿠조(1878~1933)는 정치학자로, 동경대학 교수였다. 다이쇼(大正) 초년에 민본(民本)주의를 주창했으며, 정치, 외교, 사회 방면에 걸쳐 민주화를 요구하는 논진을 펼쳐서, 당시 지식층에게 깊은 영향을 끼쳤다.
8) 예외적으로 진학문, 최남선, 오상순, 황석우 등과 1923년에 조선문인회를 조직한 정도이다.

염상섭은 1920년 이후, 신문사에 재직하였으며 그곳에서 기자, 편집 주필 등의 일을 처리하면서 신문에 연재소설을 쓰면서 하루하루를 보낸 문사였으므로, 기본적으로는 '언론인'이라고 할 수 있겠다. 당시 문인이 신문사에 직업을 얻는 것 자체는 드물지 않았지만, 그런 경우는 학예와 관련된 일이 많았다. 하지만 염상섭은 1929년 9월~31년 7월까지 조선일보사 학예부장직을 맡았던 시기를 제외하면, 정치부장, 사회부장, 편집국장직을 맡은 경우가 대부분이었다. 즉, 이것은 염상섭에게 언론과 문예가 일단 직업상에서는 다른 영역이었음을 의미한다.

그런데 염상섭은 1926년에 일단 신문사를 그만두고 일본 문단에 진출하려는 뜻을 품고 동경에 가서[9], 나도향, 이은상, 양주동 등과 한 때 동거생활을 한다. 하지만 1928년 귀국할 때까지 동경에서 일본어 창작을 했던 흔적은 남아 있지 않다.[10] 그런데 염상섭만큼 일본 문단 사정을 잘 알고 있고, 자신의 일본어 능력을 냉정하게 판단할 수 있는 인물이, 1926년 시점에서 일본어 소설을 써서 일본 문단에 등단할 수 있다고 과연 생각했을지 그 진위 여부는 아무래도 의문점이 남는다. 후술하겠지만 장혁주가 일본어 소설로 등단한 것은 그로부터 6년 후인 1932년의 일이었다.

어쨌든 다시 귀국한 염상섭은 신문 연재 장편소설을 지속적으로 양산하기 시작한다. 후년에 쓴 자필이력서[11]를 보면, 1931년 7월 조선일보사를 그만두고, '邇來各方面文筆生活에 從事(이래 각 방면 문필

---

9) 김윤식, 『염상섭연구』, 서울대출판부, 1987, 903쪽.

10) 졸고, 「1920년대 염상섭 소설과 일본―재도일 전후의 4편을 중심으로(1920年代廉想涉小説と日本―再渡日前後の4篇を中心に―)」, 『조선 근대문학과 일본(朝鮮近代文学と日本)』(科研費研究成果報告書), 사나에(サナヱ) 제작, 2002. 2, 15-31쪽 참조.

11) 1946년 경향신문 편집국장에 발령을 받을 때 쓴 것이라고 한다.(김종균, 『염상섭연구』, 고려대출판부, 1974, 525-526쪽)

생활에 종사)'했다고 쓰고 있으며, 1936년 3월에는 "滿鮮日報社主筆兼編輯局長에 被聘(만선일보사 주필 겸 편집국장에 초빙)"[12]됐음을 밝히고 있는데, 이렇게 쓰고 있는 사이의 수년간과 그 직전의 2, 3년간이 특히 그러했다. 실은 해방 직후에 쓴 이 '이력서'에는 조작이 있다. 그는 조선일보 학예부장을 그만 둔 후, 1932년 11월에는 중앙일보사 편집국 차장 겸 사회부장이 됐으며, 더욱이 1935년 즈음에는 매일신보사로 옮겨서 1936년 봄에는 정치부장에 오른다. 특히 이 가운데 조선총독부 기관지였던 매일신보사 정치부장이라고 하는 직함은 해방 후에는 숨기고 싶은 이력이었음에 틀림없다. 생활을 위해서는 본심과는 다른 직장에서 일도 하면서, 창작에도 열의를 불태우던 당시 상황을 엿볼 수 있다.

이러한 상황을 타계하기 위한 '탈출'이 '만주' 행이었던 것으로 보인다. 만선일보사에서는 주필 겸 편집국장[13]이었는데, "사설만을 쓰고 퇴사하고, 편집 실무는 박팔양이 담당했"[14]다고 한다. 다만, 이것도 39년 가을 무렵까지로, 그 후 염상섭은 중국의 안동安東(현지명: 단둥＝丹東)으로 옮겨서 대동항大東港 건설 주식회사에 입사해서, 해방까지 그곳에 거주한다. 다만, 만선일보 편집인이라고 하는 명의는 1940년 1월 6일까지 '염상섭'으로 남아있다. 이러한 것을 보면 1939년 11월과 12월 사설을 염상섭이 쓴 것인지 어떤지, 문장만을 봐서는 판단하기 힘

---

12) 실제로 부임한 것은 1937년일 것이다(덧붙여서 『만몽일보(滿蒙日報)』와 『간도일보(間島日報)』가 합병되어서 『만선일보(滿鮮日報)』가 창간된 것은 1937년 10월 21일이다.).

13) 1938년 말에는 주필 제도 폐지로, 편집국장만 남게 됐다.

14) 오오무라 마스오(大村益夫), 「해제(解題)」, 『「만선일보」 문학관계기사색인(1939. 12〜1942. 10)[「滿鮮日報」 文学関係記事索引(1939. 12〜1942. 10)]』, 와세다대학 어학교육 연구소 오오무라 연구실, 1995, 3쪽.

들다. 이러한 여러 사정을 포함해서, 염상섭의 '만주 시절'의 활동상을 구체적으로 파악하는 것은 쉽지 않다. 『만선일보』의 경우 1937~38년 당시 발행되던 신문 자체가 아직까지도 발견되지 않고 있는데다가, 이 시기에 염상섭이 쓴 글 자체가 활자화 된 것이 극히 적다는 것도 더해져 불분명한 점이 너무 많은 것이 현재 상황이다. 앞으로 재검토가 필요한 과제이기도 하다.

그 후, 해방과 함께 염상섭 일가족은 우선 압록강을 건너서 신의주에 도착한다. 그런데 신중한 성격의 염상섭은 바로 서울로 가지 않고, 그곳에 머물면서 1년 가까이 수도의 정세를 살핀 후, 1946년 6월 드디어 서울에 돌아온다. 같은 해 9월에는 경향신문이 창간됨과 동시에 편집국장에 오르는데, 1948년에는 신민일보로 자리를 옮긴다. 염상섭은 1950년 6월 6·25가 발발하자마자 시내에 은거하고 있다가, 9월 수도가 수복된 이후, 11월에는 해군에 입대하고 다음 해 1951년 3월에는 해군 본부 정훈감실에 근무한다. 그 가운데 소설 집필 등을 계속했는데, 1954년에는 해군 중령으로 제대하기에 이른다. 제법 복잡한 경력이라 아니할 수 없다. 이러한 경력을 통해 알 수 있는 것은 염상섭이 청년기의 격정에 넘치는 태도를 벗어나서, 점차 모든 것을 냉정하고 신중한 자세로 바라볼 수 있는 인물로 변해갔다는 점이며, 일상생활의 '양식糧食'을 항상 중시하고 있는 모습을 알 수 있다.

제2절 염상섭의 문학

염상섭은 1919~20년경에는 운문 형식의 글[15])도 썼었는데, 머지않아 소설 중심의 창작 활동에 돌입한다. 극히 초기의 단편소설은 3부작

「표본실의 청개고리」(1921), 「암야闇夜」(1922), 「제야除夜」(1922)에 보이듯이, 작가의 분신이라 해도 좋을 지식인의 암울한 심정을 토로하는 형식의 스토리가 중심이다. 이 3부작이 염상섭이 처음으로 낸 창작집 『견우화牽牛花』(1924)로 간행된 것을 보더라도, 작가의 대단한 애착이 전해져 온다. 이 창작집 타이틀은 '나팔꽃'이라는 의미인데, 이것과 대비되는 것이 「해바리기」라는 소설이다. 염상섭이 쓴 첫 번째 장편이라고 해도 좋을 분량의 이 신문 연재소설은, 자신보다 한 살 위로 동경에 유학중이던 나혜석의 연애 및 결혼과 관련된 스토리로, 조금 야릇한 내용이다. 나혜석은 『견우화』의 안쪽 표지 그림도 그렸는데, 염상섭이 누나처럼 생각하고 친밀감을 가졌던 것으로 보인다. 어쨌든 염상섭은 1923~24년경까지 극히 사적인 영역을 테마로 해서 자기 성찰적인 작품을 썼다고 해도 좋을 것이다. 이러한 작품은 아마도, 제1차 동경 유학 시절에 접한, 일본의 시라카바파白樺派를 중심으로 하는 '자아의 각성', '개성의 존중' 이라는 사고방식을 창작을 하면서 실천한 것으로 보인다. 이러한 것을 보면 염상섭이 당시 다이쇼大正 시대 근대소설의 양식을 지향했던 것을 알 수 있다. 상기한 3부작은 모두 『개벽』지에 게재한 것인데, 독자층은 일정한 수준 이상의 청년 지식인을 상정했을 것이다. 하지만, 염상섭은 당시 조선에서는 시라카바파와 같은 이상주의나 인도주의가 통용되지 않는 것을 곧 깨닫는다. 이러한 각성은 식민지 현실에 대한 고발 의식을 강렬하게 담아서, 게다가 인텔리 주인공의 자기 성찰적인 측면을 뛰어나게 가미한 중편 「만세전」16)으로 이어진다. 이 소설 전체를 감싸고 있는 것은 염세적인 분위기와 그

---

15) 「상광초(三光抄)」(『삼광(三光)』, 1919. 12), 「법의(法衣)」(『폐허』, 1920. 7) 등.

16) 당초 제목명은 「묘지(墓地)」(『신생활』, 1922. 7~9에서 중단). 『시대일보』(1924. 4. 6~6. 4)에 전문에 게재될 때 「만세전」으로 제목을 바꾼다.

러한 어투이다. 다음의 한 구절은 이것을 단적으로 보여준다.

> [대전에서 서울로 가는 열차 안에서]
> 「이房안부터 어불업는 共同墓地다. 共同墓地에잇스니까 共同墓地에
> 드러가기를 실혀하는 것이다. 구덱이가 득시글∧하는 무덤속이다. 모두
> 가 구덱이다. 너두 구덱이, 나두구덱이다. 그속에서도 進化論的모든條件
> 은 한秒동안도 걸즘지안코 進行되겟지! 生存競爭이잇고 自然淘汰가잇
> 고 네가 잘낫느니 내가 잘낫느니하고 으르렁대일것이다. 그러나 무晚間
> 구덱이의낫낫이 解體가되어서 元素가되고 흙이되어서 내입으로드러가
> 고, 네코로 드러갓다가 네나내나 걱구러지면, 未久에, 쏘, 구덱이가되어
> 서 元素가되거나 흙이될것이다. 에ㅅ 되어저라! 움도싹도업서젓버려라!
> 亡할대로 亡햇버려라!」(후략)[17]

여기에 나타나 있는 것은, 염상섭 자신이 갖고 있던 강렬한 염세주
의를 표현한 것이라 하겠다. 다만 이 소설의 끝 부분에는 주인공이 새
로운 삶을 모색하는 것을 암시하면서 결말을 짓고 있기는 하지만, 식
민지 지배 하에서 밝은 미래가 약속돼 있다고 보기는 힘들다. 어쨌든
이 소설처럼 현실에 대한 사실적인 묘사와 염세적인 심정이 합쳐진 소
설 내용을 이해할 수 있는 것은 당시 조선의 청년 지식인들 밖에 없을
것이다. 그래서 염상섭은 이와 동시기에 좀 더 쉽고 재미있는 것을 찾
고 있던 독서층을 향해서는 재미있게 읽을 수 있는 작품도 제공했다.
그것은 모험, 탐정 소설을 번안하는 것이었다.

염상섭은 창작집 『견우화』나 『만세전』이 출판된 1924년에 『남방南
邦의 처녀』(평문관平文館)이라고 하는 번안으로 보이는 모험소설을 출판
한다. 그는 이 책 서문에서, 의뢰를 받았기 때문이기도 하지만 읽어본

---

17) 염상섭, 『만세전』, 고려공사, 146-147쪽.

후 재미있었기 때문에 번역을 해 봤다고 밝히고 있다. 스토리를 보면, 캄보디아 왕국 국왕의 딸 나순희羅順姬를 사랑한 영국의 신사 구예상具禮相이, 왕궁의 재보財寶를 노리는 우익소禹益紹 등 도적의 야망을 명탐정 윤영구尹榮九(영국인)의 활약으로 그의 힘을 빌려서 우익소 등을 박살내고, 공주와 구청년이 순조롭게 결혼을 한다는 낙천적이고 실없는 내용이다(등장인물은 캄보디아인 이외에는 한국인 이름인데, 모두 영국인이다.).

염상섭은 당시 27살로, 이러한 이야기를 정말로 재미있다고 생각했는지 어떤지는 다소 의심스러운데, 이 단행본은 3월에 초판이 나온 이후, 4월에는 2판, 5월에는 또 판을 거듭하고 있다.[18] 이 책은 같은 평문관에서 나온 톨스토이의 원작(조명희 역) 희곡 『산 송장』과 동시에 발매된다. 1920년대 전반에는 이처럼 서양문학을 활발하게 번역 소개했는데, 현진건도 러시아나 독일의 단편 소설을 번역한다. 염상섭 자신도 가르신(Garshin)[19]의 「사일간(四日間)」(『개벽』, 1922. 7)이나, 투르게네프의 「밀회」(『동명』, 1923. 4) 등 러시아 문학을 번역하기도 하는데, 이것은 아마도 일본어 번역을 중역한 것으로 보인다. 그것보다 더 흥미를 끄는 것은, 염상섭이 알렉산드레 듀마(Alexandre Dumas)의 「삼총사(Les Trois Mousquetaires)」를 일본어 번역본[20]을 중역해서 「쾌한 지도령快漢智道令」이라는 제목으로 『시대일보』(1924. 9. 10~12. 20)에 연재했다는 사실이다. 이것은 아마도 2년 전 『폐허』 동인이자, 일본유

---

18) 김병철, 『한국근대번역문학사연구』, 을류문화사, 1975, 613쪽.

19) 가르신(1855~1888)은 러시아의 단편 소설 작가이다. 작품의 경향은 고통받는 자에 대한 병적일 정도의 민감한 동정, 미세하고 정확한 심리 묘사, 우화적인 이미지, 염세적인 분위기가 두드러진다. 후에 자살한다.

20) 후쿠나가 키요시(福永渙) 번역 및 편집, 메구로분점간행(目黒分店刊行), 1918.(상게, 김병철, 『한국근대번역문학사연구』, 630-631쪽)

학 시절의 선배였던 민태원(閔泰瑗)이 보아고베(Boisgobey, 1824~91)의 「철가면(Masque de fer)」을 「무쇠탈」[21]이라는 제목으로 『동아일보』(1922. 1. 1~6. 20)에 연재해서 호평을 얻어서, 다음해 박문서관博文書館에서 단행본으로 낸 것에 자극을 받았을 가능성도 있다.

1920년대 독자는 프랑스 혁명이나 러시아 혁명에 대한 관심이 매우 높아서, '혁명'·'연애', '탐정'과 관련된 작품이 인기가 많았다고 한다.[22] 염상섭도 이러한 상황에 착목해서, 인텔리 독자를 대상으로 한 소설과, 일반인 대상의 번안 소설을 병행해서 각각 나눠서 썼다고 생각한다. 또 하나 매우 흥미로운 사실은 『남방의 처녀』에 보이는 번안물 특유의 피카레스크 소설적인 요소가, 1920년대 후반부터 계속적으로 발표된 염상섭의 장편소설 곳곳에 그 흔적이 보인다는 점이다.

그런데, 1920년대 이후 염상섭의 창작은 각기 다른 성격의 단편소설과 장편소설로 나눌 수 있다. 우선, 단편소설을 보면 「전화」(1925), 「조그만 일」(1926) 등에서 볼 수 있는 소시민이나 하층 서민의 '삶'의 한 단면을 날카롭게 잘라내서 보여주는 사실주의적인 기법이 돋보인다. 한편, 장편소설은 「사랑과 죄」(1927~28) 그리고 이후의 「불연속선」(1936)에 이르기까지 나타나 있듯, 주로 중산층이나 그 이상 계급의 '가문'과 '돈'에 얽힌 복잡한 인간관계를, 연애 문제와 섞어가면서 다소 통속적으로 전개하고 있다.

보통, 염상섭의 장편소설 대표작으로 『삼대』(1931)를 꼽는 것을 주저하는 사람은 없을 것이다. 이 소설은 봉건적인 의식에서 벗어나지 못한 가부장적인 '집안' 문제와 자본주의 사회의 핵심이라 할 수 있는

---

21) 구로이와 루이코(黑岩淚香) 역, 『정사실력 「철화면」(正史實歷 「鐵火面」)』(扶桑堂, 1983년)에서 중역.(상게, 『한국근대번역문학사연구』, 560쪽)

22) 천정환, 『(독자의 탄생과 한국 근대문학) 근대의 독서』, 푸른역사, 2003, 290쪽.

'돈'에 관한 문제를 절묘하게 섞어 놓은 소설이다. 염상섭의 소설가운데『삼대』는 본격소설치고는 오히려 예외적이라 할 수 있는데, 왜냐하면 다른 장편들이 상당히 통속적이기 때문이다. 예를 들어『이심二心』(1928~29)에서, 여자 주인공이 '주의자主義者' 남편이 옥살이를 하는 사이에 일본인 사내와 육체적인 관계를 맺는 바람에, 출옥한 남편이 이성을 잃고 분노하자 결국 그녀는 자살하고 만다. 또한,『광분狂奔』(1929~30)에서 여주인공은 계모에게 미움을 받고 친척뻘 남성에게 살해당한다. 한편,『모란꽃 필 때』(1934)나『불연속선』등을 보면, 주요 등장인물이 동경에서 보내는 생활이 통속적으로 그려져 있으며, 독자의 흥미를 끄는 내용이다. 이러한 것을 보면, 염상섭이 당시 자신의 독자층을 두 분류로 나눴음은 명백하다. 다음 문장은 이러한 것을 잘 말해준다.

> 完全한文藝誌하나도업시 低級의新聞小說만이 文藝의全體요 舊小說이 如前히 堅實한勢力을持續하고잇다는事實 (하략) 그러나 歐米作品이나 日本의作品이나 거의藝術의圈內에들기어려운 家庭小說 戀愛小說 探偵小說 以外에는 飜譯紹介된 例가업는것을 보면, (중략) 民衆自體의 讀書力과 讀書慾에그責任이더돌아갈것갓다[23]

이 문장은 염상섭 특유의 자기 허물을 들어내는 식의 표현이기는 하지만, 1928년 당시 조선의 독자층의 실태와 분위기를 잘 전달해 주고 있다. 이로부터 6년이 흐른 뒤, 염상섭의 생각이 어떻게 변하고 있는지 살펴보자. 염상섭이 조선 문단의 상황에 대해서 「조선의 문단을 말한다」라는 제목으로 일본어로 써서 일본 신문에 발표한 글이다.

---

23) 염상섭, 「소설과 민중('조선과 문예 문예와 민중'의 속론7)」, 『동아일보』, 1928. 6. 3.

(전략) 그러면 지금, 조선 문단에서는 순문학 전성기에 들어갔느냐 하면, 유감스럽게도 그렇지도 않다. (중략) 결국은 이지고잉(イージーゴーイング)[24]한 방식으로 대중 문예 전성으로 앞으로 나아갈 수밖에 없는 것이 동경 문단이라면, 조선 문단에 대해서도 대체로 어떨지 알 수 있을 것이다. 아니, 조선은 보다 더 비참한 상황일지도 모른다.[25]

즉 1930년대 중반이 돼서도 한국내의 독자층이 그다지 향상되지 않았음을 자조적으로 말하고 있는 것이다. 그래서 염상섭은 독자층을 3가지로 분류해서 창작을 전개하는데, 인텔리 독자층에게는 단편소설을 중심으로 한 '본격소설'을, 중학생정도의 독해 능력을 가진 독자에게는 '통속소설'을, 그 이하의 독자에게는 '대중소설'을 제공한다[26] 하지만, 염상섭의 이러한 생각은 전술한 것처럼 이미 1920년대 전반에 외국문학을 번안 소개하고 있던 당시부터 어슴푸레하게 갖고 있던 지론을 보다 더 명확하게 밝힌 것이 아닌가 한다. 하지만, 이러한 노선도 염상섭이 만주로 가게 되면서 일단, 중단되고 9년 정도의 공백기[27]를 거쳐서, 해방을 맞이하게 된다.

1945년 8월 이후 염상섭은 다시 서서히 창작활동을 재개하는데, 그 단편소설은 「임종臨終」(1949)이나 「두 파산」(1949)을 보면 알 수 있듯이, 역시 소시민의 살아가는 모습을 날카롭게 잘라내서 보여주는 형식

---

24) '이지고잉(easy-going)'은 안이하게 나아가는 것을 말하며, 별 노력을 들이지 않는다는 뜻이다.

25) 염상섭, 「조선 문단을 말한다③(朝鮮の文壇を語る③)」, 『오사카마이니치신문(大阪毎日新聞)』(조선판), 1934. 8. 22.

26) 염상섭, 「통속·대중·탐정」, 『매일신보』, 1934. 8. 17~20. 이에 대해서는 본서 제1편 제5장을 참조할 것.

27) 1942년경, 『만선일보(満鮮日報)』에 「개동(開東)」이라는 장편소설을 연재했다고 하는데, 자료가 아직 발견되지 않아서 그 상세는 불명확하다.

의 작품이다. 해방 후 소설 가운데 주목해야 하는 것은 장편소설이다. 『효풍曉風』(『자유신문』, 1948. 1. 1~11. 3)을 보면, 한반도의 분단 상황에 대해 심각한 위기의식을 갖고, 작품 속에 통일 한국에 대해 절실한 희구希求를 담아내고 있다. 그런데, 이러한 창작 태도는, 염상섭 소설 작품 가운데서도 매우 드문 것이다. 항상 냉정함을 유지하려고 했던 염상섭이었던 만큼, 이러한 열망이 얼마나 절실했었는지를 역설적으로 보여주고 있다고 하겠다.28) 하지만, 허무하게도 남북분단이 결정적인 상황이 되자, 염상섭의 그러한 열망은 다시 본래의 철두철미한 객관자의 자세로 돌아간다. 이러한 상태에서 쓴 것이 염상섭 후기 문학의 대표작이라 할 수 있는 「취우驟雨」(『조선일보』, 1952. 7. 18~1953. 2. 20)라고 하겠다. 이 장편은 제목이 말해주고 있듯이, 한국전쟁이 일반 민중에게는 다만 비가 그치기를 기다리는 '소나기'일 뿐이라고 파악하고 있다. 이 소설에는 염상섭 자신이 일제시대에 고난을 참고 살아왔던 강인한 생활 철학을 작품에 그대로 한 자 한 자 담아낸 것처럼, 우왕좌왕하면서도 결코 패배하지 않는 강인한 시민들의 '삶'을 그려내고 있다.

　여기서 우선 염상섭과 그의 문학에 대한 개괄을 마치고, 염상섭과는 대조적인 '삶'을 살아간 장혁주와 그의 문학을 살펴보도록 하겠다.

---

28) 「효풍(曉風)」에 대해서는 시라카와 유타카, 오노 준코(小野順子) 『조선 전쟁 전후의 염상섭 소설에 대해서―1948~53년을 중심으로(朝鮮戰争前後の廉想渉小説について―1948~53年を中心に)』(『규슈산업대학 국제문화학부 기요(九州産業大学国際文化学部紀要)』 32, 2005. 11)를 참조할 것.

제3절 장혁주에 대해서

장혁주는 서울의 유서 깊은 집안에서 태어난 염상섭과는 달리 그 출생에 대해서는 정확히 알려진 것이 없다.[29] 그는 모친을 따라서 경상도 지방을 전전한 뒤에, 대구에 정착해서 1926년 대구 고등보통학교를 졸업한다. 경주 계림鷄林 보통학교 시절에는 이웃가운데 친하게 지내는 일본인 집이 있어서, 일본어도 능숙했다고 한다. 또한, 고고학을 좋아하는 오사카 긴타로(大坂金太郎, 아호＝六村) 교장은 이러한 장혁주를 총애했는데, 그것이 그가 일본과 일본어에 관심을 갖는 계기가 되었던 것 같다.

이러한 유소년기의 원체험은 장혁주가 평생 동안, 출생에 관한 어두운 그늘과 채울 수 없는 애정에 대한 초조함을 무의식 가운데 안고 살게 되는 계기를 만들었으며, 작품에도 이러한 요소는 때로는 매우 선명하게 때로는 매우 희미한 형태로 드러나 있다. 또한, 장혁주 자신은 이러한 심층적인 콤플렉스 때문에 보통사람 이상의 신분 상승 의향과 자존심을 갖게 되었고, 자신이 비판을 당하면 필요이상으로 격앙되는 성격이 된 점도 있다.

장혁주는 고등보통학교 시절에는 아니키즘에 경도돼서, 대구 진우연맹眞友聯盟[30]에도 참가하고, 루바시카(러시아 민족의상)를 입고 활보했다

---

29) 자전적 장편소설인 『편력(遍歷)의 조서(調書)』(1954)를 보면, "어머니는 그 때 구한국 군대 사단장의 첩이면서 그 부하인 주계(主計＝회계담당)대위의 아이를 갖는다. 그것이 나였다."(24쪽)라고 하고 있으며, 14살 때는 친아버지 집으로 가서, 크리스찬으로 엄격한 계모의 가정 교육 아래에서 자랐다고 한다. (위의 책, 24-26쪽) 하지만 필지가 장혁주 씨의 자택에서 면담(1986년 2월 28일)시에 확인해 본 결과, 이러한 출생과 관련된 사항에 대해서는 명확한 답변을 얻지 못했다. 그 후, 장혁주 씨가 1991년 2월 1일부로 필자에게 보낸 서신에는 "어머니는 상관의 첩이 아니었다"고 밝히고 있다.

고 한다.31) 아마도 당시 유행했던 사상을 드러내는 패션이었던 것으로 보인다. 그 후 산촌에서 교사를 하던 시절에는 일본어 습작을 쓰기 시작해, 이미 그 때부터 일본에 가려는 열망을 안고 있었다. 1930년, 장혁주는 드디어 단편 「포플라白楊木」를 그토록 염원하던 일본잡지에 발표하고 일단 데뷔를 한다. 하지만, 본격적으로 일본 문단에 알려지게 된 것은, 1932년 4월 『개조改造』지 현상 소설에 단편 「아귀도餓鬼道(일본어 발음으로는 '가키도')」가 가작 입선한 시점 이후이다.

이 소설은 프롤레타리아 문학의 동반자 문학적인 자리 매김 속에서 일본 문단에 수용되지만, 장혁주 본인은 프롤레타리아 문학의 미래에 서둘러 손을 떼고 있었다. 당시 장혁주는 일본에서 작가로 살기 위해 우선은 조선의 풍속에 관한 이야기를 쓰겠다고 결심한다. 작품을 쓰더라도 잡지에 실리지 않으면 일본에서 생활을 계속 할 수 없기도 했다. 이 때 장혁주는 대구와 동경을 오가면서 일본에 가서는 작가 제씨들과 인맥을 쌓아갔던 것 같다. 그 결실 가운데 하나가 1933년 1월, 『문예수도文藝首都』지의 동인이 된 것이다. 이 잡지는 『개조』 현상공모에 장혁주보다 먼저 당선됐던 야스타카 도쿠조保高德蔵가 작품을 게재할 곳을 찾지 못해 힘들어 하는 후배 작가들을 위해 발행했던 동인 문예지였다. 장혁주가 이러한 인맥을 바탕으로, 기시 야마지貴司山治 등이 발행했던 『문학안내文學案內』지에 1936년부터 편집 고문32)으로 안착한 것은 동경에 정착하기 위한 확실한 기반이 되었다.

사실 장혁주는 1935년 10월에 발표한 「문단(의) 페스토균」33)에서,

---

30) 1926년 8월, 연맹원 검속(檢束)에 따라 해산.
31) 전게 장혁주 씨 면담(1986. 2. 28)에 의함.
32) 이 때 편집 고문은 에구치 간(江口渙), 후지모리 세이키치(藤森成吉), 무라야마 도모요시(村山知義), 도쿠다 슈세이(德田秋声) 등 쟁쟁한 진용의 일본인 10명과 장혁주였다.

자신이 일본 문단에 데뷔한 것을 조선 문인들이 질투하고 있다는 내용의 문장을 써서 물의를 일으킨다. 게다가 부진한 창작과 백신애와 벌인 불륜 사건[34] 등이 겹쳐서, 1936년 6월 몇 개월 정도 머물려고 왔던 동경에 마침내 정주하게 된다.

이러한 사건으로 장혁주가 조선 문단과 인연을 끊은 것처럼 보이기도 하는데, 사실은 꼭 그렇지 않다. 특히 장혁주는 삼천리사 김동환과 긴밀한 관계를 맺고 있어서, 필화 사건이 있은 후에도 『삼천리』지에 단속적으로 그의 글이 실리기도 한다. 또한, 장혁주는 1940년 『조선문학선집朝鮮文學選集』(전3권 赤塚書房)을 발간 할 때, 조선 측 공동편집자로 자신보다 한 살 아래인 유진오와 호흡을 맞췄다. 1939년 장혁주가 「조선의 지식인에게 호소함朝鮮の知識人に訴ふ」[35]라는 글을 써서 조선인의 성격적 '결함'을 열거해서 비판할 때도, 유진오는 바로 이 글에 대응해서 장혁주를 무마한다.[36] 이러한 사이를 봐도 장혁주와 유진오는 상당히 긴밀한 관계였음을 알 수 있다.

이후 장혁주는 일본 측 문인들의 호의어린 도움도 일조해서, 왕성한 창작기에 돌입한다. 그런 의미에서 1930년대 후반은 작가 장혁주가 절정기를 맞이하던 시기였다고 할 수 있는데, 그러한 존재를 일본의 위정자 '당국'이 그대로 내버려 둘 리 없었다. 1930년대 후반 장혁주는 반도 출신으로 동경재주자 가운데 저명한 인시였는데, 그리힌 위치 때

---

33) 『삼천리』, 1935. 10. 한편, 목차에는 「의」가 없고, 본문 제목으로 「의」가 첨가돼 있다.
34) 이에 대해서는 남부진, 『문학의 식민주의(文学の植民地主義)』세계사상사(世界思想社), 2006, 57-58쪽을 참조할 것.
35) 『문예(文藝)』, 1939. 2.
36) 현민(玄民, 유진오의 필명), 「장혁주 씨에게—조선의 한 지식인으로서(張赫宙氏へ—朝鮮の一知識人として—)」, 『제국대학신문(帝國大學新聞)』 751, 1939. 1. 30.

문에 '친일'적인 활동을 할 수밖에 없는 입장으로 서서히 빠져들고 있었다. 1940년를 전후해서 장혁주는 솔선해서 '친일' 노선을 걸어갔던 것으로 보이는데, 사실상 일본 국내(내지)에 머물면서 작가 활동을 계속하기 위해서는 그 이외의 선택지는 없었던 것도 사실일 것이다. 장혁주가 '탁무성拓務省'과 '대륙개척 문예간담회' 파견의 일원으로, 1939년 6월 제2차 펜 부대 일원으로 '만주' 시찰에 동참한 이후 그러한 경향은 더욱 현저해진다. 그로부터 4년이 지난 1943년 4월, 그는 '조선 육군 특별지원병 훈련소'에도 체험 입대하고, 같은 해 8월에는 동경에서 열린 '대동아문학자결전대회'에도 출석해서 발언한다. 그리고 1944년 1월부터는 '황도皇道 조선 연구위원'의 한 사람으로 일본 국내 탄광을 돌면서 조선인 노무자를 위로하고 다닌다. 이것은 마치, 이광수가 1942년에 학도병 출진을 권유하기 위해, 동경에 동원된 것과 같은 의미를 갖고 있는 행동이라고 할 수 있다. 이처럼 '친일' 행위를 일일이 열거할 여유는 없지만, 이러한 과정에 이르기까지 장혁주가 어떠한 발언을 하고 있었는가를 살펴보는 것은 헛된 일은 아닐 것이다.

A. 조선인과 대만인 어느 쪽이 더 많이 발금 처분을 받고 구속당하는지를 보자는 식의 말투를 흘리는 것은 심히 식민지인을 업신여긴 것이 아닌지요. 저는 구태여 양규楊逵 씨가 대만인이라서 경쟁하고 싶지는 않습니다.[37]

B. 조선문학의 번역, 소개가 활발해지고 있다. 최근 근 12개월 사이에 3종류의 번역 출판이 있었으며, 이번 달 잡지만 봐도, 소개, 평론 등 5명의 필자가 쓰고 있다. (중략) 하지만, 만주사변에는 조선을, 그리고

---

37) 장혁주, 「나에게 대망하는 사람들에게―도쿠나가 스나오 씨에게 보내는 편지(私に 待望する人々へ―徳永直氏に送る手紙―)」, 『행동(行動)』, 1935. 2, 190쪽.

이번 사변에서는 만주를, 함께 잊어버린 것과 같은— 이것을 뒤집어 말
하자면, 이번 사변에서 갑도 을도, 지나(支那) 사변으로, 지나에 열을 올
리고, 그리고 금방 지나에 질리면, 잠시 만주를 떠올리다가, 만주문학에
대해서 말하고, 또 바로 다시 이번에는 조선이 새삼스럽게 다시 상기되
는 것과 같은, 이러한 문학자의 정치 관심의, 부박(浮薄)한 일면을 보는
것은 대단히 쓸쓸한 일이다.38)

A는 도쿠나가 스나오가, 대만인 작가로는 처음으로 일본 문단에 등
장한 양규楊逵의 『문학평론』지 입선작 「신문배달부新聞配達夫」(1934. 10)
를 읽고 쓴 글이다. 도쿠나가는 장혁주에게 좋은 라이벌이 출현해서
홍미진진하다는 식의 발언39)을 하고 있는데, 이에 대해 장혁주는 분연
히 반론을 하고 있다. 이것을 보면 장혁주의 외곬으로 지내는 성격이
잘 나타나 있다. B는 A로부터 5년 지난 후로 '태평양 전쟁' 직전인데,
일본 문학자에 대해 상당히 신랄한 비판의식을 선명하게 표출한 글이
라고 할 수 있다.

이러한 발언에 보이는 반골 정신이나 비판 의식에야말로, 장혁주의
본심이 나타나 있다고 볼 수 있지 않을까. 이를테면 비판적인 발언을
하기 어려운 공적인 자리에서 이뤄진 언동만을 보고, 장혁주의 '친일'
행위를 검증하는 것은 불공평한 인물 평가라고 할 수 있다.

장혁주가 해방 직후 발표한 일본어 작품 가운데, 일본 문단에 등단
하기까지 자신의 족적을 총괄한 글이 있다.

(전략) 압박된 언어로 간신히 고난의 길을 걷고 있는 조선 문단에 나

---

38) 장혁주, 「조선 문학의 유행(朝鮮文學の流行)」, 『아사히신문(朝日新聞)』, 1940. 5. 6.
39) 도쿠나가 스나오(德永直), 「프롤레타리아 문단의 인물들(プロレタリア文壇の人々)」,
　　『행동』, 1934. 12.

갈 노력을 그는 했다. 하지만 그는 조선어보다 일본어를 구사하는 것이
자유로웠고, 같은 작품을 양쪽에 다 투고해서, 경성에서는 몰서沒書 당
한 것이 동경에서는 채용된 것을 계기로, 설령 그러한 불만이 있다고
하더라도 어디까지나 모국어를 지켜내자고 하는 민족의 절조節操를 버리
고, 동양에서 문화의 중심지인 동경 쪽에 매력을 느껴서 결국 동경 문
단의 일원이 된 것이다.40)

이 글은 소설이기는 하지만 비교적 솔직하게 당시의 심경을 고백하
고 있는 것처럼 보인다. 특히 장혁주는 해방 당시에 염상섭과는 지극
히 대조적인 행동을 한 것을 알 수 있다. 장혁주는 1945년 5월부터
만선일보사 초빙으로 '만주'와 '북지北支' 방면을 시찰 여행하고 있었는
데, 일본의 패전과 함께 발 빠르게 일본으로 돌아온다. 5월 28일 공습
으로 동경에 있는 자택이 전소당해서, 일본인 처자가 피난해 있던 나
가노현長野縣 히로오카촌廣丘村(현재 塩尻市)에 잠시 머물다, 1947년 동
경 근교 고마신사高麗神社 가까이에 있는 사이타마현埼玉縣 히다카정日高
町(현재는 日高市)에 정주한다. 장혁주가 조혼했던 한국인 부인(김귀행
金貴行)은 48년까지 이미 타계했으며, 일본인 아내(노구치 하나코野口は
な子) 사이에 자식 5명을 두었는데 생활은 그렇게 안락했던 것 같지 않
다. 당시 장혁주는 생활을 위해서 많은 소설을 썼지만, 재일조선인들이
장혁주가 식민지시기에 했던 활동을 비난하는 사태에 직면해서 은거
및 자숙自肅을 할 수 밖에 없었던 것으로 보인다. 이 시기 장혁주의 창
작은, 생활을 위해 원고를 팔아야 하는 절박함, 그리고 재일조선인(동
족)의 협박 때문에 느끼는 불안감, 그리고 '친일' 행위에 대한 변명 등
이 혼합돼 있었다. 이러한 요소는 해방 후 장혁주 문학의 원점을 이루

---

40) 「민족(民族)」(제3회), 『창건(創建)』, 1946 .6, 100쪽.

게 된다.

이러한 상황 속에서, 장혁주는 1952년 「전 조련계 동포에게 호소함元朝連系同胞に訴える」[41]라는 제목의 글을 통해 자신의 심정을 밝힌다. 즉, 자신은 민족반역자로 여겨지고 있어서 충고를 할 자격은 없으나, 소감을 말하고 비판할 자유는 있다고 하면서, 재일조선인의 숱한 폭력 행위를 책망하는 글을 발표한 것이다. 자신의 글에 대한 비난을 각오하고 발표를 감행하는 자세는 해방 전의 「문단의 페스트균」이나, 「조선의 지식인에게 호소한다」와도 매우 닮아 있다.

주목할 점은 이 시기에 이미 한국전쟁이 발발했다는 점이다. 장혁주는 1951년 미군기를 타고 전란 상태의 한국으로 취재 여행을 감행해서, 다음해 1952년에는 모국 한국의 혼란한 상황을 보고 통곡하는 내용의 장편 『아, 조선嗚呼朝鮮』을 발표한다. 염상섭이 같은 해에 냉정한 필치로 『취우』를 쓴 것과는 대단히 대조적이라고 할 수 있다. 장혁주는 같은 해 2번째 한국 취재 여행을 다녀온 후, 결국 일본에 귀화 신청을 하고 노구치 미노루野口稔가 된다. 장혁주는 이러한 경위에 이르기까지 자신의 반생을 정리한 자전적 장편 『편력의 조서遍歷の調書』(1954)을 발표하는데, 이것은 자신의 인생에 일단락을 짓고 싶다는 결심이었던 것으로 보인다.

제4절 장혁주의 문학

장혁주는 대구고보大邱高普 재학 중인 1924년 무렵, 『조선문단』지에

---

41) 『일본화보(日本週報)』 215, 1952. 7. 25, 14-18쪽.

단편을 투고하지만 채택되지 않았고, 1926년 경 조선어 습작을 써서 동료인 보통학교 교사들과 등사판謄寫版 잡지를 냈다고 한다. 그 당시에는 시, 각본, 소년 소설, 탐정 소설 등 여러 장르의 작품을 썼던 것으로 보이는데, 현재 남아 있는 것이 없어서 그 상세는 불투명하다.[42] 어쨌든, 그가 습작 단계부터 조선어와 일본어 양쪽을 다 썼다는 점은 주목해 볼만 하다. 하지만, 장혁주는 조선 문단에 등장할 수 없다는 것을 알게 되자, 농본주의를 주장하는 가토 가즈오加藤一夫에게 편지를 써서, 『대지에 서다大地に立つ』지에 일본어 단편 「포플라白楊木」[43]를 투고한 결과, 이 작품이 게재된다. 이것은 후일에 본인이 말하고 있는 것이기도 하다. 가토는 사상적으로는 아나키스트였기 때문에 장혁주도 이러한 점에 친근감을 가졌던 것으로 보인다.

「포플라」에는 소작인에 대한 지주의 횡포가 그려져 있으며, 이것은 2년 후 『개조』 현상 입선작 「아귀도」에도 그대로 이어지고 있다. 이것을 보면 장혁주의 초기 일본어 작품 노선이 주로 노동자 농민 등의 프롤레타리아가 권력자의 횡포에 항의하는 내용임을 알 수 있다. 물론 장혁주는 일본 문단에 진출하고 싶다는 '야망'을 갖고 일본어 소설을 쓰기 시작한 것인데, 당초 그는 또 다른 목적이 있었다. 그것은 일본인 독자에게 식민지 조선의 현실을 알리고 싶다는 절실한 바램이다. 「쫓기는 사람들追はれる人々」(1932), 「분기하는 자奮ひ起つ者」(1933) 등은 모두 이러한 바램이 담겨있는 당초의 '과격'한 계열의 작품에 속한다. 하지만, 1932년이라는 시점을 보면 일본 프롤레타리아 문학운동이 쇠퇴

---

42) 이상, 전게 (주 29)의 면담에 의함.

43) 이하, 이번 장에서 다루는 작품의 상세와 그 내용 등에 대해서는 졸고 『식민지기 조선의 작가와 일본(植民地期朝鮮の作家と日本)』(大学教育出版, 1995년) 제2부 '장혁주 연구' 제1장 '장혁주의 일본어 소설고 1930~1945년)', 112-177쪽을 참조할 것.(본서에서는 내용 소개는 최소한도로 줄이기로 한다.)

하기 시작한 때였던 만큼, 이러한 노선의 작품을 써서 일본에서 활약하는 것이 곤란하다는 것을 예감했던 것 같다. 그 결과 김용제 등의 권유에도 불구하고, 장혁주는 일본 프롤레타리아 작가동맹에 가입하지 않고, 이미 1933년부터 단편 「권이라는 사나이權とぃふ男」 등을 써서 조선의 풍속에 관한 이야기로 작풍이 변하기 시작한다. 하지만 1933년부터 1936년 동경에 정주하기에 이르는 이 시기는 한국어 작품도 계속적으로 발표하였는데, 이러한 사실은 주목할 만하다.44)

특히 장편『무지개』(1933~34), 『삼곡선』(1934~35), 『여명기』(1936)에 이르면 점차로 흥미를 본위로 하는 대중적인 내용으로 기울어져가고 있기는 하다. 하지만, 이러한 작품군은 이광수의 『흙』(1932~33), 심훈의 『상록수』(1935~36)와 나란히 동아일보지에 연재된 것으로, 당시 동아일보사가 전개하고 있던 브나로드운동(1931~34)과 관련해서 농촌을 소재로 삼은만큼, 같은 계열의 작품으로 취급해야 할 것이다.

장혁주는 일본어 작품을 쓰는 한편으로 한국어 장편을 같은 시기에 연재하는 쉽지 않은 곡예를 4년간 계속한다. 1935년 「문단의 페스트균」으로 물의를 일으키지만, 『삼곡선』은 장혁주가 동경으로 이주 한 이후인 1937년 단행본으로 출판된다. 이것을 보면 당시 한국에서 장혁주의 작품이 보이콧당한 것이 아님을 알 수 있다.

그런데, 동경으로 이주한 장혁주는 1930년대 후반 탁월한 일본어 실력을 구사하며 일본문학으로서도 손색이 없는 순문예 작품을 많이 발표한다. 예를 들면, 「취하지 못했던 이야기醉へなかつた話」(1937), 「분위기雰圍氣」(1938), 「욕심의심慾心疑心」 등이 그 대표적인 작품인데, 이

---

44) 상세한 내용에 대해서는 졸고 「장혁주의 초기 장편작품에 대해서(張赫宙の初期長篇作品について)」(본서 제2부 제1장 수록) 및 '장혁주의 한국어 작품고(張赫宙の朝鮮語作品考)'(『조선학보(朝鮮学報)』 119-120, 1986. 7)를 참조할 것.

3편의 주인공은 각기 한국인 샐러리맨, 일본과 조선 사이의 '혼혈'인 게이샤(일본 기생), 일본인 토지 브로커 등으로, 무대도 점차 한국에서 일본으로 옮겨가고 있는 것이 그 특징이다.

이 작품들은 모두 단편인데, 장편소설로는 1939년경부터 임진왜란, 정유재란을 취재해 연작을 쓰기 시작한 것은 주목할 만하다. 총 4편의 소설인데, 「가토 기요마사加藤清正」(1939)를 시작으로 「칠년의 폭풍七年の嵐」(1941), 그리고 그 제2부에 해당하는 『화전 어느 쪽도 불사하다和戰何れも辭せず』(1942), 『부침浮き沈み』(1943)로 이어진다. 이 작품군에 대해서는 특히 장혁주가 한국인이면서도 침략자 가토 기요마사를 그린 것으로 비난을 많이 받고 있다. 그런데, 장혁주가 당시 품고 있던 애초의 전체적인 계획은 '칠년의 폭풍' 총 4부작이었다. 즉, 제1부는 가토 기요마사를 중심으로 하고, 제2부는 고니시 유키나가小西行長를, 제3부는 이순신을, 제4부는 명나라의 책사 심유경沈惟敬을 중심으로 해서, 전란을 국제적인 시야를 통해 각각의 입장에서 그려보려고 했던 것으로 보인다.45) 실제로 간행된 4권은 제1부와 제2부에 해당하는 부분뿐으로, 전체가 다 간행됐다고 하면 이 작품에 대한 평가는 또 달라졌을 가능성도 있다. 특히, 고니시를 다룬 『화전 어느 쪽도 불사하다』를 보는 한, 문장 자체도 꽤 숙달된 걸작이라고 할 수 있다.

다음으로 장혁주의 일본어 장편 가운데 특이한 것은 자전적 경향의 작품이 많다는 점이다. 특히 '인간의 유대' 3부작이라 불리는, 『인간의 유대人間の絆』(1941), 『아름다운 억제美しき抑制』(1941), 『초록의 북국綠の北國』(1941)에서는 복잡한 자신의 출생에 관해 집요할 정도로 반복해서 쓰고 있다. 후반 부분에 허구성이 짙은 작품도 많지만, 이 성장과정

---

45) 장혁주, 「칠년의 폭풍(제1부)[비장한 전야](七年の嵐(第一部)[悲壯の戰野])」(낙양서원(洛陽書院), 1941년), '후기(607-608쪽)'에 의함.

에 관한 부분은 각 작품에 공통된다. 특히 장혁주는 『고독한 혼孤獨なる 魂』(1942)에서 10살 무렵까지 겪었던 체험을 반영해서 쓰고 있는데, 자신이 얼마나 고난에 찬 소년 시절을 보냈는지, 그리고 모친의 일방적인 애정에 얼마나 괴로워했는지를 장황하게 쓰고 있다. 이 가운데 주목할 것은 이러한 계열의 작품이 한국어로는 단 한 편도 없다는 사실이다. 한국 사회에서는 자신의 가문이 양반이 아니라는 사실을 일부러 적나라하게 쓸 이유가 없지만, 일본에서는 이야기가 달랐다. 시가 나오야志賀直哉의 「암야행로暗夜行路」(1921~37)로 대표되는, 즉 자신의 어두운 출생을 쓰는 소설이 위화감 없이 받아들여지는 문학적 풍토가 유행하고 있었던 것이다. 이것을 보면 장혁주 자신의 출생에 관한 열등감이 일본 문학의 이러한 전통적인 문학 창작 수법과 결합되면서, 자전적 경향의 작품을 많이 쓰게 됐다고 할 수 있다.

한편, 1940년에 이르면, 몇 차례에 걸친 '만주' 시찰을 바탕으로 대륙 개척과 관련된 장편이 창작된다. 『행복한 백성幸福の民』(1943), 『개간開墾』(1943) 등이 그 대표작이다. 이 두 작품은 물론 시국적인 작품이지만, 실제 작품을 검토해 보면 대일본제국의 국책 찬양적인 색채는 그렇게 짙지 않으며, 전자에서는 조선인이 만주 개척촌에서 안고 있는 문제점 및 가혹한 현실에 대해서 많은 부분을 할애하고 있는 점에 오히려 놀라게 된다. 후자에서는 1931년 발생힌 '만보신萬寶山 사건'46)을 다루면서, 조선인 이민, 중국인 지주, 당국자, 현지 농민, 그리고 일본 영사에 이르기까지 폭넓은 인물을 다루고 있으며, 각각의 입장에서 이해利害가 충돌하는 상황이 비교적 객관적으로 그려져 있음을 알 수 있다.

---

46) '만보산 사건'은 1931년 7월 2일에 일어난 조선인과 중국인 농민 간에 일어난 농지를 둘러싼 농경지에 댈 물을 둘러싼 싸움이다. 하지만 그것이 '리튼 보고서'에 나와 있듯이 '만주' 사변의 도화선이 됐다.

물론, 일본의 국책에 따르는 시국적인 작품을 장혁주가 쓰지 않았던 것은 아니다. 대표작은 누가 뭐라 해도, '경성'에 있는 지원병 훈련소에 입소한 '내지' 출신의 조선인 이와모토岩本의 '성장'을 그린『이와모토 지원병岩本志願兵』(1943)인데, 이 작품이라 해도 노골적으로 일본의 국책에 아첨하고 있다고 할 수 있는 정도의 내용도 아니다. 똑같은 지적을「새 출발新しい出發」(1943)에도 적용할 수 있을 것이다. 물론 국책적인 작품을 쓰지 않았다면 그보다 좋은 것은 없겠으나, 동경에 정주하고 있는 저명한 작가 장혁주로서는 이 정도의 작품을 쓰지 않을 수 없는 시대에 살았다는 정도의 해석은 가능할 것이다.

또한 장혁주가 당시 일본 문단에만 안주하고 있었던 것이 아니라는 사실은, 1940년대에 들어서도 한국어 작품을 쓰고 있는 것을 보면 확연해진다. 1940년에『매일신보』에 연재된『여인초상女人肖像』은, 평양에서 어머니와 단 둘이 살고 있는 처녀를 주인공으로 하고 있다. 그녀가 주위 환경에 농락당하면서도 끝내는 자립을 쟁취하는 고난에 찬 투쟁을 그리고 있는, 사실을 꼼꼼하게 취재한 가작佳作이다. 또한, 이 작품에는 시국적인 색채가 거의 보이지 않는 것도 특징이다. 더욱이 이 작품은 다음해 1941년에 신세기사新世紀社에서『장혁주장편걸작선집』(전5권) 가운데 제1회로 배본配本될 예정으로 광고까지 나왔는데,[47) 출판사가 도산하면서 기획도 무산된다.

1941년 단계에서는 이 외에도 4편의 장편을 계획하고 있었고, 광고에 그 개요까지 실려 있다. 그러한 것을 보면 온 힘을 다해 집필할 요량이었던 것이 틀림없다. 만약에 이 기획이 실현됐다고 한다면, 해방 전에 나온 개인 장편선집으로서는 이광수 이래 2번째라는 쾌거를 올릴

---

47)『신세기(新世紀)』3-2, 1941. 4, 133쪽.

수 있었을 것이다. 또한, 1941년에는 박문서관에서 한국어 전작 장편 「애수愛愁」를 『현대걸작장편소설전집』(전10권) 가운데 제7권으로 간행할 계획이었다.[48] 이러한 점으로 장혁주는 일본어 작품을 발표하면서도, 한편으로는 조선 문단과도 교류가 완전히 끊어진 것이 아니라는 것을 알 수 있다. 그와 동시에 그가 한국어 작품을 집필하는 것을 끝낼 생각이 없었음도 판명된다.

하지만 1945년 8월, 조국이 해방되고 일본 영주를 결의하게 된 장혁주는 그 이후 일본어 창작에만 전념하게 된다. 해방 후에도 바로 생활을 위해서 왕성하게 집필활동을 재개하는데, '친일' 행위를 규탄당하는 것에 대한 불안과 공포를 느끼게 된다. 이러한 것은 중절된 일본어 장편 소설 「민족民族」(1946)이나 단편 「협박脅迫」(1953) 등에 생생하게 그려져 있다. 장혁주는 해방 후 수년간 이 외에도 「영원히とこしえに」(1947)와 같은 해방 전후의 체험에 가득 찬 소설(전문을 히라가나로 표기하는 실험도 하고 있다)이나, 1930년대 후반 조선인들로만 구성된 간도 특수 부대의 기괴한 운명을 그린 「조선괴뢰부대의 최후朝鮮傀儡部隊の最後」(1949)와 같은 특이한 제재를 다룬 단편도 있는 것을 보면, 상당히 작품 세계가 다채로워 보인다. 그런데 여기서 주목해야 할 것은 장편 『의중의 사람意中の人』(1946~47)[49]이다.

이 작품은 동경에 재주하는 조선인 '니'와 아야코綾子(통상명: 기요)가 '비밀운동' 동료였다는 사실로부터 시작된다. 형사의 추적을 피해서

---

48) 『박문』 23, 1941. 1, 광고에 의함.

49) 『평민신문(平民新聞)』, 1946. 8. 7~1947. 4. 30. 한편, 이 신문을 입수하는 과정에서 가메다 히로시(亀田博) 씨의 도움을 받았음을 이 지면을 통해 감사드린다. 이 작품 자체에 대해서도 가메다 씨가 이미 지적하고 있다.(가메다 히로시 '장혁주' 항목 『일본 아나키즘 운동 인명사전(日本アナキズム運動人名事典)』, ぱる出版, 2004, 418쪽)

함께 숨거나 하는 사이에 둘은 친해져서, 한 때 동거까지 한다. 그로부터 15년, 소식이 끊긴 그녀에게서 편지가 온다. 복원復員한 남편이 집에 있어서 외출할 수 없다는 것이다. '나'는 만나러 가기 위해 외출한다.(연재 중단)

이러한 내용으로 '정치 운동'과 '연애'를 섞어놓은 듯한 작품으로 해방 전후를 연결하는 커다란 구상에 기대를 품게 하는데, '본인의 일 관계의 사정本人の仕事の都合'50)으로 19회로 중단되고 만다. 이 작품이 개재된 『평민신문平民新聞』은 아나키스트 단체가 발행하는 신문으로, 제4회부터 제9회까지는 저명한 아나키스트 쓰지 준辻潤의 아들 쓰지 마코토辻まこと가 삽화를 그리고 있다. 대구고보大邱高普 시절에 일시적으로 아나키스트였던 장혁주가 다시 이러한 방면의 인사와 연락을 취했을 가능성도 있다.

마지막으로 한국전쟁 발발 후, 취재를 바탕으로 쓴 『아, 조선嗚呼朝鮮』에 대해서 간략한 스토리를 우선 제시하고 약간의 고찰을 해보려 한다.51)

서울에 살고 있는 대학생 성일聖一은 1950년 6월 25일, 영어 사전을 사러 나가서 전쟁이 났다는 소식을 접한다. 친구의 밀고로 연행된 그는 인민군 병사가 된다. 인민군이 원주 방면으로 철퇴할 때 탈출에 성공하지만, 한국군에게 잡혀서 서대문 형무소로 보내진다. 자신을 호송하는 사이에 다시 탈주해서 집으로 돌아오지만, 아무도 없다. 길가에서 다시 제지를 당하고 이번에는 한국 측 시민병이 된다. 국제연합군의 군복을 입수한 성일은 부산에 당도하지만, 다시 체포당해 탈주병이

---

50) 편집국, 「양해(お断り)」, 『평민신문(平民新聞)』, 1947. 6. 18.
51) 구체적인 것은, 졸고, 『장혁주 연구―일어가 더 편했던 조선각가 그리고 그의 문학』 (동국대출판부, 2010. 1), '부편: 2. 장혁주의 일본어 장편 『아, 조선(嗚呼朝鮮)』에 대하여'(구인모 역)를 참조할 것.

라는 죄목으로 영창에 보내진다. 인민군 포로의 동정을 살펴준다면 석방하겠다는 제안을 거절하자마자, 그는 인민군 포로수용소에 갇힌다. 그 후로 성일은 자신이 어떻게 될지 몰라서 불안과 공포에 떤다.

이러한 내용의 작품인데, 해석 방식은 여러 가지가 있겠지만, 최우선적으로는 역시 장혁주가 조국의 동란을 가까이서 취재해서 '아, 조선!'하고 통곡할 수밖에 없는 그의 심정을 토로한 것이라는 점을 읽어낼 수 있다. 사실 장혁주가 한반도로 건너간 것은, 그의 장남과 차남이 조선인민군과 한국군으로 갈라진 것 때문에, 그것이 걱정돼서 상황을 보러가려는 개인적인 목적도 있었다고 한다. 이러한 점을 보면, 작품을 집필하는 표면적 의도는 전쟁이 터진 조국을 차마 앉아서만 볼 수 없다는 심정이었다고 할 수도 있겠는데, 배면의 의도로는 그러한 스토리에 기대서 자신의 과거와 미래에 대한 불안감을 표출하는 동시에 과거의 '친일' 행위를 변명하려고 하는 숨겨진 또 다른 의도가 반쯤 포함돼 있다고 할 수도 있겠다. 1954년에 쓴 「무궁화無窮花」도 이것과 같은 창작 의도가 있었다고 할 수 있는 작품이다. 하지만 같은 해, 장혁주는 자전적 장편 『편력의 조서遍歷の調書』에서 일단 과거에 매듭을 짓고, 그 이후 '순수한' 일본 작가로서의 길을 걸어가기 시작한다.

제5절 두 작가의 대조적인 '삶'과 문학

염상섭과 장혁주의 '삶'과 문학을 간략하게 정리해 보면, 일본을 잘 알고 있는 이른바 '지일파' 식민지 문인이었다고 할 수 있겠다. 하지만 두 작가가 '일본'에 보인 대응 방식은 매우 대조적인 형태로 표출된다. 그리고 이러한 견해는 해방 후, 한국전쟁에 이르기까지 두 작가 개인의 힘으로는 어떻게 해볼 수 없는 거대한 사건이 앞에 놓여 있었다는 점과도 연관해 생각해 볼 수 있는 문제점을 내포하고 있다. 이러한 특수한 상황 하에서, 두 작가가 어떠한 대응 방식을 했는지 그 방식의 차이를 겹쳐보려 한다.

우선, 염상섭의 경우 청년기에는 식민지 사회 상황에 비분강개하고 있는 모습을 볼 수 있는데, 점차 나이를 들어가면서 냉정하게 사회 현실을 관찰하는 태도로 바뀐다. 그러한 염상섭의 사상을 지탱하고 있던 것이 의식의 근저에 있던 사회나 인생에 대한 염세주의라고 할 수 있는데, 표면적인 자세로 보자면 리얼리즘으로 일관하고 있다. 그러한 자세는 어떠한 상황에서도 거의 흔들리지 않았다. 염상섭은 도당徒黨을 만들지 않았으며, 모든 것과 일정한 거리를 두는 유아독존 식의 자세로 일관했다고 할 수 있다.

전체적으로 염상섭의 경우, 상당히 신중하고 냉정했다. 이러한 태도는 염상섭의 구체적인 창작 활동 면을 보더라도 곳곳에 나타나 있다. 염상섭은 본래 이광수의 『무정』(1917) 이후, 한국 근대문학에서 우세했던 계몽주의적인 작풍에는 관심을 보이지 않았다. 또한, 1920년대 중반 프롤레타리아 문학 운동이 성행할 때도, 그것에 가담하지 않고 냉정하게 현실을 판단했다.

더욱이 1930년대 전반은 브나로드 운동과 관련된 농촌소설이 왕성하게 창작되던 시기였지만, 염상섭은 자신이 도회인이라서 농촌을 그릴 수 없다고 언명하고52) 이러한 시대적 흐름과도 거리를 유지했다.

---

52) 염상섭, 「농촌으로 간다면」, 『동방평론』 3, 1932. 7, 162-164쪽. 다만 그는 동경에 체재할 때 「두 출발」(『현대평론』, 1927. 4~7) 이라는 농촌과 관련된 중편소설을 썼다. 이 소설은 농촌을 무대로 해서 조선의 옛 가치관이 일본이 들여온 질서와 어떻게 충돌하고 있는지를 그리고 있다. 이 소설은 1930년대 전반의 다른 작가의 농촌 계몽적인 작품군과는 전혀 다른 경향을 보여준 작품이다.

1930년대 후반 동료 작가들이 일본어 소설을 슬슬 쓰기 시작하자, 염상섭은 거꾸로 붓을 꺾어버리고 1937년에는 만주로 벗어난다. 그는 일본어로 창작 행위를 하는 것에 대해서도 냉정하게 숙려해서, 일본어 작품은 한 편도 남기지 않았다. 어쩌면 조선 국내에 있을 경우, 일본이 강요하는 국책적인 협력 요구를 거부할 수 없다고 판단했는지도 모르겠다.

한편, 염상섭은 일본이 패망했음에도 기뻐서 어쩔 줄 몰라 귀국한 것이 아니라, 신의주에서 서울의 형편을 1년 가까이 살핀 후에야 귀환하는 신중한 자세를 보였다. 또한 한국전쟁이 발발하자 처음 수개월간, 인민군이 수도를 함락시키고 수난을 겪은 체험 때문인지 수도 수복 이후에는 해군에 입대해서, 생활 기반과 신변을 확보한 상태에서 창작활동을 했다.

이러한 염상섭의 행로를 볼 때 유일하게 예외적인 시기가 해방 직후 1946~47년 무렵이다. 이 시기에는 분단을 받아들이지 못하고 무슨 일이 있어도 조국은 통일되어야 한다는 열망이 작품에까지 표출돼 있는데, 이러한 꿈은 이뤄지지 않는다. 이로 인해 염상섭은 다시 냉정한 관찰자적인 자세로 돌아왔다고 할 수 있다.

다음으로 장혁주의 경우 자신의 출생에 관한 원체험적인 콤플렉스라는 속박을 평생 동안 갖고 있었던 작가라고 할 수 있다. 그는 양반과 문인이 존경받는 조선 사회에서, 양반이 아닌 자신이 존경을 받는 길은 문인이 되는 수밖에 없다고 생각했던 것으로 보인다. 그 때문에 생겨난 자존심 과잉은 피해망상적인 태도와 표리의 관계를 형성했다고 할 수 있다. 그런데 이러한 경향은 성격에 그치지 않고 작품에도 영향을 미쳤다. 장혁주의 창작은 물론 다른 산문들의 경우도 지나치게 감정적으로 호소하던가, 타인의 비판에 감정적으로 반발하는 경우가 많은 것이 이를 증명한다. 그럼에도 『삼천리』지 등을 주재하는 김동환이나 유진오 등을 비롯한 한국측 문인들은 장혁주의 문재(文才)를 아끼는 마음에서 긴밀한 관계를 유지하고 있었다. 특히 일본에 건너간 이후 장혁주는 『문예수도』나 『문학안내』지 동인을 중심으로 자신을 이해해 주는 일본 문인들과 깊은 교류를 하면서, 출판사하고도 적당하게 타협을 했기 때문에, 몇 십 권이 넘는 단행본을 출판할 수 있었던 것으로 보인다.

물론 이것을 지탱한 것은 장혁주 자신이 항상 생활의 양식을 얻어야 한다는 절박한 마음과, 한편으로는 두드러진 상승 지향 의식 때문이었다. 항상 정신적으로 여유가 없었던 장혁주는 쫓기듯이 시류에 따르지 않을 수 없었던 것이다.

장혁주는 한국의 다른 문인들보다 앞서서 일본어 소설로 일본 문단에 데뷔했고, 일본에서 최소한도의 지위를 확보한 후에는 한국어로 당시 유행하고 있던 브나로드 운동 노선의 농촌소설을 연재했다. 이 시기를 돌아볼 때 놀랄 수밖에 없는 점은 장혁주가 당시 아직 조선에 재주하고 있었으며, 일본에는 단기로 체재한 경험밖에 없었다는 사실이다. 그러므로 장혁주가 당시 갖고 있던 일본에 관한 지식은 직접 견문으로 체험으로 한 것이 아니라, 대부분이 활자 등을 통해서 얻은 2차적인 것들뿐이었다. 그 상태로 이중언어 창작을 감행한 귀재鬼才로서의 활동상은 주목을 요한다.

장혁주는 1936년 동경에 정주한 후, 우선은 일본의 순문학적 노선에 맞는 작품으로 실적을 쌓으면서, 조금 여유를 얻게 되자 본래 자신이 쓰고 싶었던, 자신의 반생을 극명하게 그린 자전적 장편소설을 연달아서 발표한다. 하지만 1940년 전후가 되자, 이러한 사소설적인 극히 개인적인 문학 경향에 안주할 수 없는 시대로 접어들고 있었다. 이것을 민감하게 파악한 장혁주는 시국·국책적인 작품을 쓰는데, 특히 만주 시찰에 근거해서 한국인 이민을 다룬 소설을 통해 그들의 고난에 대한 이해와 동정을 필치 속에 보여주고 있다. 이러한 것을 보다 종합적으로 바라보면, 장혁주가 완전한 일본인 양 행세해서 대일본제국의 국책에 영합하는 노골적인 작품을 썼다는 것은 재고의 여지가 있다고 하겠으며, 실제적으로 그러한 작품이라고 일언지하에 단정할 수 있는 작품도 거의 없다. 장혁주는 '이성'적이기보다는 '감성'적인 작가였기 때문에, 우선 무엇보다도 한국인의 '삶'에 우선적으로 동정하는 마음을 표현하고 있다. 즉 감정이입으로 시작하는 것이 장혁주 작품의 한 특징이라고 하겠다. 장혁주는 여러 현안들이 닥칠 때마다, 감격하거나 격분하기 쉬운 성격이었는데, 시간이 지나서 이러한 행적을 바라보게 될 때 스모(일본 씨름)에서 상대를 떠밀다가 제 바람에 밖으로 발을 먼저 내디뎌 지게 된다는 식[53]으로 '친일'적인 언동을 상당히 많이 한 것으로 낙인이 찍혀서, 이러한 점을 해방 후에 지적당하자 1930년대와 같은 방식으로 다시 감정적으로 반발했다. 하지만, 장혁주는 일본에 정주하는 길을 선택한데다가 일본인 처자를 떠안고 있어서, 더 이상 과격한 언동을 하지 못하게 된다. 발언을 하면서도, 그에게는 항상 불안함이 있었다. 해방 후 장혁주 문학의 중심 모티브는 이러한 '불안'을 표출하는 것과, 지금까지 자신이 길어온 '삶'에 대한 자기변명 색재가 상한 것이었다. 이 두 가지 형식이 집약된 것이 장편 『아, 조선』이다. 염상섭이 『취우』를 통해 객관적인 필치로 동란 속에서 우왕좌왕하는 서울의 소시민을 그린 것에 비해, 장혁주는 자신의 분신과도 같은 주인공을 내세워 한반도를 방황하고 끝내는 안주할 땅이 없음을 통곡한다.

---

53) '이사미아시(勇ス足)'라고 한다.

즉, 주인공과 작가의 심정이 극히 가까운 거리임을 알 수 있다. 그 후, 염상섭은 1963년 죽기 전까지 리얼리즘 노선을 철저하게 적용한 작품으로 소설을 계속 썼다. 반면 장혁주는 한국전쟁 후 수년간 생활을 위해서 매문(賣文)을 포함해서 일본인작가로서 단편을 계속 쓰기는 하지만, 1960년대 이후는 소설을 양산하지 못하게 되고, 기행문이나 영문소설 등의 신경지를 개척해간다. 이 점은 앞으로 검토해야 할 과제이다.[54]

그러면 여기서, 1930년 전후 염상섭과 장혁주를 위시해서 한국의 많은 문인이, 어째서 일본 문단으로 향해가려 했는지에 대해서, 약간의 고찰을 해보겠다.

염상섭은 1926~28년 일본 문단에 진출하리라는 마음을 품고 도일渡日했는데, 그보다 8살 연하인 장혁주는 1932년 실제로 일본 문단 진출에 성공한다. 이러한 조선 지식인들이 품고 있던 일본을 향한 열망은 1930년 전후의 각종 자료를 검토하는 것을 통해 어느 정도 이해할 수 있을 것이다.

우선 당시 학교 취학률을 보면 1930년 공립보통학교의 경우 남자는 24.2%, 여자는 4.8%에 지나지 않았다.[55] 게다가 그 가운데 반수 정도는 졸업도 하기 전에 중퇴하는 경우가 많았다. 다음으로 식자율識字率을 보면 1930년 "조선 국세조사로 보는 식자 기능 보급상황(한국인 분)"은, "히라가나 및 한글"의 경우 남녀 평균이 6.8%, "한글 만"을 보더라도 평균 15.4%에 지나지 않았다.[56] 본래 문학 작품을 읽기 위

---

54) 전게서, 『장혁주 연구―일어가 더 편했던 조선작가 그리고 그의 문학』, '부편: 3. 해방 후의 장혁주에 대하여'(구인모 역)를 참조할 것. 한편, 해방 후의 장혁주문학에 대해서는 장윤향(張允馨, 규슈대학 대학원 박사과정) 씨가 현재 활발하게 연구를 진행하고 있다.

55) 사노 미치오(佐野通夫), 『일본 식민지 교육의 전개와 조선민중에 대한 대응(日本植民地教育の展開と朝鮮民衆への対応)』, 사회평론사(社会評論社), 2006, 143쪽.

해서는 식자 능력이 없으면 안 되는데, 이러한 통계를 보게 되면 당시 한국의 독자층이 얼마나 제한된 범위 안에 있었는지를 알 수 있다. 물론, 옛 소설이나 신소설 등의 경우는 문자를 읽을 수 있는 사람이 읽어주는 경우도 많았다고 하는데,[57] 이러한 경우는 1920년대 이후에는 점차로 줄어들어서, 소설은 개인이 묵독하는 것이 일반적인 경향이었기 때문에, 식자 능력이 불가결했음은 두말할 나위가 없다.

한편, "조선 내 발행 신문지 반포 상세 일람표朝鮮內發行新聞紙頒布狀勢一覽表"[58]를 보면, 당시 한반도내의 신문 판매 상황을 알 수 있다. 필자가 1929년 단계에서 동아일보, 매일신보, 조선일보, 중외일보 등 4개지의 한국인 독자수를 합산해 본 결과, 87,351부라는 숫자가 나왔다. 신문 구독자 모두가 연재소설을 읽는 것이 아니고, 반대로 구독계약을 하지 않고 신문열람소 등에서 읽는 경우도 있어서, 이러한 구독자수가 바로 소설 독자수로 환산되지는 않지만, 대체적인 독자층의 규모를 살펴보는 것은 가능할 것이다.

다음으로, 잡지 반포 상황을 보면, 위의 자료 가운데 1929년 반포된 실제 숫자는 『조선지광朝鮮之光』 639부, 『신민新民』 1,430부 등 부수를 추출할 수 있다. 또한 5년 전인 1924년 『조선문단朝鮮文壇』의 창간호는 1,500부였다고 하고 또, 1931년 『신동아新東亞』 창간호가 2만 부였다고 하는 것은, 아마도 공적으로 내세운 부수였을 가능성이 크다.

이러한 점으로 미루어 볼 때, 1930년 전후 신문·잡지의 독자 규모

---

56) 이타가키 류타(板垣竜太), 「식민지 조선에서의 식자조사(植民地朝鮮における識字調査)」, 『아시아 아프리카 언어문화연구(アジア・アフリカ言語文化硏究)』 58, 동경외국어대학, 1999, 289쪽.
57) 유진오, 「작품해설」, 『창랑정기』, 정음사, 1972(1979년에 2판), 430쪽.
58) 정진석, 『한국언론사(韓国言論史)』, 나남, 1990, 553쪽. 원자료는 조선총독부 경무국, 「1930년 조선에서의 출판물 개요(昭和五年朝鮮に於ける出版物概要)」.

는 상당히 협소했음을 알 수 있다. 애써 노력해 쓴 작품이 이 정도밖에 읽히지 않는다고 한다면, 조금 더 큰 시장을 바라는 것은 자연스러운 추세일 것이다. 그러한 더 큰 시장은 바로 일본이었다. 하지만 일본으로 향하기 위해서는 일본어로 쓰지 않으면 안 된다고 하는 딜레마가 있었다. 1928년 시점에서 염상섭이 일본 진출을 단념한 것은, 시기상조라는 생각이 들었기 때문일 것이다. 그로부터 4년 후인 1932년에 장혁주가 일본어 작품으로 데뷔를 하게 되는데, 그 때 염상섭은 이미 일본어 창작이 아니라, 한국어로 고급 독자에게는 수준 높은 순문예 작품을, 대중 독자에게는 통속소설과 그 보다 한 단계 아래의 대중소설을 나눠서 쓰는 노선을 취하고 있었다.

그 사이 일본에서는 1920년대 일본 프롤레타리아 문학이 융성했으며, 한편으로는 탐정·모험 소설도 유행했다. 더욱이 1920년대 후반에는 '엔뽄圓本' 시대가 도래해서 문학 독자층이 대중화하기 시작한다. 이러한 움직임을 곁눈으로 보고 있던 염상섭은 한국내 독자에게 받아들여질 수 있는 범위에서 한국어 창작에 힘썼던 것이다. 그리고 1930년대 후반이 되자, 식민지 상황 하에서 일본어 교육이 서서히 침투해 들어갔기 때문에, 한국인 일반 대중의 일본어 식자율이 향상돼서, 광범위한 대중이 일본에서 들여온 단행본·잡지류를 구독하기 시작했다. 그렇게 되자 한국어 작품은 일본어 작품보다 더 재미가 있어야만 읽힌다는, 또 다른 현상에 직면하게 된다. 통속 신문소설 등을 쓰고 있던 염상섭은 이러한 상황에 위기의식을 안고 있으면서도, 경쟁에 지친 것마냥 붓을 꺾고 만주로 간다. 이러한 측면에서 보면, 염상섭의 만주행은 결코 일제에 협력하는 것을 사전에 모면하기 위한 정치적인 이유 때문만은 아닌 것을 알 수 있다.

장혁주의 경우는 어떠했는가. 그는 염상섭의 만주행과 거의 같은 시기인 1936년에 일본에 아주 정주하게 된다. 장혁주는 한국어 작품을 써서 한국 문단에서 약간의 반응을 얻어내기는 했지만, 허무한 마음을 안게 된 것은 아니었을까? 그렇다면 더욱 더 일본어 능력을 절차탁마해서 일본인 작가와 호각으로 맞붙어서, 수준 높은 작품을 써서 인정받고 싶은 마음을 품었을지도 모른다고 보다 큰 틀에서 생각해 볼 수 있지 않을까. 즉 한국내의 문학 독자층이 박약한 것이 염상섭과 장혁주 두 작가를 한반도 밖으로 내모는 하나의 동기로서 작용했을 가능성을 배제할 수 없는 것이다.

끝내며

염상섭과 장혁주라는 두 '지일知日' 작가의 '삶'과 문학은 상당히 대조적인 면이 많음을 살펴보았다. 그것은 즉, 두 작가의 출생부터 시작해서, 일본어 창작의 유무, 한반도 '탈출'과 연관된 방향성, 8·15해방 이후의 대응 양상, 6·25 전쟁에 대한 대응 등등에 대한 종합적인 고찰을 통해 내린 결론이다. 이러한 것들 중에는 작가 본인의 성격적인 측면이 작용해서, 염상섭의 경우는 세상으로부터 초연한 문명 비판적인 태도로 일관하게 된다. 그리고 그 근저에는 염세적인 리얼리즘이 자리잡고 있다. 다른 한편으로, 장혁주는 세상과 밀착해서 그 때마다 상황에 대응하는 방식의 태도를 보여주고 있다. 그 근저에는 일종의 '실용적' 리얼리즘이 존재하고 있었다고 본다.가 두 작가는 창작 활동의 질과 양을 보더라도 문호라고 해도 좋을 정도의 위치에 있었다고 생각할 수 있는데, 염상섭의 경우 문학사 속에서 그에 상응하는 대우를 받고 있다고 할 수 있지만, 장혁주는 그 자세 및 일본어 작품이 많은 것

등 때문에, 한국 근대 문학사 속에서 거의 말살 당한채로 현재에 이르고 있다고 해도 과언이 아니다. 하지만 두 작가가 8살의 나이 차가 있기는 하지만, 어째서 같은 한국인 작가의 궤적이 이토록 대조적인 것인가에 대해서는 두 사람을 동시에 검토하는 것을 통해서만 그 문제와 방향성을 명확히 짚어낼 수 있으리라 생각한다. 1930년을 전후로 해서 문사로서의 존재를 확립해 간 두 작가가 직면해 있던 문학 내적 혹은 외적인 상황과 그것을 극복하는 방식을 검토하는 것은, 하나의 케이스 스터디(사례 연구)라고 할 수 있는데, 같은 시기에 한반도 내에 머물면서 작품 활동을 계속한 많은 작가들에 대해서 고찰할 경우에도, 참고할 수 있는 부분이 많다고 생각한다. 즉 이 두 작가는 얼핏 보면 한국 근대 문학사 가운데 특이한 존재로만 보일 수 있는데, 당시 문인들이 처해 있던 환경에 누구보다 민감하게 반응했던 상당히 대조적인 두 종류의 작가 유형이라고 하겠다.

이 두 작가의 '삶'과 문학을 추적하는 것은 1945년 8월 15일부로 종결되는 것이 아니라, 연속적인 것으로 해방 후에도 일관적인 방식으로 살펴봄으로써, 한국 현대 문학사를 안과 밖에서 다시 바라볼 수 있는 계기를 마련할 수 있을 것이다. 본고는 이러한 시점을 제공하는 하나의 시도이다.

※ 염상섭·장혁주 관련 간략한 연보(~1953년)

염상섭(본명: 廉尚燮)	사회 배경과 문학사의 흐름 (※ 굵은 글꼴: 문학 관계)	장혁주(본명: 張恩重)
1897 서울 출생	1897 국호 대한제국으로 됨	
	1904 러일전쟁(~1905)	
	1905 을사보호조약	1905 대구(추정) 출생
1907 한성사범부속 소학교 입학	**1906 이인직 「혈의 누」**	
1911 보성중학입학(중퇴)	1910 일본의 식민지가 됨	
1912 일본으로 감		1913 계림보통학교 입학 (경주)
1913 아자부 중학교 → 세이가쿠인 중학교 → 교토부립제이 중학교	**1917 이광수 「무정」**	
1918 게이오대학 예과 입학 (중퇴)		
1919 독립운동으로 구속 (오사카 덴노지 공원)	1919 3·1 독립운동	
1920 동아일보 정치부기자 귀국『폐허』창간	1920 조선일보, 동아일보 등 창간	
1921 「표본실의 청개고리」		1921 대구고등보통학교 진학
1924 「만세전」『폐허 이후』	**1924 『조선문단』 창간**	
1926 재도일(동경)(~1928)	**1925 KAPF결성(~1935)**	1926 대구고보 졸업
1929 조선일보 학예부장		1927 경북 보통학교 교원
1931 「삼대」 중앙일보 사회부장 등	1931 만주사변 발발 브나로드 운동	1930 일어소설 「白楊木」 1932 「餓鬼道」
1936 매일신보 정치부장을 사임	**1933 9인회 결성(~1936)**	1934 한국어소설 「삼곡선」
	1936 일장기 말소사건	1936 동경에 정주 시작
1937 만선일보 편집국장	1937 중일전쟁 발발	1938 희곡 「춘향전」 상연

1939 중국 단동으로 대동항건설(주) 홍보 담당 사원	1939 『문장』『인문평론』	1939 만주시찰
	1941 태평양전쟁 돌입	1942 2번째 만주 시찰
	1943 조선문인보국회	1943 3번째 만주 시찰 「이와모토 지원병 (岩本志願兵)」
1945 신의주로 귀환	1945 제2차 세계대전 종결	1945 4번째 만주 시찰 나가노현으로 피신
1946 서울로 돌아옴	1946~ 월북, 월남 문인 속출	
1948 「효풍」	1948 한국 북조선 분립	1947 사이타마현에 정주
1950 해군입대(51~소령)	1950 한국전쟁 발발	
1952 「취우」(~1953)	1953 한국전쟁 휴전	1952 「아조선(嗚呼朝鮮)」 일본에 귀화(野口稔)

※「 」안: 작품명, 『 』안: 단행본, 잡지명.

제 1 부

염상섭과 그 작품

제1장 「만세전」 소고

시작하며

염상섭(1897~1963) 초기 대표작인 중편소설 「만세전萬歲前」(1924년: 초출은 1922년＝일부분만. 당시 제목은 「묘지墓地」)은 지금까지 그 나름대로 많은 연구가 있었다.[1] 하지만 엄밀하게 텍스트 서지를 대조 분석하는 작업에는 불완전한 면이 있으며, 따라서 그러한 것에 입각해 「만세전」의 테마나 핵심, 혹은 문학사적 의의에 대한 논의가 지금까지 충분히 이뤄지지 않았다. 이번 장에서는 제한된 지면이지만, 4종류의 「만세전」 텍스트의 상호관계를 가능한 범위에서 대조해 제시한 후에, 염상섭의 당시 사상과 심정이 이 작품의 주인공을 통해서 어떻게 표현되었는지에 대해서 고찰해 보도록 하겠다.

여기서 「만세전」 텍스트 4종류에 대해 정리해 보면, 우선 이 작품은 「묘지」라는 제목으로 『신생활新生活』지에 1922년 7월부터 9월까지

---

[1] 기존의 염상섭 연구는, 문학사와 비평연구회 『염상섭 문학의 재조명(염상섭 선생 탄생 100주년 기념 논문집)』(새미, 1998. 2. 1) 권말에 염상섭 연구목록에 상세하게 소개돼 있다. 한편, 이번 장에서 다루는 모든 문헌은 한국어이다.

도합 3회 연재됐지만, 전체 3분의 1정도에서 중단됐다(이하, A＝신생 활판).2) 이어서 제목이 「만세전」으로 변경돼서 『시대일보時代日報』지에 1924년 4월 26일부터 6월 4일까지 도합 59회 연재되면서 처음으로 완결됐다(이하, B＝시대일보판). 그리고 바로 직후, 고려공사에서 1924 년 8월 10일부로 단행본이 출판됐다(이하, C＝고려공사판). 그 후, 이 작품은 8・15(1945) 이후 수선사首善社에서 1948년 2월 25일부로 역 시 단행본으로 출판됐고, 이때 이전의 전체 8장 구성에서 전체 9장 구 성으로 변경됐으며, 또한 큰 폭으로 개고했다는 것이 알려져 있었다(이 하, D＝수선사판). 덧붙여서 현재 널리 유포되어 있는 텍스트는 소견 으로 볼 때, 『염상섭전집 1』(민음사, 1987년)이 C를 저본으로 한 것 외에는, 모두 D가 저본이다. 독자가 8・15 이후에 출판된 개작된 책 을 읽으면서도, 1920년대 작품이라고 믿고 있다고 한다면, 그것도 커 다란 문제라고 할 수 있다.

제1절 장章 구성과 연재 상황에 대해서

여기서는, 이하 상술한 4가지 텍스트(A～D)의 구성과 연재상황을 대조할 수 있도록 일람표로 표시하고, 이와 함께 B의 연재 회수 표시 의 착오도 지적해 두려한다.3)

---

2) 제3회분(『신생활』 9호)은 검열로 전문삭제 처분을 받았는데, 현재 검열용인 제출본 의 복각이 이뤄지고 있다.

3) 또한 『시대일보』지는 『시대일보(학예면)』(국학자료원, 1985)을 참고했는데, 불완전 한 부분이 있어서 경인문화사판 영인본에서 복사한 것을 병용해서 작성했다. 하지만 결호 등이 있어서, 일부분은 추측한 부분이 있다('추정'으로 표시). 또한 '불명(不明)' 은 페이지 일부가 결손 혹은 판독불능인 것을 말한다. 한편, 아라비아 숫자 3과 8의

A(신생활판)	게재연월일	B(시대일보판) 본래	실제	C(고려공사판) [전부 195쪽]	D(수선사판) [전부 204쪽]
	1924. 4. 6 →	(1)	(1) 1		
1	4. 7	(2)	(2) 1-2	1	1
(제1회)	4. 8	(3)	(3) 1-3		
제7호	4. 9	(4)	(4) 1-4		
(1922. 7)	4. 10	(5)	(5) 1-5		
↓	4. 11	(6)	(6) 1-6		
↑	4. 12	(7)	(7) 1-7		
2	4. 13	(8)	(8) 1-8	↓	↓
-------	4. 14	(9) ←	(8) 1-9/2-1(도중부터)	--------------------	
↑	4. 15	(10) ←	(8) 2-2	↑	↑
3	4. 16	(11)	(11) 2-3		
(제2회)	4. 17	(12)	(12) 2-4	2	2
제8호	4. 18	(13) ←	(18) 2-5		
(1922. 8)	4. 19	(14)	(14) 2-6		↓
--------	4. 20	(15)	(15) 2-7	--------------------	
↑	4. 21	(16)	(16) 2-8		↑
4	4. 22	(17)	(17) 2-9		3
(제3회)	4. 23	(18)	(18) 2-10		
제9호	4. 24	(19)	(불명) 2-20 ← 11(추정)		
(1922. 9)	4. 25	(20)	(20) 2-21 ← 12(추정)		
	4. 26	(21)	(21) 2-13		
↓	4. 27	(22)	(22) 2-14		
〈중단=미완〉4. 28		(23)	(23) 2-15		
---------	4. 29	(24)	(24) 2-15(속)/3-1 (도중부터)	----------------	
	4. 30	(25)	(25) 3-2(속)그대로	↑	↑
	5. 1(추정)	(26)	(불명) 3-3(추정)		
	5. 2	(27)	(불명) 3-4(추정)	3	4
	5. 3(추정)	(28)	(불명) 4-1(추정)	↑	↑
	5. 4	(29)	(29) 4-2		

판별하기 곤란한 것은 본래회수에 준해서 고쳤다. 본고의 자료입수와 그 밖에 여러 모로 와세다대학의 호테이 도시히로(布袋敏博) 교수에게 다대한 수고를 끼쳤다. 또한 참고로 호테이 교수가 작성한 일람표에서 게재된 월일을 옮겨 썼음도 밝혀둔다. 호테이 교수에게 감사의 마음을 전한다.

5.5 혹은 5. 6(추정)	(30)	(불명) 4-3(추정)		
5. 7	(31)	(31) 4-4		
5. 8	(32)	(불명) 4-5	4	5
5. 9	(33)	(33) 5-1	↑	↑
5. 10	(34)	(불명) 5-2		
5. 11	(35)	(35) 5-3		
5. 12	(36)	(36) 5-4		
5. 13(추정)	(37)	(37) 5-5(추정)		
5. 14	(38) ← (37) 5-6			
5. 15	(39) ← (38) 5-7			
5. 16	(40)	(40) 5-8		
5. 17	(41)	(41) 5-9		
5. 18	(42)	(42) 5-10		
5. 19	(43)	(43) 5-11		
5. 20	(44) ← (43) 5-12		5	6
5. 21	(45) ← (44) 5-13			
5. 22	(46)	(46) 5-14/6-1 (도중부터)	--------------	
5. 23	(47)	(불명) 6-2(추정)	↑	↑
5. 24	(48)	(48) 6-3	6	7
5. 25	(49)	(49) 7-1	↑	↑
5. 26	(59)	(59) 7-2		
5. 27	(51)	(51) 7-3		
5. 28	(52)	(52) 7-4	7	8
5. 29	(53)	(53) 7-5/8-1 (도중부터)		
5. 30	(54)	(54) 8-2	↑	↑
5. 31	(55)	(55) 8-3		
6. 1(추정)	(56)	(불명) 8-4(추정)		
6. 2(추정)	(57)	(불명) 8-5(추정)		
6. 3	(58)	(불명) 8-6		
1924. 6. 4 →	(59)	(59) 8-7	8	9

이 장 구성과 연재 상황에 입각해서, 고려공사판을 저본으로 해서 「만세전」의 개요를 정리해 보겠다.

1: 1918년 겨울의 일이다. 동경 W대학에 재학중인 나(이인화李寅華) 는 조혼해서 아내가 산후 회복이 좋지 않아, 처가 위독하다는 전보를

받고, 기말시험 도중에 일시적으로 귀국하게 된다. 단골 카페 여급 시즈코靜子에게 그 사정을 말하고 M헌軒을 나온다.(이상, A: 제1회, 1/ B(6)까지) 하숙에서 짐을 정리해 동경역으로 가자, 놀랍게도 시즈코가 배웅을 하러 와있었는데 경황이 없어 헤어지고 만다.(이상, A: 제2회, 2/ B(9)도중까지)

2: 하행 야간기차 속에서 나는 시즈코가 건네 준 편지를 읽는다. 편지에는 그녀의 한결같은 마음이 적혀있다. 너무나도 긴 기차 여행에 지친 나는 고베에서 도중에 하차해서 친분이 있는 조선 여자 유학생인 을라乙羅의 기숙사를 방문한다. 그녀는 반가워하며 급히 떠나는 것을 만류했지만, 나는 헤어져 나온다.(이상, A: 제2회, 3/ B(15) 도중까지/ C: 1행 비어있음/ D: 2, 여기까지) 겨우 시모노세키에 당도해서 관부연락선 대합실로 간다. 재빠르게 조선인을 찾아내는 형사가 불러 세워서 심문을 받게 된다. 겨우 승선한 나는 목욕탕에 들어간다. 노동자를 사냥해 도급을 하는 자로 보이는 일본인들의 이야기에 귀를 기울이고 있는데, 다시 불러댄다. 저항해 보지만, 결국 다시 배에서 내려서, 배가 떠나기 바로 직전까지 조사를 받고 허둥지둥 승선한다. 갑판에서 멀어지는 시모노세키의 불빛을 보고 있자니 눈물이 나온다.(이상, A: 제3회, 4/ B(24) 도중까지/ D: 3, 여기까지= 이하, C와 1장씩 어긋난다)

3: 관부연락신에서는 다음닐 아침에도 밀다툼과 밀치락달치락 기리는 소동을 겪고 나서 겨우 하선해서 또 경관과 헌병 옆을 지나가는 도중에 불러 세워 조사를 받는데, 이번에는 형식적인 것으로 바로 해방된다.(이상, B(27)까지)

4: 부산 거리는 일본인들의 건물 밖에 없어서 조선인 집은 전혀 눈에 띄지 않는다. 훌쩍 들른 일본 우동집에서 조선인 여급들의 신세타령을 듣는다. 기차에 탔는데 다시 형사가 뒤를 밟는 낌새다.(이상, B(32)

까지)

5: 김천金泉에 도착하자 형이 마중을 나와서 잠시 하차한다. 집에 가자 형은 처가 있음에도 아들이 없다는 이유로, 놀랍게도 내 소꿉친구인 젊은 여자와 동거를 하고 있다. 나는 무심코 이기적인 형을 책망한다. 다시 승차하자, 추풍령 바로 앞에서 일본인 사냥꾼들이 올라타서, 내가 옛날에 존경하고 있던 김의관金議官같은 사내와 이야기를 시작한다. 김의관은 반골인줄 알았는데, 지금은 총독부에 아첨해서 돈을 좀 만지는 모양이다. 영동永同역에서 사냥꾼들은 내리고, 이번에는 조선인 갓장수 사내가 내 앞에 앉는다. 하지만 이 사내도 조선인 헌병 보조원에게 연행되어 간다.(1행 비어 있음) 오전 영시를 넘긴 시간에 대전에 도착한다. 일시정차 할 때 역 앞을 서성대고 있는데, 거기도 일본인 건물 밖에 보이지 않는다. "묘지다"라고 나는 엉겁결에 외치고 만다. 다시 승차해서 다음날 아침 겨우 서울 남대문역에 도착한다.(이상, B(46) 도중까지)

6: 인력거를 타고 집에 돌아오니 처가 힘없이 자고 있다. 어머니는 울기만 한다. 아버지에게 인사를 하러가자, 놀랍게도 김의관이 와 있다. 식객으로 와있는 것 같았다. 또 관할서에서 형사가 와서, 시외로 외출할 경우 연락하라는 말을 남기고 돌아간다.(이상, B(48) 도중까지)

7: 아버지는 내 처가 중병임에도 밖으로만 나다닌다. 을라가 귀국했을 것이라고 생각하고, 의형인 병화炳華의 집에 가보았는데, 돌아오지 않았다고 어째서인지 시치미를 뗀다. 의형과 을라의 관계를 추궁당하고 싶지 않는 것 같다. 집에 돌아가서 나는 우울해져 본가의 형님과 술을 마신다. 다음날, 을라가 태연한 얼굴로 병문안을 와서, 오늘 아침 도착했다고 거짓말을 한다.(이상, B(53) 도중까지)

8: 처는 결국 임종을 맞는다. 서양의학을 신용하지 않는 아버지 등의

탓으로 죽게 내버려 둔 것과 매한가지다. 죽자 도리어 나는 처가 가여워진다. 모두의 반대에도 불구하고 삼일장을 하기로 하고 공동묘지에 묻는다. 그 후 일주일간, 집에서는 무당을 불러서 귀신을 달래는 의식이 벌어진다. 나는 미신을 믿는 집안 분위기를 견딜 수 없다. 돌연, 을라가 조문을 하러 온다. 나는 시즈코에서 온 편지를 다시 읽어본다. 그녀는 카페를 그만두고, 교토에 있는 숙모 집에 간다고 한다. 내가 바로 떠난다고 하자 모두 놀라워한다. 나는 시즈코에게 "서로 자신의 길을 다시 살자"고 하는 의미의 답장을 써서 보낸다. 역에는 가족이 배웅을 나와 있다. 김천 사는 형이 "재혼을 생각해 보라"는 말을 적당하게 섞고, 나는 바로 차장 안의 사람이 된다.(이상, B(59)까지)

이상 「만세전」의 개요와 서지를 정리해 봤다. 이러한 서지와 개작상황에 대한 기존의 논의 가운데 중요한 것은, a.이재선(1979)[4]과 b. 김윤식(1987)[5]이다. a는 4가지 종류의 텍스트의 개작과정에 대해 처음으로 본격적으로 언급한 노작勞作이다. 특히 전문 삭제된 것으로 취급됐던 『신생활』 제9호 연재 제3회분에 대해, 총독부 경무국이 6군데 빨간 줄을 친 부분에 대해 구체적으로 소개한 부분이 눈에 띈다. 이 부분은 조선에서 사람 사냥을 하고 있는 일본인이 조선인 노동자에게 차별적인 말을 하고 있거나, 주인공을 조사하는 형사들에 대한 불쾌감 등을 상당히 과격하게 표현하고 있는 부분인데, 이재선은 이 부분이 B나 C에 거의 대부분 그대로 재수록 되고 있음에 주목하고 있다. 검열에 걸릴 만한 부분을 작가는 일부러 수정하고 있지 않는 것이다. 이 점에

---

4) 이재선, 「일제의 검열과 만세전의 개작」, 『문학사상』 84호, 1979. 11.(권영민 편, 『염상섭문학연구』, 민음사, 1987년 수록)
5) 김윤식, 「「만세전」의 개작과정과 텍스트 문제」.(김윤식 『염상섭연구』, 서울대출판부, 1987년 수록)

대해서 이재선은 검열 원칙이 예상 외로, 일관성이 없었던 것은 아니었을까 추측하고 있다. 즉, 제목을 「묘지」에서 「만세전」으로 변경한 것도 검열이 작용했을 것으로 보이며, 잡지보다는 신문 쪽이 검열 기준이 느슨했지 않겠냐는 것이다. 이것에 대해서는 별도로 검증이 필요한데, 작가가 이 부분만은 바꾸고 싶지 않다고 하는 강한 의지가 이 경우에는 좋은 쪽으로 작용해서, 검열을 잘 피해갔던 것은 아닐까. 한편, C에서 D로 큰 폭으로 개고를 한 것은 C의 결말부분(시즈코에게 보내는 편지)에 보이는 처의 죽음에 대한 주인공의 내면 표출이나, 시즈코에 대한 지순한 사랑의 이상화가, D에서는 모습을 감추고 그 대신에 "소학교 선생이 사벨(군인이나 경관이 허리에 차던 서양식 칼—역자 주)을 차고 교단에 서는 나라가 있는 것을 아십니까?"와 같이 나라와 민족문제에 대한 주인공의 고뇌를 표출하는 것으로 바뀌어있다는 지적이 중요할 것이다. 이재선은 이러한 표현은 1945년 이전의 검열 상황을 고려해 보면 도저히 힘들었겠지 않겠냐고 덧붙이고 있다. 문제는 이러한 커다란 차이에 무자각인 채로 D 하나만을 두고 논의가 통용됐었다는 지적은 경청해야 할 것이다. a에서는 이 외에도 각 텍스트 별로 자세한 본문의 차이점과 그 관계를 구체적으로 제시하고 있는 상당히 중요한 논고이지만, 논문 제목에서 살펴볼 수 있듯이 문학작품을 지나치게 검열이라는 척도에서만 음미하고 있는 느낌을 지울 수가 없다.

다음으로 b(김윤식)에서는 우선, A에서 C, D로 이어지는 문체의 변화에 주목하고 있다. 특히 A에서는 '彼女(그녀)'라고 하는 일본어 표현이 그대로 사용되고 있음에 주목하여, 「묘지」와 초기 삼부작(표본실의 청개고리, 암야, 제야)과의 공통점을 지적하고 있다. 즉, 이 용법은 일본 근대문학을 보고 배운 작가의 내면 고백체라고 하는 형식에서는 꼭 필요한 용어였다는 것이다. 하지만 염상섭은 1922년 당시, 이 내면 고백 세계에서 탈각하려고 했었다면서, 그것이 「묘지」가 도중에 중단되는 것으로 일단락되었다고 하고 있다. 즉 A의 중단은 검열 문제가 그 원인이 아니라고 하는 주장이다. 김윤식은 이것과 관련해서 염상섭의 사고방식이 변하는 것을, 1923년에 창간된 시대일보사 사회부장으로 그가 입사한 것과도 관련지어서 논하고 있다. 다만, 분석 자료로 그 시대일보판(B)은 거의 언급하고 있지 않는 점은 유감이다. A에서 C로의 개작과정에 대해서는 C에서 풍자적인 면이 강해진 점에 유의하고 있다. 즉, "사사건건 비꼬고 풍자하고 비웃음으로써 그 대상에 대해 애착과 빛을 던지는 방식(진리를 밝히는 일)이 염상섭소설의 최대 강점이자 「만세전」의 문학적 성과이다"[6]라고 하고 있다. 이 논의가 타당한 지에 대해서는 제2절에서 다시 논하고 싶다.

b의 또 하나의 논점은, 텍스트로서 C와 D가 갖는 의의에 관한 것인데, 결론으로는 문학사적 연구에서 전부 8장인 고려공사판(C)이 표준 텍스트가 되겠고, 거꾸로 작가론적인 연구에서는 수선사판(D)이 보다 중요하다고 하는 지적은 충분히 납득이 된다.

마지막으로, 지금까지 충분히 검토되지 않았던 시대일보판(B)에 대해서, 한 곳에 대해 그 상이점을 예시해 두겠다.(주인공 아버지가 열중해 있는 '동우회同友會'라는 단체의 설명부분이다.)

B: 同友會라는 것은 日鮮融和인가 同化인가를 標榜하고 (하략)(「묘지」 연재 제49회)

C: 同友會라는것은 日鮮人의 무엇인가를 標榜하고 (하략)(고려공사판 『만세전』 159쪽)

D: 同友會라는 것은 日鮮人의 同化를 標榜하고 (하략)(수선사판 『만세

---

6) 앞의 책, 『염상섭연구』, 227쪽.

전』 169쪽)

제2절 고려공사판 「만세전」 검토

다음으로 C(1924)를 통해 이 작품이 말하고자 하는 것이 어떤 것이었는지를 검토해 보겠다. 이를 위해 작품 가운데 가장 이러한 부분이 잘 드러나 있는 부분을 몇 군데 집어내서 검토하겠다.

① [주인공이 처가 위독하다는 전보를 받고서] 「(전략) 내가 가기로, 죽을사람이 사라날理도업고, 己爲죽엇다할地境이면, 내가 안이간다고 잠쟝할사람이야업슬가. 六七年이나 갓치사라온情으로? 참 正말 情이드럿다할가? 입에부튼말이다. 그러면 義理로나 人事治禮로? 그러치안으면 一家들에게 對한體面에 그럴수가업다거나, 男便된責任上, 避할수업서々 나간다는말인가. 흥! 그런생각은 애當初에 念頭에도업거니와 그런 虛僞의짓을 하지안으면안될理由는 어데잇는가. 그럼 웨가랴나?」(9쪽)

② [형이 젊은 첩과 동거하고 있는 것을 변명하는 것을 주인공이 비판하며] "義務라하면, 當然히할일, 뜨는 하지안어서는안이될일을 意味하는것이지요. 그러면 子息을나서 敎育을식히든지, 우물에 싸지랴는兒孩를 붓드러내인다는것은, 當然한義務를 履行하는것이요, 慈善的行爲는안이라할수잇겟지요. 그는고만두고 只今自殺하랴는사람을 붓들어내인다하드라도 그行爲가 慈善도안이요, 그사람의幸福을爲한것도안이지요. 다시말하면 生命이라든지 生이라는共通한 立脚地에서서 自己는 生을肯定하기쌔문에, 生의否定者를 自己의主張에 同化식히랴고하는行爲가 卽 自殺를防止하는努

力이외다그려. 하고보면, 結局은, 自己를中心으로하고하는말이안
이애요?……"(116쪽)

①과 ②는 주인공이 일가 사람에 대한 태도에 관하여, 인간 일반의
자기중심적인 자세를 비판하고 있는 부분인데, 그 근저에는 작가의 허
무적인 사고방식이 반영되어 있는 것으로 보인다.

③ [형이 사내아이가 후사를 잇는 것을 고집하는 것에 대한 주인공
   의 생각] 그러나 아들子息이란 그러케도 나코십흔것인지나에게
   는疑問이엇다. 無後한것이 祖上에對한罪라거나 父母에게不孝가
   된다는말부터나에게는理解할수업는것이엇다. (중략) 그러케성화
   를하면서 한生命이 나타나올機會를 人力으로만들지못해서 애를
   쓸것이무엇인지, 사람이란 意外에, 好事客이라고 생각하얏다, 한
   생명을애를써서나서 功을듸려길러논다기로 그것이 自己와무슨交
   涉이잇단말인가. (중략) 하지만 種族의保持나延長이라는意識으로
   사람은結婚을願하는것인가. 그보다도 한 層더한衝動이 보담더굿
   세게 사람의마음속에서움직이지는안는것일까.(113-114쪽)

이 예는 조선의 구습, 인습에 대한 비판의식이 그 계기가 돼서 자신
의 지론을 전개하고 있는 것인데, 인간 존재 일반에 대한 작가의 니힐
리즘을 엿볼 수 있는 삽화이다.

④ 나는 먹고도십지만 朝鮮에도라, 오면 술이 금세로 느는것이 걱정
   이엇다. 朝鮮와서보아야 술이나먹고 흐지부지하는것밧게는 할일이라
   고는 업는것갓기도하지만, 생각하면, 朝鮮사람이란 무엇에써먹을人
   種인지모를것갓다. 아츰에도 한盞, 낮에도 한盞, 저녁에도 한盞,
   잇는놈은 잇서한盞 업는놈은 업서한盞이다. 그들이 刹那的現實

에서 벗어나는것은 그들에게무엇보다도 價値잇는努力이요, 그리
하자면 술盞以外에 다른方途와 手段이업다. 그들은사는것이안이라
산다는事實에 쏠리는것이다.(To live)가안이라,(To compel to live)
이다. 能動이안이라, 被動이다. 그들에게 過去에 人生觀이업고
理想이업섯든것과가티 現在에도 쏘한그러하다. 그들은 自己의生命
이 神의無節制한浪費라고생각한다. 朝鮮사람에게서 술盞을쌔앗
어?―그것은 그들에게 自殺의길을 敎唆하는것이다. 「마셔라!∧. 그
리고 이저버려라!」…… 이것만이 그들의人生觀이다.(168-169쪽)

⑤ [주인공의 아버지의 추종자들의 삶의 방식에 대해] 속이고 속고
쌧고 쌔앗기고 먹고마시고 그리고 산다고한다. 살면 무얼하나?
죽지! …… 그러나 죽어도 共同墓地에드러갈가보아서 安心을하
고 눈을감지못한다. 아……. 나는 쏘한盞 싸라달라고 盞을내미
럿다.(171쪽)

④에서는, 조선인 일반의 방종한 생활 태도를 주인공이 냉정하게 비
판하고 있는 것처럼 보이는데, 이 부분은 직후의 발언인 ⑤와 이어진
장면에서 이뤄지는 발언인 것을 감안해 보면, 역시 자신을 포함한 당
시 조선인과 조선사회에 대한 절망적인 심정을 토로하고 있는 것으로
파악할 수 있는 부분이다. 조선총독부의 정치로 대표되는 식민지의 현
실비판은 물론 하고 있지만, 투쟁적인 형식이 아니라 니힐리즘 적인
형식으로 표현되어 있다.

⑥ [잠시 하차한 대전에서 처량한 광경을 접하고] 나는 까닭업시 처
량한 생각이 가슴에복바처올으면서 몸이 한층더 부르를썰리엇
다. 모든記憶이 숨갓고 눈에띄이는것마다 가엽서보이엇다. 눈물
이 슴여나올것가타얏다. 나는, 昇降臺로올러스며, 속에서 憤怒가

치미러올라와서이러케부르지젓다.……/ 「이것이 生活이라는것인
가? 모다 되어젓버려라 ! 」/車間안으로 드러오며,/「무덤이다. 구
뎅이가 끌는무덤이다!」라고 나는, 지긋∧한듯이 입살을악물어보
앗다.(145-146쪽)

이 소설에는 몇 번이고 주인공이 이성적으로 자신의 지론을 펼치고
있는 부분도 많지만, ⑥처럼 풀 곳 없는 절망감을 이처럼 눈물과 분노
로 표현하고 있는 경우도 여기저기 보인다. 제2장 말미에서 연락선에
승선할 때 형사들의 집요한 조사를 받고, 굴욕감과 저항할 수 없는 절
망감에 갑판에 올라, 흐르는 눈물을 훔치려고도 하지 않고 내내 서 있
는 장면이 있는 데, 그러한 것이 전형적인 또 하나의 예이다.

⑦ [대전에서 서울로 가는 열차 안에서] 「이房안부터 어불업는 共同
墓地다. 共同墓地에잇스니까 共同墓地에 드러가기를 실혀하는것이
다. 구뎅이가 득시글∧하는 무덤속이다. 모두가 구뎅이다. 너두
구뎅이, 나두구뎅이다. 그속에서도 進化論的모든條件은 한秒동안도
걸으지안코 進行되겟지! 生存競爭이잇고 自然淘汰가잇고 네가 잘
낫느니 내가 잘낫느니하고 으르렁대일것이다. 그러나 早晩間 구뎅
이의낫낫이 解體가되어서 元素가되고 흙이되어서 내입으로드러가고,
네코로 드러갓다가 네나내나 걱구러지면, 未久에, 또, 구뎅이가되
어서 元素가되거나 흙이될것이다. 에ㅅ 되어저라! 움도싹도업서
젓버려라! 亡할대로 亡햇버려라!」(후략)(146- 147쪽)

이 부분은 주인공의 극단적인 리얼리즘이 이성이 더 이상 통제할
수 없는 과격한 니힐리즘으로 변하는 과정을 표현한 부분이라고 할 수
있다. 이처럼, 노골적인 리얼리즘을 그 반대로 정리해서 이성적으로 써

놓은 부분이, 다음에 나오는 시즈코에게 보내는 편지이다.

⑧ 다른것은 고만두드라도 나의周圍는 마치共同墓地갓습니다. 生活
　力을일혼白衣의民＝魍魎가튼生命들이　蠢動하는　이무덤가운데에
　드러안진只今의나로서　어찌「꼿의서울」을　움꿀수가잇겟습니싸.
　눈에 쎄이는것 귀에들리는것이 한아나 나의마음을 보드럽게 어
　루만저주고 氣分을 愉快하게 돗아주는것은업습니다. 이리다가는
　이弱한나에게 차자올것은 아마窒息밧게업겟지요. 그러다, 그것은
　芳醇한薔薇꼿송이에 파뭇치어서　强烈한香氣에醉하는　버레의窒
　息이안이라 大氣와絶緣한무덤속에서 구덱이가 化石하는것과가튼
　窒息이겟지요.(190쪽)

이 부분도 주인공의 상당히 강렬한 허무적인 감각을 표현한 한 부
분인데, 사실은 이 편지에서는 이 뒤에, 바로 다음과 같은 문장이 이어
진다.

　이제 歐洲의天地는　그慘憺하든屠殺도　終焉을告하고　休戰條約이　完
全히 成立되지안엇습니싸? 歐洲의天地, 非但歐洲天地쑨이리요, 全世界
에는 新生의曙光이 가득하야젓습니다. 萬一 全體의「알파」와「오메가」
가 個體에잇다할수잇스면 新生이라는 光榮스런 事實은 個人에게서出發
하야 個人에終結하는것이안이겟습싸. 그러면 우리는 무엇보다도 새롬은
生命이躍動하는 歡喜를어들째까지 우리의生活을 光明과正道로 引導하
십시다.(192쪽)

즉, 주인공은 처의 죽음과 제1차 세계대전의 종결을 계기로, 자신의
심각한 니힐리즘에서 탈각할 것을 선언하고, 시즈코에게 동의를 구하고
있는 것이다. 소설은 여기서 사실상, 거의 끝나고 있으므로 결국 「만세

전」이라는 작품은, 인텔리 청년의 청년다운 사회에 대한 정의감과 냉철한 현실 파악에서 오는 허무적인 사상과 심정 가운데 느끼는 격렬한 번민과 그로부터의 탈각을 시도한 소설이라고 할 수 있겠다. 이 소설에는 염상섭 자신의 실제 체험이 짙게 반영되어 있기 때문에, 주인공의 사상과 심정을 살펴봄으로써 그 당시 염상섭의 한 일면을 엿볼 수 있을 것이다. 이 소설의 작품 구성을 보면, 스토리가 전개되는 부분과 그 사이에 끼워 넣은 '애정'이란, '교육'이란, '의무'란, 이라고 하는 조금 생경하고 고지식한 서생이 논의하는 것과 같은 지론을 개진한 부분과, '울분'이라는 말에 대표되는 심정을 토로하는 부분이 있음을 알 수 있다. 이렇게 삽입된 부분에서야말로, 이 소설의 주장을 엿볼 수 있다. 작가는 주인공의 성격을 "無理想한感傷的遊蕩的氣分이 濃厚한내가" (104쪽)라고 규정하고 있는데, 인텔리 청년 특유의 니힐리즘이라고 생각해 보면 이것은 이러한 성격을 종합적으로 이해할 수 있을 것이다.

한편, 기존의 「만세전」의 내용과 경향에 대한 논의는 어떠한 것이었는지, 그 전형적인 논의를 정리해 보면 다음과 같다.

우선, 김종균(1999)[7]에 따르면, "현해탄을 건너려는 순간부터 '나'는 자신의 개인적인 문제에서 벗어나 '나'와 사회의 문제, '나'와 민족의 문제 등으로 확대되어 점차로 민족의식을 통해 현실을 관찰하고, 인식하려는 태도를 보이기 시작한다."[8]라고 하며, "이 작품은 염상섭의 민족주의의 화신이다. 허무주의를 떨쳐버린 청년 염상섭의 확고한 민족적 신념을 우리는 이 작품에서 확인할 수 있다."[9]고 결론짓고 있

---

7) 김종균, 「민족현실 대응의 두 양상-〈만세전〉과 〈두출발〉」(김종균 편, 『염상섭소설 연구』, 국학자료원, 1999년 수록)
8) 앞의 책, 351쪽.
9) 위의 책, 354쪽.

다. 김종균은 본래 『염상섭연구』(고려대출판부, 1974) 이후, 일관해서 염상섭연구에 몰두한 실적을 갖고 있지만, 당초부터 염상섭의 초기작품(1920~24)을 '울분의 작품'으로 이름 짓고, 이 울분은 대사회적인 울분이라고 정의해 왔다. 즉, 「만세전」을 일제하 식민지 현실비판과 민족의식의 소산으로 간주하는 판단의 대표적인 예라고 할 수 있다. 이러한 논의는 특히 한국에서는 받아들이기 쉬운 주장이므로, 이 밖에 다른 많은 논자의 주장이기도 했다. 하지만, 상술한 것처럼, 허무주의를 불식하고 똑바로 민족주의로 매진하고 있다고는 말할 수 없는 것이 아니겠는가.

다음으로, 박종홍(1998)[10]은 「만세전」까지의 초기작품은 정치적, 문화적 억압을 거부하는 '개성'에 중점을 둔 작품으로, 1924년 이후 '생활'에 중점을 둔 소설과 구별된다고 하고 있다. 게다가 "생활의 발견 속에서 개성과 생활이 단단하게 결합되고 있는 「만세전」에서는 '이인화'의 여로를 통해 예외적이라고 할 정도로 당대 현실의 구체성을 확보하고 있는데, 그것은 가족과 민족에 대한 냉정한 성찰 속에서 현실의 전체성과 역동성을 구체적으로 포착할 수 있었기 때문이었다."[11]라고 하고 있다. 이 중에는 「만세전」을 민족주의 일변도로 이해하는 것이 아닌 새로운 시점이 보인다. 이것을 박종홍은 "생활의 발견 속에서 절제된 개성이 생활과 조화롭게 결합되고 있다."[12]라고도 표현하고 있다. 이처럼 「만세전」에서 개인의 발견 혹은 자아의식의 자각이라는 측면을 강조하려고 하는 논의가 또 하나의 경향이라고 말할 수 있다.

---

10) 박종홍, 「염상섭의 초기 소설, 개성의 자각과 생활의 발견」.(전게, 문학사와비평연구회, 『염상섭문학의 재조명』 수록)
11) 앞의 책, 178쪽.
12) 앞의 책, 169쪽.

한편, 이현식(1998)[13]은 이와 같은 식민지 현실에 대한 비판의식과 자아의식과의 관계를, 주인공을 동경 생활에 익숙해진 근대적인 지식인으로 파악하고, 조선 사회에 적응할 수 없는 이방인으로 보고 있다. 그러한 전제로 이 소설은 이인화의 자기의식 혹은 내면의식과 조선의 현실이 미묘하게 길항관계에 놓인 채로 진행하고 있다고 하고 있다.[14] 다르게 말하면, 조선의 현실과 개인의 발견, 개성의 자각은 서로 괴리된 채로 존재하고 있다는 것이다.[15] 민족의식과 개인의 내면의식을 무리하게 접합하려고 한 결과, 이 양자가 괴리된 채로 병행하고 있다고 하는 결론을 도출하지 않을 수 없었던 것으로 보이는데, 이 소설이 과연 거기까지 냉철하게 이성을 통제할 수 있는 상태에 서 있다고 할 수 있을 것인가. 오히려 그 이전의 이성과 감정이 혼돈된 주인공의 원초적인 니힐리즘에서 이 작품을 파악하려고 하는 것이 필자의 생각이다.

이 점에서 정호웅(1998)[16]의 다음과 같은 주장에는 충분히 공감할 수 있는 점이 있다. "이인화의 여로旅路가 인간과 세계, 그리고 그 관계양상에 대한 탐구의 과정이며 삶의 방향을 찾아 나아가는 치열한 모색의 과정임을 이해할 수 있다. 「만세전」을 가득 채우고 있는 울분과 절망, 자기혐오는 젊은 영혼의 그 같은 치열성을 증거하는 것들이다."[17] "젊은 영혼의 치열한 자기 실현 욕망"[18]이라는 관점에서 이 작품을 보사면, 식민지라고 하는 혹독한 현실 하에서 청년이 깊는 정신의 방황

---

13) 이현식, 「식민지적 근대성과 민족문학―일제하 장편소설」.(문학과사상연구회, 『염삽섭문학의 재인식』, 깊은샘 1998년 수록)
14) 앞의 책, 101쪽.
15) 위의 책, 102쪽.
16) 정호웅, 「한국 근대소설과 자기반성의 정신」.(전게, 『염삽섭문학의 재조명』 수록)
17) 앞의 책, 주10, 195-196쪽.
18) 앞의 책, 196쪽.

과 성장을 그려낸, 이른바 '교양소설'적으로 파악하는 것도 가능할지도 모르겠다.

그러면 마지막으로 위의 논의와는 또 다른 시각에서 김윤식(1987)[19]의 논의를 살펴보겠다. 「만세전」의 사상사적 위치로서 「이데올로기 결여태로서의 가치중립성」을 논하는 가운데 김윤식은, 염상섭이 동경에서 배운 것은 병영, 감옥, 학교 등으로 대표되는 제도적 장치로서의 근대였다고 말하고 있다. 이 '근대'는 당시로서는 전세계 공통의 보편성을 갖고 있다고 생각되었던 만큼, 그 이데올로기의 여하와 상관없이, 가치중립적인 절대적인 것으로 여겨졌다. '자아의 각성'이나 '개성의 확립'은 그러한 배경에서 나왔던 것이므로, 의심할 여지가 없는 것이었다. 그러므로 당시 염상섭이 생각하던 궁극의 사상은 "낙관주의이고 낙천주의적인 것"[20]이었다고 한다. 그리고 이 소설에서는, 주인공과 시즈코는 근대(자아)주의자라고 하는 점에서 공통적이라고 보고 있다. 두 사람은 이 사상적 거점에 의하는 한, 확고하게 자신自信을 갖게 되는 것이다. 김윤식은 만일 이 소설의 후편이 창작된다면 이인화는 민족주의자 혹은 계급주의자라고 하는 이데올로기로 달려갈 공산이 크므로 시즈코와도 결국 재회하지 않을 것이라고 예측하고 있다. 어쨌든, 「만세전」에서 주인공은 민족주의와 같은 이데올로기에 입각한 언동을 하고 있는 것이 아니라, '근대'라고 하는 보편성에 대한 신앙이 그 배경에 있다고 하는 견해이다. 상당히 뜻 깊은 지적이지만, 염상섭이 일본에서 배운 '근대'를 확신하는 것은 「만세전」이 아니라 그 뒤부터가 아닐까. 「만세전」에 그려져 있는, '합리주의'에 입각한 현실에 대한 통매痛罵나 냉소는, 실은 합리주의라는 절도를 무너뜨리고 폭주하려고 하는

---

19) 김윤식, 「이데올로기 결여태로서의 가치중립성」.(전게, 김윤식, 『염상섭연구』 수록)
20) 앞의 책, 218쪽.

상태를 드러낸 극단론인 경우가 많다.(예, ③, ⑦ 등) 이것은 이미 합리주의라고 하기 보다는 니힐리즘에 한없이 가까운 것이다. 이 소설 맨 끝에 있는 시즈코에게 보내는 편지에 이르러 처음으로 '근대'라고 하는 보편에 기대서 '신생新生'을 시작하려는 결의가 얼굴을 내밀고 있는 것에 지나지 않는다.

한편, 제1절에서 김윤식이 지적하는 염상섭의 소설 수법에 대한 견해를 살펴보았는데, 즉 풍자라고 하는 수법으로 주인공이 대상에 대해 애착을 표하고, 진리를 밝히려고 하고 있다는 점은 어떻게 볼 수 있을까. 확실히 이 소설에는 "웃어 버렸다"고 하는 표현이 도처에 보이는데, 그것은 조소하는 대상에 대한 연민이나 개탄 혹은 자기혐오를 그렇게 표현한 경우가 많으며, 표면상으로는 비판의식의 소산인 것으로 보이지만, 그 뒤에는 염세적인 세계관이 보였다 안 보였다 하고 있다. 『신생활』판 보다 고려공사판 쪽이 풍자적인 내용이라는 점은 인정한다고 해도, 이인화가 대상을 냉정하게 바라볼 정도의 여유는 갖고 있지는 않는 것으로 보인다. 작가 염상섭 자신은 어떠했는가. 1924년 시점에서 고쳐 써넣은 부분이 인정되므로, 소설작품으로서 객관화를 꾀했다고는 보이지만, 역시 당시까지 갖고 있던 허무감이 보다 강하게 주인공에게 투영되어 있는 것은 아니겠는가?

끝내며

그러면 여기서, 필자 나름으로 고려공사판 「만세전」에서 말하고자 하는 것, 혹은 주인공을 통해 엿볼 수 있는 작가의 사상과 심정에 대해서 정리해 보고 싶다. 이 작품에는 인간 일반의 이기주의나 위선 등에 대한 통렬한 비판이나, 주인공 집안의 봉건적인 사고방식과 조선의 옛 인습에 대한 비판, 더 나아가서는 방약무인한 행패를 부리는 일본인과 관헌, 혹은 일본인에게 아첨하는 조선인, 무기력한 조선인에 대한 비판, 그리고 총독부 정책에 대한 비판 등 될 수 있는 한 모든 차원에서의 비판이 도처에 아로새겨져 있다. 한편 그러한 현실에 대해 아무 것도 할 수 없는 자신에 대한 자기혐오감이나 무기력감도 표현되어 있다. 이러한 점에서 이 소설은 식민지 현실에 대한 사회비판 의식의 소산이라고 간주하는 견해와, 다른 한편으로 그러한 의식에 눈을 뜬 근대 지식인 청년의 자아각성의 이야기로 파악하려는 경향이 두드러졌다. 그러나 그러한 뒷면에는 이성으로 파악한 현실의 엄혹함, 즉 불합리와 부조리함에 대해 통제할 수 없는 감정의 폭발이 울분, 눈물, 냉소로 표현되어 있는 것이다. 그리고 그것은 작가가 갖고 있던 당시의 니힐리즘에서야말로, 그 원천이 있다고 생각할 수 있다. 다만 이것은 염상섭 개인이 갖고 있던 특이한 경향이 아니라, 인텔리 청년 특유의 청년기의 허무감으로 볼 수 있으며, 대부분의 경우 언젠가는 극복될 종류의 것이다. 실제로 이 소설에는 끝부분에 시즈코에게 호소하는 형식을 취하여 이 청년기의 니힐리즘에서 탈각을 선언하고 있다. 그러므로 「만세전」 이후, 쉽게는 절망하지 않는 진정한 리얼리스트 염상섭이 탄생했다고 할 수 있다.

제2장 「만세전」의 인물형상과 인간인식

시작하며

필자는 이전에 염상섭의 초기 대표작인 중편소설 「만세전」[1]에 대해 주인공의 언동을 통해 엿볼 수 있는 1920년 전후 염상섭의 인생관과 심정, 혹은 작품이 말하고자 하는 주장에 대해 조금 고찰해 본 적이 있다.[2] 그 결과, 이 작품 주인공 이인화('나')와 그 배후에 있는 염상섭의 격렬한 비판의식이 실은 당시의 사회와 인간에 대한 종합적인 파악을 토대로 한 이성적인 것이 아니라, 감정적인 요소가 다분하며, 청년기 특유의 니힐리즘에서 발단한 것이 아닌가 하는 견해를 밝혔다.

---

1) 당초에는 『신생활』지에 「묘지」라는 제목으로 1922. 7~9까지 3회 연재된 것이 중단되었고, 2년 후에 「만세전」이라고 제목이 바뀌어 『시대일보』지에 1924. 4. 6.~6. 4까지 59회 연재되고 완결됐다. 이 직후, 고려공사에서 단행본으로 간행되었다(1924. 8. 10). 본장에서 사용하는 텍스트는 모두 이 고려공사판 것이다.

2) 시라카와 유타카, 「염상섭 〈만세전〉 소고」, 『우메다 히로유키 교수 고희 기념 한일어문학 논총(梅田博之敎授古稀記念韓日語文学論叢)』, 태학사, 2001. 4(본서 제1부 제1장에 수록). 이하, 이 졸고를 '만세전 소고'라고 지칭하겠다. 특히, 이 소론에서는 해방 후 간행된 수선사판(1948)을 포함한 4가지 종류의 텍스트 사이의 장구성과 연재상황에 대해 대조표를 게재하였다(본서 71-72쪽).

본장에서는 그것을 이어서, 「만세전」에 등장하는 주인공 이외의 다채로운 인물을 그려내고 있는 방법을 분석하는 것을 통해서, 작가가 일본인과 조선인을 형상화 할 때 드러나는 특징에 대해 고찰해 보도록 하겠다. 또한 동시에 주인공의 언동에 드러난 일본인 인식과 조선인 인식, 더 나아가서는 일반적인 인간인식에 대해서도 살펴보는 것을 통해, '만세전 소고'를 보완하도록 하겠다.

제1절 일본인 등장인물에 대해서

「만세전」에 등장하는 일본인은 상당히 많다. 작품 전반부가 일본을 무대로 하고 있기 때문에 이것은 당연한 것인지도 모르겠으나, 그렇다 하여도 다채롭다 하겠다. 게다가 일본인이라면 대개 관헌이나 악덕상인 정도가 등장하지 않나하는 예측과 달리, 서민을 시작으로 상당히 많은 인물군이 이 작품에는 등장한다. 또한 일본인은 주인공이 부산에 내려서 조선에 들어선 이후에도 곳곳에서 얼굴을 내밀고 있다. 이러한 유형을 인물별로 살펴보도록 하겠다.

우선, 그야말로 서민다운 일본인은 다음과 같이 등장한다. 주인공 이인화는 동경의 하숙에 있던 하녀와 하교하는 도중에 마주치게 되는데, "앗! 李樣, 只今 오세요? 막 今方 電報가 왔는데요. 한턱 내세야합넨다."[3] 하며 사투리가 섞인 언어로 다정한 듯 말을 건넨다. 이 부분에는 순박한 일본인 시골 처녀가 조선인인 그를 아무런 민족적 편견도 없이, 극히 자연스럽게 접하고 있는 모습을 알 수 있다. 한편, 하숙집

---

3) 염상섭, 『만세전』, 고려공사, 1924, 1쪽.

주인 여사는 돌아온 인화를 보고 우편환 봉투를 건네면서, 처의 병상을 우선 염려해주는 기색을 보이면서도 다음과 같이 말한다.

> 「(전략) 뭘 그리세요, 산애답지도 못하게. 다다미(畳)하고 계집은, 새로가라라대는것만 조타고하는소리도 못드르셧습니까. 으응, 속으론 벌서 장가가실預算부터치시면서, ……內凶스럽게……. 해々々」[4]

이것은 지나친 익살인지도 모르겠으나, 노골적으로 말을 하는 어디에나 있는 하숙 안주인다운 반응이라고도 하겠다.

주인공 근처에 있는 서민으로는 또한 포병공창砲兵工廠 앞에서 우연히 함께 탄 전차안의 승객들이 있다. 여기서 인화가 눈으로 관찰한 서민들은 모두 지쳐있다. "그러나저러나, 勞役과 饑寒에, 옥으라진皮膚가 뒤ㅅ틀닌 얼골밧게, 내눈에는 비초이지 안엇다. 그들은 시든얼골을 서로처들고물그름말그름 마조건너다보기도하고 겻틔ㅅ사람을 기웃이드려다보기도하고안것다."[5] 타인끼리는 이렇게 서로 관찰하면서 아무런 말 없이 앉아있을 뿐인데, 아는 사람을 발견하자 갑자기 친하게 말을 주고 받는다. 전차가 차고 앞까지 왔을 때, 도시락통을 늘어뜨린 네다섯의 식공들은 "오늘은 제법춥지요." "이리드러와, 좀 녹여가시구려." 하며, 차장이 말을 걸어서 휴게실로 들어가게 된다. 이 광경을 주인공은 부러운 눈빛으로 바라보고 있는 것이다.[6]

이러한 동경의 서민은 선량하기는 하나, 무기력하기도 하다. 이인화가 조선인임을 알고 있는 하숙 사람들의 반응도 그렇고, 그가 외국인

---

4) 앞의 책, 4쪽.
5) 위의 책, 23쪽.
6) 위의 책, 27쪽.

이라는 것을 모르는 전차안의 승객들도 그렇고, 서민의 모습을 잘 관찰해서 객관적으로 그리고 있다고 말할 수 있겠다.

　서민 중에서 특수한 존재인 것이 이른바 술집 여성들이다. 그 예로, M헌軒의 여급인 시즈코静子와 P자子가 등장한다. 시즈코에 대해서는 별도로 언급하겠으나, P자는 시즈코와 동료인 카페 여급이다. 일본인 여급 이름으로 앞 글자가 파ᵖ행으로 시작되는 것은 자연스럽지 않지만, 여기서는 일본인으로 보는 수밖에 없어 보인다. P자는, 고등여학교에 삼 년간이나 다녔고 문학을 좋아하는 시즈코에게 교양 면에서는 아무리해도 미치지 못하고, 손님의 인기도 시즈코가 독차지하고 있는 가운데, 다소 질투를 하면서도 시즈코와 경쟁하는 것이 아니라, 밝은 척을 하고 있다. 이 두 사람을 이인화는 다음과 같이 대비하고 있다.

> 瞑想的이요 神經質일쑌안이라, 아즉 純潔한맛이 남아잇는 静子에比하면, P子는 이러한생애에 달코달아서, 되지안케 약은테를하면서도 常스럽고 賤한구석이잇지만, 그래도 나는 이러한 녀자에게 興味를늣긴다.[7]

　이 두 여급도 이인화가 조선인임을 알고 있으면서도 아무런 차별의식도 없으며, 다만 친한 손님으로 그를 대하고 있다. 일본인 여급으로 부산에서 잠시 들른 우동집에서 만난 여자 두 셋도 나온다. 매춘도 하고 있는 듯한 여자들인데, 물어보면 고분고분하게 자신의 신세이야기도 해준다. 주인공은 조선에 온 일본인은 점차로 오만해 진다고 말하고 있는데, 이 여자들은 조선인 손님인 그에게 그러한 태도를 취하지 않는다. 오히려 그가 그녀들을 놀리고 있는 것을 알 수 있다.

　결국 이인화가 접촉한 일본의 서민들은 각각의 생활에 쫓기고는 있

---

7) 앞의 책, 17쪽.

지만, 근성은 선량하고 그에게 적대적인 태도를 취하는 사람은 등장하지 않는다. 그러므로 그도 이러한 서민에게는 친하게 대하던가, 냉정하게 관찰하며 측은한 마음을 갖거나 하는 태도를 보이고 있으며, 일본인에게 비판적인 자세는 보이지 않는다.

다음으로 서민과 지식인 중간에 위치한 관리나 사무원에 대해서 살펴보자. 연락선 식당에서 식사 준비가 되지 않은 상태에서 자리를 차지하고 있는 하급 관리로 보이는 사내와, 그 사내에게 주의를 주는 선원 사이에 언쟁이 벌어지는 장면이 나온다. "神經質로생긴 밧작마른相에 毒氣를 품고 쌕々 소리를 질르는것은, 으ㅅ鬚髯이, 깜아잡々하게난 키가족으만사람"으로, 이 사내는 "대관절 우리를 요보루알고 하는酬酌이란말야?(강조점, 원문그대로＝이하 동)"8) 하고 선원에게 덤벼든다. 또한, 언쟁을 보고 있는 구경꾼들은 선원측도 관원이라는 것을 앞세워 건방지다고 소란을 떤다. 한편, 이인화가 도중에 하차한 김천역에서, 형과 아는 사이인 일본인 역무원이 몸을 녹이고 가라고 친절하게 권하는 대로 사무실로 따라 들어가는 장면이 있다. 이 사무원은 젊은 조선인 역부(驛夫)가 램프에 불이 켜지 않는다고 달려 들어오자, 갑자기 태도가 일변해서 "쌔가(이 바보자식)!" 하며 호통을 친다. 이 역무원의 살기등등한 얼굴에 이인화는 놀라고 만다. 일본인 관리가 신경질적이며 매우 성급하고, 또한 특히 조선인에 대해서 오만한 행동을 취하는 것이 잘 그려져 있다.

다음으로 악덕 상인의 한 종류로 금전적으로 넉넉한 서민 군상에 대해 살펴보도록 한다. 이 작품에는 두 가지 전형적인 장편이 나온다. 우선, 연락선 목욕탕에서 이인화가 조우했던 조선통인 것 같은 사내와 그

---

8) 이상, 77-78쪽.

일행인 시골뜨기 일본인에게 득의양양하게 말하는 브로커풍의 노동자 모집원 사내가 나온다. 이 브로커는 조선인을 태연하게 멸칭蔑稱인 '요보'라고 말하고, 조선 시골에 가보니 "대만의 生蕃보다는 낫다"는 정도라고 말하면서 조선인을 경멸한다. 요컨대 그는 '사람사냥'을 하고 있으며, "內地의 各會社와 聯絡하야가지고, 요보들을 붓드러오는것인데……卽朝鮮쿠리苦力말슴이애요. 勞働者요."9) 하며 큰 소리로 웃으면서 떼돈벌이의 묘미에 대해서 득의양양하게 뽐내는 악덕 상인의 전형이다. 또 다른 하나, 이번에는 추풍령에서 기차에 탄 일본인 사냥꾼 한 무리 가운데 군청郡廳에서 일하는 사내는 토지의 이권에 얽혀 몰래 거대한 이익을 취했을 것이라는 암시가 나와 있다. 이처럼, '내지'에서 인간사냥을 위해 오거나 조선 내 이권문제에 덤벼드는 배금주의적인 작은 악당들은 당시 실제로 여기저기 우글거리고 있었던 만큼, 그 실태의 일단이 잘 그려져 있다고 할 수 있겠다.

이제, 마지막으로 순사, 형사, 헌병 등의 관헌에 대한 부분을 살펴보지 않을 수 없다. 이인화는 시모노세키에 도착해서 줄곧 이러한 종류의 인간에게 괴롭힘을 당한다. 승선전에는 인버네스(소매없는 남자용 외투―역자 주) 사내(형사)에게 불러 세워져, 그 상관인 듯한 양복차림의 안경 쓴 사내가 있는 곳에서 가방 속까지 조사를 받는다. 일본인 순사와 헌병에게 연락선에서 하선할 때까지 또 조사를 당하고, 일본식 옷和服에 인버네스 사내에게 부산에서 내릴 때도 조사를 당한다. 또 다른 형사가 부산에서도 미행을 붙여서 도중에 전달사항을 말하면서 항시 이인화를 감시한다. 주인공의 신경을 곤두세우는 이러한 관헌의 모습은 염상섭 자신의 불유쾌한 체험을 리얼하게 그린 것이라고 볼 수

---

9) 앞의 책, 56-57쪽.

있겠다. 그들 대부분이 신경질적이며 사악한 존재로 형상화되어 있음은 물론이다.

이처럼 다양한 일본인은 대체로 서민이거나 관헌이며, 지식인과 같은 인물이 거의 등장하지 않는 것이 특징이다. 다만 주인공이 재학하고 있는 W대학 H교수가 유일한 예외이다. 그는 이인화가 시험 도중에 귀국하는 것에도 이해해 주고 염려해 주지만, 그 이상은 아무런 언급도 없다. 이인화는 결국 자신이 지식 청년이면서도, 학교 이외에서는 지식인층에 속하는 일본인과는 거의 접촉이 없다. 그러한 가운데 특이한 존재가 단골로 찾아가는 카페의 여급인 니시무라 시즈코西村静子[10]이다. 시즈코는 그러한 일을 하고는 있지만, 고등여학교를 중퇴하고 소설이나 잡지를 탐독하는 여성으로 등장한다. 당시 여성치고는 상당한 인텔리라고 할 수 있다. 어째서 그러한 곳에서 일하고 있는지에 대해서는 "過去의쓴經驗"[11]이라는 것 밖에는 나와 있지 않다. 주인공은 시즈코를 "그계집애의調理가整然한理論과, 理智的이요 神經過敏的인 그애의頭腦에對한滿足이었다"[12]라고 표현하며, 그러한 부분이 마음에 들어서 친해지게 되었다고 말하고 있다. 하지만, "怜悧한계집애다. 同情할만한 커풰ー의웨ー틀레쓰 로는 아까운계집애다, 라고 생각은 하얏서도 이째ㅅ것 내차지로하야보겟다는 情熱을經驗한째는업다"[13]라고 한다. 즉 시즈코와의 관계는 주인공이 인텔리라는 성격과 상응하는 거의

---

10) '시즈코'는 염상섭이 실제로 사귀었던 '시나꼬'(品子)라고 하는 모델이 있었다고 하는데, 그 근거는 제시되지 않았다.(조영암, 『한국대표작가전』, 광문사, 1958, 175쪽)

11) 전게서, 『만세전』, 고려공사판, 34쪽. 수선사판(1948)에 의하면, "흔히 있는 계모 슬하에서의 불화와 부친의 몰이해가 겹친데다 실연이 한꺼번에 온 것 같다"(36쪽, 대체적인 뜻임)이라고 적혀 있다.

12) 위의 책, 33쪽.

13) 위의 책, 31쪽.

유일한 인물이라는 점 이상의 것은 아니다. 게다가, 시즈코를 포함한 카페 여급들은 조선인 유학생을 멸시하지 않는다. 이국에서 이러한 여성하고밖에 사람끼리의 정신적 교류를 할 수 없다는 것에 주인공의 고독이 상징적으로 나타나있다. 본국에서 조혼早婚한 연상의 처는 똑똑한 구석이 없는 전형적인 구식 여성이고 정신적인 교류가 전혀 없었다는 점을 보면, 시즈코와 매우 대조적임을 알 수 있다. 이 연상의 처는 이름도 나와 있지 않다. 소설 속 다른 인물도 알파벳으로 약기되어 있거나, 옷차림새나 풍모의 특징으로 호칭 대신 불리어 지고 있는 가운데, 시즈코만이 그 비중 때문인지 풀네임으로 소개되어 있다. 시즈코는 이인화와의 관계를 진전시키려고 하는 정열을 계속 갖고 있지만, 이인화는 보다 냉정하게 서로의 장래를 주시해 보면 당장은 서로 희망을 가지고 각자의 길로 나아가는 것이 좋겠다고 제안하는 것에 그치고 있다.

제2절 조선인 등장인물에 대해서

그렇다면 주인공 이외의 조선인은 어떻게 형상화 되어 있는지 살펴보자. 조선인 서민은 이인화가 부산에 내린 후부터 등장하는데, 다양한 일본인 서민이 등장하는 것과 비교해 보면 그다지 많지 않다.

우선 부산 우동집에 들렀을 때 숯불을 들고 온 소녀는 어머니가 조선인이라고 하는 '혼혈아'인데, 일본에 가버렸다고 하는 아버지만을 따르려 하고 있으며, 조선인은 싫다고 잘라 말한다. 하지만 아무리 일본인인척 행동한다고 해도 피까지 바꿀 수는 없으므로 상당히 괴로워한다. 이인화는 가엾다고 생각할 수밖에 없다.

다음으로, 영동永同에서 기차에 탄 시골 갓 장수인 서른 전후의 사내는 아직 상투를 틀고 있다. 그는 이인화가 조선인이라는 것을 알고는 태도가 일변해서 친한 척 말을 걸며, 상투를 자르지 않는 이유를 다음과 같이 말한다.

> 이러케 망근을쓰고잇스면 「요보」라고해서 좀잘못하는게잇서도 웬만한것은 容恕를해주니까, 그것만하야도 싹글必要가업지안어요.14)

경멸을 당해도 얻어맞는 것보다는 낫다고 하는 식민지인 근성에 젖은 이 사내이지만 총독부의 공동묘지 정책에 대해서는 불만스러운 듯이 말하고 있으며, 헌병보조원에게 연행되어 간다. 한편, 이인화는 심천역深川驛 역부에게 조선어로 말을 걸었으나, 역부가 조선인임에도 무리하게 서툰 일본어로 말을 하는 것을 보고는 아연실색한다. 이러한 것은 모두 당시 식민지 조선에서의 전형적인 서민의 현실적인 생활방식을 그린 것이다. 또한, 처가 죽은 후 굿을 하러 온 무당도 주인공과는 전혀 이어질 수 없는, 인습에 사로잡힌 세계에 사는 사람이다.

하지만 뭐라 해도 이인화를 분개하게 만드는 것은, 다음과 같이 아버지에게 들러붙어 있는 식객 치들이다. 김의관金議官이라 불리는 사내는 주인공이 중학시절에 신세를 진 적이 있으며, 그 당시에는 순사에게도 겁을 먹지 않는 경골한硬骨漢이었지만, 그 후 관헌에게 푸섭된 것인지, 기차에서 본 김의관은 군청의 관리와 암호와도 같은 이권 이야기를 하는 사내로 영락해 있다. 더욱이 이인화가 서울 집에 돌아오자, 놀랍게도 그가 식객이 되어 있는 것을 알게 된다. 그는 '평의원評議員'이라는 직함을 갖고 싶어서 움직이는 어쩔 수 없는 사내였다. 역시 아버지에게 들러붙어 있으면서 짧은 일본어를 동원해 구사하는 '차지差

---

14) 앞의 책, 135쪽.

支'라는 별명의 사내도 동류의 협잡꾼이다. 주인공의 눈은 당연히, 그들을 관찰할 때 가장 냉엄하다.

이인화를 초조하게 만드는 또 하나의 인물군이 조선인 관헌들임은 두말할 나위가 없다. 연락선에 승선하기 전에 그를 불러 세운 것은 학생복에 망토 차림을 한 조선인 형사였으며, 연락선에 탄 그를 필사적으로 찾던, 제모에 외투 차림을 한 순사보(巡査補), 하선할 때나 김천역, 영동역 이후 열차에서 맞닥뜨린 헌병보조원, 그리고 서울에 도착한 후에 혼마치(本町) 경찰서에서 인계를 받았다고 말하고 집을 찾아온 청년 형사 등 일일이 셀 수가 없다. 서울의 형사는 비교적 온건하지만, 그 이외의 관헌은 일본인 순사나 헌병의 부하로서, 동족을 보다 엄격하게 몰아세우는 존재이다. "日本巡査는 눈을부르대이고 고만둘일도, 朝鮮巡査는 짓구지 쌤을갈기고 으르렁대이고야 마는것이普通이다."15) 라고 하는 것이 이인화가 관찰한 바이다.

그런데, 조선인 등장인물 가운데도 흥미로운 사실은 지식인이 거의 등장하지 않는다는 점이다. 유일하게 그 비슷한 인물은 이인화의 친구 X군(『신생활』지에는 R군)이라고 하는 조선인 유학생 정도이다. 그는 이인화를 동정해서 동경역까지 배웅하고, 여러 모로 돌봐주던 마음씨 착한 청년인데, 그 이상의 지적인 교류에 대해서는 언급하고 있지 않다. 결국, 조선인 등장인물도 순박하기만 한 서민이던가, 아부하는 자거나 관헌이 대부분이며, 주인공과는 별세계에 사는 인간들이다. 이것은 그의 가족이나 친족들의 경우에도 거의 동일하다.

이 소설에 등장하는 그의 일가와 관계된 사람들은 상당히 많다. 그 가운데, 아버지 및 김천의 형과 자신과의 성격이 다른 것에 대해서 주

---

15) 상동, 123쪽.

인공은 다음과 같이 말하고 있다.

> 생각하면 우리三父子가티 極端으로 다른길을 제각기거러나가는사람
> 들은업다. 世上에는 政治밧게업다는 父親의피를바덧스면서 保守的典型
> 的兄님과 無理想한感傷的遊蕩的氣分이 濃厚한내가 태어낫다는것이 不
> 可思議의「아이로니」다.16)

김천의 형은 성실한 보통학교 훈도(訓導, 조선인소학교의 선생)로
부지런히 근검하게 저축에 힘쓰고 있는 사내이지만, 너무도 상식적이
고 평범한 인물로, 학문이나 문학 등은 써먹을 곳이 없다고 믿고 있다.
그것은 아버지도 마찬가지로 귀성할 때마다 두 사람은 이인화를 설득
하는 것이다. 그는 힘껏 변명하다가, "그들의世界와 自己의世界에는
通路가 全然히 杜絶된것을 發見"하고, "그리하야 그後부터는 父子나
兄弟로서할말 以外에는, 그리고學費이약이以外에는 아모말도 입을버리
지안키로 決心"했던 것이다.17) 모친이나 처, 여동생에게 딱딱한 이야
기는 하지 않기에 싸움이 나지는 않았지만, 그녀들도 그의 사상이나
심정을 이해하고 있는 것은 물론 아니다. 그리하여 "家庭이란 것은 밥
이나먹고 잠이나재어주는旅館가타얏다. 旅館中에도 第一마음에맛지안
는旅館가타얏다"18)라다는 인식에 이르게 된다.

서울 집에는 그의 사촌에 해당하는 본가 형 부부도 동거하고 있는
데 존재감이 없으며, 이 집에서는 가부장적인 아버지가 모든 것을 지
배하고 있다. 그 최대 희생자가 이인화의 처인 것이다. 그녀는 산후에
유종(乳腫)이 악화됐는데, "요새 양의가 무어 안다던"이라고 우기는 아

---

16) 상동, 104쪽.
17) 이상, 상동, 105쪽.
18) 이상, 105쪽.

버지 아래에서, 탕약밖에 얻어먹지 못하고 중태로까지 상태가 나빠진 것이었다. 어머니는 며느리를 동정하면서도 아버지를 거스르면서까지 적극적으로 나서지는 않는다. 처는 오랜만에 돌아온 남편 이인화를 보고, 간신히 아기만은 부탁한다고 말하고 울기만 한다. 그때까지 전혀 애정이 생기지 않았던 이인화는 처음으로 아내가 가련하다고 생각하지만 이미 때를 놓쳐서, 그녀는 죽고 만다. 이인화와 조금이라도 마음이 통한 것은 임종한 아내와 시즈코라고 하는 두 여성뿐이다.

또 다른 조선인 여성 을라(乙羅)는, 작년까지는 그와 연애감정을 공유하고 있었던 것 같은데, 지금은 그의 사촌인 이병화와 내통해서, 학자금까지 받아쓰고 있는 경박한 여자로 그려져 있다. 병화는 본래 주인공이 동경에 유학할 때부터 선배로 모시고 또 형님처럼 우러르던 존재이지만, 지금은 처를 거느리고 자택을 깔끔하게 꾸미고 승진하는 것에만 관심이 있는 말단관리로 변해 있다. 이 사내도 본래 유학까지 하고 돌아온 지식인 청년으로 이인화의 좋은 대화 상대가 될 만한 사람이지만, 그렇게 되지 못했다.

즉 이인화의 가족과 그 주변 사람들도 역시 그와 다른 세계의 공기를 호흡하고 있는 속물이던가, 인습으로부터 한 발짝도 벗어나지 못하는 무기력한 존재이던가, 완고하게 보수적인 인간들인 것이다.

이상, 등장인물을 일단, 일본인과 조선인으로 나눠서 검토해 보았는데, 이인화를 둘러싸고 있는 사람들은 민족을 따지지 않고라도, 그 대부분이 그를 이해할 수 없던가, 표면적으로만 친하게 지내는 존재인 것을 알 수 있다. 아니 오히려 그것은 이인화가 자신만이 각성한 지식인이라고 생각하며 다른 사람들을 떼쳐 버린 것이라는 쪽이 정확한 해석인지도 모르겠다. 주인공은 원래 굳센 청년기 특유의 남다른 정의감과, 일본유학에서 획득한 세상의 이치와, 사물을 외곬으로 생각하는 결벽중 등이 뒤섞여서, 흐지부지한 혹은 퇴영적(退嬰的)인 인간을 용인할 수 없는 것이다.

그리고 인간에 대한 그의 좋고 싫음은 확실히 다음 두 가지로 나누어진다. 즉, 연락선 삼등선실 승객처럼 무지하고 난폭한 인간이나, 악덕상인이나 형사들과 같이 오만하고 건방진 인간은 사갈(蛇蝎)과 같이 싫어하고, 그렇지 않은 인간에게는 호감을 안고 있다는 매우 단순한 평가기준이다. 다만, 무지하기만한 선량한 서민에 대해서는 떼쳐 놓고 관찰하다가, 때로는 놀리고 가련해 하는 것이다. 이 호오(好惡)의 기준은 일본인과 조선인이라고 하는 민족 단위의 것이 아님은 명백하다.

그러므로 앞장에서도 살펴보았듯, 이 작품에는 주인공의 지식인 청년으로서의 허무감을 근본으로 한 감정의 폭발을, 다양한 등장인물과의 교섭이나 관찰을 통해서 표현한 일종의 '고양소설'로서의 측면이 있다.

그러면 마지막으로, 주인공의 일본인이나 조선인에 대한 일반적인 인식은 어떠했는지, 혹은 일반적으로 인간존재에 대한 인식이 어떻게 드러나 있는지에 대해 살펴보고자 한다.

제3절 주인공의 인간인식

우선 주인공의 일본인에 대한 인식을 엿볼 수 있는 전형적인 부분을 다뤄보도록 하겠다.

日本사람은, 小々한言辭와 行動으로말미암아, 朝鮮사람의抑制할수업는反感을 沸騰케한다.그러나 그것은 結局 朝鮮사람으로하야금 民族的

墮落에서 스스로救하여야하겟다는 自覺을주는 가장緊要한動因이될샏이
다.19)

　　일본인이 조선인을 대할 때, 이유 없는 우월감을 갖고 오만하게 행
동을 하고, 그것이 본래 나쁜 감정을 갖고 있지 않고 있던 조선인에게
까지 반감을 심어 준다라고 하는 냉정한 관찰에 근거한 적확한 지적이
다. 또한, 다른 부분에서는 다음과 같이 말한다. 조선에 온 일본인도
처음에는 "異國風情에 어둡으니만치 一種의恐怖를품는것이 普通이지
만, 半年잇서 달으고, 一年잇서 달러진다"20)고 하고 있으며, 이와 같이
점차로 경멸하는 마음이 지독히 쌓여 오만하고 무례해지는 것인데, 이
것은 조선인들이 한심하기 때문이라고도 쓰고 있다.
　　다만, 이 작품에는 총독부 정치에 대한 비판이나, 개별 일본인에 대
한 관찰과 비판은 곳곳에 보이지만, 일본인 일반에 대해 정리된 언급
은 의외로 거의 하고 있지 않다. 물론 일본통치하의 조선에서 쓰여진
소설이기에 검열에 대한 경계심도 있었을 것이다. 그것과 대조적으로
「만세전」에서는 조선인을 향한 비판의식이 압도적으로 많이 표출되어
있다. 그 예를 두세 군데 들어보겠다.

　　「우리故鄕엔 電燈도 노히고 電車도開通되엇네 구경오게, 얌전한料理
　ㅅ집도 두서넛생겻네. ………자네 倭갈보 구경했나? 한번 보여줌세.」
　[중략]「우리겐 인젠 二層집드 쇄늘고, 洋屋도 몃個생겻네. 안인게안이
　라 여름엔 다다미가 便利해, 衛生에도 매우 조흔거야.」21)

---

19) 상동, 53-54쪽.
20) 상동, 93쪽.
21) 상동, 89쪽.

(조선인은) [전략] 다만 날만새이면, 자리ㅅ속에서부터 담배를 피어문다는것, 아츰부터 술집이 奔走하다는것, 父母를처들거나 내가 네애비니, 네가 내孫子니하며 弄지거리로 歲月을 보낸다는것, 겨오입을쎄어놋는 어린애가 엇먹는말부터 배운다는것, 주먹업는 입씨름에 밤을새이고 이튼날에는 대낫에야 니러난다는것………[하략][22]

위와 같은 예는, 이인화가 시즈코에게 보낸 편지 가운데 조선을 "生活力을일흔白衣의民"[23]으로 넘치는 '공동묘지'라고 쓰고 있는 것에도 상징적으로 나타나있다. 한심한 동족에 대한 분개와 원통한 마음이 전달되는 것 같기도 하다. 하지만 주인공은 이러한 경조부박(輕佻浮薄)하고 한심하다고 말하는 조선인과는 명확히 선을 긋고 니힐리즘적인 외부자 시각으로 조선인을 관찰하려고 하는 면모가 있다. 그는 햇병아리 엘리트 지식인인데, 이광수의 많은 장편소설에 등장하는 주인공들처럼 조선민중을 계몽하려고 하는 영웅적 인물이 되려고는 하지 않는다. 즉, 이 소설에서는 민족주의적인 관점에서 조선인의 결점을 고치려는 식의 발언은 하고 있지 않다. 이것은 일본인, 조선인을 떠나 일반적인 인간에 대해 이인화가 하고 있는 언동에서도 확인된다. 그는 전차 안에서 서로를 힐끔힐끔 쳐다보며 앉아있는 일본인을 보면서 다음과 같이 생각한다.

이러케 안나오는 거드름을쎄우고 될수잇는대로 우좌한態度로 左右를 周視하는것은 非但日本사람이나 朝鮮사람에만限한 無意識한慣習이안이라, 사람의共通한性質인同時에 사람이란 動物이, 얼마나 弱한가를遺憾업시 反映한것이다. 弱하기째문에 조고만勝利와 조고만자랑을渴求하고,

---

22) 상동, 94쪽.
23) 상동, 190쪽.

弱하기째문에 聲勢를虛張하며, 弱하기째문에 自己의周圍에 警戒網을처
노코 다른사람을 注視할必要가 잇는것이다.[24]

이것과 같은 골자의 발언은 이 소설 3장 앞머리에도 보이는 것으로
봤을 때, 이러한 발언은 당시 염상섭의 지론과 밀접한 연관을 갖고 있
을 것으로 추정된다. 인간이란 상대방의 실력이 높은지 낮은지에 따라
태도를 바꾸는 동물이라고 하는 주장은, 적자생존이라는 현실을 주시
한 발언이라고 하여도, 인정미가 없는 허무주의적인 표현이다. 다만,
이 발언에 이어서 이성을 동경하는 청춘 남녀의 마음에만은 불순한 것
이 없으며, 또한 노동자는 자랑할 것이 없으며, 숨길 것도 없으므로 생
활의 양식으로서는 가장 진실하며 아름다우나, 그들은 무지한 것이 병
폐라고 하고 있다.[25] 그리고 다음과 같이 말한다.

하고보면 結局 사람은, 所謂 怜悧하고 敎養이잇스면 잇슬스록 [중략]
虛僞를反覆하면서自己以外의 一切에對하야, 同意와妥協업시는, 손한아
도 움즉이지못하는 利己的動物이다.[26]

이것도 상당히 단정적으로 허무적인 표현을 하고 있음을 알 수 있
다. 「만세전」의 배경 자체는 1919년 삼일독립운동 직전이므로, 이 허
무감은 지식인 청년 일반의 허무주의로 설명될 수 있지만, 그 뒤에는
이 소설이 집필되기 시작한 1922년 당시 독립운동이 좌절됨으로 조선
의 지식청년들에게 공통적으로 허무감이 있었다고도 볼 수 있다.[27]

---

24) 상동, 24쪽.
25) 이상, 상동, 25-26쪽.
26) 상동, 26쪽.
27) 김윤식『이광수와 그의 시대3』한길사, 1986년, 761쪽 참조.

하지만 그 가운데 이인화는 자신의 심정을 깊게 이해해 줄 것이라고 믿고 있는 시즈코에게만은 심사숙고하는 태도를 보인다. 동경역에서 건네받은 그녀의 편지를 읽고, 시즈코의 애정을 농락한 것은 아닌가 하고 반성한 주인공은 다음과 같이 생각한다.

> 그러하나 自己를 살린다는것이, 自己의卑劣한快樂을 滿足식힌다는것이안인以上, 사람을 愚弄한다는것은 罪惡이다. [중략] 사람에게는 사람을 愚弄할權利도업거니와, 極端으로말하자면, 사람을愚弄하는것은, 人生을 遊戲함이라는意味로서 結局 自己自身을 愚弄하고 遊戲함이다.28)

이러한 자세를, 소설 말미에서 시즈코에게 보내는 편지에도 변함없이 관철시키는 것으로, 이인화는 간신히 한도 끝도 없는 허무의 바닥에서 빠져나갈 수 있는 기회를 잡을 수 있게 된다.

끝내며

지금까지 검토한 것을 통해 분명해진 점을 정리하면서 약간 보족해 두자면, 우선 「만세전」의 주인공 이인화는 일본인 조선인이라고 하는 민족적인 시점을 기본으로 한 관찰보다는, 오히려 무지(無知)한지 어떤지, 혹은 오만한가 그렇지 않은가와 같은 그만의 독특한 기준으로 인간을 크게 둘로 나누고 있는 것을 알 수 있다.

즉, 무지하고 거칠고 촌스러운 혹은 교양이 없는 오만한 인간에 대한 혐오감이 민족적 감정마저도 상회하고 있다. 단순 노동자나 무산계급인 사람들을 동정하지 않으면 안 된다는 것을 머릿속으로는 알고 있

---

28) 전게서 『만세전』고려공사, 35쪽.

지만 그 면상과 대면하면 어찌해도 얼굴을 찌푸리고 만다.[29] 이것은 이치가 아니라, 결벽 증세인 그에게는 생리적인 것이다.

한편, 무지하고 교양이 없는 사람에 대한 경멸감은 당시 염상섭이 전개하고 있던 자아의 각성, 개성의 해방이라고 하는 주장과 연동되어 있는 것으로 보인다. 작가는 「묘지」제1회가 게재된 『신생활』지 제7호와 같은 호에 「지상선(至上善)을 위하여」라는 제목으로 이러한 논의를 전개하고 있다.[30] 염상섭이 일본 유학을 할 때 시라카바파(白樺派) 언설에서 차용한 것과도 같은 주장으로, 주인공은 자기 혼자 각성했다고 생각하고 각성하지 못한 주위의 사람들을 떼쳐놓고 보고 있는 것이다. 그 결과, 주인공의 주위에는 일본인과 조선인을 가릴 것 없이, 경멸할 법한 대다수의 인간군과, 연민의 대상인 무지해서 선량한 서민으로 넘쳐나고 있으며, 시즈코만이 예외적으로 정신적 교류가 가능한 특별한 이국 여성으로 설정되어 있는 것을 알 수 있다.

주인공은 생리적인 혐오감과 자의식 과잉으로 스스로 고립의 길을 선택하는데, 그 상태로는 '어른'이 되지 못한다. 이 지식청년은 작품 마지막에 시즈코에게 보내는 편지 가운데 보여준 결의와 같이, 당연히 재출발하지 않을 수 없다. 이러한 점은 염상섭 자신이 초기 삼부작이라 불리는 「포본실의 청개고리」「암야」「제야」와 같은 내면고백을 주체로 한 주관적 소설을 「만세전」을 그 기로로 해서 점차로 줄어나간 것을 통해 알 수 있다. 염상섭이 그 대신에 투철한 리얼리스트의 눈으로 그려내는 객관적 소설을 쓰기 시작한 것으로도 이러한 점은 확인된다.

---

29) 상동, 76쪽.

30) 염상섭「지상선(至上善)을 위하여」『신생활』7호, 1922.7, 85쪽. 이 소론은 다음과 같은 한 문장으로 끝나고 있다. "(「인형의 집」의=필자 주) 노라갓치 妥協하지마라. 그것이 至上善을爲한＝自我實現을爲한＝第一 箴言이다" (85쪽)

제3장 1920년대 염상섭 소설과 일본

─재도일 전후의 소설 4편을 중심으로

시작하며

필자는 지금까지 주로 1930년대 초반 무렵까지 창작된 염상섭소설에 대해 몇 편인가 논문을 발표해 왔는데[1], 1926년 재도일(再渡日)을 전후한 시기에 발표된 작품들에 대해서는 언급하지 못한 채로 있었다. 이번에는 이것을 다뤄서 이 시기 염상섭소설의 특징을 고찰하고, 더불어 작품과 일본과의 관련양상에 대해서도 살펴보도록 하겠다. 검토 대상 작품은 도일 전에 발표한 장편 두 편과 도일 후의 단편 두 편이다. 발표된 순으로 열거해 보겠다.

---

1) 시라카와 유타카(1998) 「염상섭 장편소설에 보이는 일본─1930년 전후의 작품을 중심으로(廉想涉の長編小説に見える日本─1930年前後の作品を中心に─)」, 1995~1997년도 과학연구비 보조금 기반연구B (1) 연구성과보고서 『근대조선문학에 있어 일본과의 관련양상(近代朝鮮文学における日本との関連様相)』綠蔭書房製作, 1998년, 시라카와 유타카(2001) 「영삽섭＜만세전＞소고(廉想涉＜万歳前＞小考)」 『우메다 히로유키 교수 고희 기념 한일 어문학 논총』태학사, 2001년, 시라카와 유타카(2002) 「廉想涉＜万歳前＞の人物造型と人間認識」´ 『오타니 모리시게 선생 고희기념 조선문학논총(大谷森繁先生古稀記念朝鮮文学論叢)』, 백제사(白帝社), 2002년. 이상 3편은 각각 본서 제1부 제4, 1, 2장에 수록.

A 너희들은 무엇을 어덧느냐, 동아일보 1923.8.27~1924.2.5 (이하,
　　＜너희들은＞으로 약칭)
B 眞珠는 주엇스나, 동아일보 1925.10.17~1926.1.17 (이하, ＜진
　　주＞로 약칭)
C 유서(遺書), 신민(新民) 제12호, 1926.4 (1926.3 집필)
D 숙박기(宿泊記), 신민 제33호, 1928.1 (1927.3.16 집필)

A ＜너희들은＞의 경우 중편 「해바라기」(『동아일보』 1923.7.18~
8.26)가 연재 완료된 다음날부터 게재되기 시작해, 또한 중편 「만세전
」(『시대일보』1924.4.6.~6.4) 발표 직전에 연재가 종료된, 염상섭에게
는 최초의 본격적인 장편소설이다. 또한 B ＜진주＞는 염상섭의 두 번째
장편소설에 해당하며, 이 작품이 연재가 완료된 이틀 후인 1926년 1
월 19일에 염상섭은 일본에 도항하여, 동경에 도착하게 된다. 그리고
1928년 2월에 귀국하기까지 약 2년 간에 걸쳐 쓴 장편으로는 「사랑과
죄」(『동아일보』1927.8.5~1928.5.4)[시라카와 유타카(1998)에서 언급]
를, 중단편으로는 C, D를 포함해서 10편 가까이를 동경에서 써서 보
냈다. 이 작품 가운데 C, D는 일본(동경)을 무대로 한 단편 가운데서
도 전형적인 작품이다. 도일을 사이에 끼고 수년간에 걸쳐 창작된 장
편소설의 대부분은 『동아일보』에 연재되었으며, 단편은 『조선문단(朝
鮮文壇)』과 『신민』에 투고한 것이 많다. 전자는 그렇다 하더라도, 후자
는 『유도(儒道)』지의 후신으로 사회교화를 목적으로 한 잡지이며, 신문
지법에 의해 간행된 월간잡지(1925.5~1932.6) 이다.[2] C, D모두 이
잡지에 투고한 것이다. 이러한 것은 독자층이라는 문제와 함께 주목해
야 할 부분이다.

---

2) 김근수 『한국잡지사』청록출판사, 1980년, 137-138쪽.

한편, 이 4편을 다룬 기존 연구는 그렇게 많지 않은데, 그 가운데 중요한 것은 다음과 같다.

1. 김종균: 염상섭연구, 고려대학교출판부, 1974년
2. 유병석: 염상섭 전반기 소설연구, 아세아문화사, 1985년
3. 김윤식: 염상섭연구, 서울대학교출판부, 1987년
4. 이보영: 난세의 문학―염상섭론―, 예지각, 1991년
5. 김경수: 염상섭 장편소설 연구, 일조각, 1999
6. 박상준: 1920년대 문학과 염상섭, 역락, 2000

위 책 가운데, 김윤식(1987)은 염상섭 문학의 전체상 가운데 이 작품들이 갖고 있는 의의에 대해서 체계적으로 논하고 있는데, 이 외에는 개별 작품만을 대상으로 논의를 시종일관 진행하고 있다. 위 저자들의 논의에 대해서는 제3절에서 검토하는 것으로 하고, 우선은 실제 작품에 대해 살펴보도록 하겠다.

제1절 도일 전 두 장편에 대해서

A 「니희들은 무잇을 어딧느냐」에 내해서

우선 이 작품의 연재상황과 장 구성에 대해서 언급하면, 전술한 것처럼 1923년부터 다음해 1924년까지 『동아일보』지에 합계 129회가 연재됐다.[3] 전체 구성은, 상편(전4장), 중편(전7장), 하편(전5장) 도합

---

3) 연재 일수를 확인해 보면 거의 매일 연재되고 있음을 알 수 있다. 연재를 쉰 것은 9월 7일(관동대진재[關東大震災] 보도 때문일 것으로 추정)외에, 12월 들어서 3, 4,

16장으로 구성되어 있으며, 신문연재를 할 당시의 장(章)과 절(節) 표기 및 연재횟수 표시는 정확하다.

다루고 있는 시대, 배경 등을 요약해 보면, 1919년 3·1독립운동 직후인 1921년 여름부터 가을에 걸친 약 3개월 간 서울을 주무대로, 인텔리 청춘 남녀들의 연애 행태와, 그들이 품고 있는 사회와 인생에 대한 회의나 번뇌하는 모습을 중층적으로 묘사하고 있는 작품이다. 주요 등장인물을 정리해 보면 다음과 같다.

- 덕　순: 동경의 여학교를 졸업. 아들과 며느리가 있는 재혼남인 나이 먹은 부자인 김웅화와 결혼을 했지만 남편은 미국으로 유학 (留學)을 가려고 하며, 자신은 동경 유학(遊學)을 고려하고 있다. 현재는 남편이 자금 제공을 한 잡지『탈각(脫殼)』을 주재하며 진보파적인 논진(論陣)을 펼치고 있다.(김일엽[金一葉, 1986~ 1971]이 모델이라고 여겨지고 있다.)

- 경　애: 18~9세. 동경 아오야마학원(靑山學院) 여자부에 재학중이며, 다음해 봄 졸업예정이지만, 동경에 온 덕순에게 애인을 뺏기고, 서울로 돌아오고야 만다.

- 최한규: 아오야마학원(靑山學院) 신학부에 재학중이며 목사 지망생이지만, 오스카와일드 소설에 열중하거나, 만도린이나 바이올린도 연주 할 수 있는 예술 애호가이기도 하다. 신경쇠약증의 낌새가 있다.

- 리마리아: 25세. 2년전(1919년)에 투옥된 경험을 갖고 있으며, 미션

6, 8, 10, 11, 14, 15, 17, 18, 21, 27일과, 1월 1일 및 1월 7일~26일 사이 계 20일간 뿐이다.

계열인 X여학교를 졸업하고 동교에서 교사를 하고 있다. 피아노와 영어가 능숙하며, 기숙사에 살며 사감대리 역할도 하고 있다. 브라운 교장 알선으로 미국에 가는 것을 열망하지만, 결국 고향에 내려가서 결혼한다.

- 리명수[4]: 27세로, 조혼하지만 3일 만에 결혼이 파탄난 경험이 있다. 일본유학 시절에 퇴역군인인 사가와(佐川) 남작 집에 하숙했으며, 이 집 차녀와 연애 소동을 일으킨 적이 있다. 한 때, 마리아가 근무하던 학교의 사무를 본 적이 있다. 일본어, 영어 모두 능수능란하며, 성격은 결벽증이 있으며 급진적인 구석이 있다. 술을 못 마시며 동정(童貞)이다. 가까스로 일본인 무역회사 도쿠토미 상회(德富商會)에 취직하지만, 늑막염(肋膜炎)을 앓게 된다. 마리아를 사랑하고 있다.

- 안석태: 이명수와는 고등보통학교 시절 동창생이다. 교회 일에 열심이며, 마리아와 알게 된 후 연애관계로 발전한다. 서자(庶子)라고 하는데, 키가 크고 잘생긴 남자로, 양복과 구두 상점을 경영하고 있다. 쌀과 콩 가격이 폭락해서 2, 3만원의 손해를 입는다.

- 김중환: 안경을 쓰고 덥석부리 얼굴에 체격은 비만이며, 병을 앓은 후에 통원치료를 받고 있다. 신문사에 근무하며 『탈각』지에 협력하고 있으며, 소설도 쓴다. 현실에 대한 실망으로 허무주의에 빠지나, 보수적인 면도 있다. 염상섭의 분신으로 그려지고 있다.

---

4) 처음에는 '李선생'으로 나오다가, 도중부터 성이 '羅'가 되는 등 정리가 되어 있지 않다.

- 도 　홍: 김중환이 사랑하는 기생이지만, 명수를 비롯한 사내들도 그 매력에 반해 있다. 착실한 성격의 소유자다.

- 강문수: 과부인 어머니가 20년간 경영하고 있는 하숙집의 아들이다. 소학교밖에 나오지 않았지만 고지식한 면이 있으며, '철학서'만 무리해서 읽고 있다. 술을 마시지 못하며 체구가 작다. 도홍이나 마리아가 다니는 학교의 사감인 최순자 등을 짝사랑하지만 퇴짜를 맞는다.

- 장홍진: 노모 슬하의 외아들로, 3년전에 부인과 사별했다. 덕순과 어머니가 친한 관계로 인텔리 청년그룹에 참여하고 있다. 급진적인 면이 있는 장신(長身)의 사내다.

- 김정옥: 덕순과는 같은 고향으로, 조금 유명한 서양화가의 남성과 동서(同棲)하고 있는데, 이 남자는 본처와 이혼 소송중이다.

- 희 　숙: 제1여자고등보통학교 교사로, 문장을 곧잘 쓴다. 명수가 사랑하는 여자지만, 혼담이 나와, 실업가 현장환과 결혼하고 만다.

이 작품의 스토리는 이러한 10여명에 이르는 청년들의 행동과 논의 그리고 편지 교환이 대부분을 차지하고 있다. 상편은 이틀 후에 일본을 해서 미국으로 떠날 예정인 덕순이 잡지 『탈각』관계 문사나 신문기자들을 모아서 작별 연회를 하는 이야기다. 열 명 정도의 참가자는 서로 친하지도 않으며, 덕순이 모두 불러 소개하자 그제서 분위기가 고조된다. 그러한 가운데 화제의 중심은 'B여사 사건'을 다룬 『탈각』에 게재된 글에 관한 것이다. 덕순이 썼다고 하는 'B여사의 고민'이라는

글은 이번 봄에, 일본 사회를 떠들썩하게 한, 여류문학자 B가 어느 신
문기자와 연애 관계를 맺고 아이까지 낳은 끝에 남편을 버리고 뛰쳐나
왔다고 하는 사실을 덕순이 서간체로 써서 B여사의 행동에 대해 감사
의 마음을 써둔 것이라고 한다. 이것을 읽은 남편 김응화가 지나치게
과격한 것이 아니냐며 걱정하면서 고쳐 쓸 것을 권한다. 덕순은 이에
대해 "무에 어떼서 그래요? 검열관이 허가한 것을 당신이 또 무슨 총
찰을 사슈. 총독부보담 더하슈그러……어떠튼지 편집한 내용에는 상관
마세요"5)하며 반발한다. 이것을 계기로, 청춘 남녀들 간의 논쟁이 격
렬해지는데, 이 소설에서는 대체로 여성들의 위세가 당당하며, 김중환
을 제외한 남성들은 우유부단한 태도를 보이는 경우가 대체로 많다.

그런데 이 B여사 사건이라고 하는 것은, 일본 화가(和歌)의 가인(歌
人)으로서도 유명한 야나기하라 뱌쿠렌(柳原白蓮, 1885~1967. 당시
36세)이 규슈(九州)·치쿠호(筑豊)의 탄광왕(炭鑛王) 이토 덴에몬(伊藤傳
右衛門)에게 절연장을 쓰고, 1921년 10월 20일에 동경대 신인회(新人
會) 멤버로 브나로드 운동을 하고 있던 미야자키 류스케(宮崎龍介, 미
야자키 도텐[宮崎 滔天]의 아들이며 당시 27세) 가 있는 곳으로 가출
한 사건을 말한다. 다소 픽션적인 요소가 가미되어 있지만, 이 소설에
서 그 사건을 다루고 있는 방식은 거의 사실에 입각해 있다. 여성이
스스로 판단하고 자립하려고 하는 요소를 대대적으로 회제로 삼은 것
은, 당시 전성기였던 시라카바파(白樺派)의 개성 존중 주장과, 그에 공
명(共鳴)하고 있던 염상섭 자신의 사고가 반영되어 있다고 볼 수 있다.

한편, 중편은 이 친목회로부터 이틀 후, 덕순 부부가 일본으로 여행
을 떠나는 날로 배웅에서 돌아오던 명수가 김정옥 집에 놀러 가서, 거

---

5) <너희들은> 연재 제26회. (이하 [26]과 같은 형식으로 약기한다)

기에 온 마리아 일행과 트럼프 놀이에 홍겨워하며 담소하는 장면으로 시작된다. 실은 상편 종반(제4절)부터 친목회 후에 덕순의 집을 나와서 돌아오는 길에, 김중환 일행이 요리집에 들러서 친한 기생인 도홍을 불러서 놀고 있는 청년 4명의 유흥 장면이 그려져 있으며, 이 분위기가 중편에도 계속되고 있다. 중편에서는 도홍을 둘러싸고 남자 3명이 밀고 당기는 이야기 가운데, 동경에 간 덕순이 외로움으로 명수에게 보낸 편지에 관한 삽화나, 마리아를 놓고 석태와 명수가 벌인 쟁탈전에 관한 이야기가 삽입되어 있다. 기생과의 주색잡기에 관한 이야기는 무대를 일본으로 옮기면, 사토미 돈(里見弴)의 『선심악심(善心惡心)』(1916), 『다정불심(多情佛心)』(1922~1923)등의 게이샤와의 주색잡기 이야기하고도 통하는 면이 있다.

한편, 덕순의 편지 가운데 주목해야 할 것은 전술한 B여사 사건에 접한 그녀가, "지금까지 나는 〈노라〉를 찬미하야 왔습니다. 그러나 (중략)〈노라〉보다 B여사에게 동정이 갑니다"[6]라는 부분일 것이다. 여기서는 입센의 『인형의 집』에 등장하는 노라의 행동은 극단적으로 이지적인 개인주의라고 하고 있으며, 그것보다도 예술적 연애생활을 추구한 B여사 쪽이 가치가 있다고 하고 있다. 이는 1922년 당시 노라의 생활 방식을 절찬하고 있던 염상섭[7]으로 치자면, 사고하는 방식의 역점이 점차로 변화하고 있음을 엿볼 수 있다.

〈너희들은〉 하편에서는 마리아가 와병중인 이명수에게서 점차로 멀어져가서, 안석태 쪽으로 접근해 가는 과정이, 마리아하고 주고받는 장문의 편지 형식으로 전개되고 있다. 이 이야기는, 명수가 마리아에게 빌려준 '일본어 책'의 내용인, 혼약을 한 Y라고 하는 여자가 A를 버리

---

6) 상동[76]

7) 염상섭 「지상선을 위하여」, 『신생활』7호, 1922.7.

고 폐병을 앓고 있는 B에게 달려간다고 하는 이야기와 거의 겹쳐진다. 이 책은 그 내용으로 미루어볼 때, 아리시마 다케오(有島武郎)의 「선언 (宣言)」(1915)으로 추정된다. 또한 이 세 사람의 이야기는, 남자 둘의 우정과 한 여자에 대한 애정의 갈등을 그린 무샤노코지 사네아쓰(武者 小路実篤)의 「우정(友情)」(1919)이나, 전술한 야나기하라 뱌쿠렌 사건 등도 연상시킨다. 편지에 의한 진상과 심정의 토로라고 하는 수법도 「선언」이나「우정」과 공통되는 부분이다.

한편 이 소설은 작품 가장 끝 부분에 또한 후일담적인 설명이 부가 되어 있다. 그에 따르면 마리아는 결국, 미국행을 단념하고 고향에서 결혼했다고 나와 있으며, 그 외 주요인물에 관한 그 후의 운명에 대해 서는 그리고 있지 않지만, 강문수의 고통, 순자의 실패, 김응화의 낙담 에 대해서도 언급하고 있다.8) 즉, 인텔리 청년들의 고뇌와 번민은 그 후에도 좀처럼 해결되지 않은 것이 암시되어 있다. 작품 제목인 「너희 들은 무엇을 어덧느냐」에 대한 대답은 결국 부정적인 것일 수 밖에 없 다. 그러면, 또 다른 문장형의 제목을 가진 「진주는 주엇스나」에서는 무엇을 얻을 수 있었을까. 다음 절에서 검토해 보도록 하겠다.

B「진주는 주엇스나」에 대해서

연재상황에 대해서 우선 살펴보면, 이 작품은 전술한 것처럼 1925 년부터 다음해 1926년까지 『동아일보』지상에 합계85회9)연재되었던10)

---

8) <너희들은> [129]

9) 종래, 이 작품은 연재횟수가 총86회로 여겨져 왔는데, 이것은 오류이다. 그 원인은 연재 제29회(1925.11.15)가 제30회로 오기된 채로 최종회까지 정정되지 않았던 것 에 있다. 이하 인용할 때는 연재 회수는 제29회 이후, <진주>[30](29)와 같이, [ ] 안에 원기재를, ( )안에 보정한 회수를 표시하기로 한다.

것이다. 장 구성은 전8장으로[11], 〈너희들은〉과 비교해 보면 3분의 2 정도 분량의 장편이다.

다루고 있는 시대, 배경과 내용을 요약해 보면 1925년 8월 31일부터 11월 25일 사이 서울을 무대로, 두 명의 여성에게 사랑받고 있는 주인공이, 여자 가운데 한 명이 매형의 계략으로 첩과 다름없이 팔려 나가려고 하는 것을 알아채고 고발하지만, 거꾸로 매형의 계략에 걸려서 신문에 날조된 추문(醜聞) 기사가 크게 다뤄져, 절망과 반항심으로 또 다른 여성과 바다에 투신하는 이야기이다.

작품 속 시간적 배경이 연재기간과 겹쳐질 만큼 집필 직전의 시기로 설정된 것을 알 수 있다. 주요 등장인물을 열거해 보면 다음과 같다.

- 김효범: 20세로, 경성제대 예과생이다. 어머니는 그가 어릴 적에 폐병으로 사망했으며, 매형이 학비를 대서 반년 전부터 기숙(寄宿)시키고 있다. "몇 천명이나 되는 일본인을 제칠 정도로 우수"하다고 신문에 게재된 적도 있다. 폐병을 앓고 있다.

- 조인숙: 22세로, 일류 피아니스트이다. 일본의 음악학교를 졸업하고 서울에 돌아온지 4개월이 지났다. 양친 모두 없으며, 진변호사 집에서 양녀 취급을 받고 있다(진변호사의 전처 오빠의 의붓 조카딸). 일본어가 유창하며, 장신에 매력적이고 요부 타입의 여성이다. 〈동경 아가씨〉라고 불린다.

---

10) 거의 매일 연재되고 있다. 연재를 쉰 날은 11월 12일, 12월 2일, 동월 14일과 1926년 1월 1~5일 사이 합계 8일간뿐이다.

11) 1925년 1월 17일에 게재된 최종회 [86](85)의 장(章) 절(節)은 <九〇>으로 표기되어 있는데, 전일 [85](84)가 八-九(제8장 제9절)이며, 편지 내용이 이어지고 있으므로 다른 장이라고는 생각하기 힘들다. 八-一〇이 올바른 표기로 보인다.

●진형석(진변호사): 40세로, 김효범의 누나 김효정과 3년전에 결혼한 악덕 변호사. 구 한국시대에는 청년 검사로 ××사건에서도 민완(敏腕)을 보여서 동족에게 두려움의 대상이다.

● 정문자: 21세로, 인천 ××학교 교사이다. 생가는 진남포이며, 크리스챤이다. 김효범과 사귀기 전에는 교회에서 알게 된 M과 3년 간 연애를 하고 있었다.

● 이근영: 50세 전후로, 인천의 '미두대왕(米豆大王)'이라는 별명을 갖고 있다. 돈으로 진변호사를 통해 조인숙을 첩으로 소망하고 있으며, 결국 목적을 달성한다.

● 태추관(태사장): ××신문사 사장이다. 진변호사의 압력으로 사실을 왜곡한 기사를 쓰게 하고 있다.

● 신영복(S기자): ××신문 사회부기자로, 김효범에게 추문 관계가 없음을 확인하고, 사장과 교섭한다. '주의자'는 아니지만, 정의파이다.

● 지성용: 40세를 넘었으며, 진변호사 사무소의 사무원이다. 효범에게 협력해서 해고당한다.

〈진주〉는 〈너희들은〉과는 다르게, 인텔리 청년 군상을 다룬 이야기가 아니고, 한 사람의 주인공을 중심으로 전개된다. 스무살의 학생인 김효범이 연상인 두 여자의 사랑에 농락당하면서도 정의감 때문에 일신을 희생으로 삼아 분투하는 과정을 거의 시간경과에 따라 그리고 있다.

이 소설의 안목은 두 개로 생각할 수 있는데, 첫째는 삼각관계라고 할 수 있는 남녀의 연애 행태에 관한 묘사이다. 다만, 〈진주〉에서는 주인공인 김효범이 경성제대 예과에 다니는 허약한 청년학도로, 이성에 대해서 극히 순진하게 등장한다. 두 여자가 서로 김효범에게 연애감정을 보내고 있는데, 그것을 받아들이기 힘든 그의 당혹스러움과 조인숙과 정문자 두 사람이 보내는 사랑의 쟁탈전이 독자의 흥미를 이어가는 구조이다. 〈너희들은〉과 같은 『동아일보』지에 연재되고 있으므로, 독자층은 거의 같다고 할 수 있다. 신문연재 소설 특유의 통속성이 이 작품에도 확연하게 나타나 있는 점은 다음과 같은 사항일 것이다.

① '××운동'이 존재하는 사회 분위기를 암시하거나, 애욕 스캔들 등을 축으로 한 스토리 전개.
② 현실에서는 있을 수 없는 등장인물들의 특이한 행동.
③ 등장인물들이 선인과 악인으로 확실하게 이분되어 있는 점.
④ 실생활에는 쫓기고 있지 않는 듯한 '고등유민(高等遊民)'적인 청춘 남녀가 많은 점.

이 가운데, ①과 ④등은 〈너희들은〉에도 대체적으로 해당되는 것인데, 〈진주〉에서는 그 통속성이 더욱 두드러진다 하겠다. 게다가 이 소설의 특징은 뭐라 해도 김효범의 인물설정에 있다. 누나에게 응석받이인 세상물정 모르는 학생으로 폐병을 앓고 있는 명문가의 자제를 주인공으로 하고 있는 작품은, 조선 근대문학사 가운데서도 매우 드문 작품이 아닌가 한다. 이러한 순진한 청년이 자신에게 호의를 보내는 조인숙이 1만원에 추잡한 사내에게 팔려가려고 하는 것을 알고는, 의분에 넘쳐서 진상을 파악하기 위해 변장을 하고 요리집에까지 잠복한다고 하는 내용으로, 탐정소설로도 읽힐 수 있는 전개이다. 상대방 사내가 사기꾼으로, 게다가 그러한 사내에게 조인숙을 알선한 것이, 기숙하여 신세를 지고 있는 매형 진변호사인 것을 알게 된 김효범의 분노는 정점에 달한다. 하지만 불가해한 일은 조인숙의 언동이다. 그녀가 단호하게 거부한다면 이 부조리한 '결혼'은 방지할 수 있었던 것인데, 요부적인 면이 있는 그녀는 김효범을 성적으로 유인했을 뿐, 결국 이 혼담을 수락하는 것이다. 그 심경에 대해서 조인숙은 김효범에게 보낸 편지 속에서 다음과 같이 변명을 하고 있다.

> 만원에 팔려가는 계집의 더러운 입에서 나오는 말외다. 하지만 여자는 모두 그렇습니다. 팔려나가는 겁니다. 미래에도 영원히 팔거나 사거나 하겠지요! 아니 남자도 똑같은 것입니다. 이러한 인생이 우습고 기막히며, 미웁고 불상하지 않습니까? 그래서 저는 조금도 부끄럽지 않습니다. 다만 분한 것은 여자로 태어난 것입니다……12)

조인숙은 마지막까지 저항하지 않고, 여자라고 하는 존재를 운명이라는 이름으로 체념하고 허무적으로 타협해 간다. 이 여성은 경력을 보면 훌륭한 인텔리임에 분명한 데, "예술도 사랑도 혈족도 사회도……모든 것이 이몸 하나를 건저주지 안코"13) 따위의 말을 하며, 매형과도 육체 관계를 맺고 창부와도 같은 존재가 되고 만다. 그렇게 보자면, 김효범은 조인숙에게 속은 것에 다름 아니며, 그녀를 위해 정성을 다해 억울한 추문을 풀려고 분주한 것은 모두 허사가 되는 것이다. 여기에 또 한 명의 여자인 정문자가 접근해 왔을 때, 그는 이 여자와 정사(情死)를 하는 상황까지 몰리게 된다. 즉 그들의 정사는 불의에 대

---

12) <진주>[42](41)
13) 상동, [43](42)

한 항거라고 하기 보다는, 믿고 있던 여자의 배반에 대한 분노와 비관이라는 느낌이 강하다고 할 수 있다. 이러한 점은 효범의 심정을 그린 다음과 같은 일절을 봐도 잘 알 수 있다.

> 정당한동기에서출발한일이비극　운명에번롱되여우렬(愚劣)한결과밧게 못엇는다는(중략)사실을(중략)　가련한소년의가슴에던저줄것은절망(絶望)이나 그러츠안흐면 반항(反抗)뿐일것14)

그렇다고 해도 조선 근대소설에서 남녀의 정사(情死)로 마무리되는 결말을 갖은 작품은 상당히 드문 것인데, 이러한 결말로 작품이 끝나는 것은 아리시마 다케오(有島武郎)의 정사사건이 염상섭의 염두에 있었음을 추측하기 어렵지 않다. 아리시마가 허무적 심경에 빠져, 유부녀인 하타노 아키코(波多野秋子)와 정사한 것은 1923년 6월 9일의 일이었다. 〈진주〉가 창작되기 2년 전에 있었던 사건으로, 본래 아리시마의 생활 방식이나 소설 「태어나는 고민(生れ出づる悩み)」(1918) 등에서 영향을 받은 염상섭15)에게는 상당히 충격적인 사건이었음이 틀림없을 것이다. 이것을 〈진주〉의 결말에 활용했다고 생각하는 것이 자연스러울 것이다. 그리고 이러한 스캔들과 연관되어 비극적인 결말을 맞이하는 염상섭의 작품으로는 그 밖에도 장편 「광분(狂奔)」(1929~30)[시라카와(1998)에서 언급]이 있다. 〈진주〉는 이것에 선행하는 작품이다.

한편 이 장편에서 또 하나 눈여겨 볼 부분은 불의에 대한 고발이라는 요소인데, 이것에 대해서는 주인공 김효범의 언동을 살펴보면, 다음과 같은 부분이 있다.

---

14) 상동, [77](75) 동아일보, 1926.1.7. (1.8.도 77회로 되어 있음.)
15) 전게서, 김윤식(1987), 93-95쪽 참조.

누님! (중략)내가 미치지는 아넛스니 념려마슈……(중략) 내가 미친게
아니라 세상놈이다—미치니까나까지 미처가는 판이요.[16]

　　이것은 조인숙 앞으로 온 이근영이 보낸 편지에 불을 붙이면서 한
말이다. 또 다른 한 부분을 들어보면, 소설 말미에 조인숙의 결혼식에
나타난 김효범이 연회장에 있는 사람들에 대한 감상을 표현한 부분이
다.

　　—이것이 지식계급이다! 신사계급이다! 아니 이 사람들이 다—지식계
급—신사계급이다 고는 못할지라도 상당한 상식은 가지고 있고 자긔집
에 드러가면 계집자식에게 바로 뺌내며 가장이요, 남편이요, 애비라고
큰소리를 치렷다! 이따위 인물로 이때까지 인간사회는지탕되어 왔다!
……이 놈들이 무엇이 이러케도 집버서, 날뛴단 말인구?……[17]

　　이러한 사회비판적인 사고는 바로 스무살 청년다운 감상적인 반항
의식을 토로한 것이며, 이성적인 비판의식이라고까지 할 정도는 아니
다. 그러한 의미에서 김효범의 심정과 사고는 「만세전」(1924)의 주인
공 이인화를 그대로 이어받고 있다고 해도 좋을 것이다. 〈너희들은〉에
서는 서른 사내처럼 보이는 신문사에 근무하는 김중환이 다른 인텔리
청년들의 논의와는 조금 거리를 두어가며, 조금 히무주의적인 인동을
반복하고 있는데, 이러한 역할은 김효범에게는 무리이다. 김중환과 김
효범의 중간적인 위치에서 정의파를 일관되게 관철하고 있는 것은,
〈진주〉에서는 주요등장인물이 아닌 신문기자 신영복이라고 할 수 있
다. 그는 신문의 왜곡보도에 대해서 자진해서 취재를 하여 진실을 파

---

16) <진주>[9]
17) 상동, [82](81)

악하고, 그것을 끝까지 기사로 쓰려고 해서 태사장과 대립하게 된다. 그는 편집국원들 앞에서 다음과 같은 연설을 한다.

> 신문과 밋 신문긔자의 유일하고 존귀한 사명은 세상이 버리고 인류가 구박하는 정의라는사생아를 옹호하고 발육시키기 위하야 의금(義劍)을 들고 나서는데에 잇는것입니다. 권력와 금전이 간통을 하는 추악한 기록이 신문일수는 없습니다.[18]

하지만 신영복은 그 직후, 해고되고 만다. 더욱이 그는 인천에서 거행된 조인숙의 결혼식장에도 나타나서 이근영은 중혼죄(重婚罪)라고 부르짖어서 쫓겨난다. 염상섭 본인의 위치는 신영복보다는 〈너희들〉의 김중환에 가까운데, 이러한 작품에 등장하는 신문기자의 이야기는, 「윤전기(輪轉機)」(1925)등 다른 단편에서도 다루고 있으며, 이것은 염상섭이 사회부장으로 근무했던 『시대일보』지에서 쌓았던 1924년의 경험이 이러한 작품의 배경이 된 것은 두말할 필요도 없다.

〈진주〉와 관련해서 마지막으로 지적해 두고 싶은 것은, 이 작품에도 조인숙이 김효범에게 보낸 장문의 편지나, 결말부분에서의 일기풍의 '유서'등, 편지가 소설을 진행하는 데 있어서 커다란 역할을 점하고 있는 것이다. 이것은 〈너희들〉에도 보이는 공통된 특징으로, 염상섭의 경우, 「표본실의 청개고리」(1919)나 「제야(除夜)」(1922) 이후로 쓰이고 있는 수법이다. 고백체와 편지 형식은 김윤식 교수가 일찍이 지적하고[19] 있듯이, 일본 근대소설의 수법을 염상섭이 조선어소설에서 시도해 본 것이라고 할 수 있겠다.

---

18) 상동, [62](61)
19) 김윤식(1987), 173-176쪽, 352-353쪽 등 참조.

그런데, 「진주는 주엇스나」라고 하는 기발한 제목은 어떠한 의미를 갖고 있는 것일까. 이것은 신약성서의 "돼지에게 진주를 주지 말아라"라는 구절을 거꾸로 이용해서, 귀중한 것을 시시한 자에게 주었다는 의미로 해석할 수 있다. 이 소설에서 '진주'는, 단적으로는 여성의 정조라고 생각할 수 있는데, 넓은 의미로 해석하자면 사회 정의라고도 할 수 있겠다. 그것이 압도적인 부조리한 사회 가운데 삼켜졌다고 하는 것이 이 작품의 결론일 것이다. 전작에서 식민지사회 가운데 「너희들은 무엇을 어덧느냐」라고 물으며, 그 무엇도 얻지 못한 것이 아니냐고 반문하는 염상섭의 의식구조는 〈진주〉에서도 역시 비관적인 것을 알 수 있다. 그러한 염상섭이 심기일전할 수 있는 계기로 삼으려고 결행했던 것이 재도일이였다고 할 수 있겠다.

제2절 일본에서 창작된 단편 2편에 대해서

C 「유서(遺書)」에 대해서

「유서」(전5장)는 1926년 3월 작이므로, 염상섭이 도일한 이후 얼마 지나지 않아 쓴 소설이다. 이 소설은 1926년 초 동경이 무대이며, 염상섭 본인으로 보이는 주인공이 등장하고 있으므로, 집필 당시 작가의 언동이나 심정을 엿보는데 매우 참고가 된다. 주요한 등장인물은 다음과 같지만, 인명은 「표본실의 청개고리」이후, 다용된 것과 같이 이 작품에도 대문자 로마자가 사용되고 있으며, 어떨 때는 △나 □ 등의 기호까지 동원되고 있다.

● 나(S)=나: 동경 공장가 하숙 2층에서 빈곤한 생활을 하고 있는 문필가

청년.

- D: 원래 서울에 있는 신문기자로, S(나)와 동거하고 있는 문필가 청
  년.
- P: 하숙 옆방에 거주하고 있으며 S의 후배.
- L: B가(街)에서 공장을 경영하고 있다.
- O남매: H정(町) 하숙에 살고 있다. 누나는 여자대학생으로, D가 짝
  사랑을 하고 있다.

위 인물들은 모두 조선인이라고 볼 수 있으며, 소설 스토리는 지극히 단순하다. '나'는 이틀 후에 떠난다고 하는 R과 마시고 시외선(市外線) 막차로 하숙이 있는 I역에 내려서, 귀가하자, 같은 하숙의 D의 모습이 보이지 않는다. 원고용지에 메모가 있었다. "나는 약하다. 나는 지금 내 길을 결정하였소. 안녕히··· D"(대체적인 뜻임＝필자주)라는 메모였다. 서울에서 동경으로 가서 건강을 해치고, O에게도 실연당하기 시작한 D인만큼, '유서'일지도 모른다고 나는 긴장한다. P에게도 물어보고, L이 있는 곳 등 사방으로 손을 써서 찾아본다. 하지만 그는 어디에도 없다. 하룻밤 내내 찾아보고 하숙으로 돌아오자, 엇갈려서 D가 돌아왔던 것인지, "살아 왔소. 실없이 장난한 것이 너무 애를 쓰게 해서 미안하오"[20]라는 또 다른 메모가 있었다. 다음날 오전, 무사하게 돌아온 D는, 모두가 자신을 그토록 걱정해 준 것을 감개무량한 모습이었다. 그리고 쓸쓸하게 웃으면서, 내가 죽는다 해도 "눈까닥하지도 않는 계집도 없어서야 아직 죽을라면 멀었어!"[21]라고 말하는 것이었다.

이것은 거의 실화로 보이는데, 이것은 김윤식 교수의 지적[22]처럼,

---

20) 「유서」, 『염상섭전집』 제9권, 민음사,1987, 258쪽.
21) 상동, 259쪽.

 한국근대 知日작가와 그 문학연구

'나'가 염상섭(상섭→S)으로, D가 나도향(도향→D)라고 하면 당시 실제 상황과 거의 일치하기 때문이다. 주지하다시피 염상섭은 1910년대 일차 도일 후에, 1926년 1월에 다시 동경에 건너가서, 닛보리(日暮里)에 있는 하숙에서 나도향(1902~1927), 이은상(1903~1982)과 셋이서 살았던 적이 있다. 덧붙여서 이 소설에 등장하는 I역은 닛보리역 지명을 한국어식으로 읽은 일모리(Ilmori)라는 발음에서 따온 것으로 보인다. 다만, 소설에서 로마자표기가 모두 현실의 인명이나 지명을 충실하게 전기(轉記)했다고는 할 수 없을 것이다. 나도향이 짝사랑을 했다고 하는 이는, 동경 여자고등사범 학교에 다니고 있던 최의순(崔義順)[23]이라고 하는 여자학생으로 추정되는데, 성의 앞글자를 따면 C가 되야 할텐데, 작품에서는 O로 표기되어 있다.

염상섭이 나도향, 이은상과 함께 지냈던 시절에 대해서는, 일찍이 이은상이 「도향회상」[24]을 통해 밝히고 있으며, 필자도 이은상 인터뷰 기록의 일부를 공개한 적이 있다. [25] 또한 단편 「여객(女客)」(1927)에서도 당시 하숙생활의 모습을 엿볼 수 있다.

작품 자체는 매우 단순하며, 『신민(新民)』이라고 하는 잡지에 어째서 써 보낸 것인지 의문이 들 정도지만, 염상섭도 나도향도 이미 고국에서는 이름이 알려진 중견작가였으므로, 그들의 동경에서 보냈던 생활 모습을 전하는 에피소드로서 독지기 읽기에는 흥미로운 이야기였는

---

22) 김윤식 상게서, 351-352쪽.

23) 이태준 「도향(稻香)생각 몇가지」현대평론, 1927.8 (후쿠오카대학[福岡大学] 교수인 구마키 쓰토무[熊木勉]씨의 교시에 의함.) 한편 김윤식(1987) 논문에서도, 동경 여자 고등사범 학교에 다니고 있던 C(최)라고 하고 있다.

24) 『현대문학』23호, 1963.1.

25) 시라카와 유타카 「내가 만난 한국의 원로 문인들」『문학사상』327호, 2000.1, 135쪽.

지도 모른다. 하지만, 이러한 면 이외에도 주목해야 할 점은 다음 두 가지다. 우선 이 작품에서 재도일 직후 염상섭의 심경을 읽을 수 있다는 점이다. 작중에는 다음과 같은 대목이 있다.

> 나는 별로 긴한 볼일이 있는 것도 아니요 시내에 들어갔다가 나오는 족족 후회는 하면서도, 그래도 타성(惰性)에 끌리어서도 나서고 하루 이틀 틀어앉았으면, 좀이쑤셔서도 나갔다가는 자정이 넘어서 사지가 나른하여 허덕지덕 돌아오곤 하였다.[26]

> 나는 기차 선로까지 뒷짐을 지고 천천이 무거운 발길을 옮겨 놓았다. 그러나 머리 속은조리 닿는 생각을 이어나갈 수 없을 만큼 피로하였다. 다만 가슴이 명상할 수 없는 복잡한 애수(哀愁)에 짓밟히는 것같이 뿌듯이 아픈 것을 깨달을 뿐이었다[27]

실제로는 염상섭이 5, 6살 어린 허물없는 조선인 청년 두 사람과 사이좋게 하숙생활을 했다고 한다면, 이 어두운 심경 묘사는 무엇인가. 소설 창작상의 숨막힘 때문이었는지도 모른다. 염상섭은 연보에 따르면, 곧잘 일본문단에 진출할 요량으로 재도일했다고 일컬어지고 있는데, 이은상에 따르면 일본문단 진출에 대한 야심은 없었다고 한다.[28]

실제 알려진 바에 의해도, 염상섭이 당시 일본어로 창작을 했다고 하는 흔적은 없다. 만일 일본어 소설을 썼다고 해도 1926년 단계에서는 1932년 장혁주가 입선한 『개조(改造)』지 현상작품(1928년 창설) 제도조차 없었으며, 등단은 어려웠을 것이라 보인다. 그 대신에 염상섭

---

26) 『염상섭전집』제9권, 민음사, 1987년, 240쪽. 이하 《전집》 이라고 약기한다. (작품 C, D의 원문은 《전집》 에 의한다.)

27) 상동, 241쪽.

28) 필자가 이은상 씨 자택에서 한 인터뷰에 의함. (1981년 11월 20일)

이 열중하고 있었던 것은 역시 조선어 창작이었다. 그것이 주목해야 할 두 번째 점이다.

이 소설 속에서 D가 「유서」를 쓰고 자살한 것이 아닌가 하고 '나'가 걱정한 것은, 저녁식사 때 '나'가 자신의 작품의 한 부분(자살자의 '유서')을 D에게 읽어준 것과 관련이 있는 것은 아닐까 하고 생각하기 때문이다. 그 때, D는 "자살하는 사람은 대개 다, 평정한 마음으로 차근차근히 일을 진행하도록 머릿가 맑아지는게야! 일본의 아리시마(有島武郎)의 유서를 보아도 그렇지 않아!"29)라고 말한다. 이 읽어준 작품은, 지난 해 말에 서울의 ×신문에 연재했던 작품에서 오려 낸 것으로 수정할 요량으로 일부러 어제 우송(郵送)시킨 것30)이라고 한다. 이 소설이 제1절에서 다룬 「진주는 주엇스나」인 것은 틀림없다. 그렇다면, 염상섭은 신문연재가 끝난 후에도 동경에서 이 장편에 손질을 해서, 언젠가 다시 발표하려고 했었던 것임을 알 수 있다. 동경의 하숙에서도 역시 조선어 창작에 몰두했었던 것이리라. 또한, 나도향과 서로의 작품에 대한 비평을 주고받았을 것이라고 하는 것31)도 상당히 흥미롭다.

「유서」라는 단편은 이처럼, 작품 그 자체의 문학적 수준을 음미하는 것보다도, 1926년 당시 염상섭이 동경에서 어떠한 생활을 했는지를 추체험할 수 있는 귀중한 작품이라고 할 수 있다. 동시에 도일 선 삭품과의 관련이라는 면에서도 중요한 정보를 제공해 주는 것이다.

---

29) 전게서 《전집》, 246쪽.

30) 상동.

31) 이 부분은 전게서, 김윤식(1987), 357-359쪽에서 이미 지적되어 있다.

D 「숙박기(宿泊記)」에 대해서

이 소설도 『신민』지에 게재된 것인데, 이 작품은「유서」가 발표된 1년 후인 1927년 말경 겨울 동경에서 있었던 일이 주된 내용이다. 전6장으로 구성된 이 단편에서 조선인은 주인공과 그의 친구뿐으로, 그외의 등장인물은 모두 일본인이다. 주인공은 변창길이라는 문필가 유학생으로, 일본어로는 '벤샤우키치(ベンシヤウキチ)'라는 이름으로 표기되어 있다. 언뜻 보기에 염상섭의 분신처럼 설정되어 있다.「숙박기」라고 하는 제목은 조선인이라서 하숙을 찾는 데 고생하는 것에서 취한 것이다.

변창길은 이틀 전, 한 달 분의 집세를 내러 갔을 때, 집주인에게 앞으로는 선불을 해달라는 갑작스러운 요청을 받고 불쾌해 져서, 하숙을 나가기로 결심한다. 하지만 조건이 좋고 게다가 '조선인이라도 좋다'고 하는 하숙은 좀처럼 없었다. 겨우 찾아낸 2층에 있는 모서리방으로 15, 16살로 보이는 소년이 안내해 주었다. 이곳의 안주인은 첩인 것 같았는데, 너무 친절하게 대해 주었다. 그래서 터놓고 이야기하면 거절당할까 봐, "저는 조선인입니다. 양복은 입고 있지만 회사원도 아닙니다"하고 말할 기회를 놓쳐버리고 만다. 다음날, 이 집에 짐을 옮겼다. 안주인은 걸레질까지 해주었다. 그 날은 마침 매달 말에 동료 몇 명과 좌담회를 하는 날이라서, 늦어지는 바람에 친구 집에서 머물고 다음날 아침 돌아왔다. 추워서 숯 불씨를 가져와 달라고 큰 소리로 부탁했지만, 이번에는 아무도 나오지 않는다. 겨우 귀가 어두운 듯한 노파가 올라왔다. 그는 이 노파에게서 이 집안의 사정을 캐내었다. 어제 그 소년은 먼 친척의 아이로, 주간부 학생인데, 또 한 명 17, 8살 정도의 청년이 있으며 그는 야간부 학생이라고 했다. 그는 본래 하숙생이었지만, 그대로 눌러 살아서, 지금은 안주인에게 안마를 하거나 잔일을 도맡아

하고 있다는 것이었다. 남편은 있기는 있었으나, 우에노(上野)에서 게이샤(藝者＝기생) 첩과 커다란 여관을 하고 있었고, 최근 반년동안도 들르지 않았다고 했다. 커다란 목소리로 내막을 말해주는 노파의 목소리를 귓결에 들은 안주인은 노파를 불러서 호통을 쳤다.

그러자, 어제의 소년이 숙박부를 들고 왔다. 변창길은 큰 글자로 3자 써주자 그는 눈을 동그랗게 뜨고 내려갔다. 예상대로, 계단 아래에서 들으라는 듯이, "무어라고 읽는지 자세듯구와요.(중략)그런 글자가 대관절 어대 있단말이냐!(중략) 허수아비 갓지안흐냐"32)라고 여주인이 고함을 쳤다. 그리고, 다음달, 하숙집을 그만두기로 했으니까 어제 온 사람은 한 달만이고, 선불 한다면 있어도 된다고 확실히 말하고 오라고 히스테릭하게 외쳐댔다. 변창길은 이미 이곳에도 있을 수 없다고 체념했다.

눈이 내릴 것 같은 추운 날로, 비도 내렸는데 학생촌은 조건이 맞지 않아서, 상당히 오래도록 걸어서 낯선 곳까지 가서 겨우 낡은 하숙집을 발견했다. 조선인인데 상관 없느냐고 말을 꺼내자, 하숙집 딸은, "조선량반이면 엇더세요? 여기 두분이나잇다가 떠낫는데요."33)하고 웃으면서 말해 주었다. 이곳으로 하숙을 정하고, 빗속을 헤치고 짐을 가지러 가는 도중에, 아침에 헤어진 친구 두 명과 우연히 만났다. 그들은 창길이 자주 이사하는 것을 보고. 처음부터 소선인이라고 밝히고 교섭하라고 충고를 해주고, 그의 하숙집에서 점심을 먹고 이사하기를 권했다. 결국 그가 있는 하숙으로 가서, 한 잠 자고 말았다. 눈을 뜨자 이미 전등이 켜져 있었다. 비는 계속 내리고 있었는데, 변창길은 친구가 말리는 것을 뿌리치고 거리로 나섰다. 외로움이 북받쳐 올랐다.

---

32) 전게서 《전집》, 310쪽. 《염상섭「숙박기」, 『신민』33호, 1928.1, 152쪽》
33) 전게서 《전집》, 314쪽

이상, 매우 길게 스토리를 소개했는데, 이를 통해 알 수 있듯이 이 작품에서는 하숙집 안주인 등 전형적인 일본 서민의 모습과 그러한 인물들의 조선인에 대한 태도가 매우 잘 그려져 있다. 1923년 관동대진재 후에 신축된 듯한 깔끔한 하숙집도 있기는 있으나, 주인공이 마지막에 당도한 곳은 학생촌에서도 먼, 낯선 동네 안에 있는 낡은 하숙집이었다. 변창길은 조선인으로서의 자존심이 있고, 민족적인 차별에는 민감하지만, 그 반대로 일본인이 친절하게 그를 대하면 약해지는 면모를 보인다. 처음에 있던 하숙집 주인은 선불로 집세를 내라고 하면서 다음과 같이 말한다.

> ……무어 조선량반이라거나 지나(支那)사람이라고해서 신용을 못한다든지 무슨차별대우를 해서 그러는게 아니라 사정이 그러코보니까말씀이애요.34)

이처럼 생긋생긋거리면서 말하고 있지만, 변창길이 갑자기 선불 이야기를 하시면 곤란하다고 대답을 하자, 주인의 심사가 뒤틀린다. 그 외의 일본인 하숙생에게는 처음부터 선불이라는 것을 통고했다는 것을 알고 분개하는 것이다. 처음에는 웃는 얼굴로 속마음을 숨기고 말을 하는 일본인의 언술을 잘 파악하고 있다. 그 다음에 일단 정한 하숙 안주인도 처음에는 친절했는데 남자를 좋아하는 그녀는 변창길을 이성으로 봤을지도 모르는 것이지만, 그가 낯선 성을 가진 조선인이라는 것을 알고 나서는 태도가 일변하는 것이다. '변(卞)'이라고 하는 한자를 어떻게 읽는 것인지 물으러 왔던 소년은, "그럼, ベンシヤウキチサン(변창길씨) 이라고 하는군요"35)하고, 변창길의 안색을 살피면서 경멸

---

34) 상동, 302쪽.

하는 듯한 미소를 띄운다. 그러한 반응에 대해서 변창길은, "변이라는 글자의 읽기도 모른단 말이냐. 무식한 계집이나 어린아이면 몰라도···. 사전을 찾아보렴!"36)하고, 일부러 큰소리로, "무지한 계집이"라고 덧붙여서 안주인에게 반발해 본다. 그리고 조선인 이름이 일본 땅에서 언제나 문제의 원인이 되는 것은 신기한 일은 아닌데, 밥짓는 여자나 어린이에까지 모욕을 당한 것은 처음이라고 쓰고 있다.37) 여기서는 조선 인텔리 청년다운 주인공의 자존심이 유감없이 표현되어 있다. 그리고 다음과 같이 쓰고 있다. 어느 조선인 학생은 운 좋게도 성이 이(李)여서, 조선귀족임을 내세워서 그 나름의 대우를 받았는데, 그렇다면 자신은 변이라는 성을 버리지 않으면 안 된다. 하지만 그렇게는 할 수 없으며, 귀족 자제와 같은 돈도 없다고 하고 있다.38) 변창길은 1927년 경 일본에서 조선인과 일본인의 관계에 대해서 총괄하면서 다음과 같이 말한다.

진재 이후에는 동경인심이더 야박하야진것갓기도하지만은 더구나 조선사람이라면오륙년시절과는 딴판가튼눈치를 도처에서 당하야본 그는 그런대에 한칭더 신경이예민하야젓섯다. 더구나 제일 난처한노릇은 자긔를 일본사람으로 보아주는것이엇다. 그당장에 조선사람이라고 까고덤비기에도 좀난처하고 열적은일이요 나중에 자연히알게하면 처음에속앗다는것이 분하다는듯이 반동적으로 태도가 일변하야저서 눈꼴사납기때문에 이래저래 이사를 하면 다소간 신경질인 그의 긔분을 휘청거려놋는 일이 만핫다.39)

---

35) 상동, 312쪽.

36) 상동, 대체적인 뜻임.

37) 상동, 312쪽.

38) 상동, 313쪽.

39) 상동, 308쪽.

　염상섭 자신의 체험을 섞어놓은 것인지, 이 관찰과 반응은 상당히 실재적이다.

　한편, 또한 작품에서 주목할 점은 주인공의 고독에 관한 것이다. 일본인들의 대응에 마음이 시린 경우가 많았는데, 마지막에 하숙을 정한 낡은 하숙집 딸은 편견이 없고 친절했으며, 우연히 만난 조선인 친구들도 정이 깊다. 그럼에도 불구하고 변창길의 마음은 좀처럼 채울 길이 없다. 작품 말미를 보면 친구 하숙집을 나온 그는 추운 바람 속을 거닐면서, 밝은 전등불이 퍼지는 거리에 무엇 하나 값진 것은 없는 것 같은 기분이 들었고, 울적하고 쓸쓸한 기분이 북받쳐 올라오는 것 같았다고 심정을 토로하고 있다. 역시 변창길이 있는 곳은 틀림없이 이국인 것이다. 일본 서민사회에 대한 비판적인 눈과 고독감의 표출이 겹쳐진 점이 이 작품의 특칭이라고 말할 수 있겠다.

　다만, 「숙박기」가 그리고 있는 세계는 어디까지나 픽션이다. 염상섭 본인은 1926년에는 닛보리에서 보냈고, 다음해 1927년 봄에는 동경 시내로 옮겨서 양주동(1903~76)과 일 년 남짓 함께 살았던 것으로 보이는데, 작품에서처럼 몇 번이고 하숙을 옮겼던 흔적은 없다. 덧붙여서, 이 작품에 나오는 학생촌이나 공동묘지는 간다(神田)와 야나카(谷中) 묘지라고도 생각할 수 있는데, 앞에 나왔던 이은상의 「도향회상」을 보면, 나도향이 '도야마하라(戶山原)를 헤매고 걷다 왔다는 기술도 있는 것을 보면, 와세다에서 조시가야(雜司が谷) 공동묘지 주변을 가리키는 것이 아닐까. 당시 염상섭의 친구 가운데는 이은상(사학과), 양주동(영문과)을 시작으로 와세다에 다니던 친구가 많았기 때문에, 염상섭도 이 일대를 잘 알고 있었을 것이며, 그런만큼 그곳을 소설의 무대로 했던 것으로 보인다. 그런데 당시 염상섭이 변창길처럼 마음속에 뻐끔히 구멍이 난 것과 같은 허탈한 상태였다고는 생각하기 힘들다. 그 일

단은 1926년 말부터 충실하게 조선어로 창작한 모습을 봐도 알 수 있
다. 염상섭은 이 시기에 다음과 같은 작품을 하숙에서 써서 서울에 송
고하고 있다.

- 조그만 일, 문예시대, 1926.11.
- 미해결, 신민, 1926.11~12, 1927.2~3.
- 남충서(南忠緖), 동광, 1927.1~2.
- 밥, 조선문단, 1927.2.
- 여객(女客,) 별건곤(別乾坤), 1927.3.
- 두 출발, 현대평론, 1927.4~7.
- 사랑과 죄, 동아일보, 1927.8.5~1928.5.4.

단편은 다양한 제재를 다루고 있으며, 이 작품들을 발표하기 전후에
이번에 다룬 「유서」와 「숙박기」가 위치해 있다. 더욱이 8월부터는 장
편 「사랑과 죄」를 집필하기 시작했었기 때문에, 집필 시기에 틈새가
없다. 더없이 왕성한 창작활동이라고 할 수 있다. 게다가 염상섭은 일
본문학에서 배울 것은 기교뿐이라고 호언[40]하고 있었기 때문에, 상당
한 자신감을 갖고 다양한 경향을 띤 작품을 썼던 것으로 보인다. 「유
서」는 염상섭의 신변잡기로 보이는데, 「숙박기」는 언뜻 그렇게 보이지
만, 실은 주도면밀하게 짜여진 허구적인 부분이 많다. 두 삭품 다 『신
민』에 연재됐기 때문에, 독자는 「숙박기」도 모두 염상섭이 동경에서
한 체험을 그대로 쓴 것이라고 생각할지도 모르겠다. 하지만 사실에
가까운 것은 마지막 낡은 하숙집[41]에 관한 삽화 하나로, 그 이전에 나

---

40) 염상섭 「배울 것은 기교―일본문단잡감」, 『동아일보』, 1927.6.7~13.
41) 김종균(1974)에 따르면, 이 하숙 주인과 딸의 마음씀씀이에 감동한 염상섭은 해방
　　후에, 이 학숙 집을 배경으로 「봄」「염서」등 두 작품을 썼다고 (130쪽) 하지만, 아직

오는 부분은 취재에 입각한 창작일 가능성이 높다.

상기 단편 가운데 동경을 무대로 한 작품은 「여객」뿐으로, 나머지 작품들은 모두 조선에 관한 이야기이다. 염상섭이 동경에 있으면서 신변잡기적인 작품뿐만이 아니라, 의식적으로 본격적인 객관적 소설을 쓰려고 하는 모습이 보인다고 할 수 있다.

제3절 작품 4편에 대한 논의

이 절에서는 각 작품에 대한 기존에 발표된 논문을 요약 정리하면서 그 타당성을 살펴보고, 필자 나름의 의견을 약간 제시하려고 한다.

A 「너희들은 무엇을 어덧느냐」에 대해서

① 김종균(1974): 이 작품은 시험작이지만, 인물 각각의 성격창조와 당시 청년 기질에 관한 형상화가 매우 잘 돼 있으며, 그 이전에 는 없었던 사실적인 묘사가 보인다. 연애, 신사상, 동경행, 예수 신앙, 사교 등을 비롯해 무엇 하나 얻지 못한 것이 아니냐는 염 상섭의 비판 의식을 엿볼 수 있다.[42]

② 유병석(1985): 「해바라기」와 함께, 이 작품은 현실의 위력을 깨 달은 주인공이 현실과 타협, 화해를 모색하는 모습을 그리고 있

보지 못했다. 참고로, 김윤식(1987)의 저작 권두에는 「동경체재중(1926~1928) 하숙 집 딸과 함께」라는 설명이 붙은 사진이 개재되어 있는데, 이 하숙이 닛보리인지, 그 후의 장소인지는 명확하지 않다.

42) 김종균(1974), 100-102쪽. (이하, 작품 B, C, D에 대한 논의에 대한 출처는 생략 한다. 주43, 44, 46, 47에 대해서도 동일하다.)

으며, 제목은 이처럼 좌절과 실패하는 모습을 반어적으로 표현한
것이다. 남녀간의 애정문제에 초점을 맞춰서 현실의 견고함을 입
증하려고 하는 데에 주제가 있다. 특히 김중환을 통해서 당시 조
선에서 이념이 무력했다는 것을 강조하고 있다.[43]

③ 김윤식(1987): 등장인물들은 모두 신흥 지식층으로, 3·1운동후에
일본유학을 했던 청년들이다. 이 작품은 이광수의 「재생」과 마
찬가지로, 독립운동후 청년지식인들의 무방향성을 다루고 있다.
하지만 관념적인 「재생」과는 달리, 일본유학생의 사정과 남녀관
계에도 정통했던 염상섭은, 신문기자를 했던 경험에서 획득한 현
실감각도 있어서, 귀국후 유학생 계층이 보인 삶의 행로(行路)를
풍속소설의 소재로 삼는 것은 장기였다. 또한, 당연히 가장 중요
한 인물은 염상섭의 분신이라 할 수 있는 김중환이다.[44]

④ 유양선(1987): 이 소설에서는 근대의식이라고 하는 것이 연애 감
각으로 다뤄지고 있다. 남성들은 신여성과 기생 사이를 오가는
타락한 생활을 보내고 있으며, 신여성들도 허영심, 돈, 성적 만
족이라고 하는 욕망을 따라가고 있다. 이렇게 청년들이 타락한
원인은 식민지 사회의 특징이라 할 수 있는 전근대적인 무기력
함에 있다고 작품에서는 파악하고 있다. 그러므로 근대사회인 일
본에 앞을 다퉈서 탈출하고자 하는 것이다.[45]

⑤ 이보영(1991): 이 작품은 특히 연애 시(詩)를 존중하는 난세의 시
이다. 김중환과 이명수는 로맨틱한 이상주의자였던 염상섭의 소
설적 분신이다. 염상섭이 쓴 이 이후의 작품에서는 이명수처럼

43) 유병석(1985), 71-77쪽.
44) 김윤식(1987), 277-279쪽.
45) 유양선 「근대지향성의 문제와 현실 뒤집기의 수법」 『염상섭문학연구』(권영민편, 미
   음사, 1987년) 131-142쪽.

　　　정신적 방황과 직선적인 정열과 윤리적 진지함을 갖은 인물은
　　　모습을 감춘다.[46]

　⑥ 김경수(1999): 이 작품은 초기작이 갖고 있던 관념적 세계에서
　　　일상 현실의 가시적 형상으로 작품 경향이 전이해 가는 중간 단
　　　계에 위치해 있다. 그리고 염상섭이 평론에서 하는 발언과 작품
　　　이 상당 부분 겹쳐지고 있다. 즉 이 소설은 '개성'에 대한 태도
　　　를 가시적으로 표현하기 위해 쓴 의도적인 작품이다.[47]

　　위와 같은 선행연구 가운데 공통적으로 보이는 견해의 특징을 도출
해 보면, 〈너희들은〉이 애정 문제 혹은 연애 감각에 초점을 맞춘 작품
이라는 점과, 등장인물 가운데 김중환이 가장 중요한 인물이라는 점에
있을 것이다. 전자에 대해서는, 확실히 이 작품에서는 남녀 인텔리 청
춘 남녀 사이나, 기생들과의 연애 유희에 관한 삽화가 상당한 분량을
차지하고 있는 것은 사실이다. 신문 연재라는 형식을 취하고 있는 이
상, 이러한 요소는 독자의 흥미를 유지하기 위해서라도 항상 벗어나기
힘든 부분이지만, 이 소설의 특징은 연애 유희와 청년다운 생경한 논
의가 분리하기 힘들 정도로 연관되어 있는 것이라 할 수 있다.

　　몇 가지 예를 제시하면, 마리아는 이명수에게 교회에 가면 성서에
관한 해석과 목사의 설교는 들을 수 있지만, 자신이 찾아 헤매고 있는
인간이 살아가야 할 길에 대해서는 아무것도 얻는 것이 없다. 종교, 신
앙이라는 것은 도대체 무엇인가? 하고 장문의 편지로 하소연 하는 부
분이 있다. 이에 대해서 이명수는 인생은 운명이 움직이는 것이 아니
라, 마리아가 말하는 삼차로(종교, 재산, 연애)에서 헤매는 것은 어떤

---

46) 이보영(1991), 167-193쪽.
47) 김경수(1999), 23-42쪽.

길이라고 해도 가치가 있다고 답장을 쓴다.[48)]

진지하게 인생론을 펼치고 있다고 할 수 있는데, 풋내기 청년이 펼치는 주장이라 할 수 있다. 또한, 장홍진은 강문수에게 김중환을 평가하며 다음과 같이 말한다.

> 김군이 비웃는 것은 현실에 대하야 넘어도 실망을 하기 때문에 비웃는 것이지, 인생에 대 한 리상이 없다거나 련애를 무시하야서 그런 것은 물론 아니겟지. 하니까 모든 것을 비웃 는 데에서 한 거름 더 나간다 할 지경이면 그것은 곳 리상에 향하야 돌진하는 노력이 될 게 아니요?[49)]

이 소설에서 김중환이 가장 중요한 인물이며 염상섭의 분신임으로, 다른 등장인물보다 훨씬 높은 위치에 있다고 하는 해석이 일반적으로는 내려지고 있는데, 김중환 본인은 역시 확고한 인생관이나 신념이 이전부터 있던 인물로 그려지고 있지 않은 것을 알 수 있다. 그것을 소설에서는 다른 부분에서 "중환이란 사람은 조치 못한 의미로 〈스핑쓰〉 가튼 남자다. 〈떼카탕〉(頹廢傾向)의 긔분과 도학 관념(道學的觀念) 사이를 올지 갈지 하는 자이다"[50)]라고 작자 자신이 그 성격을 위치 짓고 있다. 인생이나 현실에 대한 실망과 회의로부터 모든 것을 조소하고 있는 듯한 김중환이지만, 그도 일단 무언가 계기가 생기면 이상을 향해 돌진할 가능성이 높은 성격의 청년이다. 다만 삶의 방향을 정하지 못하고 고뇌하고 있는 것이 이 소설에 나오는 모든 청년들의 모습인 것이다.

---

48) 이상, <너희들은> [107]
49) 상동 [120]
50) 상동 [21]

일반적인 인생론이 아니라, 조선(인)에 대한 비판의식이 이 작품에는 여러 부분에서 논의되고 있다. 한 두가지 예를 들어보면 김중환은 강문수에게 이렇게 말한다.

> ……조선 사람이란 련애라는 행복을 타지 못하고 나온 인종일세. 근 그두 정열두 업는 사 람에게 련애가 잇슬 리가 잇나! 그러면 련애를 찾지 안느냐 하면 그러치두 안지! 그러나 니가 업서 씁지 못하느니! (중략) 련애 업는 민족! 그거야말로 죄악돌이 깔린 길을 징 박은 신발로 밥는 것 가튼 것이 아닌가?……51)

그리고 춘향과 같은 끈기와 정열과 의지가 있다면 조선인의 민족성은 근본적으로 유망하지만, 하고 덧붙이고 있다. 한편, 이명수는 김정옥에게 다음과 같이 말한다.

> 조선 사람에게는 어떠튼지 영원(永遠)이라거나 심각(深刻)이라거나 확정(確定)이라는 것는 업스니까요. (중략)지금, 우리 조선 사람에게는 비애가 잇는 것도 아니요 업는 것도 아니며 희망이 잇는 것도 아니요 업는 것도 아닌 할 수 업는 시대요 할 수 업는 심리에서꿈을 꾸지요.그러나 그것은 영원을 바라보는 아름다운 꿈은 아니지요.52)

실로 3·1독립운동 이후인 1920년대 초반 조선 인텔리 청년들의 시대인식과 절망감이 여실하게 표현되어 있으며, 이것을 보면 김중환 혼자 위와 같이 말하고 있는 것이 아님을 알 수 있다. 배경은 3·1운동 이전이지만, 「만세전」(1924)에도 나오는 이런 종류의 논의는, 하지

---

51) 상동 [56]
52) 상동 [45]

만 어디까지나 일종의 미숙한 청년들의 탁상공론이라 할 수 있다. 왜
냐하면 그들은 논의는 하지만 연애 유희 이외에는 그 어떠한 행동도
하지 않고 있기 때문이다. 그리고「만세전」에서 볼 수 있었던 일본(인)
에 대한 비판의식은 이 작품에서는 봉인하고 있다. 식민지 지배 하의
사회구조라는 문제까지 발을 들여놓는 본격적인 논의를 신중하게 피하
고, 일반적인 인생론으로 일관하고 있는 이 장편의 특징은, 염상섭이
영향을 받은, 1910년대를 통해서 융성했던 일본 시라카바파(白樺派)가
견지하고 있던 문학 노선과 매우 가까운 것이다.

B 「진주는 주엇스나」에 대해서

① 김종균(1974): 이 작품은 <너희들은>과 같은 계열의 작품으로,
「사랑과 죄」에 염상섭의 소설세계가 집대성되기 전단계인 그 중
간에 위치해 있다. 권력과 금력(金力)이 개인를 압살해 버린다는
사실과, 사회가 얼마나 오류와 모순으로 가득 차 있는지를 밝히
고 있다.

② 유병석(1985):「사랑과 죄」「삼대」와 함께 당대 현실을 본격적으
로 분석하고 있다. 제목은 돈에 지배당해 타락한 현실에 빼앗긴
고귀한 가치를 의미하고 있다. 편지, 독백, 연설 등이 과도하게
노출되어 있는 것은 작가의 역량이 미숙한 것을 드러내고 있다.

③ 김윤식(1987): 정의파 청년들이 권력과 금력 앞에 패하는 이야기
이다. 친일파＝배륜자(背倫者)＝위선자에게 빼앗긴 여성의 정조
를 문제 삼고 있는 점으로 해서 조선이 일본의 식민지가 돼서
현실이 타락하여 고귀한 가치가 빼앗겼다는 것에 대한 작가의
항의를 볼 수 있다.

④ 이보영(1991): 〈너희들은〉과는 다르게, 타락한 식민지 사회에서 살고 있는 사람들에 대한 도덕적 고발을 하고 있는 요소가 강한 연애소설이다. 멜로 드라마적이지만 작가의 민중의식과 리얼리즘, 병적이라 할만큼 철저한 순결에 대한 희구에 의해, 독자에게 감동을 안겨준다. 〈진주〉는 효범에 대한 인숙의 순결한 애정의 상징이다. 이 작품에는 도스토예프스키의 「백치」나, 세르반테스의 「돈키호테」로부터 직접적인 영향을 받고 있는데, 물론 이러한 작품에 보이는 기독교 정신만이 있는 것은 아니다.

⑤ 김경수(1999): 이 작품은 여성을 주인공으로 한 설정과 그 형상화라는 관점에서 「사랑과 죄」과 상당히 유사하다. 또한 두 작품 모두 1925년을 배경으로 하고 있다.[53]

이러한 선행론을 보면, (가) 제목인 '진주'가 무슨 뜻인가, (나) 〈너희들은〉과의 유사성, (다)「사랑과 죄」와의 연속성, (라) 조인숙에 대한 평가 등을 둘러싸고 일부에서 상당히 다른 의견이 있는 것을 알 수 있다.

(가)에 대해서는, '진주'라고 하는 것은 '고귀한 가치'라고 하는 점에서는 일치하고 있지만, 구체적으로는 조인숙의 정조를 의미하는 것, 혹은 김효범에 대한 순수한 애정이다라고 하는 이외에는 명확한 지적은 없다. 필자는 오히려, 그것이 권력이나 금력에 대항할 수 있는 '정의'(正義)를 뜻하지 않나 싶다.

(나) 에 대해서는, 두 작품에서 초점을 두고 있는 점이 다르며, 등장인물을 배치하는 방법도 다르므로 상이점은 물론 있으나, 두 작품 다 인텔리 청년의 관념적인 이야기를 다루고 있다는 점은 공통된 부분이

---

53)「사랑과 죄」은 1924년을 배경으로 하고 있다.

다. 다만, 〈진주〉에서는 〈너희들은〉보다 더욱 젊은 스무살 먹은 학생이 주인공이라서, 보다 순수하게 맹렬하게 돌진하여, 당연하듯이 패배하고 있을 뿐이다. 〈너희들은〉의 청년들은 좀 더 '어른'이라서, 목숨을 걸 정도의 행동에는 나서지 못하며, 서로가 속이고 속는 세상을 살아가면서, 끝도 없는 토론을 하고 있다.

(다) 〈진주〉에서 「사랑과 죄」로 이어지는 연속성은 확실히 보인다. 같은 『동아일보』에 연재하고 있었기에, 보다 긴 장편으로 쓰기 위해서는 보다 더 통속적인 성격을 늘릴 필요성이 있었으나, 같은 노선을 취하고 있었기 때문에야말로 동경 하숙집에서 꾸준히 소설을 쓸 수 있었던 것이 아니었을까.

(라) 조인숙이 그 순수한 마음을 김효범에게 바치고 그 자세를 완수했다고는 생각하기 힘들다. 그녀는 도중에 권력과 돈에 타협하고 말았기 때문에, 사닥다리를 앗긴 효범은 무엇을 위해 싸워야 할지 알 수 없게 되며, 그 절망이 그를 정사(情死)로 몰아넣었다고 할 수 있다. 그렇게 생각한다면, 김효범의 분노는 매형과 미두대왕 이근영에게만 향하는 것이 아니라, 변절한 조인숙에게도 향해 있다고 할 수 있다. 이러한 인물들은 '정의롭지 못하다'는 점에서는 모두 한 통속인 것이다.

C 「유서」에 대해서

이 작품에 대한 선행 연구 및 언급은 매우 적다. 우선, 김종균(1974)은 등장인물들을 알파벳으로 호칭하는 것은 「표본실의 청개고리」이후라고 지적하면서, D가 나도향이라는 것을 최초로 지적하고 있다. 그리고, 김팔봉이 동시대 비평에서, 염상섭이 불건전한 청년들을 어째서 그리고 있는 것인지 알 수 없으며, 이러한 소설은 무용(無用)하다고 언급한 것을 소개하며, 이 작품은 작가의 충실한 생활 보고서적인 소설이므로 깊이 고찰할 필요가 없다고 하고 있다.

다음으로 김윤식(1987)은, 이 소설이 나혜석을 모델로 한 〈해바라기〉와 필적할 수 있는, 나도향을 모델로 한 소설이라고 하면서, 전기(傳記)에 관련된 부분과 편지라고 하는 형식면에 초점을 맞추어서 작품을 분석하고 있다. 특히, 편지라고 하는 형식이 1926년 단계에서는 소설기법으로 아직 일반화되지 않았다는 것을, 이 작품을 통해 전환(轉換)시켰다는 점에 주목하고 있다.

위의 두 논자가 공통적으로 지적하고 있는 것은 작품구조의 해명이라고 하는 부분일 것이다. 필자는 여기에 더해서, 염상섭이 동경에서 고국의 독자에게 무엇을 노리고 작품을 쓴 것인지를 살펴봐야 한다고 본다. 작품을 게재한 『신민』다음호(1926.5)에 염상섭은 「6년후의 동경에 와서」라고 하는 수필을 기고하고 있는데, 이미 그 나름의 문명(文名)을 얻고 있었다. 알파벳 약호로 써도 독자는 그와 나도향에 대해서는 이미 식별가능하지 않았겠는가. 괴로워하는 나도향과 마음을 쓰는 염상섭의 이야기는 그것만으로도 화제에 올랐다고 볼 수 있겠다.

D 「숙박기」에 대해서

이 작품에 대해서 김종균(1974)은, 한 마디로 말해서 일본 사회에서 체험한 민족적 수난기(受難記)라고 하고 있으며, 유병석(1985)은 거꾸로 조선인 학생이 하숙을 찾아 헤매는 과정만을 그리고 있을 뿐으로 너무나도 단순한 구성으로, 이 작품에서 민족의식이라든가 저항의식 등을 찾을 필요가 없다고 하고 있다.

두 논자의 견해는 양극단에 가까우며, 실제 작품은 그 중간에 위치하고 있다는 것이 필자의 견해이다. 그리고 이 작품은 염상섭의 실체험처럼 보이게 쓰고 있지만, 반 이상은 픽션일 가능성이 높다는 것을 전술한 바 있다. 또한, 민족의식을 제시했다고 하기 보다는 일본인이 조선인들을 바라보고 어떻게 반응하고 있는지, 그리고 주인공이 품고 있는 가슴속의 공허함을 조금 더 파악해야 할 필요가 있는 작품으로 보인다.

유병석(1985)은 더 나아가, 이 단편과 「전화」(1925) 「검사국 대합실」(1925) 「조그만 일」(1926)와 「유서」등 5편을 한데 묶어서, 일상시의 다양한 단편적인 생활을 서술한 작품이라고 위치 짓고 있는데, 그 공통점으로 들고 있는 것은 주인공들이 모두 평균적인 도시 소시민으로 그들의 삶이 비교적 안정적이라고 간주하고 있는[54] 것은 의문점이라고 하지 않을 수 없다. 적어도, 일본에서 창작한 「유서」와 「숙박기」는 불안정한 이국 일본에서 뿌리 없는 잡초와도 같은 유학생의 이야기이기 때문이다.

끝내며

지금까지 염상섭이 제2차 도일(1926년)을 한 시기를 전후로 발표된 4편의 소설에 대해 살펴보았는데, 한 두 가지 더 보족할 것이 있다.

우선, 염상섭은 도일해서 일본 문단에 진출하려고 했다는 점인데, 그는 변함없이 한국어 창작에 의욕을 불태우고 있었으며, 게다가 1927년부터 연재하기 시작한 장편 「사랑과 죄」는 〈너희들은〉이나 〈진주〉계열을 잇는 인텔리 청춘 남녀의 행동과 풍속을 그린 작품인 것을 봤을 때, 염상섭이 동경에 간 것이 창작상의 단절을 불러왔다고는 볼 수

---

54) 유병석(1985), 96쪽.

없다.

다음으로 살펴볼 것은, 김윤식(1987)이 논하고 있는 "염상섭의 중인 (中人) 의식"란 무엇이며, 또한 〈너희들은〉이나 〈진주〉 등에서 그려져 있는 것은 조선 중산층 생활인의 삶에 대한 것이라는 주장에 대한 타당성이다. 염상섭의 가계(家系)는 대대로 고위층은 아니었지만, 관직에 오른 양반이라고 할 수 있는데, 그의 일본 유학시절의 학적부를 보면 동경에서 보낸 학창시절은 '사족(士族)', 교토부립(京都府立) 제2중학교에 전학한 후는 '평민'이라고 기재되어 있는 것처럼[55], 자신의 출신계층에 대한 의식이 흔들리고 있는 것을 발견할 수 있다. 실제로는 사족과 평민의 중간이라고 말하려는 것인지도 모르겠다.

공리 공론을 펼치는 양반도 아니고, 그렇다고 해서 무지하고 교양이 없는 평민도 아닌, 현실을 사실적으로 보는 눈을 가진 '중인'이라고 스스로의 정체성을 파악한 것이라고 볼 수 있다. 하지만 이러한 부분은 의식에 대한 문제로, 현실 세상인 20세기 초두 조선에서 경제적 인 기반으로 유지된 신흥 지식계층으로서의 중산층이라는 것이 과연 계층으로 존재했던 것일까. 김윤식(1987)은, 염상섭은 자신이 중인이라는 의식을 갖고 중산층 가운데서도 전형적인, 일본에서 돌아온 인텔리 청년 군상을 그리고 있다고 하고 있지만, 이러한 청년들은 실은 당시 시점에서 보자면 상당한 엘리트이며, 그러한 계층이 그렇게 두터운 층을 형성했다고는 볼 수 없다. 즉 염상섭은 현실에서는 오히려 극히 특수한 엘리트 청년들의 이야기를 다루고 있으면서도, 마치 중산층 일반의 의식과 행동을 그리고 있는 것과 같은 작위(作爲)를 스스로 하고 있는 것은 아니겠는가. 그다지 많지도 않은 인텔리 청년들을 염상섭은 다른

---

55) 시라카와 유타카 「염상섭, 현진건, 김사량 관계자료(廉想涉, 玄鎭健, 金史良關係資料)」(전게 주1) 『근대조선문학에 보이는 일본과의 관련양상』, 290쪽.

소설에서도 즐겨 등장시키고 있다. 이것은 그렇게 인물을 설정하는 것이 식민 통치하 조선의 현실과 문제점을 제시하기 쉽기 때문이다. 특히 장편소설에서는 주요 등장인물들은 모두 토론에 참가할 수 있는 정도의 자질을 갖고 있으며, 장문으로 편지를 쓸 수 있고, 더 나아가 일본어로 편지를 주고받을 수도 있다. 즉 그렇게 인물을 설정하지 않으면 이야기를 전개 할 수 없는 구조를 갖고 있다. 연애 관계를 맺고 있는 남녀조차도, '사랑의 속삭임'과 같은 정감 가득한 말을 주고받는 것이 아니라, 사회적인 문제 등에 대해 서로 토론을 하는 것이 이 시기(1920년대를 통틀어서라고 해도 좋을 것이다) 염상섭 장편소설의 특징이라고 할 수 있다. 염상섭이 감명을 받았다고 하는 일본의 사라카바파를 보면, 문사들의 주도권을 쥐고 있던 것은 학습원(學習院)을 중심으로 한 참된 귀족 엘리트 청년들이었다. 그러나 염상섭은 그러한 귀족 계층은 아니었다. 또한, 일본과 식민지 조선의 상황은 당연한 일이지만 동일하지 않았다. 그러므로 시라카바파 작가처럼 이상주의적인, 혹은 인도주의적인 작품을 그는 쓸 수 없었으며, 또한 쓸 필요도 없었다고 하겠다. 염상섭 소설에 등장하는 많은 인물이 일본 유학에서 돌아온 특수한 계층인 엘리트들이었으나, 그들이 반드시 경제적으로 안정적이지는 않았다. 또한, 중인 의식을 갖고 있는 신흥 지식층은 중산층이라고 할 수 있는 위치도 아니었고, 계층이라고 할 수 있을 징도 두터운 층도 아니었다. 본래 총독부 통치하에서는 예전부터 존재했던 중산층이 성장하는 것을 방해받았기 때문에 안정적인 기반이 없었고, 중인 의식은 실로 의식 차원에서 머물고 말아서 실천적인 사회개혁을 할 수 있는 핵심적인 역할을 수행하기 힘들었다. 또한 일본인들이 지배하는 가운데서 인텔리 청년들의 지위상승에도 스스로 한계가 있었다. 하지만, 중산층적인 출신이지만, 의식만은 엘리트 인텔리인 그들과 그

선배들이 당시 조선 사회를 다소나마 리드했다고 하는 것은 틀림없는
사실이다. 그래서 염상섭은 불안정한 위치에 있으면서도, 식민지자체의
구조와 모순점에도 어느 정도 깨달은 이러한 청년들에 주목해서 사회
변혁을 이끌어가는 중간자적인 존재인 인텔리 청년들의 이야기를 계속
해서 씀으로써, 그 당시 사회를 비판적으로 제시한 것이라고 할 수 있
다.

제4장 1930년을 전후한 시기의
장편소설에 보이는 일본

시작하며

염상섭은 1912~19년과 1926~28년 두 번에 걸쳐 장기간 체일(滯日) 경험을 갖고 있는 작가이다. 그러므로 일본에 유학했던 근대 한국 문인 가운데서도 염상섭의 일본 체험은 그 기간으로 보나 깊이로 보나 매우 두드러진다. 이번 장에서는 그 가운데서도 그의 작가적 지위를 확립한 제2차 체일 이후, 1930년 전후에 신문에 연재한 5편의 장편소설을 대상으로, 작품 속에서 일본(인)을 어떻게 형상화하고 있는지를 검토해 보려고 한다. 또한, 그것과 대비되는 조선인을 형상화하는 방법에 대해서도 살펴볼 것이다. 더 나아가 이러한 일본(인)을 어째서 형상화하고 있는지를, 염상섭이 갖고 있던 일본 인식이나 창작 의도에 대해서도 고찰해 보려 한다. 그리고 작품속에 일본어가 빈출하고 있는 것이 갖고 있는 의미 내지는 효과에 대해서도 살펴보겠다.

염상섭 문학을 논할 때 한국 근대문학과 일본 사이의 관련 양상은 종종 거론되고 있으나, 구체적인 작품을 실증적으로 밝혀낸 논문은 반드시 풍부하다고 할 수 없다. 본고는 이러한 점을 염두에 두고 사례연구를 시도해 보려 한다.

우선, 1927~32년에 발표된 염상섭의 전체 장편소설은 다음과 같다.

1. 사랑과 죄, 동아일보, 1927.8.15~28.5.4. 전257회 [약칭해서: <사랑>]
2. 이심(二心), 매일신보, 1928.10.22~29.4.24. (전172회)
3. 광분(狂奔), 조선일보, 1929.10.3~30.8.2. (전230회)[1]
4. 삼대, 조선일보, 1931.1.1~9.17. (전214회)[2]
5. 무화과, 매일신보, 1931.11.13~32.11.12. (전329회)

이 가운데 〈사랑〉 연재 당시, 염상섭은 여전히 동경에 있었다. (귀국은 1928년 2월) 또한 이 작품이 염상섭 최초의 본격적인 장편소설이기도 하다. 염상섭은 제2차 도일 중에 일본문단에 진출하려는 가능성을 탐색하며, 우선 닛보리(日暮里)에서 나도향, 이은상과 함께 생활했다. 그리고 나중에 동경 시내로 이사한 이후에는 양주동과 하숙생활을 한 것이 알려져 있는데[3], 〈사랑〉 이후에 쓴 한국어 장편은 일본어로 창작활동을 하는 것이 불가능하다고 판단된 시점에서 쓰게 된다(한국어 단편은 본디부터 계속 쓰고 있었다). 염상섭은 이러한 야망을 접고 귀국한 이후, 다음 해 1929년 당시로서는 만혼(晩婚)이라 할 수 있

---

1) 전체 연재횟수는 231회까지 있는데 104회(1930.2.7) 다음이 106회(1930.2.8)로 되어 있어서, 그 다음 회가 거의 1회씩 어긋나 있다.
2) 전체 연재횟수는 215회인데, 도중에 번호가 뒤섞인 부분이 있어서 실질적으로는 214회분이다.
3) 그간의 사정에 대해서는, 김윤식: 『염상섭연구』서울대학교출판부, 1987년, 제2부 제1~4장에 자세한 분석이 있다. 본서 제1편 제3장도 참조하길 바란다.

는 32세에 결혼을 한다. 그 후, 조선일보사에 취직해서 학예부장으로 1931년 6월까지 근무했다. 염상섭은 다음해 32년에는 김동인과 이른바 '모델문제'로 논쟁을 벌이고, 11월부터 6번째 장편인 「백구(白鳩)」4)를 조선중앙일보에 연재하기 시작한다. 이것이 장편소설 5편이 발표된 1927~32년 사이에 걸친 염상섭의 약력이다.

  염상섭과 그 문학에 대한 연구는 동시대 다른 작가와 비교해 보면 결코 적은 편이 아닌데, 실제로는 「만세전」(1924)5)이나 「삼대」등의 대표작이라고 부를 수 있는 작품을 고찰하는 연구로 상당 부분 치우쳐 있는 것이 실상이다. 이번에 다루게 될 장편 5편에 대해서도 「삼대」외에는 그 연구가 빈약하다고 말하지 않을 수 없다. 그 첫 번째 원인은 지금까지 「삼대」를 빼고는 1차자료를 접하는 것이 어려웠다는 점, 두 번째는 이 시기 염상섭의 작품에는 통속적 색채가 강해서 연구자들에게 특별한 관심을 불러일으키지 못했다는 점이 지적되고 있다.6) 전자에 대해서는 확실히 《염상섭전집》(1987년, 민음사)에서도 「광분」과 「무화과」가 당초에는 편성되어 있다가 실제로는 미간행이었고7), 1945년 해방 전에 단행본으로 출판된 것이 「사랑과 죄」와 「이심」뿐8)이었다고 하는 제약은 있었다. 하지만 신문연재 원문은 마이크로필름 등으

---

4) 김종균 『염상섭연구』(고려대학교출판부, 1974년) 이후, 「삼대」「무화과」「백구」를 삼부작으로 간주하는 견해도 뿌리 깊게 남아있는데, 「백구」는 앞의 두 작품과 비교해 볼 때 연속성(작가 의도)이나 등장인물의 대응관계와 같은 면에서 이질적인 면이 있으므로 이번 장에서도 앞의 두 작품을 2부작으로 간주하고,「무화과」까지 다루었다.
5) 원제「묘지」, 『신생활(新生活)』1922.7~9.(중단), 『시대일보(時代日報)』에서 재게재(再揭載) 1924.4.26~6.4. (완결), 1924년, 고려공사에서 출판.
6) 이동하 「염상섭의 1930년대 중반기장편소설」(권영민 편 『염상섭문학연구—염상섭전집 별권』민음사, 1987년 수록) 157-8쪽.
7) 최근에 단행본으로 출판되었다. 『광분』프레스21, 1996년, / 『무화과』동아출판사, 1995년 (한국소설문학대계61)
8) 『사랑과 죄』박문서관, 1939년./ 『이심』박문서관, 1941년.

로 열람을 할 수 있는 상태이기 때문에, 이러한 현상은 오히려 연구자들의 태만에 기인한다고 해야 할 것이다. 또한, 후자에 대해서는 한국문학연구자들의 한 경향을 보여주는 것으로 홍미로운 현상인데, 외국문학으로 한국문학을 접하는 필자와 같은 입장에서는 이러한 경향에 따를 이유는 없다고 할 수 있다. 특히, 이번 장의 가장 큰 목적은 작품에 나타나 있는 일본과의 관련양상을 분석하는 것이므로, 작품의 통속성 자체는 직접적인 문제가 되지 않는다.

그러므로 여기서 논하려고 하는 테마에 맞는 선행 연구는 거의 없다고 보아도 무방하므로, 5편의 장편을 다룬 선행론 가운데 조금이라도 관련이 있는 2편의 논점을 정리해 보도록 하겠다. 우선, 이동하는 다음과 같이 말하고 있다.

염상섭의 세계인식에는 폭(幅)이 있으며, 그것이야말로 염상섭 문학의 성숙성을 말해준다. 즉 '〈일본〉과 〈일본제국주의〉를 준별(峻別)하고 그 각각에 대하여 거기 맞는 태도로 임하는 자세'가 보인다. '이처럼 섬세하고 세련된 염상섭의 일본관은 「만세전」이나 「사랑과 죄」「이심」 등에서도 그 면모를 드러내고 있'다 [후략]9)

이 지적은, 자칫하면 소설 주인공과 작가의 태도를 동일시하는 단순한 견해로부터 자유로울 뿐만 아니라, 염상섭이 보여주는 중층적인 일본관을 언급한 것으로 주목할 필요가 있다.

다음으로 김윤식은 『염상섭연구』10) 에서, 염상섭에게 동경은 성가신 모든 일상이 차단된 장소이며, 게다가 완전한 외국이 아니고 사정

---

9) 이동하 전게(주6) 논문, 162쪽. (' ' 안만이 인용문임)
10) 전게서 (주3)

을 알고 있는 마음이 편안한 창작의 밀실이었다[11]고 지적하고 있다. 또한 더 나아가서 다음과 같이 말하고 있다.

> 겉으로는 일본을 적대시하면서도 일본이야말로 형언할 수 없이 마음 편하게 하는 곳, 이 이중성이야말로 조선인 작가 염상섭뿐 아니라 일본 유학 출신의 조선 지식층(이른바 현해탄의 사상)의 진실이다.[12]

이상은 작가론적인 시점에서 염상섭 문학의 원천(源泉)으로 소급하는 중요한 지적이라고 할 수 있다. 본고에서는 이러한 견해를 유의해 가며, 작품을 분석해 보기로 하겠다.

이번에 다룰 장편 5편은 모두 시대 배경이 작품을 발표한 시점에서 3, 4년 전부터 반년 전 즈음으로 설정되어 있으며, 집필 당시 그 직전의 사회정세 등을 적극적으로 도입하고 있는 것이 특징이라 할 수 있다.[13] 그러므로, 1924~32년 당시 조선과 일본의 사회 상황을 작품과 관련된 사건 등을 중심으로 간략하게 정리해 보겠다.

[조선]		[일본]
경성제국대학 예과 개교	1924년	쓰키치(築地) 소극장 개장
암태도(岩泰島) 소작쟁의		
을축 대수해	1925년	지안유지법 공포
제1차 공산당 사건		보통선거법 공포

---

11) 상동, 344쪽.

12) 상동, 440쪽.

13) 물론, 창작이므로 역사상의 사실과는 조금 시기적으로 차가 있는 등 허구화된 경우도 있다. (예) 1925년 7월에 있었던 이른바 을축년 대수해는 <사랑>에서는 1924년 여름으로 설정되어 있다. 또한 조선신궁(1925년 건립)이나 조선총독부(1926년 준공)도 1924년에 완성된 것처럼 쓰고 있다.

6·10만세 운동	1926년	쇼와(昭和) 원년
제2차 공산당 사건		
신간회 창립	1927년	제1차 산동(중국山東省)출병
근우회 창립		모보·모가마르크스 보이 유행
		(모보=보던보이, 모가=모던걸)
제3차 공산당 사건	1928년	공산당 3·15 사건
제4차 공산당 사건		장작림(張作霖) 폭살
조선박람회(경복궁)	1929년	공산당 4·16사건
광주학생운동		금수출 해금
간도 5·30 사건	1930년	(대만) 무사사건(霧社事件, 항일봉기)
브나로드 운동 (동아일보사)	1931년	만주사변
반제 동맹사건		
이봉창 일왕암살기도	1932년	혈맹단(血盟團) 사건
윤봉길 의사의거		5·15 사건

말할 필요도 없이 당시 조선은 '대일본제국'의 식민지였으며, 따라서 조선에서 벌어진 일련의 상황은 일본과 직접적으로 연동되어 있음을 읽어낼 수 있다. 특히, 무산 운동 관련 활동과 독립운동을 연상시키는 움직임은 장편 5편 곳곳에 삽입되어 있으므로, 항시 이 시기의 상황을 염두에 두고 작품을 분석할 필요가 있을 것이다.

제1절 장편 5편에 대해서

본장에서 다루는 장편 5편은 전술한 것처럼 「삼대」를 제외하면 언급되는 일이 적은 작품인만큼, 각 작품의 등장인물과 작품 개요에 대해서 간략하게 정리해 보려 한다. 「삼대」에 대해서도 대비가 필요하기 때문에, 다른 4편과 같은 방식으로 정리하겠다. 또한, 등장인물에 대해서는 일본과 관련된 인물을 우선해서 제시했다.

1.「사랑과 죄」

A. 주요등장인물

① 이해춘(李海春, 25,6세): 그해 봄, 동경미술학교 서양학과를 졸업한 청년 화가로, 자작(子爵)이다. 아버지는 대한제국시대에 일본 공사였던 이판서(李判書)이다.

② 김호연(金浩然): 3년 전에 동경제국대학 독일법학과를 졸업한 변호사로, 상해 등에도 왕래했으며, 5년 전 한희(韓姬) 사건(독립운동)을 무료로 변호하는 등, 독립운동을 배후에서 지원하는 인물이다.

③ 지순영(池順榮, 20세): 한희 사건에 연루돼 하옥 된 이후, 김호연의 보호 하에 세브란스 병원 간호사로 일하고 있다. 이해춘을 사모하고 있다.

④ 정마리아: 미국에서 돌아온 음악가이다. 예술가 기분에 취해서 여러 사내를 전전하며, 이해춘과도 육체적인 관계를 맺는다. 한편 조선총독부 경무국에서 일하는 나카야마(中山) 사무관과도 내연의 관계를 맺기에 이른다.

⑤ 심초매부(深草埋夫, 65세 전후): 조선 체재 30년 가까이 되는 조

선통으로 불리는 서양화가이다. 이해춘의 스승으로 자택에 있는 화실을 제공하며 조선청년들의 행동을 이해하는 태도를 보인다.

B. 「사랑과 죄」개요

시대 배경과 무대: 1924년 서울(일부는 평양 등지), 계절은 여름부터 가을

이해춘은 귀족이면서도, 혁신적인 사상에도 공명하고 있다. 한편, 마리아의 매력에 빠져들어서 지순영을 안절부절 못하게 만든다. 그 후, 이해춘은 결국 혁명운동을 배후에서 지원하고 있는 것이 확실한 김호연이 벌이고 있는 활동에 가담하게 되고, '평양의 어떤 중대사건(平壤某重大事件)'과 관련된 것이 아닌가 하는 의심을 당국으로부터 받게 된다. 검거를 벗어나기 위해, 이해춘은 주변의 협력을 얻어 애인이 된 지순영과 봉천(奉天)행 열차에 몸을 싣는다.

2. 「이심」

A. 주요등장인물

① 박춘경(22, 3세): 이창호의 아내이다. 별명은 춘자(春子). 여자 고등보통학교에도 다녔던 수재이지만, 방탕한 면이 있으며, 일본인이 경영하는 호텔이나 백화점 등에서 일하지만 오래 가지 못하고, 결국 여러 사내를 전전하다가 끝내는 파멸하고 만다.

② 이창호(25, 6세): 3년 전에 박춘경과 연애결혼을 한다. '주의자(主義者)'로, 감옥생활 1년 반 만에 출소하지만, 의처증이 심해져 자포자기한 심정으로 행동한 결과, 또다시 체포된다.

③ 좌야(佐野平一郎): 조선생활 20여년이 돼가는 패밀리호텔의 지배

인이다. 조선어가 능숙하며, 돈과 욕망으로 점철된 사내로, 박춘
경과 관계를 맺는다.

④ 커닝햄(30세 전후): 텍사스 석유회사 서기장으로, 조선에서 생활
한지 9년째다. (일본 고베(神戶)에서도 3년 지낸 적이 있다) 일본
어도 유창하고 조선어도 구사할 줄 안다. 순진한 면이 있어, 박
춘경에게 한 눈에 반해서 귀찮게 따라다닌다.

⑤ 강찬규: 과거 이창호의 절친한 친구였지만, 현재는 사기와 공갈
로 살아가고 있다. 이창호가 입옥했을 때 박춘경과 관계를 맺었
다.

B. 「이심」개요

시대 배경과 무대: 1928년 늦여름부터 다음해 봄 서울(일부, 인천,
고베)

이창호는 자신이 입옥 중에 좌야가 아내를 유혹한 것을 알게 된다.
실은 박춘경도 생활이 곤궁해져서 좌야에게 돈을 빌려 쓰고 있었다. 격
노한 이창호는 좌야를 구타해서 또 다시 체포된다. 남편 부재중에 박춘
경은 좌야의 소개로 천전(淺田) 상회 백화점에서 일하면서, 혼자 힘으로
살아가보려 발버둥을 치지만 결국 좌야와의 관계를 정리하지 못한다.
우연한 기회에 알게 된 커닝햄의 순정에 얽매여서, 두 사람은 한 때 고
베에 사랑의 보금자리를 마련하지만, 그 사이에 좌야는 커닝햄의 돈을
속여서 가로채 봉천행 열차로 도망친다. 한편, 출소한 이창호는 아내와
강찬규가 저지른 부정에 이성을 잃고, 박춘경을 교묘하게 불러내서 유
곽에 팔아버리고 만다. 앞날을 비관한 박춘경은 식음을 전폐한 끝에, 수
면제로 자살한다. 이창호는 다시 체포되고, 좌야도 중국 청도(靑島)에서
붙잡혔다고 하는 소문이 들려온다.

3. 「광분」

A. 주요등장인물

① 민경옥(閔璟玉, 22세): 서울의 유명인사 민병천(閔丙天) 전처의 딸이다. 동경에서 음악학교를 졸업하고 귀국했으며, 분방한 성격에 남성 관계가 복잡하다. 계모 숙정(淑貞)과는 사사 건건 대립한다.

② 주정방(朱正芳, 28,9세): 오사나이 가오루(小山内薫)의 제자로, 프롤레타리아 운동정신을 가미한 신극단 적성단(赤星團)을 이끌고 있다. 숙정에게 접근해서 민씨 집안에서 지원을 얻고 있는데, 본래 민경옥과 연애 관계에 있었다.

③ 숙정(33, 4세): 민병천의 후처이다. 자신이 데리고 온 아이 정옥을 편애하며, 경옥을 미워한다. 주정방에게도 마음이 있어서, 경옥과 연일 옥신각신하는 한편으로 친척관계인 변원량(邊元良)과도 관계를 맺는다. 결국은 변원량을 시켜 민경옥을 살해한다.

④ 이진태(李振台): 경성제국대학 의과 2학년으로 민씨집안의 서생(書生)이다. 진지한 인물인데, 공산주의 운동에 감담해서 체포된다. 석방된 후에, 도일해서 대학에 다시 들어가려 한다.

⑤ 나카무라(中村, 27세): 그는 동경 명망가 자제로 유망한 피아니스트이다. 음악가인 임초자 (林初子)의 애인인데, 민경옥에 첫눈에 반해, 귀찮게 따라다닌다. 끝내는 조선에까지 따라온다.

B. 「광분」개요

시대 배경과 무대: 1929년 봄~30년 봄 서울(일부는 동경)

민경옥은 일본에서 귀국한 후, 주정방이 운영하고 있는 극단에서 「카르멘」연습을 구실로, 부모에게 비밀로 주정방과의 관계를 지속해 간다. 아버지는 민경옥에게 너그러우며, 계모 숙정은 주정방을 사모하고 있어서 민경옥과 숙정은 사사건건 대립한다. 여름에, 때마침 경복궁에서는 조선 박람회가 열려서, 아버지 등은 분주한다. 그 사이에 민경옥은 주정방과 일본에 출분할 계획을 세우고, 경옥이 한 발 먼저 동경으로 향한다. 그런데, 그 사이에 박람회장에서 '불온' 삐라 사건이 생겨서, 주정방과 이진태가 체포되고 만다. 어쩔 수 없이 귀국한 민경옥을 따라서 나카무라가 조선에 건너온다. 곤란해진 민경옥은 그를 달래서 부산까지 전송한다. 그 때를 노리고 숙정은 변원량을 부추겨서 민경옥을 서울로 데려와서는 살해한다. 수사는 난항을 거듭하지만, 결국 숙정은 체포된다.

4. 「삼대」

A. 주요등장인물

① 조덕기(趙德基, 23세): 서울 몰락 자산가인 조씨 집안 장손이다. 조혼을 했으며, 현재 교토 제3고등학교(三高) 3학년이다. '가문'이라는 중압과 '주의자'에 대한 공감 사이에서 흔들린다.

② 홍경애(洪敬愛, 25세): 조덕기의 보통학교 시절 동기생이었는데, 지금은 덕기 아버지의 첩으로 카페 바카스의 여급이다. 마르크스 걸이기도 하다.

③ 김병화: 조덕기의 친구이다. 와세다 전문부에서 1학기만 다니고 귀국했다. 가난한 학생이지만, 마르크스 보이로서 활동하고 있다.

④ 조상훈(趙相勳): 조덕기의 아버지이다. 미국에서 돌라온 기독교인
   인데도, 첩과 도박에 빠져있는 이중 인격자이다.

⑤ 이필순(18세): 김병화가 있는 하숙집 딸이다. 아버지는 과거 독립
   투사였다. 고무공장에서 일하면서 좌경 사상에 심취한 소녀로 조
   덕기에게 호감을 품고 있다.

B. 「삼대」개요

시대 배경과 무대: 1929년 겨울 서울

조덕기는 겨울방학 동안 일시 귀국하지만, 조씨 집안의 복잡한 인간
관계에 얽혀서 진저리를 친다. 그렇다고 해서 김병화처럼 밖에서 '운
동'을 할 용기는 없다. 그러한 가운데 조부가 급사하자, 돈과 권력을
놓고 첩과 친척들이 뒤얽혀서 분쟁을 벌인다. 게다가 조부가 독살됐을
지도 몰라서 의심조차 팽배하다. 때마침 '주의자'에 대한 검거 선풍이
일어서 김병화를 시작으로, 조덕기 주변의 사람들이 차례차례 구속된
다. 조덕기는 집안 문제로 사법과에서, 그리고 운동 관련으로 고등과
(高等課)에서 조사를 받지만 가까스로 석방돼서 새로운 삶(新生)을 모
색한다.

5. 「무화과」

A. 주요등장인물

① 이원영(李源榮, 30세 전): 몰락해 가는 재산가 집안의 젊은 가장
   으로, 동경 유학 후에, 신문사 영업부장직을 떠맡게 된다. 복잡
   하고 어려운 주위 환경을 필사적으로 헤쳐 나가는 인물이다.

② 이문경(20, 1세): 이원영의 여동생이다. 동경 여자미술학교 학생이지만, 반년 전에 결혼해서 동경에서 살다가, 그 후 남편과 사이가 멀어져서 서울에 돌아온다. 맑시스트인 봉익과 연인사이가 된다.

③ 김채련(26세): 대한제국 시절의 육군 참장(參將)의 딸이며 지금은 기생으로 전락했지만, '학식'도 있고, '주의자'의 중개 역할도 마다하지 않는다. 이원영의 첩이 된다.

④ 박종엽(24, 5세): 이원영이 몸담고 있는 신문사의 여기자이다. 약혼자는 상해에 파견되어 있다. 정의파로 통하며, 과감하게 행동하지만 결국에는 신문사를 그만두고 동경으로 떠난다.

⑤ 안달외사(安達外史, 60세 넘음): 신문기자를 하다 출세해서, 조선에서 잡지 등을 발행하고 있다. 정계에도 얼굴이 알려져 있으며, 조선인 청년들의 패트런(patron)과 같은 존재이다.

B. 「무화과」 개요

시대 배경과 무대: 1931년 10월~32년 봄 서울(일부는, 동경 등)

이원영은 '주의자'는 아니지만, 혁명가 김동국(金東局)과는 교우 관계라는 인연을 갖고 있으며, 주변 모두가 그의 재력에 기대고 있다. 집에서는 누이의 이혼 소동이 벌어진다. 자신도 조부가 언약해 둔 약혼자 김채련의 출현으로 신변이 복잡해진다. 이원영이나 맑시즘에 동정적인 청년들에 대한 검거 선풍이 분 후에, 석방된 자들은 안달의 원조도 있고 해서, 각자 목적을 품은 채 동경으로 향한다.

이상을 개관해 보면, 작품 무대로는 그 일부분에 일본이 직접 그려진 경우가 많음을 알 수 있다. 특히, 「광분」에서는 연재 5회분[14]이 교

토와 동경을 무대로 한 이야기이며, 또한 「무화과」에서도 연재 11회
분[15]은 일본이 무대이다. 이 부분에 대해서는 제3절에서 자세하게 다
루겠다.

다음으로, 주요 등장인물 가운데서도 일본인이 등장하는 작품이 있
는 것을 알 수 있다. 특히, 「사랑과 죄」에서는 심초매부가 제39절 (심
초매부: 深草埋夫) 전체(연재 1회분)[16] 타이틀이며, 또한 「무화과」에
등장하는 안달외사는 제49절 (외사씨의 비평) 전체(연재 2회분)[17]가
할당되어 있다. 이에 대해서는 제4절에서 검토하겠다.

제2절 일본을 형상화 하는 방법

우선 직접 일본이 그려져 있는 「광분」과 「무화과」를 살펴보겠다. 「
광분」에서는 민경옥이 주정방에게 "지긋지긋한 서울을 떠나려 합니
다"[18]라고 하는 편지를 보내고 일본으로 향한다. 도중에 하차한 교토
에서 민경옥은 활동사진 촬영소에 들러서 일본인 스태프들에게 환대를
받는다. 영화 감독도, 앞으로는 토키가 전성기를 맞을테니, 여배우로
일본에서 데뷔하는 것이 어떻겠냐는 제안을 받는다. 하지만 그녀는 음
악단에서 활동하고 싶다고 생각하고 정중하게 거절한 후 동경으로 떠
난다.

---

14) 조선일보, 1930.1.26, 28, 2.2, 5, 6. 신문 연재 횟수 표시는 종종 중첩되는 등, 매
우 부정확하므로, 본고에서는 인용 등은 모두 게재된 년도와 월일로 표시하겠다.
15) 매일신보, 1932.7.18~7.29. (7.21은 연재를 쉼)
16) 동아일보, 1928.1.31.
17) 매일신보, 1932.10.21~22.
18) 「광분」1930.1.26.

동경에서는 선배 음악가 임초자[하야시]가 살고 있는 나카노(中野) 자택에서 머문다. 남편은 게이오(慶應) 대학 의학부 조교수인데 역시 민경옥에게는 친절하게 대해준다. 그런 가운데 민경옥의 부친이 회사 일을 겸해 동경에 와서 십여일이나 조선으로 돌아가자고 설득을 한다. 하지만, 임초자 부부는 다음해 봄까지 경옥을 보살피겠다고 해서 부친은 결국 단념하고 혼자서 귀국한다.[19]

민경옥이 취하는 행동을 보면 일본이라고 하는 외국에 와 있다고 하는 느낌은 거의 없고, 부친도 종종 동경에 오가고 있기 때문에 특별히 동경에 대해 거북해 하는 모습은 보이지 않는다. 일본의 풍물에 관한 묘사를 봐도 이국이라고 생각되는 면이 없으며, 단순하게 이야기 무대가 일본으로 옮겨진 것 정도로 묘사되어 있다.

다음으로 「무화과」에서는, 부부관계가 차가워진 이문경이 남편과 화해를 하고, 또한 재학중인 여자미술학교에 다시 다니기 위해 동경으로 돌아오는 부분이 상세하게 그려져 있다. 동경역에 내린 이문경은 택시에서 신혼시절부터 일년 반이나 살고 있던 본향구(혼고구＝本鄕区) 진사정(마사고쵸＝真砂町)에 간다. 하지만 집에 열쇠가 채워져 있어서, 어쩔 수 없이 친구 정애가 다니고 있는 우시고메(牛込)에 있는 여자의전(醫専) 기숙사에 가본다. 그곳에도 정애는 없어서, 문경은 혼고구 기쿠자카(菊坂)에 있는 모교에 들른다. 그녀는 학급에서 단 한명의 조선인이었는데, 얼굴도 예쁘고 집안과 성적도 좋았기 때문에 학우들 및 교무처에서도 평판이 좋았다. 동급생들이 놀리는 소리를 등 뒤로 하고 교무처에 가자, 교사는 "시험에 맞춰서 돌아왔다고 해도 낙제야"라고 단단히 못을 박는다. 가정부를 하는 노파가 사는 닛보리(日暮里까지 가

---

19) 이상, 「광분」, 1.26~2.6. (주14와 동일하며, 대체적인 내용이다.)

서 겨우 부재중이라는 사정을 알아내고 집으로 돌아온다. 남편은 동경에서 자라 조선인치고는 드물게 동경에서 중학교 영어교사를 하고 있었는데, 이문경이 귀국하는 중에 경찰에 불려가 있었다. 그는 석방되고도 연락을 하지 않고, 어느 날 갑자기 고물상 주인을 데려와 돌아와서는, 가재도구를 자기 마음대로 팔아치우려고 한다. 둘은 일본어로 말싸움을 하고, 남편은 다시 나가고 만다.

동경에 와서 10일 째, 이문경은 귀국하는 수밖에 없다고 생각하고, 집안을 정리해서 야행열차에 탄다. 시모노세키(下關)에서 관부연락선에 올랐는데, 놀랍게도 남편이 정애의 친구인 영자와 함께 승선해 있다. 두 사람은 변명을 늘어놨지만, 문경은 될 대로 되라고 자포자기한 마음이 된다.[20]

작품 스토리 소개가 길어졌는데, 「무화과」에서는 「광분」이상으로 일본이 소설 무대로서 아무런 이질감을 불러오는 것 없이, 전체 이야기 속에 편성되어 있는 것을 알 수 있다. 염상섭은 그때까지 이미 동경에는 도합 7, 8년 있었기 때문에, 지리에도 상당히 상세했을 것이며, 작품 속에서 이문경이 자택으로 가는 길에 대해서도 "여기를 스무남은 집이나 지나서 담뱃가게 모퉁이를 돌아서 들어가가지고, 또 두 번은 회 돌아야 '한(韓)'이라 문패 붙은 집이 나서는 것이다"[21]는 식으로 구체적으로 쓰고 있다.

한편, 자택 근처에 사는 일본인 묘사를 보면 흥미로운 부분이 있다. 이문경은 이웃에 사는 사람과 맞닥뜨리면 인사를 해야겠다고 생각하지만 "일본 여자와 인사하기란 절차가 거북하니만치"[22] 하며 주저한다.

---

20) 주 15와 동일하며, 대체적인 내용임.
21) 「무화과」 1932.7.18.
22) 상동

그러자 건너편 집 주부가 얼굴을 내민다. 아무래도 차가운 느낌이 든다. "역시 조선인이라서 오랜만이라서, 쌀쌀맞아 진 것인가 하고 원망스러운 감정으로 맥이 풀리는 기분이 앞섰다"[23) 하고 일본인에 대한 이문경의 심리적인 거리감을 그리고 있다.

　일본 자체를 소설 무대로 쓰고 있는 것은 이러한 것이 대표적인 경우인데, 이 외에도 장편 5편에서는 일본이 곳곳에서 그려지고 있다. 여기서 그 자세한 내용을 4가지 경향, ① 유학을 간 곳으로서, ② 가치 기준, 문화의 중심으로서, ③ 안전지대, 피신처로서, ④ '운동'의 한 거점으로서 살펴보도록 하겠다.

① 유학을 간 곳으로서

　「사랑과 죄」에서는 이해춘이나 김호연 등 주요 등장인물 대부분이 일본 유학을 경험했음은 이미 살펴봤는데, 유학을 가지 못한 인물들도 '동경'에 대해 다음과 같이 생각한다.

- 해정[24)(해춘의 이복동생): 여기서는 아무것도 할 수 없다. 동경에 가서 3년 정도 문학 공부를 하고 싶다는 희망을 갖고 있다.[25)

- 운선: 원래 기생이었으나, 동경에서 유학을 하고 싶은 의욕이 넘치고 있다.(해춘은 기생에서 출발해서 동경여자고등사범학교를 나와 도호쿠(東北) 대학에서 이과 학사를 목표로 하고 있는 사람도 있다며 격려한다.)[26)

---

23) 상동
24) 원문 표기는 '해녕'
25) 「사랑과 죄」, 1927.12.28. (대체적인 의미)

● 혜련: 세브란스 병원 간호사로, 순영과 동료 사이이지만, 모두가 떠
나는 가운데 그녀 홀로 유학을 갈 수 없는 처지를 생각하며
쓸쓸히 운다.27)

「이심」을 보면 박춘경이 동경에서 면학한 것으로 설정되어 있는 한편, 그녀의 절친한 친구 정애도 동경 음악학교를 다음해 봄에 졸업할 예정이었는데, 질병을 앓고 일시 귀국하고 있는 것으로 되어 있다.

「광분」에서도 경옥은 동경에 있는 음악학교 졸업자로, 주정방은 오사나이 가오루의 제자이다.

「삼대」의 주인공 조덕기는 교토에 있는 제3고등학교 재학생이며, 절친한 친구 김병화 또한 단기간이었지만, 와세다 전문부에서 배웠던 적이 있다.

「무화과」에서도 이문경은 동경여자미술학교 서양화과에 재적하고 있으며, 그 친구들도 각각 동경에 있는 학교에 다닌다. 또한, 박종엽은 새 생활을 할 수 있는 길을 일본 유학에서 구하려고 한다.

이러한 설정에서 찾아볼 수 있는 공통점은, 이미 유학중인 인물들은 경제적으로도 어느 정도 여유가 있는 집안 출신이라는 점이다. 이는 그들이 배우는 전문 영역이 음악이나 미술 등으로, 실학과는 거리가 먼 분야를 배우고 있는 점에 상징적으로 나타나 있다. 당시 실제로 조선에서 간 유학생의 대부분은 실학과 관련된 학문을 공부하고 있었기 때문에, 염상섭이 장편 5편에 등장하는 중심인물들을 부유한 중산층(설령 몰락했다고 해도) 출신으로 설정한 의도를 엿볼 수 있다.이러한 인물설정을 하지 않았더라면, 등장인물들을 자유자재로 움직일 수 없었

---

26) 「사랑과 죄」, 1927.11.25. (대체적인 의미)
27) 「사랑과 죄」, 1928.5.4. (대체적인 의미)

을 것이다.

한편, 유학을 희망하고 있는 인물들은 어쨌든 일본 유학 자체에 동경하는 마음을 품고 있으며, 전문분야도 현실과 동떨어진 꿈과 이상을 추구하고 있음을 알 수 있다. 그 전형적인 예가 「삼대」에 등장하는 조상훈의 첩 김의경이라 할 수 있다. 그녀는 본래 동경에 가서 여자대학 영문과나 음악학교에 다닐 예정이었는데, 집안 사정으로 꿈을 이룰 수 없어서 보모가 된 후 첩이 된 지금에도 "어쨌든 동경에 보내줘서 공부라도 시켜줬으면"하고 생각한다.[28]

실제로, '유학을 간 곳으로서의 일본'은 두 번째 경향인 '가치기준, 문화의 중심으로서의 일본'과 밀접한 관계가 있다. 또한, 「광분」의 이진태나 「무화과」의 박종엽의 경우는 '안전지대, 피신처로서의 일본'이라고 하는 세 번째 경향과 관련이 깊다고 할 수 있겠다.

②가치기준, 문화의 중심으로서

「사랑과 죄」에서 '가치기준, 문화의 중심으로서의 일본'을 단적으로 보여주고 있는 부분을 예시해 보면 다음과 같다.

- 이해춘: 원례 동경에서 집어너흔 급진적 자유사상은[중략] 이 젊은 귀족으로하야금 구습타파, 가뎡개량(家庭改良)을 단행케 하얏 겟지마는 [후략] [29]

- 이해춘은 마리아에게: "동경만 갓드라도 긴브라―ぎんぶら―(긴자 거리를 빈둥빈둥 걷는것을 말함＝역자주)나 하겟지만, 서울서야 당신카튼 <모―던 껄>이 갈 떼가 잇서야하지 안켓소

---

28) 이상, 「삼대」, 1931.5.5.
29) 「사랑과 죄」, 1927.9.10.

?"30)

- 순영: "동경에서는 단발이 요새 대류행이라지요?"31)

- 마리아가 해춘에게 보낸 편지는 일본 두루마리에 일본어로 쓴 것이
  었다.32)

「무화과」에서는 다음과 같은 예를 볼 수 있다.

- 문경: 모친을 모시고 삼월오복점[三越吳服店]으로, 진고개로 휘돌아
  보았어야, 동경만도 못하고 행기도 안 되었다.33)

- 원영: (신문사의 재정비는) 지금 조선 형편으로는 남아 일대의 사업
  으로는 크다고는 못하겠으나 작다고도 못 할 것이다. 이렇게
  생각한 원영이 일본의 양대 신문의 오십 년 적공을 바라보며
  공상을 하는 것이었다.34)

- 종엽: "<사게와 나미다까>[酒は涙か(溜息か) : 술은 눈물인가＝필자
  주]는 요새 동리 애들까지 못하는 애가 없더군."35)

- [아내 문경에게 보낸] 인호의 편지는 일본말로 씌었다.36)

---

30)「사랑과 죄」, 1927.12.8.
31)「사랑과 죄」, 1927.12.9.
32)「사랑과 죄」, 1927.12.13. (대체적인 의미임)
33)「무화과」, 1932.1.30.
34)「무화과」, 1932.2.17.
35)「무화과」, 1932.3.2.
36)「무화과」, 1932.3.15.

이러한 예를 보면, 모두 동경이 단순히 대일본제국의 수도로서만 기능하는 것이 아니라, 문화의 중심지이기도 한 것을 등장인물들이 자조적인 기분으로, 혹은 탄식하면서 받아들이지 않을 수 없는 상황을 설득력 있게 이야기하고 있는 것처럼 보인다. 한편으로, 등장인물들이 솔선해서 동경을 모든 것의 기준으로 말하려고 하는 것에 대해, 작가 염상섭은 그 배후에 식민지 체제가 있으며 그것이 이와 같은 풍조를 낳고 있다는 것에 대한 초조함 내지는 절망을 넌지시 드러내고 있다.

③안전지대, 피신처로서

「사랑과 죄」에는 다음과 같은 예가 있다.

- 해춘: 그림이나 마처 가지고 동경으로 또 잠간 훌쩍 피신을 하야버릴
  까 하는 생가도 하얏스나 [중략] 홍수의 조선——퇴폐의 서울
  ——음험(陰險)과 살기(殺氣)와 음미(淫靡)의 긔분 속에 싸여
  서 들어 안젓기에는 숨이 막힐 것 가타얏다.37)

- 검거를 피해서 신천(信川) 온천에 숨어있는 해춘은 순영에게, 서울
  에 돌아오지 말고 동경이나 다른 어딘가로 가서 머물면서 공
  부할 것을 권한다.38)

「이심」을 보면 다음과 같은 예가 전형적이다.
- 춘경과 커닝햄은 "[전략] 서울이 싫은 판에 얼른 어데로던지 뜨고
  싶은 생각이 간절한 터인데, 여권을 내랴하여도 몇달 걸릴것
  이니, [중략] 마음내킨김에 위선 신호[神戸]로 온 것이다."39)

---

37)「사랑과 죄」, 1927.10.14.
38)「사랑과 죄」, 1928.2.21. (대체적인 의미)

다음으로 「광분」의 경우를 살펴보자.

- 경옥은 서울에서는 정방과도 자유롭게 만나지 못한다. 그래서 정방
  은 말한다.
    "최후의 수단을 취하는 수밧게 업소. 다― 집어치고 뚝떠
  서 동경이나 대판[大阪]가튼데로 가서 일본영화계에서 밥을
  빌어먹은 한이잇드라도 [후략]"40)

다음으로 「무화과」의 예를 보면 다음과 같다.

- 원영은 서울에서 울적해 하고 있는 임신 5개월 째인 누이동생 문경
  을 달래고, 기분전환겸 여행을 권한다. 또한, 동경에 가면 어
  떻겠냐고, 동경에서 출산하지 못할 것도 없지 않냐고 말한다.

  문경: "글쎄 일본같으면 몰라도, 여기서는 갈 데가 있어야지요."
  원영: "그럼 하카타(博多)같은 데로 가보렴. 일본의 유명한 온천이
      다."41)

이상과 같이, 신변에 위험에 닥치던가, 혹은 단순히 기분이 울적해
지면 등장인물 대다수가 일본으로 건너가려고 한다. 물론, '주의자'들
의 경우 도피처로 중국 방면도 있었지만, 뭐라 해도 일본은 조선보다
는 넓은 세계이면서, 여권없이도 왕래할 수 있는 장소였으며, 또한 후

---

39)「이심」, 1929.4.11.

40)「광분」, 1930.1.3.

41) 이상, 「무화과」, 1932.7.3. 참고로, 하카타(博多)에 대해서는 하카타 온천(「무화과
   」,1932.7.10.)이라는 언급도 눈에 띄며, 염상섭은 하카타에 유명한 온천이 있다고 인
   식하고 있었던 것으로 보인다.

술하는 무산자 운동의 한 거점이기도 했다. 일본생활을 체험했던 사람이 고국에 돌아와서 숨막힘을 느끼는 것은, 역시 식민지 지배 하에 있는 조선의 갑갑한 현실을 피부로 느낀대로 표현한 것이라 할 수 있겠다. 그렇다고 해도 비교적 쉽게 뛰쳐나갈 수 있는 곳이 다름 아닌 종주국 일본밖에 없다는 것도 독자에게 씁쓰름함을 안겼을 것으로 보인다.

④ '운동'의 한 거점으로서

「사랑과 죄」에서 최진국은 'ㅇㅇㅇ단(團) 내국총지휘(內國總指揮)'인데, 일본 유학생이라고 하는 위장막을 통해 은밀하게 활동하고 있다.

「무화과」를 보면 다음과 같이 일본과 관련된 많은 부분을 지적할 수 있다.

- 이형사(고등과)는 정애에게 꼬치꼬치 캐묻는다. "요새, 동경은 어떻습니까? 여학생들도 운동자가 많지요?"[42] 또한, 이 형사는 '운동'이 최근, 상해, 동경, 서울로 세 줄기로 갈라지고 있다고 말한다.[43]
- 운동자인 김동국은 동경에 있는 동생 동욱에게 정애를 줄 편지를 맡긴다.[44] 정애는 그 지시에 따라서 동경, 대련, 인천, 서울로 접촉하며 돌아 다닌다.[45] 그 후, 동욱은 농경에서 체포되고, 경시청에서 음독하고 목을 매는 자살을 꾀한다.[46]
- 김봉익은 신문기자로 맑시스트인데, 운동이 관련된 사명을 띠고 동경

---

42)「무화과」, 1932.6.8.
43)「무화과」, 1932.6.9.
44)「무화과」, 1932.6.25.
45)「무화과」, 1932.8.9.
46)「무화과」, 1932.8.19.

으로 떠난다.[47]

　여기서 말하는 '운동'은 일단, 무산혁명운동(無産革命運動) 을 말하는 것인데, 실은 독립운동도 포함되어 있다고 예상할 수 있다. 왜냐하면 조선에서 벌어진 무산운동은 독립운동의 방패막과도 같은 성격이 있었기 때문이다. 「사랑과 죄」에서 좌경화한 귀족 이해춘에게 운동을 지원했다는 혐의가 씌어졌을 때, 친구인 김호연은, "그림쟁이가 독립운동을 하얏겟소? 더구나 귀족대감이 사회주의를 선전하얏겟소!"[48]하고 변호한다. 당시의 검열 상황을 고려해 보면, 독립운동을 하고 있는 인물을 직접적으로 그리는 것은 위험한 측면이 있어서 일부러 애매하게 처리하고 있다고 할 수 있다.

　지금까지 작품 속에서 일본을 어떻게 그리고 있는지를 ①~④로 나눠 4가지 경향별로 구체적인 예를 들어가며 살펴봤는데, 이 4가지는 서로 관련이 있다. 특히, ② '가치기준, 문화의 중심지로서의 일본'이 근저에 있었기에, ①, ③, ④가 나타났다고 할 수 있겠다. 작품 속에 나타난 첨단 패션에서 과격한 사상 등은 모든 발신지가 일본, 특히 동경임을 알 수 있으며, 조선 안에서 이러한 것을 마음껏 흡수하지 못하게 되는 상황에서 작중인물들은 마치 이웃 동네에 다니듯이 홀가분한 마음으로 심호흡을 하러 일본에 건너간다. 혹은, 심신이 다 지쳐있을 때나 도피하고 싶어졌을 때도 일본에 건너가기만 하면 어떻게든지 되겠지, 하는 스토리가 형성되어 있다. 즉, 한국 안에서 자체적으로 해결이 안 된다는 것은 식민지 하의 정치, 경제 체제가 드러내고 있는 속성인 동시에, 당시 조선인의 심리적인 경향마저도 나타내고 있다고 봐

---

47)「무화과」, 1932.10.16.
48)「사랑과 죄」, 1928.1.13.

야 할 것이다. 염상섭은 이러한 것을 작품 속에서 표현하고 있다. 물론, 장편 5편에 등장하는 핵심 인물들은 이른바 서민들은 아니다. 오히려 특이한 인물 군상이라고 해야 할 것이다. 하지만 이러한 인물들의 사고와 행동 속에 당시 상황과 사회 분위기가 보다 첨예하게 표현되어 있다고 볼 수 있다. 염상섭은 4가지 경향에 대해서 좋다고도 나쁘다고도 말하고 있지 않다. 다만 현실을 이처럼 제시하고 보여줄 따름이다. 여기서 리얼리스트 염상섭의 한 면모를 엿볼 수 있다.

그런데 염상섭은 식민지 지배 체제의 정치, 경제적인 측면은 작품에서 거의 다루지 않았는데49), 「광분」에서는 예외적으로 식민지 지배가 경제에 불러온 구조적인 모순이 언급되어 있다. 민경옥의 아버지 민병천은 고무 구두 공장과 견직물 공장을 갖고 있는 회사의 중역인데, 일본 제품과의 경합 관계를 대략, 다음과 같이 쓰고 있다.

병천이 운영하는 회사의 견직물 제품은 군마(群馬)현 이시카와(石川)현의 것과 비교해도 손색이 없었지만, 일본의 대량생산에 의한 값싼 물건에는 대항할 수 없었다. 고무 구두 공장도 조선인 공장치고는 큰 규모였지만, 일본인의 큰 회사에서 만드는 고무 구두가 약하지만 값이 싸기 때문에, 돈이 없는 조선인은 그것에 달려들었다. 인조 명주도 품질도 거의 동일한데, 일본에서 들여오는 운임을 빼고서도 조선에서 만든 것보다 쌌다. 대항하려고 하던 회사가 버티지 못해서, 직공들의 임금도 깎았다. 하지만 병천은 그 원인이 어디에 있는지 생각해 보려고도 하지

---

49) 식민지 지배 체제 하의 정치적 측면을 직접적으로 다룬 것은, 「광분」에서 광주학생 항일운동을 지칭하고 있는 것으로 보이는 다음의 예가 거의 유일한 것이다. "박람회를 앞두고 경계가 서서히 엄해지고 있을 무렵 반도 남단의 일각에서 자그마한 불꽃이 올랐다. 여학생 한 명을 바다를 넘어온 소년(일본인)들이 희롱한 것을 계기로 그 기세가 전국으로 퍼져나갔으나 신문기자의 붓은 검열 때문에 한 줄도 쓸 수 없었다."「광분」, 1930.1.19. (대체적인 의미)

않았다.50)

이것을 일본을 형상화한 5번째 방법으로 생각해도 좋은데, 다만 여기서는 조선을 포함한 대일본제국 전체 경제구조에 대해 작품 속에서 피상적으로 설명하는 정도에 그치고 있다. 검열 문제는 별도로 하고도, 프롤레타리아문학 진영에 속한 작가가 아니었던 염상섭에게는 이 정도의 언급을 소설에서 하는 것이 한계였던 것으로 보인다.

그러면, 마지막으로 일본 본토에 관한 이야기는 아니지만, 서울을 중심으로 한 조선 안의 일본과 관계된 건물이나 시설 등에 대해서 살펴보도록 하겠다.

우선, 진고개(珍古介: 과거 혼마치 (本町), 현 충무로)는 조선인도 곧잘 사용하는 편리하고 모던한 거리로 그려져 있다. 「사랑과 죄」의 김호연은 진고개에 있는 일본인 이발소에서 나와 서점에 들른 후에, 청목당(靑木堂)에서 과일을 사서 간다.51) 「이심」의 천전상회(淺田백화점)이나 평전(平田)양화점(洋靴店), 일한서방(日韓書房)도 진고개에 있다. 그 외에도, 번화가의 삼월(三越), 명치옥(明治屋, 이상 「무화과」) 등도 고급 내지는 세련된 이미지의 가게로 등장하고 있다.

다음으로 「사랑과 죄」나 「광분」등에 등장하는 일본인이 경영하는 일본여관(도변＝와타나베: 渡邊?)/ 길전＝요시다: 吉田?) 여관 등: 이상, 「광분」)이나 병원(화전＝하나다: 花田?) 병원: 「광분」) 등은 대우도 좋고, 안심하고 이용할 수 있는 시설로 그려져 있다. 그러므로 유사시에 「사랑과 죄」의 길야관 (吉野館)처럼 피신처로도 사용되고 있다.

더욱이 일본 요리와 관련된 가게가 종종 조선인들의 약속장소 혹은

---

50)「광분」, 1930.5.6. (대체적인 의미)
51)「사랑과 죄」, 1928.1.17.

밀회 장소로 나오는 것이 눈에 띈다. 예를 들면 「광분」에서 진고개 요리점 강호천(江戶川) 지점은 숙정과 애인 원량이 밀회하는 장소로 나오며, 「무화과」에서 일본 우동집은 채련과 조카 완식이 밀담을 나누는 장소로 나온다. 조선인 손님이 비교적 소수인 이러한 가게가 은밀한 약속장소로서 제격이었음은 두말할 필요가 없겠다.

한편, 「무화과」에 나오는 카페(보도나무)52)는 조선인 거리인 인사동에 있으면서도, 10여명의 여급 가운데 일본인과 조선인이 반반으로, 조선인도 양장을 하거나 일본옷을 입고 일본어로 말을 한다.53) 이것이야말로 일상생활에 침투한 '일본'을 잘 보여주는 식민지 서울의 기묘한 풍경을 보여주는 전형적인 한 예라고 할 수 있다.

제3절 일본인과 한국인의 형상화 방법

제2절에서 살펴보았듯이 장편 5편에는 다양한 일본인이 등장한다. 김종균은 이러한 일본인을 2종류로 분류하는데, 「삼대」에 등장하는 일제 경찰인 형사 목촌 (木村)과, 비겁한 일본인의 성격을 대표하는 「이심」의 좌야(佐野)를 그 대표적인 형태로 내세우고 있으며, 모두 '일제'의 지배계급으로 파악한 위에 부정적인 인물로 일관된 평가를 하고 있다.54) 하지만, 작품 속에 등장하는 일본인을 모두 단일한 인간상(人間像)으로 파악할 수 있는지에 대해서는 몹시 의문점이 남는다. 일본인이

---

52) 버드나무를 일본어 식으로 발음한 것을 택해서 일부로 카페 이름을 '보도나무'로
   명명했다고, 나와 있다.
53) 이상, 「무화과」, 1931.12.2.
54) 김종균, 전게서, 『염상섭연구』(주4), 263쪽.

라고 한마디로 규정하기에는, 일본 본토에 있는 일본인과 조선에 건너와 있는 일본인과는 당연히 입장과 그 의식이 다르다고 봐야 할 것이다. 또한 실제 작품 속에서 일본인과 조선인이 뒤엉켜서 등장하고 있으므로, 일본인만을 떼어내서 논하는 것은 힘들다. 그래서 이번 절에서는 일본인과 관련된 조선인의 형상화 방법도 함께 다뤄보려 한다.

1. 「사랑과 죄」의 경우

우선, 재조(在朝) 일본인을 나쁘게 말하는 '일본놈' '일본년' 등의 표현은 모두가 마리아, 해주집(순영의 서모[庶母]), 덕진(순영의 오빠) 등 악역 인물의 입을 통해서 발화되고 있음을 알 수 있다. 또한, 관리(官吏, 총독부 관계자, 경찰 관계자 등)에 대해서는 날카롭게 관찰해서 때로는 신랄한 비판을 하고 있다. 그 예를 들어보자.

- 마리아의 음악회에는 일본인의 모습도 많았다. 그것을 본 호연은 해
  춘에게 이렇게 말한다.
  김호연: "대개 총독부 축들이지… 수재 구제라니까 가장 성의를 보여주
  라고 입장권깨나 팔아 준 게지…중산이(中山) 부부도 왔데그
  려."[55]

- 해춘이 곧잘 마주치는 형사는(분명히 일본인이면서) 조선옷을 입고
  유창한 조선어를 말하고, 평양 사투리까지 있었다.[56]

여기에 나오는 중산은 앞에서 다루었듯 조선총독부 경무국 사무관

---

55) 「사랑과 죄」, 1927.11.16.
56) 「사랑과 죄」, 1928.1.22. (대체적인 의미)

이다. 그의 언동이 직접적으로 드러나 있지는 않지만, 마리아를 통해서 조선인에 관한 정보를 얻고 있는 것이 암시되어 있다.

다음으로, 동경의 흑색동맹(黑色同盟) 별동대로 조선에 보내진 아나키스트 계열 거물로 산야(山野)라고 하는 인물이 등장한다. 해춘이 들어간 카페에, 산야는 별명을 적토(赤兎)라고 하는 공산주의자 조선인들과 논의를 하고 있다. 그는 조선에서 민족주의와 사회주의 가운데 어떤 것을 우선적으로 생각해야 하는가를 놓고 논의가 뒤얽히자, 중재를 서겠다고 나선다. 염상섭은 이 장면에서, 당시 조선에서는 자본주의—제국주의에 반기를 든 일본 청년이라면 공산주의자는 물론 허무주의자라도 무정부주의자라도 모두 환영을 했기 때문에 조선으로 건너오는 일본청년도 점차 증가했다[57]고 쓰고 있다. 산야도 그런만큼 자기 주장보다는 '주의자'들의 대동단결을 이끌어 내는 역할을 떠맡게 되는 것이다. 한편, 이 일본어로 행해진 논쟁을 귀를 기울이고 있는 형사같은 흰 양복을 입은 일본인[58]이 카페 안에 있었음은 물론이다. 이 카페의 손님은 대부분이 일본인으로, 해춘을 비롯한 조선인들은 다른 손님들로부터 한층 더 주목을 받는다. 이 가게의 분위기를 전하는 부분을 인용해 보겠다.

저편 구석에는 상인갔흔 일인이 일본 기생을 데리고 안젓고, 이쪽으로는 얼굴이 살문 게딱지가치 되여서 두어패나 떠들고 안젓다. 모다 일본사람들이다. [중략] 일본말 몰으는기생들은 한구석에 쪽치고 안젓을 수밧게 업다. 더욱이 마리아의 일녀 볼 쥐어지를만한일본말에는 남자들이 돌려다보고 웃기까지 하엿다. 그 웃음은 웃는 사람 자신도 설명하기

---

57) 「사랑과 죄」, 1927.11.30. (대체적인 의미)
58) 상동

어려운 복잡한 감정을 가진 것이다. 그러나 그들(김호연을 비롯한 조선
인＝필자 주)은 자긔네에게 무례히도 보내는 그 웃음이 무엇을 의미하
는 것인지, 또는 얼마나 그로 인하야자손심이 깍기는지를 알면서도, 역
시 일본말을 쓰지 안흐면 안 되는 것은 무슨 까닭이엿든가? 호연이는
불쾌하엿다. 그러나 나즉하게 조선말로 이약이할 때에도 자기가 지금
조선말을 쓰거니 ― 조선옷을 입엇거니 하는 생각을 일치 안핫다.[59]

이 부분에서는 카페에 있는 일본인 손님들이 김호연을 비롯한 일행
에게, 조선인인 주제에 이상한 일본어를 쓰고 있다는 경멸어린 눈길을
보낸다. 김호연은 이러한 시선을 아플 정도로 느끼고 있으면서도, 일본
어로 계속 말을 이어가는 자신에게 자기혐오를 불러일으키고 있는데,
이 부분은 실로 능숙하게 묘사되어 있다.

다음으로, 한국에 체재한지 30년이나 된 심초매부(深草埋夫)라고 하
는 인물에 대해서 살펴보자. 염상섭 특유의 명명(命名)과 관련된 심초
(深草)에 대해 서술하고 있는 제39절의 요점을 정리해 보면, 그는 금강
산에 간 것을 계기로 반도의 산천을 섭렵하고, 수학원(修學院)의 도화
(圖畵) 교사로 한국에 서양화를 도입해, 대관들에게 서양화를 헌상한다.
그 인연으로 해춘의 아버지인 이판서와 알게 되고, 해춘에게도 도화를
가르치게 된다. 최근에는 궁중 용어에 관한 연구도 하고 있으며, 조선
의 고전문학과 속요(俗謠)에 대한 조예도 깊어서, 평소에는 조선의 밥
공기와 사발을 써서 식사를 하며, 곧잘 한복을 입는 별난 인물이다.
'한일합방' 때도 숨겨진 '공로자'인 것 같기도 하고, 조선청년을 보면
이제는 '진정한 조선'의 모습을 잃어서, 여기가 한국인지 일본인지 서
양인지 알 수 없는 '혼혈아'가 됐다고 개탄하며, 조선에서는 사는 재미

59)「사랑과 죄」, 1928.11.28.

가 사라졌다고 말하고 다닌다. 그래도 심초는 예전에, 해춘의 아버지에게 발탁된 은혜가 있다고 생각했던 것인지, 해춘을 비롯한 진보파 조선 청년을 여러모로 원조하고 있다.[60]

식민지 지배자의 말단이라 할 수 있는 총독부 관리나 경찰관도 아니고, 돈벌이를 위해 조선에 온 한탕주의 일본인이나, 일본에서 보내온 '주의자'도 아니며, 조선에 정주하며 한국어가 능숙한 조선통인 이러한 불가사의한 존재는 작품 속에서 이채를 발하고 있다. 하지만 염상섭은 심초를 전적으로 긍정적으로만 그리고 있는 것은 아니다. 순영과의 혼담을 억지로 진행하는 홍산무역 사장인 유택수(柳澤秀)와 직접 담판을 지은 심초는, 입 밖으로는 내뱉지 않지만 은근하게 자부하고 있는 '야마토다마시(大和魂, 일본혼－역자 주)'의 소유자이므로(이 비열한 한국인 유택수에 대해서) 마음속으로는, "고노요보상가……("이 조선놈이"라는 뜻이다, 역자 주)"라고 생각하고 있었을지 모른다고[61] 쓰고 있다.

일본인의 마음속 깊은 곳에 도사리고 있는 한국인을 멸시하는 마음은 심초의 딸인 미쓰꼬(光子)의 마음속에도 있다. 그녀는 본래 자택에 오는 조선인들과 친하게 지냈지만, 집에 온 마리아가 허세를 떠는 뻔뻔함을 보고 나서는. "지금까지 가젓든 호의가 돌변하야 녀자끼리 가지기 쉬운 적의(敵意)까지 가슴속에서 머리를 드는 것을 깨다랏다. 그 미테서는 민족적 모멸의 념(念)까지 치치 자최를 나다내잇다."[62]고, 염상섭은 표현하고 있다.

한편, 유택수는 20년전에 일본에 갔다왔고, 미국에도 두어번 다녀온 적이 있는 "옛 지사(志士)"이면서도, 일본인 첩 스즈꼬(鈴子)를 두고

---

60)「사랑과 죄」, 1928.1.31. (대체적인 의미)
61)「사랑과 죄」, 1928.3.8. (대체적인 의미), " " 안은 원문표기 그대로임.
62)「사랑과 죄」, 1927.12.21.

있다. 그 사이에 태어난 아들 유진(柳進)은 부모의 국적이 달라서 가정 안에서 불행한 가운데 자라나, 자신이 두 나라사이의 '혼혈아'인 것을 비하하면서 다음과 같이 말한다.

> 사실, 내 피가 오분은 감투로 되고, 오분은 〈게타(下駄)〉짝으로 되엇다는 점으로 보면 아닌게 아니라 현대의 조선의 상징(象徵)으로서 태어낫다고도 할 걸세. 우리 아버니의 설명를 들으면 류진이란 이름은 일본 말로 '야나기 스스무(ヤナギススム)'라고 도록 애를써서 지엇다네. 허허허……. 이름만 보아도 현대의 조선 사람답지 안혼가!⁽⁶³⁾

이처럼, 유진(야나기 스스무)의 허무감에 빠져 있는 심정이 잘 묘사되어 있다. 「사랑과 죄」에서는 위와 같이, 다양한 일본인을 형상화하고 있음을 특필(特筆)할 수 있겠다.

2. 「이심」의 경우

이 작품에서 가장 주목해 봄직한 것은 주인공 박춘경의 애인 좌야이다. 주요 등장인물에 대해서는 앞서 정리했는데, 좌야도 조선에서 벼락출세를 한 장기거주자 중 한 사람이다. 조선어도 유창하며, 은행에서 돈을 부정한 방법으로 찾아가도 조선인 은행원이 눈치를 채지 못할 정도이다.⁽⁶⁴⁾ 하지만 애인인 박춘경을 항상 '하루꼬(春子)'라고 부르고, 일본어로 대화를 하고 있다. 그는 남편이 감옥에 가서 경제적으로 궁핍한 박춘경을 교묘한 언술을 곁들여 가며 원조해 줬으며, 그녀가 성

---

63) 「사랑과 죄」, 1928.1.5.
64) 「이심」, 1929.4.4.

욕이 강함을 간파하고 약점을 잡고서 강하게 밀어붙이는, 역겨운 일본인의 한 전형으로 그려져 있다. 이러한 식민지형(植民地型) 일본인이 당시 상당수 있었음은 상상하기 어렵지 않기 때문에, 염상섭은 실제로 재조 일본인을 면밀하게 관찰해서 형상화 할 수 있었던 것이라고 할 수 있겠다. 다만, 이 작품은 좌야의 추태를 그리는 것이 목적이 아니라, 몸과 마음 모두 파멸해 가는 박춘경의 언동을 그리는 것이 중심이라고 할 수 있다. 그러면 박춘경이 일을 하러 갔던 천전(淺田) 백화점 소매부(小賣部)의 조선인 손님을 대하는 그녀의 반응을 살펴보도록 하자.

> 손님이 조선사람인 것이 분명하건만 저편에서 일본말을 내 놓으니까 이편에서도 일본말로 수작을 하는 수 밖에는 없으나, 점원복의 앞을 여민 사이로 황나 적삼이 내여다 보이는것을 보고 손님이 싱글싱글 웃어가며 면구스럽게 치어다 보는 때에는 자기의 일본말이 유창하고 얼굴이 어여쁜것을 칭찬하는 뜻인지 비웃고 놀리는 기색인지 하여간에 얼굴이 빨개지지 않을수 없었다.[65]

박춘경은 이처럼 한국어와 일본어를 가려 쓰며, '춘경'과 '하루꼬'라는 두 가지 이름마저 가려서 쓰는 여자로 그려져 있다. 이 외에도, 「이심」에서는 박춘경이 체험한 고베 생활에 능장하는 일본인에 대해서 다음과 같이 쓰고 있다.

> 춘경은 친구가 있었으면 했지만, 도피하고 있는 처지에, 조선인과 벗할 수는 없었고, 또 일본인이라고 하면, 서양인 첩이라는 험담을 들을 것 같았으며, 게다가, 조선인이라는 이유로 손가락질을 당할 것이라서

---

65) 「이심」, 1929.1.1.

그것도 뜻대로 되지 않았다. 이 집 사용인(일본인)까지 춘경을 업신여기는 구석이 있었다.[66]

이 부분은 전술한 「무화과」에서 문경이 동경 자택 근처의 일본인 부부에게 느꼈던 거리감과 유사한 것이라고 할 수 있겠다.

3. 「광분」의 경우

이 작품에는 동경에 사는 일본인이 등장한다. 그 가운데 음악가 임초자(林初子＝하야시) 부부는 시종일관 민경옥을 살붙이처럼 돌봐주는 존재인 것과 비교해, 또 다른 일본인인 중촌(中村＝나카무라)은 다음과 같이 경박한 인간으로 등장한다.

중촌은 아무렇지도 않게, 앞서 조선에 갔을 때 '무슨 향(香)'인가 하는 기생이 있었는데, 지금도 있을까요. 조선 미인에게는 일본 미인에게는 없는 동양적인 미가 있어요. 다시 한 번 가고 싶군요, 라고 말했다. 경옥은 중촌이 자신을 기생과 동일시하고 있는 것에 화가 치밀었지만 (일본 악단에서 활약하고 싶다는 야심에서) 권유하는대로 따라갔다.[67]

염상섭은 엉터리 일본인의 대명사라고 불리는 '중촌'을 이미 이 시점에서 등장시키고 있다. 하지만, 다른 한편에 있는 경옥도 일본에서 성공하고 싶다는 야심에서 중촌을 유혹하고 있는 구석이 있으며, 중촌은 점차로 몸이 달아올라, 조선까지 그녀를 뒤따라간다. 결국 그는 뿌리까지 썩은 악인이라기보다는 어리석은 일본인으로 그려져 있다고 하

---

66) 「이심」, 1929.4.11. (대체적인 의미)
67) 「광분」, 1930.4.11. (대체적인 의미)

겠다.

4. 「삼대」의 경우

「삼대」에 등장하는 일본인은 카페 바커스(마담은 일본인)에 출입하는 일본인 손님들과, 주인공 조덕기를 조사하는 일본인 경관(목촌[木村=기무라] 고등과장, 금천[金川=가네카와] 형사)등으로 크게 나눌 수 있다. 우선, 전자에 대해 살펴보자.

조덕기의 부친 조상훈이 김병화의 안내를 받고 바커스에 가보니 홍경애가 일본인 손님들(은행원)과 시시덕거리고 있었는데, 그들은 경애에게 억지로 술을 마시게 하고 있었다. 그 후, 경애는 일부러 병화에게 살갑게 굴어서 일본인 손님들을 화나게 하고, 일본인 2명과 병화, 상훈이 얽혀서 싸움을 벌인다. 순사가 와서 4명과 경애는 파출소로 간다. 순사는 일본인들의 주장만 듣고 경애를 조롱한다. 일본인은 방면되고, 조선인 3명만이 본서에 송환된다. 병화와 경애는 욕을 해댔지만, 상훈만이 일본어로 풀어줄 것을 애원한다. 결국, 상훈만 석방되고 병화와 경애는 나중에 바커스 마담이 석방을 시키러 가게 된다.[68]

이 부분은 상당히 자세한 서술이 길게 계속되는 것이 압권이다. 그 가운데 홍경애의 행동은 미묘한 구석이 있다. 그녀의 본심은 당연히 싫어하는 일본인들과 농을 부리고 싶어하지 않지만, 일부러 떠들고 그러한 떠들썩함 자체를 부추기는 태도를 취한다. 하지만 이러한 장사를 하고 있는 자신의 입장을 확실하게 인식하고 있어서, 자포자기한 심정으로 노래를 부르고, 병화와 춤을 추는 모습을 작가는 극명하게 그리

---

68) 「삼대」, 1931.3.2~10. (7회분을 요약한 것임)

고 있다.

다음으로, 경찰 관계자를 살펴보면, 홍경애의 집에 호구조사를 하러 온 일본인 순사는 동거인이 누구인지를 꼬치꼬치 캐묻는다.[69] 또한, 작품 결말 부분에서는 본래 독립투사였던 이필순의 아버지가 죽고, 침대차로 시체를 옮겨 올 때 여기에도 안면이 있는 형사들이 호위하는 것처럼 따라왔다[70]고 쓰고 있다. 이러한 인물들의 등장을 통해서 일상생활 가운데 항시 경찰의 그림자가 드리워진 식민지 서울의 분위기가 잘 드러나고 있다.

한편 조덕기는 김병화가 검거되자 목촌 고등과장과 교섭해서 석방시키려는 마음을 먹는다. 목촌이 모서(某署)에서 서장이었을 때, 조덕기 조부가 가까운 사이였기 때문에 특별한 조치를 기대했던 것이다. 하지만 그를 만나러 갔을 때 나타난 것은 강경파에 속하는 금천 형사로, 도리어 조덕기 본인마저 조사를 받는다. 금천은 공적을 올리고 싶어했기 때문에 목촌이 이번 일에 우유부단한 것이 못 마땅했다. 금천은 더욱이, 체포한 '주의자' 장훈을 계속 괴롭혀서 그가 음독자살하는 상황에까지 몰아넣는다. 그 후, 조덕기는 목촌의 집과 사법, 고등을 담당하는 두 사람의 주임 자택에도 선물을 사가서 인사를 하러 다닌다.[71]

이상과 같이 일본인 경관 가운데서도 다양한 성격의 인물을 구별해서 쓰고 있음을 알 수 있다. 한편으로 조덕기의 현실주의적인 행동도 눈여겨 볼만 하다. 심정적으로는 김병화의 행동에 공감하면서도 경찰과 대립하는 것만은 전력을 다해 피하려고 한다. 이처럼, 「삼대」에는

---

69) 「삼대」, 1931.5.12.
70) 「삼대」, 1931.9.17.
71) 「삼대」, 1931.8.16~9.13.

가지각색의 일본인과 조선인 사이의 관련이 현실적으로 그려져 있음을 알 수 있다.

5. 「무화과」의 경우

이 작품의 경우 제49절 전체를 차지하고 있는 안달외사(安達外史)부터 우선 살펴보겠다. 이 안달이라는 인물은 「사랑과 죄」에 나오는 심초매부(深草埋夫) 이상으로 '주의자'인 조선인과 관련을 맺고 있는 일본인이다. 등장인물 약력에서 정리한대로 그는 본래 신문기자였지만, 현재는 조선의 고서(古書)나 역사물도 출판하고 있으며, 경제력이 있고 언론계와 정계에 은연히 영향력을 갖고 있는 사내이다. 한국어도 능수능란하고, 두목기질도 있어서, '주의자'의 운동에 협조하는 보도나무 경영자 최원애의 패트런인가 하면, 돈 때문에 곤란한 좌익 청년들에게 원조를 해주고 있다. 그렇게까지 해줬는데도 조선인 청년들로부터 스파이일지도 모른다는 경계어린 눈초리를 받고 있다. 하지만 그들이 궁지에 빠질 때마다 도움의 손길을 뻗어줬기 때문에 그들도 무시할 수 없게 된다. 안달이 어째서 이러한 행동을 하고 있는 것인지에 대해 작가는 다음과 같이 쓰고 있다. 안달은 박종엽과 같은 유망한 젊은 여성이 자신의 주의나 주장이 아니라, 정에 끌려서 심부름을 한 것으로, 법망에 걸리는 것을 걱정하고 있다. 그는 과격한 혁명가 김동국(金東局)이 출옥할 때도, 그가 방향전환을 하고 봉천에서 재봉회사를 경영하고 싶다고 해서 그 일을 알선해준다. 그런데 김동국은 상해에 도망쳐서 '불온한 획책'을 한 끝에 중상을 입는다.72) 그런데도 안달은 이 사내

---

72) 「무화과」, 1932.10.21. (대체적인 의미)

에게 송금을 해준다. 결국 안달은 자신이 어리석었다고 반성하지만, 그 한편으로 '음모'라고 하지만, 서울이 괴멸하는 것도 아님에도 유위(有爲)의 청년남녀가 일생을 희생하는 것을 보면 밤에도 잠들지 못하는 기분이었다.73)

이러한 부분을 보면, 안달은 좌경 사상에 결코 공감해서 후원을 하고 있는 것이 아니라, 조선인 청년들에 대한 애정을 바탕으로 호의를 보내고 있음을 알 수 있다. 이러한 일본인을 작가는 부정적으로 그리고 있지는 않다. 다만, 안달과 같은 인물은 자신이 조선을 위해서 일하고 있다고 생각한다고 해도, 식민지 조선에서 그의 객관적 위치를 생각해 보면 역시 미묘한 존재라는 사실에는 변함이 없다.

다음으로 보도나무에서 일하는 일본인 여급 '맛쟝'(松子´ 松ちゃん)을 살펴보자. 그녀는 1920년 니항사건(尼港事件, Nikolayevsk Incident)으로 부모와 남동생이 학살당해서 고아로 전락해, 지금은 '니콜리스크의 빨간 아가씨'74)라고 불리며 형사가 항상 따라다닌다. 이 맛쟝이 주인공 이원영에게 호감을 표하며 접근하려고 하자 원영은 다음과 같이 말하며 견제한다.

"나는 조선사람 아닌가? 자네가 무엇을 내게 의논하려는지 모르겠으나, 일신상(一身上)의문제 같으면야 의논할 데가 많을 게 아닌가?"75)

이렇게 말하자 맛쟝은 다음과 같이 대응한다.

---

73) 「무화과」, 1932.10.21~22. (대체적인 의미)
74) '니항(尼港)'은 '니코라이예프스크'이므로, 니콜리스크는 다른 지명임을 알 수 있다. 여기서는 원문 「무화과」(1931.12.5)의 표기에 따랐다.
75) 「무화과」, 1932.2.22. (『무화과』동아출판사, 1995년, 259쪽)

"제가 의례 실례했습니다. 하지만 별안간 조선 사람이니 어쩌니 하는 말씀은 왜 꺼내셔요.

언젠 선생님이 조선 사람인 줄 몰랐던가요? [중략] 이 세상에—조선에 있으나 일본에를가나, 저 한 몸뚱이예요. 친구도 없고 [후략] 어느덧 울음 섞인 소리가 섞여서 말끝을 어우르지 못하고 만다.76)

인텔리가 아닌 역경어린 삶을 살아가는 일본여자가 오히려 민족을 넘어선 인간성 그 자체로 이원영을 대하려고 하는 모습이 위 인용문을 통해 드러난다. 이처럼, 「무화과」에 등장하는 일본인은 경찰관계의 인물을 빼면 의외로 조선에 애정을 갖고 있으며 인간미가 넘치는 인물이 많다는 것이 특징이다.

이상으로 장편 5편에 등장하는 일본인을 작품별로 살펴보았는데, 이러한 인물들을 3가지 유형으로 크게 정리할 수 있다.

제1유형은 식민지형 악당이다. 이 유형에는 식민지 관료인 총독부의 중산(中山) 사무관(「사랑과 죄」)과 금천(金川) 형사(「삼대」) 등의 경찰관계자가 포함되는 것은 당연한 것인데, 주요 등장인물 가운데는 좌야(佐野「이심」)가 여기에 포함된다.

다음으로 제2유형으로는, 그 수는 적지만 '내지'의 평균적인 일본인을 들 수 있다. 이웃에 사는 조선인에게 거리를 두고, 뒤에서 입방아를 찧는 경우인데, 「무화과」에서는 분경이 살고 있는 동경의 이웃들이나, 「이심」의 춘경 등의 피난처인 고베의 일본인들이 이 유형에 해당한다. 또한 「광분」의 피아니스트 중촌(中村)은 서민은 아니지만, 경박한 일본인의 면모로 불쑥 나타난다.

제3유형이 정체불명의 일본인이라고 할 수 있는, 조선에 체재한지

---

76) 상동.

수십년이나 되는 조선통의 신기한 일본인인 심초매부(深草埋夫, 「사랑과 죄」)나 안달외사(安達外史, 「무화과」) 등이 이에 해당한다. 심초는 결국, '야마토다마시이(일본혼)'의 소유자로 여겨지지만, 실제적으로는 조선청년의 뒤를 봐주고 있는 인물이며, 한편 안달은 그 반대로 그러한 사상보다는 조선청년들에게 깊은 정을 느끼는 인물로 그려져 있다. 식민지에 살고 있는 일본인은 그곳에 있다는 것만으로도 미묘한 존재일 수밖에 없는데, 더구나 이 두 사람처럼 조선에 대한 주관적인 호의와 식민지 지배층으로서의 객관적인 위치가 꼬여 있는 경우를 생각해 볼 때, 그 존재는 그야말로 정체불명이 될 수밖에 없다. 이러한 인물의 모델로는 언론, 저술 관계로 한국에 오래도록 체재했던 아다치 켄조(安達謙藏, 1864~1948), 기쿠치 겐죠(菊池謙讓1870~1953), 아오야기 쓰나타로(靑柳綱太郞, 1877~1932), 호소이 하지메(細井肇, 1886~1934), 샤쿠오 조(釋尾春芿, 1875~?) 등 '조선통'인 일본인이 염상섭의 뇌리에 있었는지 모르겠다.

물론 이상의 3가지 유형에 속하지 않는「무화과」의 맛쟝과 같은 인물도 등장하지만, 어디까지나 장편 5편의 중심은 독특한 제3유형의 일본인을 묘출(描出)하는 것에 있다고 말할 수 있겠다.

이에 비해 조선인의 경우 다채로운 인물이 등장하고 있는데, 일본과의 관련성에 역점을 두고 그 유형을 분류해 보자면, 다음 5가지 유형으로 나뉜다.

제1유형은 사회운동에 관여하는 투사형 조선인으로, 최진국, 김호연(「사랑과 죄」), 이진태(「광분」), 김병화(「삼대」), 봉익(「무화과」) 등이 대표적인데, 이들은 주인공이 아님을 알 수 있다. 그들이 제1유형의 일본인과 대치하고 있음은 물론이다. 다음으로 이러한 인물들을 둘러싸고 있는 것이 제2유형으로, 미온적인 태도를 취하는 조선인 무리들이다. '주의자'를 친구로 두고 있어, 본인은 '운동'에 가담할 의사도 없으면서도 친구와의 친분으로 제1유형의 조선인을 돌봐주는 인물도 여기에 포함된다. 구체적으로는 이해춘(「사랑과 죄」), 주정방(「광분」), 조덕기(「삼대」), 이원영과 박종엽(「무화과」) 등으로, 이러한 인물군상이 장편 5편에서는 대부분의 경우, 주인공 자리를 차지하고 있으며, 한편으로는 사상적으로 염상섭의 분신 역할도 이행하고 있다고 볼 수 있겠다. 또한, 「사랑과 죄」의 지순영, 「삼대」의 홍경애, 「무화과」의 최원애나 채련과 같은 술장사를 하면서 제1,제2 유형의 인물 사이를 중개해주는 여성들의 존재도 눈에 띈다.

다음으로 제3유형으로 카멜레온과도 같은 조선인이라고 해야 할 인물군상이 있다. 이 유형의 인물은 일본과 조선 양 쪽에 양다리를 걸치고, 무슨 일이 있을 때마다 재빠르게 변신한다. 「광분」의 민경옥은 일본에 가면 일본어를 능숙하게 구사해 가며 일본사회에 빠르게 파고들며, 「이심」의 춘경도 일본인을 대할 때는 재빨리 '하루꼬(春子)'로 변신한다. 그 정도는 아니라고 해도, 그 외의 많은 조선인이 이러한 유형의 인간으로 살아 갈 수밖에 없는 식민지 조선의 현실이 있음은 물론이다. 그것을 떳떳하게 생각하지 못하는 사람들의 일부는 제1유형인 투쟁적인 조선인이 되었다고 생각되는데, 그 반대인 경우는 제4유형이라고 할 수 있는 자포자기적이고 허무적인 조선인이 되있다고 할 수 있겠다. 「이심」의 이창호는 원래 '주의자'였지만 출옥한 후에, 자기 파괴적인 행동을 취한다. 「삼대」의 조덕기의 아버지 조상훈도 본래는 정결한 삶을 지향하는 크리스챤이었으나, 나중에는 첩과 도박에 빠졌다.

이 보다 더 타락한 것이 제5유형인 친일(스파이)적인 조선인이다. 마리아, 유택수(「사랑과 죄」), 민병천(「광분」) 등이 이 타입에 해당되는 인물이다.

지금까지 일본인과 조선인을 유형별로 살펴보았는데, 그 유형을 확실히 정리할 수 있는 일본인과는 달리, 장편 5편에 형상화된 조선인 유형은 매우 다양하다. 일본의 식민지 지배라는 현실에 대응하는 조선인의 삶의 방식이 각양각색으로 흔들릴 수밖에 없었던 사정이 여기에 반영되어 있다고 하겠다.

제4절 작품 속 일본어에 대해서

염상섭 소설에는 곳곳에 일본어 표현이 나타나고 있음을 확인할 수 있다. 물론 김동인을 비롯해 다른 작가의 작품에도 이러한 현상은 두드러진다. 다만, 염상섭의 소설에는 간단히 일본어 표현이라고 정리할 수 없는 다양한 층위의 일본어가 작품 속에 드러나 있다. 여기서는 그것에 대해 정리하기로 한다.

A. 어휘

① 일본어 표현을 그대로 쓴 예: ノシ (노시) 77) ミズビキ(미즈비키) 78) (이상, 「무화과」)

일본 특유의 단어이므로, 번역하기가 곤란하다고 보고 그대로 쓰고

---

77) '노시 (熨斗)'는 일본에서 축하의 선물에 덧붙이는 표(원래는 말린 전복) 를 말한다.
78) '미즈비키 (水引)'는 원래 '미즈히키 ミズヒキ'로, 오식으로 보인다. '미즈히키'는 지노에 풀을 먹여 말린 끈으로, 축의금이나 부의금을 싼 종이에 두르는 것을 의미한다.

있는 것으로 보인다. 하지만 이러한 경우는 매우 적다.

② 일본어를 한글로만 표기한 예: 다다미/ 계다(이상, 「사랑과 죄」)/
나치미(「이심」)/ 벤도(「광분」, 「무화과」)/ 쩨이닥구(「삼대」)/ 오바
상(「무화과」)

발음만을 듣고, 어느 정도 조선에서도 그대로 통용되었다고 여겨지
는 말이라고 보지만, 반드시 알기 쉽다고 할 수 없는 단어도 섞여 있
다.

③ 일본어를 한글로 표기하고 ( ) 안에 한국어 번역글을 붙인 예: 사
시미(일본회ㅅ갓) 「사랑과 죄」/사시미(회) 「무화과」/갸구비끼(손
님 끄는 사람) 「이심」/우리꼬(賣子―물건파는아이)「이심」/죠―마
에야(잠을쇠고치는사람)「광분」/가게오찌(도망질)「광분」/이로오도
고(미남자)「삼대」/우와긔(남복)「삼대」/규지(사환)「무화과」/나리긴
(戰時猝富輩)(「무화과」)

이런 예는 일일이 셀 수가 없을 정도로 그 양이 가장 많다. 일본어
특유의 용어가 많고, 번역 용어로 적절하지 않은 것을 포함해 괄호 속
이 설명조인 것도 적지 않다. 또한, '사시미'와 같이 그 용어 자체가
보급되었던 것인지, 「사랑과 죄」와 「무화과」를 보면 설명이 간단해 진
것도 확인할 수 있다.

④ 일본어 한글표기 후에 ( ) 안에 일본어 한자표기를 표시한 예: 다
마쓰기(玉突)[※번역―당구]/데기레긴(手切金)[※번역―위자료]/오
야분하다(親分肌)[※번역―두목기질] (이상「무화과」)

이러한 형식은 많지는 않지만, 다른 표현법과 혼재된 경우도 있다. 예를들면 '데기레긴'을 보면 다음과 같은 표기도 보인다.

手切金— (절연할 제 주는 부양료) 〈「사랑과 죄」〉

이 외에, 일본어 한자음을 한국어 음으로 읽은 예, '소절수(小切手)' (「이심」)이나 한국어와 일본어가 혼합된 형태의 한 예로서는, '간판처 녀(看板娘)(「이심」)과 같은 표기도 보인다.

이상을 보면 염상섭은 일정한 기준에 따라서 일본어를 표기하고 있는 것이 아니라, 매번 적당히 판단하고 있는 모습을 엿볼 수 있다. 다만, 한국어 번역어를 붙이느냐 안 붙이느냐의 판가름은 1930년 전후의 일반 독자들의 일본어에 대한 지식 및 통용 정도가 반영되어 있다고 할 수 있다. 또한, 「이심」과 「광분」은 일본어가 기본적으로 적은 편이며, 특히 「광분」에서는 주인공의 화려한 생활모습을 연출하기 위해서, 일본어 보다는 영어를 시작으로 한 외래어 및 외국어를 한글로 표기한 것이 많이 쓰이고 있다는 점도 지적할만하다.

B. 문장

작품 속에 등장하는 회화와 전문(電文)을 보면 문장 단위의 일본어가 사용되고 있음을 알 수 있다. 전문의 예는 다음과 같은 것이다.

● ケイカヨケレバ オトウトスヨコセ (경과가 조커든 동생을곳보내오.)
　　　〈「사랑과 죄」1927.10.19〉
.[원문의 〈ス〉는〈スグ〉의 잘못임＝필자주]

- 오매데도─스구 오다찌아소바세(※번역─축하합니다 바로 출발하세
  요)〈「광분」1930.2.25.〉
- ブジ　ツイタ° アンシン(무사도착° 안심°)〈「무화과」1932.6.7.〉

전보 시스템이 일본식으로 운영되고 있던 당시 조선의 상황을 보면, 그것을 그대로 표현함으로써 임장감을 돋구는 효과가 있었다고 할 수 있다.

다음으로 회화 등에서 일본어를 어떻게 처리하고 있는지를, 화자가 조선인 혹은 일본인인 것에 주목해서 이하, 두 가지 경우로 나눠서 살펴보자.

가. 조선인이 일본어를 구사하는 경우

① 일본어만으로 표기한 경우

- 「おい　ウキスキーを持つて来い」/ 해춘이는 안끼가무섭게 「휘스키―
  」를 청한다. (「사랑과 죄」1927.11.28.)

이 예를 보면 「」안은 확실히 일본어만이지만, 의미를 알 수 있게, 다음 행에 한국어 설명이 붙어 있다.

② 일본어를 한글로만 표기한 예

- (경옥이 아버지에게)「오도─쌍! 오도─쌍! 아다시, 부다이니, 데데모,
  이이데쇼? 네?(※번역─아버지! 아버지! 저, 무대에, 나가도,
  되지요? 네?)」(「광분」 1929.10.14)
- (인호가 일본인 고물상에게)「고레데쓰가…」하고(※번역─「이것인데…
  」하고)[후략] (「무화과」1932.7.26.)

이것은 조선인이 일본인과 대화하는 부분에서 나오는 것인데, 앞에 나와 있는 예처럼 조선인끼리 일본어로 말하는 예도 보인다.

③ 일본어를 한글로 표기한 후에 ( )안에 한국어역을 붙인 예
* (정옥이 언니 경옥에게)「이이와네-.네-상!혼또,얏데미루 오쓰모리?
  」(조쿠료 형님! 정말해 보실 작정?) <「광분」1929.10.14.)>
* (경애가)「다다이마(지금옵니다)」(「삼대」1931.1.4.)

이러한 유형은 ② '일본어를 한글로만 표기한 예'의 한 변형으로 생각할 수 있는데, 생각보다 많지 않다.

④ 일본어로 표기하고 ( ) 안에 한국어 번역을 붙인 예
* (호연이 해춘에게)「けうは何うしたんだ？宜い加減にせい」- (오늘은 웬일인가?웬만큼하게) <「사랑과 죄」1927.11.28.>

이와 같은 예는 화자가 조선인일 경우 거의 보이지 않는다.

⑤ 일본어인 내용을 한국어 번역만으로 기술한 예
* (병화가 경애에게)「아이상 그런화푸리ㅅ술을먹으면 안되어요」이편에 서 병화가 일본말로 소리를 첫스나 [후략] (「삼대」1931.3.3.)
* (문경은 일본인 여급에게 완변한 동경말로 멋스럽게 물었다.)「조용해 좋구면,외따른 방은 없나? 」(「무화과」1932.3.26.)

위와 같은 유형의 예가 가장 많이 눈에 띈다. 조선인끼리 일본어로 대화를 하는 것은, 한국어로 말하는 것이 꺼려지는 장소(일본인 손님이 많이 드나드는 카페 바커스「삼대」등)에서 행해지고 있다.

⑥ 한국어 문장 가운데 일본어 단어를 한글 표기로 혼입(混入) 하는 예

* (종엽이 문경에게) 「그런데,대관절,엇던 「기모찌」요?(※번역-「기분」) 」(「무화과」1932.6.14.)

당시 조선인이 일본어를 구사하는 방법으로는 위의 경우가 가장 많았을 것으로 보지만, 장편 5편 가운데서 이러한 예가 거의 없는 것은 의외이다.

나. 일본인이 일본어를 구사하는 경우

① 일본어만으로 표기된 예

* (맛쟝이) 「なにか ご用?(※번역-무슨, 볼 일이라도?)」(「무화과」 1931.12.2.)

② 일본어를 한글로만 표기한 예

* (심초[深草]가) 「아-소데쓰까(※번역-아 그렇습니까)[후략]」(「사랑과 죄」1928.2.23.)
* (일본인 순사가) 「고이쓰또끼쓰오(※번역-이 녀석과 키스를)[후략]」 (「삼대」1931.3.9.)

③ 일본어를 한글로 표기한 후에 ( ) 안에 한국어 번역을 붙인 예

* (일본인 손님이)「에라이 에라이!(용하다용하다)」(「삼대」1931.3.3.)

④ 일본어로 표기를 하고 ( )안에 한국어 번역을 붙인 예

* (산야[山野]가) 「なあるほど!-(올하!그래?)」(「사랑과 죄」1927.12.1.)

⑤ 한국어 번역만으로 표기한 예
- (심초는 일본어로 화를 냈다)「대관절 당신네들은 무엇하는 사람이기에[후략]」(「사랑과 죄」1928.2.28.)
- 「무화과」에서 안달(安達)의 일본어 회화 부분이 모두 한국어 번역으로 기술되어 있다.

⑥ 일본어를 한글로 표기한 후 ( ) 안에 일본어로 표기한 예
- (안달의 가슴속에 있는 말)「고노요보상가(このヨボさんが)…」(※번역－이 조선놈이)(「사랑과 죄」1928.3.8.)

일본인이 일본어를 사용하는 것은 극히 당연한 것이지만, 그 표기법은 여러 가지인 것을 알 수 있다. 하지만 이러한 사용법을 보면 원칙은 찾아보기 힘든데, 다만 비교적 긴 회화문에는 한국어 번역만을 표기하는 경향이 있는 정도이다.

이상으로 일본어 표기 방법을 조선인과 일본인이 사용하는 경우를 기준으로 살펴보았는데, 실제로는 다음 예문처럼 조선인과 일본인이 상당히 긴 일본어 회화를 나누는 경우도 있다. 다음은 여관에 들어간 유택수와 마리아에게 여관주인과 하녀가 접객을 하는 장면이다.

(하녀)「いらつしやいまし！(어서오십쇼ー!)」
(주인)「いらつしやいまし　けふもひどうございすな/「어서오십쇼오늘도더위가심합니다그려)」
(하녀)「浴衣を持つてまいりませうか？(※번역－유카타를 가져다 드릴까요?)」
(유택수)「웅이러케더워서는 양복을좀버서야지!」
(하녀)「奥様は？(마님께서는?)」

(유택수)「응,마님도갓다가들여!」

(마리아)「아니야 난실혀」(「사랑과 죄」1927.10.11.)

도중에 설명 하는 부분을 생략하고 회화부분만을 표시했는데, 한국어 번역을 하지 않은 부분이 있음을 알 수 있다. 또한, 유택수가 확실하게 일본어로 말하고 있는데도 한국어로 쓰고 있는 부분도 있다. 마지막에 나오는 마리아의 대화는 한국어로 말하고 있는 것으로 볼 수도 있다. 이처럼 일본어를 표기하는 방법이 확실한 원칙 하에서 행해지고 있지 않음이 확인된다.

또한 전술한 것처럼 상당히 긴 일본어 회화 장면에서는 문장 전체를 한국어로 표기하고 있는 경우가 많다. 예를 들어 「무화과」에서 맛장과 원영이 나누는 대화나, 동경에 온 문경과 운전수가 나누는 회화 등이 그 예에 해당한다. 이러한 표기법은 한국어소설을 쓰면서 일본어를 지나치게 섞는 것에 한계를 느꼈기 때문으로 보인다. 또한, 거꾸로 형사(刑事)들의 경우는 일본어로 대화를 나누는 표기가 나온다고 하더라도 그것이 일본인인지 조선인인지 알 수 없는 경우도 있다.[79]

당시 조선에서 일본어와 한국어라는 이중어를 구사하는 조선인인 많이 등장하는 것은 놀랄만한 일은 아니지만, 장편 5편의 특징은 「사랑과 죄」의 심초나 「이심」의 좌야처럼 한국어를 유창하게 구사하는 일본인이 등장하는 점이라고 볼 수 있다. 좌야가 일본어와 한국어를 구별해서 쓰고 있는 모습을 다음 예에서 살펴보자,

「春子さん？しばらく……」―(춘자요?오래감만이요°)

「그런데 당신 영감상은 감옥으로 넘어갔다는구려?그거 안되었소.」

---

[79] 「무화과」, 1932.4.16 등.

좌야는 이번에는 조선말로 이렇게 인사를 한다. 조선말로 하는 것은 자기 사무실에 내지 사람만 있으니까 비밀히 하느라고 한 것이겠지만 [후략]80)

그런데 좌야가 춘경에게 소개한 커닝햄도 또한 일본어와 한국어를 구별해서 쓰고 있다.

좌야가 춘경을 소개하자, 이 서양인은 유창한 일본어로 은근하게 정중하게 인사를 했다.
「와다꾸시 간닝하무또 모우스모노데 고사이마스―(나는 「커닝햄」이라고 합니다°)」
그리고 생글생글 웃으면서 돌연, 조선어로 「당신은 조선 양반이시니까 우리 모임엔 주인 이십니다그려.」라고 말하고 다시 웃었다.81)

이러한 예는 복수 식민지에서 언어를 구분해 사용하며 활동하고 있는 정체를 알 수 없는 외국인의 전형적인 모습을 나태나고 있다고 할 수 있다.

끝내며

이상으로, 1930년 전후 수년간에 걸쳐 염상섭이 신문에 발표한 장편 5편에 그려진 일본과 일본인을 중심으로 살펴보았는데 그것을 정리

---

80) 「이심」,1929.1.5.
81) 「이심」,1929.1.8. 회화부분은 원문 그대로이다. 그 외에는 대체적인 의미를 요약한 것이다.

해 보도록 하겠다.

우선, 일본을 형상화한 방법은 주로, ① 유학을 간 곳으로서, ②가 치기준, 문화의 중심으로서, ③안전지대, 피신처로서, ④'운동'의 한 거 점이라는 것을 구체적인 예를 들어가며 지적해 보았다. 이 4가지는 서 로 상관이 있으며, 특히 ②를 형상화하는 방법, 즉 일본을 가치기준으 로 삼았기에, ①③④의 형상화도 도출되었다고 할 수 있다. 또한, 한국 내에 있는 일본과 관련된 건물이나 시설도 한국 본래의 것보다 하이칼 라인 동시에 편리하고 신뢰하기에 부족함이 없는 장소로 묘사되어 있 음을 알 수 있다.

이러한 사실을 표면적으로 보면 마치 염상섭이 친일적인 경향의 작 가로 보일 법도 하다. 사실, 이 장편 5편보다 일찍 발표된 「너희들은 무엇을 어덧느냐」[82]를 분석한 류양선은, 염상섭을 포함해 일본유학 출 신의 지식인들이 갖고 있는 강렬한 일본지향에 대해서, 염상섭의 "일 본 지향이 일본생활의 미련 또는 향수 같은 것으로 떨쳐 버릴 수 없을 만큼 질기게 달라붙어 있음을 알아차리게 하는 것이다."[83] 라고 분석 하고 있다. 이러한 분석은 작품에 묘사된 것을 그대로 작가의 사상 혹 은 거기에서 도출된 창작 의도에 직결시킨 오해를 기반으로 한 분석이 라 할 수 있다. 말할 필요도 없이, 당시 일본은 한국의 '종주국'이었으 며, '외국'이 아니었다. 염상섭은 리얼리즘 창작기법에 기반을 두고 이 디까지나 이러한 사실에 기반해서 작품을 쓰고 있다고 볼 수 있다. 한 국인의 눈은 언제나 일본에 쏠아지고 있고, 한국 안에서 일어나는 일 들도 대일본제국의 한 지방의 사건에 불과한 엄연한 현실, 혹은 거리

---

82) 동아일보, 1923.8.27~24.2.5.

83) 류양선 「근대지향성의 문제와 현설 뒤집기의 수법」전게서, 『염상섭전집 별권』수록, 140쪽.

에는 일본적인 것이 넘쳐나고, 여기저기서 일본어가 난무하는 서울이야말로 당시 '경성'의 본모습이었다고 한다면, 염상섭은 오히려 그러한 모습을 담담한 필치로 그려냈다고 말해야 할 것이다. 그렇게 본다면 염상섭 소설의 무대로 등장하는 동경이나 고베도 또한 이국취미(exoticism)를 불러일으키려고 한 것이 아니라, 등장인물들이 '국내여행지'로 손쉽게 왕래를 할 수 있는 지역이었기 때문에 불과한 것이다. 염상섭의 소설은 일본을 무대로 한 부분에서도 "여기는 이국이 아닌가." 하고 큰소리로는 말하지 않는다. 오히려 있는 그대로 일본을 그리는 것으로 당시 상황을 재현해 내는 수법을 취하고 있다.

극히 일부를 제외하고, 장편 5편에는 일본의 식민지 체제 그 자체를 다룬 정치 경제적인 구조를 지적하거나 서술한 것이 거의 없음은 전술했다. 그 이유로는, 정치＝제국주의, 경제＝자본주의의 문제점을 정면으로 다루는 것은 검열에 걸릴 위험이 있을 뿐만이 아니라, 염상섭 자신이 본래 사물을 본질적인 부분에서가 아니라, 현상적인 부분을 통해 형상화하는 작가라는 것과도 관계가 있어 보인다. 즉, 염상섭의 문학관이 이러한 현상을 파생시키고 있는 것이다.

다음으로, 일본인을 형상화하는 방법을 정리해 보면, ①식민지형 악당 일본인, ② '내지'의 서민적인 일본인, ③식민지형 정체불명의 일본인, 이렇게 3종류의 일본인이 등장하고 있다.

지금까지 연구를 보면 ①에 대한 지적뿐으로, ②와 ③에 대한 지적은 거의 없는데, 장편 5편에서 가장 중요한 것은 오히려 ③에 등장하는 특이한 일본인의 존재라고 하겠다. 조선통인 심초나 안달 등은 자신들의 의식으로는 조선을 위해 한 몸 바칠 각오이지만, 한국측에서 보자면 '적'인지 '동지'인지 실제로는 확실히 가늠할 수 없는 인물이다. 하지만, 이러한 실로 정체불명의 일본인이 존재하는 한, 억지로 혹백을 가리는 것이 아니라, 그들을 되도록 사실에 가깝게 형상화하는 서사방식이야말로 염상섭의 창작태도라고 하겠다.

한편, 일본인에 대응하는 한국인측의 주요한 등장인물은, ① 운동에 관여하는 투사형 한국인, ②미온적이지만 운동에 공감하는 태도를 취하는 한국인, ③식민지형 카멜레온과도 같은 한국인, ④자포자기적인 허무적 한국인, ⑤식민지형 친일적인 한국인, 이렇게 5가지로 분류가 가능하다. 이 가운데 필자는 ③번 유형에 주목하고 싶다. 이러한 인물들은 일본적인 가치관에 입각한 언동과 조선적인 언동을, 그야말로 '카멜레온' 처럼 때에 맞춰 한순간에 바꿔가며 끈질기게 살아남는 유형이다. 혹은 양서류와 같다고도 표현할 수 있겠다. 식민지 체제가 이러한 인물군을 양산했다고 볼 수 있으며, 이러한 특징을 놓치지 않고 그려낸 것은 역시 작가 염상섭의 역량이라고 할 수 있을 것이다.

염상섭이 그리는 일본 혹은 일본적인 것이나, 일본인을 통해서 독자가 품게 되는 독후소감은 '일본'이 식민지 조선에 마치 공기와도 같은 존재로 침투해 있다는 사실일 것이다. 그것을 효과적으로 연출하고 있는 것이 곳곳에 삽입돼 있는 일본어이다. 항시 형사가 뒤를 밟고 있는 것 같은 식민지의 피부 감각적인 답답함[84)]에 대해서도 염상섭은 물론 쓰고 있지만, 언뜻 보기에 그러한 사실을 눈치채지 못한 한국인들의 일상생활에 '일본'이 암세포처럼 파고들어와 있는 모습이 장편 5편에는 구석구석까지 그려져 있다. 이러한 이상한 상황과 갑갑함을 독자가 알아챘다고 한다면, 항시 식민지 지배하 조선의 총체적인 삶을 그려내려고 했던 염상섭의 창작 의도는 성공했다고 할 수 있으리라.

사실, 일본이나 일본인이 등장하거나, 혹은 한국인 유학생이 나오는

---

84) 김종균은 전게서, 『염상섭연구』에서, "작품에 깔려 있는 공포분위기와 위기에 쫓기는 자세"라고 표현하고 있다. (262쪽)

소설은 1910년 전후 상황을 배경으로 한 개화기소설에서도 볼 수 있다. 이재선은 이러한 소설은 3가지 특징을 지니고 있다고 한다.[85]

① 일본인은 모두 조선인의 보호자 혹은 휴머니스트로 등장한다.
② 일본(및 서양)은 혁신의 ＋(플러스)준거(準據), 즉 모방할 만한 가치기준 및 문명의 중심지로 예찬적으로 그려져 있다.
③ 문화 차용(借用) 및 현실 도피를 위한 조선인 유학생 및 서양여행자가 빈번하게 등장한다.

얼핏 보면, ②와 ③은 표면적으로는 염상섭의 장편 5편의 특징과도 비슷하며, ①도 정체불명의 일본인 유형과 대응하고 있는 것처럼 보인다. 하지만, 개화기소설에서는 작가 자신이 일본에 의거해서 한국의 근대 개혁을 생각하는 사상을 갖고 있었다는 점이 염상섭과는 다른 점이다. 개화기의 소설가들은 좋고 나쁨을 떠나서, 계몽적인 목적의식을 가진 이데올로기 유형의 작가였다. 이와 비교해 보면 염상섭은 가능한한, 냉정하고 객관적으로 상황을 응시하고 '있는 그대로'를 쓰려고 했던 작가였다는 차이가 존재한다.

그렇다면 동시대에 활동했던 다른 작가들의 경우는 어떠했을까. 염상섭 이외에도 리얼리즘을 추구했던 작가는 물론 있었지만, 식민지 조선을 그리면서 직설적으로 일본이나 일본인을 빈번하게 등장시키고, 곳곳에 일본어를 삽입한 작가는 매우 드물다. 식민지 지배 체제를 전체적으로 묘사하기 위해서는 '일본'을 배제할 수 없을 터인데, 실제작품은 이러한 전제를 저버리는 경우가 많다. 염상섭의 경우는 이번에

---

85) 이재선 「개화기소설의 문학사회학」이재선 외 『개화기문학론』,형설출판사, 1978, 수록, 29-42쪽. (필자가 요점을 재정리.)

다룬 장편 5편뿐만이 아니라 「만세전」(1924) 이후, 1936년 구 '만주'로 가기 전까지 창작한 작품을 보면 '일본'을 끊임없이 그리고 있는 것이 한 특징이다.

그런데 염상섭이 그리고 있는 주요 한국인 등장인물의 대부분은 상류층 가운데서 조금 낮은 그룹에 속하는 인물이나 혹은 중산층 가운데서는 조금 높은 그룹에 속하는 인물들로, 이른바 서민이 아니다. 그들은 서민들보다는 쉽게 일본에 왕래를 할 수 있고, 일본어를 능숙하게 구사하며, 동경의 유행이나 사상적 경향에도 민감하게 반응하는 인물들이다. 동경을 정점으로 하는 대일본제국의 한 지방인 조선을 그리려할 때, 이렇게 인물 설정을 한 것은 가장 큰 효과를 거둘 수 있다고 판단했기 때문으로 보인다. 왜냐하면 그러한 그들을 통해서 '일본'을 보다 더 선명하게 부상시킬 수 있었기 때문이다. 다만, 장편 5편은 물론 일본이나 일본적인 것 등을 그리는 것 자체가 목적은 아니었다. 특히 「삼대」는 몰락해 가는 서울 중산층 대가족의 3대에 걸친 주인공이라 할 수 있는 인물들이 집안일에 관여하는 자세와 언동이 중심적으로 그려지고 있으며, 「이심」이나 「광분」은 남녀간의 애증관계와 물욕에 얽힌 소동을 그리고 있는 통속소설로 보일 법하다. 하지만, 장편 5편 모두 그 기저를 관통하고 있는 '일본'을 분석하는 것으로, 식민지 조선 사회의 근원적인 모습을 염상섭이 문학적으로 얼마나 효과적으로 표현했는지를 파악할 수 있다. 그러므로 필자는 기존의 장편 5편에 대한 통설적인 관념을 우선 일소하는 데서 출발해야만 했다.

마지막으로, 「사랑과 죄」, 「이심」, 「삼대」에 대해 논한 김윤식의 선행론86)을 살펴보고 싶다. 염상섭이 재도일해서 깊게 이해한 일본근대

---

86) 김윤식: 전게서, 『염상섭연구』, 368-369쪽.

문학은 1926년 당시에 유행했던 메이지(明治), 다이쇼(大正) 문학으로, 그 주류는 자연주의였다. 그것에 영향을 받았기 때문에 위에 언급한 작품은 통속소설이 될 수밖에 없었다. 즉, 「사랑과 죄」등의 작품은 한국어로 창작되었지만, 일본근대문학이라는 제도적 장치로부터 탄생한 것이라고 김윤식 교수는 지적하고 있다. 이러한 비교문학적인 측면을 통한 고찰을 본고는 달성하지 못했다. 앞으로의 과제로 삼고 싶다.

제5장 1930년대 중반 장편소설고

-1932~36년을 중심으로-

시작하며

  필자는 지금까지 염상섭의 장편소설을 중심으로 2편의 논고를 발표하였다.[1](본서 제 3, 4장 참조) 2편을 통해「너희들은 무엇을 얻었느냐」(1923~24)부터,「진주는 주엇으나」[2](25~26), 「사랑과 죄」(27~28), 「二心」(28~29), 「광분(狂奔)」(29~30), 「삼대」(31), 「무화과」(31~32) 까지에 이르는 총 7편의 작품에 대해서 어느 정도 검토를 할 수 있었다. 이번 장에서는 이 작품에 이어서 「백구(白鳩)」(32~33), 「모란꽃 필 때」(34), 「불연속선」(36) 등을 다루는 것으로, 1945년 이전에 발표된 염상섭의 장편소설[3] 거의 전부를 어느 정도 개관해 볼 수 있을 것이라

---

1) 시라카와 유타카(白川豊)「염상섭 장편소설에 보이는 일본-1930년 전후의 작품을 중심으로(廉想涉の長編小説に見える日本-1930年前後の作品を中心に-)」(『근대조선문학에 있어 일본과의 관련양상(近代朝鮮文学における日本との関連様相)』수록, 綠蔭書房製作, 1998.1.)와 「1920년대 염상섭 소설과 일본-재도일 전후의 4편을 중심으로-(1920年代廉想涉小説と日本-再渡日前後の4篇を中心に-)」(『조선근대문학자와 일본(朝鮮近代文學者と日本)』수록, 과학연구성과보고서, 사나에 제작, 2002.2.)

2) 이번 장에서는 이하, 편의를 위해 한글을 현대어로 바꾸었으며, 연대 서력표기는 마지막 2자리만 표기했다.

고 생각한다. 이번 장에서 다루는 작품의 범위는, 위와 같이 필자의 개인적인 연구계획에 따른 사정도 있거니와, 대부분의 선행연구에서 「백구」이하의 장편을, 통속적인 경향이 더해졌다고 해서 「무화과」이전의 작품과 구별하는 경향이 보이는 점에 대해서도 재고하기로 했다.

그런데, 염상섭 자신이 해방 직후, 경향신문사 편집국장에 발령(1946.9)됐을 당시에 작성했다고 하는 자필 이력서를 보면, 이 시기를 다음과 같이 썼다(대체적인 의미).

> 1931년 7월 (조선일보사: 필자 주)를 그만둔 이래 각 방면 문필활동
> 에 종사
> 1936년 3월[4] 만선일보사(滿鮮日報社) 편집국장에 초빙

이 이력서에는, 중앙일보사 편집국 차장 겸 사회부장(1932.11~33.2?)과, 1935~36년 매일신보사 입사와 정치부장이었던 경력이 생략되어 있다. 실제, 1931년 7월~32년 10월까지와, 33년 7월~12월 사이는 실제 경력 상에서도 이 부분은 비어있다. 그 가운데 전자에 해당하는 시기는 「무화과」를 연재(31.11.13~32.11.12)했던 것으로 설명이 되는데, 후자에 해당하는 시기는 「백구」연재 종료(33.6.13) 직후로, 집필활동을 했던 아무런 흔적이 없다. 그래서 이 시기에 『만몽일보』[5]와 관련된 임무를 안고 '만주'에 갔던 것은 아닌가 하는 추측도 이뤄지고 있다.[6]

---

3) 1942년 『만선일보(滿鮮日報)』에 게재한 「개동(開東)」이라는 작품이 있다고 하는데, 아직까지 그 실상은 불투명하다.
4) 이력서에는 이렇게 나와 있지만, 실제로 '만주'에 부임한 것은 다음 해인 1937년으로 보인다.
5) 1933년 9월 창간. 37년 10월에 『만선일보』로 개제.

1931~36년에 걸쳐서 수년간 염상섭은 한편으로는 신문사 간부 업무를 하면서, 정력적으로 '문필생활'에 종사하였고, 이번 장에서 다루는 장편 3편을 중심으로, '미완'인 채로 끝난 장편 2편 외에, 단편소설 2편을 쓰고 있다.

여기서 1931~37년 사이의 시대배경을 개관해 두겠다.

1931년 6월: 우가키 가즈시게(宇垣一成), 조선 총독으로 취임.
　　　　 7월: 만보산(萬寶山)사건,
　　　　 9월: '만주사변' 발발

1932년 3월: '만주국' 건국선언, 4월: 상해에서 윤봉길 폭탄사건
　　　　 5월: 5·15사건[7]

1933년 3월: 농촌 진흥운동 시작, 일본 국제연맹탈퇴,
　　　　 6월: 일본공산당 간부들의 전향

1934년 2월: KAPF 동맹원 제2차 대검거,
　　　　 3월: '만주국' 제정(帝政)으로.

1935년 5월: KAPF해산. 9월: 아쿠타가와상(芥川賞) 제정,
　　　　 10월: 중국 홍군(紅軍)의 대장정(大長征) 시작

1936년 2월: 2·26사건[8], 8월: 미나미 지로(南次郎) 조선 총독 부임.

---

6) 신영덕(1987), 59쪽.
7) 1932년 5월 15일 해군 청년 장교들이 수상 관저 등을 습격하여 이누카이 쓰요시(犬養毅) 수상을 암살한 사건.
8) 일본에서 1936년 2월 26일 미명에 황도파(皇道派) 청년장교 22명이 하사관, 병 1400여명을 이끌고 일으킨 쿠데타 사건.

같은 달: 손기정 베를린 올림픽 마라톤 우승: 일장기 말소사건

1937년 7월: 중일전쟁 발발

이 시기 염상섭의 창작활동을 검토해 보는 것은, 1937년 이후 45년까지 '만주' 시절에는 거의 절필을 하고 있었던 만큼, 해방 전후 염상섭 문학의 전체상을 통일적으로 파악하기 위해서는 상당히 중요한 위치를 점한다고 생각하는데, 지금까지 연구에서는 의외로 활발하게 검토되지 않았다고 할 수 있다. 「백구」이하 장편 3편을 중심으로 한 1932~36년에 걸친 작품의 주요 연구는 다음과 같다.

A. 단행본 일부에서 논하고 있는 경우
- 김종균(1974): 『염상섭연구』, 고려대학교출판부
- 유병석(1985): 『염상섭 전반기 소설 연구』, 아세아문화사
- 김윤식(1987): 『염상섭연구』, 서울대학교출판부
- 김경수(1999): 『염상섭 장편소설 연구』, 일조각
- 이보영(2001): 『난세의 문학－염상섭론』, 예림기획9)
- 김용희(2005): 『근대 소설의 도시 공간』, 한신대학교출판부

B. 주요논문
- 김승환(1983): 『염상섭 소설에 나타난 가족중심의 인간상 攷』, 서울대 석사논문
- 이동하(1987): 『염상섭의 1930년대 중반기 장편소설』, 권영민편 『염상섭 문학연구』수록, 민음사
- 신영덕(1987): 『1920~30년대 염상섭 소설 연구』, 서울대 석사논문

---

9) 본서는 에초에 예지각(叡智閣, 1991)에서 간행된 책의 '수정 재판본'인데, 오식이나 오독 부분 등을 개고했다(머리말)고 나오므로, 본고에서는 2001년판을 참고했다.

- 김일영(1989):「개인의 사회화 공간으로서의 일본-「모란꽃 필 때」 이해의 한 방법-」,『문학과 언어』10, 1989.7.
- 김종환(1990):「염상섭의 장편소설 2편 연구;「백구」와 「모란꽃 필 때」를 중심으로」, 『삼사논문집(三士論文集)』30, 1990.5.
- 최혜실(1992):「염상섭 장편소설에 나타난 통속성 연구」,『국어국문학』108, 1992.12.
- 김승환(1997):「염상섭의 「불연속선」에 대하여」,『불연속선』수록, 프레스21 (「불연속선」작품해설)

이상으로 알 수 있듯이, 1987년 『염상섭전집』(민음사, 전12권＋별권)이 간행된 시기를 전후로 해서, 일시적으로 어느 정도 활발하게 연구 성과가 발표된 이후로는, 산발적인 연구가 행해졌을 뿐 90년대 이후 연구는 오히려 정체된 느낌이 없지 않다. 예를 들자면, 이선영『한국문학논저유형별총목록Ⅵ』(1991～1999)(한국문학사, 2001년)을 검토해 보아도, 30년대 중반 염상섭의 소설론에 관한 논저는 전혀 없다. 또한, 97년에 염상섭 탄생 백주년을 기념해서 다음해 98년에『염상섭문학의 재조명』(새미),『염상섭문학의 재인식』(깊은샘) 이렇게 2권의 연구서가 간행되었는데, 그 안에도 이번 장에서 다루는 작품들에 관한 논문은 찾아볼 수 없다. 더욱이 한국 교육학술 정보원이 제공하는 최신 검색 사이트(RISS)를 찾아보아도, 결과는 동일하다. 어째서 이 시기 작품에 대한 연구가 부진한가에 대해서 이동하는 다음과 같은 2가지 원인을 들고 있다.

즉, 첫 번째로는 작품의 대부분이 단행본으로 출간되지 않아서, 1차 자료(원문)에 접해야 하는데 그것이 어렵다는 점, 두 번째로는 이 시기에 나온 염상섭 작품이 '통속성'이 농후해서, 연구자들의 관심을 끌지

못했다는 것이 그 두 가지 원인이다.[10]

하지만, 이 지적도 이미 1987년의 것으로, 이 해에 간행된 『염상섭 전집』에는 「백구」(전집 제5권)와 「모란꽃 필 때」(전집 제6권)가 수록 돼 있다. 더욱이 1997년에는 「불연속선」도 출판됐기 때문에, 기본적으로 첫 번째 애로사항은 해소됐다고 할 수 있겠다. 그렇다고 한다면, 위에서 살펴본 연구가 부진한 원인은 후자인 '통속성'이라는 문제가 작용하고 있을 가능성이 높다 하겠다.

이번 장에서는 이러한 상황을 조금이라도 타개하고자 「백구」, 「모란꽃 필 때」, 「불연속선」3편을 중심으로 개별적인 분석을 통해, 주제의 특징, '통속성' 문제, 그 이전 작품과의 대비, 등장인물의 계층, 작품과 작자에게 있어서의 동경이 갖는 의미, 더 나아가서는 작가 염상섭의 특징적인 사고방식에 대해서도 고찰해 보겠다.

제1절 장편 「백구」(白鳩: 1932~33년)

(1) 작품 서지와 등장인물 및 스토리

이 작품은 정간을 당한 후 재 간행을 시작한지 얼마 되지 않은 『중앙일보』에 32년 10월 31일부터 다음해 33년 6월 13일까지 총 189회에 걸쳐 연재되었다.[11]

---

10) 이동하(1987), 157-158쪽.

11) 연재 초회가 11월 1일이라고도 하는데, 이 신문의 마이크로필름에 결본이 있어서, 확인하지 못했다. 참고로, 이 신문은 33년 3월 7일 이후, 『조선중앙일보』로 신문명이 바뀐다. 본고에서는 『염상섭전집5 백구』민음사, 1987년판을 텍스트로 했다.(이하, 이 단행본을 『백구』로 표기하겠다.)

총 15장으로 구성된 이 장편은 1932년[12] 이른 봄부터 다음해 33년 여름 무렵의 서울을 그 배경으로 하고 있다. 주요 등장인물을 나열해 보면 다음과 같다.

- 원랑(19세): 1914년에 태어나 만 18세.[13] '소학교'를 졸업했으며 '동양미인'으로 통한다. 4년 전에 부친을 여의고, 숙모의 집에서 백화점(양잡화부[洋雜貨部])에 다닌다. 영식에게 호감을 갖고 있다.

- 박영식(24세): ××보통학교 교사(훈도)로 미남자이다. 원랑과 결혼할 생각으로 있었다. 여동생 은희는 혜숙과 소꿉친구이다.

- 이형식(40세): 1893년 생. 금광과 관련된 일로 실패한 것으로 보이며, 현재는 은행에서 과장으로 근무한다. 원랑과 결혼을 한다.

- 김춘홍(27세): '소학교'를 졸업했으며 기생이 생업이다. 3년 전에 형식의 첩이 돼서, 춘자라는 이름으로 불렀다.

- 조종호: 원랑의 사촌으로 영식과는 친우관계이며, 혜숙의 오빠다. '중학교'를 졸업한 후에, 일본 잡지사에서 편집 일을 하고 있다.

- 조혜숙(20세): 원랑과는 사촌 사이이다. 여학교 졸업 후에 백화점에서 근무하고 있는 모던걸이다.

- 유경호: 부호의 막내아들로 난봉꾼이다. 실은 '주의자'인 것 같은데,

---

12) 32년 '만주국' 건국이나, 5·15 사건에 관한 라디오 뉴스 이야기가 삽입되어 있다.
13) 이하, 각 인물들의 나이는 세는 나이라고 생각된다.

자칭 '활동사진 배우'로 극단을 경영하고 있다. 혜숙과는 깊은 관계이다.

● 김경애: 영식에게 호의를 갖고 있는 동료 교사인데, '주의자'와 한패로 보인다.

이상 「백구」의 등장인물을 정리해 보았는데, 다음으로 상당히 복잡하지만 작품의 줄거리를 개관해 보도록 하겠다.

음력 2월 19일, 원랑의 어머니는 신랑감으로 소개를 받은 형식과의 혼담을 억지로 성사시키려고 한다. 원랑은 애인인 영식을 찾아가서, 동경으로 도망칠 것을 의논하지만, 그는 교육자인 것도 있고, 월급으로 가족을 부양해야 하기에 그렇게 할 수 없다며, 미적지근한 태도를 보인다. 조종호가 설득을 해보지만, 영식의 태도는 변하지 않는 바람에, 원랑은 울며 겨자 먹기로 형식과의 결혼을 승낙하게 된다.

결혼식이 있던 날, 영식은 역시나 복잡한 심정이 들었다. 신랑인 형식은 본처와는 별거 중이었지만 실은 이혼하지 않았기 때문에, 원랑은 첩이 된 것이나 매한가지였다. 영식은 자신의 태도에 책임이 크다는 사실은 모른 체하고, 원랑이 "자식 낫는 긔계로서만 결혼"[14]한 것을 이해할 수 없다는 생각이었다. 영식의 여동생인 은희는 구식 여자라고 원랑을 비판한다. 한편, 혜숙은 돈도 있고 마음도 맞는다면 썩 괜찮은 이야기라고 말하고, 도리어 체면과 자기 자리에 연연해서 애인을 버린 영식을 비난한다. 그날 밤, 영식의 어머니는 아들에게 혜숙을 염두에 두고 얼른 결혼하라고 독촉하지만, 영식은 결혼보다는 동경에 가서 공

---

14) 『백구』, 116쪽.

부하고 싶다고 말한다.

결혼식으로부터 한 달, 영식은 혜숙이 불러서 창경원에 꽃놀이를 간다. 혜숙이 전하는 소문에 따르면 원랑은 결혼 초야부터 앓아누워서 여전히 처녀라는 것이다. 그러는 사이 영식은 우연히 원랑 부부와 만나게 된다. 남편인 형식이 피로연 대신에 자리를 함께 하자고 억지로 권하는 통에 네 사람은 일본 요리집으로 간다. 그것으로 형식이 난봉꾼임을 확연하게 알게 된다. 영식과 원랑은 결혼식 후에 처음으로 말을 주고받게 되는데, 그 다음날 영식 앞으로 원랑이 보낸 편지가 도착한다. 결혼이란 무엇인가요? 사내는 어째서 돈으로 여자를 사려고 하는 것인지요. 하지만 저는 몸을 팔지 않았기에 이렇게 살아 있습니다,15) 라고 하는 내용으로, 이것을 본 영식은 동요하게 된다. 하지만 그는 여름방학까지 학교를 그만두고 동경에 갈 것인가, 경성제대 선과에라도 들어갈 것인지 막연하게 생각할 뿐이다.

형식과 원랑이 사는 집에 김춘홍이 들이 닥친다. 질투를 하고 있는 것이다. 원랑은 부끄러운 마음에 이사를 가고 싶어진다. 그 무렵 영식은 자신의 교양주의를 과시하려는 것인지 『자본론』제1권 등을 사서 책방을 나오다 혜숙과 그 애인인 경호와 마주친다. 경호는 영식을 억지로 춘홍이 사는 집으로 데려간다. 두 사람을 가까운 사이로 만들려는 것인지도 모른다.

그로부터 3일후, 경호가 신경통이 악화돼서 A병원에 입원한다. 영식이 병문안을 가자, 춘홍도 마침 와서 만나게 된다. 영식은 언제부터인가, 혜숙과 춘홍의 모습이 머릿속에서 떠나지 않는다. 사실 병문안은 보기 좋은 구실에 불과했고, 점차로 춘홍에게 끌렸던 것이다. 들떠있는

---

15) 상동, 158쪽.

영식을 종호와 은희는 나무라는데, 그는 경호와 춘홍이 동경에 갈 것 같다는 소식을 듣고는 마음이 편안하지 못했다. 그러한 와중에 종호가 여동생인 혜숙이 어제부터 행방불명이라고 말하며 뛰어 들어온다. 그녀는 놀랍게도 1500원이나 훔쳐서 동경으로 도망을 간 것이다. 종호에게는 커다란 사업을 하려고 하는데, 지금은 말할 수 없다는 내용의 편지가 온다. 그 편지를 받고 경호도 동경으로 간다. 상황을 살핀다고 했지만, 둘이서 미리 짜고 있는 것인지도 모른다. 영식은 경호에게 사건의 진상을 듣고는 고민한다. 극단경영에 돈이 든다고 하는 구실로 춘홍에게 돈을 졸라서 받아내라고 재촉하는 것이다.

시간은 흘러서 소서(小暑)에 접어들고 있다. 영식은 춘홍에 대한 생각을 접을 수 없다. 그러한 허점을 틈타서 동료인 경애가 춘홍에게서 100원을 내주게 해달라고 재촉해 온다. 가까스로 그 돈을 건네주자 이번에는 형식이 금을 밀수출하고 있다는 소문이 있으니, 그에게서도 돈을 졸라서 받아달라는 협박을 받는다. 경애가 경호나 혜숙 등과 한패라는 것을 알지만, 이미 너무 늦었다. 자포자기하는 심정으로 영식은 결국 춘홍의 집에 가서 묵고 말았다.

다음날, 집에 돌아온 영식은 다시 A병원에 끌려가게 된다. 그리고 이번에는 1만원을 원조하라는 말을 듣는다. "국제적인 일이요, 전 조선민족의 체면문제란 말씀요"16)라고 말한다. 하지만 그 목적은 일이 성공할 때까지 말할 수 없다고 한다. 영식이 그것을 거부하자 연금(軟禁)당한다. 그들은 영식에게 학교에 휴가원을 쓰게 하고, 형식의 집에 가서 돈이 얼마나 있는지를 확인하고 오라고 말한다. 원랑과 만나지만, 그녀는 그러한 사정을 알지 못한다. 그날 밤에 집에 온 남편은 화를

---

16) 상동, 298쪽.

내지만, 결국 타협을 하고 금괴를 쥐어 돌려보낸다. 하지만 그것으로 일은 끝나지 않았다. 원랑 앞으로 그녀의 명의로 된 저금통장을 가지고 지정된 장소로 나오라는 협박장이 온다. 원랑은 종호와 상담을 한다. 3통째 협박장을 받고 어쩔 수 없이 지정된 장소로 나갔는데, 혜숙은 그녀를 중화요리집에 끌고 가서 연금한다. 그들은 원랑에게 '유서'를 쓰게 한 뒤에, 독이 든 맥주를 마시게 한다. 원랑이 정신이 들었을 때는 병원으로, 목숨을 구했지만 일어나지 못하는 상태가 된다.

그 사이 종호는 사건의 진상을 밝혀낸다. 남편 형식을 꾀어내기 위해서 원랑에게 죽게 됐다는 거짓말을 쓰게 한 뒤에, 형식이 그것에 정신이 빠져 있는 틈을 타서 금고를 열었던 것으로 보인다. 종호가 혜숙을 추궁하자, 5일 후 즈음에 깜짝 놀랄만한 이야기를 해 드리겠다는 말을 남기고 다시 도망친다. 하지만 며칠 후, 그녀는 체포된다.

원랑은 그 후, 누워있는 상태로 1년을 지낸다. 원랑은 종호에게 영식과 춘홍도 체포됐는지 궁금해서 묻는다. 하지만 그것이 걱정을 해서 묻는 것인지, 아니면 고소해서 그런 것인시, 그 표정을 봐서는 어떠한 의미인지를 알 수 없다.

(2) 작품 고찰과 선행 연구 비판

위에서 살펴본 대로 종잡을 수 없는 이야기인데, 곳곳에 보이는 시사(時事)적인 화제나 등장인물들의 사고방식에는 주목해 볼만한 요소가 많다. 하지만 전체적으로 통속소설적인 요소가 많은 것은 부정할 수 없다. 특히 후반부의 탐정소설을 연상시키는 이야기 전개는 놀라울 정도인데, 이러한 전개는 이미 「광분」등에서도 보여주고 있으며, '독약소동'이라는 소재도 「이심」이나 「삼대」에 나왔던 것으로, 이 작품만의 특징이라고는 할 수 없다. 「백구」라고 하는 제목은 "이상과 희망, 그리고 자유와 평화를 갈구하면서 붙였다"[17]고 하는데, 내용을 보는 한, 밝은 이야기가 아닌 것만은 확실하다.

이 소설의 구조는, 전반부에서 영식과 원랑, 그리고 춘홍 등을 둘러싼 애욕과 결혼소동이, 후반부에서는 영식과 원랑 등이 말려든 '(사회)주의자'들의 협박과 감금이라고 하는 두 가지 부분으로 나눠진다. 전반부는 영식의 애매한 태도 때문인지 연애 이야기도 큰 진전을 보여주지 못한다. 원랑은 집을 나와서라도 영식과 결혼하고 싶다고 행동으로 보여주는 것에 비해, 영식은 원랑이 그럴 때마다 달래거나, 교사로서의 체면을 끄집어내서 결단을 하지 못한다. 사실 그는 원랑과의 결혼보다는, 동경에 가거나 경성제대 선과에라도 들어가려는 생각이 앞서고 있다. 다만 육체적인 욕망에서 혜숙이나 춘홍에게도 눈길이 쏠리는 어찌할 수 없는 교사이다. 다만 인텔리 나부랭이로 '유행사상'에는 관심을 가지고 있다. 그는 일한서방(日韓書房)[18]에서 『경제원론』이나 『자본론』을 사는데, 이것도 악세사리에 불과한 것이다. 다음의 인용은 이러한 그의 경향을 잘 보여준다.

> 영식이는 장래 동경에 가서 정경과 가튼 것을 전공한다드라도 학자가 된다거나 붉은 물이들어 보라는 것은 생념도 아니 하는 것이다. 다만 현재의 지위에서 좀더 세속적 성공을노리는 것 뿐이다.[19]

요컨대, 영식에게 '동경'도 '사상'도, 생활 향상을 위한 수단이었던

---

17) 염상섭 「작자의 말」『중앙일보』1932.10.30.(?) ※ 원 자료를 확인하지 못했으므로, 김종균(1974), 172쪽 재인용.
18) 『백구』, 176쪽.
19) 상동, 179쪽.

것이다. 게다가 그는 희망을 실현하기 위해서 노력하고 있지도 않기 때문에, 그저 꿈을 말하고 있음에 지나지 않는다. 이 장편은 이러한 영식을 주인공으로 삼는 것으로 소설의 성격이 결정되고 있다고 봐도 무방하다. 그가 우유부단하기 때문에 연애도 성립하지 않으며, 협박을 당해도 의연한 태도를 취하지 못한다. 이러한 이 두 요소가 원랑의 불행을 불러오는 이야기 구조이다. 게다가 신문 연재소설이기 때문에, 홍미 본위의 스토리가 전개되고 있으며 기상천외한 전개를 구사하고 있는 것도 사실이다. 하지만, 이렇게 어디에나 있을 법한 우유부단한 사내를 수미일관해서 묘사하면서 그 나름의 리얼리티를 확보하고 있음은 주목해 보아야 할 부분이다. 염상섭의 장편에 등장하는 남자 주인공은 「삼대」의 조덕기나, 「무화과」의 이원영처럼, 다소 우유부단하지만, 영식보다는 인텔리 계층에 속하거나, 중류상층 출신인 경우가 많다. 그런데 「백구」에서 영식은 교사이기는 하지만 인텔리로서는 질이 낮고, 경제적으로도 오히려 중하층에 속해 있는, 이른바 소시민적인 인물이라 하겠다. 시대배경인 32년경에는 영식과 같은 조금 교양이 있는 중하층 인물에게 있어, '동경'이나 '경제사상'은 동경(憧憬)의 대상으로 비춰지고 있었던 현상을 묘사하고 있다고 할 수 있겠다. 특히 일본 동경에 쏟아지는 시선에는 뜨거운 것이 느껴진다.

　영식이가 동경에 류학이나 갓으면 하는 생각이 불시에 난 것은, 이 서울을 떠나 버리고 십허서 그런 것이다. 가정이 잇는 이 서울이―고향이, 잇기에 괴로운 증이 나날히 느러가는 것이다.[20]

즉, 유학 그 자체보다도 탈출을 하고 싶다는 염원이 담겨 있음을 알

---

20) 상동, 44쪽.

수 있다. 이러한 염원은 영식만이 가지고 있는 것이 아니다. 종호도 원래는 소설가가 되고 싶었는데, 우선은 조선에 있는 잡지사에서 일하고 있는 사내로, 꿈은 "일본문 소설을 써서, 동경문단에 비약할 날이 올 것을 꿈꾸고 잇는 것이다"21)라고 나와 있다.

염상섭이 이 부분을 쓰던 32년 가을의 반년 전인 4월에는 장혁주가 일본어 단편소설 「아귀도(餓鬼道)」로 『개조(改造)』지 현상소설에 입상하고 있는 것을 보면, 당시의 상황을 잘 반영하고 있다고 하겠다. '동경'은 더 나아가, '주의자'들이 왕래하는 한 거점으로도 그려져 있다. 이러한 '동경'의 다채로운 묘사 방식은, 「사랑과 죄」이후 염상섭의 1920년 후반 장편에도 이미 채용되고 있다.22)

이처럼 일본의 동향에 관심을 표하면서도, 동경행의 실현을 향해 행동을 하지 않는 영식이지만, 일본의 A신문(조선판)을 읽고 있던 그는 퍼뜩 일본인 중심의 보통학교 훈도들의 '비밀결사'(자유교육연구회) 사건의 상고 기각이라는 표제어를 발견하고, 몇 사람이 모여서 책을 읽는 것으로 징역을 2년이나 선고 받는 것은 심하다는 생각을 하기도 했다.23) 하지만 이러한 것은 소설 전체로 놓고 보면 일부분에 양념 정도로 삽입한 에피소드에 지나지 않는다. 이 작품에 등장하는 '주의자' 관련의 인물들도, 사회의 동향에는 무딘 반응 밖에는 표명하지 않는다. 라디오를 켜고 '만주, 세계의 승인물(承認物)'이라는 보도를 접할 때도, 혜숙은 "에그 싯그러워...."라고 말한다.24) 또한, '북만토비토벌(北滿土匪討伐)'의 전황보도도, 더 나아가 5 · 15사건 이후의 보도에도, 경호

---

21) 상동, 37쪽.
22) 전게(주1) 시라카와 유타카(1998) 참조.
23) 『백구』, 205쪽.
24) 상동, 223쪽.

는 "제一길할 밧게선 북적대는데 우리만 방 속에 들어안진 셈이다아!"
라고 탄식을 한다.[25] 사회 정세에 둔감한 채로, 돈을 강탈할 생각만으
로 가득한 그들이므로, 「삼대」나 「무화과」에 나오는 사회주의자들과는
달리, 그저 사회주의의 탈을 쓴 갱단이 아닌가 하는 지적[26]도 나온다.

이러한 점으로 미루어 김종균(1974) 이래 「삼대」「무화과」「백구」를
3부작이라고 하는 주장은 역시 무리가 있음을 알 수 있다. 이보영은
일찍이 「삼대」「무화과」에는 사회주의자에게 동정적인 지지자들의 재
정적 지원을 받은 항일지하운동에 관한 주제가 보였다 안 보였다 하지
만, 「백구」에는 그것이 보이지 않는다고 하며 삼부작설을 부정하고 있
다.[27] 또한, 이보영은 「백구」의 단점으로, 이 작품에서 중요한 것이 애
정문제인지 국제적 음모와 관련된 사건인지를 잘 알 수 없는 점이라고
하고 있는데,[28] 실로 그 점이 이 소설의 전반부와 후반부의 통일되지
않은 구조와 관련된다. 게다가 이 두 가지 요소가 참으로 이 소설의
주안점인지 하는 의심도 생긴다.

「백구」에서는 '돈'과 '애정' 관계를 주목하였고[29], 또한 '금욕'과
'성욕'의 상호관련이라는 같은 모티브가 염상섭의 다른 작품과 동일하
게 상투적으로 등장하고 있다는 지적[30]도 있다. 하지만 전술한 것처럼,
이 소설에서는 연애자체는 별다른 전개를 보이지 않는다. 오히려 남녀
의 '애욕'을 그리고 있으며, 이것이 '금욕'과 합쳐진 것과 같은 인물은
주인공이 아니라 형식이라 할 수 있다. '금욕'도 '성욕'도 채우지 못하

---

25) 상동, 224쪽.

26) 류문선 「이상과 희망, 자유와 평화 그리고 현실대응」 『백구』(해설), 376쪽.

27) 이보영(2001), 516쪽.

28) 상게서, 517쪽.

29) 전게(주26) 류문선(해설), 371쪽.

30) 최혜실(1992), 214쪽.

고, '돈'과 '연애'를 꿈꿀 뿐인 인물이 영식이며, '연애'만을 희구한 것이 원랑이라 할 수 있다. 그리고 이 두 사람의 소원은 매사마다 틀어지고 마는 내용이다. 그러므로 이 작품은 단순한 연애소설이 아니고, 1932년 당시 식민지 서울에 우글대는 소시민 군상을 통속적으로 그린 작품이라고 하는 것이 타당한 견해가 아니겠는가. 그러한 것을 통해 볼 때,「백구」에 일상적인 인물들의 삶을 통해 타락한 현실의 모습이 나타나 있는 한편으로 이념적인 인물들이 일으킨 사건이 전개되고 있다고 하는 신영덕의 해석[31]은 수긍이 가는 부분이 있다. 신영덕은 더욱이 이 작품에서 결말을 급작스럽게 끝맺는 이면에는, 염상섭이 33년 6월『만몽일보』창간준비로 '만주'에 가지 않으면 안 되는 사정이 생겼기 때문이 아닌가 하는 추정을 하고 있다.[32] 이것은 경청해 봄직한 의견이라 하겠다.

「백구」는 이처럼, 구성면에서는 적지 않은 난점이 있는 작품이지만, 신문연재를 읽고 있는 독자들의 '눈'을 통해서 보자면, 파란만장한 삶을 그리고 있는 흥미로운 소설이라 할 수 있는 요소로 가득하다. 염상섭은 독특한 소설관을 통해, 대중소설→통속소설→본격(예술)소설이라고 하는 3단계를 설정하고, 당시 독자대중의 수준을 고려해서 '통속소설'을 쓴 것이라고 한다.[33] 그런 만큼 염상섭의 이 시기 소설이 통속소설이라는 그 자체를 비판한다고 해도 그다지 큰 의미가 없다고 할 수 있다. 또한, 우유부단하고 통상적인 사람보다 아래에 있는 영식을 주인공으로 하고 있기 때문에 작품이 실패했다[34]고 한다던가, 영식과

---

31) 신영덕(1987), 62쪽.
32) 상동, 67쪽.
33) 김경수(1999), 144쪽.
34) 김종환(1990), 43쪽.

같은 비윤리적인 인물은 인물 설정에 문제가 있다[35]고 하는 식의 윤리적인 기준을 통해 작품을 재단하는 것은 수긍하기 힘든 점이 있다. 좋든 싫든 이 장편소설은 욕심에 눈이 먼 평범한 소시민(영식이나 형식 등)의 삶과, 그들에게 노골적으로 개입하는 '주의자'를 표방하는 강탈자들의 모습을 전체적으로 과장된 필치로 그려낸 작품이라고 할 수 있으리라.

제2절 장편 「모란꽃 필 때」(牡丹꽃 필 때: 1934년)

(1) 작품서지와 등장인물 및 스토리

이 작품은 매일신보사에 입사한 염상섭이 『매일신보』지상에 1934년 2월 1일부터 7월 8일까지 153회에 걸쳐 연재한 장편이다.

전24장으로 구성된 이 장편은, 후반에 나오는 '동경의 반년'(제14장) 이하 11장 분량의 무대가 동경이다. 1933년 3월에 시작되는 이 이야기는 다음해 34년 10월 상순까지를 대상으로 삼고 있다.[36] 주요 등장인물은 다음과 같다.

● 박신성(19세): '여학교' 4년을 졸업하고, 동경의 여자 고등사범학교
　　　　　　　가정과에 입학한다. 아버지는 종로에서 정미소와 포목점을 경

---

35) 상동, 47쪽.

36) 연재는 7월까지이므로, 연재 때보다 뒤의 것까지 언급하고 있는 것이 된다. 「백구」에서도 같은 현상이 보이는데, 이 경우에는 '후일담'에서 약간 언급되는 것에 비해, 「모란꽃 필 때」(이하,「모란」으로 약칭)의 경우는 통상 스토리 전개가 미래까지 미치고 있는 점이 특이하다.

영하고 있는데, 몰락하고 있다.문자의 라이벌로 미인이다.

● 김진호: 동경으로 유학을 다녀온 수년간의 경력이 있으며, 다소 알려
    진 청년 화가이다.동경에 있을 때부터 영식의 친구였다. 신성
    을 사모하고 있다.

● 김문자(20세): 진호의 이복여동생. 아버지는 본래 도지사(통칭: 대감)
    이었다. 어머니는 동경에서 태어난 일본인 첩이다. '여학교'
    이후로 신성의 라이벌로 미인이다. 일본에서는 금정문자(金井
    文子) , 진문자(秦文子)를 구별해서 쓴다.

● 진영식: 동경에 있는 상과대학을 1년 전에 졸업했다. 아버지는 신성
    의 아버지 가게 점원으로 가세를 일으킨 무역상이다. 부인을
    여의고, 신성과의 약혼을 파기한 후 문자와 결혼하여, 동경에
    서 삼정(미쓰이＝三井) 계열의 상사에 취직한다.

● 이원석: 박신성의 사촌형이다. 진영식의 소꿉친구로, 중학교 동창생이
    다. 여유있는 집안의 자식으로 모던보이이다.

● 삼포수부(미우라 히데오＝三浦秀夫): 학습원을 졸업하였으며 상과대
    학은 영식과 동창이다.회사의 경영자이며, 아버지는 조선에서
    20여년간 은행장을 했으며, 문자의 아버지와는 친한 사이이
    다. 현재는 동경에 돌아가 있다.

● 방천추수(요시카와 슈수이＝芳川秋水, 50세 정도): 진호의 선배 화가
    로, 동경 무사시노(武蔵野)에 살고 있다.

연재를 하기 앞선 예고를 보면 "이번에는 이전과 다른수법(手法)으

로 새경지(境地)를 개척할 결심"37)이라고 소개하고 있으며, 염상섭 스스로가 "작자의 말"에서, "아모조록 자미잇고도 무엇이든지 머리에 남는것이 잇는 그러한 작품을 쓰겟다는 것만 약속하야 두랴한다"38)라고 선언하고 있다. 개요는 다음과 같다.

3월 상순, 경성(서울)에서 신성이 다니고 있는 "여학교"는 졸업 사은회 당일을 맞고 있었다. 신성은 늦봄에 핀 모란의 꽃봉오리 같았으며, 라이벌인 문자는 가을 밤 백국(白菊)같다는 식으로, 두 사람은 모든 면에서 비교되는 재원(才媛)이었다. 하지만 문자가 동경음악학교를 지망한 것에 비해, 신성의 일가는 몰락하여, 작은 집으로 이사를 갈 준비로 오늘도 황망했다.

신성은 영식과 약혼을 한 상태였지만, 진호가 편지를 몇 번이고 보내왔다. 그것을 우연하게 읽게 된 영식은 속이 뒤틀린다. 신성은 바로 변명하는 편지를 써서 보냈는데 그에게서는 답장이 오지 않았다. 원석에 따르면 영식이 본정(혼마치＝本町)에서 문자와 어머니 셋이서 걷고 있었다고 한다. 영식은 편지로 인해 심사가 뒤틀린 것도 있었지만, 몰락한 신성의 집안을 떠맡는 것을 부담스럽게 느낀 것도 있는데다, 최근 우연히 알게 된 문자의 매력이 빠져 있었다. 문자의 어머니도 영식의 집안이 경제적으로 안정돼 있다는 것을 알고 있었기 때문에 둘을 가깝게 지내도록 했다. 원석은 필사적으로 신성과 영식을 만나게 하지만, 영식은 한 달 후 아버지 회사에서 일을 하게 된 후에 식을 올리면 좋겠다고 마치 다른 사람 이야기를 하듯이 말을 하는 것이었다.

그 다음 날, 문자가 동경으로 출발했는데, 놀랍게도 영식이 부산에서 합류해서 함께 동경으로 간 것이 판명됐다. 문자의 어머니가 뒤에

---

37) 『매일신보』1934.1.31.
38) 상동.

서 움직인 것도 일조가 되었다. 그녀는 언젠가 딸을 의지해서 자신이 태어난 일본으로 돌아갈 생각이었던 것이다. 문자의 어머니도 상황을 보러간다는 구실로 동경으로 떠났다.

그로부터 3개월 후, 영식은 동경에서 취직 활동을 하고 있다. 한편, 그 무렵 신성의 집은 재차 압류를 당하고 있었다. 그로부터 다시 두 달이 지났지만, 가을바람이 불어도 영식으로부터는 아무런 연락이 없다. 진호가 전람회 출품에 관한 일로 동경으로 가서 상황을 보고 오겠노라고 했지만, 그 자신이 소용돌이에 휘말려 있는 장본인이라서 기대할 수 없었다. 하지만, 동경에서 진호가 원석에게 보낸 편지에는, 영식과 문자가 결혼할 것 같다는 내용이 담겨있었다. 문자는 일단 대감 집안이었으므로, 영식의 아버지도 벌어둔 돈을 귀족계급—유한계급39)에 대주고 싶은 것이리라 원석은 생각했다. 신성의 아버지에게 경위를 설명하자, 진호만 좋다면 결혼해도 좋다고 일단 말했지만, 직업이 화가라는 것을 듣자, 상인의 딸을 화가에게 줄 수는 없다40)고 화를 내고는, 그저 드러누워만 있게 되었다.

그 후 진호의 편지에 따르면, 문자는 이미 동거하고 있으며, 게다가 임신을 하고 있다고 한다. 신성은 원석을 통해 "고등사범을 마치면 아닌게 아니라 소학교 훈도쯤에다 대겠읍니까"41)라고 아버지를 설득하게 해서, 문자가 서울에서 거식을 하기 전에 동경으로 떠난다. 한편, 영식과 문자 그리고 문자의 어머니도 결혼식이 끝나자 다시 동경으로 돌아간다.

---

39) 『염상섭전집6 모란꽃 필 때』민음사, 1987년 판, 152쪽. (이하, 이 단행본을 『모란』으로 약기하겠다.)
40) 상동, 155쪽.
41) 상동, 166쪽.

신성은 3, 4개월 동안 동경에서 고생을 하면서도 즐거웠다. 다행히, 오차노미즈(御茶の水)의 여자고등사범에 합격한 그녀는 문자를 의식하면서, 4년간 이를 악물고 노력하자는 결심을 한다. 학교에서 신지식을 배우는 것은 즐거웠지만, 결국 입학 1개월여 만에 '아버지, 위독"이라는 전보를 받고, 반 년만에 귀국하게 된다. 아버지의 죽음을 지켜본 신성은 가지 말라는 어머니를 뿌리치고 다시 동경으로 간다.

신성은 2학기에 필요한 돈을 위해, 여름방학에 '파출부'라도 하자고 생각하는데, 일본어는 그렇게 서툴지는 않았지만, 조선인이라서 사람들이 싫어하지는 않을까 염려한다. 마침 그 때, 원석이 보낸 편지에서 방천추수(芳川秋水)를 소개받는다. 직접 가보자, 놀랍게도 그림 모델로 다니고 있는 문자와 우연히 만나게 된다. 또한 삼포(三浦) 청년도 소개받는다. 그리고 삼포의 아버지와 조선인 기생 첩 사이에 태어난 딸인 요시코(吉子)의 가정교사를 해줄 것을 부탁받게 돼서 그 집안에 살게 되었다. 삼포의 어머니는 조선어는 절대로 사용하지 말라는 주문을 하기도 했지만, 신성은 차츰차츰 그 딸을 비롯한 집안사람들과도 허물없이 사귀게 되었다. 주위에서 권하게 돼서 태어나 처음으로 와후쿠(和服: 일본 전통 옷=필자주)도 입어보게 되었다. 피서를 하고 돌아온 문자는 그러한 신성을 보고는 유쾌하지는 않은 모양이었다. 삼포가 신성을 의식하고 있는 것도 싫었다. 신성은 영식과노 1년 만에 재회하지만, 그는 은근하게 인사를 할 뿐이었다.

8월도 반이 지나고, 신성이 3학기에는 학자금을 대여받고 이 집을 나갈 생각으로 맹렬하게 공부를 하고 있는 차에, 추수(秋水) 화백이 초상화 모델이 돼 달라고 한다. 그는 문자를 아메리카니즘(Americanism)적인 여성으로 그렸는데, 신성에게는 조선옷을 입혀서 오리엔탈리즘(Orientalism)적인 여성으로 표현하고 싶다고 말한다.

그림은 9월 중에 완성돼서, 신성과 문자를 그린 2장의 그림이 출품 되는데 진호의 그림이 특선으로 뽑히게 되고, 동경에 온 진호와 신성 은 재회한다. 9월 15일, 전람회 초대 날에 문자의 그림은 500엔, 신성 의 그림에는 600엔, 진호가 신성을 상상하며 그린 것 같은 나체화 〈봄 (春)〉에도 600엔의 가격이 매겨진다. 전람회를 보러 온 문자와 영식은 기분이 상한다.

그 후, 문자가 제멋대로 구는 것은 더욱 더 지독해 진다. 그녀는 서 양인과도 사귀기 시작해서, 지금은 남편과는 다른 방을 사용하고 있다. 영식은 불쾌한 나머지 신성이 모델로 나선 초상화 〈소녀〉를 살 예약을 하고, 발작적으로 회사에도 사직원을 낸다. 아직 반년도 채 되지 않았 지만 그는 동경을 떠날 결심을 한다.

한편, 신성은 동경에서 진호와 데이트를 하는 사이가 된다. 진호는 2, 3년간 프랑스로 유학을 갈 생각이라고 말하고, 신성에게는 "여자교 육가로 대성(大成)하서야죠"42)라고 용기를 북돋는다.

시기는 어느새 9월 상순으로 접어들고 있었다. 때마침 원석이 상공 업 시찰단의 일원으로 동경에 왔다. 원석은 신성과 진호 사이를 헤아 리고 결혼을 재촉하고, 둘의 장래에 대해 조언을 했다. 신성은 졸업까 지 그 때부터 3년간을 견디고, 진호도 동경에서 잡지 삽화라도 그려서 저축을 한 후에 프랑스에 가는 것이 좋겠다고 하는 것이었다. 그러한 차에 행방불명이던 영식에게서 속달이 도착한다. 초상화 〈소녀〉는 진 호에게 기증한다, 라는 것뿐이다. 결국 두 사람의 결혼을 축복한다는 의미일 것이라고 원석이 말하자, 둘은 고개를 끄덕였다.

---

42) 상동, 305쪽.

(2) 작품 고찰과 선행 연구 비판

우선 눈에 띄는 것이「백구」와 마찬가지로 남자 주인공 이름에 영식이라는 이름이 붙여진 것이다. 게다가 역시 우유부단한 성격이 부여되어 있다. 그렇지만 「백구」에서는 원랑을 두 남자가 둘러싸고 있는 가운데 영식이 가장 중요한 존재였던 것에 비해서,「모란꽃 필 때」(약칭,「모란」)에서는 영식을 두 여자가 둘러싸고 있는 가운데 영식의 존재는 희미하며, 신성을 중심으로 문자가 대조적으로 그려져 있다는 차이를 보이고 있다. 게다가 「모란」이전의 장편에서는 반드시라고 해도 좋을 정도로 등장하고 있던 사회주의자로 여겨지는 인물이 모습을 감추고, 그 대신에 일본인 몇 명이 등장한다. 일본인이 나오는 장편은 이미 「사랑과 죄」「이심」「광분」「무화과」등의 전례가 있지만, 그 대부분은 재조(在朝) 일본인이었다. 「모란」에서는 소설 후반부의 무대 자체가 동경이며, 동경에서 사는 일본인이 그려져 있는 점이 이채를 발하고 있다. 독자층이라는 점을 고려해 보면, 대부분의 독자들이 가본 적이 없는 동경의 생활 모습이, 동경(憧憬)하는 마음과 함께 신선하게 비쳤을 것으로 보인다. 그 점에 관해서 유종호는, 특히 1930년대 신여성들에게 일본유학과 이상적인 남성과의 연애결혼이 행복과 자기실현을 향한 최상의 형태였다고 하고 있으며,[43] 독자들이 바라는 환상생활, 즉 꿈꾸는 삶을 소설 가운데서 볼 수 있게 되었다고 하고 있다. 체일 경험이 길었던 염상섭 특유의 필치로 리얼한 동경의 모습을 추체험할 수 있었다는 것이, 염상섭이 말하는 "자미잇고도 무엇이든지 머리에 남는" 작품으로 쓰고 싶다고 한 증거라고 할 수 있겠다. 물론 이러한 설정으로

---

43) 유종호「결혼의 사회경제적 기초-<모란꽃 필 때>」(『모란』해설), 331쪽.

인해 작품이 통속화 되는 경향이 더욱 더 진행됐다고 말하지 않을 수 없지만, 총독부 기관지인 『매일신보』에 연재했던 점을 고려한다면, '주의자'의 그림자가 어른거리는 작품을 쓰기는 어려웠을 것이다. 염상섭 자신이 매일신보사에 근무했던 것을 신경쓰고 있었다고 하겠는데, 1936년에는 전술한 것처럼 정치부장까지 올라갔다. 「모란」연재 당시는 아직 집필에 전념하고 있었겠는데, 그 자신의 생활을 위해서도 정치나 사회비판적인 색채가 강한 작품으로 쓸 수는 없었던 면을 고려해야 한다.

「모란」은 많은 논자에 의해 염상섭의 장편이 본격적으로 통속화한 최초의 작품으로 평가받고 있다. 예를 들어, 김승환은 「백구」에서는 간접적이었지만, 사회문제가 중요한 테마였는데, 이 작품부터는 미혼 남녀의 애정이 중요한 테마이며, 개인과 가족만이 다뤄지게 됐다고 한다.44) 또 유병석은 염상섭의 해방전 소설을 3기로 분류한 가운데, 제2기(1924~33)는 소시민의 일상적인 생활감정(「백구」등)이나, 성윤리의 제시 등을 내용으로 하고 있는 것에 비해서, 제3기(1934~36)에서는 통속적인 장편을 주로 해서 흥미본위의 애정물 등을 쓰고 있다고 하며, 「모란」을 그 맨앞에 놓고 있다.45) 더욱이 김윤식은, "통속화의 길"이라는 제목 아래 「모란」을 논의했으며, 1934년은 일본의 군부독재 체제가 완전하게 정비된 시기이므로, 사회주의에 동정적인 것조차 어려워졌기 때문에, 경박한 소설을 비판하고 있던 염상섭도 통속적인 작품을 쓸 수밖에 없었다고 하고 있다.46)

이처럼, 「모란」이후 '만주'에 가기까지 염상섭의 장편은 특히 통속

---

44) 김승환(1983), 25쪽.
45) 유병석(1985), 목차, V, VI.
46) 김윤식(1987), 603-605쪽.

적이라고들 하는데, 실은 그의 작품은 「이심」「광분」등 1920년대 작품
에도 상당히 통속적인 면모가 있으며, 본격적인 소설의 대표작으로 여
겨지는 「삼대」를 보더라도 여러 곳에 통속적인 대목이 삽입되어 있다.
그러므로 통속성이라는 것만을 가지고 「모란」전후로 염상섭의 장편소
설이 갖는 경향을 두 가지로 분류하는 것은, 그 정도의 차이를 문제로
삼는 것을 별도로 한다면 그다지 의미가 없다고 본다. 오히려 이동하
가 주장하고 있듯이, 염상섭 문학의 기본성격에 통속적인 요소가 있
다47)고 파악하는 편이 타당하다고 하겠다.

　다음으로 「모란」의 주제와 인물의 관계에 대해 생각해 볼 때, 표면
상으로는 신성과 문자를 둘러싼 두 명의 남자, 영식과 진호의 얽힌 연
애감정과 신성―진호의 사랑의 승리를 다룬 연애소설로 언급되고 있는
데, 과연 그렇게만 볼 수 있을 것인가. 우선 영식이라는 남성은, 신성
과의 혼담을 부모가 정했다고 생각할 따름으로, 두 사람은 연애를 하
고 있다고 보기 힘들다. 그래도 신성은 혼담이 진행되면서 혼자서 골
똘히 영식만을 사모하고 있었지만, 영식은 그녀의 가산이 기울어지자,
재빨리 문자에게 마음을 옮기고 만다. 그 영식과 문자도, 양가의 이해
(利害)가 일치해서 연애 유희적인 교제를 조금 하고는 바로 결혼하고
있으며, 본격적인 연애 이야기의 전개는 보이지 않는다. 더욱이 진호는
본래, 신성을 짝사랑하고 있을 뿐이었는데, 이야기의 종반에서는 급전
직하의 분위기로 두 사람은 갑작스럽게 가까워져서, 미래를 이야기하
는 부분에서 이야기는 끝을 맺는다. 그러므로 「모란」을 연애소설로 단
정하는 것에는 위화감이 있다. 그보다 이 장편은, 신성이 자신에게 직
면한 경제적 곤란이나, 약혼의 일방적인 파기 등의 불행을 견뎌내면서,

---

47) 이동하(1987), 159쪽.

동경으로 건너가서 자력으로 자신의 새로운 삶을 개척하고자 하는 고투(苦鬪)에 넘치는 이야기로 파악해야 할 것이다. 그 가운데 남성 문제는 신성의 인생에 닥친 시련 가운데 하나라고 보면 되겠다. 문자는 이성을 둘러싼 라이벌적인 존재로 설정돼 있지만, 그것은 그녀에게 신성과는 정반대로 방종한 인생을 걷게 하는 것으로 신성의 성실한 인생살이를 두드러지게 하기 위한 염상섭의 윤리적인 관점으로부터 형상화된 인물이라고 할 수 있다.

한편, 남성주인공 영식의 존재감은 매우 희박하며, 신성이 고난에 찬 인생살이를 살게 된 계기를 만들게 하는 인물로 등장하고 있을 뿐이다. 이처럼 「모란」의 진정한 주인공은 신성 한 사람으로 여겨지는데, 그녀가 애초에 보여준 결혼에 관한 소극적인 자세―예를 들면 재혼인 영식에게 시집가는 것임에도 부모에게 싫다는 소리도 하지 못하는 순종적인 자세가 완전히 바뀌어서, 동경에 간 후의 그녀는 모든 곤란을 견뎌내고 "이를 악물고" 면학에 힘쓰는 여성이 된다. 이렇게 성격이 급변한 것에 대한 설명은 특별히 없으며, 성격의 일관성이라는 점에는 의문이 남는다. 하지만, 당시 독자가 보자면 동경으로 떠나기 전까지의 신성을 눈물겹게 바라보았을 것이며, 신성이 동경에서 노력을 통해 행복한 결말을 맞이하는 것에는 박수를 쳐주면 되기에, 통속소설로서는 그다지 문제가 없다고 할 수 있을 것이다.

「모란」에 관한 선행 연구를 보면 작품 속에서 '돈'이 상징하고 있는 의미에 대해서 논하고 있는 것도 많다. 우선 김승환은 조선에서는 1930년대 소설은 아직 근대소설로 부르기에는 부족한 상황이었는데, '돈'을 다룬 점에서 염상섭의 중기장편은 근대문학의 요소를 내포하고 있는 작품이 되었다[48]고 평가하고 있다. 또한 이동하도 「모란」은 전형적인 멜로드라마라고 하면서도 '돈'의 중요성에 대한 통찰이 있는 만큼 좋은 뜻에서 염상섭다운 면모가 드러나고 있다고 하고 있다.[49] 더욱이 김일영은 염상섭의 작품세계가 확대되는 것과 함께 '돈'이 중요한 요소가 됐다고 하고 있으며, 「모란」에서는 먹고 살기 위해서 필수불가결한 요소로 돈이 위치하고 있다고 하고 있다.[50] 확실히 이 작품에서는 신성의 초상화가 600엔이라는 값어치가 매겨지는 것에 비해, 문자의 것은 500엔으로 평가되고 있듯이, 값어치의 순위가 두 사람의 인격과 직결되는 듯한 글쓰기 방식이 이목을 끈다. 게다가, 신성이 동경에서 자활을 하기 위해 생활비와 학비를 계산하고 부족한 금액을 '파출부'를 해서라도 벌려고 생각하고 신문광고를 보는 장면은 충격적이다. 조선의 지식인과 그 예비군은 보통 그러한 육체노동을 하려고는 생각도 하지 않는데, 본디 상업가에서 애지중지하며 키운 딸인 신성이 자기 인생의 자립과 경제적 자립 사이의 깊은 관련에 대한 것을 깨달았다고 하는 설정은 당시로서는 매우 드문 것이었다. 덧붙여서 「모란」의 주요 등장인물의 경제적인 생활 레벨은 「백구」보다는 조금 상위로, 청년들의 학력수준도 남녀 모두 고등교육 수준에 이르고 있으며, 전체적으로 중상류 가정의 부침과 꿈이 그려진 작품이라고 할 수 있겠다.

등장인물 가운데 특이할 만한 인물은 일본인 화가 방천추수이다. 그는 초상화 모델로 신성에게 조선옷을 입히려고 할 때, 삼포 청년이 동양이 중심이 될 시대의 그림인데, 다음 시대의 문화의 중심이 조선일 리가 없다고 말함에도, "자넨 제국주의자인가" 하며 웃으면서 말하는[51] 인물이다. 그 점에 대해 이보영은, 반제국주의자 염상섭의 분신으

---

48) 김승환(1983), 138쪽.

49) 이동하(1987), 161쪽.

50) 김승환(1989), 232쪽. 이에 비해 「이심」에 나오는 돈은, 인간의 존엄성과 관계가 있으며, 「삼대」에 나오는 금고의 키는, 가문을 지킨다는 추상적인 의미로 풀이 된다고 하고 있다. (동, 232쪽)

로 추수를 설정하고, 은일(隱逸)의 정신을 보여주었고, 그 모델은 야나기 무네요시(柳宗悅)를 염두에 두고 형상화 했을지도 모른다고 하는데,52) 일부러 그러한 일본인을 통해 자신의 생각을 반영시켰다고 하는 것은 부자연스러운 일이다.

다음으로 「모란」에서 동경이나 일본인을 형상화하는 방식에 대해서 살펴보도록 하겠다. 「모란」이전에도 염상섭은 몇 편의 중장편 소설에서 주인공들의 동경생활을 그리고 있다. 그(녀)들이 동경으로 향한 이유는 무엇이었을까. 예를 들면 「만세전」(1924)의 주인공 이인화는 유학을 위해서였고 「광분」의 주인공 민경옥은 이미 동경의 음악학교를 졸업하고, 귀국 후 애인과의 사랑의 도피로 인해 다시 출분한다. 「무화과」의 여주인공 문경은 동경의 여자 미술학교생인데, 이미 결혼하고 동경에 살고 있다는 설정이다. 「모란」을 보면 신성은 유학을 통해 여자고등사범에 입학을 할 수 있었는데, 문자의 경우는 진정으로 공부할 마음도 없는데 동경에 와서 실제로는 연애 유희에 빠져 있다. 즉 동경은 각고면려(刻苦勉勵)해서 장래에 신분 상승을 위한 기초를 쌓기 위한 유학처, 혹은 고국 조선을 떠나 도피와 향락의 장소로 그려져 있는 것이다. 그리고 그것은 20년대 작품에서 이미 드러나고 있는 경향을 계승하고 있는 것이기도 하다. 좋던 싫던 간에 동경은 중류층 남녀 청춘의 각양각색의 꿈을 이뤄주는 약속의 땅이었던 것이다. 빈궁하기 때문에 고국을 탈출한 것이 아니라는 점이 하류층의 일본행과 다른 점이라 하겠다.

「모란」의 또 다른 특징은 주인공들의 동경생활에 일본인들이 직접적으로 관여하고 있는 상황을 더없이 구체적으로 형상화하고 있다는

---

51) 『모란』, 236쪽.
52) 이보영(2001), 524-526쪽.

점이다. 그 전까지의 장편에서는 「사랑과 죄」의 심초, 「이심」의 좌야, 「무화과」의 안달 등, 그 생활 방식이 비교적 구체적으로 그려진 작품은 있었지만, 그들의 활동무대는 동경이 아니라 서울이었다. 또한 「모란」에서는 패트론 격인 추수와 난봉꾼인 삼포라고 하는 두 사람의 전형적인 일본인이 그려져 있지만, 그들은 어디까지나 신성이 동경생활을 영위하는 일부를 지원해 주는 인물들로, 그들 자신의 삶의 방식 자체가 문제시 되지는 않는다고 하는 차이점은 있다. 한편, 삼포 집안의 일본인 하녀 등 피고용인이 보이는 신성에 대한 태도도 흥미로운데, 그러한 것은 에피소드와 같이 다뤄지고 있을 뿐으로 그 이상 전개되고 있지 않다.

신성의 동경행이 갖는 의미에 대해 김일영은 "묘지로서의 조선을 벗어난 공간인 일본은 조선인의 가치체계를 바꾸어놓는 공간으로 나타나고 있"[53]다고 말하고 있으며, 더욱이 동경은 "조선에서 탈출한 신성이를 구제하는 제도를 가지고 있으니 그것은 교사가 될 수 있는 여자고등사범학교였다"[54]고 지적하고 있다. 즉 일본(특히 동경)은 탈출욕망과 신분상승 두 가지를 일체로 받아들이고 이뤄줄 수 있는 공간으로 다루어지고 있음을 알 수 있다.

이상으로 다양한 각도에서 「모란」을 검토해 보았는데, 이 작품이 통속소설인 것은 변함이 없다 하겠으며 염상섭도 그것을 감추려고 하지는 않았는데, 소설이 경박하게 흐르지 않도록 다양한 장치를 마련하고 있다. 김윤식은 「모란」에서는 그것을 위해 '심각미(深刻美)'를 담으려고 해서 예술(미술)에 당도한 것이라고 한다.[55] 김윤식의 견해에 따르

---

53) 김일영(1989), 232쪽.
54) 상동, 228쪽.
55) 김윤식(1987), 605쪽, 609쪽.

면, 지금까지는 사회주의운동에 관해 동정적이었던 것으로 '심각미'를 유지할 수 있었는데, 그것이 불가능해지자 그 위치에 예술을 두었다는 것이다. 필자의 경우는 그러한 시각에 덧붙여 좀 더 넓은 시야에서 고등교육 내지는 학문 예술에 관여한다는 설정이 그 역할을 하고 있다고 생각하고 싶다. 실제로 「모란」에서 여주인공들은 동경에서 사회주의운동을 하는 것이 아니고, 학교에 다니려고 한다. 즉, 신성은 가정과에 입학했고, 문자는 동경음악학교를 지망하는 것이다.

「모란」은 위와 같이 많은 문제점을 제시하고 있으며, 염상섭 문학의 본질을 파악하기 위해서도 중요한 작품이라고 할 수 있겠다.

제3절 장편 「불연속선」(不連續線: 1936년)

(1) 작품 서지와 등장인물 및 스토리

이 작품은 『매일신보』지상에 1936년 5월 18일부터 12월 30일까지 195회에 걸쳐 연재됐다.[56] 전33장으로 구성된 이 장편의 시대배경은 1936년 5월부터 12월까지를 다루고 있으며, 연재 시기와 거의 동시에 이야기가 진행된다. 무대는 서울 외에, 제27장(동경생활)에서 주인공들의 동경생활을 그리고 있는 것이 이채롭다. 주요 등장인물은 다음과 같다.

---

56) 종래, 연재 횟수는 196회로 여겨졌는데, 필자가 조사한 바 11월 25일 이후, 연재 횟수 기재에 혼란이 발생해서 11월 30일분이 본래는 제173회인 것이, 제174회로 되어 있어, 그 1회분의 어긋남이 최종회까지 이어지고 있다. 그러므로 12월 30일은 제196회로 되어 있지만, 실질 횟수는 195회이다.

● 김진수(24세)[57]: 운전수이며, 고등보통학교를 졸업한 후 동경의 C학
　　　교를 졸업(5년 걸려 3등 비행사의 자격을 얻었다) 했다. 아버
　　　지가 첩 사이에 얻은 자식이다.

● 송경희(25세): 카페 폼페이의 마담이다. 동경 여자사범 노문과(露文
　　　科)를 중퇴한 과거 마르크스걸이다. 동경에서 사모하고 있던
　　　강종묵에 대한 마음을 접지 못하고 있다. 풍만한 몸매의 '양
　　　장 미인'이다.

● 최영호(25~6세): 경성제대 법학과를 이번 봄에 졸업했다. 진수와는
　　　고향 홍성 보통학교 동창생이다. 결혼을 세 번한 플레이보이
　　　이며, 훤칠한 키에 미성을 내는 호색남이다. 카페 폼페이의
　　　손님으로 경희와 만난다.

● 김참의(55세 전후): 진수의 아버지이다. 명치정(메이치마치＝明治町)
　　　에 있는 마루킨 거간점(주식회사)를 경영하고 있다. 10여년
　　　동안, 동경 오사카 등지를 방랑하였으며, 금광을 팔아서 큰돈
　　　을 손에 쥐었다.

● 송도집(45세): 개성집이라고도 불리는 김참의의 첩인데 별거중이며,
　　　진수의 서모이다.(기실은 생모이다.)

● 김정임(20세): 김참의 후첩의 딸로, 여고보를 졸업했다. 지난 가을 동
　　　경에서 유행 창가를 녹음했다. 나중에 영호와 결혼한다. 언니
　　　로는 정숙(22세)이 있다. 진수와는 이복 남매이다.

● 강종묵: 동경의 ××대학 경제과에 다니던 학생으로, 경희가 사모하던

---

57) 사실은 25세이지만, '호적상, 24세로 나와 있다.

청년이다. 마르크스보이로 활동하고 있다가 3년 전에 검거돼
서 징역 7년을 언도받고, 아직 4년 형기를 남기고 있다. (작
품에 직접 등장하지 않음)

● 이제하(40세 이상): 변호사이며, 김참의와는 친구사이다. 딸 경옥은
　　　　　　　　　　이번 봄에 여학교를 졸업했으며, 동경의 고등사범을 지망하고
　　　　　　　　　　있다. 경옥은 한 때 진수와 혼담이 오간다.

● 이창식: 부잣집 자식으로, 한 때 동경의 대학생이었다. 경희와 육체관
　　　　　계를 맺는다. 그 후 서울에 돌아와서 그녀를 협박한다.

이상 「불연속선」의 등장인물을 정리해 보았는데, 다음으로 작품의
줄거리를 개관해 보도록 하겠다.

오늘은 5월 들어 최초의 휴일이다. 송춘 행락객으로 떠들썩한 가운
데, 진수는 생업인 운전수 일로 바쁘다. 동경 유학에서 돌아온 그는 취
직처가 없어서, 잠시 동안 '고등유민'[58] 상태였다. 고보(高普) 시절 낙
제생이었던 영호가 법학사가 된 것이 분해서, 자신도 아버지의 사업만
잘된다면, 일등비행사라도 제대법학사도 될 수 있다고 꿈꾸고 있었다.
그날, 우연히 영호가 경희와 함께 자동차에 타게 되면서 진수를 조롱한
다. 화가 난 채로 운전을 하게 돼서 운 나쁘게도 버스와 충돌하게 된다.
영호는 수술을 하게 되고, 자신도 무릎을 다쳐서 입원한다. 경상인 경희
는 진수를 병문안하게 되는데, 정숙, 정임은 둘 다 싫은 얼굴을 한다.
둘 다 영호를 좋아했던 것이다.
경희와 영호가 퇴원한 무렵, 진수의 아버지 김참의가 훌쩍 집에 돌아

____

58) 염상섭(김경수 감수)『불연속선』프레스21, 1997, 9쪽. (이하,『불연속선』의 인용은
이 책에 의한다. 참고로, 이 책은『매일신보』연재분을 저본으로 했다고 밝히고 있
다.)

왔다. 큰돈을 손에 쥔 모양으로, 진수에게 운전수 따위는 때려치우고 결혼해서 집안을 돌보라고 말한다. 아버지는 동소문(東小門)에 집을 사서 본댁 일가를 이사시키고, 본래 집에는 송도집을 살게 했다. 어머니는 이제 남은 것은 딸들의 혼담뿐이라며 기뻐한다. 정임은 빨리 영호와 결혼하고 싶었지만, 상대방인 영호는 최근 경희에게 반해 있었다. 하지만 영호는 부잣집 딸과 결혼하는 것이 유리하다고 생각을 바꿔서 결혼을 승낙한다.

진수는 퇴원 후 인사차 카페 폼페이에 간다. 경희는 순진한 진수를 꼬드기는 것은 나쁘다고 생각하면서도 호의로 자신의 집에까지 초대한다. 집에서 경희가 보여준 앨범 속에서 진수는 신문에서 얼굴을 본 적이 있는 강종묵을 발견하고, 경희와 보통 사이가 아닌 것을 직감한다. 그는 고민하지만 결국 경희에게 빠져든다. 그녀도 진수를 좋아하는 마음이 조금씩 생기고 있었는데, 동경 시절 만났던 창식이 들이닥쳐서는 협박을 해오는 바람에 공포를 느낀다.

3년 전 동경에서 경희가 존경하던 종묵에게서 '운동 자금' 200엔을 빌려달라는 청을 받고, 창식에게 돈을 빌린 것이 잘못이었다. 그 직후 종묵은 행방불명이 되고, 경희는 강요를 당해서 창식과 육체관계를 맺고 만다. 수개월후, 동경 일대에서 벌어진 대검거 선풍으로 종묵은 체포됐으며, 옥중에서 두 사람의 장래를 축복한다는 엽서가 왔지만, 경희는 종묵을 포기하지 않고 있었다. 지난 번 교통사고에 대한 재판 공판이 시작됐다. 경희는 진수가 걱정이었는데, 그는 공판은 제쳐두고 그녀에게 사랑을 고백한다. 그리고 자신에게는 이변호사 딸과의 혼담이 닥쳐오고 있으므로 경희의 마음을 알고 싶다고 한다. 하지만 경희는 종묵과의 과거를 고백하지 못하고 대답을 하지 못한다.

두 사람이 교제하는 것을 알아챈 진수의 집안에서는 "카페 여자 따위와 사귀지 말라"는 말을 듣는다. 궁지에 몰린 진수는 경희와 상담을 하게 되는데, 경희도 결국 과거를 고백한다. 두 사람은 남산 공원에 오르다 감정이 흥분돼 서로 끌어안는다. 경희는 진수가 집에서 쫓겨나면 자신이 먹여 살리겠노라 마음먹는다.

재판은 음주운전과 영호의 모욕이 쟁점이 됐는데, 즉일 판결로 진수
는 6개월 징역에 집행유예 1년을 선고 받는다. 그날 밤, 진수와 경희는
다시 남산에 데이트를 하러 간다. 경희는 이미 일본에 갈 생각을 품고
있었다. 그 전에 딱 하루만 놀러 가기로 하고, 그 다음 날 두 사람은 여
객기로 평양까지 가서 호텔에서 하룻밤을 자고 만다. 그것으로 두 사람
은 다시 과거로는 돌아갈 수 없게 된다. 송도집의 중재로, 진수는 경희
와 헤어져서 동경으로 여동생 정숙을 데리고 가는 조건으로 아버지에게
일본행 허락을 겨우 받아낸다. 출발 이틀 전 놀랍게도 이변호사의 딸(경
옥)도 데리고 가야하는 곤란한 상황이 된다. 실은 부산에서 경희가 기다
리고 있었던 것이다. 사정을 알고 있는 것은 정숙뿐이었다. 경희는 일행
에게 인사만 하고 뒤에 몰래 뒤따라오는 것으로 했다.

동경—두 여자는 눈을 동그랗게 떴다. 그녀들의 입학준비를 위해서
혼고(本鄕) 가까이 방을 빌려두고, 경희는 가까운 아파트에 들어갔다.
경옥은 아버지로부터 진수를 신랑 후보라고 듣고 왔기 때문에 저 혼자
가슴이 설 는데, 무언가 수상한 것을 느낀다. 하지만 거꾸로 진수는 숫
처녀의 순정에 마음이 움직이게 된다. 경희는 그것을 눈치채고 진수를
나무란다.

날씨가 좋은 어느 날, 4명이 가마쿠라(鎌倉) 구경을 가려고 하던 바
로 그 때, 이변호사가 동경에 온다고 하는 전보가 날아든다. 가마쿠라
구경을 중지하고, 진수는 황망히 경희의 방에서 자신의 짐을 다른 하숙
으로 옮기고, 태연한 얼굴로 동경역으로 간다. 이변호사는 정임이 식을
올린 것과, 경옥을 데리러 왔다는 것, 그리고 진수의 아버지가 앓아누운
것 등을 알리고 진수를 책망한다. 진수는 경희와의 관계는 불순한 것이
아니라고 변명하지만 싸움을 하고 헤어지게 되고, 이변호사는 경옥과
정숙을 데리고 동경을 떠난다.

경희는 자신이 물러나려고 생각하고 귀국한다. 진수 아버지의 병은
노병인지라 회복되지 않는다. 본래 그의 병은 돈에서 비롯됐다. 거의 거
저와 다름없는 산을 팔아서 30만엔을 벌었던 것을 도지마(堂島: 미두거
래로 이름난 오오사카의 지명＝필자주)에서 주식으로 큰 손해를 입고,

현재 재산은 수만엔까지 줄어들었다. 진수의 아버지 김참의는 입원을 할 수 밖에 없게 되자 어쩔 수 없이 이변호사에게 주식점(株式店)의 경영을 부탁한다. 가게의 경영상태가 엉망인 것에 놀란 이변호사는, 가게를 떠맡은 것을 후회하고, 진수에게 귀국해달라는 전보를 친다. 이틀 후, 진수는 귀국하고 가게의 경영을 맡는다. 가게 재정 상태를 조사해 보자, 최근 몇 달 동안의 경영은 엉망진창으로, 게다가 사원인 영호가 1만원 가까이 횡령한 것을 알게 된다. 진수는 필사적으로 만회하기 위한 방법을 짠다.

진수의 아버지는 유언도 없이 죽고 만다. 진수 등이 금고를 열어 보니, 통장에는 수천엔 밖에 없었다. 집과 토지의 권리는 어머니에게 양도하고, 진수는 가게 권리만을 이어 받았다. 통장의 돈은 여동생 둘과 송도집을 포함한 5명이서 등분했다. 진수는 어머니에게 가게의 경영이 "여의치 못하면 동경으로 가든 어쩌든 할 터입니다"59)라고 고한다. 어머니는 말리지만 진수는 이렇게 뜻을 펴보지도 못하고 주저앉을 수는 없었다. 진수는 거간점을 한 달에 걸쳐서 정리하고, 남은 3천엔을 가지고 동경으로 가기로 결정한다. 내일이라도 출발할 생각으로 진수는 경희와 만난다. 그녀는 출발을 일주일만 연기해 달라고 제안한다. 출발하는 날, 경성역에는 티켓을 2장 산 경희가 기다리고 있었다. 부산행 열차에 마주 앉은 두 사람은 만면에 웃음을 머금고 있었다.

(2) 작품 고찰과 선행 연구 비판

이 소설의 특징은 뭐라 해도 통속성이 「백구」나 「모란」보다 더욱 더 두드러지는 것일 것이다. 이것은 작품의 결말부분에 단적으로 나타나 있는데, 예를 들면 동경에 가기만 하면 모든 일이 해결되리라는 식의 결말 방식이 그것이다. 드라마틱하게 막을 내리게 하기 위해 역에

---

59) 상동, 394쪽.

서 진수와 만나기까지 경희가 자신의 계획을 말하지 않는다고 하는 부자연스러운 설정, 경박한 해피엔딩 등은 그 예라 할 수 있다. 또한, 소설에서는 아직 종묵이나 경희와 같은 과거 마르크스주의자가 그려져 있기는 하지만, 종묵의 이야기는 간접적으로 나올 뿐이다. 경희의 이야기도 과거의 에피소드에 그치고 있으며, 독자를 적당하게 자극하는 양념 정도의 기능을 할 뿐이다. 한편, 진수와 경희의 애욕묘사도 다른 2편 보다 훨씬 구체적이고 노골적인 표현방식을 취하고 있다. 더구나 비행기를 이용해서 평양으로 연애 여행을 떠나는 자초지종이 나오는 구절은 1936년 당시 다른 작가의 소설에도 그 예를 찾아보기 힘든 최신식 형식을 취한 내용이며, 당시 독자의 눈이 휘둥그레질 정도의 '화려'한 전개라 할 수 있다.

김승환은 이러한 요소에 대해서 염상섭의 소설 가운데서 「불연속선」은 "보기 드물 정도로 재미있는"[60]소설이라고 하고 있는데, 필자도 이러한 의견에 동감한다. 김승환은 더 나아가서 이 소설의 특징으로, 사회적인 문제가 거의 나오지 않는 것을 들면서, 그 원인으로『매일신보』에 연재했기 때문에, 일제에 반항하는 내용을 쓸 수는 없었던 것은 필연적이었고, 통속적이며 애정문제를 다룰 수밖에 없었다고 하고 있다.[61] 물론, 이러한 측면이 있었음은 사실이지만, 모든 문제를 정치적 요인에 귀착시키는 것은 지나치게 극단적인 논리가 아닐까. 염상섭 자신도 전술했던, 대중소설→통속소설→본격소설이라는 단계론에 대해서도 고려해야 할 것이며, 생계유지를 위한 방편이라고 하는, 당시 염상섭이 처해있던 환경과 사고(思考)를 종합적으로 감안할 필요가 있겠다. 이 점에 관해서 신영덕은 「백구」「모란」과 이 작품의 공통점으로 청년

---

60) 김승환(1983), 29쪽.
61) 상동, 30쪽.

남녀의 연애 심리와 일상적인 가족의 삶을 묘사한 것이라고 하면서[62], 그것이 나중 작품일수록 돈으로 타락한 현실의 모습을 묘사하게 되었다고 하고 있다. 그리고 그것은 "사회의 이념적 문제를 더 이상 다룰 수 없게 된 상황에서 작가가 가지고 있던 보상(補償)심리로서 이해된다"[63]고 하고 있다. 이것은 36년 당시 염상섭의 창작심리를 설명하는 것으로서 흥미롭다. 다만 작가가 일제 지배의 현실에서 거리를 지나치게 멀리 두게 되면, 마치 돈만 있다면 당시의 정치적 억압상황을 돌파할 수 있다고 하는 환상을 갖게 될 위험성도 있다. 돈의 청산과 분배에 의해 당면한 문제가 해결되거나, 다음 단계로 나아간다는 식의 설정은「삼대」이후, 염상섭의 장편에 종종 사용된 패턴이기도 한데, 30년대 중반 장편에는 여기에 더해 '동경'이라는 장치가 부가된 것이다.

동경에 가기만 하면 곤란한 상황이 해결되던가, 적어도 해결의 실마리가 보인다고 하는 서사가 반복해서 나온다. 「불연속선」에서 이러한 상징적인 부분을 살펴보면, 평양의 호텔에서 경희는 진수에게 도피행을 제안하며 "우리 어쨌든 동경으루 가십시다"[64]라고 말한다. 또한 동경으로 향하고 있는 정숙은 동경에서 무엇을 할 것인지 조차 정해져 있지 않았다. 여동생이 결혼을 앞질러 한 것이 부끄러웠기 때문에, 어쨌든 도망쳐서 동경에 가는 것이라[65]고 하고 있다.

돈의 위력과 중요성에 대한 통찰은 물론, 염상섭 나름의 참신한 착안점이기는 하지만, 이 자본주의 논리만으로 식민지 상황의 모든 것을 설명하려고 하는 것은 무리가 있음은 당연한 일이다. 이에 대해 '동경'

---

62) 신영덕(1987), 68쪽.
63) 상동, 71쪽.
64) 『불연속선』, 245쪽.
65) 상동, 292쪽.

의 만능성을 제시하는 방식에서 염상섭의 비판적 리얼리즘의 정신이 발로하고 있는 것을 볼 수 있다. 물론 염상섭은 동경이 모든 것을 해결해 주는 만병통치약과 같은 것이라고 생각하지는 않았을 것이다. 하지만, 일부러 그렇게 설정을 한 것은 독자 대중의 꿈을 대변하면서, 이러한 시대적 분위기를 리얼하게 제시하는 것에 의미를 발견하려고 했던 것이리라. '동경'의 의미에 대해서 이보영은 유학생의 타입을 나눠서 「만세전」이후의 중편과 장편소설의 주인공 분석을 통해서 그 차이점과 변화를 논하고 있다. 그 가운데, 제5단계로서 「백구」「모란」과 함께 「불연속선」에서는 동경이, 소시민의 출세를 위한 유학 도시[66]로 여겨지고 있다. 이보영은 그 전단계인 제4단계로서 「무화과」의 여기자 종엽이 동경에 가는 것을 갈망하고 있는 것에 대해, 일본유학이 유행하던 것에 따랐을 뿐인 타입[67]이라고 분류하고 있는데, 「불연속선」에서 정숙 등이 이 타입에 해당되므로, 5단계설은 어디까지나 편의적인 경향을 보여주고 있다고 말할 수 있겠다.

「불연속선」의 통속성에 대해서 김승환은 일찍이 이 소설이 3류 연애소설인지, 2류 세태소설인지 고민하게 만든다고[68] 말하고 있다. 덧붙여서 김승환은 진수 등이 「삼대」당시의 덕기 등 식민지 세대와는 다른 "완전히 일본화된 식민지 부르조아"[69]로서 나타나 있다고 하고 있다. 이 무비판성이, 보다 통속적인 느낌을 독자에게 안겨주고 있다고

---

66) 이보영(2001), 535쪽.

67) 참고로, '동경' 지향 가운데 일본유학에만 초점을 맞출 경우, 각 소설의 등장인물 간의 동향을 보여주는 타입은 제1단계가 사회주의에 관심이 없었던 「만세전」의 이인화 타입, 제2단계가 일본에서 사회변혁사상을 배운 「사랑과 죄」의 김호연 타입, 제3단계가 무산계급운동의 동정주의자인 「삼대」의 조덕기 타입으로 나뉜다고 한다. (상게서, 557쪽)

68) 김승환 「염상섭의 「불연속선」에 대하여」(해설) 『불연속선』, 399쪽.

69) 상동, 407쪽.

할 수 있는데, 진수 등을 부르조아라고 까지 말하는 것은 무리가 있는 것으로 보인다. 진수는 본래 프롤레타리아 모던보이였는데, 아버지가 일확천금을 손에 쥔 덕분으로 신분상승을 할 수 있었던[70] 것으로, 그의 경제적 기반은 안정적이지 못했다. 그 외의 등장인물들도 고작 중산계급 상층 정도의 계층일 뿐이다. 경희의 경우는 친부모를 일찍이 여위고, 언니도 남편과 사별하고 고생하고 있다는 설정이다. 하지만 특이한 것은 이러한 인물들의 학력이 대체로 상당히 높다는 점이다. 경제적인 기반에 대한 충분한 설명 없이 처음부터 그(녀)들이 고학력 인텔리로 여겨지고 있는 점에서도 현실을 벗어난 통속성을 파악할 수 있을 것이다.

이 장편은 이처럼 '통속성'을 갖고 있기는 하지만, 다른 한편 상당히 '진지'한 이야기이다. 즉, 진수의 순정과 경희의 진정성이 우여곡절 끝에, 합을 이루고 연애가 성취된다고 하는, 이것도 통속소설의 전형적인 스토리라 하겠다. 주인공들이 나아가는 길에 여러 가지 장해가 기다리고 있다고 하는, 이른바 '혼사장해(婚事障害)'의 모티브는 고전소설에도 보이는 상투적인 패턴인 것도, 일찍부터 지적되고 있다.[71] 신문연재소설이므로 이것은 독자의 흥미를 지속시키기 위한 견실한 수법이라고 하겠다.

「불연속서」에 보이는 이러한 통속성에 대해 염상섭이 36년 당시의 정신상황이 관여하고 있음은 말할 나위도 없어 보인다. 이보영은 이에 대해 언론과 사상에 대한 탄압이라고 하는 외부적 요인과, 염상섭 자신의 사회주의 등의 이데올로기에 대한 관심의 상실이라고 하는 내부적 요인으로 크게 나눠서 파악하고 있다.[72] 이보영은 이와 함께, '폼페

---

70) 상동, 403쪽.
71) 김승환(해설) 『불연속선』, 402쪽.

이’ 등의 퇴폐적인 분위기가 감도는 이름을 붙인 경희의 허무의식에 주목해서, 염상섭은 3·1운동의 실패 후, 식민지적 허무주의를 창작의 원동력으로 삼아 작품 활동을 해왔다고 하고 있다.73) 후반의 이러한 설명이 설득력을 갖고 있다고 한다면, 전반의 분석인 염상섭이 이데올로기에 대한 관심의 상실됐다고 하는 설명은 설득력이 떨어진다. 염상섭은 결코 관심을 잃은 것이 아니라, 이 시점에서는 이데올로기를 전면에 내세우는 것은 유효한 방식이 아니라고 판단한 것으로 보인다. 실제로 염상섭은 사상통제가 일단 벗겨진 해방 후 처음으로 쓴 장편소설 「효풍」(1948)에서 다시 왕성하게 이데올로기에 대한 관심을 보이고 있다. 이러한 점에 대해 김승환은 다음과 같이 지적하고 있다.

> 1936년, 염상섭에게는 진정한 역사적 전망인 항일민족해방은 불분명했다. 따라서 소설은 긴장감을 가질 수 없었다. 연애 이야기, 세태풍정의 삼류 통속 소설이야말로 소설가의 정직한 응전 방식인 것이다.74)

즉, 이데올로기의 옳고 그름을 음미할 유예 시간도 없이, 친일 황민화로 급속하게 흘러가던 당시 상황 속에서, 매일신보사의 정치부장이었던 염상섭은 자신이 처해있는 모순적인 지위에 대한 스트레스를 더 이상 견뎌내지 못했던 것은 아니었겠는가. 그러한 상황에서 서둘러 “무갈등의 소설”75)에 결말을 짓고 ‘만주’로 탈출하려 했던 것이라고 생각할 수 있다.

그런데 「불연속선」이라고 하는 제목은 무엇을 의미하는 것일까. 염

---

72) 이보영(2001), 528쪽.
73) 상동, 529쪽.
74) 김승환 (해설)『불연속선』, 411쪽.
75) 상동, 412쪽.

상섭은 종종 작품내용을 상징적으로 나타내는 절묘한 명명(命名)을 하고 있는데, 이보영에 따르면 이것은 봉건적 가정의 연속성을 단절시키고, 창조적 불연속선 상에서 발전시킬 수 있다고 하는 의미라고 한다.[76] 하지만, 이러한 설명에는 「사랑과 죄」「삼대」「무화과」가 인용되고 있으며, 이러한 작품에서 '연속성'을 단절시키고 있는 것은 주인공의 친구에 해당하는 사회주의자들이다. 만약 '연속성'이 봉건적 가정을 거부하는 의지와 실행을 의미한다고 한다면, 오히려 김경수가 말하고 있듯이, "가족주의 혹은 가부장제에 대한 염상섭의 부정과 혐오"[77]가 그 근거여야 할 것이다. 다만, 자유 연애와 가부장제의 문제를 정면에서 다루는 것이라면, 「불연속선」에서 가부장제의 화신(化身)이라고 할 수 있는 진수의 아버지와 대결을 하기 전에 아버지가 죽는 것으로 설정되어서는 안 된다고 본다. 염상섭이 대가족(大家族)의 집안 문제에 대해 어떠한 생각을 갖고 있었는지는 미묘한 문제로, 많은 논자가 오히려 염상섭을 가족주의 옹호자로 보고 있는 것도 사실이다. 사회주의 이데올로기나 식민지 상황에 대한 예민한 반응을 보이는 염상섭이지만, '가족' 문제에 대해서는 미온적인 부분이 있으며, 언젠가는 극복해야 할 조선의 풍속으로서 관찰하는데 그치고 있다. 이 작품에서도 '가족'의 문제는 그것이야말로 '풍속도'로 짜 넣기는 했지만, 스토리의 대부분은 파란만장한 연애담이다. 그러므로 지나치게 과장된 의미를 부여하지 않는 편이 무리가 없을 것으로 보인다.

마지막으로, 「불연속선」을 「삼대」「무화과」와 견주어서 3부작이라고 하는 김경수의 주장[78]에 대해서 살펴보도록 하겠다. 3부작이라고 하면

---

76) 이보영(2001), 536쪽. (대체적인 내용)
77) 김경수(1999), 189쪽.
78) 상동, 194쪽.

전술한 것처럼 보통은, 「삼대」「무화과」「백구」를 지칭하는 것이었다.[79]
「무화과」와 「불연속선」 사이에 「백구」와 「모란」이 위치하는데, 일부
러 이 2편을 제외한 것은 어떠한 이유에서일까. 김경수는 「무화과」의
결말 부분에 등장하는 청년 완식이 빈곤층 출신이면서도 현실을 파악
하는 힘이 있는 신세대 인물이며, 한편 주인공인 이원영이 학비 지원
을 하고 있는 동경의 고학생 정애도. '운동'의 임무를 띄고 고국에 돌
아온 눈을 뜬 여성인 까닭에, 이 두 사람의 만남과 연애의 가능성을 「
불연속선」의 진수와 경희를 빌어서 전개한 것이라고 하고 있다.[80] 하
지만 「무화과」의 완식과 정애가 등장하는 것은 매우 제한적이며 거의
'단역'에 가깝다. 그러한 인물을 「불연속선」의 '주인공격'의 전신(前身)
으로 보는 것은 무리가 있어 보인다. 또한, '신세대' 젊은이가 묘사되
어 있지 않다고 해서 「백구」와 「모란」을 3부작에서 제외한 것이겠지
만, 이 두 작품도 사실은 '신세대' 젊은이에 관한 이야기이다. 김경수
가 말하는 '신세대'는 사회주의 이데올로기에 공감을 가지며 행동하는
청년이라는 의미라고 한다면, 「백구」이후에서는 그러한 인물은 정면에
는 등장하고 있지 않다. 더욱이 「불연속선」의 강종묵 등은 벌써 과거
의 이야기 속에서 간접적으로 밖에 등장하지 않는 존재가 돼 있다. 그
러므로 「불연속선」을 포함한 이른바 '3부작 설'은 성립하기 힘든 것을
알 수 있다.

---

79) 다만, 이보영은 「사랑과 죄」「삼대」「무화과」를 3부작이라고 하고 있다. (주27 참조)
80) 김경수(1999), 193쪽.

제4절 그 외의 '장편' 등

(1) 「무현금」(無絃琴: 1934~35년)

이 소설은 종합월간지 『개벽』지에 1934년 11월(복간 제1호)부터 다음해 35년 3월까지 도합 4회 연재되었는데, 해당 호에서 잡지 자체가 폐간돼서, 그대로 중단된 작품이다. 주요 등장인물과 중단되기까지의 개요는 다음과 같다.

- 장문희(22세): 공업용 기계와 가솔린 판매 회사에 2개월 전에 입사한 미인 타이피스트. 양친과 사별하고 여고보(女高普) 졸업 후, 동경의 여자영어학원에서 3년간 공부했다. 오빠는 과거 영어 교사를 했다.

- 김찬수(26세): 문희와 같은 회사의 사무원이다. 술도 못하고, 신문의 연재소설을 읽는 것이 취미인 내향적인 독신남이다. 아버지는 종로에서 장사를 하고 있으며, 친어머니와는 9살 때 사별했는데, 계모도 지난 해 타계했다. 이복 여동생이 있다. 5년 전에 학교를 졸업하고, 종로의 상회에서 근무하고 있다.

- 안진달: 문희의 오빠의 친구로, 찬수가 다니는 회사의 서양인 총무(별명은 떵키)의 비서격인 미남자이다.

- 심정례(23세): 고 원석이 오빠이다. 동경의 여자상업에 1년간 다녔다. 찬수의 과거 여자 친구이다. (간접 등장)

- 심원석: 찬수의 친구로(한 살 아래) 두뇌가 명석하며 고등상업에 진

학했지만, 한강에서 수영중에 사망한다.

이상 「무현금」의 등장인물을 간단히 정리해 보았는데, 다음으로 작품의 줄거리를 개관해 보도록 하겠다.

12월 10일을 지난 어느 날, 찬수는 퇴근길에 문희와 우연히 마주쳤다. 그녀는 대담하게도 찬수에게 차를 마시자고 권한다. 동경에서 영어나 영문학이라도 공부하지 않은 여자라면 이러한 발언은 나오지 않을 것[81]이라고, 찬수는 개방적인 문희의 태도에 놀란다. 그가 약혼했다고 말하자, 문희는 결혼은 투기이고 찬수에게는 이상(理想)이 없다고 말한다. 그래도 그는 미인과 데이트를 하는 것이 기뻐서 어쩔 줄 몰랐다. 하지만 집에 돌아오자, 집안의 어두운 분위기가 찬수를 우울하게 했다. 아버지는 약혼 예물을 교환할 때 여자집안에서 150엔을 달라고 했다고 말하며, 돈은 마련이 됐느냐며 찬수를 몰아붙인다. 다음날 찬수는 안진달에게 월급을 가불해 달라고 부탁하지만 거절당한다. 이 회사에서는 실내 금연이라 모두 화장실에서 담배를 피웠는데, 어느 날 적발당하는 바람에 찬수는 혼자서 책임을 덮어쓰고 회사를 그만 둘 결심까지 했었다. 그 때 안진달은 그를 감싸줬던 적도 있었지만, 이번에는 도와주지 않았다.

그 후, 다시 돈을 마련할 요량으로 총무실을 엿보았는데, 진달과 문희가 즐겁게 이야기를 나누고 있었다. 그래도 그녀는 무슨 생각에서인지 찬수를 자기 집에 초대한다. 산전수전 다 겪은 여자처럼 보였지만, 찬수는 점차 문희에게 흥미를 갖게 된다. 그녀의 방에는 서양잡지와 상당한 수의 영어 원서가 있었다. 앞으로 일 년 더 하면 교사 면허증을 받을 수 있었는데 폐병 때문에 귀국했다고 한다. 그 사이 진달이 찾아왔는데 그녀는 방안에는 들이지 않고, 밖에서 영어로 즐거운 듯이 대화를 한다. 찬수는 질투를 느낀다. 문희는 가려는 찬수를 만류하고 앨범을

---

81) 염상섭 「무현금(無絃琴)」 『개벽』1934.11, 88쪽.

보여준다. 그 안에서 예전에 사귀던 정례를 발견한 찬수는 깜짝 놀란다. 정례가 자신의 마음을 어떻게 해서든지 전해달라고 했기 때문에 집에까지 부른 것이라고 문희는 말한다. 문희와 정례는 동경에서 친분이 있었다.

5년전 정례는 여고보를 막 졸업했고, 오빠인 원석과 찬수 이렇게 셋은 마치 가족처럼 사이가 좋았다. 원석은 찬수에게 언젠가 정례를 시집보내고 싶다고 말했는데, 그가 익사하자 그의 어머니는 조금 더 벌이가 괜찮은 남자를 사위로 삼고 싶어서 둘이 사귀는 것을 금지했다. 이에 분개한 찬수는 우울증에 시달려서 문학서를 읽게 되었다. 그 경위를 문희에게 말한 찬수는 정례의 행복을 빈다는 말만을 남긴 채, 자리에서 일어선다. 문희도 그 이상 말리지 않았다. (중단)

여기서 소설은 중단하지만 글 마지막에 '계속'이라고 달려있으므로, 염상섭 자신은 장편을 이어서 쓸 생각이었을 것으로 보인다. 그 후의 전개는 알 수 없지만, 정례가 언젠가 직접 등장하게 되면서 그녀의 현재 교제 상대인 남자와, 찬수, 문희 이렇게 4명의 남녀가 다양하게 엮어내는 4각 관계 연애가 진행하면서, 최종적으로는 찬수와 정례가 맺어지던가, 혹은 비극적인 연애로 끝을 맺었을지도 모른다. 말 못할 사정이 있는 남녀들의 과장된 연애담이 전개된다면 전형적인 통속소설이라고 할 수 있겠다. 더욱이 이데올로기의 그림자도 완전히 사라진 흥미본위의 선개라고 한다면, 단순한 '대중소설'[82]이라고 볼 수밖에 없는 것이다.

등장인물의 설정에서 알 수 있는 것은 「무현금」 전후에 발표된 장편에 등장하는 인물들과 일부 닮은 경우가 많다는 점이다. 예를 들면 문희는 그 경력(동경에 유학하고 있었지만 폐병으로 1년을 남기고 귀국)

---

82) 염상섭 「통속·대중·탐정」 『매일신보』1934.8.21의 분류 명칭에 따른다.

이나 적극적인 성격을 부여한 것은 「불연속선」의 경희와 꼭 닮았다. 또한 찬수가 처해 있는 상황도 「불연속선」의 진수와 유사한 부분이 있다. 더욱이 찬수의 혼담이 깨지는 경위는 「백구」의 영식의 경우와 유사하다. 한편 아직 본격적으로는 등장하지 않지만, 정례는 「백구」의 원랑이나 「모란」의 신성과 공통점이 많은 인물이 될 것으로 예상된다. 이렇게 보자면, 「무현금」은 이 작품 전후의 장편과 공통점이 많은 염상섭의 상투적인 인물형상 패턴에서 어긋나 있지 않음을 알 수 있다.

그런데 제목인 「무현금」이라는 것은 어떠한 뜻인지 궁금하지 않을 수 없다. 사전적인 의미는 "마음속의 울림"이라는 뜻인데, 찬수 혹은 정례의 진정성을 상징하는 것인지도 모른다. 작품의 통속화가 점차로 진행하는 가운데 이 장편은 「모란」이 연재 완료된 직후에 쓰기 시작한 작품이다. 「모란」에서는 시종 성실한 신성이 결국 사랑을 쟁취하는 것을 "모란꽃이 피었다"며, 제목에 그러한 의미를 내포시키고 있는데, 이와는 대조적으로 「무현금」에서는 주인공들이 품고 있는 내면의 갈등을 중심으로 하고자 했던 것인지도 모르겠다. 유병석은 이 제목은 찬수의 이상과 괴로운 현실 사이의 거리를 암시하고 있는 것 같지만 단정하기는 힘들다고 하고 있다.[83]

그런데 「무현금」에 관련된 선행연구는 이 작품이 미완인만큼 단편적이며 잠정적인 평가에 그치는 경우가 많다. 그 가운데 중요한 논고를 정리해 보면, "연애중심의 흥미본위의 가벼운 소설"[84], "흥미 중심의 오락소설"[85], "요령부득의 통속소설"[86]이라는 것이 주를 이룬다.

---

83) 유병석(1985), 183쪽.
84) 김종균(1974), 181쪽.
85) 유병석(1985), 183쪽.
86) 김윤식(1987), 611쪽.

한편 이보영은 이 작품을 "대중소설"이라기보다는 상위에 해당하는 "통속소설"이라고 하고 있다.[87] 당시 염상섭은 이 두 가지를 구별하고 있었기 때문에, 내용을 보자면 다음에 살펴볼 「그 여자의 운명」이나 「청춘항로」와는 다른, '통속소설'로 썼던 것으로 보인다. 「무현금」은 오히려 「백구」나 「모란」과 마찬가지로, 어느 정도 억제된 필치를 구사해서 합리적인 테두리 안에서 작품을 완성하려고 하는 구석이 보인다.

마지막으로 「무현금」에 나오는 편지가 모두 간접적인 제시라는 방식을 취하고 있다는 김일영의 지적[88]을 살펴보겠다. 김일영은 「모란」에서도 편지를 직접 제시하는 것은 처음과 끝 2통 뿐이라고 하고, 34년 시점에서 직접제시를 사용하지 않는 기법의 변화가 일어났다고 하고 있다.[89] 확실히 염상섭은 초기 장편소설 이후, 편지를 직접 제시하는 수법을 도입해서 개인의 내면 묘사를 효과적으로 전달하는 성과를 올린 작가였지만, 34년 시점에서 편지는 이미 스토리를 전개하기 위한 소도구 정도의 기능밖에는 하지 못하게 되었다. 그러므로 이러한 점이 작품을 통속화했다고 하는 지적[90]은 타당하다고 할 수 있겠다.

(2) 「그 여자의 운명」(그 女子의 運命: 1935년)

이 소설은 종합 월간지 『중앙』지에 1935년 2월, "전편(全篇) 게재 특별 장편소설"[91]이라는 타이틀을 걸고 1회만 게재된 작품이다. "장편

---

87) 이보영(2001), 545쪽.
88) 김일영(1989), 231쪽.
89) 상동.
90) 상동.
91) 『중앙』지에는 같은 해 다음 달 3월호에도, 이것과 같은 명칭 아래, 이태준의 「애욕의 금렵구(禁獵區)」가 게재되었다. 이 잡지의 1회 단편물 연재 기획으로 여겨진다.

소설"이라고 하고 있지만, 연재 예정은 하지 않고 있으므로 중단된 작품은 아니다. 요컨대 1회로 완결되는 조금 긴 소설이라는 정도의 의미일 것이다. 전9장으로 잡지에는 실질적으로 20페이지 분량으로 실렸는데, 오히려 '긴 단편'이라고 할 수 있겠으나, 내용적으로는 역시 염상섭의 다른 장편과 같은 스타일을 취하고 있다.[92]

이 작품의 주요 등장인물을 정리해 보면 다음과 같다.

- 김명례(21세): 여고보를 2년 만에 중퇴한 재색을 겸비한 여성이다. 점원을 1년 정도 하던 17세에 결혼해서 출산하지만, 잡화상을 하던 남편과 이혼한다. 2번째 남편(급사에서 출세한 은행원)과는 카페에서 만났지만 반년 만에 버림받았다. 3번째 남편이 최영식이다.

- 최영식[93]: 모던보이로 명례의 3번째 남편이다. 본래 처자식도 있었지만 동경의 댄서 아사꼬의 패트론이기도 하다. 동경에서 이번 봄에 졸업하게 되면 고등문관시험을 볼 예정이다.

- 아사꼬: 한국인 미인 댄서이며, 영식의 애인이다.

- 김진만: 명례의 오빠이며 미남자이다. 동경의 댄스홀 악장(樂長)이었는데, 만주로 간다.

- 송천청일(마쓰카와 세이이치＝松川清一): 동경의 댄스홀에서 일하는 청년으로 진만의 동료이다.

---

92) 김승환(1983)도 일찍이 분량은 적지만 장편의 구조를 갖고 있다고 지적하고 있다.(27쪽)

93) 처음에는 '명식'인데, 두 번째부터는 '영식'으로 표기되어 있다. 덧붙여, 염상섭의 남성 주인공 이름에는 '영식'이 많다.

이상 「그 여자의 운명」의 등장인물을 간단히 정리해 보았는데, 다음으로 작품의 줄거리를 개관해 보도록 하겠다.

명례는 2번째 남편의 아이를 임신하고 있었다. 셋방에서 재취직을 위해 '국어능력(일본어)'을 키우려고, 지난 호 『주부의 벗(主婦の友)』등을 보면서, 혼자 출산준비를 하고 있었다. 여고보 중퇴 정도로는 카페 등에서 밖에는 일할 곳이 없었는데, 거기서 만난 남편은 은행의 돈을 횡령해서 체포되기에 이른다. 하지만 명례는 그를 증오하고 싶지 않았으며, 젊은 만큼 낙천적이었다. 4월초에 사내아이를 출산했는데, 시어머니가 바로 데려다 키우기로 한다. 명례는 가재도구를 처분하고 동경으로 향한다.

동경에는 가극단 음악부에 오빠가 있었지만, 요 몇 년 소식불통으로 ××댄스홀에 가서 겨우 소식을 듣는다. 댄스홀을 지난 겨울 그만두고 조선 혹은 만주에라도 간 것인지도 모른다는 소식이다. 어찌할 바를 모르고 있는 명례에게 송천청일이 아사꼬를 소개해 준다. 그녀는 조선어로 말하는 것이 부끄러운 것인지 밖으로 나간다. 동경에서는 댄스가 대유행이었다. 자신도 댄서가 되겠노라고 명례는 생각한다. 아사꼬는 진만과 관계를 맺었던 것 같다. 댄스 교습을 받은 명례는 부쩍 부쩍 실력을 키워서, 홀에서는 큰 인기를 얻는다. 수입도 많고, 감옥에 있는 2번째 남편과 아이에게 송금까지 할 정도였다. 한편, 아사꼬는 라이벌의 성장이 유쾌하지 않았다.

논 욕심이 난 명례는 영식에게까지 애교를 부렸다. 그도 점차 명례에게 마음이 끌린다. 어느 날 송천이 명례를 영식의 아파트에 데리고 가자, 그는 아이처럼 기뻐한다. 명례는 모던보이가 '접객업 여성'에게 보이는 욕망이나 상투적인 수법을 알고 있었기 때문에, 영식에게서 그것과는 다른 무언가를 발견한 기분이 들었다. 과연 영식은 명례에게 열을 올렸다. 그런 가운데 송천이 대련(大連)으로 와 달라고 쓴 진만의 편지를 가지고 온다. 명례는 영식과 아사꼬에게서 도망칠 요량으로 그것을 승낙하고 낙엽이 물든 동경을 떠난다.

대련에서는 송천과 진만이 댄스홀을 개업했다. 영식도 결국 명례를 따라 와서 동거하게 된다. 하지만 명례가 임신한 것을 알게 되자 영식의 태도는 차갑게 변한다. 공무원으로 출세하기 시작해, 처자식도 있었던 것이다. 게다가, 첫째 둘째 남편도 댄스홀에 얼굴을 내밀게 되고, 세 남자가 부딪치게 되는 일조차 있었다. 마침 그때, 아사꼬가 초췌한 모습으로 대련으로 온다. 아사꼬는 더 이상 뒤쫓지 않고 내일 하얼빈으로 가겠다고 했기 때문에, 모두가 같이 작별의 회식을 했다. 그날 밤, 명례와 아사꼬는 같은 방에서 잤다. 옆방에서는 명례에게 신호를 보내는 소리가 들려서 밖으로 나가려고 하는데, 뒤에서 아사꼬가 칼로 명례를 찌른다. 아사꼬의 계획적인 행동이었다. 명례는 중상을 입는다. 뛰어 온 영식이 정면에서 아사꼬에게 발포한다. 경찰의 현장 검증에서 명례의 서랍에서 어떤 남자에게 보낸 편지가 나온다. 자살을 각오하고 있었던 것 같다. 경찰은 명례를 심문하기로 한다.

이렇게 소설은 끝을 맺는데 이야기는 좀 더 계속 될 것 같은 분위기이다. 하지만, '전편게재'라고 나와 있기 때문에 이것으로 이야기가 끝난 것이라고 생각할 수밖에 없는데, 염상섭은 이처럼 종종 여운을 남기는 결말을 짓는 작가이기도 하다.

내용을 보면 언뜻 대중오락 소설인 것을 알 수 있다. 삽화도 지나치게 강렬한 느낌이 들고, 종합잡지의 독자가 달마다 잠시 쉬어 가면서 즐기는 소설의 역할을 했던 것이라 할 수 있겠다. 제목이 「그 여자의 운명」인 것처럼 불행한 전락을 거듭하는 명례의 후반생을 선정적인 필치로 간결하게 정리하고 있다. 인생의 한 단면을 잘라내서 보여주거나, 자신의 내면을 성찰하기도 하는 염상섭의 단편과는 달리, 분량은 적지만 장편소설의 구조인 것을 알 수 있다. 게다가 염상섭은 '통속소설'로서는 거의 동시기에 「무현금」을 연재하고 있었기 때문에, 그것과 병행해 한층 흥미본위의 '대중소설'을 쓰려고 하는 의식이 있었던 것으로 보인다.

이 작품에 관해서는 정리된 선행연구는 거의 없으며, 동시기 다른 작품을 다룰 때 조금 언급하는 정도에 그치고 있다. 대표적인 평가로서는 "연애중심의 흥미본위로 쓰어진 좀 가벼운 작품"94), "흥미본위의 애정물"95), "요령 부득의 통속소설"96)이라는 것 등이 있다.

이들 대부분은 '통속소설'과 '대중소설'을 구별하고 있지 않다. 예를 들면, 김윤식은 염상섭의 장편소설 군을 3분류 하면서, 제2의 유형으로 "남녀 사랑을 통속적인 수준에서 다룬 것"으로 「이심」「모란」「그 여자의 운명」「청춘항로」「불연속선」을 같은 예의 작품으로 들고 있다.97) 그리고 김윤식은 「그 여자의 운명」은 중편이라고 하고 있다.98)

그런데 유병석은 전술한 것처럼, 이 작품과 「모란」을 하나로 묶어서 '연애물'이라고 하는데,99) 「그 여자의 운명」은 명례를 둘러싼 남녀의 애욕에 얽힌 애증극이며, 연애 그 자체는 다루고 있지 않다. 한편, 김경수는 150매(200자) 정도의 분량에 명례의 인생을 급격한 시간 전개 속에서 달성하는 것은 무리이며, 이 작품은 "명백한 실패작"100)이라고 하고 있다. 무엇을 기준으로 "실패작"이라고 하는지는 생각하기 나름

---

94) 김종균(1974), 265쪽.

95) 유병서(1985), 목차, vi.

96) 김윤식(1987), 611쪽.

97) 김윤식(1987), 819-820쪽. 덧붙여, 다른 2유형의 하나는 "식민지적인 현실 속에서의 지식인들의 고민상과 풍속도를 그린"작품(「너희들은 무엇을 어덧느냐」「진주는 주엇스나」「사랑과 죄」「삼대」「무화과」「백구」)라고 하고 있다. 「백구」가 이 분류에 들어가 있는 점은 주목을 요한다. 한편, 3번째 유형은, 6·25 시기의 가치중립 노선과 냉소주의 작품(「취우」등)이라고 하고 있다.

98) 상동, 611쪽.

99) 유병석(1985), 177쪽.

100) 김경수(1999), 195쪽.

으로, 부담이 되지 않는 읽을거리로서는 스피디한 전개로 상당히 재미있는 이야기이며, 그 나름의 '성공'을 하고 있는 면도 있다. 오히려, 본격적인 장편소설만을 염두에 두고 그러한 기준으로 평가를 내리는 것 자체가 이 작품에는 어울리지 않다고 할 수 있겠다.

(3) 「청춘항로」(靑春航路: 1936년)

이 소설은 「그 여자의 운명」과 마찬가지로 『중앙』지에 1936년 6월부터 9월에 걸쳐 도합 4회 연재되었는데 잡지 자체의 폐간으로 중단되었다. 주요 등장인물을 개관해 보면 다음과 같다.

- 윤종호(30세 넘김): 동경미술학교를 졸업하고 귀국한지 수년이 된 화가이다. 미남자로 난봉꾼이기도 한 유한계급의 신사이다.

- 김남히(희): C백화점에서 회계 일을 하고 있으며, 반년 전부터 종호와 교제하고 있다. 여동생이 시골에서 상경해 와 있다.

- 조미사꼬(27세): 조선에서 태어난 일본인으로 여학교까지 조선에서 다녔으며, 동경에서 3년간 영어를 배웠다. 시골 여학교에서 3년간 영어교사를 한 적이 있다.현재는 죠―지와 결혼해서 서울에서 살고 있다.

- 조지인(E·죠―지): 미사꼬와 5년전에 결혼한 서양인이다. 황금정(코가네마치=黃金町)에 있는 D상회(나사점[羅紗店]: 직수입판매)을 경영하고 있다. 돈과 여자를 매우 좋아하는 사내이다.

- 딸톤: 시드니에 상회를 가진 노신사이다. 죠―지와 거래관계가 있다.

이상 「청춘항로」의 등장인물을 간단히 정리해 보았는데, 다음으로 작품의 줄거리를 개관해 보도록 하겠다.

5월 어느 휴일, 종호는 남희와 만나기로 한 경복궁에 갔다. 거기서 서양인 단체를 안내하고 있는 와후쿠(和服)차림의 미인(미사꼬)를 보게 된다. 서양인이 멋대로 남희의 사진을 찍어서 미사꼬가 사과를 하게 된다.

종호는 전람회까지 한 달을 남겨두고 있었는데 그림이 잘 그려지지 않았다. 매일 오는 남희에게도 질려서, 그림이 완성될 때까지는 만나지 않기로 한다. 종호는 새로운 서울의 배경으로 비행기를 그리고 싶은 마음이 들어서, 여의도 비행장으로 간다. 거기서 우연히 일본 고베(神戶)로 가려고 하던 미사꼬와 재회하게 되고 연락처를 알게 된다.

전람회가 시작되고, 종호의 그림 <서울>이 특선에 뽑힌다. 종호의 아틀리에에 온 남희는 어느 날, '미사죠'라고 쓰여진 영어 편지를 발견하고 가지고 간다. 봉투를 뜯자, 지난 번 찍은 사진이 나왔다. 한편, 그날 오후 자신의 그림이 팔렸다는 소식을 듣고 종호는 아틀리에에 가서 그림을 산 사람이 미사꼬임을 알고 흥분한다. 바로 미사꼬에게 전화를 해서, 두 사람은 처음으로 ××정(亭)의 다다미방에서 대면하게 된다. 그녀는 얼마 안 있어 남편과 함께 호주에 갈지도 모른다, 그 전에 당신과 같은 조선의 양반과 만날 수 있어 다행이라며, 매일 같은 시각에 전화기 앞에 있을 테니, 연락을 해 달라고 한다. 종호는 완전히 미사꼬에게 빠져들고 만다.

이틀 후, 두 사람은 다시 경복궁에서 데이트를 한다. 점차 육감적으로 다가오는 미사꼬가 종호에게는 요녀(妖女)나 유한마담처럼 보이다가도 인텔리 여성처럼 보이기도 해서 경계하기 시작한다. 하지만 두 사람은 결국 서로에게 마음이 있음을 고백하게 된다. 그녀가 시드니에 가는 날은 점차 다가오고 있었다. 미사꼬의 남편은 현재 금강산에 가있는 딸톤이 돌아오면 비서로 가달라고 말하고 있었는데, 실상은 남편 회사의 빚 때문에 담보물처럼 인신매매되는 것이나 마찬가지라고 한탄한다. 그런 말을 듣고는 "가지 말라"고 말할 수밖에 없는 종호였지만, 이 여자를 어디까지 돌볼 수 있을 것인지 불안하기도 했다.

다음 날, 미사꼬로부터 "떠나게 됐다. 안녕히."라는 내용의 속달이 왔다. 종호는 조선호텔에 달려가서, 딸톤과 미사꼬와도 만난다. 그녀는 종호가 조금 더 강하게 "가지 말라"고 말해 주지 않았음을 쓸쓸하게 생각하는 모습이었다. 다음날, 역에 전송을 하러 가기로 하고, 두 사람과 헤어진 종호는 퍼뜩 남희를 생각한다. 수일간 방치해 두었는데, 역시 버리기에는 아까운 여자라는 생각이 들었다. "나도 위선자로구나"라고 생각하면서, C백화점에 간다. 남희는 종호가 온 것이 기뻤지만 화가 난 척을 한다. "나중에 만나자"는 종호의 말을 기다리고 있는 것 같았다. (중단)

여기서 이야기는 중단되기 때문에 뒷이야기는 알 수 없다. 다만, 종호, 미사꼬, 남희가 펼치는 삼각관계가 뒤틀려서 종호가 시드니로 미사꼬를 뒤따라가지만, 그녀는 이미 딸톤의 첩이 되어 있다는 식의 줄거리를 생각해 볼 수 있다. 다만, 호주를 잘 알지 못하는 염상섭은 역시 한국에서 이야기를 전개하려고 하지 않았겠는가. 어쨌든 이 작품에는 「그 여자의 운명」과 마찬가지로 역시 통속적인 필치로 그려진 극화풍의 삽화도 곁들여졌으며, 일본인과 서양인까지 등장해서 점차 화려한 무대가 펼쳐지고 있어, 그야말로 이 작품이 대중소설임을 확인하게 된다. 남부진은 식민지 종주국 여성인 일본인 여성을 향한 조선인 남성의 욕망이 어떤 식으로 발동하고 있는지를 상세하게 논하고 있는데,[101] 이러한 설정이 대중적인 통속성을 획득할 수 있는 분위기가

---

101) 주로 김성민의 일본어 장편 「녹기연맹」(1940) 등을 통해 논하고 있다.(남부진 『문학의 식민지주의(文学の植民地主義)』세계사상사(世界思想社), 2006년, 24-34쪽)

1936년 시점에서 이미 조성되어 있음을 알 수 있다.

조선인 사이에 펼쳐지는 애욕에 관한 이야기는, 「청춘항로」와 거의 동시기에 발표된 장혁주의 「곡간(谷間)의 정열」(『사해공론』 1936.1~9) 등에도 보이는데, 「청춘항로」는 순애보를 그린 이야기라기보다는, 오히려 문란한 애욕을 그린 이야기로 떨어질 직전까지 붓을 달린 작품이라 할 수 있다. 이러한 점은 종호의 성격형상을 통해서도 엿볼 수 있다. 그는 본디 남희를 애인처럼 두고 있다가, 한눈에 반한 미사꼬에게 기울어지면서도, 그렇다고 해서 남희를 버리는 것은 아까워하며, 양다리를 걸치고 있는 '난봉꾼'이다. 이러한 소설에 「청춘항로」라는 제목을 붙이고 있는 그 자체에서 이미 그 전까지 발표된 염상섭의 장편의 제목에서 보였던 의미심장한 상징성은 없다고 할 수 있다. 이 소설을 염상섭이 '통속소설' 이하인 '대중소설'로 규정하고 집필한 것은 명백해 보인다. 이 시기 거의 동시에 『매일신보』에는 「불연속선」을 연재하고 있었던 것을 생각해 보면, 이렇게 성격이 다른 작품을 동시에 쓰고 있었다는 점은 놀랄만한 역량이라고 해야 할 것인지도 모르겠다. 다만, 「불연속선」을 '통속소설'로 분류해서 이 작품과는 구별해서 쓰고 있었던 것은 확실해 보인다.

그런데, 「청춘항로」에 대한 선행연구는 거의 없으며, "미완의 작품이므로 논의할 수 없다"[102]라고 딱 잘라 버리는 경우도 있다. 이 작품을 언급한 극히 소수의 경우도 "흥미본위로 씌어진 좀 가벼운 작품"[103], "요령부득의 통속소설"[104]이라고 평가할 따름으로, 그 이상 분석을 하는 경우는 없다. 그 가운데 다소나마 분석을 하고 있는 것은

---

102) 김경수(1999), 195쪽.
103) 김종균(1974), 265쪽.
104) 김윤식(1987), 611쪽.

유병석인데, 작품 분류를 하는 것이 난처했던 것인지 「무현금」과 함께 '미완의 장편'이라고 하면서도, "철두철미, 흥미 본위의 연애담"105)이라고 하며 다음과 같은 2가지 특성을 보여주는 작품이라고 분석하고 있다.

    ① 인물들이 전적으로 흥미위주의 연애소설에 걸맞게 설정돼 있다는 점
    ② 이야기가 아주 현대적으로, 이국적, 국제적인 분위기 속에서 전개되고 있다는 점

더욱이, ①을 보충 설명하면서, 주인공이 경제적으로 자유로운 부유층인데다가 교양 있는 미남, 미녀이며 향락을 추구하는 소비적인 인물인 것을 지적하고 있다.106) 이러한 2가지 특성을 보더라도 「청춘항로」가 '대중소설'인 것을 재확인할 수 있다.

그런데, 『중앙』36년 6월호의 '편집후기'를 보면, "앞으로 다달이 새로운장편소설을 게재하겠습니다"107)라고 적혀있다. 이 기록을 보게 되면 편집부에서는 1회로 완결되는 읽을거리나, 기껏 3, 4회 정도의 '장편'을 상상했던 것임을 알 수 있다. 염상섭이 대 장편소설을 전개하려고 생각했던 것인지는 모르지만, 『중앙』지가 폐간이 되지 않았다고 하더라도, 그렇게 길게 쓸 수 있는 작품은 아니었을 것으로 보인다.

---

105) 유병석(1985), 185쪽.
106) 이상, 상동, 184쪽.
107) 『중앙』1936.6, 318쪽.

(4) 단편「불똥」(34년)과 「실직」(失職: 36년)

염상섭이 「백구」에서 「불연속선」을 연재했던 1932~36년 동안 쓰여진 장편은 미완인 작품을 포함해서 실로 6편에 이르는데, 이 시기 단편은 콩트 종류를 별도로 하면 2편 밖에는 발표하지 않은 것으로 보인다. 얼마나 장편에 힘을 쏟고 있는지를 알 수 있는 부분이다. 여기서는 단편 2편을 간략하게 살펴보도록 하겠다.

①「불똥」

이 작품은 월간 종합지 『삼천리』1934년 9월호에 게재되었고, 같은 해 8월 14일에 집필된 것으로 '부기'가 달려 있다.

경성 교외 벼랑 위에 들어선 신흥 주택지가 무대이다. 그곳은 3천여 평 땅에 80여 채의 주택이 들어섰고, 500명 가까이가 북적거리며 살고 있다. 모두 가난했지만 차별은 없었다. 그 가운데 김 씨 집안만이 유달랐다. 딸은 카페에서 일하고 있는 '신여성'이었고, 아들은 인텔리 풍의 '학자' 청년이었다. 지주가 이 신흥촌의 철거를 통고해 왔을 때, 주민들은 부청(府廳)에 조정을 부탁했지만 아무런 효과가 없었다.

그 무렵, 김씨의 딸이 돈을 가지고 돌아와, 오랜만에 취사장에서 연기가 피어올랐는데, 모친의 실화(失火)로 불이 번졌다. 이곳은 시내에서 멀고, 수도도 없었다. 경관이 달려왔지만 소방대가 오지 않았다. 군중들 가운데서 방화범이 있다고 외치는 소리가 들렸다. 모두의 눈은 김 청년에게 향했다. "죽여라"라고 외치며 작은 칼을 뽑는 청년도 있었다. 경관은 김 청년과 아는 사이로 보였다. 이틀 후, 연행된 주민들은 모두 석방되었다. 경관은 그들에게, 김청년은 나쁜 사람으로, 징역을 살다 나갔지만 방화를 할 정도의 인물은 아니니 오해하지 말라고 말하고, 김 청년에게는, 그 사람들에게 얻어맞은 것은 분하다기보다는, 섭섭한 일이었겠다고 한다. 또한 주민들을 이주시키기로 했는데, 미움을 받고 쫓아가서

같이 사는 것보다 시내에 방 하나 세를 얻는 것이 좋지 않느냐[108]고 권
한다. 김 청년의 어머니가 불을 낸 장본인이었지만, 서류 송청됐을 뿐이
라는 이야기였다.

이와 같은 내용인데, 원문에는 구점「°」이 거의 없는, 특이한 문장
이다. 단편 「검사국대합실」(1925)과 마찬가지로, 염상섭이 신문사 근
무를 하면서 보고 들은 사건을 바탕으로 썼던 것인지도 모른다. 군중
묘사를 실험적으로 하려는 의도도 엿볼 수 있는 한편으로, 집단 심리
나 식민지 통치에 관한 간접적인 비판도 내포된 것으로 보인다. 이 작
품에서 초점을 맞추고 있는 것은 김 청년인데, 사회주의 운동을 해왔
던 것으로 보이는 그는, 민중의 편에 서서 힘을 써왔다고 생각했는데,
도리어 그 민중에게 증오의 대상이 돼서 경관으로부터 빈정거림이 섞
인 지적을 받는 부분이 주목된다. 통속 장편류를 연재하고 있던 같은
시기에, 이러한 하류사회의 한 단면을 비판적으로 바라보는 단편도 창
작했음은 눈여겨 보아야 할 대목이다. 하지만 시간적 여유가 별로 없
었던 것인지, 작품의 완성도가 그리 높다고 할 수는 없다.

② 「실직」

이 단편도 염상섭이 『삼천리』에 1936년 1월과 2월 2회에 걸쳐 연재
한 작품이다.

주인공 김덕창은 보험회사 외판원을 하고 있다가 해고당해서 구직 활
동 중이었는데, 겨우 내정을 받고 힘이 솟아 집에 돌아가자, 처인 분이
의 모습이 보이지 않는다. 그가 실직 중에, 그녀는 '미도리'라고 하는
이름으로 카페 여급을 하고 있었는데, 편지를 두고 가출을 했던 것이다.
덕창이 M카페에 달려가자, 덩치가 큰 주인 사내가 나와서, 가불한 잔금

---

108) 염상섭 「불똥」『삼천리』1934.9, 276쪽. (대체적인 의미)

을 갚지 않고 실종된 아내의 행방을 남편이 모를 리 없다며 오히려 협박을 하기 시작한다.

카페 주인이 그를 끌고 경찰서로 간다. 경찰과 카페 주인은 아는 사이인지, 주인이 하는 말만을 듣는다. 내일 다시 오라는 말을 듣고, 카페 주인은 덕창이 도망치지 못하도록 카페 2층에 그를 연금한다. 다음 날 취직이 결정된 회사에 출근하지 않으면 안 됐지만, 그럴 상황이 아니었다. 하지만 그 날도 종일 기다린 끝에, 다시 내일 오라는 말을 듣는다. 다음날 아침, 회사에 들른 덕창은 휴가를 애걸하지만, 취직난이 심각한 시대에 몇 백명 가운데 뽑히자마자 결근이 웬 말이냐며 힐책을 당한다. 경찰서에서 돌아오는 도중에 아내와 우연히 마주친다. 셋방을 얻었던 집 노파가 꼬드기는 바람에 시골의 갑부 노인의 첩이 되려고 했었는데, 유곽에 팔려갈 지경에 이르러서 도망쳐 왔노라고 했다. 그 다음 날 분이는 아무 일도 없었던 것처럼 카페에서 술을 따르고, 덕창은 아이를 보고 밥을 짓는 데 정성을 다하는 일상으로 돌아간다.

취직난이 심각한 시내를 배경으로 한 초라한 월급쟁이 집안이 옥신각신하면서 살아가는 이야기인데, 「전화」(1925)와 마찬가지로 염상섭은 즐겨서 이러한 계층이 보내는 사사로운 일상의 일면을 능숙하게 잘라 내서 보여주고 있다. 기자 경험이 있는 염상섭인 만큼 「불똥」과 마찬가지로 실제 이야기를 취재했던 것인지도 모른다. 서민 생활의 세밀한 묘사는 뛰어나며, 미스테리를 연상시키는 필치의 전개가 이와 겹쳐져서 독자가 홍미를 잃지 않도록 하고 있다. 동시에 발표된 장편과는 완전히 다른 소설 세계가 펼쳐지고 있다고 말해도 좋겠다.

끝으로

　이상으로, 1932~36년 약 5년간에 발표된 염상섭의 장편 6편 등에 대해서 이번 장에서 살펴보았는데, 이를 간략하게 정리해 보도록 하겠다.

　우선, 이 시기의 장편 「백구」, 「모란꽃 필 때」, 「불연속선」의 공통점은 신분 상승과 안정을 희구하면서 악전고투하는 서울 중류층의 청년남녀의 연애 혹은 애욕 상황을, 추리소설적인 수법을 섞어서 통속적으로 그리고 있다는 점이다. 삼각관계, 사각관계 가운데는 순애보를 희구하는 한 쌍도 등장하지만, 대부분의 경우 남녀 교류의 계기나 전개 과정에는 돈이 얽혀 있다. 경제적 몰락이라는 틈을 노리거나, 신분 상승을 바라는 모친의 책략으로 본인의 의지와는 맞지 않는 혼담이 진행되기도 한다. 어느 작품 할 것 없이 여성이 주인공격으로 등장하는데 결말을 보면 「백구」의 원랑은 비극으로 끝나며, 「모란꽃 필 때」의 신성과 「불연속선」의 경희는 사랑의 쟁취를 통해 해피엔딩을 맞이한다. 이 3명의 성격 설정을 비교해 보면 원랑→신성→경희 순으로, 소극적인 인물에서 점차 적극적인 인물로 바뀌고 있는 것을 알 수 있다. 한편, 연애에 개입하는 것은 돈뿐만이 아니라, 당시 공고했던 가부장제도에서 기인하는 '가족'을 둘러싼 보수적인 부친세대와의 충돌이 있다. 하지만 이 장편 3편에서는 「삼대」에 보이는 것과 같은 세대 간의 상극은 그려져 있지 않고, 대부분의 경우 부친세대의 '부재'(존재가 희미하거나, 사망)로 인해 충돌없이 연애가 성취한다고 하는 스토리가 대부분이다. 하지만, 이것은 1930년대 현실을 여실히 반영하고 있다고 하기 보다는, 독자 대중의 바람을 그리고 있는 것으로 보인다. 이러한 점을 통해 이 작품들에는 통속성이 단적으로 나타나 있다고 할 수 있는 것이다.

통속성에 대해서는 염상섭의 주장이기도 한, 조선의 독자층의 단계를 고려해서, 소수의 지식인층에게는 '본격소설'을 제공하지만, 일반 대중에게는 '대중소설'이나, 한 단계 위인 '통속소설'을 제공한다고 하는 생각이 실제 작품과 연동되고 있다고 보인다. 즉, 장편 3편과 「무현금」이 '통속소설'에 해당하며, 「그 여자의 운명」과 「청춘항로」는 '대중소설'로 창작됐던 것이다.

다음으로, 등장인물의 계층을 살펴보면 「백구」의 원랑은 보통학교를 졸업하고 백화점 점원을 하고 있고, 영식이 보통학교 훈도라고 하는 설정인데, 다른 2편의 주인공격의 인물은 동경유학을 통해 상과대학이나 여자고등사범 등에 다니는 고학력인 경우가 많다. 인텔리로서의 레벨은 높지만 경제 수준을 살펴보면 집안이 몰락해서 고학을 하는 경우가 많다. 지적인 수준, 경제적인 수준 둘 다 높은 인물 설정은 적으며, 인텔리가 아닌 인물이 등장하는 것도 적은 것이 특징이라 하겠다. 즉, 경제 상황은 다양하지만, 도시(서울)의 지식인 청년남녀가 주로 등장한다는 것이 공통점이라 할 수 있다. 종전에 염상섭의 장편은 대략적으로 말해서, 몰락한 중산층을 그리고 있는 것으로 여겨졌는데, 지적 수준과 경제 수준을 상세히 대조해서 조금 더 엄밀하게 계층을 파악할 필요가 있다고 생각한다.

더욱이, 이 시기에 발표된 장편의 특징은, 일본 특히 동경을 다루는 방식에 잘 드러나 있다. 염상섭은 1920년대부터 왕왕 '동경'을 다뤄왔는데, 이것을 분류해 보면, ① 유학을 갈 곳으로서, ②가치기준, 문화의 중심지로서, ③안전지대, 피신처로서, ④'운동'의 한 거점으로서 그리고 있음을 알 수 있다.[109] 이 가운데 ④는 역시 퇴조했지만, ①~③은 여전히 본장에서 다룬 장편소설에도 적용이 가능하다. 그렇다고 하기 보다는, 점차 작품에서 '동경'에 의존하는 정도가 높아지고 있는 것이다. 즉, 조선 내에서 해결하지 못하는 것은, 바로 등장인물을 동경으로 향하게 해서 처리해 버리는 경향이 있다. 물론 통속소설로서, 일본에 못 가는 독자 대중의 꿈과 동경심(憧憬心)을 대변하고 있는 면도 있을 것이리라. 하지만, 이를테면 '조정지(調整池)'로서 '동경'을 염상섭이 중요한 창작 수법으로 사용하고 있음은 확실하다. 다만, 이것은 어디까지나 창작상의 한 수법이라 할 수 있으며, 염상섭 자신은 '동경'에 관한 대중들의 선망어린 열정을 냉정하게 관찰하고 있다고 할 수 있다. 이 점을 혼동해서는 안 될 것이다.

수법이라는 면에서 또한 여전히 편지가 다용되고 있음을 알 수 있다. 20년대 단편에서 이것은 주인공들이 자신의 '자아'를 표출하는 고백으로서 사용됐는데, 30년대 장편에서는 추리소설 투의 전개에 불가결한 기밀과 추리가 뒤섞인 편리한 통신 수단으로써, 소설의 소도구가 되었던 것이다.

그러면 이 시기 장편은 그 전 시기 작품과 어떠한 관계가 있는 것일까. 일반적으로 「무화과」즈음까지 보였던 사회주의 이데올로기를 제시할 수 없어졌기 때문에, 이데올로기를 제외하고 연애담을 쓸 수밖에 없었던 것이라고 알려져 있다. 확실히 이번 장에서 다룬 장편에도 '주의자'로 보이는 인물은 등장하지만, 간접적 회상 가운데 모습을 드러내는 경우가 대부분이며, 그것도 통속소설의 독자를 흥분시키는 양념 정도의 역할에 그치고 있을 따름이다. 하지만, 이로써 염상섭이 사회적인 관심을 잃었다고 보는 것은 타당해 보이지 않는다. 식민지 상황의 변화 속에서 강압에 따른 위축이 있었을 것이나, 해방 직후의 장편「효풍

---

109) 전게(주1) 시라카와 유타카(1998), 183쪽.

」에서 보이고 있는 이데올로기를 직접적으로 드러낸 내용을 상기해 보면, 일단 '통속소설'을 써가면서 닥쳐오는 시대 상황을 견뎌내자고 생각했던 것은 아니겠는가.

염상섭은 본래 세상을 냉철하게 관찰하고 비판하는 능력이 뛰어난 작가이다. 다만, 「만세전」에서 보여주었던 직접적인 반항 정신은 식민지 상황이 길어짐에 따라 발휘하기 힘들어 졌다고 할 수 있다. 울적한 심정을 일정 부분, 창작을 통해 토로할 수 있었을 때는 좋았지만, 생활을 위해 입사한 매일신보사에서 정치부장까지 떠맡게 되면서, 점차로 본심을 쓸 수 없게 되었다고 생각해 볼 수 있다. 세상을 통찰하고 있으면서도 직접적으로 쓸 수 없다는 고뇌를 '통속소설'로 달래려 한 염상섭은, 결국 만주로 탈출한다는 비상수단을 통해 상황을 타개하려고 했던 것이리라. 하지만 탈출했지만 그 곳에서는 제대로 된 창작을 할 수 없다는 판단에서 염상섭은 그 후 9년간 거의 절필에 가까운 상태로 지냈다. 거기에는 염상섭 특유의 인생에 대한 니힐리즘과 리얼리즘의 뒤얽힘을 볼 수 있다는 생각이 드는데, 이번 장에서는 거기에 이르기 직전의 5년간을 장편소설을 통해서 엿보았을 따름이다. 이 시기에 발표된 다른 잡문 등의 검토나, 만주행 이후 염상섭의 발자취의 조사 등의 과제는 아직 많이 남아있다. 선행연구가 적은 이 5년간의 작품을 총 정리하는 것으로 일단 마무리 짓도록 하겠다.

제6장
장편소설 「효풍(曉風)」 (1948년)론

제1절 서지 사항과 시대배경

염상섭 소설 「효풍」[1]은 『자유신문』에 1948년 1월 1일부터 11월 3일에 걸쳐 도합 200회에 걸쳐 연재된 작품으로, 염상섭이 1945년 해방 이후 처음으로 쓴 장편소설이다. 중국 안동(安東＝현丹東)에서 해방을 맞이한 염상섭은 다음 해 46년 6월 무렵에 드디어 서울에 돌아오게 돼서, 『경향신문』창간 당시인 46년 10월부터 이 신문의 편집국장이 된다. 하지만 47년 7월에 사직하고, 창작에 전념하려고 했지만, 아직 단편 2, 3편 정도를 썼을 뿐이다. 그랬던 만큼 본격적인 장편소설인 이 작품에 걸었던 열의는 상당했을 것으로 본다. 연재 최종회를 탈고한 것이 9월 15일이라고 말미에 나와 있음에도, 구상을 한지 1년 가까이 이어서 썼음을 알 수 있다. 그 사이 48년 8월 15일에는 대한민국이 건국되고, 같은 해 9월 9일에는 조선민주주의인민공화국이 건국

---

1) 단행본 『효풍』(실천문학사, 1998년)의 범례를 보면, 신문연재 당시의 명백한 오자는 정정하였고, 철자 등은 원문의 의미와 어감을 해치지 않는 범위 한에서 현행 철자법대로 수정했다고 하고 있다.

되었다. 그러므로 이 작품은 현재까지 지속되고 있는 한반도의 분단 상황이 완전히 고착화 된 시기를 사이에 끼고 썼던 작품임을 알 수 있다.

이 작품은 전체 32장으로 구성된 신문 연재소설로, 연재지인 『자유신문』의 영인판이 1996년에 간행(『해방공간신문자료집성』, 선인문화사)되기는 했지만 인쇄상태가 좋지 않아서 판독하기가 쉽지 않아서, 지금까지 「효풍」의 본격적인 연구에 적지 않게 지장이 됐다. 하지만 김재용이 간행한 『염상섭선집2 효풍』(실천문학사, 1998년)이 신문 연재본을 저본으로 해서 출판되었기 때문에 이러한 지장은 상당 부분 타계되었다. 본고에서는 이 단행본을 텍스트로 삼아 논의를 진행하도록 하겠다.

「효풍」은 1947년 말부터 다음 해 48년 봄까지를 시대배경으로 해서, 당시의 혼란했던 정치상황과 세상을 세밀하게 그린 작품이다. 그런 만큼 우선 1947년부터 48년 여름에 걸친 한반도의 정치 상황을 우선 간략하게 정리해 보도록 하겠다.

해방 직후 북위 38도선에서 미군과 소련군이 분할 점령한 남과 북의 장래를 협의하기 위해 미국과 소련의 공동위원회가 마련됐지만, 양 진영의 의견 차이로 좀처럼 진전을 보지 못하고 있었다. 1947년 7월 10일에는 제2차 공동위원회마저 결국 결렬되고 만다. 그러는 사이에 국내 좌우파의 충돌이 심각한 상황에 이르러서 47년 7월 19일에는 국제연맹의 신탁통치 노선을 지지하고 좌우의 통일전선을 끝까지 관철하려고 했던 여운형이 암살당한다. 한편, 후일 한국의 초대 대통령이 된 이승만은 국제연맹 감시 하에 남조선 단독 선거를 밀고 나가려 하고 있었다. 이에 위기감을 품은 김구는 1948년 4월, 평양에서 열린 남북조선 정당인들의 연석회의에 참석해서 백방으로 수를 써 보았지만, 결국 5월 10일에 남조선에서 단독선거가 강행되고 만다. 김구는 끝까지 남북 협상운동을 계속하지만 49년 6월에 암살당한다.

이처럼 국제적인 냉전체제라는 상황 속에서 미국과 소련의 대립과 이와 복잡하게 얽히고 설킨 조선 내 좌우 양파의 격렬한 대립이 고조해 있던 것이 실로 「효풍」이 연재 되던 시기라고 할 수 있다. 이 시대를 염상섭이 어떻게 파악해서 그리고 있는지는 검토해 볼 만한 과제일 것이다. 단 이어서 살펴 볼 개략적인 스토리에서 소개하겠지만, 소설에서 다루고 있는 시대적 배경은 1947년 12월 24일부터 다음 해 48년 4월 3일까지이다. 즉, 집필이 완료되기 반 년 정도 전 즈음해서 이야기를 그치고 있는 것인데, 이것이 의미하는 바에 대해서도 검토해 보도록 하겠다.

제2절 주요 등장인물과 스토리

- 김혜란(23세): L여자 전문학교 영문과를 졸업하고, 모교인 S여자 중학에서 영어교사를 하고 있었는데, 빨갱이라는 소리를 듣고 지난 가을 학교를 그만두고, 골동품점 경요각(瓊瑤閣) 점원이 된다.

- 박병직(25, 6세?): 여름까지는 좌파계 A신문사에 있었는데, 지금은 B신문사로 옮겼다. 혜란의 약혼자감이었는데, 최화순과도 친해진다. 키가 큰 미남자로, 우유부단한 구석이 있다.

- 최화순: 동경 유학을 마친 후 A신문사 기자로 5년간 일한다. 적극적인 성격으로 동료였던 병직과도 친하다.

- 박종렬: 병직의 아버지로, 양조회사 사장이며, 우파 ××청년단을 지원하고 있다. 일제 시대에는 도회의원(道會議員)이었는데 해방 후에도 시국에 편승해서 활동하고 있다.

- 김관식(50세 정도): 혜란의 아버지이며, 박종렬과는 예부터 친구이다. 미국 체험도 있는 영문학자이며, 현재는 대학에 출강하는 것 이외에는 서재에 틀어 박혀서 독서와 술로 소일하며, 세상을 방관하고 있다.

- 이진석(40세 전후): 골동품점 경요각 주인이다. 청년기에 하와이에서 20년 가까이 살다가 해방 후에 귀국했다. 영어가 유창하며, 돈을 벌 생각만을 한다.

- 베커(25, 26세?): 예전 총영사 아버지와 함께 12세에 일본에서 3년, 15세에 상하이에서 2년을 체재했다. 무역 관계 기관에서 근무하고 있으며, 조선의 민속에 관심이 있는 인텔리로, 호감이 가는 청년이다.

- 브라운(30세 정도): 아버지가 30여년 동안 한국에서 운산금광(雲山金鑛)을 경영했던 관계로 한국에서 태어난 무역상이다. 부인은 미션 계열 학교에서 교사를 하고 있으며, 혜란을 가르친 적도 있다.

- 장만춘(45세 전후): 여학교 영어교사로, 관식과 친하며 혜란의 선생님이다. 아르바이트로 통역 등을 하고 있으며, 골동품 점에도 드나든다.

- 가네코(金子): 해방 전부터 있었던 요정 취송정의 마담이다. 한국어가

능숙한 미인으로 일본인이다. 데릴사위 남편 임평길(林平吉)
은 조선인이다.

- 조정원: 좌우 정객의 소굴이 된 다방골(다동)의 특별 요정 누님집의
마담이다. 자산가와 결혼한, 일본 ×여자 고등사범 수물리과
(數物理科)를 졸업한 인텔리이다.

- 강수만(22, 23세): 이진석의 첩의 동생으로 경요각에서 사무를 보고
있다. 우파 ××청년단의 선전과 정보를 책임지고 있으며, 한
편으로는 다른 A당에도 몰래 속해 있다. 별명: 장윤만.

- 박석: 표면은 ××청년단원이며, 이면에는 ××노동 조합원이다. 좌우양
파에 이어진 스파이적인 인물로, 수만과 정보 교환을 하고 있
다.

이러한 인물이 등장하는 「효풍」의 스토리는 다음과 같다.

1947년 12월 24일의 서울. 혜란이 일하고 있는 경요각에는 미국인
도 와서, 가게 주인인 이진석은 그녀를 이용해서 미군청에도 파고들려
고 생각하고 있다. 그러한 와중에 조선의 민속에 관심을 갖고 있다고
하는 베커가 가게로 왔는데, 혜란에게 호의를 품게 된다. 하지만 그녀에
게는 병직이라고 하는 애인이 있었다. 좌경(左傾) 기자인 화순은 병직에
게 접근해서 그를 이념적으로 설득한다. 병직은 이북으로 넘어갈 생각
까지 하기에 이른다.

어느 날, 일본인 마담 가네코가 경영하는 요정 취송정에서 대면한 병
직, 혜란, 화순, 이진석, 베커 등은 댄스홀 스왈로로 몰려나갔다. 거기서
모든 이들이 이야기 꽃을 피우는 사이에 일본어로 베커에게 군정 하에
서 미국의 책임문제를 추궁하는 이야기로 흘러간다. 거간꾼들인 미국인

을 제멋대로 날뛰게 하고 있기 때문에 우익도 좌익도 미국을 신용할 수 없다는 말을 들은 베커는 가까스로 "우리 조선문제를 연구하는 구락부를 하나 조직합시다"2)라고 말할 수밖에 없었다. 병직은 그 말을 듣고, "신판 녹기연맹이나 만들까!"3)이라고 말하며 웃을 뿐이었다.

혜란의 아버지 김관식은 오랜만에 외출했지만 서울 시내의 경박한 혼잡함에 불쾌해 진다. 사시미도 삐푸스틱(비프스테이크)도, 사쿠라모치(桜餅, 팥소를 넣고 벚나무 잎으로 싼 떡=필자주)도 초콜릿도 싫어졌다. 처음으로 조선의 빈대떡이 맛있다는 것을 깨달았다고4) 생각하는 관식이었다. 그의 집에 병직의 아버지가 우파 ××당의 분회장에 출마하라며 왔지만, 그는 딱 잘라 거절한다.

병직은 혜란과 5일 만에 만나서 화순과의 교제를 자백한다. 하지만 그는 혜란도 베커와 사귀고 있는 것이 아니냐며 역습을 한다. 병직은 그 직후 어둠 속에서 우익청년단원에게 구타를 당하고 입원한다. 혜란은 어쩔 수 없이 병원으로 달려간다. 두 사람은 지금까지 민족인가 계급인가라는 근본적인 문제에 대해서 진지하게 서로 이야기 한 적이 없었다. 병직에게는 이러한 요소가 혜란과 화순 중에 누구를 고를 것인가 하는 문제와 직결됐다. 그 사이에 병직이 입원했다는 사실을 알게 된 화순이 병문안을 와서, 두 여성이 병직의 병간호를 놓고 다투는 식이 됐다. 병직의 어머니를 비롯한 일가는 혜란을 좋게 생각하고 있는 것 같았다.

병직이 입원하고 1주일이 지나자, 화순은 오지 않게 되었다. 그는 붕대를 아직 풀지 않고 있었다. 그러자 형사가 와서 '주익자'인 이동민이 오지 않았냐는 힐문을 당한다. 그 직후 병직은 치아를 치료한다는 명목으로 병원에서 도망친다. 다시 형사가 와서 병직과 화순의 행방을 쫓고 있는 사실이 판명된다.

---

2) 염상섭 『효풍』, 실천문학사, 1998년, 117쪽.
3) 상게서, 118쪽. 녹기연맹(綠旗聯盟)은 일제말기에 재조(在朝)일본인들이 중심이 되어 결성한 친일운동단체임.
4) 상동, 125쪽.

그 후 1주일 동안 혜란에게 병직이 보낸 편지가 도착한다. 편지에는 자신의 마음은 변하지 않았지만, 기다려 달라고는 할 수 없다, 3일 이내에 10만원을 마련해 달라, 라고 적혀 있다. 혜란은 생각 끝에 수만에게 병직과 만날 수 있게 진력을 다 해줄 것을 부탁한다. 그리고 이진석에게 5만원을 빌려서 오빠인 태환에게 맡긴다.

그 다음날, 돈을 빌려서 입장이 난처해진 혜란을 이진석은 억지로 베커가 운전하는 차에 태워서 인천에 놀러 가는데 동행하게 한다. 베커는 혜란의 환심을 사려고 노력했으며, 그녀에게 미국 유학을 권한다. 때문에 혜란은 그에 대한 경계심을 푼다.

한편, 수만은 온갖 수를 써서 병직의 거처를 수소문해서, 드디어 병직이 부친 소유의 본래 일본이 소유였던 '적산주택(敵産住宅)'에 숨어 있는 것을 밝혀낸다. 하지만 그곳에 가보자 대응하러 나온 것은 놀랍게도 태환으로, 병직은 이미 이북을 향해 출발한 뒤였다. 혜란은 한 가닥 희망을 걸고 요정 누님집에 가보지만, 병직의 행방은 알 길이 없다. 그곳에 형사가 뛰어들어서 혜란도 용의자로 구류되고 만다.

나흘 만에 석방된 혜란의 몸에는 열이 났다. 부친은 병직 때문에 딸이 빨갱이가 됐다며 격노했다. 음력 2월 15일. 베커가 혜란의 병문안을 위해 찾아와서, 미국유학을 다시 권하자, 의외로 혜란의 아버지는 순순히 승낙한다. 병직은 이북으로 넘어가기 직전에 개성에서 체포된다. 10일 정도 지나 석방된 병직은 혜란의 병문안을 간다. 우선 혜란의 아버지에게 인사를 하러 가자, 그는 "자네 모스크바 갔다더니 언제 왔나?"

"내 딸은 워싱턴으로 보내기로 됐네"[5]라고 비아냥거린다. 병직은 "모스크바에도 워싱턴에도 아니 가고, 조선에서 살자는 주의입니다"[6]라고 대답해, 혜란의 아버지를 설득했다. 그리고 국수주의자로서가 아니라, 애국주의자로서 국내에서 공부하고 싶다[7]는 포부를 말한다. 혜란의 아버지가 무엇을 공부할 생각이냐며 더욱 구체적으로 묻는다. 이에 대

---

5) 상동, 335쪽.

6) 상동

7) 상동

해 병직은 삼팔선을 대포 없이도 터지는 방법과, 두 개의 세계가 한데 살 방도를 연구하고 싶다고 대답하는 것이었다.[8]

병직은 처음으로 혜란에게도 상냥한 말을 건넸다. 혜란도 마음이 풀려서, 둘이 벌어서 공부한다면 어떻게든 되겠노라고 응하는 것이었다. 혜란은 다음날, 베커에게 보낸 편지에서 미국유학을 그만두겠노라고 하는 의향을 정중하게 전한다. 베커에게서도 혜란의 장래를 축복한다는 답장이 도착한다.

이상의 스토리를 보자면, 우유부단한 병직은 이광수의 장편소설 「무정」(1917년)의 주인공 이형식을 방불케 한다. 확고한 신념도 없고, 두 여자 사이에서 마음이 흔들리지만, 결국 과격한 이데올로기를 앞세우는 화순을 버리고, 온건하고 '건전'한 혜란을 배우자로 선택하게 된다. 그것만을 보게 되면, 이 소설은 극히 세속적인 연애 스토리에 불과한 것처럼 보인다. 또한 병직이 어째서 화순에게 간단히 유혹되는 것인지, 그리고 또 왜 혜란의 품으로 돌아간 것인지도 구체적인 서술이 이뤄지지 않고 있다. 이것은 확실히 이 소설의 약점이기는 하지만, 거꾸로 염상섭이 연애 스토리 행방에는 그다지 무게를 두지 않고 있었다는 것을 나타내고 있다고도 할 수 있다. 이 장편에 거는 염상섭의 뜻은 다른 것에 있었다고 생각할 수 있다. 이 점에 대해서는 이어서 논하도록 하겠다

---

8) 상동, 336쪽.

제3절 작품 고찰

　「효풍」은 해방 직후 서울을 중심으로 한 조선의 상황이 정말 잘 그려진 작품이다. 특히, 시대배경에 대한 적절한 언급과 등장인물들의 언동을 통해서 당시의 상황을 구체적으로 살펴볼 수 있다. 하지만 본고에서는 이러한 것을 구체적인 예시를 들어가며 논할 지면이 없으므로, 다음 2가지 요소로 논의를 압축하겠다. 첫째는, 이 장편이 이중 구조를 갖고 있는 특징에 대해서이며, 둘째는 당시의 시국과 소설과의 관련에 대해서이다.

　우선, 인물 설정상의 특징으로, 바로 눈에 띄는 것은 등장인물을 이른바 '선한 인물'과 '악한 인물'로 이분 할 수 있다는 점이다. 선한 인물로 볼 수 있는 것은 관식, 병직, 화순 등으로 윤리적으로 결백한 인물이던가, 이상에 불타서 그 길로만 가는 젊은이들이다. 혜란도 다소 소극적이기는 하지만 악에는 결코 물들지 않는 인텔리 여성으로, 베커도 이해관계에 관련된 일을 하면서도 음흉한 구석이 없는 오히려 순박한 청년으로 그려지고 있다. 이러한 인물과 대조적인 것이 실리만으로 움직이는 이진석이나 시대에 따른 조류에 편승해서 살아가는 것밖에는 안중에 없는 박종열 등의 인물이다. 이 소설에는 그 외에도 좌파 및 우파 모두 용인하는 마담 가네코나 조정원, 그리고 좌우파에 통해 있는 강수만이나 박석 등 정치 청년도 등장하는데, 이러한 인물은 그다지 중요한 인물이 아니며, 주요 인물들을 둘러싸고 이야기를 전개시키기 위해 필요한 역할을 부분적으로 지고 있을 따름이다.

　즉 주요한 등장인물을 개화기 소설 이래의 선한 인물과 악한 인물로 설정하고 있는 점은 이광수의 「무정」과도 공통적인 요소라고 하겠다. 사실 이것은 염상섭의 1945년 이전 장편인 「사랑과 죄」(1927~

28), 「이심」(1928~29), 「광분」(1929~30), 「삼대」(1931) 등 많은 소설에서도 눈에 띄는 인물 설정이다. 이렇게 인물들을 선한 인물과 악한 인물로 나누는 설정은 전근대적인 소설의 한 특징으로 보이기도 하지만, 염상섭의 의도는 물론 권선징악을 고취하는 것에 있지 않다. 즉, 이념이나 이데올로기를 인물들의 대립을 통해 드러내는 방식으로 명확하게 인물의 선악을 구분시키는 이분법이 편리하다고 생각했기 때문일 것이다. 염상섭의 장편소설은 세부 묘사는 상당히 리얼하지만, 전체적인 작품 구도는 극히 관념적으로, 작가의 주장이나 신념을 주요 인물을 통해서 발화시키고 있는 경우가 많다. 리얼한 것은 세상 혹은 세태 묘사이며, 이러한 것은 주로 주요 인물 이외의 이른바 조연급의 인물, 「효풍」에서는 가네코나 장만춘 등의 언동을 통해 표현되고 있다.

염상섭 장편에서 해방 전부터 보이는 이른바 이중 구조적인 특징은, 주요 인물이 드러내는 이념이나 이데올로기의 전개와 그 이외의 인물이 드러내는 세태 풍속 등의 리얼한 표현이라 할 수 있는데, 이것은 「효풍」에서도 그대로 반복되고 있음을 확인할 수 있다.

다음으로, 1947년 말부터 48년 한반도의 정치적 정세 분석을 통해 그것이 「효풍」에서 어떻게 다뤄지고 있는지 살펴보도록 하겠다. 이 때 주목해야 할 포인트는, 소설에서 다루고 있는 배경 시간과 실질적인 집필 기간에 격차가 있는 점이다. 염상섭이 언제부터 「효풍」을 집필하기 시작했는지 정확히 알 수 없으나, 그는 종종 집필 직전의 상황을 소설에 삽입하면서 창작을 하는 작가라는 한 특징과, 48년 1월 1일부터 연재를 시작하고 있는 것을 보면, 적어도 47년 말에는 집필을 시작했다고 추정해 볼 수 있다. 소설이 47년 12월 24일 있었던 이야기부터 시작하고 있으므로 거의 실제시간에 입각해서, 현실에서 벌어지고 있는 사건 등을 집어넣는 형식의 연재였다고 생각해 볼 수 있다. 문제는 이 소설이 48년 음력 2월 24일을 마지막으로 해서 끝나고 있는 점이다. 이것은 양력 4월 3일에 해당하는데, 집필 완료를 알리는 부기에 양력 9월 15일로 나와 있으므로, 이 둘 사이에는 반년 가까운 차이가 있는 것을 알 수 있다.

염상섭은 어째서 이 소설에 48년 9월까지의 상황을 포함시키지 않았던 것일까. 생각해 볼 수 있는 것은 염상섭의 희구하는 것과 현실과의 괴리가 확대되었다는 점이다. 염상섭이 한반도의 분단 상황을 어떻게 인식하고 있었는지를 보면, 그는 "남한 단독선거 반대와 남북 협상 지지"9)의 입장이었다. 그것은 즉 김구가 주장했던 노선으로, 앞서 '시대배경'에서 살펴보았듯이 48년 5월 이후 이 노선은 정세가 험악하게 되면서 힘을 잃고, 결국 남조선 단독정부가 수립되고 만다. 「효풍」을 다 쓴 9월은 이러한 상황이 결정적으로 고착된 직후였으며, 그런 만큼 염상섭의 낙담 또한 상당히 컸을 것이라고 추측할 수 있다. 그것을 정면에서 소설에 집어넣게 되면 「효풍」의 전체적인 구도 자체가 붕괴될 수도 있으므로, 「효풍」에서의 시간 배경의 설정에는 필연성이 있다고 할 수 있겠다. 본래 「효풍」이라고 하는 제목은 남북통일을 기대할 수 있는 상쾌한 '새벽 바람'이지 않으면 안됐다.10) 염상섭은 원래, 「묘지」(제목을 바꿔서 「만세전」(1924)), 「삼대」(1931), 「무화과」(1931~32), 「취우」(1952~53)처럼, 소설 내용을 상징적으로 보여주는 제목을 직접

---

9) 김재용 「분단을 거부한 민족의식—8.15 직후 염상섭의 활동과 효풍의 문학사적 의미—」『한국문학평론』,1997년 여름호, 194쪽.

10) 염상섭은 「효풍」연재 직전 '작가의 말'을 통해, "새벽 바람은 모질고 어지럽되, 개동의 여명(黎明)은 희망의 빗치요 간밤(前夜)의 피로와 악몽(惡夢)을 씨서준 새 힘의 줄기외다"라고 하며, 해방된 조선의 현실은 엄혹하지만, 얼굴을 찌푸리고 좌시하거나, 한 때의 흥분에 비분강개하여 정력을 낭비해서는 안 된다고 말하며, 희망을 갖고 난국에 냉정하게 대처할 것을 독자들에게 호소하고 있다.(『자유신문』1947.12.28.)

적으로 붙이는 경향이 있다. 「효풍」의 경우도 그렇다고 한다면, 현실이 날로 악화되는 가운데 이 제목은 명명 당초와는 다르게, 그의 고뇌에 가득한 덧없는 희망을 나타낼 뿐이었다. 이야기를 4월 3일까지 해서 멈춘 것도, 실로 같은 4월 3일에 발발한 제주도 4·3항쟁을 집어넣고 싶지 않았던 것이라고도 해석할 수 있다. 이야기를 어둡게 끌고 갈 수는 없었기 때문이리라. 「효풍」은 이야기가 급전직하 하는 경향을 띠고 있는데, 너무나도 낙천적인 해피엔딩으로 구성된 것인 만큼, 그 매듭 방식이 이광수의 「무정」과 조금도 다르지 않다는 인상마저 안겨 준다. 하지만 이 제목을 빌어 표현하려던 작가의 의도는 그렇게 간단한 것은 아니었을 것이다.

이상의 고찰을 통해 「효풍」은 언뜻 보기에, 당시 한반도의 정치적 상황이 극명하게 묘사된 사실적인 작품으로 볼 수 있는데, 실은 염상섭의 정치적인 희구가 강렬하게 표현된, 극히 관념적인 작품으로도 독해할 수 있다. 염상섭은 당시 전형적인 리얼리즘 계열의 작가로 간주되고 있었는데, 해방 전 장편에서부터 일관된 세부 묘사와 세태 풍속을 활사한다는 의미의 리얼리즘과, 작품의 전체적인 창작 의도의 관념성이라는 양면에서 검토해야 할 작가라고 할 수 있다.

그러면 다음으로 기존의 「효풍」에 관한 선행연구에 대해서 검토해 보도록 하겠다.

제4절 선행연구의 비판적 검토

「효풍」은 전술한 것처럼 김재용이 1998년 작품을 단행본으로 출판하기 전까지 본격적인 논의가 거의 없었다. 예외적인 연구가 김종균

(1974)[11]과 김윤식A(1987)[12]이다. 전자는 「효풍」을 최초로 문제로 삼아서 작품의 대략적인 전체상을 소개한 점에 그 의의가 있다고 하겠다. 김종균은 「효풍」을 해방 전후의 불안과 무질서한 사회를 보는 눈은 확실히 긍정적인 입장에 서 있다[13]고 하고 있는데, 그것이 소설 내용을 액면 그대로 받아들인 것에 지나지 않음에 대해서는 전술한 바와 같다. 김종균은 또한 젊은 남녀의 성문제와 서구적인 유행 풍조에 대해서 생활 윤리의 확립 문제를 지향하고 있다[14]고 하고 있는데, 실제 작품에서 그러한 지향점을 갖고 있다고까지 볼 수는 없다.

다음으로, 김윤식A(1987)는 염상섭과 그 작품에 대한 방대한 종합적 연구의 일환으로 「효풍」을 논하면서, 이 작품도 염상섭이 시종일관 추구했던 '가치중립성'이라는 자세를 통해 창작됐다고 하고 있다. 가치중립성이란 가족관계(핏줄)와 일상적인 삶의 감각을 가장 우선적으로 생각하기 때문에, 세상이 어떠한 상황으로 변할지라도 엄정한 중립주의를 관철하며, 그것과 표리일체를 이루는 냉소주의로 처신하는 것을 의미한다[15]고 하고 있다. 이러한 견해는 염상섭의 일반적인 장편소설에 관해에서는 수긍이 가지만, 「효풍」에 관해서는 그대로 적용하기 힘들어 보인다. 왜냐하면 이 작품은 염상섭에게는 드물게, 상황에 대한 그의 희망적인 소망이 표명돼 있으며, 결코 방관적인 자세로 쓴 것이 아니기 때문이다.

「효풍」이 단행본으로 출간됐을 때, 본격적인 논의를 전개한 것은 출

---

11) 김종균 『염상섭연구』, 고려대학교출판부, 1974년.
12) 김윤식 『염상섭연구』, 서울대학교출판부, 1987년.
13) 김종균: 전게서, 221쪽.
14) 상게서, 289쪽.
15) 김윤식: 전게서, 821쪽. (대체적인 의미) 이하, " "가 없는 인용부분은 모두 대체적인 의미이다.

판에 관여한 바로 김재용(A 1997/ B 1998)과, 이에 이어 김경수(A 1997/ B1998)이다. 우선 김재용의 논의를 살펴보자.

김재용A(1997)[16]는 「효풍」을 재 발굴하면서 이 작품의 특징과 의의에 대해서 처음으로 체계적으로 논하고 있다. 우선 김재용은 염상섭의 정치적 신념에 대해서 1947년까지는 민족국가의 수립에 대해서 상당히 낙관적으로 기대를 하고 있다고 밝히고 있다.[17] 그것이 48년이 되자 점차로 현실이 엄혹함을 더해 가면서, 염상섭은 창간된 『신민일보(新民日報)』(1948.2.10~5.26폐간)에서 편집국장으로 외세 주도의 분단만은 막겠다는 일념으로 논진을 펼친다. 하지만 필화사건으로 구류를 당해서, 「효풍」도 연재가 5월 4일~9일 사이에 중단됐음을 주목하고 있다. 그럼에도 염상섭은 외부세력을 배제한 통일이라는 신념만은 변하지 않았기 때문에, 「효풍」의 병직, 혜란, 관식에게 작가의 주장을 대변하게 한 것이라고 하고 있다. 이 세 사람은 염상섭의 소설에서는 매우 드문 긍정적인 사고방식의 인물들로, 자신의 이익보다는 민족의 미래를 중시하는 사람들이라고 하고 있다.[18] 하지만 그렇다고 하기에는 병직과 혜란의 작중 언동은 흔들리고 있으며, 다른 인물들의 영향을 받기 쉬운 우유부단한 구석이 있는 인물로 그려지고 있다. 거꾸로 관식은 방관, 냉소주의적인 자세로 일관하고 있는데, 그런 만큼 스스로 움직이지는 않는 인물이다. 그렇다고 한다면 이 세 인물이 단순히 작가의 주장을 대변하고 있다고 말하는 것은 힘든 것이 아닐까.

김재용은 또한 「효풍」이 발표되던 시기에 다른 작가는 아직 거의

---

16) 김재용: 전게(주9) 논문. 이 논고를, 단행본 『효풍』의 권말 해설로 거의 그대로 재수록하고 있다. 본고에서 언급하는 것은 이하 재수록된 『효풍』해설에 따른다.
17) 김재용: 전게서(주2)의 해설, 345쪽.
18) 이상, 상게서, 359-361쪽.

장편을 집필하지 못하던 시기였다[19]고 하면서, 문학사적인 의의를 높게 평가하고 있다. 하지만 실제로는 중단된 작품까지 포함하면 1945년 8월~47년 12월 사이에도 몇몇 장편소설이 발표되었다.[20]

한편, 김재용-B(1998)[21]는, 「효풍」을 일제 시대 대표작 「삼대」(1931)와 비교하면서 논하고 있다. 즉, 「삼대」는 사회주의자와 민족주의자의 통일노선인 신간회운동(1927~31년)과, 「효풍」은 남북협상운동과 밀접한 관계가 있는데, 「삼대」는 신간회 운동이 비관적인 상황이었던 시기에 창작되었다[22]고 하고 있다. 한편, 「효풍」은 엄혹한 현실을 목전에 두고서도 그것에 굴하지 않고 현실에 대한 강도 높은 비판과 희망을 잃지 않겠다고 하는 노력을 작품에서 보여주고 있다[23]고 하고 있다. 병직과 혜란을 확고한 민족의식을 갖고 성장해 가는 인물로 그린 것은, 이러한 현실이 영원히 계속될 리가 없다고 하는 염상섭의 확신이 없다면 있을 수 없는 설정이었다[24]는 것이다. 하지만 작품을 다 써 가던 무렵인 48년 여름이후의 염상섭에 대한 이러한 판단은 비판적 검토를 요한다. 실제 작품에서는 한반도의 미래에 대해 지나칠 정도로 낙관적인 결말을 갑작스럽게 보여주고 있기 때문이다. 이러한 갑작스러움은 염상섭이 현실에 절망하면서도, 굳이 덧없는 소망을 포현한 것으로, 상황을 확신했다고는 생각하기 힘들다.

---

19) 상게서, 366쪽.

20) 예를 들면, 김남천「1945년 8·15」(1945.10.15~46.6.28일까지 확인), 박종화「민족」(근대편)(1945.11.5~46.7.22), 이태준「불사조」(1946.3.28~7.27까지 확인), 김남천「동맥」(『대하』제2부)(1946.7~47.6), 박종화「청춘승리」(1947.9.1~12.27)등.

21) 김재용「염상섭과 민족의식」, 문학사와 비평연구회편『염상섭문학의 재조명』, 새미, 1998년 수록

22) 상게서, 112쪽.

23) 상게서, 120쪽.

24) 상동

　김재용의 주장을 검토해 보면, 대체로 염상섭의 정치적 신념을 작품에서 적극적으로 독해하려고 하는 경향이 강함을 알 수 있다. 하지만 이러한 측면은 염상섭 문학의 특징 가운데 반면(半面)에 지나지 않으며, 또 다른 반면은 역시 당대 사회를 비판적으로 방관하면서, 그 풍속도를 리얼하게 그려내려고 했던 지점에 존재하는 것이 아니겠는가.

　그러면 다음으로 김재용의 논의에 촉발돼 일찍이 그것에 반응한 김경수의 논의를 살펴보겠다. 김경수A(1997)[25]는 우선, 염상섭을 일제시대 이후 다른 어떠한 작가보다도 치열한 정치의식을 소설에 담아낸 작가라고 하면서, 「효풍」 이후에는 이러한 경향이 현저하게 감소했다[26]고 한다. 또한 「효풍」에서는 좌익 이념으로가 아니라, 민족을 논의의 발판으로 삼아야지만 분단을 피할 수 있다는 당시 염상섭의 정치의식이 나타나 있다[27]고 하고 있다. 한편 이 장편은 혜란과 병직의 사랑이 성취해 가는 과정을 그리고 있는 소설이다[28]라는 평가도 내리고 있다. 하지만, 실제 작품에서 이 두 사람의 연애에 관한 구체적인 성취 과정은 거의 그려져 있지 않으며, 이 둘이 정말로 사랑을 하고 있는 것인지 의구심을 자아내는 부분도 있다. 우선 이것은 괄호에 묶어 놓고, 이러한 정치성과 연애담의 관계에 대해서 김경수는 염상섭은 일제시대에도 "곧잘 청춘남녀의 연애담을 동시대의 사회적 갈등이라는 맥락 속에서 엮어감으로써 이야기의 긴장을 유지시켜 나갔던 작가"[29]라

---

25) 김경수「혼란된 해방정국과 정치의식의 소설화―<효풍>―」『외국문학』,1997년 겨울호, (김경수: 전게(주10) 『염상섭 장편소설 연구』수록(제7장), 본고에서는 이 책을 인용한다.)
26) 상게서, 198쪽.
27) 상게서, 217-218쪽.
28) 상게서, 199쪽.
29) 상게서, 218쪽.

고 하고 있는데, 이러한 글쓰기 방식을 하고 있다는 지적에는 수긍이 가는 부분이 있다. 김경수는 더 나아가 식민지기 소설에서는 연애담과 일제에 대한 저항은 평행선을 유지한 채 합일할 수 없지만, 「효풍」에 서는 이것이 가능하게 돼서, 병직과 혜란의 행복한 화합이라는 이야기 —짜기가 되었다[30]고 하고 있다. 하지만 실제 작품에서는 이 둘은 한 반도의 상황과 미래를 둘러싼 상황에 대해 논의를 거의 하지 않고 있 으며, 병직이 일시적으로 좌경화한 것은 단순히 화순에게 매료됐기 때 문이라는 식으로 그려져 있다. 두 사람의 정치의식은 사실 상당히 깊 이가 없는 것이다. 그러므로 정치의식과 연애감정의 격차로 고뇌를 거 듭한 끝에, 이 둘이 행복하게도 합일하게 되었다고 파악하기에는 조금 무리가 있다고 하겠다.

김경수는 또한 화순, 병직, 이동민 세 사람이 염상섭이 기대를 걸었 던 젊은 세대를 대표한다[31]고 하고 있는데, 이 세 사람은 그야말로 각 양각색으로, 급진 좌파에서 좌파 동정주의자에 이르기까지 온도차가 있다. 더구나 이동민에 대해서는 구체적인 언동조차 거의 언급되고 있 지 않다. 또한 염상섭 자신도 좌익 주도 하에 국토 통일을 기대한 것 도 아니어서 이러한 해석은 타당성이 결여돼 있다. 한편, 베커, 브라운 이라고 하는 두 명의 미국인은 외견상 조선주의자 혹은 한미 우호주의 자라는 면모와는 달리, 실은 남북의 분단을 획책하는 엄연한 반동적인 세력[32]이라고 하고 있다. 하지만, 이 두 사람 다 의도적으로 악랄한 언동을 하고 있는 모습은 보이지 않는다. 특히 베커는 오히려 순수한 면이 있는 호감이 가는 청년으로 그려져 있다. 이러한 것을 통해 볼

---

30) 상게서, 218-219쪽.
31) 상게서, 200쪽.
32) 상게서, 212쪽.

때 김경수의 견해는, 복잡한 성격을 그려내는 것을 그 특징으로 하는 염상섭의 인물설정에 대한 고려없이, 일방적인 단정을 하는 기미가 보이는 것 같다.

다음으로 김경수B(1998)[33]에서도, 김경수A(1997)와 거의 마찬가지의 논의가 극히 간략하게 전개되고 있다. 김경수는 「효풍」이 장편소설 가운데 동지애와 개인적인 사랑이 완벽하게 부합하는 유일한 소설[34]이라고 하고 있는데, 이것은 너무나도 과장된 평가이다. 또한, 병직＝중도 좌파적, 혜란＝친미적 성향, 등으로 주인공들의 정치적 경향을 획일적으로 분류하고 있는데, 이 두 사람의 정치적 자세 또한 상당히 흔들리고 있음은 전술한 그대로이다. 대체적으로 김경수의 지론은 이처럼 작품자체와 그 등장인물을 너무 재단하는 경향이 있어 보인다.

다음으로 1998년 이후 발표된 그 외의 대표적인 두 세편의 선행연구를 살펴보도록 하겠다.

우선, 정호웅(1998)[35]은 「효풍」이라는 제목에 대해서, 민족사의 새로운 전개를 기원하는 마음을 담은 명명(命名)인데, 이것은 미래에 대한 낙관적인 것이 아니라 안타까운 비원에 가까운 것이었다[36]라고 하고 있다. 이것은 필자의 견해와 일치하는 것이기도 하다. 다만 정호웅은 염상섭이 작품의 시간 배경을 3월 중순까지로 잡은 것은 추운 겨울에서 봄을 향해 가는 민족사의 새로운 날이 다가오는 것에 대한 기대를 표명했기 때문이다[37]라고 하고 있다. 하지만 이것은 지나치게 앞서나간 해석으로, 그러한 것보다도 상황이 절망적으로 변해가기 전 시점

---

33) 김경수「염상섭 장편소설의 시학」, 전게(주21) 『염상섭 문학의 재조명』게재.
34) 상게서, 66쪽.
35) 정호웅「염상섭의 ＜효풍＞론―냉소와 풍자 ―」『실천문학』, 1998년 12월.
36) 상게논문, 238쪽.
37) 상게논문, 239쪽.

에서 펜을 놓을 수밖에 없었던 것으로 보인다. 또한 정호웅은 염상섭이 이전부터 중도파였던 입장 때문에 이 작품에서도 사회주의 체제 혹은 자본주의 체제라고 하는 선택 문제를 피해서, 남녀 3인의 결혼 문제 이야기가 중심이 되었다[38]고 하고 있는데, 실제 작품을 보면 양 체제에 대한 각각의 비판이 담겨 있음을 알 수 있다. 이것은 어느 한 쪽을 무리하게 선택하는 것이 아니라, 외세 지배와 민족 분단만은 피하지 않으면 안 된다고 하는 주장으로 일관하고 있음도 알 수 있다. 정호웅은 더 나아가 염상섭이 당시 한반도의 상황을 너무나 비관적으로 바라본 나머지, 본래 풍자적인 언어와는 관계가 없었던 염상섭이, 관식 등을 하여금 냉소와 비꼬는 언어를 발화하게 했다[39]고 하는데, 염상섭의 장편은 일제 시대에도 거의 모든 작품에서 주요 등장인물에게 냉소와 비꼬는 언어를 발화시키고 있다. 염상섭 문학의 커다란 특징 가운데 하나가 현실비판적인 눈과 표리일체 관계에 있는 허무적인 냉소주의라고 한다면, 「효풍」만이 절망적인 현실 때문에 풍자적인 작품으로 쓰여진 것은 아니다. 정호웅은 또한, 해방 직후 채만식과 염상섭을 대비시키면서, 염상섭에게는 채만식만큼 철저한 비관과 윤리적 결백함이 없었으므로 「효풍」의 결말이 해피엔딩이 된 것이다[40]라고 하고 있다. 하지만 해피엔딩으로 작품을 끝맺을 수밖에 없었던 것을 뒤집어 생각해 보면, 이러한 형식이 당시 염상섭의 고뇌를 암시하고 있었다고 하는 것이 필자의 견해이다. 정호웅의 주장은 결국, 염상섭은 당시의 현실을 비관적으로 보고 있었지만, 그것이 철저하지 못했기 때문에 풍자, 냉소적으로 됐으며 또한 그 결과 현실을 피하게 됐다고 하는 결론이다.

---

38) 상계논문, 241-242쪽.
39) 상계논문, 246쪽.
40) 상계논문, 248쪽.

하지만 현실을 피할 것이라면 일부러 「효풍」과 같은 테마를 선택해서 당시 다른 작가가 좀처럼 도전하지 못했던 장편 형식으로 작품을 연재했겠느냐고 하는 의문이 든다.

다음으로 김정진(1999)[41]을 검토해 보도록 하자. 김정진의 견해는, 1947~48년 당시의 염상섭이 품고 있었던 현실 인식이 상당히 낙관적이었다[42]고 하고 있다. 즉, 좌우 양쪽을 상호 수용하면서 합리적으로 대처해야 한다고 하는 주장[43]을 염상섭 자신이 하고 있다고, 『백민(白民)』(1948년 5월호)에 쓴 염상섭의 문장을 인용하면서 논하고 있다. 하지만 이 문장은 한반도의 정치적 상황에 대한 것이 아니라, 좌익 논리의 검토도 배제할 것이 아니며, 문학의 순수성도 부인해서는 안 된다고 하는 문학 옹호를 주장한 문맥에서 논의된 발언이다. 김정진은 염상섭 작품은 일제 시대에는 아이러니컬 혹은 시니컬했는데, 해방 후에는 동족사회가 되면서, 그것이 한층 약해진 냉소적인 유머로 강도가 줄어들었다[44]고 평가하고 있다. 하지만 일제 시대 작품에서도 「삼대」의 주인공 덕기의 친구 병화의 언동 등은 상당히 시니컬하게 그려져 있으며, 1945년 이후 작품에서도 갑작스레 염상섭 특유의 아이러니컬한 묘사가 약해졌다고도 할 수 없다. 김정진의 주장 가운데 대결보다 화합을 중시하는, 즉 일상적인 삶을 중시하는 염상섭 자신의 자세가 그의 중도(中道)적 시각을 확보하게 했다[45]고 하는 주장은 타당성이 있는데, 이러한 견해와, 당시 한국의 상황에 대한 염상섭의 인식이 낙

---

41) 김정진「<효풍>의 인물형상화와 그 기법」, 김종균 편 『염상섭 소설연구』, 국학자료원, 1999년 게재.
42) 상게서, 266쪽.
43) 상게서, 267쪽.
44) 상게서, 271쪽.
45) 상게서, 292-293쪽.

관적이었다고 하는 견해와의 관계에 대해서는 분명하게 밝히지 않고
어떠한 설명도 없다.

다음으로 이보영(2003)[46]의 견해를 살펴보도록 하겠다. 이보영은
우선, 「효풍」의 작품 시간은 1948년만이 아니라, 1945~48년이라고
볼 수 있다[47]고 하고 있는데, 그 근거는 제시하고 있지 않다. 이어서
이보영은 염상섭이 일제 시대부터 반체제적인 소설을 쓰는 한편으로는
서울의 소시민이나 중산층의 생활풍속이나 은일(隱逸)의 정신을 그리는
것에 관심을 갖고 있던[48] 점에 주목하고 있는데, 「효풍」도 그러한 흐
름 속에서 파악하고 있다. 이러한 분석에는 수긍이 가지만, 다만 1947
년 「삼대」개작을 계기로 염상섭의 래디컬리즘(급진주의)가 서서히 중
산층적인 보수주의로 후퇴해 갔다[49]고 분석하는 것과, 「효풍」을 보면
여전히 염상섭의 비판적인 리얼리즘 정신은 물론이고 대화적인 상상력
이 건재했기 때문에 보수화에 제동을 걸었다[50]고 하는 것 사이의 상호
관계는 반드시 확실하지는 않아 보인다. 「효풍」에서는 확실히 「삼대」
에 나오는 병화와 같은 폭탄 투쟁도 마다하지 않는 인물은 등장하지
않는데, 이데올로기 때문에 무엇이든지 하겠다고 하는 인물을 「효풍」
에서도 등장시키고 있는 것을 미루어 보면, 염상섭의 급진주의는 이
작품에서도 여전히 소멸되지 않고 남아있다고 하는 편이 옳지 않겠는
가.

한편, 이보영은 「효풍」은 빈발하는 웃음 때문에 긴장감이 떨어지
고 있다고 하고 있다. 특히 골동품점 주인인 이진석의 속물극성과 베

___

46) 이보영「과도기적 지식인상의 창출《효풍》」『염상섭문학론』금문서적, 2003년 게재.
47) 상게논문, 269쪽.
48) 상게논문, 270쪽.
49) 상동
50) 상게논문, 271쪽.

커가 갖고 있는 이국 취미의 범속성 때문에 작가의 정치적 의도가 상당히 훼손되고 있다[51]고 하고 있다. 이것은 전술한 김정진이 유머가 이데올로기 비판이나 인물비판, 사회부정적 비판을 하기 위한 것이라고 간주하고 있는 것과는 정반대되는 견해이다. 하지만, 이 작품에서는 이러한 '웃음'이 심각한 정치적 국면과 관련된 이야기에 적절하게 가미되면서 작용하고 있기 때문에, 이보영의 견해처럼 단순히 부정될 성질의 것은 아니라고 생각한다.

다음으로 이보영의 논의 가운데 「효풍」이라는 제목과 관련된 부분을 살펴보자. 이보영은 이 제목에는 작가의 "민족의 장래와 관련된 안타까운 희망, 자탄, 자학, 자기경고의 괴로움이 깊숙이 함축되어 있을 것"[52]이라고 파악하고 있다. 이 자체는 대체적으로 타당한 지적이라 할 수 있다. 하지만 이러한 요소는 엄밀히 말해서 연재 종료 시점에 가까운 시기의 염상섭의 생각을 대변하고 있는 것이라 할 수 있다. 작품 제목이라고 하는 것은 연재 직전에 결정되는 성질의 것이므로, 연재 직전인 47년 말에는, 좌우합작을 통한 국토통일에 대해서 염상섭도 조금은 낙관적, 희망적인 관측을 갖고 있었을 것이 틀림없다. 제목은 역시 명명된 시점을 기준으로 해서 작가의 의도를 독해하는 것이 옳을 것이다.

그러면 마지막으로 가장 최근의 해석이라고 할 수 있는 김윤식B(2004)[53]에 대해서 살펴보자. 김윤식A(1987)에서도 확인해 보았던 것처럼, 김윤식의 견해는 염상섭의 일제 시대 장편부터 일관되게 계속

---

51) 이상, 상게논문, 281쪽. (대체적인 의미)
52) 상게논문, 289쪽.
53) 김윤식「증언으로서의 소설―염상섭론―」『20세기 한국 작가론』, 서울대학교출판부, 2004년 게재.

되고 있는 가치중립성(엄정 중립주의)이 「효풍」에서도 계속되고 있다고 보고 있는 것이다. 그래서 '해방공간'(1945~48년)에서 보여주었던 염상섭의 언동은 "좌·우익 정치 노선에서 응당 중립적이었"[54]다고 하고 있다. 하지만 전술한 것처럼 좌파 신문이었던 『신민일보』는 남조선 단독 총선거 실시에 반대하는 입장을 확실히 해서, 이 신문사 주필 겸 편집국장이었던 염상섭 자신이 48년 4월 28일에 검거돼서[55], 그 때문에 「효풍」의 연재도 일시 중단됐다. 또한, 이 장편이 게재되고 있던 『자유신문』은 우선 중립계열에 속하기는 하지만, '진보적 민주주의' 노선도 허용하고 있는 신문으로, 공산당과 함께 조선의 UN 신탁통치안에 찬성하는 입장을 취해서, 46년 5월 14일 이후 우익청년단의 습격을 도합 5회 받았다.[56] 그 후, 이 신문은 1946년 10월 27일에 신익희가 사장이 된 후로는 우경화했다고 한다.[57] 이러한 점에서, 「효풍」연재 당시 염상섭이 정치적으로 중립을 지키며 방관적인 태도를 취했다고는 생각하기 힘든 점이 있다. 오히려 김재용이 지적하고 있듯이, 이 시기의 염상섭은 좌우 합작노선을 언론에서도 실제 작품에서도 열렬하게 주장했던 것으로 보는 것이 타당해 보인다. 염상섭의 이러한 자세는 좌우 사이의 균형을 잡는다는 의미에서는 중간적이었지만, 그 자체가 하나의 입장을 표명하고 있는 것이므로, 결코 중립적이라 할 수 없다. 김윤식은 염상섭이 전생애에 걸쳐서 중산층의 보수주의라고 하는 기본노선을 걸었다[58]고 하고 있는데, '중산층'에 대한 엄밀한 정

---

54) 상게서, 60쪽.

55) 윤임술 편저 『한국신문백년지』, 한국언론연구원 발행, 1983년, 573쪽.

56) 상게서, 480쪽.

57) 「『해방공간신문자료집성』을 내면서」『자유신문 1』, 선인문화사, 1996년, 권두 해제에 따름.

58) 김윤식: 전게서(주53), 60쪽.

의가 필요해 보인다. 김윤식의 논리로 보자면, 정치적 중립주의 때문에 "중간파 지식인인 신문기자를 주인공으로 한 장편 「효풍」"[59]이라고 하는 작품이 탄생했다는 해석이지만, 치밀한 인물형상화를 달성하지 못한 병직을 주인공으로 보는 것도 무리가 있다고 하겠다.

제5절 끝으로

「효풍」의 분석을 통해서 떠오른 문제점은 복잡 다기하다.

첫째, 염상섭은 「효풍」을 연재하는 시점에 한국의 시국에 대해 비관적이었는지, 아니면 낙관적이었는지에 대한 점을 들 수 있다.

둘째, 주인공격인 혜란, 병직 등은 엘리트 지식인인가, 그렇지 않으면 소시민인가 하는 점이다.

셋째, 본래 「효풍」를 시작으로 한 염상섭의 장편소설은 리얼리즘을 주로 취하고 있는 것인가, 혹은 이념형을 중시하고 있는 것인가 하는 점이다.

이러한 문제점은 「효풍」한 작품에 그치지 않는 염상섭 장편소설 전체의 특징을 구명하기 위한 중요한 요소들이라고 할 수 있다. 이러한 모든 문제점들을 도저히 본고와 같은 소론에서 결론을 지을 수 없으며, 앞으로 조금씩 규명해 가려고 한다. 마지막으로 이번 장에서 검토한 범위 내에서 확실해 진 것을 간략하게 정리해 보도록 하겠다.

우선 첫 번째는, 등장인물들이 선한 인물과 악한 인물로 이분화돼서 형상화된 점이다. 이 이분법은 염상섭의 일제 시대 발표한 장편소설

---

59) 상동

이후, 종종 사용되고 있는 인물설정으로, 그것을 통해 작가의 이념이나 이데올로기를 보다 선명하게 묘출하려고 하는 특징이 「효풍」에서도 엿보인다. 이러한 전체적으로 관념적인 구도 위에, 당시 세상 내지는 세태 풍속이 세부에 이르기까지 철저하게 사실적인 수법으로 묘사되어 있다. 게다가 그것은 주요 등장인물보다도 오히려 조연급의 인물의 언동에, 보다 리얼하게 드러나 있다.

다음으로 두 번째는, 집필 시기와 작품의 배경 시간이 반년 정도 틀린 문제다. 「효풍」이라고 하는 제목에서도 상징적으로 나타나 있듯이, 집필 직전 염상섭은 외국 세력을 배제한 남북 조선의 통일에 희망적인 관측을 갖고 있었는데, 그 후 반년이 지난 시점에서 현실 정세가 극히 비관적으로 돌변했기 때문에, 그것을 전부 소설에 집어넣지 못하고, 1948년 4월 첫머리에서 끊고 서둘러 소설을 완결시켰다. 그 결말은 한반도의 미래에 낙관적인 형태를 취하고 있기는 하지만, 그것은 염상섭의 비통한 희구를 나타내고 있는 것으로, 집필 완료 시점인 48년 9월 당시 염상섭의 확신을 나타내고 있는 것은 아닌 것으로 보인다.

제 2 부

이중언어 글쓰기 작가와 그 작품

제1장 장혁주의 한국어 작품론
-초기 장편 3편을 중심으로

제1절 시작하며

장혁주[1]는 경상북도 대구에서 태어나, 1930년경부터 소설을 발표하기 시작해, 그 후 한국어 및 일본어 창작을 계속한 작가이다. 장혁주는 1932년 4월, 일본 잡지 『개조(改造)』지 현상 공모에 「아귀도(餓鬼道)」로 차석으로 당선되면서 실질적으로 등단을 하게 되는데, 1940년대 이후는 거의 일본어로만 창작을 했다. 또한, 해방 전후에 한국으로 돌아오지 않고 죽을 때까지 일본에서 정주했기 때문에, 한국보다는 일본에서 활약한 존재로 문학사에 각인돼 있다.

장혁주는 1930년대 후반부터 친일적인 경향을 강하게 드러내었는데, 그러한 자세 때문에 민족을 배반한 작가로 단죄됐다. 또한, 장혁주는 1952년에 일본에 귀화를 하면서, 고국에서는 이미 논의할 일말의 가치조차 없는 존재로 낙인이 찍힌 채 오랜 시간이 흘렀다. 그렇다고 해서 장혁주가 일본에서 조금이라도 주목을 받고 있느냐 하면, 유감스

---

1) 장혁주(張赫宙); 1905~1997년: 일본명; 노구치 미노루[野口稔], 필명; 노구치 가쿠추[野口赫宙] 등.

럽게도 그 문학적 위치 규정이 어려운 특이한 존재이기 때문인지, 거의 언급되고 있지 않다.

하지만, 장혁주는 1945년 이전에 한국어로 장단편을 합쳐서 10여편, 일본어 창작은 단행본만으로도 20여권을 상회하는 많은 수의 작품을 발표했다. 문제는 해방 이전에 이러한 활약을 한 작가의 작품을 그 정치적 자세만으로 무의미한 것으로 규정하고 배격해도 될 것인가 하는 점이다. 본고는 그러한 소박한 의문에서 출발한다.

장혁주에 대한 많지 않은 논의는 주로 같은 일본어 창작을 한 후배 작가 김사량2)과의 비교를 통해서만 이뤄지는 경우가 많다. 다음의 예는 그 전형적인 경우이다.

> 1945년 이전의 장혁주와 김사량의 모습은 식민지 문학자의 2가지 길 — 굴욕과 반항 —을, 뚜렷하게 부각시킨 것이다. 김사량을 생각할 때, 자국의 억압자에게 무릎을 꿇은 장혁주가 전락해간 궤적은, 보다 선명해져 간다고 하겠다.3)
>
> 김사량은 일본에 있으면서, 일본어로 밖에 쓸 수 없는 상황 하에서, 일본어로 필사적으로 저항을 했다. (중략) 장혁주는 어떻게 했는가. (중략) 일본문단에 등장했던 장혁주는, 처음부터 문학을 '상품'으로 들고 나섰다.4)

이처럼 김사량과 장혁주를 나란히 세워서 그 명암을 양극화해서 파악하는 것은 손쉽다. 하지만 한 작가의 창작활동을 그렇게 간단하게

---

2) 김사량(金史良); 1914~1950년: 1939년 「光の中に(빛 속으로)」를 발표하고, 그 다음해 이 소설이 아쿠타가와 후보작에 오른다.
3) 임전혜(任展慧) 「장혁주론(張赫宙論)」 『문학(文学)』 1965.11, 92쪽.
4) 하야시 고지(林浩治) 「장혁주론(張赫宙論)」 『계간삼천리(季刊三千里)』 1983년 겨울 221-222쪽.

일도양단(一刀兩斷) 할 수 있을 것인가. 하물며 한국과 일본 사이에서 동요하며 활동을 했던 장혁주의 경우에는 그러한 단정은 상당히 위험한 것으로 보인다. 감히 말하자면, 항일적인 자세와 행동으로 '영광'스러운 자리를 차지하고 있는 김사량보다는 '오욕'으로 점철된 장혁주라는 존재가 어떠한 의미에서는 보다 중요한 문제점을 포함하고 있다고도 볼 수 있지 않을까.

일본에서 나온 기존의 관련 연구는 상기한 임전혜의 논문과 하야시 고지의 논문이 주를 이루고 있는데, 전자는 장혁주의 발자취와 창작행위 간의 상관관계를 "민족의 시점에서부터" 고찰한다고 하고 있으며[5], 후자는 "……장혁주의 족적을 쫓아서 '일본적'인 가치관의 반동성을 보고 싶다"[6]고 말하고 있다. 이 두 연구의 공통점은 장혁주의 식민지하 작가로서의 자세를 문제로 하고 있는 것인데, 문학작품 자체에 대한 검토를 다소 등한시 하고 있는 아쉬움이 있다. 또한 장혁주의 한국어 작품에 대해서는 언급이 거의 없는 것도 공통점이다.

한편, 한국 내에서 발표된 논고 가운데는 임종국의 『친일문학론』 (1966)[7]의 한 챕터를 차지하고 있는 '장혁주론'과, 김윤식의 『한일문학의 관련양상』(1974)[8]에 수록된 '일본문학의 한국체험' 항에 보이는 논의가 대표적이다. 전자는 서명에서 알 수 있듯이 장혁주의 친일행위를 자료를 구사해서 재구성하려고 한 것이며, 후자는 장혁주나 김사량이 제기하는 문제를 일본문단이나 식민지 정책과의 관계라는 측면에서 해명하면서 김사량과 장혁주를 선한 인물과 악한 인물을 대표하는 인

---

5) 전게 임전혜 「장혁주론」 84쪽.
6) 전게 하야시 고지 「장혁주론」210쪽.
7) 평화출판사(平和出版社), 336-347쪽.
8) 일지사, 75-85쪽.

물로 다루는 것을 신중하게 피하고 있다. 하지만 그러한 논의가 소론에 그치고 있는 것은 아쉬움이 남는다.

어쨌든 본고에서 다루는 장혁주의 한국어 작품에 대해서는 정리된 논문이 거의 없다고 보아도 무방하다.

우선 현재 알려진 장혁주의 약력을 편의상 1940년까지 정리해 보면 다음과 같다.

1905.10. 경상북도 대구에서 출생.(추정)

1913.경상부도, 경주 공립 계림(鷄林) 보통학교 입학. 재학중, 오오사카 긴타로(大坂金太郎 : 아호＝六村) 교장을 따라서 신라 고적 탐방.

1919.동교를 졸업. 이어서 간이학교(오오사카 교장이 설립)에서 배움.

1921.대구의 관립 고등보통학교에 입학. 이 무렵, 조혼을 했을 것으로 추정.

1926.동교 졸업. 청년 아나키스트들의 '진우연맹(真友連盟)'에 들어감. 가을, 경상북도 청송군 산촌에서 사숙 강사를 함.

1927. 봄. 사숙 교사를 그만두고, 소설가를 지망하지만 가정 사정으로 다시 경상북도 예천군 산촌에서 사숙 교사를 함. (이후 3년간)

10. 교원 검정시험에 합격. (훈도)

1929.대구에서 희도(喜道)소학교 훈도를 함. 본격적으로 습작 수업(修業)을 함.

1930. 10. 『대지에 서다(大地に立つ)』지 (가토 가즈오[加藤一夫] 주재)에 장편(掌篇) 일본어소설「백양목(白楊木)」을 발표.

1932.4. 『개조(改造)』지 현상 공모에 단편 「아귀도」가 입선. 동경에서 3개월 체재.

1933.1. 『문예수도(文藝首都)』지 발행. 동인이 됨. (발행인 야스타카 도쿠조[保高德蔵]등과)

1934. 봄. 직지사 탐방. 8월, 삼랑진, 원동, 물금 등지에 수해 시찰을

나감.

1935. 2. 동경에 감.(1개월 체재)한국으로 돌아와 5월, 해인사 탐방.

1936. 동경에 건너가, 혼고(本鄕)에서 지냄. 7.24. 장혁주환영연(銀座·日本屋),이해 노구치 하나코(野口はな子)와 알게 돼, 이후 동거 시작.

1938.10. 경성 부민관 등에서 장혁주가 쓴 희곡「춘향전」(무라야마 도모요시[村山知義]연출)공연됨.

1939.6. 제2차 펜부대 일원으로 '북지전선(北支戰線)', 이민상황 시찰에 나섬.

1940.1. 동경 재주 반도 명사(名士)좌담회에 출석. 1.17. JOAK에서 방송극「심청전」이 방송됨.

그러면 이 사이에 이루어진 저작생활 가운데, 단행본과 한국어 작품을 정리해 보면 다음과 같다.

{단행본}

1934. 6. 『권이라는 사내(權といふ男)』(소설집), 개조사(改造社)

1935. 6. 『인왕동시대(仁王洞時代)』(소설집), 가와데쇼보(河出書房)

1937. 4. 『심연의 사람(深淵の人)』(소설집), 아카쓰카쇼보(赤塚書房)

1937. 8. 『삼곡선(三曲線)』, 한성도서(漢城圖書)

{한국어 작품} (○장편, △중편, ●단편, 장편[掌篇]은 생략)

○ 『무지개』, 『동아일보』, 1933.9.20~1934.5.1.

● 「연풍(戀風)」, 『조선일보』, 1934.9.22~10.5.

○ 『삼곡선』, 『동아일보』, 1934.9.26~1935.3.2.9)

● 「계약(契約)」, 『삼천리』 8권1호, 1936.1.

○ 『여명기(黎明期)』, 『동아일보』, 1936.1.4~8.27 (중단)

---

9) 후에 한성도서에서 단행본으로 간행됨(1937년).

△「곡간의 정열(谷間의 情熱)」, 『사해공론』 2권1호~9호, 1936.1~9.

본고에서는 이 가운데『동아일보』지상에 연재된 장편소설 3편『무지개』,『삼곡선』,『여명기』를 검토해 보겠다. 이 3편을 검토 대상으로 삼은 것은, 작가 자신이 이 3편을 의식적으로 열거하고 있다[10]는 것을 우선 염두에 두었다. 그 외에, 장혁주의 모든 한국어 작품 가운데 연재가 100회를 넘는 장편은 이 3편뿐이라는 것, 게다가 이 소설들은 모두 초기[11] 가운데서도 1936년까지 장혁주가 신진작가로서의 위치를 확립하는 시기에 썼기 때문이다.

그런데 이 시기는 1931년 9월, 만주사변이 발발하고, 조선에서는 같은 해 6월 우가키 가즈시게(宇垣一成, 1868~1956)가 총독이 돼서, 1933년부터 '농촌 진흥 운동'을 전개하는 것으로 시작돼, 1936년 10월 미나미 지로(南次郎, 1874~1955) 총독이 '선만일여(鮮滿一如)'를 제창하고 더 나아가 1937년 7월에는 중일전쟁과 맞물려서 '내선일체'를 강도 높게 밀고 나가는 시기에 해당된다. 이러한 시대 속에서 발표된 장혁주의 한국어 장편은 과연 어떠한 의미를 갖고 있는 것일까.

다음 절에서는 장편 3편을 ① 시간과 장소의 설정, ② 인물설정과 성격부여, ③ 형식적 구성과 내용의 전개, ④ 창작의도, 내용의 경향, 주제, 작가의 대 사회·시대인식, ⑤묘사, ⑥표현과 표기법, ⑦ 복자(伏字), 삭제라는 문제 등의 여러 문제를 검토해 보려한다. 또한『삼곡선』에서는 신문 연재본과 단행본 사이의 표기 및 내용적 차이를 정리하고,『여명기』에서는 그 전편에 해당되는 '농촌편'과 그 개작에 해당

---

10) 단행본『삼곡선(三曲線)』의 '讀者에게' 등.

11) 장혁주의 창작활동을 크게 3기로 나눠서, 데뷔에서부터 한국의 현실에 조금이라도 눈길을 돌렸던 1938년경까지를 '초기', 친일로선을 명확하게 한 후 1952년 일본에 귀화하기까지를 '중기', 그 이후를 '후기'로 일단 명명하기로 한다.

되는 일본어 작품 「전원의 뇌명(田園の雷鳴)」(1940)과의 관계에 대해서도 고찰해 보겠다. 더욱이 이러한 요소에 입각해서 3편을 비교하고, 또한 동시기에 발표된 다른 한국어 작품 혹은 동시기의 일본어 작품과의 관련에 대해서도 언급하겠다.

제2절 3장편의 검토

2-1.『무지개』

우선『무지개』의 형식적 구성을 알아 보기 위해 장구성을 표시해 보면 다음과 같다.

1.[12]편지 〔5〕 [13] / 2. 의논 〔7〕 / 3. 바람과 물결 〔9〕 / 4. 작은 파도 〔10〕 / 5. 피는 꽃 〔13〕 / 6. 정열 〔10〕 [14] / 7. 첫 유혹 〔8〕 / 8. 주린 이리 〔6〕 / 9. 이합(離合) 〔17〕 / 10. 파선 〔12〕 / 11. 그 뒤 〔7〕 /12. 어둠 〔7〕 / 13. 죄 〔6〕 / 14. 삶과 주검 〔7〕 / 15. 미움 〔6〕 / 16. 여공(女工) 〔4〕 / 17. 적막한 마음 〔10〕 / 18. 바람(風) 〔10〕 / 19. 당선 〔4〕 / 20. 출옥 〔6〕 / 21. 발전 〔5〕 / 22. 팔월 〔5〕 / 23. 무지개 〔5〕 / 24. 동경행(東京行) 〔4〕 / 25. 악(惡) 〔8〕 / 26. 독화(毒花) 〔7〕 / 27. 붉은 흙 〔2〕 (합계 200회)

위를 보면 각 장에 따라서 길이가 제각각이며, 4~6장, 9~10장과

---

12) 원작의 경우 장 번호는 붙어있지 않다.

13) 〔 〕안은 실질적인 연재 횟수. (횟수에 착오가 상당히 많은 것을 개정한 것임. 이하 다른 2편의 경우도 동일.)

14) 정열(三)은 검열 때문인지 삭제되었음.

전반부터 중반 부분에 걸쳐서 장이 길어진 것을 알 수 있다.

『무지개』의 주요 등장인물을 열거해 보면 다음과 같다.

- 이남철(李南喆, 27, 8세): 대구 보통학교 교원. 본래 경주 청년 동맹
  원. 고향은 반은 농사와 반은 어업을 하는
  경북 양포(良浦).
- 김향화(金香華, 24, 5세): 부잣집 딸. 이남철에게 접근.
- 윤혜영(尹惠英, 25, 5세): 이남철이 예전에 가르치던 여학생. 급진적.
- 박이석(朴二石, 27, 8세): 이남철의 청년 동맹원 당시의 동지. 무책임
  한 문학 청년.
- 오수연(吳守蓮, 24세?): 김향화와는 보통학교 동창생으로 가난한 생
  명보험 외판원.
- 안숙희(安淑熙, 30세 넘김): 이남철의 옛 하숙집 여주인. '주의(主義)'
  에 공감하는 인물.

이러한 인물을 둘러싸고 부호 정완수(鄭完秀), 악덕 변호사 최준영
(崔俊永), 교회장로이면서 악덕 의사인 서영환(徐永煥), 신문지국장 조
화섭(趙和燮), 자칭 시인 허소인(許笑人), 자칭 평론가 김갑철(金甲鐵)
등을 배치하고 있다.

소설의 배경은 집필 시기와 거의 동시기인 1931년 전후 가을부터
다음해 가을까지, 그리고 다음 해 초여름부터 늦여름까지로, 대구를 주
무대로 하고 일부, 양포와 동경, 요코스카(橫須賀)에서 벌어지는 이야
기가 섞여서 구성돼 있다.

스토리를 간략하게 정리해 보면 다음과 같다.

이남철은 이상에 불타는 청년 교사로 소설도 쓰고 있으며, 옛 동지가

찾아오면 자금을 융통해주거나 한다. 어느 날 생도 중의 한 명인 여학생 김향화, 윤혜영과 함께 걸어갔을 뿐인데, 신문에 그에 대해 중상 모략하는 기사가 나온다. 김향화는 퇴학하고, 이남철에게 사랑을 고백한다. 하지만 그는 윤혜영에게 마음이 있었다. 이남철은 윤혜영을 '운동'을 위해 상하이로 보내지만, 가는 길에 붙잡힌 그녀는 조선에 잡혀온다. 이남철은 자금 제공 등의 혐의로 체포된다.

박이석은 잡지사를 만들지만 돈을 마련하기 위해 연 원유회가 실패하고, 숙부의 대서 사무소에서 일하면서 이남철이 쓴 장편소설을 도작해서 현상 공모에 응모해서 당선된다.

한편, 오수연은 달콤한 말에 편승해서 정완수의 첩이 되지만 임신을 하자 무리하게 중절 수술을 당한다. 이에 각성한 오수연은 상경해서 여공이 돼서, 노동 운동에 투신한다. 윤혜영도 그 뒤를 따른다.

이남철은 다음 해 출옥해서, 고향에 내려간다. 거기서 야학을 열기 위해 유력자에게 자금 원조를 부탁한 것 때문에 급진파 청년들에게 습격을 당하고 자기 혐오에 빠진다. 그 때 딸이 속아서 일본에 팔려갔다고 하는 어느 모친의 부탁으로 동경으로 향한다. 하지만 구출에 실패하고, 거기서 기묘하게도 다시 만만 김향화의 유혹을 뿌리치고, 모든 환상을 버리고 조선으로 돌아온다. 이남철은 조선의 붉은 땅이 그리웠다.

이 소설의 전체 구성은 이남철을 중심으로 크게 세 갈래로 나눠진다. 초반부는 10장까지로 스토리는 순차적으로 전개된다. 중반부는 이남철이 체포된 후 11~19장까지 그를 뺀 이야기이며, 다른 인물들의 에피소드로 채워져 있다. 후반부는 20장부터로 여기서부터는 다시 이남철에 관한 이야기가 중심이다. 이 후반부 무대는 중반까지 배경이었던 대구가 아니라 23장까지는 양포, 24장부터는 일본으로 바뀐다. 고향 양포에서는 농어촌 운동에 관한 이야기가 주를 이루며, 일본부분은 통속적 활극의 전개와 일본에 대한 문명비판을 전개하는 이야기가 되고, 결말을 향해 수렴이 되지 못하고, 연재 횟수를 늘리려고 하는 인상을 준다. 그리고 마지막 27장에서 갑자기 계몽적인 이야기로 되돌아간다. 따라서 『무지개』는 구성과 전개에 문제가 있는 소설이라고 평가할 수밖에 없다. 또한 종반부에 조선으로 돌아온 이남철이 열차 가운데서 박이석과 마주치는 장면이 있는데(201)[15], 이러한 우연스러운 해후가 연발(142회에도 비슷한 만남이 있음)되는 것은 전근대적인 소설수법이다. 그리고 이따금 작가가 직접 독자에게 말을 거는 부분(65, 115, 124회 등)도 신문소설로서는 구투를 벗지 못한 부분에 속한다.

　다음으로 등장인물은 선한 인물, 악한 인물로 구별을 할 수 있는데, 이것은 작가 자신이 악덕변호사, 풍자시인, 의사, 순진한 남녀, 의지가 박약한 사람, 남의 흠만 잡으려는 사나이, 이런 인물들을 그려보려고 했다고[16] 말하고 있듯이, 장혁주가 유형적 성격의 부여에 아무런 의문도 느끼지 않았음을 시사하고 있다. 하지만 이남철에게는 조금 복잡한 성격이 부여돼 있다. 여기에는 장혁주의 경력이나 사고와 행동이 어느 정도 반영돼 있다고 볼 수 있으며, 그 일부는 박이석에게 나눠서 부여돼 있는 것으로 보인다.

　한편, 김갑철의 입을 빌려 이광수, 염상섭 등 장혁주에게는 선배에 해당되는 작가를 혹평하고 있으며, 이남철에게 조선문단에는 소설가다운 소설가가 없고 시인이나 평론가도 유치하므로 자신은 그러한 문단에는 나가고 싶지 않다고 말하고 있다(41회). 이것은 장혁주가 일본문단에 진출한 사정을 은근히 비치고 있는 것으로 받아들일 수 있다. 또한 같은 41회에서 이남철은 조선문단의 현재 상황에 대해서 "질투, 미

---

15) 연재 횟수를 나타내는 전체 번호. 여기에도 착오가 있지만 편의상 원래 게재된 번호대로 인용한다.
16) 『동아일보』1933.9.19 '예고'에 나오는 '작자의 말'에 의함.

움, 멸시, 이러한 것이 문단인의 마음 깊이 자리잡고 있는 것이 아닌가 생각한다"고 말하고 있는데 이것은 후일(1939년) 「조선의 지식인에게 호소한다(朝鮮の知識人に訴ふ)」[17] 등에서 주장하고 있는 장혁주의 조선인관이 이미 이 작품이 발표된 시기(1933년)에는 형성되었음을 말해 준다.

다음으로 이 작품에는 장혁주가 한 때 좌익사상에 기울어져 갔던 체험의 잔상을 엿볼 수 있다. 가령 윤혜영에게 자신의 빈궁이 오로지 사회적인 원인에 기인한다고 발화시키거나(97회), 박이석과 문학과 운동 사이의 관계를 논하면서 이남철이 운동(주의)에 혼신을 다하지 않는 것이 불만이라고 발화시키거나(99회) 하는 점 등이다. 또한 16장에서는 오수연이 여공의 입장에서 전개하고 있는 운동을 편지 형식으로 소개하고 있다. 하지만 이것들은 작품 전체로 놓고 보면 구색 맞추기에 불과해서, 사회문제는 본격적으로 깊이 파고들고 있지 않다. 이남철은 야학을 일으킬 결심을 하고 "무엇보다도 우선 교육이다. 그는 그러케 믿엇다"(171회)라고 말한다. 이러한 인식은 이광수 유형의 '준비론'에 의거한 심정적 레벨의 계몽주의라고 하겠다. 출옥하기까지 이남철은 "그가 목표한 ××(운동?＝필자)에 몸을 바치리라고 생각하엿다./ 그러나 어떠케? 이러케 생각을 하니 또 다시 세상은 암흑에 휩사엿다"(161회)라고 하듯이 출옥 후에도 운동을 하려고 하지만 구체적인 방법은 야학 정도 밖에 허용돼지 않는 상황이기도 했다. 결국 그는 "지난일을 모다 잊어버리려고 생각하엿다"(201회)고 하고 있으며, 이는 과거의 일은 환상에 지나지 않으니 없었던 일로 하고 처음부터 다시 시작하겠다는 것이다. 여기서 소설의 제목인 '무지개'를 상기해 보면, 제목 「무

---

17) 『문예(文藝)』(7권2호) 1939년 2월호를 보면 조선민족의 결함으로, '격정성', '뿌리 깊은 질투심', '비뚤어진 근성' 등을 나열하고 있다.

지개」는 다음과 같이 사용되고 있다. 즉, 이남철이 고향에서 급진파 청년들에게 구타를 당하고 자기혐오에 빠져 있을 때, 문득 하늘을 올려다 보자 무지개가 떠있다. "그는 생각하엿다. 그는 한낮 무지개를 꿈꾸는 사나히가 아닐가고. 아름답고 화려한것만을 생각고, 그것이 곧 살어져 바릴것은 몰으로 잇은것이 아닐가고. 뿌리없는 생각!……"(181회). 여기서 '무지개'는 희망에 넘치는 고귀한 것이라고 하기보다는 변하기 쉬운 환영과 같은 이미지로 파악되고 있다. 또한 최종회에서 이남철은 자기 반성을 하면서, "그가 그의 삶과 사업을 끝까지 진행시키려면 그의 마음 가온데 자리잡고잇는 환상, 꿈, 이런것들을 없이하여야만 되겟다고 다시 생각을 하는 것이엇다"(202회)라고도 하고 있다. 즉, '무지개' 처럼 불확실한 것을 아 버리고 발이 땅위에 붙어있는 생활을 해야만 한다고 하는 것일텐데, 이러한 추상론이 구체적으로 실현 가능한 조건이나 방도에 대해서는 아무것도 제시하고 있지 않다. 그러므로 이 작품은 계몽적인 색채는 있지만 결과적으로 통속적인 흥미로만 읽히는 소설로 끝나고 말았던 것이다.

이상으로 이 소설의 단점만을 지나치게 논했는지도 모르겠다. 하지만, 묘사력에 있어서 매우 뛰어난 부분도 있다. 예를 들어, 박이석이 도작을 한 것이 들통 나서, 여러모로 동요하는 부분(161회)은 그의 우유부단함을 매우 잘 표현하고 있다. 또한, 이남철이 고향으로 내려가는 도중에 탄 배에서 보이의 민족 차별적 행위에 화가 나서 논쟁을 벌이는 장면(165회)에서는 적확한 표현과 빠른 전개로 독자를 매료시키고 있다. 한편 이남철을 환영하는 고향청년들이 앞바다에서 뱃놀이를 하는 장면(168~169회)에서는 아름다운 풍경과 심정이 절묘하게 합쳐져서 활사돼 있으며, 이 소설 가운데서 가장 아름다운 부분으로 평가할 수 있다.

다음으로 용어나 표현 면에서 약간 정리해 보면, 우선 대부분 경상도 지방이 무대인만큼 회화분에서도 방언으로 말하는 것은 당연하다고 하겠는데, 다른 회화문 이외의 서술에서도 '맨그리다' '맨글다' '맹글다' (표준어='만들다')와 같이 이 작가의 독자적인 용어가 눈에 띈다. 표기법의 특징으로는 '三四일', '열七八되는 여자'와 같이 한자와 숫자를 섞어서 쓰고 있는 것도 특징이다.

다음으로 일본어 혹은 일본식 표현이 소설 속에서 어떻게 나타나고 있는지 살펴보면, 그 예는 다음과 같다.

① 일본어 명사의 발음을 그대로 한글 표기로 한 것:

(〔 〕 안은 일본어 원문과 뜻. 그 외의 한국어 설명 및 방점(傍點)은 원문 그대로.) 인치키 〔インチキ, 엉터리 부정 사기〕, 우리꼬 〔売子, 판매원〕, 오뗀바 〔お転婆, 말괄량이〕, 「다네」〔タネ, 원인 불씨〕, 마찌아이 〔待合, 유흥업소〕, 엔따꾸 〔円タク, 균일 요금 1엔으로 달리는 택시〕, 사뚜라 〔桜, 사쿠라〕, 죠쮸 〔女中, 여중〕, 「마에이와이」〔前祝, 미리 축하함〕, 시메끼리 〔締切, 마감〕, 빠가 〔馬鹿, 바보〕, 구루마 〔車, 자동차〕, 나쓰미깡 〔夏ミカン, 여름밀감〕, 아사 〔麻, 삼베〕, 쓰매에리 〔詰襟, 스탠딩칼라〕, 이로 〔情人, 정인〕, 시로―도 〔素人, 아마추어〕, 이나까모노(田舎者: 시골뚝이)

② 어간 부분은 일본어, 어미 부분은 한국어 합성어 등:

농끼한 〔のんきな, 느긋한〕, 모데루한 〔もてるという, 인기가 있다고 하는〕, 히야가시하였다 〔ひやかした, 놀렸다〕, 마지메한 〔まじめな, 성실한〕, 나마가지리한 〔生かじりした, 수박겉핧기인〕

③ 일본어식 한자어를 발음만으로 한국어음으로 한 것:

랑하〔廊下〕, 우편국〔郵便局〕, 잔교〔棧橋〕, (소뿌르)근성
〔(プチブル)根性〕

④ 일본어식 발음으로 외래어를 표기한 경우:
탁시〔タクシー〕, 비라〔ビラ〕, 싸스〔シャツ〕,마라손〔マラソン〕

⑤ 일본어적인 표현을 직역한 경우:
  • <u>사람좋게</u> 웃고는 〔<u>人の良さそうに</u>笑っては〕 (38회)
  • (입고 있는 옷은) 도청급사로 밖에 보이지 않을 <u>물건</u>이었다
    〔道庁の給仕にしかみえない<u>代物</u>だった〕 (138회)

⑥ 회화 부분 전체가 일본어를 한글로 표기한 경우
  • "죠―센진 시요―가 나이"〔朝鮮人しょうがない, 죠센진은
    어쩔 수 없어〕 (94회)
  • 「스바라시이네―(굉장한데)」〔すばらしねえ〕 (197회)

전체적으로 단어는 당시 주로 사용되던 일본어가 대부분이며, 별로
귀에 익지 않은 말에는 방점을 찍거나 ( ) 안에 번역을 하고 있다. 그
외에 무의식적으로 차용하고 있는 경우와 의식적으로 도입해서 조금
익살을 부리는 듯한 효과를 주고 있는 것도 있다.
그러면 마지막으로 복자 및 삭제의 경우를 살펴보면, 우선 복자는
다음과 같다.

우리에게 나린 지령은 ×××여들에게 ××××을 넣으라는것이 당면 임
무가 되어잇지않어요. (150회)
그러나 향화가 남철의 몸에 그의 ××××된 ×을 ×××××, 그는 조금

씩 장신을 차리엇다. (200회)

앞의 복자는 정치적인 내용에 관한 부분이며, 후자의 경우는 호색적인 표현에 관한 경우임을 알 수 있다. 그 외에 복자는 2~3자 정도의 것이 여러 군데 있는데, 모든 경우 그 의미를 쉽게 추측할 수 있다. 또한 의외로 '사회주의'라는 말은 복자 처리가 되지 않았다.

다음으로 삭제 부분인데, 46회 「정열, 3」은 편집자의 주기로, 전문이 생략되었으며, 같은 날의 연재분은 같은 46회인데 「정열, 4」로 건너뛰고 있다. 전후 연재를 통해 살펴보면 사회 개혁 논의에 관한 부분이 삭제된 것으로 보인다. 또한 165회에서도 배안에서 이남철과 보이가 말싸움을 하고 있는 장면에 "五行畧(오행 생략)"이라는 설명이 붙어있다. 이것도 민족 차별적인 발언에 관한 부분일 것으로 추측할 수 있다.

예상외로 복자나 삭제는 생각보다는 많지 않다. 다만 이것은 검열 후의 결과임으로, 검열 이전에 작가가 자주 규제를 했을 가능성도 당연히 고려하지 않으면 안 된다.

2-2. 『삼곡선』

이 소설은 『동아일보』에 연재된 후, 1937년 8월 한성도서에서 현대 장편소설 전집 제8권으로 출판됐다. 장혁주의 한국어 작품 단행본은 이것이 유일하다. 그러한 의미에서도 이 작품은 중요하다고 할 수 있는데, 여기서는 우선 신문연재본을 검토한 후에 단행본 수록 시에 내용이 어떻게 달라졌는지를 살펴보도록 하겠다.

우선 장구성을 살펴보면 다음과 같다.

1.18) 전화 〔4〕 / 2. 김종택(金鍾澤) 〔2〕 / 3. 선희(仙姬)/ 4. 달빛 〔4〕 / 5.서영주(徐英珠) 〔3〕 / 6. 그리운사람들 〔4〕 / 7. 만찬(晩餐) 〔7〕 / 8. 피서 〔16〕 / 9. 구애(求愛) 〔9〕 / 10. 움트는싹 〔9〕 / 11. 혼란한마음 〔13〕 / 12. 모함 〔11〕 / 13. 신혼 〔4〕 / 14. 새뜻 〔3〕 / 15. 결심은햇으나 〔6〕 / 16. 돈은 잇스나 〔7〕 / 17. 결합 〔5〕 / 18. 파문(波紋) 〔4〕 / 19. 남하(南下) 〔6〕 / 20. 뒤ㅅ말 〔3〕 (합계 122회)

이 소설에서도 중반에 해당되는 8~12장이 긴 것을 알 수 있다. 주요 등장인물을 정리해 보면 다음과 같다.

- 윤창진(尹昌鎭, 24, 5세): 동경 유학생으로 시를 쓰고 있다. 고향은 경남 원동(院洞). 여자를 밝히는데, 원래는 착실한 인물.
- 이상수(李相守, 31, 2세): 대지주로 서적 문구점을 경영. 호인인데 아내에게 불만을 품고 있음.
- 김종택(金鍾澤, 30세 전후?): 부자로 난봉꾼. 첩을 두고 있다. 조금 둔감한 편이다.
- 김선희(金仙姬, 20세 전후): 김종택의 여동생으로 말괄량이.
- 강정희(姜貞姬, 28, 29세): 여학교 가정과 교사. 원래는 착실한데 남자를 밝힌다.
- 서영주(徐英珠, 18, 19세): 윤창진과 동향. 어머니가 홀로 고향에서 와병 중이다. 미선계 여학교를 졸업함.

이러한 여섯 남녀의 다양하게 엮어내는 인간관계는 실로 다음과 같은 '삼곡선'을 형성하고 있다.

---

18) 원작에는 장 번호가 붙어 있지 않다.

이 여섯 사람 이외에도 김종택의 첩 개난과 역시 김종택의 친구로 난봉꾼인 채필수는 주요 등장인물이라고 할 수 있다.

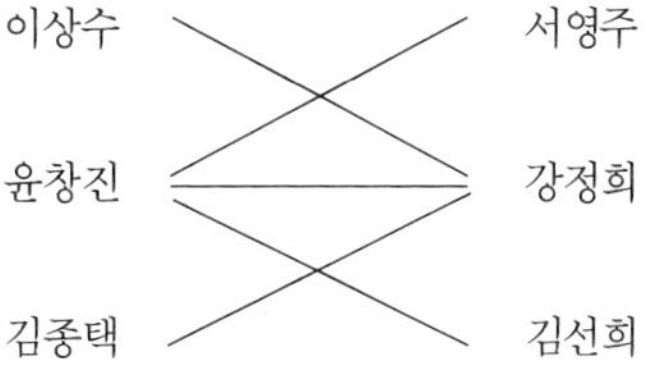

이 소설의 시간적 배경은 집필 시기와 거의 동시기인 1934년으로 보이며19), 초여름에 시작해서 다음해 봄에서 일단 끝나서 마지막은 후일담 형식으로 맺고 있다. 공간적 배경은 대구가 중심으로, 일부는 부산의 해운대와 원동이다.

간략한 스토리를 정리하면 다음과 같다.

이상수는 강정희에게 마음이 있으며, 강정희는 연하인 윤창진과 예전부터 친하다. 윤창진은 동향인 서영주를 돌봐주고 있는데, 김선희는 그를 연모하고 있다. 선희의 오빠인 김종택도 강정희에게 마음이 있는데, 그녀는 그를 상대하려 하지 않는다.

해운대에 홀로 피서를 하러 나선 강정희는 쓸쓸해 져서 윤창진을 부르는데 때마침 호우가 쏟아진다. 고향이 걱정인 윤창진은 원동에 내려가서 구호활동을 위해 그곳에 머무르며 농민 계몽에 뛰어든다. 그곳에서 그는 서영주와 장래를 약속한다. 그러나 돈을 마련하러 대구로 일단 돌아온 윤창진은 김선희와 재회하는데, 그녀의 정열적인 구애에 질려서 유성 온천으로 도피한다. 하지만 거처를 밝혀낸 김종택과 강정히가 쫓아와서 직접 담판을 한 끝에, 윤창진과 김선희는 정식으로 결혼하기로 한다. 사랑에 패배한 강정희는 성실한 교사로 일단 복귀하지만 사내가 없이는 쓸쓸해져서, 돈은 있지만 인기가 없는 이상수와 의기투합해서, 연을 맺고 만다.

한편 서영주는 윤창진의 변심을 알고 슬퍼하는데 시골 야학 교사로

---

19) 연재 직전인 1934년 8월 10일 전후의 한국 남부의 풍수해를 참고했다고 보이는 대홍수에 대한 이야기가 나온다.

사는 것에 삶의 보람을 찾아낸다.

  이상수와 강정희는 평양, 서울을 오가며 놀며 지내는데 돈이 다 떨어
져서, 이상수 홀로 대구에 내려온다. 결국 그는 강정희를 버리고 부인
곁으로 돌아간다. 한편, 윤창진은 동경 유학을 끝내고, 서울에서 평화로
운 생활을 시작한다.

  이 소설은 전체 3부로 구성돼 있다. 전반부는 6명의 남녀 관계가
그려지는 7장까지이며, 중반부는 새로운 사건이 전개돼서 윤창진 일행
의 도피행이 일단 낙착하는 부분, 종반부는 광의로 볼 때 후일담 형식
인 13장 이후이다.

  전반부에서는 6명의 복잡한 애정 행로가 통속적인 흥미를 자극하며
그려지고 있는데, 중반부에서는 초반의 해운대 삽화는 연애 유희를 시
종일관 다루면서도 호우 이후의 부분에서는 윤창진의 활약을 중심으로
전개되며, 내용적으로도 비교적 충실하게 채워져 있다. 하지만 후반부
에 들어가면 갑자기 내용은 이완되기 시작해서, 장을 넘어감에 따라서
중반부까지의 이야기에 대한 후일담적인 측면을 강하게 드러내고 있다.
17장 이후의 내용은 단순히 이야기를 따라가는 서술 형식이며 최종장
(20장)은 실로 소제목 자체가 '뒷ㅅ말'이다. 13장 이후는 연재 횟수를
늘리려 하는 느낌도 있다. 또한 작가가 직접 독자에게 대화를 시도하
는 수법은 전편에서 5군데인데 그 가운데 3군데는 최종장에 집중적으
로 나와 있다. 그러므로 『삼곡선』도 형식적인 구성, 내용적 전재 모두
밀도와 발란스가 결어됐다고 말할 수밖에 없겠다.

  다음으로 등장인물은 『무지개』와 다르게 6명이 각기 주인공 격으로
활약하는 스타일을 택하고 있다. 다만 윤창진과 강정희에게 비교적 역
점을 두고 있다. 또한 이 소설에서는 선한 인물과 악한 인물이라는 분

류는 그다지 중요하지 않으며, 오히려 성실과 불성실 사이에서 흔들리는 결단력이 없는 인물들이 대부분을 점하고 있다. 끝까지 난봉꾼인 인물은 김종택 뿐이며, 성실함으로 일관하는 것은 서영주 뿐이다. 다만 윤창진을 애초에는 바람둥이처럼 설정하다가 호우 이후에는 성실한 인물로 재설정하고 있는 것은 성격의 통일이라는 측면에서는, 난점이 있어 보인다.

그러면 이러한 인물을 통해서 작가는 무엇을 드러내려고 했는지, 그 의도를 조금이나마 파악하기 위해서는 작가의 말을 살펴볼 필요가 있다.

> 「三曲線」은 다른 作品 「무지개」와 「黎明期」 等 보다는 훨신 讀者의 興味를 爲해서 執筆을 始作했다. 그러나 連載하는 동안 어느듯 敎訓的 筆致가 들어가게 되었다. 이것은나의 缺點인줄은 아는 것이나, 또한 當然이 들어가지 않으면 안 되는 것이라 믿는 것이다. 享樂型 男女와 眞實型 男女를 대조하면서 이야기를 진행해, 그렇게 함으로써 讀者에게 올바른 것을 分別할 수 있게 한 것이다.[20]

이것을 보면 장혁주는 소설을 쓰기 시작하기 전에 확고한 주제 의식과 그에 따른 구성을 세우고 있던 것이 아님을 알 수 있다. 이러한 자세로 창작된 소설을 통해 독자가 계몽될 것이라고 생각했다면, 그것은 작가의 오만을 드러낸 것이라 하겠다. 또한 실제 작품은 여기서 언급하듯 '향락형'과 '진실형'으로 기계적으로 2분 할 수 없음은 전술한 바이다.

---

20) 『삼곡선』에 붙인 작자의 서문「독자에게」에서. 1939년도 한성도서 도서목록 광고를 참고했다. (이 원고는 1937년 경 쓴 것으로, 단행본 권두에 그 일부가 보인다.)('또한'이하 후반부분은 대체적인 뜻임.)

내용상 그 경향을 살펴보면 확실히 향락적인 색채가 강하다. 다음의 예는 그러한 부분이다.

(선희는 피아노를 산 지 2년이나 되는데)밤낮 친다는게「아리랑」이나 「사께와 나미다까(술은 눈물인가: 일본 유행가＝필자 주)」만하니(하고 오라버니는 놀린다.)(6회)

(정희는 혼자 자면서) "잉어같은 몸을 이리저리 딩글면서 불타는정열 을 끄려고 애쓰고잇다." (17회)

이처럼 경묘한 내용과 에로틱한 묘사를 적절히 끼워 넣으며 독자에 게 서비스를 하기 위해 노력하고 있다. 또한 이 작품에서는 전편에 걸 쳐서 정희라고 하는 여성의 정욕을 상당히 직접적으로 쓰고 있는 것이 눈에 띈다. 그 예를 한 가지 들어 보자.

그는 생리적으로 일어나는 정욕과 정렬을 제 마음만으로 억제키 어려 다. 그가 이상수를 가까이 한것이 오로지그까닭이엿다고 하나……(43 회)[21]

한편, 중반에서는 윤창진이 고향에서 구호활동을 하면서 농민의 위 생 관념이 결여된 것을 개탄하고, 또한 농촌의 빈궁한 상황을 보다 못 해 '××주의'에 가담한 적은 없었으나, 그들의 이론이 나름 옳다고 생 각했다고까지 말하고 있다.(42회)[22] 그리고 윤창진은 서영주에게 다음

---

21) 본래 게재 당시는 42회라고 하는데 그것은 명백한 오류이다.

22) 본래 게재 당시는 41로 나와 있는데, 이것은 오류이다. "××주의" 이하 부분은 단 행본에서는 삭제됨.

과 같이 말한다.

> …농민 속에 들어가서 그나마 글자기나 배운 힘을 이용해서 좀더 그
> 네들의 살림이 편안하도록 지도를 해보고 싶구, 그네들의 생황을 옹호
> 하도록, 말하자면 그 무슨일도 해보구 싶지만은…(53회)

하고 농촌계몽에 투신할 의향을 보인다. 이것은 1931년에서 34년 사이, 동아일보사 주최로 벌인 학생들의 방학을 이용해 귀향 계몽을 중심으로 한 '브나로드 운동'을 의식한 글쓰기라고 하겠다. 다만, 이 농민 계몽이나 사회 개혁을 향한 의지는 매우 한정된 것으로, 이 소설의 주제가 되지는 못한다. 실제로 윤창진은 결국 고향과 서영주를 버리고 김선희와 소시민적인 생활을 보내게 된다.

다음으로 묘사면의 뛰어난 부분을 살펴보면, 중반 끝 부분(특히 81~84회)는 전개도 매우 빠르고 박진감이 있으며, 또한 남성의 심리 묘사도 상당히 능숙하다. 그러한 부분을 한 곳만 들어보자.

> (윤창진은 자신에게 호의를 보내고 있는 김선희의 혼담이 나오자) 그
> 는 그의 마음가온데 이러나는 질투가 그에게 호이를 가진 여자가 그냥
> 멀리 떨어져나간다는것을 아까워 하는 마음에서 생긴 것이믈 깨다를 때
> 마음 속으로 더한층 놀랐다. (73회)

이러한 통찰력과 묘사력이 있음에도 후반에서 소설이 틀어져 버린 것은 유감스럽다.

다음으로 표현과 표기를 간략하게 살펴보자. 우선 방언 사용은 배경이 경상도 지방임에도 불구하고 회화 부분에는 별로 없으며, 오히려 지문(地文)에서 '기대리다' '기두르다' (표준어는 '기다리다')나 '질겁

다'(표준어 '즐겁다') 등 용언을 방언으로 사용하고 있는 것을 알 수 있다. 한편, '――히'(일일히)처럼 한자와 숫자를 혼용하고 있는 것도 여전하다. 일본어나 일본식 표현을 정리하면 다음과 같다. 23)

① 일본어 발음을 한글 표기로 한 경우: (주로 명사)

오미야게 〔お土産, 선물〕, 시보리〔しぼり, 물수건〕, 유까다〔ゆかた, 목욕 후나 여름철에 입는 무명홑옷〕, 고―도 인바이〔高等淫売, 고등 매춘〕, 마에 이와이〔前祝, 미리 축하함〕, 가다까기〔肩書, 직함〕, 꼬대꼬대〔ごてごて, 더덕더덕〕, 기지〔生地, 옷감천〕, 이나까뻬이〔田舎っぺ, 촌놈〕, 하나레〔離れ, 별채〕, 쇼―지〔障子, 장지문〕, 다다미〔畳〕, 도긴노마〔床の間?, (일본식 건물의) 객실 상좌(上座)에 바닥을 조금 높여 꾸민 곳〕, 간빠이〔乾盃, 건배〕,우메보시〔梅干, 매실장아찌〕, 오자시끼〔お座敷, 연회석〕, 나지미〔なじみ, 낯익은 사이〕, 나까이〔仲居, 시중드는 여자〕, 구루마〔車, 자동차〕, 마찌아이〔待合, 유흥업소〕, 돈부리〔丼, 덮밥〕, 스끼야끼〔すきやき, 일식 전골〕

② 일부 일본어, 일부 한국어 합성어 등:

마지메―한〔まじめな, 진지한〕, 히야까시허르〔ひやかしに, 놀리러〕, 아이마이하십니까〔あいまいですか, 애매하십니까〕

③ 일본어식 한자어를 발음만 한국어음으로 한 경우:

산보〔散步〕, 랑하〔廊下〕, 형매〔兄妹〕, 흑판〔黑板〕, 소절수〔小切手〕, 원족〔遠足〕

---

23) 다른 2편과 공통되는 것을 포함한다.

④ 일본어식 발음으로 외래어를 표기한 경우:

떼카단〔デカダン〕, 또아〔ドア〕, 케―키〔ケーキ〕, 바―레〔バ
レー〕, 사―브〔サーブ〕, 가루다〔カルタ〕, 에레베―타〔エレベー
タ〕

⑤ 회화 부분 전체가 일본어를 한글로 표기한 경우:

「아라이랏샤이」〔あら′ いらっしゃい, 어머, 어서오세요〕, 「마―긴
상」〔まあ金さん, 어머나, 김상〕, 「오히사시부리네」〔お久しぶりね, 오
랜만이네요〕 (이상 103회)

또한 이외에도 "오라잇! 자! 감빠이!"(113회)처럼 영어와 일본어를
복합적으로 표현하고 있는 경우도 있다. 그 가운데는 '미력'(魅力)처럼
일본어의 발음에 끌려서 발음을 표기하고 있는 것도 있다. 또한 이 소
설에서는 일본어식 어법이나 구문에 영향을 받은 파격적인 한국어가
곳곳에 보인다. 그 예를 들어보자.

- 하하하 <u>유쾌유쾌</u>……〔ハハハ′ 愉快愉快〕 (33회) (통상은 <u>유쾌하다,
  유쾌해</u>)
- 그의 <u>초조하고 잇는</u> 마음〔あせっている〕 (1회) (통상은 <u>초조한</u>)
- 그러나 <u>우리의 하는것은</u>…〔しかし我々のやることは〕(76회) (통상은
  <u>우리가 하는 것은</u>)

이러한 예의 경우 장혁주는 문장을 우선 일본어로 생각하고 그것을
거꾸로 한국어로 대치해서 생각했었음을 알 수 있다. 그러한 흔적은
위의 예를 통해서도 검증되는데, 실제로 습작 당시부터 그렇게 했었는
지를 검증하는 문제는 본고에서는 이 이상은 다룰 여지가 없다.

그러면 마지막으로 복자(覆字)와 삭제관계를 살펴보면, 복자는 극히 적으며, 삭제도 10장(52회)에서 와병중인 윤창진이 "이재민(罹災民)의 참상은 천재 (天災)로 이러난것이나 (中略)"라고 말하는 부분에서 갑자기 말이 중단돼, 바로 뒤에 병문안을 온 서영주가 말하고 있는 부분 정도이다. 삭제된 분량은 명확하지 않은데, 그 부분이 '수재도 인재다' 라는 내용으로 간주돼서 검열 후에 삭제된 것으로 추측할 수 있다. (한 편 단행본에서는 (中略)이라는 표기도 삭제돼 있다)

그러면 다음으로 『동아일보』게재 당시의 것(이하 《신문본》 으로 약칭)과 한성도서판의 단행본 (이하 《단행본》 으로 약칭)과 비교해 보 겠다. 이 두 판본 사이에는 2년 이상의 시간적 차이가 있는 만큼 많은 부분이 다르다. 이러한 부분은 형식적 구성, 표기, 삭제 수정 등에 이 른다.

우선 장 구성부터 살펴보면 다음과 같다. (《단행본》 에서 각장의 장 제목은 생략돼 있음·)

```
《신문본》                                      《단행본》
1장 ──────────────────────────── 1장
2장~4장 ─────────────────────── 2장
5장 (13) (14) ───────────────── 3장
        (15) ─────
6장 ──────────────────────────── 4장
7장 ──────────────────────────── 5장[단(25)는 결락]
8장 (27)~(38)──────────────── 6장
    (39)~(42)──────────────── 7장
9장 ──────────────────────────── 8장
  ⋮                                            ⋮
```

《신문본》 10장 이하는 《단행본》 9장 이하와 '횟수' 이상의 차 원에서 형식적, 구성상에서 완전하게 대응하고 있다. (하지만 내용이

완전히 똑같다는 의미는 아니다.) 이상을 보면 대체적으로 《단행본》에서 장을 정리하고 있는데, 거꾸로 장을 나눠서 전후의 장에 반씩 나누고도 있다. 전체적으로는 《신문본》 전20장은 《단행본》에서는 전19장으로 바뀐다. 이 개정은 내용에서 보면 대체로 수긍이 간다. 다만 7장의 (6) (25회) 24)를 결락시키고 있는 것은 스토리가 이어지기는 해도 구성상 문제가 있다.

다음으로 표기 면에서도 상당한 차이점이 있다. 우선 철자나 띄어쓰기가 현대식 표기로 상당히 바뀌었다. 반면, 일부에서는 오히려 개악된 경우도 보인다. 이러한 예 가운데는 인쇄상의 실수로 보이는 부분도 많으며, 《단행본》 교정이 얼마나 날림이었는지를 보여준다. 또한 회화 가운데서 구두점을 《단행본》에서는 거의 모두 삭제하고 있다. (예: 아, 그거 조치요° → 아 그거 좋치요)

한편, 문장 끝을 약간 바꾼 경우도 있다. (예: 걸지안엇든가?→ 걸지안었는가?) 또 단어를 일부 바꾼 경우도 있다. (예: 전령 → 전화) 다음으로 일본어를 한글로 표기할 때 그다지 일반적이지 않은 어구에는 방점이 찍혀 있었는데, 이것을 대부분 지우고 있다. 이것은 장혁주가 일본어를 외국어로 인식하고 다루고자 하였던 의식이 후퇴한 것이기도 하지만, 역시 시대 추세라고도 볼 수 있다.

그러면 가장 중요한 문제인 내용적 차이를 살펴보자. 《단행본》에서는 《신문본》 내용을 상당히 수정하고 있는데, 이것은 어구를 바꾸는 것에서 대대적으로 내용을 삭제한 것에 미친다. 우선 대대적으로 내용을 바꾸고 있는 부분은 9장(구애[求愛]) (3) (45회) 25)인데, 호우 후에 해운대에 홀로 남겨진 강정희가 있는 곳에 본래 동창인 기생 개

---

24) 이하 이번 장을 비교함에 있어 장 번호 등은 '신문' 연재본을 기준으로 한다.
25) 44회라고 '신문본'에 나와 있는 것은 오류이다.

난이가 찾아오는 장면으로 《신문본》에서는 보이에게 개난이가 왔다
는 대사를 부여하고 있는 것에 비해, 《단행본》에서는 기생으로 보이
는 여자가 왔다고만 말하고 있으며, 만나고 나서야 처음으로 개난이임
을 알게 되는 내용으로 바뀐다. 따라서 강정희가 기생 친구에 대해서
보이에게 변명하는 부분도 《단행본》에는 생략돼서 간략해졌다.
　이러한 수정은 수긍이 가는 것이지만, 다음 부분의 삭제는 생각해
볼 여지가 있다.

　　(윤창진이 김선희에게 쇼팽의 곡을 쳐 주면서 말하는 장면)
　　그때 소판의고국─「포─렌드」이죠─(이 「로서아」에 ××이 돼어잇섯
　는데 그것일 버서나려구 혁명××을 일으키엇지오˚) 그러나 마침내 <u>패
　전이 되어서</u>… (8회)

인용 가운데 ( ) 부분이 《단행본》에서는 삭제돼 있어서, ─선 부
분은 "××이 되었는대"로 수정돼서 새롭게 복자가 생기고 있다.
　이처럼 정치적인 내용 때문으로 보이는 삭제는 이 외에도 42[26],
105회에도 보이며, 특히 91회에서 서영주가 야학활동을 벌이는 것에
관한 부분은 《신문본》에서 26행에 걸쳐서 대대적으로 삭제된다. 다
음으로 '호색적'인 내용의 삭제가 48회에 회화부분을 중심으로 10여행
이뤄지고 있다. 그 외에도 쓸데없이 긴 부분을 줄이기 위한 삭제가 15,
23, 27, 33, 40, 47, 50, 121회에 걸쳐서 있으며, 특히 33회를 보면
24행에 이른다.
　이러한 수정과 삭제를 한 결과, 군더더기는 상당히 줄어들었지만 내
용이 조금 단조롭게 된 감은 지울 수 없다. 다만 삭제한 부분 대부분

---

26) 41회라고 '신문본'에 나와 있는 것은 오류이다.

이 직간접적으로 검열과 관련된 것으로 보이기 때문에 모두 작가의 탓으로 돌릴 수는 없을 것이다.

2-3. 『여명기』

『여명기』는 1936년 1월 4일부터 8월 27일까지 『동아일보』지상에 연재됐는데, 일장기 말소사건[27]으로 신문이 무기정간을 당해 중단된 소설이다. 소설은 '농촌편'(125회)와 '도읍편' (82회[28] 까지 연재)으로 나눠진다. 우선 장 구성을 보면 다음과 같다.([ ]안 한자: 필자)

1.[29] 백설(白雪) 〔4〕 / 2. 달빛아래 〔7〕 / 3. 윷놀이 〔8〕 / 4. 문병 〔9〕 / 5. 옥례(玉禮) 〔4〕 / 6. 안라(安羅) 〔4〕 / 7. 신작로 〔11〕 / 8. 개통식 〔14〕 / 9. 반달 〔10〕 / 10. 황일도[30] 〔12〕 / 11. 암류(暗流) 〔13〕 / 12. 탈출(脫出) 〔4〕 / 13. 탈출여파(脫出餘波) 〔2〕 / 14. 새봄 〔9〕 / 15. 이촌(離村) 〔13〕 (이상 '농촌편')

1. 오월의 아침 〔9〕 / 2. 방문자 〔12〕 / 3. 유혹 〔8〕 / 4. 최산이(崔山) 〔5〕 / 5. 퇴직 〔4〕 / 6. 풍파 〔11〕 / 7. 마굴[魔窟] 〔25〕 / 8. 암운(暗雲) 〔8+?〕 (이상 '도읍편' 82회까지)

위를 보면 '농촌편'은 중반이 7~11장으로 길며, '도읍편'은 6~8

---

27) 1936년 8월 9일 베를린 올림픽 마라톤에서 조선의 손기정이 우승하는데, 사진을 신문에 실으면서 가슴 부분의 일장기를 지운 것을 말함. 『동아일보』지는 같은 해 8월28일부터 다음 해 6월1일까지 정간 조치를 당함.

28) 본래 게재 당시는 83회로 나와 있는데 14회째가 15회로 오기된 이후 줄곧 1회씩 회수가 어긋난다.(이하 인용에서는 편의상, 본래 게재 당시의 연재 횟수를 그대로 사용한다.)

29) 원작에서는 장 번호는 부기돼 있지 않다.

30) 초출에는 "一道"인데 101회, 125회에서는 동음이자인 "日道"로 돼 있다.

장이 긴 것을 알 수 있다. 장혁주가 장편소설을 구성하는 기존의 방법을 통해 살펴보면 '도읍편'은 이 후에 본래 후반부분 몇 장을 더 구상하고 있었던 것으로 보인다. 실제로 『여명기』사전 광고(『동아일보』 1935.12.21) "作者의 말슴"에 따르면 약120회를 예정하고 있다. 횟수도 '농촌편'과 거의 똑같이 생각하고 있었다고 한다면 두 편의 합계가 250회를 넘어서 『무지개』를 상회하는 큰 장편이라 하겠다.

그러면 '농촌편'부터 살펴보겠는데, 그 주요 인물을 정리해 보면 다음과 같다.

- 김종한(金宗漢, 51, 2세)[31]: 삼마동 양반(진사), 대지주.
- 김인철(金仁喆): 김종한의 자식. 건달인 형 김인도(金仁道)와 대조적으로 성실한 청년.
- 신여원(申汝元, 중년): 촌장. 김종한과 가까운 사이. 딸은 신안라.
- 신안라(申安羅, 18세): 서울 유학을 다녀온 신여성. 오빠는 건달인 신완수(申完守).
- 윤뢰우(尹雷雨, 청년): 마을의 급진파 청년 투사.
- 황일도(黃日道, 청년): 마을의 유민(遊民). 권력자에게 아부하는 성격.
- 조훈(趙薰, 40세 전후): 감촌(甘村)의 양반. 대지주로 김종한의 라이벌. 학교비평의원(學校費評議員).
- 강태형(姜太亨, 4~50세): 서울 나들(경진[京津]시장) 술집 주인으로 학무위원(學務委員). 지위에 집착.
- 채상국(蔡尙局, 중년): 삼마동의 술집주인으로 강태형의 라이벌.
- 채옥례(蔡玉禮, 17세): 채상국의 딸로 의지가 강함.
- 松本某(마쓰모토, 중년): 마을 도평의원(道評議員). 본래 재판소 통역.

이 외에도 많은 인물이 등장한다. 그 가운데 '농촌편'을 일본어로

---

31) 원작에는 한자표기는 없는데 「전원의 뇌명」에서 한자로 고쳐진다.

고쳐 쓴 장편 『전원의 뇌명(田園の雷鳴)』(洛陽書院, 1940)의 권말 '창작노트'에 따르면 신여원은 단편 「권이라는 사나이(權といふ男)」의 윤면장(尹面長)과 같은 신풍윤(新豊尹) 씨가 모델이라고 하며, 강태형도 「권이라는 사나이」의 권대형(權大衡)과 같은 모델이라고 한다. 조훈(趙薰)도 실재인물인 지보조(知保趙)씨가 모델이라고도 하고 있다.

소설의 시간적 배경은 집필과 동시기 아니면 조금 전인 1930년대 전반으로 보이며, 구력(舊曆) 1월 15일부터 봄에 이르기까지, 그리고 그 다음 해 봄(14, 15장)이다. 공간적 배경은 경상북도 봉예군[32] 삼마동이 중심인데 군 이하는 가공의 지명으로[33], 장혁주가 사숙교사 시절에 살았던 적이 있는 예천군을 모델로 하고 있는 것 같다.

이 소설의 간략한 스토리를 요약하면 다음과 같다.

김종한은 학교비평의원이라는 지위가 탐나서 그와 관련된 청탁을 하러 읍내에 가서 돌아오는 길에 대설로 말에서 떨어져 김인철 일행에게 구조를 받는다. 그를 병문안한 신촌장은 라이벌 조훈 등에 관한 대항책을 의논한다. 하지만 마을의 주도권은 조훈, 강태형 등이 계속 장악하고 있다. 그들은 마쓰모토와 결탁하고 있는 것이다. 마쓰모토는 마을 일대를 개발하여 이익을 올리기 위해서 토지를 매수하려고 하고 있다. 그래서 이 산촌에 투자해서 신작로를 만들었다. 윤뢰우는 김인철에게 그 내막을 설명하여 들려줬다. 신작로 개통식으로 마을은 떠들썩 했는네 그 것도 끝난 지금, 조훈의 저택에서 학교비평의원 당선 축하연이 한창이다. 이 기회를 이용해서 강태형 등은 공유지 매각을 위해 도장을 받으러 돌아다니려 하지만 신촌장에게 속아서 실패한다. 다음날 황일도 등

---

32) 한자로 하면 奉醴郡. 현재의 봉화군(奉化郡)과 예천군(醴泉郡)에서 한 자씩 취해서 만들었는지도 모르겠다.

33) 참고로 관련 지명도 철도 연선의 점촌(店村), 용궁(龍宮)까지는 실재의 지명으로 그 것보다 깊숙이 있는 곳은 모두 가공된 지명이다.

은 완력으로 도장을 받으려고 달려들어 윤뢰우가 그들을 때려 눕힌다. 하지만 윤뢰우와 김인철은 그 후 과격파라는 명목으로 체포된다.

한편, 신안라는 김인도와 혼담이 진행되자 곤혹스러워 하며 김인철에게 상담한다. 하지만 김인철은 채옥례에게 마음이 있어서 해결이 나지 않고, 신안라는 결국 홀로 마을을 탈출한다. 다음해 봄, 마쓰모토가 공유지를 손에 넣자 마을 상황은 바뀌기 시작한다. 채옥례는 조훈의 첩이 되라고 하는 아버지의 명령에 반항해서, 마음에 있는 김인철과 마을을 빠져나가기로 한다. 김인철은 우선 채옥례를 내보내는데, 불안해져서 뒤를 따른다.

이상의 내용은 3부로 나눠서 살펴 볼 수 있다. 전반부는 우선 6장까지로, 마을의 상황이 그려져 있으며, 주요 등장인물이 거의 모두 나온다. 잇따라서 중반부는 7~11장으로 신작로 개통식을 둘러싼 사건과 그 후의 일을 다루고 있으며, 후반부는 12장 이후로 신안라, 채옥례, 김인철의 탈출이 중심을 이룬다. 이 '농촌편'에서도 중반부 장 구성이 가장 길다. 다만 8장 후반(56~61)에서는 본 내용과는 거의 관계가 없는 유랑극단 이야기가 삽입돼 있어서 구성상에 조금 난점이 있다.

다음으로 '도읍편'의 주요 등장인물은 다음과 같다.

- 신안라(19세): 유치원 보모.
- 김인철(청년): 채옥례를 찾아 다닌다.
- 채옥례(18세): 매춘굴에 팔려간다.
- 김이순(金二順, 30세 전후): 유치원 보모.
- 최산(崔山, 중년): 김이순의 남편으로 파락호. 원래는 '주의자'.
- 유하영(柳夏永, 30넘김): 고등 보통학교 교사.
- 김준형(金俊亨, 중년): 동아일보 지국장으로 유치원장.

'농촌편'의 신안라, 김인철, 채옥례 3명은 '도읍편'에도 그대로 나오는데, 유하영은 '농촌편'에서는 이름만 나왔던 인물이다. 나머지는 모두 '도읍편'에만 나오는 인물들이다.

소설의 시간적 배경은 '농촌편'에 이은 같은해 봄부터 여름에 걸쳐서이며, 그리고 다음해 봄부터 6월경의 장마 때까지로 설정돼 있다. 공간적 배경은 가공 지명인 '웅천읍'[34]이다. 여기는 경상북도 김천(金泉)을 모델로 삼은 것으로 보인다.[35] 그런데 '도읍편'의 지명은 모두 가공인데, 실재 장소를 알아 볼 수 있다.

'도읍편'의 스토리를 간략하게 정리해 보면 다음과 같다.

신안라는 유하영의 알선으로 김준형이 경영하는 유치원 보모가 된다. 선배 보모 김이순은 남편 최산이 신안라를 노리고 있는 것을 알고 히스테리를 일으킨다. 유하영은 신안라에게 사랑을 고백하고, 하루는 두 사람이 직지사로 놀러간다. 그 후 결국 어느 날 밤 신안라의 방으로 침입한 최산이를 가까스로 아낸다.

한편, 일년 후에 탈출한 채옥례는 열차 안에서 말을 건 여자를 따라서 읍내에 당도하는데, 그 여자가 경영하는 술집에 따라가고 만다. 거기서 김인철에게 편지를 쓰고 기다리지만 연락은 오지 않는다. 채옥례는 기다리다 지쳐서 도회지의 공장에서 일하기로 한다. 하지만, 여주인의 소개로 그녀를 데리러 온 것은 최산이었다. 최산은 태산(大田?)에서 하차해서 채옥례를 여관에 데리고 들어가는데, 뜻대로 되지 않자, 속여서 유곽에 팔아 버린다.

김인철은 기를 쓰고 읍내까지 채옥례를 따라가는데 우연히 읍내에서 신안라와 만난다. 신안라와 몇 사람들의 도움으로 채옥례가 있던 술집

---

34) '농촌편'에서는 'W'로 나와 있다.
35) 군청이 있는 인구 2만의 도시이며, 경부선부터 지선환승역(支線換乘驛)이라는 기술을 통해 이렇게 추정된다.

은 찾아내는데 이미 그곳에 그녀는 없다. 채옥례는 유곽을 밤을 틈타서 가까스로 빠져 나온다. 그 때 마침 유곽에서 놀고 나온 신문기자가 말을 건다.

소설이 여기서 중단되지 않았다면 이 기자가 김준형에게 통보해서 채옥례와 김인철은 재회하는 이야기가 될지도 모른다. '도읍편'의 전개는 게재분만을 보면, 전반부는 주요인물이 모두 나와 신안라에 관한 이야기가 중심인 5장까지, 중반부는 6장 이후 다음해 채옥례를 중심으로 이야기가 전개되는 부분인데, 그 도중에 연재가 끊기고 만다. 연재가 계속 됐다면, 그 후에 본래 예정된 후반부가 이어졌을 것이다.

등장인물에 대해서 다시 한 번 고찰해 보면, '농촌편'에서는 윤뢰우, 김인철, 신안라, 채옥례 등 젊은이들을 선한 인물로 그려서, 조훈, 강태형, 황일도, 마쓰모토 등 악한 인물과 대비시켜서, 그 중간에 신촌장, 김종한 등을 배치하는 유형적 인물 설정을 하고 있다. 그런데 '도읍편'에서는 이것이 더욱 더 철저화돼서, 선한 인물(김인철, 신안라, 채옥례, 유하영, 김준형), 악한 인물(최산, 김이순 등)의 구별은 확연하며, 그 중간적 인물군은 등장하지 않는다.

그런데 '농촌편'에서 영리하고 여장부적인 소녀로 나오는 채옥례가 '도읍편'에서는 질질 끌려다니는 여자로 나오는 것은 성격 통일이라는 면에서 문제가 있다. 이것은 신안라에게도 거의 그대로 적용된다.

그러면 『여명기』를 통해 이러한 유형적 인물을 설정한 것이 권선징악적인 테마를 통해 대중들에게 무언가에 대해 계몽하려고 했었는가 하면 그렇다고 하기도 힘들다. 소설 가운데 윤뢰우의 입을 통해 시골에까지 침투한 자본주의의 해독(害毒)에 대해 설명하고 있는 부분도 있지만, 역시 작가가 표현하려고 하는 것은 그러한 사회적, 시대적 인식

보다는 산촌에서 벌어지고 있는 권세욕을 둘러싼 다툼 쪽에 있는 것으로 보인다. 또한 '도읍편'의 스토리는 통속적인 활극이 중심으로, 『무지개』의 보족적 부분인 후반에서 이남철이 여성을 구출하려는 것을 둘러싼 활극과 동질적인 흥미본위의 내용이다.

이러한 구성 요소를 참고하면서 내용을 검토해 보겠다. 우선 소설의 내용은 대체적으로 '농촌편'에서는 상당히 '과격'한 정치적인 요소가 곳곳에 산재해 있다. 그 가운데 두세가지 예를 들어보면 다음과 같다.

(김인철의 방에 청년 10여명이 모여서 윤뢰우가 대강 다음과 같이 말한다) 농촌에 달갑지 않은 자본이 침입하는 것을 막고, 더불어 경제 상태의 변천(變遷)을 민중에게 알릴 필요가 있다. 그걸 위해서 촌민대회를 열어야 한다. 또한 김인도의 결혼식을 이용해서 운동을 펼쳐야 한다. (88회) [요약]

"윤뢰우는 표면상 거의 해소 단계에 있었던 청년회 삼마 지부 소속이었는데, 실질적으로는 새로 조직된 청년동맹의 일원으로, 삼마 지부 설립을 위해 노력해야 할 임무를 지고 있었다. 게다가 더욱이 한발 더 조직을 이끌어 가지 않으면 안됐다. (그것을 작자는 여기 명백히 적지 못하나)" (95회)[요약]

(윤뢰우가 있는 곳에 신안라가 앞으로의 처신에 대해 상담하러 왔다. 안라에게 뢰우는 이렇게 말한다) (안라가 안고 있는 고뇌는) "봉건적 도덕에 얽매어진 사회가 그 첫재 원인이요, 비단 도회에 나가드라도 완전한 인권은 찾기어려울것이오. 그것은 여자뿐아니라,무산대중은 모다 그렇소. 그러니 거기는 자본주의사회가 또 그러케하는 원인이 되는 것이오." (95회)

　　이렇듯 윤뢰우의 생각은 논리정연하다. 다만 이러한 부분을 『여명기』의 전체적인 주제로 간주할 수 없음은 전술하였다. 사회 현실 가운데 '운동' 자체가 하는 수 없이 퇴조해 가던 집필 당시 상황을 고려한다면, 이러한 소재는 독자를 자극하고도 남는 소도구의 하나로 다용한 것에 지나지 않으며, 전편을 통해서 이러한 계몽적인 의도는 『무지개』와 비교해 보아도 적은 편이다. '도읍편'은 더욱이 독자의 통속적인 흥미를 지속시키기 위한 다양한 수법을 동원하고 있다. 그 수법을 들어 보면, ① 인물들이 부자연스러울 정도로 어지럽게 등장과 퇴장을 반복하는 경우(예: 도읍편 22회)[36], ② 남녀가 어긋남을 반복하며 만나지 못하는 경우(예: 도읍46회), ③ 우연히 조우하는 것에 지나치게 의지하는 경우(예: 도읍50회), ④ 호새적인 장면을 삽입, ⑤ 작자가 독자에게 직접 말을 건네는 경우 등이 있다. 결국, '농촌편'에서는 '주의'와 관련된 내러티브를 자극적으로 제시하고, '도읍편'에서는 통속소설적인 수법으로 실로 통속 그 자체로 독자를 사로잡으려고 했다고 할 수 있다.

　　그러면 다음으로 묘사에 관한 것을 살펴보자. 묘사력을 보면 장혁주의 글 솜씨는 제법이라고 할 수 있다. 예를 들면, 시장 내력을 설명하는 부분(48회), 시장의 정경을 묘사하는 부분(56회), 김인철이 달밤에 신안라를 기다리는 장면(63회), 조훈의 저택에서 열린 연회를 묘사하는 장면(78~82회), 김인철이 마을을 탈출하기까지 겪었던 주저함을 묘사한 부분(120회) 등 솜씨 좋게 쓰고 있다. 여기서는 '도읍편'(마굴[魔窟] 19)에 난폭한 최산이의 행패에 겁을 먹은 채옥례의 심정과 행동을 그린 부분을 예시하기로 한다.

---

36) 이하 '농천편'의 연재 횟수와 구별하기위해 '도읍편'의 횟수를 (도읍22)와 같이 약
　　기하기로 한다.

(여관에서 채옥례는 최산이 외출한 틈을 타서 남자의 이불을 다른 방
으로 옮겨달라고 하고 열쇠를 채우려고 하지만 고장이 나서 채울 수 없
다)*( )안은 필자에 의한 장면설명임.

불을 껏다. 불이 없으면 자는 줄 알고 들어오지 안켓지?

불을 끄고 자리에 누엇다. 새 옷을 입은채로는 좀처럼 잠이 오지아니
하엿다.

일어나서 치마를 벗엇다. 자리저고리를 가라입고 단속옷을 벗을가고
하다가 버선만 벗고는 이불 속에 들어갓다.

그러나 잠이 오지 아니하엿다.

불을 꺼노흐면도리어 그놈이 들어오기가 쉬울 것 같앗다. 일어나서
불을 켯다.

방이 환해지니 단속옷을 입은 그의 자태가 부끄러 다. 그는 옷봇다
리를 풀어서 집에서 입든 동치마를 끄집어내어 입엇다. 허리띠로는 젓
가슴을 꼭꼭 매엇다. 버선을 다시신엇다.

자리에 누우니 조금 안심이되기는 하엿다.

그러나 그자가 들어오면 어쩌나 하니 좀체로 잠은 오지 아니하엿다.

(도읍편 69회)

이 부분에는 채옥례의 불안한 심리와 행동이 절묘하게 묘사돼 있다.
이러한 것을 보더라도 장혁주가 상당한 필력의 소유자였음을 알 수 있
다.

다음으로 표현과 표기에 관한 것을 살펴보자. 우선 이 소설은 경상
도 방언이 많이 사용되고 있으며, 태산(大田?)에서 이야기가 전개되는
부분에서는 충청도 방언도 일부 나온다. 이것은 지문(地文)에도 나타나
고 있으며, 지나치게 생경한 용어에는 방점 처리를 하고 있다. 장혁주
는 그가 일상에서 쓰는 말을 통해 마음 편히 소설을 쓰고 있는 것처럼

보인다. 또한 ‘一순(一瞬)’, ‘수十척’(數十尺)과 같은 한자와 숫자를 혼용하고 있는 것도 다른 작품과 마찬가지이다.

다음으로 일본어, 일본어식 표현에 대해서 보면 다음과 같다.

① 일본어 발음을 그대로 한글로 표기한 경우:

나까오리〔中折, 중절모〕, 하부다이〔羽二重, 곱고 보드라운 옷 윤이 나는 순백색 비단〕,「쓰메에리」〔詰襟, 스탠딩 칼라〕,「우와기」〔上着, 겉옷〕, 가꾸야〔樂屋, 분장실〕,쓰리〔スリ, 소매치기〕, 스지〔筋, 줄거리, 사리 등〕, 세리푸〔セリフ, 대사〕, 헨빠이〔返杯, 반배〕, 야지〔野次, 빈정거림〕, 우라끼리〔裏切, 배신〕, 까다〔ゆかた,무명홑옷〕, 에리〔襟, 깃〕, 유아가리〔湯上がり, 목욕을 마치고 나옴〕, 게다〔下駄, 나막신〕, 나까이〔仲居, 시중드는 여자〕, 히야까시〔冷やかし, 놀림〕

② 일본어식 한자어를 한국어음으로 번역한 경우:

수인〔数人〕

③ 일본어식 발음을 외래어로 표기한 경우:

반쓰봉〔牛ズボン〕, 와이사쓰〔ワイシャツ〕

④ 일본어와 한국어의 합성을 통한 명사:

소구루마〔牛車〕, 말구루마〔馬車〕, 꺼구루마〔人力車〕

⑤ 회화 부분 전체가 일본어를 한글로 표기한 경우:

● “「야— 이랏샤이」”〔やあいらっしゃい, 아이구 어서와요〕(80회)

• “「나마이끼나」”〔なまいきな, 건방진〕 (81회)

『여명기』의 경우는 위의 예 이외에는 일본어와 관련된 용법이 거의
없다. ①의 경우도 특수한 어구가 많으며, 또한 방점이 붙어 있고 극히
일부 장면에서만 사용된다. 『여명기』는 장편 3편 가운데서도 가장 나
중에 발표된 작품이라, 일본어가 조선에 보다 광범위하게 침투해 있었
을 것이 틀림없다. 하지만 이 소설에는 일본과 관련된 표현이 다른 2
편에 비해서 오히려 줄어들고 있다. 이것은 장혁주가 동경에서 원고를
송고했기 때문에 한국어로 작품을 쓰는 것을 오히려 더 강하게 의식했
었기 때문이 아닌가 추측할 수 있다. 집필 과정에서 필기구와 집필 장
소 등이 작가의 의식에 개입하는 문제는 이제 와서는 새로운 가설도
아닌만큼 반드시 억견은 아니라고 본다.

그러면 마지막으로 복자와 삭제와 관련된 부분을 살펴보자. 이 문제
는 ‘농촌편’을 일본어로 개작한 『전원의 뇌명』(1940, 낙양서원(洛陽書
院))과 밀접한 관련이 있으므로 두 작품을 비교해 보겠다. 한편, 의외
로 ‘농촌편’ 자체의 복자나 삭제는 거의 없다.

그러면 두 작품을 형식적 구조라는 측면에서 비교해 보면 그 장 구
성은 다음과 같은 관련을 맺고 있다.(『여명기』의 장 다음의 괄호 안
숫자는 절(節)을 나타냄)

```
『여명기』[농촌편]                『전원의 뇌명』
1장 ─────────────── 1장
2장 ─────────────── 2장
3장 (1~2) ─────────── 3장
    (3~8) ─────────── 4장
4장 ─────────────── 5장
5장 ─────────────── 6장
```

6장 —————————————— 7장
7장 (1~6) ————————————— 8장
　　 (7~9) ————————————— 9장
　　 (10~11) ——————————— 10장
8장 (1) —————————————— 11장
　　 (2~3) ————————————— 12장
　　 (4~8) ————————————— 13장
　　　　　　　　　　　　　　[8=55회 도중에 14장이 시작됨]
　　 (8~14) ——————————— 14장
9장 —————————————— 15장
10장 ————————————— 16장
11장 (1~4) ———————————— 17장
　　 (5~11) ——————————— 18장
　　 (12) —————————————— [거의 삭제됨]
　　 (13) —————————————— 19장
12장 (1~4) ——————————— [4=100회 대부분 삭제]
13장 ————————————— 20장
14장 ————————————— 21장
15장 (1~2) ——————————— 22장
　　 (3~10) ——————————— 23장
　　 (10~13) —————————— [거의 삭제됨]

　　이 결과 일어판 『전원의 뇌명』(1940)에서는 『여명기』에서 장 길이가 불균형 것을 거의 시정됐는데, 긴 채로 남은 것은 10장(황일도[黃日道]) 뿐이다. 11장 (12) [95회]가 일어판에서 삭제된 것은 그 정치적인 내용 때문으로 보여지고, 또 12장 (4)[100회]에서는 신안라의 탈출과 관련된 상세한 묘사가 거의 삭제된 채 일어판에서는 기술이 상당히 간략하게 바뀌고 있다. 또한 15장 (10~13)의 경우는 『여명기』에서는 김인철과 신안라가 함께 도망치지 못했기 때문에 일어나는 사건을 둘러싸고 '도읍편'이 전개되기 때문에, 꼭 필요한 부분인데, 일어판에서는 이야기를 완결시키기만 하면 되므로, 둘이 함께 마을을 탈출하는 것으로 이야기를 바꾸면서, 자연스럽게 삭제된 경우이다.

여기서 한국어판 『여명기』와 일본어판 『전원의 뇌명』의 등장인물을 대조해 보면,

    『여명기』'농촌편'　『전원의 뇌명』

김인철	→	김인영(金仁英)
신완수(申完守)	→	신완수(申完洙)
황일도	→	황일만(黃日萬)
김종일(金宗日)	→	김수일(金守日) [마을의 서기]
송본모(松本某)	→	최병갑(崔丙甲)[37]

이 이외의 인물은 모두 한자까지 일치한다. 여기서 문제가 되는 것은 최병갑이다. 그는 오래도록 '내지'에 있으면서 모대학 법학부를 나와서 동경의 회사에서 일했던 경험이 있는 도회의원(道會議員)으로 도내에서 제일가는 부호로 설정돼 있다. 송본(마쓰모토=松本)의 경우는 본래 재판소에서 통역을 하다가 도평의원(道評議員, 후일 도회의원으로 바뀜)으로 벼락출세를 한 인물이므로 최병갑에 비하면 속된 존재이다. 그런데, 『대구부사(大邱府史)』(1943)를 보면, 1931~35년 경, 대구부회의원으로 대구 제일교육부회의원(第一教育部會議員)을 겸하고 있는 마쓰모토 세이이치(松本誠一)이라는 인물이 있었는데, 이 인물이 소설 속 마쓰모토의 모델이었을 가능성이 있다. 신문연재 당시에는 이처럼 일본인을 악덕 실업가로 그려낼 수 있었는데, 4년 후인 1940년에는 이러한 설정은 일본 비판이 될 소지가 커서, 조선인으로 인물 설정을 바꾼 것으로 보인다. 이것은 단순히 시기적인 차이뿐만이 아니라, 한국

---

37) 「전원의 뇌명」119쪽에서는 최병갑(崔丙甲)이라고 나오는데, 142쪽 이하에서는 모두 최병조(崔丙早)이다.

어판 『여명기』를 일본어판 『전원의 뇌명』으로 고쳐쓰면서 독자 또한 조선어 독자에서 일본어 독자로 바뀌는 문제와 관련이 깊다. 이것은 독자에 따라 인물의 '얼굴'을 바꾸는 장혁주의 창작 태도와도 관련이 있는 문제이다. 그 결과 이 인물이 차지하는 위치는 두 소설 다 거의 동일하지만, 소설 구조 속에서 그 존재의 의미와 독자에게 비추는 인상은 완전히 달라진다고 할 수 있다.

다음으로 지명을 대조해 보면 가원재 → 마중령(魔中嶺)이 다소 다른 정도로, 그 외에는 삼마동 → 마동(麻洞), 서울나들장터 → 경진시장(京津市場), 감나무골→가키노타니(柿の谷), 갓바위→가사노이와(笠の岩) 등 모두 조선어를 의역해서 지명으로 바꾼 정도로, 따라서 실재 지명과 가공 지명을 나눠 쓰는 것도 동일하며, 장소의 분포나 거리 계산 등도 일치한다.

그러면 다음으로 내용상의 차이를 검토해 보면 『여명기』를 기준으로 삭제부분은 다음과 같다. (숫자는 연재횟수, 밑줄은 대대적인 삭제를 가리킨다. 이하 동일.)

① 장황한 부분을 일부 삭제: 16, 25, 28, 50, <u>100</u>
② 정치적 내용을 일부 삭제: <u>45</u>, <u>86</u>, <u>95</u>, <u>108</u>
③ '후편'에서 필요하지 않기 때문에 결말 부분을 삭제: <u>122~125</u>

②에서 삭제한 예를 하나 예시해 보자.

(윤뢰우가 김인철에게) "내가 자네를 데리고 와서 이런 이야기를 하는것은 우선 자네는자네집부터 어두운 꿈속에서 깨어나도록 허라는 걸세. 자네네집이 깨면 그영향이 차차 널리 미칠것이 아닌가."/ "그러나

인철이. 우리는 그런 민족적 문제도 문제려니와……”/ “뢰우는 리론을 전개시켜 ××××적이론(을) 끄집어내는 것이엇다”/ “이 지방에선 그런 운동은 뢰우외 수인으로 지속돼고 잇엇다.” (45회)

또한, ‘여명기’ 보다 상당히 간략한 기술로 수정된 부분은 다음과 같다.

① 장황한 부분을 일부 삭제: 58~60.
② 정치적 내용을 일부 삭제: 65~67, 88, 90, 95, 107.

비교를 위해서 88회 예를 들어보면 앞에서 인용한 부분은 대략, “뢰우는 인영의 거실에서 청년 10여명을 모아서 연설하고, 외부의 자본이 이 땅에 들어오는 것을 막기 위해서 촌민대회를 열거나 그것이 불가능하면 황일도의 결혼식을 이용하자고 말한다”라는 식으로 간략화돼 있다.

이상과 같이 삭제와 수정을 통해 장황한 부분은 명료해졌는데, 정치와 관련된 부분을 무조건적으로 간략화하면서『전원의 뇌명』에는 막연한 서술이 증가해서, 이야기 구조를 단순히 연결하기 위해 평단하게 전개되는 부분이 늘어났다. 다만, 장혁주가『전원의 뇌명』에서 이러한 결점을 극복할 수 있을 정도의 일본어 표현력과 구성력을 갖고 있지 않음은 분명하다.

『전원의 뇌명』권말의 ‘창작노트’에서 장혁주는 다음과 같이 말한다.

(『여명기』에서는) 자본이 시골에 들어오는 것의 경로와, 시골 자본의 몰락에 중점을 두었습니다…38)

(한편으로『전원의 뇌명』에서는) 인물의 성격이나 의욕, 싸움에 중점

을 두었습니다…[39]

장혁주가 밝히고 있듯이 『여명기』의 주제가 '시골 자본의 몰락'과 그에 대한 대응으로 까지 형상화되지 못했음은 전술하였다. 후자(『전원의 뇌명』에 대한 설명)에 대해서는 어느 정도 그렇다고 수긍할 수도 있지만, 있었던 일에 대한 서술 이상의 깊이가 없다. 어찌됐든 작가의 주관적 의도가 무엇이라 해도, 이 '창작노트'에서 밝히고 있는 소설의 주제가 반드시 실작에서 실현됐다고 보기는 힘들다. 따라서 이 두 소설을 조선어와 일본어에 따라 내용을 나눠서 쓰고 있다고 해도, 이것은 내부의 발현이 주제를 변경시켰다고 하기보다는, 외부 상황의 변화가 내용의 중점을 어디에 둘 것인지를 변경, 혹은 독자층의 차이를 의식해서 개작이 됐다고 하는 편이 보다 타당해 보인다.

제3절 결론을 대신해서

이상으로 검토한 것을 바탕으로 장편 3편을 비교해 보면, 우선 소설의 시간적 배경 설정은 3편 다 집필 시기에 가까운 현대를 다루고 있으며, 공간적 배경도 작가의 체험 범위인 경상도 지방을 중심으로 하고 있음을 알 수 있다.

다음으로 인물 설정을 보면 『무지개』에서는 한 명의 남자 주인공 이남철과 그를 둘러싸고 있는 복수의 인물들이 중심이며, 『삼곡선』에서는 남녀 3쌍이 복잡하게 얽혀있는데 소설에는 6명 전원이 거의 비슷

---

38) 상게서, 325쪽.
39) 상동.

한 비중을 차지하고 있다. 한편 『여명기』에서는 선한 청년들과 악한 어른들이라고 하는 대립적인 구조로 인물이 구성돼 있으며, 또한 등장 인물이 매우 많다. 이처럼 3편 모두 각기 특징적인데, 유형적인 설정을 벗어나지 못한 점이 공통적으로 나타나며, 실제 살아숨쉬는 인간의 복잡한 내면이 반영된 성격 부여에 이르지 못하고 있다. 이러한 인물군을 통해서는 통속적인 이야기밖에 전개할 수 없는 것은 당연해 보인다.

형식적인 구성면에서는 3편 모두 크게 3부분으로 나눌 수 있는 것은 동일하며, 게다가 중반부가 양적으로 늘어나는 경향이 있다. 또한 주요 인물은 이른 단계에서 모두 등장시키고 있으며, 이야기를 주인공에게 보내는 편지(『무지개』)나 전화(『삼곡선』)라는 설정을 도입하고 있는 점도 소설 작법상 닮아 있다. 소설의 전개를 우연한 만남에 의지하고 있는 점 등도 그러한 통속성에서는 공통적이다.

다음으로 내용면에서는 3편 모두 작가의 주관적인 창작의도는 있지만, 주제 의식은 빈곤하며, 작가 자신의 주장이나 사회에 대한 인식은 틀에 박힌 형식적 경향을 보여주고 있다. 또한 작품을 보는 한에서는 시대인식이라는 측면은 의외로 약한 편이다. 소설 곳곳에 사회개혁운동에 관한 부분은 있지만 이것도 절실성과 리얼리티가 결여된 것이며, 독자의 흥미를 자극하기 위해 삽입된 정도이다.

한편, 묘사력을 보면 수준이 높은 부분도 있지만 그러한 수준을 소설 전체 구성에서는 유지하고 있지 못하며, 일부에서는 숙련되지 않은 한국어 표현도 눈에 띈다.

언어 표현이라는 측면에서 보면, 3편 다 한국어 문장 속에 일본어와 일본어적인 표현이 혼입되어 있는데, 시기적으로 가장 늦게 발표된 『여명기』에서는 이러한 경향이 의외로 줄어 드는 경향을 보인다.

마지막으로 복자, 삭제를 살펴보면, 이것도 후에 발표된 작품에 오히려 줄어들고 있음을 알 수 있다. 이것은 시간이 지날수록 검열이 느슨해진 것은 물론 아니며, 작가가 자기 규제를 통해 '무난'한 내용을 유념해서 쓰고 있기 때문일 것이다. 그렇기는 하지만 『삼곡선』을 단행본으로 낼 때(1937.8)는 대대적인 삭제와 수정을 해서, 복자도 늘어나게 된다. 한편, 『여명기』'농촌편'의 일본어 개작문제에 대해서는 전술했기 때문에 반복해서 설명하지 않겠다.

그러면 다음으로 이 3편과 동시기에 발표된 다른 한국어 작품과의 관계를 간략하게 살펴보도록 하겠다.

우선 이 시기에는 전술한 3편과 같은 장편은 없으며, 발표기관도 잡지가 많다. (전게 조선어작품 일람 참조.) 그 가운데 『조선일보』에 유일하게 연재하던 「연풍」, 그리고 일본어 소설 「늑대(山犬)」[40]를 거꾸로 한국어로 번역한 것으로 보이는 「늑대」, 중편 「곡간의 정열」등 그 대부분은 남녀 간의 애정, 치정에 관한 내용으로, 장편소설과는 그 색채가 다르다. 게다가 장편보다 소설로서의 완성도가 높은 것이 많다. 생각컨대 중단편에서는 잡지의 특정 독자가 대상이기 때문에 예술적 완성도에 힘을 기울이고, 장편에서는 신문의 불특정 다수의 독자를 대상으로 해서 계몽적인 것과 예술적인 요소를 곁들였던 것으로 보인다. 이것을 보면 장혁주가 조선의 신문 연재소설이 갖는 통속적인 경향을 따랐음을 알 수 있다.그런데, 신문연재소설도 홍미본위로 끝나서는 안 된다고 하면서 "독자에게 오래도록 느끼게함이 잇어야 하고, 교훈이 잇어야된다고 생각한다"[41]고 쓴 것은, 장혁주가 『무지개』를 연재하기에 앞서 쓴 '작자의 말'인데, 제법 시사적이다. 이 계몽의식이라고 하는 점에서는 『동아일보』의 편집 방침을 고려할 필요가 있다. 다음에

---

40) 1934년 3월 집필. 『인왕동시대』(1935) 수록.
41) 작자의 말, 동아일보, 1933.9.19.

제시하는 일람표는 장혁주의 장편 3편이 연재될 당시를 전후로 해서 게재된 연재소설이다.

이광수: 『흙』, 1932.4.12~1933.7.10.
장혁주: 『무지개』, 1933.9.20~1934.5.1.
장혁주: 『삼곡선』, 1934.9.26~1935.3.2.
심훈: 『상록수』, 1935.9.10~1936.2.15.
장혁주: 『여명기』, 1936.1.4~1936.8.27.

동아일보사에서는 전술했듯이 1931~34년에 이른바 '브나로드 운동'을 전개했다. 심훈의 『상록수』가 그 일환으로 현상 당선작에 뽑힌 것을 보면, 위 일람에도 나타나 있듯이 당시 동아일보사가 농촌을 무대로 한 계몽적인 소설을 연재하는 것에 힘을 쏟고 있었음을 알 수 있다. 그 가운데 『삼곡선』은 오히려 '퇴폐적'인 부분이 지나치게 많은 느낌이 있으며, 『여명기』후편 '도읍편'의 내용을 통해 보면, 이것은 동아일보사가 당시 내걸고 있던 편집 방침과 맞지 않는 측면이 있었을 것이다.

지금까지 장혁주의 장편소설의 통속성을 반복해서 언급했는데, 일람에 나와 있는 이광수나 심훈 혹은 동시기의 다른 작가의 경우도 그 통속성은 대동소이하나. 그러므로 장혁주만을 비판하는 것은 불가능하다. 오히려 이것은 한국 근대문학 전체를 통해 검토해야 할 문제이며, 당시 작품 수준을 논함에 있어, 문학사적 의미를 고려해야만 할 것이다.

그러면 마지막으로 장편 3편과 동시기에 발표된 일본어 작품과의 관련을 간략하게 살펴보도록 하겠다. 1930~36년까지 일본어로 발표된 작품은 30편 정도인데, 그 가운데 주요한 작품은 『권이라는 사나이

』(1934, 7편 수록), 『인왕동시대』(1935, 7편 수록), 『심연의 사람』(1937, 2편 수록) 등 3권의 단행본에 수록돼 있다. 이 작품은 장혁주 자신의 체험에 근거한 경상도 지방을 무대로 한 농촌과 산촌에서 벌어진 이야기가 대부분으로, 일부에는 자전적인 요소도 포함돼 있다. 그 가운데 제1창작집인 『권이라는 사나이』에 수록된 단편에는 조선의 시골의 현실을 파헤쳐서 보어주는 상당히 '과격'한 내용을 담고 있는 것이 많으며, 따라서 복자도 많다. 또한, 실제로 「쫓기는 사람들(追はれる人々)」(1932.9~10)은 한국내에서 발매금지 처분을 받았다. 이러한 경향이 당시 퇴조해 가던 일본프롤레타리아 문학 진영[42]과 혼미해져 가던 일본문단 전체에 이색적인 존재로 비춘 사정도 수긍이 가는 측면이 있다.[43]

장혁주는 『삼곡선』 자서(自序)에 "조선문(朝鮮文) 소설을 쓸 때, 나는 동경문단에 발표할 작품과는 태도를 전연 달리 한다"고 공언하고 있으며, 그에게는 조선민족을 우수한 민족으로 만들고 싶다는 이상이 있었으며, 그것을 위해서는 민족성의 단점을 고치지 않으면 안 되기에 『무지개』에 그러한 단점을 전부 썼으며, 그래도 부족한 부분을 『삼곡선』에 추가했다고 말하고 있다. 그러므로, 독자로부터 "추악한 현실만을 그려서 이상(理想)이 없다"라고 도리어 불평을 샀다고 쓰고 있다.[44] 즉, 본인은 조선민족을 위해서 동경문단에서는 조선 "농민계급의 생활상"[45]을 애써서 소개하는 한편, 조선에서는 자기나름의 이상을 주입하

---

42) 출세작 「아귀도」가 『개조』지에 게재된 1932년 4월과 거의 같은 시기인 같은 해 3월, 일본프롤레타리아 문화연맹원이 전면적으로 검거된다.

43) 이 점에 대해서는 전게 임전혜 논문과 김윤식: 『한일문학의 관련양상』79-81쪽에도 지적돼 있다.

44) 이상 모두 『삼곡선』자서(自序)를 요약한 것이다.

45) 전게, 작자의 말, 동아일보, 1933.9.19.

려고 노력했던 것인데, 조선의 독자에게는 그것이 환영받지 못했다고 하겠다. 장혁주는 그러한 점도 고려해서 한국어 작품(특히 제2작 이후) '오락성'을 많이 채용했다고도 생각할 수 있다.

장혁주는 또한 일본어 창작과 한국어 창작의 관계를 말하면서 다음 과 같이 쓰고 있다.

- 조선어로 써야지만 조선문학이고, 내지어로 쓸 때는 (중략) 협의(俠 義)에서 내지문학 가운데 한 위치에 존재한다고 생각한다……46)

- 설령 같은 재료를 같은 작가가 쓴다고 해도 표현 언어에 따라서 확 연히 달라지는 것입니다.47)

한국어와 일본어로 쓸 경우, 같은 내용이더라도 다른 소설이 되는 데, 하물며 작가의 창작의도가 전혀 다르다고 한다면 장혁주에게 한국 어 창작과 일본어 창작은 완전히 다른 창작 형식으로 인식되었다고 할 수 있다. 실제, 장혁주는 그렇게 언어별로 나눠서 다른 인식 구조속에 서 소설을 썼다. 하지만 2개국어에 정통해서 양 문단에 걸쳐서 활약하 려고 했던 장혁주의 예측은 한국어 장편소설이 한국내에서 평이 좋지 않은 결과를 불러오면서 흔들리게 된다. 한편, 이 무렵 그는 일본어 창 작에도 일종의 숨막힘을 느끼면서 괴로워 하고 있었다.48)

---

46) 『전원의 뇌명』창작노트, 326쪽.
47) 상동.
48) "나는 작년중(= 1934년: 필자)에 발표한 작품과 동종의, 그리고 같은 레벨의 창작 이라면 (중략) 쓸 자신이 있는데, 그것에 만족할 수 없는 심적 상태가 나를 계속 괴 롭혔다. (중략) 내 제재의 이풍속성(異風俗性)을 어떻게 일본 내지의 독자에게 알기 쉽게 제시하여, 그것이 단순히 소개에 그치지 않게 하려고 하는 노력과, 언어나 문자 에 대한 관심도 잊지 않았다. 그런데 내 오늘의 작가적 상태는? 최근에 발표한 「우

　　장혁주의 창작 활동은 끊김 없이 계속된 것으로 보이지만 1935~
37년 사이는 확실히 하나의 전기(轉機)였다. 장혁주는 자신에 대한 한
국문단의 냉담함을 「문단의 페스트균(文壇のペスト菌)」(1935.10)[49]을
통해, 그것이 한국문단인들의 자신을 질투하는 마음에서 비롯된 것으
로 치부한다. 한편, 「조선의 지식인에게 호소한다(朝鮮の知識人に訴ふ)
」(1939.2)[50]에서 그 화살을 한국 지식인 일반에 확대시키면서, 조국과
결별을 하려고 했던 것이다. 그 후에는 한국어 작품도 거의 쓰지 않고,
‘일본인’으로써 1939년경부터 일본어 작품을 대량생산하는데, 이 점에
대해서는 별도로 고찰해야 할 것이다.

열한(愚劣漢)」「あらそひ(싸움)」등의 불평(不評)도 내 마음을 다소 어둡게 했다…
……”, 「해인사기행(海印寺紀行)」1935.7, 『내 풍토기(わが風土記)』1942, 아카쓰카쇼
보(赤塚書房) 수록, 64쪽.
 49) 삼천리, 7권10호.
 50) 전게: 문예, 7권 2호.

제2장 이석훈(마키 히로시)작품론
─이중언어 글쓰기의 한 전형─

제1절 시작하며

이석훈(李石薰 1907~?, 본명: 李錫燻은 평안북도 정주에서 태어나서, 평양 고등보통학교 4학년을 수료한 후에 도일해서 1926년에 제1와세다고등학원(문과)에서 수학했다. 하지만 병을 얻어서 학교를 중퇴하고 귀국해서 고향에서 가까운 애도(艾島, 쑥섬)에서 요양을 한 후에, 신문기자로 취직한 후 조선방송협회, 조선일보사 등에서 근무하면서 주로 조선어로 작품을 발표했다. 1940년대에 들어서 일본어로도 많은 작품을 썼으며, '마키 히로시(牧洋)'로 개명을 하여 조선문인협회나 조선문인보국회 활동을 통해 태평양 전시기(戰時期) 주선문단에서 분주히게 활동했다. 그러다 1943년에는 만주 '신경(新京)'으로 거처를 옮기고, 그곳에서 해방을 맞이한다. (이번 장 끝의 간략한 연보를 참조할 것)

이석훈의 연보적 사실에 대해서는 아직 불분명한 점이 많다. 예를 들면, 종래 그는 와세다 노문과(露文科)에 진학했다고 알려졌는데, 와세다 교무부에 조사를 의뢰해 본 결과로는 그 사실은 인정할 수 없다.[1] 이러한 점은 서서히 해명해 가지 않으면 안 되지만, 이번 장에서는 우선 1929년부터 45년까지 발표된 이석훈의 작품을 총정리 하는 것부터 시작하려고 한다. 이 시기에 이석훈은 한국어로 약 60편, 일본어로 약 40편의 작품을 발표했다. 이처럼 상당히 많은 양의 작품을 남기고 있음에도 불구하고, 일본어로 창작을 한 당시의 많은 작가와 마찬가지로, 작품 자체에 대한 정리와 고찰이 아직 본격적으로 이뤄졌다고 볼 수 없다.

지금까지 이석훈 혹은 마키 히로시와 그 문학에 대한 연구는 극히 부족한데, 나카야마 가즈코(中山和子)는 대표적인 논의를 다음과 같이 정리하고 있다.

이석훈에서 마키 히로시로 전신(轉身)한, 그 '내면적 경위'가 문제가 된다고 하는 연속적인 발상에 있어서, 가와무라 미나토(川村湊)는 한국 연구자들과는 다르다. 임종국 『친일 문학론』을 보면, 오로지 '마키 히로시'가 대상으로, '내선일체'에 관한 소설 테마나 시국 협력적인 언설과 관련된 여러 가지가 열거돼 있을 뿐이다.

대조적인 것은 오양호(吳養鎬)「이석훈론」으로, 이 논문은 '이석훈'만이 대상이다. '친일 문학 계열' 작품에 대해서는 (중략) 완전히 다루고 있지 않다. 암흑기 공백 사관에 따른 것이리라. 그리고 오양호의 이석훈 평가는 상당히 높은 측에 속한다.[2]

---

1) 와세다대학 교무부의 학적부 등을 조사한 「조사결과보고서」(1994.12.13)를 보면, 본명 이석훈(李錫薰 1907년 1월27일 생)으로 제1와세다고등학원(문과)에 1926년 4월 26일에 입학, 1927년3월30일에 퇴학(이유＝지병)으로 나와 있으며, 게다가 짧은 재학기간 가운데 후반부에 해당하는 1926년 9월 7일 이후는 휴학으로 나와있다. 또한, 입학자 명부(학부, 전문부, 전문학교, 고등학원) 1926~1944년 사이 입학자 가운데 이석훈을 나타내는 씨명은 없다는 것이다.

여기에는 연구의 양 극단이 잘 나타나 있다. '친일' 문학성을 증명하기 위해서만 작품을 모으는 것에는 문제가 따르며, 거꾸로 '친일'적인 작품을 배제하고 그 이외의 작품만을 평가하는 것도 물론, 수긍하기 힘들다. 또한, 한국어 작품만, 혹은 일본어 작품만을 검토 대상으로 하는 한, 이석훈(마키 히로시) 문학의 전체상을 파악하는 것은 불가능할 것이다. 이번 장에서는 그러므로 이상과 같은 지금까지의 연구 상황을 타파하는 것을 염두에 두고, 일제시대 이석훈의 가능한 한 많은 한국어 작품과 일본어 작품에 공평하게 빛을 비추어 보려고 한다.

이석훈 작품(글 끝의 작품일람표 참조)은 양적으로는 결코 적지 않은 만큼, 이석훈의 연보상 분기점을 일단 기준으로해서 제1기~제4기로 나눠서 주요한 작품을 개관하고, 약간의 고찰을 해보겠다.

시기 구분은 다음과 같다.

제1기: 한국어와 일본어에 의한 작품이 처음으로 게재된 1929년부터, 3년간 춘천에서 신문 기자 생활에 매듭을 짓고 서울로 상경한 1932년까지.

제2기: 경성방송국에 취직한 1933년부터 일신상의 '사건'으로 고역을 치뤘다고 하는 1936년까지.

제3기: 1937년 이후 평양, 함흥방송국, 조선일보사에 근무했던 시기를 거쳐 동사를 퇴직한 1940년까지.

제4기: 조선문인협회 등에서 활발하게 활동하게 되는 1941년부터

---

2) 나카야마 가즈코(中山和子) 「식민지 말기의 조선문단과 일본어문학(1) (植民地末期의 朝鮮文壇と日本語文学1)」(『문학부기요　문예연구』69, 메이지대학　문예연구회, 1993.2) 231쪽.

1945년까지.

다만, 1930년 전후의 일본어 작품[3])에 관해서는 확인되지 않은 것도 있고, 1932년『경성일보』게재 작품 이외에는 검토 대상에서 제외했다. 말할 것도 없이 본고와 같은 소론(小論)에서 이석훈의 모든 작품을 다 다루기란 무리한 점이 있다. 하지만 연구가 절대적으로 부족한 현상이므로, 어슴푸레하게나마 전체상을 나름대로 그려보려고 마음먹은 터이다.

제2절 주요작품의 검토

1. 제1기 (1929~32년)

이 시기 한국어 작품을 발표순으로 열거해 보면 다음과 같다. ({} 안은 장르명)

① [동화] 아버지를 차저서
② [희곡] 厥女는 왜 自殺햇는가?
③ [시] 서울구경
④ [장편(掌篇)] 墮落한 天使
⑤ [단편] 職業苦

---

3) "쇼와 2, 3년(1927,8년) 경부터 경성일보, 부산일보 등에 화문(和文)소설을 발표했는데, (후략)"(조선문인협회편『조선국민문학집』1943.4, 원문은 일본어) 권말 약력「마키 히로시(이석훈)」의 항목, 360쪽)이라고 나와 있는데, 실제로는 1929년 이후에 발표되었다. (이번 장(章) 말의「이석훈 작품 일람」참조.)

⑥ [시] 수염

⑦ [단편] 放浪児

(이하, 제목 표시는 한글로 함.)

이상과 같이 제1기에는 다양한 장르의 창작을 하고 있음을 알 수 있다.

②「궐녀는 왜 자살했는가?」는 1930년 동아일보 신춘문에 희곡부분 당선작으로, 이석훈의 데뷔작이기도 하다. 이 작품은 아편중독인 방탕자(남편)의 부인에게 흑심을 품은 형사가, 남편의 '비행(非行)'을 빌미로 그 부인을 꾀어서 관계를 맺고, 그 일을 비관한 부인이 독을 마신다는 내용이다. 이러한 내용에서 알 수 있듯이 희곡으로 쓰기 쉬운 극적인 내용임을 알 수 있다. 이석훈은 나중에 소설 위주의 창작을 하게 되지만, 당초에는 희곡이 당선돼서 데뷔를 한 작가였다. 이 계통의 창작은 제2기에 발표된 몇편의 희곡에 이어진다.

③「서울구경」은 춘천에서 오랜만에 상경한 이석훈이 도회의 허영에 찬 생활을 비판의식을 갖고 쓴 시로, "페이브멘트엔 모던껄이/ 어떠케 하면 「그레이타 가르보」가 될까를 생각하며헤메고"[4] 라는 시구에서 보듯, 외국어를 난발하고 있는 것이 특징이다. 다만, '칵텔', '떤써'. '씸포니' 등, 난발되고 있는 외국어는 문명비판을 위해 필요한 것이라고 하기 보다는 단순히 이석훈의 외국어 선호 성향을 나타내고 있는 것에 지나지 않아 보인다.

다음으로 ④「타락한 천사」는 하얼빈 시외에서 우연히 만난 백계(白

---

4) 이석훈 「서울구경」(『동아일보』1932.3.30.) 제5연 「두가지」. 이하에는 이석훈 작품에 관한 출전 표시는 「작품일람」에 의거하여 원칙적으로는 약기하기로 한다. 또한 '/'로 개행을 표시하기로 한다.

系) 러시아인 미녀가 실은 생활비를 버는 매춘부였다고 하는 스토리로, 이석훈이 아주 이른 시기부터 다채로운 소재를 채택하는 스토리텔러로서의 일면을 갖고 있었음을 엿볼 수 있다.

⑤「직업고」의 스토리를 정리해보면, '나=K일보의 기자'는 매일, 도청에 가서 뉴스거리를 찾는 것이 고통스러웠다. 잠시 들른 양잠(養蠶) 기사의 방에서 실제와는 다르게 양잠이 호조라는 기사를 내달라는 부탁을 받고, 우울함을 느낀다. 본사에 보낼만한 특급 기사거리는 없을까 하고 수첩을 뒤지다가, 수일 전 시골에서 터진 일가족 5인 살상사건을 발견한다. 이것은 극비 사건이었다. 즉시 기사를 타전하고 나자 어깨의 짐을 내려놓은 기분이 들었다. 하지만 다음날 아침 신문에 그 기사는 나오지 않았다. 나는 직업고를 곱씹었다.

강원도 춘천에서 이석훈이 오사카 매일신문 통신원 겸 경성일보 '특파원'을 겪었던 체험과 심정을 처음으로 소설화한 작품이다.

마지막으로 ①「아버지를 차저서」와, ⑦「방랑아」를 살펴보면, 이 2편은 장르는 다르지만 공통점이 있다. 전자는, 소년 일남의 아버지와 어머니가 각각 집을 나가버린 후, 아버지로부터 온 편지를 의지해서 아버지를 찾아 길을 떠나는 내용이다. 후자는, 인돌 소년이 아버지가 사고사를 당한 후에, 어머니가 근처의 남자와 정을 통하고 그를 집에서 쫓아낸다. 하지만 인돌 소년은 그에 굴하지 않고 어머니를 찾아 방랑한다는 내용이다. 버림을 받았으면서도 부(모)에 대한 마음을 더해가는 애정 기갈증(飢渴症)적인 소년을 그리고 있는 점에서 비슷한 작품이다.

이상으로, 이석훈의 제1기 한국어 작품을 개괄해 보면, 청년기 특유의 감성이 반영된 것인지, 과장된 비판, 불만, 절망, 비분과 같은 경향이 드러난 것을 알 수 있다. 다만 그러한 감정 상태가 투고를 할 수 있었던 '탄력'이 됐다고도 볼 수 있을 정도이다. 또한, 모든 장르의 작품을 써서 문단에 진출하려고 했던 것도 엿보인다.

그런데 이석훈은 당시, 일본어 작품을 써서 일본문단에 진출하려고 생각하고 있었다.[5] 하지만 1932년 4월 장혁주가 『개조』 현상소설로 데뷔를 하게 되면서 추월을 당한 느낌이 들어, 이후 일본어 창작을 중단하게 되었다고 한다.[6] 하지만 『경성일보』에 발표된 일본어 작품이 1932년 4월 이후에도 몇 편 있기 때문에, 이 발언은 정확하지 않음을 알 수 있다. 확실히 이석훈은 '내지'의 잡지에서 발표기회를 얻지 못하고, 자신이 관계하고 있던 『경성일보』에 작품을 발표하는 정도였지만, 2살 연상인 장혁주에게는 그 후 한참동안 라이벌 의식을 갖고 있었다.

그러면, 1932년에 발표된 일본어 작품 가운데 중요한 작품 2편을 살펴보도록 하겠다.

① 이주민 열차(移住民列車)
② 유에빙 지나인 선부(ユエビン支那人船夫) [유에빙＝월병(月餠)]
(이하, 일본어 소설의 본문 표시는 한글 제목으로 한다. 이하 동.)

이 두 작품은 후일 한국어 작품으로 각기, ①'「이주민열차」②'「로짠의 사(死)」로 개작된다. ①「이주민열차」는 1930년 7월 폭풍으로 토사가 무너져 마을이 붕괴된 화전민들이 '만주' 방면으로 이주하게 되기까지의 과정을 그리고 있다. 시찰을 온 '나릿님'은 이재민들 앞에서,

---

5) "제가 춘천에서 다이마이(大毎) 통신원을 하고 있을 무렵 내지문단에 진출하고 싶다는 야망을 갖고 있었습니다."(이석훈 그 외: 좌담회 「오늘의 반도문단(今日の半島文壇)」(『녹기(綠旗)』1943.5. 원문은 일본어) 52쪽.
6) "그래서 묘한 질투로부터 그 후 완전히 국어로 소설을 쓰는 것을 단념했습니다"(상동 좌담회) 52쪽.

농업은 평지에서 하는 것이다, 산에 불을 지른 것이 잘못이다, 라고 훈시를 늘어놓지만 촌민들에게는 소귀에 경읽기였다〔이상: 대체적인 요약〕, 라고 하는 대목이 압권이다. 한국어 번역을 보면 이 부분은 이재민들은 '나릿님'의 훈시에 대해서 "누군 좋아서 이런 곳에 살고 있는 줄 아나"라는 반응을 보이고, 코웃음을 친다. 또한 신문기자들이 수일간 '센티멘탈'한 기사를 연재하기도 하지만, 기자들은 다시 다른 '센세이셔널'한 사건 쪽으로 옮겨갔다고 하는 내용이 덧붙여져 있으며,7) 일본어 원문 보다는 체제 비판적인 문장으로 구성된 사실은 주목을 요한다.

다음으로 ②「유에빙 지나인 선부」는, 중국과 가까운 평안북도 작은 섬에서 '나'의 아버지가 하고 있는 건하(乾蝦) 어업 가공장에 집을 떠나 돈을 벌러 와 있는 중국인 어부들의 이야기이다. 어느날 그들의 앞에, 출신지인 중국 대동구(大東溝) 경찰로부터 유에빙(月餅)이 일방적으로 송달된다. 선물이라고 하면서 실은 막대한 사례금을 요구하는 기묘한 착취 방법이었다. 젊은 어부 로짠(老張) 등은 이러한 수법에 분개하며 월병을 되돌려 주러 간다. 경찰서장은 로짠을 체포하고, 로짠의 여동생을 첩으로 삼아버린다. 이에 낙담한 로짠의 아버지는 병사하고 만다. 3년 후, 로짠은 '농민 봉기'를 지도해서, 서장을 "××"8)하지만 자신도 총살당한다. 로짠의 여동생은 결국 빚 때문에 매춘부가 된다. 이러한 사정의 일부 자초지종을 당시 어부 동료였던 사내로부터 들은 '나'는 우울해 졌지만, 하다못해 로짠의 여동생만이라도 창녀의 고달픈 신세로부터 구해주고 싶다고 생각하는 것이었다.

여기서 '나'는 이석훈 자신인데, 왜냐하면 이 소설은 실화를 바탕으

---

7) 이석훈 「이주민열차」(『제1선』1933.2) 125쪽.

8) 복자. '살해'가 어떨까.

로 한 것이라고 소설 속에 기술되어 있기 때문이다.[9] 이 작품도 중국인에 관한 이야기를 취재하고는 있지만 ①보다는 격렬하며, 착취 구조에 대한 개탄과 권력에 대항하는 자들에 대한 공감이 상당히 직설적으로 표현돼 있다. 이석훈이 라이벌로 생각하던 장혁주의 초기작품「아귀도(餓鬼道)」(1932.4)나 「쫓기는 사람들(追はれる人々)」(1932.10)[10]과 비교해 보면, 사회 고발적인 구조라는 면에서 매우 흡사한 것을 알 수 있다. 이러한 것을 보면 ①, ② 모두 장혁주 작품에 자극을 받고 썼을 가능성도 무시할 수 없다.

그런데 ②를 한국어로 개작한 ②'「로짠의 사」[11]에서는 스토리가 상당히 정리된 결과, 여동생도 등장하지 않고 있으며, 픽션화가 진행되고 있다. 때는 1924년경이라고 나오며, 로짠은 월병사건 후에 안동현에서 노가다를 하다가, 결국 장작림(張作霖) 군대에게 총살당한 것으로 간략하게 나온다. 설명이 많은 ②'보다는 일본어 작품 쪽이 오히려 생생한 임장감(臨場感)이 있으며, 제1기 일본어 작품 가운데 수작이라 할 수 있겠다.

---

9) "자, 독자여! 내가 돌연 이 이야기 가운데 뛰어 들어 온 것에 당황할 필요는 없다" (이석훈「유에빙 지나인 선부6(ユエビン支那人船夫(6))」, 『경성일보』1932.11.20.) 또한, 이에 이어서 대동구(大東溝)의 지우(知遇)를 방문했을 때 이 소설을 얻게됨에 이르렀다고 쓰고 있다.

10) 장혁주의 이 2편의 내용에 대해서는 졸저 『식민지기 조선의 작가와 일본』(대학교육출판, 1995) 122-4쪽 참조.

11) '로짠'이 '老張'의 중국음을 한글로 표기한 것이라면 '로짱'이 맞는데 '老張' 위에 가타카나로 'ロチャン'이라고 루비를 달고 있는 것을 보면, 이석훈은 [n]과 [ŋ]을 통상, 구별하지 않는 일본어 'ン'을 무의식적으로 한국어 'ㄴ'에 대응시킨 것인지도 모른다.

2. 제2기(1933~36년)

이 시기의 작품은 『조선문학』1933년 11월호 소재의 '단편집'인 장편(掌篇) 5편을 그대로 세게 되면 도합 30편 정도다. 작품은 전부 한국어로, 장편은 없지만 상당한 편수라고 할 수 있다. 그 가운데 희곡과 라디오 드라마 외에는 거의 소설이다. 소설 가운데 중요한 작품을 발표순에 따라 나열해 본다. (*표시: 중편, 표시없음: 단편)12)

① 移住民列車[한국어]
② 黃昏의 노래*
③ 厥女의 길
④ 狂人記* 13)
⑤ 「동Q」의 失戀
⑥ 結婚
⑦「동Q」의 求職
⑧ 灰色街*
⑨ 情夫

이 가운데 ①은 제1기 작품에서 언급했다. ①이외의 것을 보면 우선, ②,④,⑧처럼 연재물 중편이 등장한 것을 알 수 있다. 또한, 게재지도 다양해진 것을 알 수 있다.

이 시기의 대표작은 누가 뭐라 해도 ②「황혼의 노래」라고 할 수 있

---

12) 아래 리스트의 제목표시 및 띄어쓰기는 원문 그대로로, 본문 중에 노출할 때는 독자의 편의를 위해 현대어 표기로 고쳐서 표기하기로 하겠다. 이하 마찬가지이다.

13) 이 작품에는 '전편'이라고 부기가 있는데, 후편은 쓰지 않았다. 또한 조선일보에 본래 게재된 최종회는 마이크로필름 판에서 결본이라서 보지 못했다. 본문은 단행본 『황혼의 노래』(1947년)에 의한다.

다. 이 작품을 표제로 한 소설집이 1936년에 간행된다. (1947년, 조선
출판사에서 재판(再版) 발행) 14)

이 소설의 스토리는 다음과 같다.

W대 노문과(露文科) 학생인 정철(鄭哲)은 늦봄에 신경쇠약으로 5년
만에 고향으로 돌아온다. 하지만, 집안의 사정이 복잡하고 어두워서, 혜
염(惠艶)과의 연애도 원만하지 못하다. 친구인 박(朴)군은 브나로드 운
동이라 하며, 농촌에 가자고 정철에게 권하지만, 정철 일가는 건하(乾
蝦) 어업을 하는 아버지가 있는 평안북도 S섬에 건너간다. 다음해 봄,
정철은 그 섬에서 백린(白麟) 등과 의숙(義塾) 신명학교(新明學校) 교사
가 된다. 섬에는 미신이 횡행했고, 젊은이들의 향락생활을 즐기는 태도
도 차마 눈 뜨고 볼 수 없었다. 정철과 백린은 협력해서 섬의 개선을
위해 일할 것을 맹세한다. 1년이 또 흐르고, 정철은 섬의 소녀 보패에
게도 사랑하는 마음을 갖기 시작한다. 그해 겨울, 청년회가 창립되자 정
철이 위원장이 된다. 생활향상, 문화촉진을 통해 이상향을 건설한다는
목표를 세우고, 드디어 야학도 개교한다. 또한 보패의 양친에게서 정철
은 결혼 승낙을 얻는다. 정철의 아버지는 봄의 풍어로 기분이 좋았다.
그런데 새우 공장에서 불이 나서, 일가는 일순간에 몰락하고 만다. 정철

---

14) 1936년 5월에 한성도서(漢城圖書)에서 간행된 『短篇集 黃昏의 노래』는 46판 300
쪽의 큰 책자로, 장편(掌篇)이 많으며 18편이 수록돼 있다. (현물은 보지 못했다. 원
분을 소유하고 있는 오양호 교수의 교시(敎示) 및 『조선일보』1936.5.23 기사에 의
거.) 수록 작품은 다음과 같다. (띄어쓰기는 원문 그대로.)

봄의序曲, 愛憎短篇集(友情, 思慕, 懺悔, 그들의戀愛, 夫婦), 가난病, 가을의一節,
로짠의死, 職業苦, 사내世上, 甲武館主人, 狂人記, 동Q의失戀, 移住民列車, 放浪児,
黃昏의 노래, 눈물의散文詩

한편, 1947년 9월의 『소설집 황혼의노래』는 총 236쪽으로, 앞서 나온 단편집에서
「로짠의사」,「가을의일절」,「광인기」,「황혼의노래」 4편만을 골라서 책을 내고 있다.

은 어머니와 보패를 데리고 농촌에서 힘쓰고 있는 박군이 있는 곳으로 가기로 결심한다. 농촌에 뼈를 묻을 각오로 세 사람은 섬을 떠난다.

이러한 내용을 보면 이 시기 브나로드 운동 관련으로 동아일보에 연재된 이광수의 「흙」(1832~33), 장혁주「무지개」(1933~34), 심훈「상록수」(1935~36) 등의 장편과 공통분모를 갖고 있음을 알 수 있다. 물론, 이 소설은 농촌이 아니라 어촌을 무대로 하고 있는 점이 다르지만, 화재가 있은 뒤에 농촌운동에 합류하는 방식으로 섬을 나오게 되면서 이야기가 끝나고 있다. 또한, 정철의 친구인 박군의 발언에 관한 다음과 같은 한 구절이 있다.

> "(前略) 누구나 해야 할일이란 더 어려운 걸세. 자 보게, 브나로―드! 니 뭐니 입으루만은잘들떠들데마는,　천마디말보다 단한번의 실천이 귀해! (후략)"/ (중략) 철은 박군으로붙어 커다란 자극을받엇다. 민중 가운데로! 농촌으로! …… 이것은 당시청년들의 두 어깨에 질머지운 커다란과제엿섯다.[15]

그런데 이석훈은 연재 종료 후에 자신의 작품에 대해서 다음과 같이 쓰고 있다.

> 故鄕――勿論 우리들의――沒落相을抒情的으로 떠오르게하며 主人公이農村으로드러가게되는契機를그리는同時에戀愛問題를새롭게 取扱해보려고 企圖하엿섯다 그러나 結果는亦是不滿 더욱後者의戀愛問題를새로운見地에서取扱하고저한點에이르러서는 全然失敗하고말엇 다[16]

---

15) 이석훈 「황혼의 노래」(『신동아』 1933.7) 179쪽. (후반은 제7절)
16) 이석훈 「문학건설의 정열6」(『조선일보』1934.1.10)

확실히 혜염과의 연애 이야기에 해당하는 부분이 상당히 긴데, 전체적인 서사구조와 직접적으로 연동되지 않는 느낌이 있다. 또한, 이 시기 다른 작가의 농촌 소설도 어쨌든 간에 연애 이야기와 관련된 전개를 펼치고 있으며, 신문 연재시의 독자에 대한 서비스 의식을 고려에 넣는다면, 이 작품의 계몽성과 오락성의 기묘한 혼합 상태는 그렇게 특이한 것이라고 할 수 없다. 「황혼의 노래」의 특징은 오히려, 그러한 요소에 덧붙여 이석훈 자신의 자전적인 내용이 강한 것이라고 할 수 있다.

이석훈의 자전적 작품의 경향은, 자신을 대상으로 하는 것 외에 부친에 대한 이야기나, 애인을 즐겨 다루고 있다. 전자가 ④「광인기」이며, 후자가 ⑥「결혼」[17]이다. ④는 강렬한 개성의 소유자이면서 사업에 실패해서 광사(狂死) 했다고 하는 이석훈 부친의 비참한 만년을 사실적으로 포착해서 보여주는 것으로 비애감이 감돌고 있다. 한편, ⑥에서는 애인 혜염과의 곡절 많은 관계에 대해 상당히 꼼꼼하게 기술하고 있다. 해방 후에 출판된 조선출판사판 『황혼의 노래』에 전술한 「로짠의 사」와 함께 이러한 자전적 작품 계열의 「황혼의 노래」,「광인기」,「가을의 일절」만 다시 실린 것을 보면, 상당히 애착을 갖고 있었던 것이 아닌가 한다.

다음으로, 같은 자전적 계열의 작품에도 회상을 토대로 하는 깃이 아니라, 거의 동시대를 다루면서, 서울에서 이석훈이 보냈던 문사 생활을 투영시키고 있는 것이 ⑧「회색가」이다.

이 작품의 간략한 스토리를 정리하면 다음과 같다.

---

17) 한성도서판 『황혼의 노래』에 수록될 때, 본래의 부제 「가을의 일절」를 표제로 변경하고 있다.

나(학주)는 회사원인 동시에 문필가이기도 하다. 내게는 문인 동료가 몇 명 있는데, 모두 정신적으로도 물질적으로도 힘들어 하고 있다. 특히 프롤레타리아 작가였던 규철은 나와 같은 중간층과는 달리, '시대의 압력'에 못 이겨 붓을 꺾고 말았다. 최군과 같이 여관에 살며 술만 마셔 대는 자도 있다. 신진 작가인 사헌은 내게 취직자리를 부탁했는데 마땅한 자리가 나타나지 않았으며, 설상가상으로 그는 폐병이 악화되었다. 우리들은 이 '회색의 거리'에 아름다운 예술의 꽃동산을 만들고 싶다는 꿈만은 있었던 것이지만….

이 소설에는 '회색의 거리'라고 하는 말이 키워드처럼 9차례나 등장한다. 1935년 전후의 시대 분위기, 취직난, 그리고 문사의 방황하는 모습 등을 다루고 있다. 고민을 간직한 문필가들은 각기 모여서 술을 마신다. 그 전형적인 인물이 규철이다. 그가 처해 있는 상황을 화자는 다음과 같이 말한다.

나는 그(＝규철: 인용자)의 우울을 잘알듯십헛다. 그는 프로레타리아 작가로 정치운동에 가담햇다가 여러해동안 감옥사리를 하고 나온것이엇다. 나와보니까 소위 비상시라하야 사회정세는 숨마킬듯 꼼짝 오금을 펼수업는 형편이엇다. 누구나 인테리로서는 공통한 세기(世紀)적불안과 우울이잇는때이지만은 규철이에게는 그것이 더한충 절실하엿다. 그런데다가 감옥에서 인간미(人間味)에 주리고 사랑에 고갈되엿던만큼 나오자 그는 한녀성을 열렬히 사랑하게 되엿스나 그것이 또한 순조롭지못한것이엇다.[18]

한편, 동경 생활이 길었던 주정뱅이 최군은 이삿짐에 짚신짝을 소중하게 포장해 놓는다. 학주가 그 이유를 묻자 최군은 "오래 대화혼에

---

18) 이석훈 「회색가5」(『조선일보』 1936.5.14)

저젓든나를복고(復古)시키기위해서 저놈을떡 걸어노코 시시때때로 바라보는것이라네"19)라고 의미심장한 말을 뱉는다. 또한, 사헌은 취직하고 싶다는 기대를 담아서 동화(銅貨)에 "대일본이나오면 틀어지고, 오전이 나오면 되는거요"20)라고 점을 치고는 "당첨이다"라고 기뻐하지만 결국, 취직은 되지 않고, 거꾸로 폐병도 악화돼, 죽음을 예감하는 상태에까지 이른다. 이상과 같이 이 작품은 실로 이 시기의 단면을 문사의 상활 양태를 통해서 그려낸 썩 잘 쓴 작품이라 할 수 있다.

또한 사헌이 김유정(1908~37)을 염두에 둔 인물임은 지금까지 살펴본 대로인데, 다른 등장인물에도 모델이 존재하는 것으로 보인다.

한편, 그 외 제2기의 작품으로는 동경유학생 '동Q'가 등장하는 유머 소설이 있다. ⑤「「동Q」의 실연」에서는 A대학 정치과 1년생인 주인공(별명이 '동Q')이 조선인 유학생 집회에서 만난 여학생에 빠져서 후에 갑자기 그녀를 찾아가서, 조선 농촌은 극도로 피폐하니 졸업 후에, 귀국해서 협동조합운동을 하자는 등의 말을 걸어서 그녀를 아연실색하게 한다. 한편, ⑦「「동Q」의 구직」21)을 보면 A대학을 졸업한 주인공이 전보통신사 구직 시험에 실패하지만, 광고를 얻어오는 실적을 올려서 영업부장에게 억지로 채용 약속을 받아낸다. 그리고 전부터 마음을 품고 있던 그녀에게 구혼을 하지만 이미 그 때는 그녀가 약혼을 한 상태라서 한 발 늦는다는 이야기다.

---

19) 이석훈 「회색가11」(『조선일보』 1936.5.23)

20) 이석훈 「회색가9」(『조선일보』 1936.5.21) ['5전'이라고 나와 있는 것은 '10전'을 말하는 것인가?] 또한, 이석훈의 수필 「裕貞의 面貌片片」(『조광』 1939.12) 315쪽에도 같은 장면이 나오므로 거의 실화라고 볼 수 있다. 동전의 앞면에 '대일본', 뒷면에 '오전(五錢)'이라고 새겨져 있다는 뜻임.

21) 나중에 「만춘보(晩春譜)」로 개제해서, 등장인물의 성명을 바꾸는 등 다소 개고를 해서 『농업조선』1939년 7월호에 다시 게재된다.

이 외에 여성잡지 『신여성』 등에 발표한 ③「궐녀의 길」이나 ⑨「정부」 등에는 적극적으로 행동하는 여성상이 그려져 있다. 전자는 당시의 인텔리 여성의 전형적인 직업인 교사를 주인공으로 해서, 그녀가 산촌에 있는 학교에 부임해 외로움을 억누르고 열과 성을 다해 살아가는 모습을 그리고 있다. 후자는 이것과는 대조적으로 여주인공이 기생이나. 그녀는 패트론이 있으면서도 싼 월급쟁이를 이해타산 없이 열애해서, 남자 쪽에서 그것을 오히려 무거운 짐으로 생각한다는 이야기다.

이석훈은 열정적인 연애를 하는 여성상을 제3기에도 즐겨 다루고 있는데, 여기서는 우선 여성을 주인공으로 한 일련의 희곡 작품에 대해서 살펴보도록 하겠다. 현재 판명된 이석훈의 희곡과 라디오 드라마를 발표순으로 정리하면 다음과 같다. (*표시는 라디오 드라마)

① 厥女는왜 自殺 햇는가
② 그 女子의 죽음
③ 그들兄弟
④ 騎士위리예*
⑤ 厥女의 人生哲學
⑥ 금붕어*22)
⑦ 醜
⑧ 그女子의地獄
⑨ 泗沘樓의 달밤23)

---

22) 『조선일보』1933년 10월 29일 지면에 간략한 스토리만을 볼 수 있다. [동일 오후 8시40분~9시10분에 경성제2방송에서 방송]

23) 후일 일본어로 번역돼서 「부여의 달(扶餘の月)」로 게재된다 (제3절 1참조). 또한, 이 점에 대해서는 이미 호테이 도시히로(布袋敏博)가 「일제말기 일본어 소설 연구」 (서울대학교 석사논문 1996.2 115쪽)에서 지적한 바 있다.

이상의 9편 가운데, 상술한 ①과, 후술하는 ⑨를 제외한 7편은 전부 제2기의, 더욱이 1933~34년에 집중돼 있다. 특히, ④, ⑥등의 라디오 드라마는 이석훈이 1933년, 경성방송국에 취직해서, 개국한 지 얼마 되지 않은 조선어 방송(제2방송) 담당이 된 것과 직접적인 관련이 있다. 이석훈은 스태프를 하면서, 방송용 드라마 대본까지 썼던 것이다.

그런데, ④「기사 위리에」는 프랑스 귀족 청년이 자신도 모르게 모자상간(母子相姦)을 할 뻔하던 비극을 코미컬하게 그리고 있는 이색적인 작품이다. ⑥「금붕어」는 유명해진 여배우를 부인으로 삼은 사내가 질투가 지나친 나머지, 자신의 아내에 대한 중상모략 기사를 스스로 써서 투서하고 만다는 이야기이다. 또한, ③「그들 형제」에서는 부유한 집안의 얽힌 남녀관계를 그리면서, 사내가 제멋대로 하는 행동을 여성의 입장에서 비판하고 있다. ⑤「궐녀의 인생철학」에서도 돈의 힘으로 억지로 시집을 가게 된 소녀가 가출을 해서, 카페에서 돈을 벌면서 소설가를 지향하는 여성의 분투가 그려져 있다. 기발한 것은 ⑦「추」로, 1926년 김우진과 윤심덕의 정사(情死) 사건에서 힌트를 얻어서, 임유진과 현심독이 저승에서 말려들어가는 분쟁을 코미컬하게 그리면서, 저승에 가면서도 사바[24]에 대한 미련을 품고 있는 임유진과, 사바에서 여자를 놓고 벌어지는 분쟁을 저승에서도 재연하고 있는 사내들에 대해서 현심독은 "사내들은 모두 저꼴이야"리며 진저리를 친다.

한편, ⑧「그 여자의 지옥」[25]은 잡지 『전진(前進)』사의 여기자로

---

24) 원문에는 일본어를 한글로 표기한 회화가 상당히 많다. [예] 보꾸와 이마다니 샤바니 미렝가아룬다!(일본어 표기로 하면, "僕は未だに娑婆に未練があるんだ！"로 "나는 지금까지도 사바에 대한 미련이 있다고!"이다.)(「추(醜)」´ 『중앙』1934.3, 174쪽)

25) 후에 「만추(晩秋)」로 개제돼서 『문장』(1939.7)에 재수록된다. 한편, 「만추」는 결말 부분이 개작돼, 주인공 필수의 아버지가 등장해서, 밖에 아내가 와 있다고 알리는 부분이 있다. 또한 영순은 떠날 뿐, 쓰러지지는 않는다.

시인인 김영순(金英純)을 주인공으로 해서 미모의 인텔리 여성이라는 것 때문에 질투를 사서, 중상모략을 당하고 괴로워하는 모습 등이 그려져 있다. 그녀는 동료 남기자인 이필수(李弼洙)만은 성실하다고 믿고 호의를 표한다. 하지만, 시골에서 그는 이미 조혼을 한 상태다. 그러던 중에 그의 아내가 상경을 하면서, 그녀의 꿈은 산산이 부서지고 결국 그녀는 졸도한다. 거꾸로 ⑨「사비루의 달밤」만은 제4기 작품이지만, 자살하려고 하던 이애라(李愛羅)가 결국, 강인하게 살아남는다고 하는 아이러니를 그리고 있다.

　이상으로 알 수 있듯이 이석훈은 남성작가이면서도, 희곡작품에서는 항상 남성 중심 사회 가운데서 강인하게 살아가는 여성을 그리고 있음을 알 수 있다. 희곡이라는 형식을 선택한 것에 대해서는 후일, ⑨ 의 일본어 개작「부여의 달(扶餘の月)」에 언급할 때, "이데올로기를 담으려면, 그것이 사정이 좋기 때문이다"26) 라고 말하고 있다. 다만, 이데올로기를 의식하고 쓴 것은 이 작품 하나뿐이라고 양해를 구하고 있지만, 소설 보다는 단적으로 대조적인 인물설정을 하기 쉬운 희곡 혹은 라디오 드라마를 통해 의도가 선명한 테마를 전개하고 있는 구석이 있다. 또한 그로 인해, 단순한 구성 방식을 추구한 결과, 희곡 작품 종류는 모두 단막극이다.

　이상으로 제2기를 정리하면, 이 시기에는 자전적 작품, 브나로드 운동과 관련된 작품, '순수문학'적 작품과, 거기에 오락적인 색채를 가미한 작품, 그리고 희곡 등, 실로 다양한 형식의 작품을 남기고 있다고 할 수 있다.

---

26) 마키 히로시『봉도물어(蓬島物語)』후기, 295쪽.

3. 제3기(1937~40년)

이 시기의 작품도 모두 한국어로, 그 대부분은 소설이다. 작품수는 다소 줄어서, 15편 정도이다. 그 가운데 주요한 작품을 열거해 보면 다음과 같다.(*표시는 중편. ②~⑤는 단편.)

① [시] 平壤서장대에서
② 嫉妬[27]
③ 女子의不幸
④ 라일락時節
⑤ 暴風雨의 밤
⑥ 白薔薇夫人*
⑦ 春宵*

우선 ①의 시는 말미에 '병자추(丙子秋)'라고 나와 있으며, 1936년 쓰여진 작품임을 알 수 있다. 이 해는 이석훈이 "어떤사건으로 내자신 위기에 직면해있어서",[28] "깊은 우울증"[29]에 빠져 있다고 술회하던 시기이다. 이 사건에 대해서는 아직도 그 상세를 밝히지 못했는데, 35년 말에 문예가협회 결성에 관한 건이 무산된 것과, 등단할 때 도움을 줬던 김유정이 이석훈에게 알리지도 않고 9인회에 가입한 것이 불쾌했던 것으로 보인다. 그 외에 부친의 사후 고향 집에 대한 걱정도 있었던 것 같다. 이러한 심경을 반영하듯, 서울을 도망치듯이 떠났다[30]고 하

---

27) 집필은 1936년 5월로, 후에 일본어로 번역된다. (제3절 1에서 상술하겠다.)
28) 전게(주20)「유정의 면모편편」312쪽.
29) 이석훈「심야의 종로」(『여성』1936.5) 9쪽.
30) 이석훈「유정의 영전에 바치는 최후의 고백」(『백광』1937.5) 155쪽.

며, 거처를 평양으로 옮긴 직후에 쓴 것이 이 시인 것이다. 전부 2연 가운데 2연만 인용해 보겠다.

墓地를 公園삼어/ 외론사나이 즐거히거니나니/ 人間은 門폐와 墓標 뿐!/ 그것마저 비바람에썩은뒤/ 네나내나 모두다마찬가지라./ 외론사나이 즐거히거니네—

외로운 사내는 묘지를 영원한 안식처처럼 생각해 즐겨 걷지만, 그 묘표도 비바람을 맞아서 언젠가는 썩어 버려서 누구의 것인지 알 수 없게 된다고 하는 이석훈의 염세적인 심경이 표현돼 있는 작품이다. 하지만, 평양에서 안정을 얻었던 것인지, 1937년에는 다시 왕성한 작품 활동을 펼치고 있다. 연보를 보면 알 수 있듯이, 신인을 위한 월간 문예지 『낙랑문고(樂浪文庫)』를 창간한 것도 이 무렵으로, 다음해 38년에는 함흥방송국에 전근돼서, 그곳에서 문인극단 '문예좌'를 결성한다. 그런데, 이석훈의 작품이 게재된 『백광(白光)』지는 평양에서 발행되던 종합잡지로, 이석훈은 작품 ①, ② 외에 수필과 앙케이트도 쓰고 있다.

다음으로 ②「질투」를 살펴보면, 이 작품은 후에 『현대조선문학전집 단편집(상)』(조선일보사, 1938)에 수록될 때, 자구(字句) 등을 약간, 고친다. 이 소설은 다음과 같은 내용이다.

평북 S섬[31]의 조포한 어부 칠성은 동거하고 있는 작부 출신의 산월

---

31) 고향 근처의 애도(艾島)를 말하는 것일까. 이 섬은 원래는 '쑥섬'이라고 불렀던 모양으로, 육군참모본부 육지 측량부에서 펴낸 5만분의 1 지도 「천태동(天台洞)」(안주(安州)15호)에도 애도에 '쑥섬'이라는 윗주를 달고 있다. S섬은 이 발음을 딴 것으로 보인다.

이 다른 사내와 살갑게 지내는 것을 극도로 경계했다. 옛 친구로 어업 조합 서기로 일하는 최(崔)가가 산월을 노리고 있다고 망상중에 빠진 칠성은 그에게 달려든다. 폭풍우가 몰아치는 밤에, 그는 결국 식칼로 산월을 찌르고, 최가를 찾아 헤맨다.

칠성이라는 인물은 후에 일본어 장편 『봉도물어(蓬島物語)』에 등장하는, 섬의 '왕'으로 알려진 송명길(宋命吉)[32]과 공통점이 많으며, 동일 인물로 설정됐을 가능성도 크다. 이 단편에서는 자전적 작품에 종종 등장하는 관찰자 혹은 화자 '나'가 나오지 않는 점에서 ⑤「폭풍우의 밤」과는 다르다.

격정에 빠져 행동하는 칠성을 떼치는 것이 아니라, 오히려 자애에 가득 찬, 정을 담아 그리고 있는 것이 특징으로, 이석훈이 이 작품을 일본어로 번역까지 한 것을 보면, 상당히 애착을 계속 갖고 있었던 것으로 보인다. (제3절 1에서 재론하겠다.)

⑤「폭풍우의 밤」은 동일하게 S섬을 무대로 해서 신경쇠약으로 동경유학을 중단하고 귀향한 '나'의 체험담이다. 섬의 장로 최참봉의 집으로 아버지의 빚을 담보로 첩이 된 여자가 '나'에게 구출을 부탁하는데, 폭풍우가 몰아치는 밤에 배를 저어서 육지로 도망가는 사이에 두 사람은 입을 맞추게 된다는 내용이다. 이 여자의 이야기도 후일 『봉도물어』제2장에 나오는데, 연애 감정을 그려낸 부분은 이 한국어 작품에만 나온다.

격렬한 연애 이야기로는 ⑥「백장미부인」이 있다. '나(춘천의 신문기자)'의 친구, 고(故) 윤장식(尹壯植)의 책상 서랍에서 발견된 문장 등

---

32) 마키 히로시 『봉도물어』제4장에는 술 밀조, 도박, 여자, 밀수 등의 문제를 일으키고, 첩으로 산월을 둔 사내, 송명길을 섬에서 추방해야 한다는 대목이 보인다. (103쪽)

을 각색해서 공표했다고 하는 형식을 취하고 있다.

윤장식은 강원도의 이민촌 탐방 시에 방문한 난곡(蘭谷)의 주점에서 만난 백장화(白薔花)라고 하는 여자에게 한 눈에 반해서, 돈을 마련해서 일주일 후에 기적(妓籍)에서 몸을 빼주겠다고 약속하지만, 도착하는 것이 늦어서 길이 어긋난다. 그것을 발단으로, 그 후에 유망한 성악가가 되는 윤장식이 음악회에서 백장화를 발견하고 흥분한 나머지 졸도를 하고, 입원하게 된다. 병문안을 온 백장화는 남편의 손에서 도망쳐서 윤장식과 도피하지만 다시 잡혀가서, 윤장식이 복수하려 나섰다는 이야기이다. 또한 마지막에 후일담까지 덧붙여져 있다.

이 작품이 발표된 것은 1940년이지만, 이 시점에서도 아직 이러한 대중(오락)적인 작품을 썼음을 알 수 있다. 실제로 대중오락적인 색채가 강한, 남녀관계를 다룬 작품은 거의 동시기의 『문장』지에도 게재된다. '모나리자의 미소'라는 부제가 붙은 「부채(負債)」나, 「재출발」이 그것이다. 전자는 바이올리니스트(남자)와 화가(여자)의 연애 모습이, 후자에는 본래 인기 극작 배우였던 남자와 그의 팬이었던 여자와의 '불륜' 관계의 말로가 각기 그려져 있다. 이것은 연애라고 하기보다는 오히려 난숙한 남녀 관계를 쓴 것으로, 기상천외한 전개로 읽힌다. 또한, 의지가 강한 여자에 약한 남자라고 하는 인물 설정도 「백장미부인」과 마찬가지이다. 이러한 것을 통해 이석훈의 대중 오락 작가로서의 역량을 가늠해 볼 수 있다. 이러한 작품이 한국어를 통한 '순수문학'의 마지막 요새였던 『문장』지에 연이어서 게재된 것도 흥미롭다.

그런데, 남녀관계나 연애를 다루면서도 오락색이 적은 작품이 ③「여자의 불행」과 ④「라일락 시절」이다. ③은 'xx회'의 젊은 위원장으로, 대중을 위해 희생하리라는 정열을 불태우고 있던 아내를 둔 준호와, 이전에 회원이었던 성애의 '불륜' 관계를 다루고 있다. 둘 사이에는 어린 아이가 있으며, 성애는 더욱이 전 남편의 애도 키우고 있다. 그녀는 생활을 위해 교원이 되지만 주변 사람들은 그녀를 호기심 어린 눈으로 바라본다. 준호는 결심을 하고 책방을 개업하지만, 서울에 '고귀한 분' 이 방문하[33]기 수일 전에 '나쁜 책'을 압수당하게 되는데, 설상가상으로 그도 예방구금 당한다. 성애는 망연자실하지만 새로운 결의를 다지는 외에는 방도가 없다. 이러한 이야기이지만, 이 소설의 시대배경인 1937년은 그 수년전까지 조선의 인텔리 청년을 사로잡고 있던 브나로 드 운동 등의 열기도 줄어들어서, 그들도 생활에 지친데다 새로운 시국의 파도에 부딪치고 있는 시기이다. 이 소설은 그러한 상황을 포착하고 있으며, 구성도 능숙하다. 성애가 결의를 다지는 결말 부분에서는 "일종 비장한 마음이었다./ 몇일후 서울에는 고귀한분이 댕겨갔다."[34] 고 하는 암시적인 결말을 보이고 있다.

한편, 「라일락 시절」의 대략적인 스토리는 다음과 같다.

명수는 그 해 봄에, 졸업했지만 취직 자리가 없어서, 신극운동을 하고 있었다. 그는 회원으로 젊은 과부인 은희에게 마음이 있었지만, 그녀에게는 동년배인 인식이 접근하고 있다. 명수와 인식은 운동 면에서도 대립한다. 그들의 춘계공연은 일단, 성공을 거두었다.그러나 연극전문가들에게는 호평이었지만, 일반 관객에게는 연극 내용이 어려운 것 같았다.인식 등은 동속극으로 가야 한다고 주장을 하는데, 그것에 반대인 명수는 모임이 싫어졌다.피서지 사전답사에 동행한 은희에게 그는 모임을 그만두고 싶다고 털어놓는다. 그녀도 동조하리라고 생각했지만, 은희는 연극에 미련이 있었다. 그녀의 마음을 알게 된 명수는 일어선다. 라일락

---

33) 1937년5월28일~6월5일까지 히가시쿠니노미야(東久邇宮)가 한국을 방문한 것을 지칭한 것일까.
34) 이석훈 「여자의 불행」(『조광』1938.8) 125쪽.

향을 바람이 실어온다.

이석훈은 실제로 1930년 전반에 유치진 등과 극예술연구회의 활동을 통해서 신극 운동을 했으며, 그 때의 체험이 밑바탕에 깔려 있다. 인식이란 유치진을 모델로 조형된 인물로 보여진다.[35] 대학을 졸업한 룸펜 인텔리 청년들이 진지하게 연극운동에 몰입해서, "대다수의 관중이 이해하지 못하는 신극운동이 발전할 수 있을까? 하는 문제를 중심으로 그들은 많이 토론도 하였다"[36] 라는 대목에서 우리는 당시의 분위기와 이석훈 자신의 체험을 상기할 수가 있는 것이다. 한편 작품 ③과 ④는 발표 순서와는 반대로, 「라일락 시절」에 그려진 청년 남녀의 수년 후의 모습이 「여자의 불행」의 주인공들이라고 할 수 있겠다.

마지막으로 제3기 작품 가운데 제2기 중편소설 「회색가」의 뒤를 잇는 계통에 속하는 중편 ⑦「춘소(春宵)」를 다뤄 보겠다. ⑦은 「회색가」와 마찬가지로, 신문 연재 작품이다. 다만, 이 작품의 주인공은 작가가 아니라, 흥아상사의 영업부 차석으로 평양에서 서울에 영전(榮轉)해 온 박성수라고 하는 착실한 샐러리맨이다. 등장인물에는 박성수의 옛 동창생과, 그가 빠졌던 기생, 그녀의 패트론 등을 배치하고, 복잡한 남녀관계를 그리면서 기생 취향(翠香)댁의 화재 등의 사건을 삽입하여 파란 넘치는 전개를 보여준다.

이야기는 박성수의 환영회로부터 시작되는데, 비상시국이므로 간소하게 했다[37]면서도, 기생을 불러서 축하연을 열고 있다. 신문연재라고

---

35) 이석훈「신극수립과 『관중본위』문제 」(『조선일보』1936.3.10~14)라는 글 가운데 유치진과 1935년에 논쟁했다고 밝혔고, 유치진의 주장인 '관중본위' 는 신극의 타락이라며 다시 비판했다. 또한, 이 글에서 이석훈은, 지금에 와서는 신극운동은 반영구적으로 단념했다고도 쓰고 있다.

36) 이석훈 「라일락 시절」(『문장』 1939.8) 66쪽.

하는 점을 고려하고 독자의 흥미를 이어갈 수 있는 궁리를 하고 있는 점은 이해할 수 있지만, 1939년이라고 하는 시대설정치고는 지나치게 낙천적인 이야기로, 30년대 전반의 희망이 상실되기 전의 분위기가 작품 전체를 지배하고 있다. 이야기는 결말 부분에서 박성수 등이 친구들과 극단 '문예좌'를 결성해서 이석훈 자신의 작품 「만추(晚秋)」그 밖의 작품을 성황리에 상연하는 가운데 막을 내린다. 여기서는 「회색가」에 보이던 폐색적인 분위기와 우울함을 표명한 것은 보이지 않는다. 실로 '회색' 답지 않는 장밋빛에 가까운 미래를 예고하고 있는 것과 같은 내용인 것이다. 그러므로 이 작품은 「회색가」에서처럼 시대 상황을 그리려고 한 것이 아니라, 작가의 희망적 관측을 섞어서 이상을 통속적으로 그려낸 것이라고 해야 할 것으로 보인다.

그 외에, 제3기의 작품에는 「『퀘이트』의 젊은 미망인」, 「『카이제르』와 이발사」 등의 홍미 본위의 소설도 있는데, 전체적으로 남녀 관계를 중심에 둔 오락적인 성격의 비중이 다른 시기보다 높은 것이 특징이라고 할 수 있다.

4. 제4기 (1941~45년)

이 시기에는 일본어 작품이 대량으로 창작되는데, 이에 앞서 1943년까지 발표된 한국어 작품에 대해 먼저 개관해 보겠다. 이미 다룬 희곡 「사비루의 달밤」은 별도로 하고, 단편소설 6편이 이에 해당된다.[38]

① 愛犬家의 手記

---

37) 이석훈 「춘소」(『매일신보』1940.3.30) 「初印象(一)」
38) 단편 「재출발」(1941)은 1940년에 집필한 것이기 때문에, 제3기에서 언급한다.

② 生活의 發見

③ 丁香花[39] 필 때

④ 南으로 가는젊은이

⑤ 하늘의 英雄

⑥ 기쁨의 날

위 가운데, ① 이외에는 모두 『야담』지에 발표된 것이다. 1942년 이후는 한국어 신문 잡지가 격감하는데, 『매일신보』나 『조광』등 당시의 유력 신문이나 종합잡지에는 기고하고 있지 않은 것을 알 수 있다. 또한, 이러한 한국어 작품은 전술한 일본어 작품과 시기적으로 병행해서 발표되고 있기 때문에 이석훈이 사용 언어에 따라서 작품을 어떤 식으로 분류해서 썼는가 하는 점을 아는 데도 중요한 자료라고 할 수 있다.

그런데 ③과 ④는 『야담』지의 같은 호에 게재됐는데, ④는 필명이 '금남(琴南)'임을 알 수 있다. 또한, ⑤, ⑥은 '牧洋(마키 히로시)'을 쓰고 있다. 일본어 작품에서는 1942년 3월 이후, '마키 히로시'라는 필명이 보이는데 ②, ③은 이보다 뒤에 발표된 작품임에도 불구하고, 필명은 '이석훈'이다. 이것은 그가 본명을 어디까지나 '이석훈'이라고 생각하고, '마키 히로시'를 필명 정도로 생각했음을 보여주는 것이라 할 수 있다.

①「애견가의 수기」는 사소설적인 작품이다. 간략한 스토리를 요약하면 다음과 같다.

작가인 '나=安'는 비할 데 없는 애견가로, 서울 시내에서 간신히 강

---

39) 「정향화(丁香花)」는 정향나무 꽃인데, 작품에서는 라일락인 것으로 나와 있다.

아지를 사서 교외의 집으로 돌아온다. 부인은 배급도 모자란 판인데, 하며 아연해 하지만 아이들은 강아지에게 '다케루(猛)'라고 이름 짓고 귀여워한다. 하지만, 강아지는 환경에 적응을 하자 우쭐해져서 가족용 고기까지 먹어치우고, 바깥에 나가서는 마을 안에서 나쁜 행동을 일삼는다. 어쩔 수 없이 '나'는 강아지에게 매를 휘두른다. 식량이 부족한 가운데 개를 키우는 것은 점점 어려워진다. 나는 다케루를 군용견으로 봉납하리라 결심하고 울고 싶은 심정으로, 강아지를 기차에 태운다.

시국색이 슬슬 농후해 지고 있기는 하지만, 이 단편은 주인공이 시국과는 상관없이 개를 사육하는데 악전고투하는 모습을 통해, 독자에게 우스꽝스러움을 보여주고 있다고 할 수 있다.

②「생활의 발견」은 이미 이석훈의 많은 소설의 무대인 고향 S섬에 관한 이야기이다. 문학청년 정수는 친구와 함께 십 수 년 만에 섬을 방문해, 섬사람들의 근면함과 섬의 안정된 상황을 눈앞에 두고 자신이 최근 문학에 실패하고, 인생에 회의를 느끼고 있는 것은 진정한 생활이 없기 때문이라는 것이라고 반성하는 것에서 이야기는 끝난다. 그는 서울에 돌아와 문학의 길로 정진하리라고 결의하는데, 이것은 당시 이석훈이 발버둥 치며 구상 중이던 '국민문학(國民文學)' 운동 가운데 제창했던 '결의의 문학(決意の文学)'[40]과 호응하는 것이다.

다음으로 ③「정향화 필 때」는, 저령기를 넘어선 여회사원 영희(英姬)가 상처(喪妻) 중인 동료 이문진(李文鎭)에게 호의를 갖고 있으면서도 망설이고 있는 사이, 이문진이 전근한 평양에서 결혼을 한다. 영희는 지나치게 이상을 추구하던 자신을 반성하고, 현실을 살겠노라 결의

---

40) 「나는 작년(＝1942년: 필자주)」,(중략) 조선에서 우리들의 국민문학 운동은, 최초의 과제를, 일본적 입장에 선 '결의의 문학'으로 해야 함에 대해 제창했다.” (마키 히로시 『고요한 폭풍(静かな嵐)』「후기(あとがき)」2쪽.

를 하는 작품이다. 「생활의 발견」의 말미는 "새힘이 가슴에 치밀리는 듯하였다."[41]인데, 이 작품도 "굳은각오가 생기는것이었다."[42]라고 끝을 맺고 있다. 역시 '결의의 문학'을 표방하는 작품의 예로 삼으려고 했던 것으로 보이는데, 내용적으로는 남녀의 미묘한 심리의 엇갈림, 혹은 주인공의 망설임에 초점을 맞춘 통속적인 읽을거리에 가깝다.

한편, 이 작품과 같은 호에 게재된 ④「남으로 가는 젊은이」는 '남방개척 읽을거리(南方開拓読物)'라고 이름을 붙이고 있으며, 대일본제국의 '남방 생명선'이라 할 수 있는 대만 남방의 무인도를 무대로, 이 섬에 상륙해서 인광석(燐鉱石)을 파내면서 '히노마루(일장기)'를 계속 지켜낸 '와키타(ワキタ)'라는 남성의 분투기로, 이것은 전형적인 국책소설이라고 하는 수밖에 없다.

군대와 관련된 작품으로는, ⑤「하늘의 영웅」이 항공소설로 반도 출신의 항공병 소위 '단산태영(丹山泰永)'의 분투하는 모습을 과대하게 극적으로 꾸며서 쓰고 있다. 하지만 이 소설은 진지한 문학작품이라고 하기보다는 국책 선전 팜플렛과 유사한 수준이다.

⑥「기쁨의 날」은 식민지기 이석훈의 한국어 작품으로서는 현재까지 확인된 최후의 작품인데, 뜻밖에도 시국이나 국책과 관련된 작품이 아니며, 개요는 다음과 같다.

　　박봉의 월급쟁이인 그는 가난해서, 아들을 학비가 싼 교회 부속 학교에 넣었다. 그 아들도 이제 6학년이 됐는데, 공연히 성적이 좋아서 진학 문제로 머리가 아픈 상태다. 그는 경기중학 제1주의적 풍조에는 반발했지만, 결국 시험을 보게 한다. 입시 당일, 같이 온 다른 부모들은

---

41) 이석훈 「생활의 발견」(『야담』1942.6) 65쪽.
42) 이석훈 「정향화 필 때」(『야담』1942.8) 98쪽.

모두, 자신들의 아이가 합격하면 그만이라고 생각하면서도 그와 반대되는 것을 말한다. 또한, 성적이 나빠도 기부금으로 입학하는 아이도 있다는 소문도 있어서, 그는 분개한다. 하지만 결과적으로 그의 아들은 합격을 했고, 소문이 근거가 없다는 것을 알고 통쾌함을 느낀다. 입학식을 마치고, 부자는 조선신궁에 보고를 하러 간다. 그는 이제는 입학금이 걱정이다.

작품이 발표된 시기가 시기인만큼, 조선신궁 참배 장면이 있기는 하지만, 내용적으로는 수험 전쟁 아래서 울고 웃는 구도를 속도감 있는 전개로 그리고 있는 좋은 작품이다.

지금까지 살펴본 대로 제4기 한국어 소설은, ④, ⑤ 등, 국책 내지는 군국적인 이야기도 있지만, 의외로 다양한 경향을 보여주고 있음을 유의해도 좋을 것이다.

다음으로 이 시기의 작품 가운데 대부분을 차지하는 일본어 소설에 대해 살펴보도록 하겠다. 일본어 소설의 주요한 작품군은, 이석훈 자신의 체험과 심정을 3인칭 주인공을 빌어서 발화한 사소설적인 작품으로 채워져 있다. 이러한 작품군을 거의 작품 발표순에 의거해서 열거하면 다음과 같다. (*표시는 장편. 그 외는 단편)

① ふるさと(고창)
② 静かな嵐(고요한 폭풍) [제1부]
③ 夜 [고요한 폭풍 제2부]
④ 静かな嵐(고요한 폭풍) [제3부＝완결편]
⑤ 東への旅(동으로의 여정)
⑥ 旅のをはり(여정의 끝)
⑦ 北の旅(북으로의 여정)

⑧　血緣(혈연)

⑨　善靈(선령)

⑩　蓬島物語(봉도물어)*

　집필명은 ①,②가 '이석훈'으로, ③이하는 마키 히로시이다. 게재지를 보면, 당시의 대표적인 시국잡지 혹은 '친일' 잡지였던 『녹기』, 『국민문학』, 『동양지광』에 실은 것으로, 일본 국내의 잡지 등에 실린 작품은 없다. 또한, 이러한 계열의 작품을 고찰하기 위해서는 이석훈의 연보상의 사실과 대조하는 작업은 필수적이다. 그런데, 일본어 소설은 이석훈이 근무하던 조선일보사를 퇴직한 후에 창작된다. 그 전후의 상황을 그린 작품이 ①「고향」으로, 그 개요는 다음과 같다.

　　작가인 박철(朴哲)은 신문폐간으로 실직을 한다. 평북 고향으로 내려가는 도중에 기차 속에서 박철은 중학동창인 최정호(崔廷浩)와 우연히 만난다. 최정호는 광산에서 돈을 벌어서 자금사정이 좋은 것 같았다. 최정호는 소설 따위는 도락이라고 박철에게 함부로 말하고 평양에서 내린다. 박철은 정주에서 아버지 산소에 참묘를 하러갔다가, 우연히 본래 박씨 집안 소작인의 딸이었던 오월선(吳月仙)이 불러서 멈춰 선다. 부친대의 사과밭은 그녀의 손에 넘어가 있었다. 다음날, 만찬에 초대받고 가자, 놀랍게도 최정호가 와 있었다. 최정호와 오월선은 애인관계인 것 같았다. 최정호는 돈을 술과 여자에게 낭비했으니 앞으로는 문화사업에 돈을 쓰고 싶은 터이니, 자신이 회장이 돼서 문화상금이라도 내겠다는 말을 꺼낸다. 박철은 불쾌함에 단호히 자리를 박차고 일어섰다. 소년들이 군가를 부르면서 산을 내려오는 것과 만난다. 박철은 자신도 모르게, 보조를 맞춰서 합창을 한다.

　결말 부분에 시국색을 가미하고 있는 것은 시대적인 상황을 느낄 수 있는 부분이지만, 이 소설의 창작 의도는 어디까지나, 시국 가운데서 박철이 어떻게 살아갈지를 그리고 있음은 명백하다. 박철이 놓인 입장은 다음과 같이 설명된다.

> [최정호에게 소설은 도락이라는 말을 듣고] 그러한 아니꼬운 소리는 다른 사람들에게도 종종 듣는 것이고, 게다가 10년 동안 자신으로서는, 궁핍함 속에서도 목숨을 걸고 이 일에 종사하고 있는 것이므로, 다른 이에게서 무슨 말을 들어도 개의치 않았다. 그것보다도 요새와 같이 시국이 절박하게 다가옴에 따라, 조선문학 본연의 자세라고 하는 것을 어떻게 해야 할 것인가 하는 쪽이, 보다 더 중대한 문제로 하나의 정신적인 무거운 짐이 된 것이었다. 43)

실로 이석훈 자신의 고뇌가 전해져 오는 대목이다.

그런데 조선문인협회에서 활동을 시작한 이석훈은 1940년 12월, 동협회 파견으로 시국강연회를 하기 위해 함경도 방면 제4반 일원으로 4명이서 서울을 출발한다. 이때의 체험을 바탕으로 쓴 것이 3부작 ②, ③, ④ 「고요한 폭풍」 연작이다. 주인공 박태민(朴泰民)이 이석훈, 단장격인 카가와(賀川)는 스기모토 나가오(杉本長夫), 마키노(牧野)는 데라모토 기이치(寺本喜一), 이전부터 친구라고 하는 정태호(鄭泰浩)는 함대훈(咸大勳)일 것으로 추정된다. ②~④의 간략한 스토리를 징리해 보면 다음과 같다.

> ② 작가 박태민은 문인협회의 시국 강연대원으로 뽑힌다. 그것만으로도 경멸하는 문인들도 있었지만, 그는 이 기회에 자신의 문학상의 고뇌를 타개하고 싶었다. 때마침 친구인 작가가 시국비판을

---

43) 이석훈 「고향(ふるさと)」(『녹기(緑旗)』1941.3) 177쪽.

했다는 혐의로 연행된다. 박태민은 아내의 권유도 있고 해서, 애
착을 갖고있던 러시아어 서적을 태우고 함경도 방면으로 강연을
하러 출발한다. [제1부]

③ 박태민은 동료 3명과 함흥에서 강연에 임하는데, 자신도 아직 정
리되지 않은 내용에 진 땀을 흘린다. 청중 일부가 조소를 하고
있는 깃과 같은 느낌도 든다. 종료 후, 예전에 알고 지내던 나선
희(羅仙姬)가 찾아와서, 타락했다며 박태민을 비난한다. 그 후 박
태민은 한국인 기자로부터도 "본심에도 없는 말을 하지 말라"는
소리를 듣고 구타당한다.[제2부]

④ 원산에서 강연이 끝나고, 박태민은 지역 청년들로부터 요리점에
함께 가자는 청을 받는다. 그들은 술이 들어가자 미국 민요를 합
창한다. 당연히, 화제에 오를 법한 시국이나 강연에 대한 감상
등은 전혀 없다. 그들은 박태민에게 기생을 붙여주지만, 그는 그
것을 떨쳐내고 서둘러 역으로 간다. 그 후, 박태민은 민족의 비
애를 노래하는 조선문학에서 탈피해서 밝고 건강한 문학을 쓰려
노력한다. 그리고 모리 도오루(森徹)로 창씨개명을 한다.
　시국은 긴박해져서, 순문학을 할 수 있는 분위기가 아니다. 박
태민은 일시적으로, 공업신문의 기자가 되지만, 그것도 그만두고
성지(聖地) 순례단에 참가해서 '내지'로 향한다. 일본은 잘 정리
된 느낌으로 산하도 아름답다. 일미개전(日米開戰)의 날이 온다.
조선이 가야할 길은 정해졌다. 강연에서 역설한 것이 현실이 돼
가고 있다. 지금은 망설일 것 없이 전진하자고 박태민은 생각한
다. [제3부]

　우선, ②에서는 강연에 출발하기 전 주인공의 망설임과 고뇌가 그려
져 있는데, 그것을 가장 잘 보여주고 있는 부분을 인용해 보겠다.

그에게는, 동경의 어느 작가가 신체제라고 해서 지금까지 해 왔던 자신의 창작태도를 바꿀 생각은 없다, 고 단언하는 흉내는 낼 수조차 없는 입장이었다. 이 땅에서 작가로 살아남기 위해서는, 어찌해서라도 우선 이 폭풍의 시대를 뚫고 나가지 않으면 안 된다. 그것은 단순히 무의식적으로 생활한다는 것만은 아니다. 의식적으로 시대를 호흡해야 함이다. 그것을 위해서는 우선 소승적(小乘的)인 민족적 입장을 우선 버리지 않으면 안 된다. 보다 높은 대승적(大乘的) 지성과 예지가 필요할 것이다. 하지만 박태민은 깊은 회의 속에서 방황했다. 의식은 분열하여, 다투고, 그리고 결말에는 도달하지 못했다.44)

한국인 작가로서 괴로운 선택을 해 나가면서, 시대의 고난을 헤쳐 나가려 발버둥치는 모습이 잘 그려져 있다. 또 하나의 예를 들어보기로 한다.

문단인은 모두가 한결같이 표면적으로 냉정함을 가장해서 한 마디라도 그것을 언급하지 않으려 했다. 힘써 순회강연을 묵살하고, 더 나아가서는 경멸의 시선으로조차 봤다. 문단인 이외의 사람들이, 마땅한 듯 상냥한 표정을 지으며/ "이번에 시국 강연을 하러 가지요?"/ 라고 말을 건네는 것과는, 완전히 대조적이었다. 그러자 박태민은 겸손하게 말할요량으로/ "네, 억지로 끌려 나가게 돼서 말석을 더럽히게 되었습니다."/ 하고 대답을 한다. 더욱 더 농담섞인 말투로/ "위에서 종용하는 것이지요?"/ 하며 속을 떠보는 식이었다. 특별히 그러한 물음에서 악의는 찾아볼 수 없었다. 호기심에 다름 아니라고 생각하면서, 하지만 박태민은/ "아니요, 협회에서 자발적으로 가는 겁니다."/ 하고 딱 잘라 대답할 수

---

44) 이석훈 「고요한 폭풍(静かな嵐)」(『국민문학』 1941.11) 157-8쪽. 한편, 이 부분은 사에구사 도시카쓰(三枝壽勝)「1940년대 전반기의 소설에 대해서(一九四〇年代前半期の小説について)」(『조선학보(朝鮮学報)』86, 1978.1)130-131쪽과, 전게(주2) 나카야마 가즈코 논문 240쪽에도 인용돼 있다.

없는 것이, 자신으로서도 한심했다. 그렇다고 해서 위에서 내려온 명령이라고 시치미를 뗄 비양심적인 마음도 그에게는 없었다. 그래서 그는 잠시 주저하며/ "아니요, 뭐——"/ 하며 애매모호하게 대답하며, 그 자리를 피했다.[45)

박태민에게는 자발적으로 순회강연에 출발할 정도의 자신도 필연성도 없다. 하지만 그는 "화살은 이미 시위를 떠났다!"[46)(제1부 말미)고 단념하려고 한다.

③「밤」에서는 확신을 갖기 힘든 이야기를 하는 박태민에 대한 청중의 불신감을 주인공이 민감하게 알아차리고 더욱 더 불안해하는 모습이 그려져 있다.

어떤 사람은 냉연한 자세를 취하고 비판적으로 바라보고 있는 모습이고, 어떤 사람은 별달리 흥미도 없이, 다만 애국반이나, 관공서 등과의 관계를 생각해서 얼굴을 내밀고 있을 뿐이라는 식의 얼굴이었다. 또한 어떤 사람은 너희들의 시국강연 따위 이미 뻔히 다 꿰뚫고 있다. 구태의연한 수신(修身) 설교거나, 아첨을 떠는 것이 고작일 것이라는 풍으로, 이미 코앞에서 조롱과, 비웃음 등의 표정을 내보이고 있었다. (중략) 그 중에는 무언가에 괴로워 하면서, 해결을 구하려고 하는 듯한, 고뇌와 진지한 얼굴도 꽤 있는 것으로 보였다.[47)

여기에는 당시의 시국 강연회의 분위기가 적나라하게 묘사돼 있다. 겉만 돌아서는 알 수 없는, 실정을 직시하고 있는 이석훈의 예리함을 느낄 수 있다.

---

45) 상계 「고요한 폭풍」165-6쪽.
46) 상동, 169쪽.
47) 마키 히로시 「밤(夜)」(『국민문학』 1942.6)203쪽.

④「고요한 폭풍」(제3부)의 무대는 원산으로 바뀌는데, 여기에 온 청중의 반응은 더욱 더 말을 붙여 볼 수도 없이 냉냉했다. "묘하게 좌석이 흥이 깨진 듯 서먹서먹했다. 내게는 크게 이의가 있다, 하지만 여기서는 말하지 않으련다, 라고 하는 듯한 매정한 표정이, 청년들 대부분에게 있었다"48)고 하는 부분이 이에 해당된다. 태평양전쟁 개전을 1년 앞둔 시기인데, 그들은 미국 민요를 합창하고, "지금, 당연히 화제에 올라야 하는 당면한 시국과, 오늘 밤 자신들이 한 강연에 대해서는 전혀 언급하려고 들지도 않고, 속으로는 딴 꿍꿍이를 하면서 노래로 얼버무리려고 하는 것에 지나지 않는다"49)는 것이었다. 미국과 전쟁을 시작하려고 하는 '대일본제국'의 조선인 청년의 일부가 실은 시국의 정책 따위는 상관하지 않고, 오히려 방약무인의 행동을 취하고 있는 현지의 상황을 잘 포착하고 있는 부분이다.

「고요한 폭풍」3부작에 공통된 것은, '비상시국'을 이해하지 못하거나, 그것에 대해 냉소를 보내는 사람들을 비난하는 것이 아니라, 주인공과 그 배후에 있는 이석훈 자신이 그들의 태도에 오히려 이해를 표하면서도 어떻게 할지 갈피를 잡지 못하고 고뇌하며, 통곡하고 있는 듯이 보이는 점이다. ④(제3부)에서 이석훈은 '성지 순례', 미일(美日) 개전을 거치면서 주저함이 사라지고, 일본과 함께 앞으로 나아가리라는 결심을 하게 됐다고 쓰고 있는데, 실은 문인협회 파견으로 '성지 순례단'의 일원으로 '내지'로 출발한 것은 「고요한 폭풍」(제1부)를 발표했던 1941년 11월의 일이었다. 이 연작의 대부분은 오히려, 미일전쟁이 한창이던 42년에 쓰여진 것이다. 연보상의 사실로 보자면 주인공의 행동은 거의 사실에 가깝다고 할 수 있다. 이 연작이 픽션을 지향하기

---

48) 이석훈 「고요한 폭풍」73쪽.
49) 상동, 75쪽.

보다도, 사실을 고백해서 이석훈 자신의 결의를 보여주려고 했음에도
불구하고, 그 의도는 작품을 읽는 한에서 실패했다고 할 수 있다. 그것
은, 개전 후도 이석훈의 마음이 동요하고 있었으며, 확고한 신념 등은
없었음을 거꾸로 작품을 통해 읽을 수 있기 때문이다.

　그런데, 이 '성지 순례단'에서의 체험과 소감을 쓴 것이 ⑤「동으로
의 여정」이다. 여정에서 돌아와 집필하기까지 반년도 채 되지 않은 것
은, 「고요한 폭풍」연작과는 달리, 시차가 거의 없다. 여기서 주인공은
①, ⑥, ⑦ 모두 '철(哲)'이라는 이름으로, 이석훈의 분신인 것은 두말
할 필요도 없다. 여행 자체의 극명한 기록은 보고문 「순례초(巡礼抄)」
(『녹기』 1942.1)에 발표 했으므로, 이석훈은 ⑤에서는 오히려, 일본
방문으로 아직 동요하고 있던 '내선일체'에 대한 확신이, 아름다운 일
본의 풍토와의 만남이나 유학시절 하숙집 딸과의 재회를 통해 가까스
로 확고해 졌다고 쓰고 있다. 하지만 정말로 그렇다고 할 수 있을 것
인가.

　　철은 안심하고 자기 자신을 이 나라(＝일본: 필자 주)에 맡길 수 있겠
　　다고 생각했다. 그것보다도 이 아름다운 나라가, 자신을 진정한 동포로
　　포용해 준다면 얼마나 행복할까 생각했다. 50)

이렇게 쓰는 것은 이 시점에서도 이석훈이, 아직 조선의 진로와 자
기 자신의 나아갈 길에 대한 확신을 갖고 있지 않았다는 것을 거꾸로
보여주고 있는 것은 아니겠는가. 일본인에 대한 요망을 쓴 것이라고도

---

50) 마키 히로시 「동으로의 여정(東への旅)」(『조선국민문학집(朝鮮國民文學集)』동도서
　　적(東都書籍), 1943) , 346쪽. 한편, 전게(주2) 나카야마 논문 245쪽에도 이 부분은
　　인용돼 있다.

볼 수 있는데, 여기서 알 수 있는 것은 일방통행적인 단순한 희망에 불과하다. 이 불안한 상태에서 벗어나기 위해서는 이치를 벗어난 결단이라는 방식밖에는 없을 것이다. "아! 나는 일본이 좋다. 나는 일본인이 되리라. 이 아름다운 국토, 아름다운 사람, 풍요로운 생활, 누가 뭐라 해도 나는 일본인이 될 것이다."[51]라고 하는 대목은, 감격에 넘쳐서 말하고 있다고 하기보다, 이런저런 생각으로 고뇌하는 것을 멈춘 인간이 슬로건을 내뱉는 것으로도 보인다.

다음으로 ⑥「여정의 끝」, ⑦「북으로의 여정」, ⑧「혈연」은 1942년 12월, '만주국' 간도성(間島省) 정부의 초정으로 간도지방의 조선인 개척촌을 5명의 일행이 시찰했을 때의 일을 바탕으로 쓴 것이다. 정확하게 말하자면 ⑦은 그 이후 숙부에 관한 이야기, ⑧은 같은 숙부의 아들에 관한 이야기인데, 거의 동시기에 발표된 연작과 같은 성격의 작품군이다.

우선 ⑥에서 이석훈의 분신격이라 할 수 있는 주인공 '철'이 용정(龍井)에서 시찰단 일행을 둘러앉은 '내선유지(內鮮有志)'의 환영회에서, 지방문인들이 자신들에게 냉담한 것을 느끼고 "요 1, 2년 내에, 조선문단에서 야기된 '국어문학' 운동의 선두에 선 철자신의 문학태도를 못 마땅하게 생각하는 것이리라"[52]고 비관하는 장면이 나온다. 더욱이, 최종 도착지인 연길(延吉)에서 있었던 위로연에서도 '내선일제' 노선에 비판적인 사내가, "저 녀석은 시국에 편승해서, 실상은 사리사욕에 급급하는 하찮은 놈이다"[53]라고 곧 말할 듯한 태도에, 철은 분노를 폭발

---

51) 상동, 354쪽. 한편, 이 부분은 다케우치 미노루(竹內実)「내선일체의 소설(＜內鮮
　　一体＞の小説)」(『문학(文學)』 1970.11) 73쪽에도 인용돼 있다. 다케우치 씨는 여기
　　서 주인공이 차별당하는 처지로부터 탈출을 꾀해 비약을 한 것이라고 하고 있다.
52) 마키 히로시「여정의 끝(旅のをはり)」(『녹기』1943.6)92쪽.
53) 상동, 93쪽.

시키고 있다. 이 장면은 철 자신이 비판을 당한 것은 아니지만, 이 분노하는 태도에는 역시 이석훈이 자신이 취하고 있는 노선을 상당히 신경쓰고 있었던 것을 암시하고 있다. 확신은 역시 전혀 없는 것이다. "철은 소리를 높여 울고 싶은 듯한, 일종의 비분한 감정에 내몰리는 것이었다"54)고 하는 것은, 자신도 확신이 없었던 만큼, 하물며 타인에게 이해될 리 없는 답답한 심정을 터뜨리는 표현이라 할 수 있겠다.

한편, ⑦은 ⑥을 이어 받아서 간도 시찰 후, 숙부가 있는 '북만(北滿)'의 이주민부락을 찾아가서 그곳의 '국어야학'이나 자위단의 충실한 모습에 감동하는 시국적인 이야기 스타일을 유지하면서, 숙부 일가와 재회하는 소감도 쓰고 있다. 이 시기에 대한 것을 또 다른 각도에서 쓴 것이 ⑧「혈연」으로, 이주민 부락을 떠나서 하얼빈 행 열차에 타는 주인공 용길(龍吉)과 숙부의 아들 용식(龍植)이 열차 안에서 우연히 만나 일어난 일을 그리고 있다. 용식은 함께 탄 병사들에게는 유창한 '국어'로 말을 걸고, '선계(鮮系)'나 '만계(滿系)' 승객의 싸움에는 중재자로 들어가서 유창한 '지나어(支那語)'를 구사해서 사태를 수습하는 요령이 좋은 사내이다. 그는 용길에게 마지막에 이렇게 말을 한다.

민족협화(協和)는 상당히 미묘합니다. 정의라던가 공정(公正)이라는 것은 어쩌면 혈연에 의해 유린당하기 쉬운 것이니까요.55)

용식은 '신경(新京)'에서 관공서 근무를 하고 있는데, 이른바 오족협

---

54) 상동.

55) 마키 히로시 「혈연(血緣)」(『동양지광』 1943.8)95쪽. 한편, 이 부분은 오오무라 마쓰오(大村益夫)「제2차 세계대전하 조선의 문화상황(第二次世界大戰下における朝鮮の 文化状況)」(『사회과학토구(社会科学討究)』(15권3호) 와세다대학 사회과학연구소, 1970.3) 421쪽에도 인용돼 있다.

화(五族協和)를 내건 '만주국'의 관리에게 협화의 실적이 오르고 있다는 발언을 하지 않게 하고 있는 점에 주목하고 싶다.

⑨「선령」은 이석훈이 1943년 8월 대동아문학자결전대회(동경)에 파견이 결정됐으면서도, '개인적인 사정'으로 결석하고 '신경'으로 떠난 후인 44년 4월에 창작된다. 이야기는 「고요한 폭풍」 연작의 후일담으로, 간략한 스토리는 다음과 같다.

> 박태민은 지금은 어용단체에 속해 있다. 선배 작가로 등장하는 윤선생은 이용당하지 말고 손을 씻으라는 충고를 한다. 1년 후 신사참배를 할 때 모욕을 당한 것을 계기로 박태민은 어용단체에서 나온다. 하지만 그의 신문소설을 시국영합적이라고 비난하는 사람도 있다. 때마침 문학대회에 출석할 것을 재촉 당하는데, 박태민은 그것을 거부하고, 숙부의 전보에 따라 '신경'으로 떠난다.

여기서 말하는 어용단체는 조선문학보국회(朝鮮文學報國會)로, 내용은 거의 실화에 가까운 것이라고 볼 수 있다. 선배인 윤선생은 상당히 신랄한 말을 한다. "전쟁이 끝나고 평화로운 시대가 됐다고 생각해 봐. 저런 단체 따위 어디에 있었냐고 할 정도로 몰락해 버릴 테니."56)라고. 그런데, 10일 정도 지나서 그는 윤선생과 우연히 만나는데, 윤선생은 "열심히 하시게나" 히고 박을 격려한다. 박은 윤선생도 믿을 수 없어진다. 망설임을 없애려는 듯 박태민은 신궁 참배에도 애써 참가해서, "짝짝 양손을, 진심을 담아서 맞부딪치고 사념을 털어낸다. 남의 눈에는 어떻게 비췄을지 모르지만, 박태민으로서는 하나의 혈로(血路)를 개척하는 피눈물을 짜내는 기분으로, 이러한 행동을 하는 것이었다."57)

---

56) 마키 히로시 「선령(善靈)」(『국민문학』 1944.5) 91쪽.
57) 상동, 97쪽.

이것이 이석훈의 심정을 적나라하게 토로한 것이라고 한다면, 「고요한 폭풍」을 통해서 일본과 운명을 함께 하리라고 쓴 것은, 역시 억지로 자신을 분기시킨 것이라고 생각할 수 밖에 없다.

다음으로, ⑩ 「봉도물어」(蓬島物語)를 살펴보면, 대략적인 스토리는 다음과 같다.

> 김린(金麟)은 동경에 있는 대학에서 신경쇠약으로, 이른 봄에 휴양을 위해 귀향한다. 그리고 아버지가 경영하는 건하(간샤=乾鰕) 어업을 위한 새우공장이 있는 봉도로 건너간다. 아버지의 사업은 잘되지 않았지만, 김린은 선주의 아들이라는 이유로 대우를 받는다. 섬에 사는 아가씨인 보패(寶佩)도 그에게는 특히 친절했다. 김린은 또한, 첩으로 섬 노인에게 팔려온 매녀(梅女)에게서 육지로 도망칠 수 있도록 도와달라는 부탁을 받는다. 김린은 가끔씩 동경의 대학을 중퇴한 동년배 함태식(咸泰植)과 즐겨 논의를 했다. 함태식은 미신 타파를 위해, 성황당을 부숴야 한다고 주장했지만, 김린은 그래서는 도리어 섬사람들의 반발을 사니, 그런 방법보다는 모두의 마음을 바꿔야 한다고 반론했다. 김린은 섬사람들의 정신성을 높이기 위해서 새로운 신사를 세우자고 제안한다. 다만, 성황당도 당분간 존속하는 것으로 타협을 한다. 휴어기의 겨울철을 이용해서 생활개선, 식림(植林) 외에, 야학도 시작하기로 했다. 신사의 건립은 새롭게 조직된 청년단의 힘으로 불과 한 달 만에 이루어졌다. 여름도 끝나가는 중에, 새로운 어기가 다가오고 있었다. 드디어 수척의 정크선에 나눠 타고 출어를 한다. 그 가운데 김린의 모습도 있었다. [제1부]

스토리를 통해 확실히 알 수 있듯이, 이 작품은 한국어 중편 「황혼의 노래」를 개작한 것이다.58) 다소 인물의 이름 등을 바꾸고 있지만,

---

58) 이에 대해서는 전게 사에구사 논문(주44) 144-148쪽에서도 양작품의 구성을 제시

이야기 전개도 거의 병행되며, 다른 점은 결말 부분 밖에 없다. 이 두 작품의 관계에 대해서는 제3절 2에서 다시 검토하겠지만, 주요 일본어 작품 가운데서 이 작품만이 한국어 작품을 개작한 것이다. 게다가 이 작품은 이석훈이 초기의 한국어 대표작을 10년 후에 고친 것이다. 이 작품은 단행본 『봉도물어』의 발문에 따르면, "가능하면 제3부까지 해서, 3부는 후일담으로 하고 싶다"[59]라고 나와 있으므로, 「황혼의 노래」보다는 상당히 큰 스케일의 장편을 목표로 하고 있었음을 알 수 있다. 작품이 완성됐다고 한다면 주인공 등 마을의 청년들이 중심이 된 개혁 운동이 어떤 식으로 그려질지 흥미로운데, 속편은 결국 나오지 않았다.

마지막으로, 이른바 시국 작품 3편에 대해서 살펴보도록 하겠다. 이 가운데 ①은 사소설 풍의 단편소설이고, ②와 ③은 장편소설이다.

① 隣りの女(이웃 여자)
② 永遠の女(영원한 여자)
③ 処女地(처녀지)

① 「이웃 여자」는, 작가로 실업신문(實業新聞)의 기자가 된 유진태(兪鎭泰)가 이사해서 사는 서울 시내 연립주택 견문기로, 거의 이석훈의 실제 체험일 것으로 보인다. 주민은 '내지인'이 많고, 그 가운데 여러모로 마음을 쓰며 살고 있는 유씨 부부였는데, 옆집 2층에 셋방을 얻어 사는 젊은 과부가 병약해서 고생을 하고 있는 것을 알고 병문안을 간다. 방공훈련에 무리하게 참가한 그녀는 역시 쓰러져서 입원하고

___

한 다음에 두 작품 사이의 관계와 유사성에 대해서 지적하고 있다.
59) 전게, 『봉도물어』293쪽.

만다. 다른 주민들이 교대로 훈련을 잘 받아낸다고 하는 애국미담풍의 이야기이다.

②「영원한 여자」는 이석훈 작품치고는 보기 드문 장편 작품이다. 1937년 봄, 동경 생활에서 도피해서 '경성'에 온 마키야마 사유리(牧山小百合)를 중심으로, 그녀를 둘러싼 몇 명의 남녀가 펼치는 연애 정황을 그리고 있다. 이러한 이야기를 주축으로 1942년까지를 다루고, 후에는 마키야마 도시오(牧山俊雄)라고 개명하는 오르간 제조공장주인 이준걸(李俊傑)의 분투하는 모습이나, 그의 동생이 지원병으로 출정에서 귀환하기까지의 이야기를 끼워 넣었으며, 또 병을 얻어서 경성에서 숨을 거두는 사유리와 그것을 간호하는 사람들의 새로운 결의(교육사업을 일으키는 계획)가 그려지고 있다. 연재물이기 때문에 통속성이 눈에 띄는데, 그것은 집필의 계기였던 신문사의 요구가, 시국을 반영한 대중소설로, '내선인(內鮮人)'을 공평하게 다룬 40회 이내의 중편[60]이라는 조건을 보게 되면 수긍이 가는 부분이 있다. 한편 비슷한 내용의 장편으로는 장혁주의 「처녀의 윤리(處女の倫理)」(1939, 단행본에서는 『아름다운 결혼(美しき結婚)』으로 개제)가 있다.

③「처녀지」는 장편으로 쓸 예정이었던 것 같은데, 1회만 게재됐을 뿐, 중단되고 만 작품으로, 개요는 다음과 같다.

1920년대말 '북만(北滿)' 천주교 마을 K촌에 만주를 유랑하고 있는 조선인 이춘추(李春秋) 일가가 도착해서, 중국인 신부들의 도움을 받아 가까운 곳에 정착한다. 그런데 그 후, 그 소문을 들은 조선인 이주민들이 속속 들이닥쳐서, 그들을 받아들일지 여부를 갖고 중국인 측의 논의

---

60) 마키 히로시 「경성일보의 『영원한 여자』에 대해서(京城日報の『永遠の女』に就いて)」(『대동아(大東亜)』1943.3)148쪽. 한편 마키 히로시 「선령(善靈)」(『국민문학』 1944.5) 102쪽에도 같은 취지의 일절이 보인다.

가 벌어진다. [제1회][61]

당초의 계획으로는 1920년대부터 40년대까지를 아우르는 장대한 스케일로 조선인 이민의 생활상을 조감하면서, 시국에 호응하는 내용을 담으려고 했던 것으로 보인다. 이석훈은 이 때, '만주'에 장기간 체재하고 있었기 때문에 이러한 소재를 쓰기 편한 환경 하에 있었지만, 그에게는 최초의 대하소설을 시도하는 것으로, 게다가 시대를 내려감에 따라서 일본의 국책에 따른 시국 해석을 보여주지 않으면 안 되는 제약 때문에 이 소설을 중도에서 포기한 것은 아닐까. 덧붙여서, 이 작품은 현재 확인된 것으로는 1945년 8월 이전 이석훈이 쓴 모든 작품 가운데 최후의 것이다.

제3절 약간의 고찰

1. 일본어로의 개작

이석훈은 때로 개작을 하고 있다. 우선 「이주민열차」(→같은 제목의 작품)이나 「유에빙 지나이 선부」(→「로짠의 사」)처럼 일본어 작품을 한국어로 번역 개작한 것이 있음은 전술했다. 또한 같은 한국어 작품 가운데서 개작한 경우로는 「결혼—가을의 일절—」을 『황혼의 노래』수록시에 「가을의 일절」로 제목을 다소 변경한 정도의 것부터, 「〈동Q〉의 구직」을 「만춘보」로 제목을 바꾸고, 등장인물의 이름이나 구성을

---

61) 졸고 「식민지기 조선과 대만의 일본어 문학 소고(植民地朝鮮と台湾の日本語文学小考)」(『연보조선학(年報朝鮮學)』2 1992.3)69쪽. 본서 제2부 제4장에 수록.

조금 변경[62]한 경우 등, 가지각색이다. 여기서는 그 가운데서 가장 중요하다고 생각되는 2가지 경우, 즉 제목을 바꾸고, 거기에 이석훈 자신이 한국어에서 일본어로 번역 개작한, 다음의 2편을 우선적으로 살펴보도록 하겠다.

① A「질투」[63](한국어) 1938년 [『현대조선문학전집 단편집 상』수록]
① B「嵐(폭풍)」(일본어) 1940년 [『조선문학선집 제3권』(일본에서 출판) 수록]

② A「사비루의 달밤」(한국어) 1941년 2월 집필.
② B「扶餘の月(부여의 달)」(일본어) 1941년 6월 집필.

①A와 ①B의 간략한 스토리는 제2절에서 이미 정리했으므로 생략한다[64]. A와 B를 대비시켜보면 두 작품은 구성상 3장으로 이뤄져 있으며, 상당히 여러 번 퇴고한 흔적이 있다. 이것을 다음의 3가지 경우로 나눠서 정리하도록 하겠다.

(가): A와 B에서 표현이 다른 경우.
(나): A에는 있지만, B에서는 삭제된 경우.

---

62) 주요한 변경점은 다음과 같다. 주인공: 반연수(경제학사) → 박기주(법학사), 친구의 여동생(짝사랑의 상대)김순애 → 추국히, 취직시험을 본 회사명: J전보통신사 → 대륙통신사 등. 또한, 장 구분과 표현을 일부, 바꾸고 있지만 내용상의 큰 변화는 없다. (주21 참조) 또 비슷한 예로, 희곡「그 여자의 지옥」→「만추」가 있다. (주25참조)
63) A 수록 전에 초출로서 「질투(嫉妬)」(『백광』1937.5)가 있으며, B수록 전에 이소협(李素峽) 번역 「질투(嫉妬)」(『동양지광(東洋之光)』 1939.3)이 있는데, 여기서는 이석훈 본인에 의한 작품의 대비 텍스트로 A, B를 최량(最良)으로 판단했다.
64) 제3기의 작품 ②

(다): A에는 없지만, B에 참가한 경우.

● (가)의 예

a [A] 그러나 칠성이로서는 그로부터 최서기가 공연히 밉살스럽고
    그에 관련하여 산월이가 의심스러웠다. 65)

a [B] (원문) それでもそれからと云ふもの崔のことが気がかりでしやう
            がなかつた｡ もともと漁業組合の書記であることを鼻に
            かけて' 支配者然としてゐるのが虫が好かないのだつ
            た｡ 66)

    (번역) 그런데도 그로부터 최가가 마음에 걸려서 어찌할 수
          가 없었다. 본래 어업조합의 서기인 것을 자랑하며,
          지배자인체 하려는 것이 어쩐지 마음에 들지 않았다.

이것을 비교해 보면 B에서 주인공 칠성이 최서기를 증오하고 있는
이유가 단순히 질투심만이 아니라, 권력을 등에 업고 있는 점에도 있
었음을 알 수 있다.

b[A] 콜록하고 뒤로 저빠진 최서기는 까닭 모를 투쟁심에 불타며
    분연히 일어나서 발길로 칠성이의 아랫쪽을 세차례 후렸다.67)

b[B] (원문)崔も訳の分からぬ憤怒にいきりたち' 然し' 力ではどうにも
          ならぬ恐怖の念に襲はれながら' 一方こんな船乗りなんかと云
          ふ優越感があつて' 滅茶苦茶に七星を噛み付いた｡ 68)

    (번역) 최도 이유를 모를 분노로 격노하여, 하지만, 힘으로는

---

65) ①A, 조선일보사, 351쪽.

66) ①B, 아카쓰카쇼보(赤塚書房), 96쪽.(원문을 대조할 필요가 있을 경우에만, 일본어
   본문을 인용하기로 한다.)

67) ①A, 357쪽.

68) ①B. 102쪽.

어떻게 할 수 없다는 공포감에 휩싸이면서도, 한편으로는
저따위 뱃놈 따위가 하는 우월감도 있어서, 칠성을 마구 물
어들었다.

b의 예에서는 A보다 B가 최서기의 심리상태를 자세하게 그리고 있
음을 알 수 있다. 동시에, 칠성의 최서기에 대한 태도를 거꾸로 하면,
바로 최서기가 칠성을 대하는 태도임을 보여주고 있다. B에서는 제목
이 「질투」에서 바뀐 것으로도 알 수 있듯이, 두 남자의 계급적인 의식
에서 비롯되는 적대감이 그 색채를 더해 가고 있다.

● (나)의 예

c[A] 칠성이는 최서기가 살점이나 있을 때는 그걸 물어 떼주고 싶을
　　이만큼 살찐 꼴이 밉살스럽더니 이번에는 뼈다귀를 부숴주고싶
　　을이만큼 야윈 꼴이 얄미워보였다. 최서기의 꼴이 아무렇게나 변
　　한대도 신기스런 미운 감정은 조금도 변함이 없었다. 저놈이 여
　　편네를 잡아먹고 내 아내에게 눈을 걸지나 않았을가? 하는 의심
　　으로 불현듯 경계하는 마음에 켜를 쳤다.[69]

d[A] 영문을 모르는 사람들은 누구의 입에서 먼저 퍼졌는지 최서기
　　와 산월이가 칠성이 없는 틈에 붙었다가 틀킨때문이라 하였고
　　또 그것을 정말로 믿는것이었다. 최서기가 상처하기 전부터 봐댕
　　기대서——이렇게 그럴듯이 꾸며대는 사람도 있었다. 바다에 사
　　는 사람들은 곧잘 이야기를 만들어대고 터문이 없는 이야기도
　　곧잘 믿고 사는 사람들이었다.[70]

일본어 작품에서는 지워진 이러한 부분은 칠성이가 질투하는 감정

---

69) ①A, 355쪽.
70) 상동, 358쪽.

을 극단적으로 익살스럽게 표현한 부분과, 칠성 주위의 바닷사람들이 소문을 좋아하는 것을 그리고 있는 부분이다. 이 부분이 없어지면, 칠성이 어째서 그토록 흥분하여 미치게 되는지 설득력이 약해진다. '질투'에 관한 요소를 줄여낸 일본어 작품은 테마가 애매해져서, 단조로운 작품이 된 느낌이 없지 않다.

● (다)의 예

e[B] (원문) そして誰からもなく声低く島の民謡が唄ひ出され゛いつの
間にか皆の者がそれに和して一つの合唱となつた゜それは
極めて素朴で単調な唄だつたが゛然し荒涼とした干潮の
後の島の海辺の自然にはしつくり調和する美しいメロデ
イーだつた゜見るからに貝堀りが楽しそうだつた゜山月
はそう云ふ朗らかな美しい労働の群の中に自分を見出し
て゛如何にも生甲斐のある生活の悦びを感ぜずには居ら
れなかつた゜そして惨めな人生から始めて救はれたやう
な゛限りない幸福感に包まれるのだつた゜ 71)

(번역) 그리고 누구라고 할 것도 없이 낮은 목소리로 섬의
민요를 부르기 시작해서, 어느새 모두가 그것에 호응
해서 하나의 합창이 이뤄졌다. 그것은 극히 소박하고
단조로운 노래였는데, 하지만 황량한 간조 후의 섬 해
변가의 자연에는 잘 들어맞는 아름다운 멜로디였다.
보는 것만으로도 조개 잡기가 즐거워 보였다. 산월은
그러한 명랑한 아름다운 노동하는 무리 속에서 자신을
발견하고, 정말로 사는 보람이 있는 생활 속에서 희열
을 느끼지 않을 수 없었다. 그리고 처참한 인생 속에
서 처음으로 구원을 받은 듯한, 한없는 행복한 기분에

---

71) ①B, 94-5쪽.

휩싸였다.

f{B} (원문) 「崔さん´ 何も奥様が死んだからつて腐ることはないでが
すよ。昔から男子三人の処女を娶ると神仙になるちゆう
て居りますだ きれいな若い娘がうようよしてゐますだ
崔さんなら花嫁の候補者が多すぎて困る位いでがせう？
いい時に妻が死んでくれるつて望んでもない幸運でがす
よ。ハッハッハッ……」／ 彼らはこんなえげつない言葉
で´崔にへつらつた。然し崔には相当こたえたと見え´
沈鬱そうな面持ちでぐでんに酔つた挙句 「酒は涙か溜
息か 心のうさの捨て所」などと呂律の廻らないあいま
いな調子でどなりながら´ダンボリ狭しと云ふ風に千鳥
足でのして行く様を´七星も二三度目撃した。そう云
ふ時七星はあんなやせつぽちの狸みたいな野郎に´うち
の山月が眼をつけられてなるものか´などと今しも山月
が追ひ廻されでもするかの様に´憎悪と嫉妬に燃る眼で
にらむのだつた。72)

      (번역) "최상, 부인이 죽었다고 해서 그렇게 낙망할 필요가
있겠시유. 옛부터 사내가 세명의 처녀와 장가를 들면
신선(神仙)이 된다는 말도 있지 않아유. 아름답고 젊
은 처녀가 우글우글합니더. 최상이라면 신부가 되겠
다는 후보자가 너무 많아서 곤란할 텐데유? 때 마침
부인이 죽다니 바라지도 않은 행복이지 뭐여유. 헛헛
헛……"／ 그들은 이러한 추잡한 말로, 최에게 아첨을
했다. 하지만 최에게는 상당히 충격이었는지, 침울해
보이는 표정으로 곤드레만드레 취한 끝에 "술은 눈물
인가 한숨인가. 마음의 시름을 날리는 곳"(일본의 당

---

72) 상동, 100쪽.

시 유행가의 한 구절＝필자주) 등의 혀가 고부라진
애매한 말투로 노래를 외치면서, 당보리(? 섬의 지명
임＝필자주) 일대를 갈지자걸음으로 함부로 걷는 모
습을, 칠성도 두어번 목격했다. 그런 때 칠성은 저런
말라깽이 같은 능구렁이 놈이, 우리 산월이를 노리고
있는 것을 두고 볼 성싶으냐 하는 식으로, 지금이라
도 산월이가 그에게 쫓기고 있기라도 하는 듯이, 증
오와 질투에 불타는 눈으로 노려보는 것이었다.

이러한 것을 보면, 한국어 작품에는 없었던, 조선의 시골 작은 섬의
소박한 낭만을 그리고 있거나, 일본어 작품 독자의 통속적 흥미를 의
식한 필치로 작품을 쓰고 있음을 알 수 있다. 이를 통해 알 수 있는
것은 애매한 테마를 통속적인 필치로 보완하고 있는 점이다.

대체로 한국어 원문 쪽이 칠성이라고 하는 조폭한 사내의 심리와
행동을 능숙하게 그려서 독특한 분위기를 조성하고 있는데, 일본어 작
품 쪽은 조선 그 자체를 잘 모르는 독자를 위해서 아무리 해도 설명조
인 것을 알 수 있다. 그러한 단조로움을 통속적인 익살로 메우려고 하
고 있지만, 어째서 그러한 이야기를 쓰고 있는가 하는 의도가 결국 잘
전달되지 않는다.

다음으로 ②「사비루의 달밤」과 ②B「부여의 달」을 살펴보기로 하는
데, 그 내용에 대해서는 이미 제2절에서 살펴본 그대로[73]이다. 두 작
품의 공통점은 자살을 하려는 이애라(李愛羅)와 그것을 만류하는 시인
김문학(金文學)이 말을 주고받고 하면서 작품의 무대인 부여가 멸망한
백제의 수도였다는 점으로 해서 조선이 일본에 병합돼 새로운 길을 걷
는 것을 숙명으로 파악하는 견해[74]가 제출되어 있는 점이다. 그 중에

---

73) 제3기의 희곡⑨

서도 일본어 B의 경우가 현저하게 시국 영합적이다. 예를 들어, 김문학의 마지막에서 2번째 대사 가운데, "분명 새로운 세기가 옵니다. 실제로 저는 이 부소산(扶蘇山) 정상에 서서, 이 산하가 점차 변해 가는 모습을 바라보면서, 어느 눈부신 시대의 환영(幻影)을 확실히 본 것입니다!"75)라고 하는 부분은 A에는 빠져있음이 확인된다. A와 B의 집필 시기는 4개월밖에 차이가 나지 않지만, B에서는 일본인 독자에게 영합하고 있는 느낌이 든다.

집필 자세가 두 작품 사이에서 대조적인 또 하나의 예를 들어보겠다. 이것은 자살을 단념한 이애라와 김문학의 대화 부분이다.

 A. 애라: (약간 부끄러운듯이)김선생때매 저는 살아났어요. 저는 과거의 경솔함을 반성해서 지금 제가 直面한 사실에서 다음의 새 운명의 길을 열어가기루 결심했어요.
   문학: 네 기쁩니다. 사실, 첨보는 부인을 무리하게 이끌구 갈수도 없고 남편되는이가 오기만 기대릴수밖에 없었죠. 그래서 된소리 안된소리 자꾸 느러났어요. 하지만 조금도 거짓말은 안했으니 안심하십쇼.76)

 B. (원문)李: (いくらか恥かしさうに)金先生のため´ あたし完全に救は れましたわ° そして　過去は過去としてこれから´ あた し´ あたしの新しい歴史をつくつて行きたいと思ひます の° あたし´ 運命の一つのポイントをつかまへました

---

74) [예] 백제는 멸망했지만, 일본에 그 문화가 전달돼, 이번에는 이 땅에 부여신궁이 건설중이라고 하는 것은, 양자 사이의 숙명이 필연적이었다고 생각하지 않나요? (대체적인 의미), 라고 하는 김문학의 대사 등.
75) 전게 『봉도물어』269쪽.
76) ②A, (『문장』1941.4) 131쪽.

わ ありがたうございます (殊勝らしく頭を下げる)
　　金：いや全くうれしいです どうぞ強く生きて下さい そし
　　　　て勇敢に貴女の幸運な歴史を切りひらいて下さい 私達
　　　　みんなが 今さういふ瞬間にあるのです お互い協力し
　　　　て強く生きようぢやないですか 愛羅さん 77)
　(번역) 이: (약간 부끄러운듯이) 김선생님 덕에 저는 완전히 살아
　　　　났어요. 그리고 과거는 과거로 생각하고 지금부터, 저
　　　　는 제 새로운 역사를 만들어 가리라고 생각해요. 저
　　　　는, 운명의 한 포인트를 잡았어요. 감사해요. (갸륵하
　　　　게도 머리를 숙인다)
　　　김: 참 정말로 기쁩니다. 부디 강한 마음으로 살아가 주
　　　　세요. 그리고 용감하게 당신의 행운이 가득한 역사를
　　　　개척해 주세요. 우리들 모두가, 지금 그러한 순간에
　　　　있습니다. 서로 협력해서 강하게 살아가야지요. 애라
　　　　상.

　A에서 김문학은 주제넘게 타인의 자살을 만류한 것에 대한 변명으
로 시종 일관하고 있지만, B에서는 자신을 포함해서 현재의 절박한 역
사적 순간을 강하게 살아가고자 결의를 표명하는 내용으로 변한다. 이
밖에, A의 도처에 산재해 있던 코믹한 내용이 B를 보면 상당 부분 줄
어서 '진지한' 이야기로 바뀐 것을 알 수 있다. 개작의 의도는 명백하
다고 할 수 있겠다. 소설 「질투」에서 「폭풍」으로 번역 개작 과정의 단
순히 조선적인 이야기를 제시한다고 하는 존재 이유와 비교해 본다면,
이 희곡의 개작은 틀림없이 시국 호응의 이데올로기를 담을 그릇으로
서의 기능을 하고 있음을 알 수 있다.

---

77) ②B, (『봉도물어』) 268쪽.

2. 「황혼의 노래」와 「봉도물어」(蓬島物語)

「황혼의 노래」(A로 약기)와 「봉도물어」(B로 약기) 두 작품은 이석훈이 실제로 1927년 봄에, 신경쇠약으로 동경에서 귀향하여, 요양을 겸해서 아버지가 선주를 하고 있는 새우업과 그 가공을 하고 있던 평안북도 정주(定州) 근저의 작은 섬(애도[艾島])에 건너가 지냈을 때의 체험을 바탕으로 했다고 함은 이미 다뤘으며, 작품의 스토리도 이미 앞에서 제시했다. 78) A와 B를 대비하면, B에서는 섬으로 건너기까지의 이야기가 없을 뿐, 대체적인 스토리는 거의 비슷하며, B는 제2부 이후를 구상하고 있었던 관계 때문인지, A보다 시간적으로 약간 압축된 정도이다. 인간관계도 사람 이름 등은 다르지만, 계몽 개량 운동의 동지 백린 (A) → 함태식 (B)으로 바뀌듯이 거의 대조할 수 있다. A에만 등장하는, 섬에 건너기 전의 혜염(惠艶)과의 연애 이야기나, B에만 그려져 있는 섬에서 영감의 첩이된 여자의 구출에 관한 이야기 등의 세부적인 구석에는 다른 점이 있다. 하지만, 그러한 차이는 전체 구조 속에서 몇몇 에피소드에 그치고 있다.

한편, B에만 나오는 개혁운동의 방법 가운데는, 뭐라고 하여도 신사 건립에 관한 이야기가 눈에 띤다. A에서는 개혁운동이라고 하면, 생활 향상을 위한 물질적 개선이나 야학 등이 중심이지만, B에서는 급진파 함태식이 우선 경제적 안정을 주장하는 것에 비해서 주인공인 백린은 정신성 향상을 우선하려는 입장을 취한다. 그리고 결국은 함태식도 그것에 동의해서 신사를 건립하기에 이른다. 여기에 1932년 작 A에서 B로 이어지는 10년이라는 시간의 경과를 재인식 할 수 있다.

---

78) 제2장 제2기의 ②(A) 및 제4기의 일본어소설 ⑩(B) 참조.

한편, A, B 두 작품의 가장 큰 차이점은, B에서는 어디까지나 주인 공이 섬에 남아서 어업에 종사하면서 섬의 젊은 지도자로서 신생활을 개척해 갈 것을 결의하고, 행동에 옮기는 부분에서 끝나고 있는 것에 비해, A에서는 섬에 있는 새우공장이 소실되자, 주인공이 어머니와 약 혼자까지 데리고 섬을 나가는 점에 있을 것이다. 본래 A에서는 주인공 철은 섬에 건너가기 전에 친구로부터 농촌에 들어가지 않겠느냐는 권 유를 받지만, 일단 사양하고 있었다. 섬 개량운동에 그런대로 성과를 올리고 있음에도 불구하고, 섬에서 생활 재건의 길을 택하지 않고, 친 구를 의지해서 농촌에 가고 마는 것이다. 어촌에서의 생활 경험밖에 없는 당시의 이석훈에게 있어서 정면에서부터 농촌을 그리는 것은 큰 짐이었을 것으로 보이는데도, 큰 구조 속에서는 어촌 이야기를 하면서 도, 마지막에 결국 이야기를 농촌으로 귀착시키고 있음이 확인된다. 이 것은 A를 집필하고 있을 당시에 최전성기를 맞이한 브나로드 운동에 관한 것이 이석훈의 뇌리를 떠나지 않았음을 의미하는 것은 아니겠는 가.

그러면, B의 창작 의도는 어디에 있었던 것일까. 연재 제1회 분이 실린 『국민문학』지의 후기에 보이는 작가의 말을 보면, "소박한 원시 적인 어느 섬의 생활을, 차분하게 차근차근 그려보고 싶다"79)라고 하 고 있다. 일본어소설집 『고요한 폭풍(静かな嵐)』(1943)을 상재했던 동 시기에 이석훈은 조선문인보국회 소설희곡 부회의 간사장으로 추거돼, 공사 모두 다망해진 상태였다. 이러한 상태에서 이석훈이 자신의 문학 과 처신을 둘러싸고 고뇌를 계속하면서, 불안과 잡음을 일단 떨쳐내고 "차분하게 차근차근" 써보고 싶다는 심경이 된 것은 충분히 이해할 수

---

79) 『국민문학』1943.9, 128쪽.

있다. 여기에 "현실성이 없는 경직된 이데올로기의 세계와는 무관한, 고향의 목가적 세계를 무대로 한『봉도물어』(중략) 등을 본다면, 수렁에 빠져 피로한 상태의 이석훈이 이러한 작품을 씀으로써 정신적 구제를 받으려고 한 것"[80]이라고 하는 해석이 성립될 여지가 있다.

하지만, 이 작품의 집필 동기는 그것에만 국한된 것일까. 이석훈은 『봉도물어』의 발문 가운데서 다음과 같이 말하고 있다.

> 나는 하나의 건전한 인간 생활의 이른바 향토문학을 꾀한 것이다. (중략) 여기서 말하는 향토문학이라는 것은, 민족주의적인 것은 물론 아니며, 또한 지방주의의 편협한 것도 아니라고 하겠다.[81]

여기서 키워드가 되는 '향토문학(鄕土文學)'이라 함은 명백히, 이석훈이 주장하는 '국민문학' 제2단계의 시도하는 바를 지칭한다. 즉, 제1기의 '결의의 문학'에서 한 발 전진해서 보다 시야를 넓힌[82] 문학의 일환(一環)이라 할 수 있다. 그러므로 「봉도물어」는 다른 일본어 작품과는 제재는 다르지만, 창작의도만 놓고 보면 이 소설도 역시 당시 이석훈 문학의 일익을 떠맡고 있었다고 할 수 있지 않을까.

그런데 문제라고 할 수 있는 것은, 이석훈 자신이 B를 A의 개작이라고 그 어디에서도 명언하고 있지 않다는 점이다. 분명히 A와 B는 사용언어도 다르고, 발표 시기도 10년이나 차이가 나기 때문에 독자층이 동일하다고 보기는 어렵다. 하지만, B는 한국어 잡지가 격감한 가운데서 유일한 문예지라 할 수 있는『국민문학』에 연재를 시작하여,

---

80) 전게(주2) 나카야마 가즈코 논문, 247쪽. (대체적인 의미)
81) 전게『봉도물어』293쪽.
82) 전게「고요한 폭풍」,「발문(あとがき)」3쪽 참조.

서울의 출판사에서 단행본으로 냈기 때문에, 그 독자 가운데는 조선인이 상당수 있었음이 확실하다. 「봉도물어」를 읽은 독자라면 10년 전에 발표된 「황혼의 노래」를 상기하지 않을 수 없을 터인데, 당시 게재 잡지나 단행본의 관계자, 혹은 독자들도 이러한 점을 지적하지 않고 있다. 그리고 두 작품의 관계에 대해서 언급한 것은 사실 1978년 사에구사 도시카쓰의 논문 「1940년대 전반기 소설에 대해서(一九四〇年代前半期の小説について)」[83]였다.

A는 브나로드 운동 관련의 전형적 작품이라고 할 수는 없다고 해도, 1930년대 초두의 개혁운동의 열기가 전해져 오는 청춘 이야기로서는, 혹은 이석훈 자신의 라이프 스토리로서 그 집필 의도와 존재 이유가 확연하다. 이에 비해서, B의 경우는 시국색을 가미하고 있기는 하지만, '국민문학'의 일환으로서의 '성공작'이라고도 생각할 수 없다. 다만, 제2부 이후를 구상하고 있었다고 한다면 어촌의 개혁운동이 시국에 호응하면서 진행되는 이야기가 될 공산이 컸다고 보는데, 본래 1940년대 상황 가운데 30년대의 이야기를 재현하여 리얼리티를 갖게 하는 것 자체에 무리가 있었다고 할 수 있다. A에서는 이상향을 건설하고자 하는 정철 등의 불타오르는 결의에는 흐뭇한 느낌이 들고, 작자 자신의 의욕을 엿볼 수 있는데, 거의 같은 운동을 하면서도 B에는 구체적인 개혁 운동에 대한 생동감이 없나. 10년 전을 회고하는 심정과, 과거의 운동을 현재의 시국에 맞춰서 재현하려고 하는 의도 등이 흐지부지하게 섞인 것이 「봉도물어」라고 할 수 있다. '향토문학'으로

---

83) 주58참조. 이 논문에서 사에구사 씨는 양자의 관계를 "같은 인물이 만약 시대를 다르게 해서 다시 한번 살 수 있는 기회가 주어진다면 어떻게 다른 방식을 보여줄 수 있을지를, 이른바 병렬적으로 보여주고 있다" (『조선학보』 1978.1, 144쪽)라고 지적하고 있다.

서의 유효성도 전술한 것처럼 의문이라고 말할 수밖에 없다. 이석훈은
용의주도하게, 민족주의적인 작품이 아니라고 변명하고 있지만, 「황혼
의 노래」가 민족주의적 색채를 갖고 있었던 만큼, 거기서 민족주의 냄
새가 나는 부분을 빼버리고 나면, 무미건조한 작품이 될 수밖에 없었
던 것이다.

3. '이석훈'과 '마키 히로시'(牧洋)

'마키 히로시'(牧洋)라는 이름을 처음 발견할 수 있는 것은, 필자의
조사에 따르면 1941년 11월[84] 『녹기』이다. 하지만, 같은 해 같은 달
다른 잡지[85]에서는 '이석훈'이라는 서명(署名)이 보인다. 다음해 42년
에 들어가자 역시 '마키 히로시'라는 필명이 많아진다. 하지만 1942년
8월 『야담』지에 발표한 소설 「라일락 시절」에서는 다시 '이석훈'이라
는 서명이 보이는 것을 보면, '마키 히로시'와 '이석훈'을 혼용하고 있
음을 알 수 있다.

그런데, 1941년 12월 '태평양 전쟁' 개전은 당연히 이석훈 한 사람
에 그치지 않고 역사상의 전환점이었는데, 이 시기 즉 1941년 말부터
43년 초에 걸쳐서 이석훈은 논설, 수필, 좌담회 등을 통해서 조선문학
과 문화의 앞날에 대해서 상당한 분량의 글과 발언을 남기고 있다. 그
가운데 중요한 것을 열거하면 다음과 같다. (*표시는 필명이 '이석훈'.
그 외는 '마키 히로시')

---

84) 마키 히로시 「반도의 신문화라고 하는 것(半島の新文化といふこと)」(『녹기(綠旗)』
　　1942.11)
85) 이석훈 「인테리 금산에 간다!(インテリ·金山へ行く！)」(『문화조선(文化朝鮮)』1941.
　　11), 이석훈「고요한 폭풍」(『국민문학』1941.11)

- 半島の新文化といふこと(반도의 신문화라고 하는 것), 녹기, 1941.
  11.
- 転換期の朝鮮文學(전환기의 조선문학), 녹기, 1941.12. *
- 文藝銃後講演會をきく(문예 총후 강연회를 듣는다), 녹기, 상동.
- 國民文學の諸問題(국민문학의 제문제), 녹기, 1942.4.
- 〔座談會〕新しい半島文壇の構想(좌담회 새로운 반도문단의 구상),
  녹기, 상동.
- 〔座談會〕半島文化の進路をかたる(좌담회 반도문화의 진로를 말한
  다), 녹기, 1942.8.
- 〔座談會〕國民文學の一年を語る(좌담회 국민문학의 1년을 말한다),
  녹기, 1942.11.
- 〔アンケート〕國語の諸問題會談(앙케이트 국어의 제문제　회담)86),
  녹기, 1943.1.
- 〔座談會〕今日の半島文学(좌담회 오늘의 반도문학), 녹기, 1943.5.

위에 열거한 논의의 중심은 지금까지의 조선문학이 '국민문학'으로
서 어떠한 형태로 전환해야 할 것인가를 논하는 것에 있다. 이석훈의
사고방식을 단적으로 설명하고 있는 것이 「고요한 폭풍」에 대한 '자작
자제(自作自題)'라는 제목의 해설87)로, 국민문학 운동이 안고 있던 당
시의 과제는 일본인으로 새롭게 태어난다고 하는 '결의의 문학'을 쓰
는 것이라고, 말하고 있다. 그리고 솜씨는 둘째 문제도 「고요한 폭풍」
은 국민문학 운동의 주류를 형성할 만한 자격이 있는 작품이라고 자부
하고 있다. 열과 성을 다해서 쓴 소설인 만큼, 그러한 자세를 높이 사
달라고 간접적이나마 호소한 것이다. 그리고 비판도 있었지만, 이석훈
의 이러한 태도는 다나카 히데미쓰(田中英光)가 "(『고요한 폭풍』은＝

---

86) 본문중의 타이틀은 「국어문제회담(國語問題會談)」.
87) 마키 히로시 「『고요한 폭풍』등(『静かな嵐』など)」(『국민문학』 1942.11)

필자 주) 서투른 감이 있지만 (중략) 그건 우둔해 보일 정도로 진지하고 정색을 한 태도로 대상과 부딪치고 있다"[88]고 인정하는 평가로 이어지고 있다.

한편, 한국어로 작품을 쓰던 작가가 일본어로 작품을 쓰는 것은 대단한 문제라고 생각되는데, 1941년 이후 일본어 작품을 주로 쓰기 시작하던 이석훈은, "대중 계몽을 위한 한국어 사용은, 자칫하면 국어 보급과 상반돼 모순에 빠지기 쉽다"[89]며 오히려 강경파적인 의견을 토해내고 있다. 이러한 '용감한' 언동과는 대조적으로 제4기(1941~45년)의 실제 작품의 대부분은 끝없는 회의와 주저함으로 채워져 있음은 앞 절에서 본 그대로이다. 발언과 실제 작품의 이러한 괴리는 무엇을 의미하는 것일까.

이석훈이 그러한 발언을 한 것은 1941년 8월에 조선문인협회 간사로 취임한 이후, 자신이 놓인 입장 때문에라도 확신에 찬 용감한 발언을 할 수 밖에 없었던 사정이 있을 것이다. 이미 1940년 12월의 시국 강연회에서 자신도 정리되지 않은 내용으로 무리하게 강연을 해서 식은땀을 흘리고 있는 모습을 우리는 작품을 통해 확인했다. 게다가, 이 파견 강연회 인선에서는 함경도 방면으로 갈 희망자가 없어서, 이석훈은 어쩔 수 없이 손을 들었던 것이다. 진지한 성격이었던 만큼, 쓸데없이 외곬으로만 깊이 생각하다 그것을 행동으로 표출하는 모습은, 대동아문학자대회(1942년 11월)에서 돌아오는 일행을 서울에서 맞이한 이석훈에게 덤벼든 친구를 사복 헌병들로부터 지키기 위해서 박치기를 한 방 먹이는 장면[90]에도 여실히 드러나 있다. 이에 대해 가와무라 미

---

88) 〔좌담회〕「새로운 반도문단의 구상(新しい半島文壇の構想)」(『녹기』1942.4) 74쪽.

89) 〔앙케이트〕「국어의 제문제회담(国語の諸問題会談)」(『국민문학』1943.1) 59쪽.

90) 다나카 히데미쓰(田中英光)「벽공보였다(碧空みえぬ)」(『녹기』1943.1) 153쪽. 한편,

나토는, "그(＝이석훈: 필자 주)는 스스로 나서서, 남보다 먼저 창씨개
명을 하고, 솔선해서 (중략) '성지참배'에 참가하였으며, 적극적으로
'국어'를 통한 '국민문학의 창조'를 위해 일했던 것이다"[91]라고 하고
있는데, 과연 그렇게까지 단 칼로 자르듯이 말할 수 있을지 의문이 든
다. 설사 솔선해서 지원을 했다고 해도, 그 행위에 이르기까지 이석훈
이 품고 있던 심경은 그리 단순한 것은 아니었을 것이다. 가와무라 미
나토(川村湊)는 이에 덧붙여서, 이석훈이 "시대상황에 안이하게 편승"
한 것은, 스스로 퇴로를 틀어막은 행동으로, '일제협력', '국민문학의
창조'를 향한 내심의 회의나 모순과 갈등에 눈을 감고 "보기도 전에
뛰"기로 한 것이다,[92]라고 하고 있다. 확실히 이 시기의 이석훈의 언
동에는 이렇게 해석할 수 있는 면도 있다. 하지만, '용감한' 언동과 주
저함으로 가득한 작품이 동거하고 있는 것을 보면, 가와무라 씨의 해
석은 확실해 보이는 '언동'을 설명한 것에 지나지 않는 것은 아니겠는
가. 오히려 언동의 볼티지가 올라가면 갈수록, 이석훈의 내심의 고뇌는
그에 비례해서 심각해져서, 그것을 작품에 투영하는 것으로 가까스로
정신의 균형을 유지할 수 있었다 할 수는 없을까. 단편 소설 「선령」의
존재는 그것을 상징하고 있는 것처럼도 보인다. "이석훈에서 마키 히
로시로 넘어가는 그의 친일 활동의 발판"[93]은, 이석훈의 공적 발언을
구분하기 위해서는 유효할지 모르지만, 「고요한 폭풍」3부작과 「어징의
끝」등의 작품을 보는 한, 그러한 '발판'이 있었다고는 볼 수 없다. '이

전게 오무라 마쓰오 논문(주55) 419-420쪽에도 이 부분은 언급돼 있다.

91) 가와무라 미나토(川村湊) 「＜술취한 배＞의 청춘(＜酔いどれ船＞の青春)」(『군상(群
    像)』 1986.8)(『＜술취한 배＞의 청춘(＜酔いどれ船＞の青春)』강담사(講談社), 1986
    수록) 123쪽.
92) 상동, 123-4쪽.
93) 상동, 127쪽.

석훈'과 '마키 히로시'라고 하는 두 종류의 서명이 혼재하는 것도 '뛰어 넘을 수' 없는 그의 주저함을 나타내고 있다고 할 수 있다.

제4절 끝내며

이번 장에서 살펴본 것을 정리하면 다음과 같다.

우선, 1945년 8월까지 발표된 이석훈의 작품을 4시기로 나눠서 개관한 결과, 제1기(1929~32년)에서는 등단기 작가에게 곧잘 보이는 소설, 시, 동화, 희곡 등 다양한 장르의 창작을 시도하고 있음을 확인할 수 있다. 이 시기 소설로는 「직업고」가 있는데, 이 작품은 이른 시기에 인텔리의 고뇌를 표현한 사소설적인 작품으로 주목된다. 또한 일본어 작품 「유에빙 지나인 선부」와 그것을 바탕으로 한 한국어 단편 「로짠의 사」는 후일 고향 섬을 무대로 한 소설의 원형을 살펴볼 수 있는 초기의 작품이다. 더구나 이 작품들은 「직업고」와 마찬가지로 사회적 정의에 눈을 돌린 작품인 것이 확인된다. 이러한 작품을 통해 이 시기 이석훈의 청년다운 비분 혹은 비판 의식을 엿볼 수 있다.

제2기(1933~36년)에는 연재물 중편소설이 등장한다. 이 시기의 대표작은 「황혼의 노래」인데, 이 소설은 고향 근처의 어촌을 주요한 무대로 하면서, 1930년대 전반기에 유행했던 브나로드 운동에 호응한 소설군의 일각을 점하고 있다고 평가할 수 있다. 또한, 이 시기에는 자전적 혹은 사소설적인 작품도 많은데, 그 가운데서 중편 「회색가」는 당시의 고등유민적인 문사들의 생활과 심정이 담겨져 있다. 이 작품은 동시기의 채만식이나 박태원 등이 즐겨 쓴 룸펜 인텔리의 방황을 그린 작품군과 동질적인 소설임을 알 수 있다. 이석훈은 제2기에 다채로운 경향의 작품을 남기고 있는데, 일반적으로 사회 비판 의식이 강한 작품을 쓰고 있음이 확인된다. 한편, 제2기에 집중되고 있는 희곡에서는 여성의 입장에 초점을 맞춰서, 남성 중심 사회를 비판적인 견해로 분석하고 있는 특징을 보여준다. 그것과 동시에 제2기에서는 오락적인 작품도 발표되며, 이 시기에 이석훈 문학은 단숨에 전면적으로 꽃을 피웠다 할 수 있다.

제3기(1937~40년)에는 제2기 보다 작품수는 다소 줄었지만, 기상천외한 스토리 전개로 독자를 사로잡는 연애물을 중심으로 한 오락적인 성격의 작품이 증가한다. 한편으로는 「라일락 시절」이나 「여자의 불행」에서 1930년대 전반기의 희망과 이상이 무너져 가고 있는 인텔리 청년(전자)과, 그 수년 후 모습(후자)를 그리고 있다. 또한, 「회색가」의 계보를 잇는 중편 「춘소」도 쓰고 있는데, 다소 통속적인 색채가 강하여, 시대의 분위기와는 반드시 일치하지 않는 낙천성을 보여주고 있다.

제4기(1941~45년) 한국어 작품은 43년까지 계속해서 발표되지만, 신변잡기적인 이야기가 그 대부분을 점하며, 군국적인 소재의 작품도 등장하고 있다. 한편으로, 「기쁨의 날」처럼 진학 문제를 다룬 꽤 잘 써진 작품도 있다. 하지만 제4기 작품의 중심은 누가 뭐라해도 일본어 작품으로, 그 가운데 대부분을 점하고 있는 사소설적 작품군은 특히 주목을 요한다.

특히 「고요한 폭풍」 연작과, 그것에 이어지는 「선령」에서는 이석훈 자신의 시국에 대한 처세와 문학의 방향에 대해서 고뇌하는 모습을 적나라하게 표현하고 있다. 이 시기에는 시국물도 쓰고 있는데, 스스로 '국민문학'의 깃발을 높이 치켜세운 '결의의 문학'을 실천하겠노라 선언하고 있는 것과는 모순되게, 많은 작품에는 회의와 주저함이 사라지지 않고 남아있음을 읽어낼 수 있다.

이상으로 제4기에 걸친 구분은 이석훈의 연보상의 구분에 따른 것인데, 이석훈 문학 경향의 변천을 더듬어 가는 시기 구분으로서도 충분히 유효하다 할 수 있다. 게다가 제1기는 그렇다고 해도, 제2기 이후부터는 이석훈이 각 시기별 한국근대문학의 전형적인 경향과 추이를 동시에 수용하고, 더구나 그것을 바탕으로 적극적으로 발신한 면이 있음을 작품을 통해 확실히 짚어 낼 수 있다.

한편, 제3절에서는 앞 장의 작품 개관을 통해, 3가지 관점에서 고찰을 시도했다.

첫 번째로, 한국어 작품에서 일본어 작품으로 개작되는 과정의 문제로, 그 예로서는 ①「질투」→「폭풍」과, ②「사비루의 달밤」→「부여의 달」의 예를 들었다. 전자에는 한국어 작품 쪽이 당연히, 조선적 정서를 묘사하는 데 위화감이 없고, 거꾸로 일본어 작품에서는 그것을 독자에게 설명하려고 해서 단조로운 작품이 된 느낌이 없지 않다. 또한, 후자에서는 일본어 작품 쪽이 월등히 시국에 영합하는 경향이 있음을 작품을 통해서 밝혀냈다.

두 번째로, 「황혼의 노래」와 「봉도물어」의 관계인데, 후자가 전자의 번안적인 개작인 것이 작품 발표 당시에는 일반적으로 인식되지 않았음을 지적했다. 「봉도물어」는 전자가 발표된 지 10년 후에 '향토문학'이라는 이름을 걸고 개작을 시도했지만, 그것은 성공하지 못했다.

세 번째로, '이석훈'에서 1942년 경, 결단을 하고 '국민문학'을 짊어지는 '마키 히로시'로 변신했다고 하는 견해에 대해서 살펴보았다. 이석훈은 언동을 통해서 실제로는 몇 번이고 '발판'을 띌지 말지를 두고 반복한 끝에, 그것을 "건너 뛰"지 못한 모습을, 언뜻 보기에 '용감한' 발언과 대비시키면서 작품을 통해 분석해 보았다.

이번 장은 이석훈 연구가 활발하지 못한 현상을 감안해서, 기초가 되는 작품 정리부터 출발할 수밖에 없었던 만큼, 이석훈의 경력 자체를 재검토해서 그 의미를 음미하고, 작품과의 관련 양상을 검토하는 것이 소홀해졌다. 또한, 작품론으로서도 동시기의 다른 작가의 작품과의 대비도 할 수 없었다. 한 가지 구체적인 예를 들자면, 이석훈의 러시아어나 러시아 문학에 대한 관심과 창작 번역 등의 관계나, 같은 연령대의 작가로 러시아 문학자이기도 했던 함대훈(1907~49)과의 관계를 고찰하는 것 등 검토해야 할 점은 산재해 있다. 더욱이, 1945년 이후 창작 활동 및 언동을 시야에 넣고 연속적이고 종합적인 이석훈 연구가 수행될 필요가 있음은 당연한 것이라 하겠다. 많은 산적한 과제가 있음을 확인하는 것으로, 우선 각필하기로 한다.

【부기】 본고 집필 시에, 이석훈 재학 사실 등의 확인을 위해 진력해 주신 와세다대학 명예 교수 오무라 마쓰오 교수 및 같은 대학 교무부 각위, 그리고 자료의 입수(특히 『경성일보』, 『야담』, 『녹기』등) 그 외에 큰 도움을 주신 와세다대학 교수인 호테이 도시히로(布袋敏博) 씨에게 깊은 감사를 표하고 싶다. 참고로, 호테이 씨는 1995년 12월 서울대에 제출한 석사 논문 「일제말 일본이 소설연구」에서 이석훈 관계 자료에 대해서도 치밀한 고찰을 하고 있다. 또한, 인천대학교 오양호(吳養鎬)교수님에게도 감사를 드리고 싶다.

이석훈 연보 [1907~50년]

1907년 1월 27일, 평안북도 정주군(定州郡) 정주면 성내동(城內洞) 529번지
에서 출생.

(아버지: 이준기[李埈基], 어머니: 방준원[方埈媛] 사이의 장남)

1920년 3월, 정주 공립 보통학교 졸업.

4월, 평양 고등 보통학교 입학. (하숙: 창전리[倉田里], 동실에는 한
때 양주동[梁柱東]이 있 었다고 함) ※1921년 4월 입학했다는
설도 있다.

1925년 3월, 동 고보 졸업 (4년 수료라는 설도 있다.)

1926년 4월 26일, 일본 제1 와세다 고등학원(문과) 입학.[주소] 東京市外大
井町坂下2786´ 天野政·方.(보증인도 같은 사람) 5월 28일, 신
경 쇠약으로 동경역을 통해 조선으로 귀향. 9월 7일~다음 해
27년 3월 30일까지 휴학.

1927년 3월 30일, 동고등학원 퇴학. (이유: 질병) 고향 근처의 애도(艾島)에서
다음 해 28년 말까지 요양.

1928년, 같은 고향 출신인 김득신(金得信, 평양서문고녀[平壤西門高女] 졸업,
1985년 사거)과 결혼.

1929년 가을, 오사카마이니치(大阪每日) 신문 통신원 겸 경성일보 '특파원'으
로 이후 3년간, 춘천에서 거주. 이 해에 장남 호우(虎羽) 출생.
이후 4남을 갖는다.

1930년 1월, 동아일보 신춘문예에 희곡 「궐녀는 왜 자살했는가?」가 당선.

1932년 서울에서 개벽사에 입사해서, 『제일선(第一線)』을 채만식, 안회남 등
과 편집. 종로구 도염동(都染洞) 에 거주. 차남 대우(大羽) 출생.

1933년 4월 26일, 경성방송국 제2방송[JODK] 개국과 동시에 조선방송협회
에 취직. 방송부에 배속돼, 아나운서 업무도 담당. 이 해 극예술

연구회에 입회.

1935년, 이 해, 사직동에 거주. 김유정과 이웃에 산다. 이해, 유치진과 논쟁. 3남 승우(勝羽) 출생.

1936년, 신변에 관한 일로 1년여 동안 괴로워하다, 우울증에 걸리다. 5월, 창작집 『황혼의 노래』출판. 같은 달 31일, 출판기념회[발기인: 유진오 등]. 가을에 평양방송국으로 전근하여, 방송 주임이 된다. [11월 15일, JBBK개국]. 평양 남교(南郊)의 오야리(梧野里)에 거주. (상수리[上需里]33번지라고도 한다)

1937년, 봄 이후, 월간 문예지 『낙랑문고(樂浪文庫)』를 창간.

1938년 봄, 차남 대우가 교통사고로 오른 쪽 다리를 절단. 8월 25일 이후, 함흥 방송국에 전근해서, 방송 과장이 된다. [10월 30일, JBDK 개국]. 함흥에서 한설야(韓雪野), 김송(金松) 등과 문인 극단 '문예좌'를 결성.

1939년 5월, 서울에서 조선일보사에 입사해서, 출판부에 근무.『조광』,『여성』등의 편집에도 종사한다. 10월말, 독채를 사서 교외로 거처를 옮김. (경기도 창동[倉洞])

1940년 봄, 조선일보 폐간 직전에 퇴직. 12월, 조선문인협회 파견의 시국 강연회에서 함경도 지방 파견단의 일원으로 활동한다. [제4반: 杉本長夫, 寺本喜一, 咸大勳 등과 동행]. 4남, 민우(民羽) 출생.

1941년 여름, 일간 공업신문사(工業新聞社, 본사는 오사카] 지국에 기자로 취직하지만 적응하지 못하고, 늦가을에 바로 퇴직. 그 무렵, 녹기연맹(綠旗聯盟) 편집부 촉탁이 된다. 8월, 조선문인협회 간사에 취임. 11월, 동 문인협회 파견 성지순례단의 일원으로 '내지'로 향함.

1942년 9월, 조선문인협회 총무부 상무(常務) 취임. [다나카 히데미쓰(田中英光)′ 김용제와 함께]. 11월 제1회 대동아문학자대회 종료 후, 「만몽(滿蒙)」대표 바이코프 등을 맞이하여 환대. 12월 '만주국'

간도성 정부의 초대로 조선인 개척촌 시찰. (~다음 해 1월)

1943년, 이 무렵의 거처는: 京城府彌雲町 2 番地. 6월, 일본어 작품집 『고요한 폭풍(静かな嵐)』 간행. 이 작품으로 국민총력 조선연맹의 국어문예 연맹상을 수상. 같은 달, 조선문인보국회의 소설 희곡부 간사장으로 선출됨. [회장=유치진]. 8월, 숙부가 곤경에 처한 것을 듣고, '신경(新京)'(＝長春)으로 향함. 이후, 해방까지 만주에 거주하며, 만선일보사에서 근무.

1944년 5월, 일시적으로 서울로 향함. 여름~이른 가을까지. 만주국 빈강성(濱江省) 신홍촌, 무순(撫順) 교외의 이석채(李石寨) 농장을 시찰. 9월 하순, 서울로 감. 김종한(金鍾漢)의 죽음을 애도. 11월 다시 서울로 감.

1945년 3월, 일본어 작품집 『봉도물어(蓬島物語)』 간행. 8월 해방을 장춘(長春)에서 맞이함. 9월 서울로 돌아옴.(鐘路區彌雲洞2番地 집에서 칩거) 번역으로 생계를 세움. 12월, 『백민(白民)』 창간, 편집에 종사함.

1947년 9월, 『순국혁명가열전』 간행.

1948년 『문학감상독본』 간행. 이 해, 해군 정훈장교(중위)로 입대.

1950년 국방부 정훈국을 거쳐 해군정훈감 서리가 됨. 4월 경 제대. 6월 6·25발발. 7월 9일 인민군에게 체포돼, 정치 보위부(保衛部)에 연행 서대문 교화소(敎化所)에 수감 후, 행방불명.

※ 본 약력은 저자의 조사와 김용성(金容誠) 편 『이주민열차(외)』(범우, 2005년) 권말의 '작가연보'를 참조해서 작성했다. 또한 이석훈의 4남 이민우 씨의 대학 시절의 동창생이신 조희웅(曹喜雄) 교수의 협력을 얻었음을 특기하며, 깊이 감사드린다.

이석훈 작품일람 [1929~45년]

※ (1-1)등은 1권 1호라는 표기이며, 제목 표시는 원문 그대로 하는 것을 원 칙으로 하고, 일본어 작품의 제목 표시는 원문과 그 옆 괄호 속에 뜻을 적 었다. 게재지는 되도록 한글로 표기했다.

※ 주기가 없는 것은 단편 소설이며, 수필, 평론, 번역 등은 생략했다.

[한국어 작품]

1. {동화} 아버지를 차저서, 조선일보, 1929.10.31~11.7.

2. {희곡} 厭女는 왜 自殺햇는가?, 동아일보, 1930.3.4~9. (전6회) ※[서명: 李錫熏]

3. {시} 서울구경, 동아일보, 1932.3.29~4.1. [전4회]

4. {꽁트} 墮落한 天使, 조선일보, 1932.5.6.

5. 職業苦―이던 新聞記者의 日記―, 매일신보, 1932.5, 11, 12. [전3 회]

6. {시} 수염, 매일신보, 1932.6.3.

7. 放浪兒, 동광 34호, 1932.6.

8. 로짠의 死, 1932.11, 이후 (집필)

9. {희곡} 그女子의 죽음, 동아일보, 1933.1. ※[실작미상]

10. 이주민열차, 제1선, 1933.2.

11. {희곡} 그들兄弟, 제일선(第一線), 1933.3.

12. {중편} 黃昏의 노래, 신동아 20~26호, 1933.6~12. [전7회]

13. {라디오드라마} 騎士위리예, 조선일보, 1933.7.2,6~9,11. [전6 회]

14. {희곡} 厭女의 人生哲學, 신여성, 1933.8.

15. 厭女의 길, 신여성, 1933.10~11. [전2회]

16. {라디오드라마} 금붕어, 조선일보, 1933.10.29. ※[개요만 있음] (같은 날 방송 됨)

17. {단편집=꽁트 5편} 夫婦·그들의 戀愛·懺悔·思慕·友情, 조선문학, 1933.11.

18. 봄의 序曲, 1933.11. (집필)

19. {희곡} 醜, 중앙4~5호, 1934.2~3.

20. {꽁트} 寒夢, 신여성(8-3), 1934.4.

21. {시} 春川風物誌, 月刊每申, 1934.6. ('32년 7월19일 작의 구고)

22. {꽁트} 눈물의 散文詩, 중앙 11호, 1934.9.

23. 사내世上, 1934.10. (집필)

24. 狂人記(前篇)──幸福스런사람─, 조선일보, 1934.11.22~12.2? [전9회?: 최종회 미확인(11월 24일은 연재를 쉼)]

25. {희곡} 그 女子의 地獄, 중앙 13호, 1934.11.

26. 「동Q」의 失戀, 중앙 14호, 1934.12.

27. 甲武館主人, 1935.1. (집필) ※ 필자(白川) 미견

28. {꽁트} 가난 病, 조선문단(4-3), 1935.6.

29. 四葉클로버의 꿈, 여성1~2호, 1936.4~5. ※[2호: 미확인]

30. 結婚──가을의 一節──, 조광 3호, 1936.1.

31. 「동Q」의 求職, 사해공론 12호, 1936.4.

32. {꽁트} Q君과 밤車, 여성 2호, 1936.5.

33. {중편} 灰色街, 조선일보, 1936.5.8~29. [전15회]

34. 情夫, 여성 3호, 1936.6.

35. {꽁트} 初戀, 여성 12호, 1937.3.

36. {시} 平壤서장대에서, 백광 3-4合輯, 1937.3.

37. 嫉妬, 백광 5집, 1937.5.

38. 「퀘이트」의 젊은 未亡人, 여성 26호, 1938.5.

39. 女子의 不幸, 조광 34호, 1938.8.

40. 「카이제르」와 理髮師, 조광 40호, 1939.2.

41. 晩春譜, 농업조선 19호, 1939.7. [「『동Q』의 求職」의 개작]

42. {희곡} 晩秋, 문장 7집, 1939.7.

43. 라일락時節, 문장(1-7), 1939.8.

44. 暴風雨의 밤, 야담 45호, 1939.9.

45. 소작인 덕보, 청색지(靑色紙) 8호, 1940.1.

46. {중편}白薔薇夫人, 조광 51~56호, 1940.1~6. [전6회]

47. 바다의 嘆息, 태양, 1940.2~3 합병호, ※ 필자 미견

48. {중편} 春宵──그들과 그女子들──, 매일신보, 1940.3.30~
    5.11. [전39회]

49. {?} 하르빈의 秘密, 신세기, 1940.4. ※ 필자 미견

50. 負債, 문장(2-5), 1940.5.

51. 流浪──一名룸펜氏──, 인문평론 9집, 1940.6.

52. 再出發, 문장(3-2), 1941.2.

53. {희곡} 泗沘樓의 달밤, 문장(3-4), 1941.4.

54. 愛犬家의 手記, 춘추, 1941.6.

55. {暴露読物} 하와이哀史, 야담 75호, 1942.3. ※ 필자 미견

56. 生活의 發見, 야담 78호, 1942.6.

57. 丁香花 필 때, 야담 80호, 1942.8.

58. 南으로 가는 젊은이, 야담 80호, 1942.8.

59. 하늘의 英雄, 야담 84호, 1942.12.

60. 기쁨의 날, 야담 90호, 1943.6.

《단행본》

● 『短篇集 黃昏의 노래』, 1936.5.
  한성도서 주식회사, 18편 수록 (19편 가운데「愛憎短篇集」은 5편의
  꽁트를 통틀어 이름지은 총칭이므로 제외.) [본문 주14 참조]

[일본어 작품]

●{시} 부산일보, 1929.8.20~30.3.14. 사이에 20편. 하이쿠(俳句) 및
  그 외의 작품도 약간 있다.

1. {동요} 蹄鉄屋の爺さん(제철옥의 할아버지), 부산일보, 1929.1.18.

2. 五錢の悲しみ(上)(下)(5전의 슬픔 상하), 부산일보, 1929.8.28~29. [전2회]

3. 平家蟹の敗走(조개치레의 패주), 1929.10.23~26. [전4회]

4. ホームシック(홈식크), 부산일보, 1929.11.29. (서명: 石井薫)

5. 澱んだ池に投げつけた石(탁한 연못에 던진 돌), 부산일보, 1929.12.1. (서명: 石井薫)

6. ある午後のユーモア(어느 오후의 유머), 부산일보, 1929.12.3.

7. おしろい顔(분칠한 얼굴), 부산일보, 1929.12.7.

8. {俳句}朝鮮人俳壇(上)(下)朴魯植推薦(하이쿠 조선인 하이단 상하 박노식추천), 경성일보, 1929.12.28,29.

9. バリカンを持った紳士(바리캉을 가진 신사), 부산일보, 1930.1.17. (서명: 石井薫)

10. 大森の追憶(오모리의 추억), 부산일보, 1930.2.26~3.2.[전7회] (서명: 石井薫)

11. やっぱり男の世界だわ！(역시 사내들의 세계네요!), 부산일보, 1930.3.6,10,11. [전3회]

12. {꽁트}家が欲しい(집이 갖고 싶다), 경성일보, 1932.6.1.

13. {꽁트}堕落した男(타락한 남자), 경성일보, 1932.6.28.

14. 楽しい葬式(즐거운 장례식), 경성일보, 1932.9.3,4,6.[전3회]

15. ユヱビン支那人船夫(유에빙 지나인 선부), 경성일보, 1932.11.13,15~18,20,22. [전7회] ※(마지막 3회분의 타이틀은 「ユヱビンと支那人船夫」)

16. 移住民列車(이주민열차), 경성일보, 1932.10.14~16,19,20. [전5회]

17. 嵐(폭풍), 1940.12. 이전, (『朝鮮文學選集』第3卷,赤塚書房에 수록)

※(「嫉妬」를 작가 스스로 번역한 것.)

18. ふるさと(고향), 녹기(6-3), 1941.3.

19. 黎明──或る序章──(여명－어느 서장), 국민총력(3-4), 1941.4.
   ※(『静かな嵐』에는 「或る序章」로 개제.)

20. 扶餘の月(부여의 달), 1941.6. (집필)

21. {俳句}偶吟集(하이쿠 우음집), 삼천리, 1941.7. [전6구]

22. インテリ·金山へ行く！(인털레 금산으로 간다!), 문화조선(3-6),
   1941.11.

23. 静かな嵐(고요한 폭풍), 국민문학(1-1), 1941.11.

24. 隣の女(옆집 여자), 녹기(7-3), 1942.3.

25. {희곡}光明〔放送用〕(광명－방송용),1942.4. [집필]

26. 東への旅(동으로의 여정), 녹기(7-5), 1942.5.

27. {꽁트}どじょうと詩人(미꾸라지와 시인), 문화조선(4-3), 1942.5.

28. 夜(静かな嵐·第2部)(밤－고요한 폭풍 제2부), 국민문학(2-5),
   1942.6. [5,6월합병호]

29. 先生たち(선생님들), 동양지광(4-8), 1942.8.

30. 永遠の女(영원한 여자), 경성일보, 1942.10.28～12.7. [전41회]

31. 静かな嵐(完結篇)(고요한 폭풍－완결편), 녹기(7-11), 1942.11.

32. 漢江の船唄(한강의 뱃노래), 신여성(1-11～12), 1942.11～12.

33. 旅のをはり(여정의 끝), 녹기(8-6), 1943.6.

34. 北の旅(북으로의 여정), 국민문학(3-6), 1943.6.

35. (辻小説)豚追遊戯(쓰지소설－돈추유희), 국민문학(3-7), 1943.7.

36. (辻小説)最後の家宝(쓰지소설－최후의 가보), 신시대(3-8),
   1943.8.

37. 血縁(혈연), 동양지광(5-7), 1943.8.

38. (장편)蓬島物語(第1回)(요모기섬 이야기 제1회), 국민문학(3-9),
   1943.9.

39. (辻小説)母の告白(쓰지소설－어머니의 고백), 조광 95호, 1943.
   9.

40. 母のよろこび(어머니의 기쁨), 신태양(14-11), 1943.11. ※(『蓬島

物語』에서는 「崔龍とその母」로 제목을 바꿈.) ※ 필자 초출 미
견.
41. 善靈(선령), 국민문학(4-5), 1944.5.
42. {장편}處女地〔第1回〕(처녀지-제1회), 국민문학(5-1), 1945.1.

〔발표 시기 등이 확인되지 않은 것〕

● 이대장(李大将), 1943년? (『봉도물어(蓬島物語)』에 수록)

《단행본》

● 『고요한 폭풍(静かな嵐)』, 1943.6. 매일신보사, 9편 수록. (고요한
   폭풍´ 고향(ふるさと)´ 선생님들(先生たち)´ 동으로의 여행(東への
   旅)´ 어느 서장(或る序章)´ 옆집 여자(隣りの女)´ 금산에 가다(金
   山へ行く)´ 한강의 뱃노래(漢江の船唄)´ 영원한 여자(永遠の女))
● 『봉도물어(蓬島物語)』, 1945.3, 보문사. 7편 수록(봉도물어, 선령
   (善靈), 이대장(李大将), 최용과 그의 어머니(崔龍とその母), 북으
   로의 여행(北の旅), 부여의 달(扶餘の月), 광명(光明))

※ 본 작품 일람은 기본적으로 필자가 조사한 것인데, 『부산일보』소
   재의 1929~30년에 걸친 일본어 작품 등에 대해서는 오오무라
   마쓰오(大村益夫), 호테이 도시히로(布袋敏博) (편) 『조선문학 관
   계 일본어 문헌목록(朝鮮文学関係日本語文献目録)』(緑蔭書房제
   작, 1997년)을 참고해서 전기(轉記)하였다.

제3장 정인택의 일본어 소설에 대해서

제1절 시작하며

일제시대에 일본어로 창작활동을 한 한국의 작가 및 그 작품에 대한 연구는, 임종국의 『친일문학론』(1966) 등을 제외하면, 그다지 활발한 연구가 이뤄지지 않았다. 그 이유는 이러한 문학이 '한국문학'과 '일본문학' 사이에 끼어있어서 양쪽으로부터 누락된 것이 가장 큰 원인이다. 또한, 한국에서는 당시에 일본어로 창작을 한 것 자체를 비판적으로 보는 풍조가 강했었기 때문에 접근하기 힘든 것도 있었다. 필자는 지금까지 '장혁주 연구'[1]와 관련해서, 그러한 '일본어문학'에 대해 다소 고찰을 시도해 왔다. 이번 장에서는 그 일환으로 정인택을 다뤄보도록 하겠다.

정인택은 1909년, 구 한국의 계몽 활동가 정운복(鄭雲復, 1870~1920)의 차남으로 서울에서 태어나, 만 11살이 되던 해 아버지와 사별했다. 그 후, 경성 제1고등보통학교를 졸업하고, 1928년 경성제대 예

---

1) 졸고, 동국대학교 대학원, 1989.12.(『장혁주연구』, 동국대학교 출판부, 2010.1.에 개고해서 수록.)

과 문과 B조(組)에 진학하지만 중퇴하고, 동경에 4년 정도 유학한다. 유학 후 1934년에는 『매일신보』사 학예부에 근무하다가, 『문장』사에 옮겨 기자와 편집자로 근무한다. 1942년에는 조선문인협회 간사, 다음해 43년에는 조선문인보국회(報國會) 간사, 45년에는 조선문인보국회 소설부 간사장을 역임한다. 해방 후 행적을 보면, 6·25 때 월북해서 1953년에 병사했다고 전해진다.[2]

해방 전 작가적 행로를 살펴보면, 1930년에 한국어 작품 「준비」로 『중외일보』신인현상 소설에 2등으로 당선돼 등단하며, 1945년까지 한국어로 약 40편의 소설을 발표한다. 한편, 1937년경부터 일본어로도 창작을 시작해서, 1940년부터 45년까지 약 15편의 일본어 소설을 발표한다. 단행본도 『청량리계외(淸凉里界隈)』(1944), 『다케야마 대위(武山大尉)』(1944) 2권을 남기고 있으며, 앞의 책으로 1945년 제3회 '국어문학총독상(國語文學總督賞)'을 수상한다. 그 외에, 이태준의 단편집 『복덕방(福德房)』(모던일본사 1941)을 번역하기도 한다.

정인택의 일본어 소설 리스트를 나열하면 다음과 같다.

- 「다 보지 못한 꿈(見果てぬ夢)」 『조선화보(朝鮮畫報)』1940.1→《청량리계외》 수록 시 「빈(濱)」으로 제목 변경.
- 「청량리계외(淸凉里界隈)」 『국민문학』1941.11. (A)[3] →《청량리》 수록
- 「껍데기(殼)」 『녹기』1942.1. →《청량리》 수록

---

2) 이상, 조선문인협회 편 『조선국민문학집(朝鮮國民文學集)』, 동도서적주식회사(東都書籍株式會社), 1943.4. 권말의 약력, 정인택 「서재(書齋)」, 매일신보, 1937.3.4. (수필) 등을 참조해서 재구성했다. (1952년 사망설도 있음)

3) 후에, 상게 『조선국민문학집』(1943.4) (B), 또한 단편집 『청량리계외』(조선도서출판주식회사, 1944.12) (C)에 재수록된다. (B) → (C) 사이에는 약간의 차이가 있다. (후술) [※ 이하, (C)의 단편집을 《청량리》로 약칭한다]

- 「우산-어른들의 동화-(傘-大人のお伽噺-)」『신시대』1942.4. → 《청량리》 수록
- 「색상자(色箱子)」『국민문학』1942.4. →《청량리》 수록
- 「만년기(晩年記)」『동양지광』1942.5. →《청량리》 수록
- 「농무(濃霧)」『국민문학』, 1942.11.
- 「참새를 굽다(雀を焼く)」『문화조선』1943.1. →《청량리》 수록
- 「불초의 아이들(不肖の子ら)」『조광』1943.9. (※『辻小説』)
- 「뒤돌아보지 않으리(かへりみはせじ)」『국민문학』1943.10. →『新半島文學選集　第一輯』인문사, 1944.5. →《청량리》 수록
- 「애정(愛情)」[1943 ?]→『반도작가단편집(半島作家短篇集)』조선도서출판주식회사, 1944.5.
- 「아름다운 이야기(美しい話)」[1943 ?]→《청량리》 수록
- 「개나리(連翹)」『문화조선』1944.5. →《청량리》 수록
- 「각서(覚書)」『국민문학』1944.7. →《청량리》 수록 4)
- 『반도의 독수리 다케야마 대위(半島の陸鷲　武山大尉)』1944.6. (매신 황민총서　제2편(毎新皇民叢書第二篇) 수록.

　위 가운데 본 장에는, 전기소설 「다케야마 대위」5)를 뺀 장편(掌篇)과 단편, 도합 14편을 검토하기로 한다.

---

4) 《청량리》에 수록될 때, 말미 부분을 개고. (후술)

5) 다케야마(武山) 대위＝조선인(본명＝최명하[崔鳴夏])의 전사를 다룬 것에는 「붕익(鵬翼)」(『조광』 1944.6)이라는 한국어 작품이 있다. 또한 「다케야마 대위에 관한 것들(武山大尉のことども)」(『조선』 1944.2)이라는 수필도 쓰고 있다.

제2절 주요 작품 개요

(1) 청령리계외6)

'내'가 이사한 청령리 집 뒤편에 인문학원(人文學院)이라고 하는 볼품없는 초등 교육 기관이 있다. 가난한 집안의 아이들이 열심을 다해 배우는 모습에는 눈물이 나왔다. 하지만 그들은 개구쟁이들로 '내'가 사는 집의 물펌프를 고장내서, '나'는 결국 물을 받으러 다녀야 하는 지경에 이른다. 그것을 계기로 이웃에 사는 가난하지만 선량한 사람들과 교제가 시작된다. 게다가, 아내는 애국반장에 뽑혀서 방공호를 만드는 것에도 열중한다. 하지만 '나'는 학원을 새로 짓는 것이 선결 과제라고 아내를 설득한다.

(2) 껍데기

학주(鶴柱)는 몰락한 양반 집안의 차남으로 고학을 한 끝에, 월급쟁이가 돼서 경성에서 일본인 시즈에(静江)와 사는데, 이미 아이도 두고 있다. 하지만 아버지가 상당히 완고해서 결혼을 승낙해 주지 않는다. 마침 그때, 고향에서 아버지가 위독하다는 전보를 받고 2년 만에 귀향하는데, 부친은 병상에서 명목만이라도 한국인과 결혼하라고 말한다. 고민 끝에, 학주는 형에게 후사를 맡기고 고향집을 뛰쳐나온다. 그 뒤를 동생이 따라오며 자신도 경성에 가서 공부해서, 언젠가 지원병이 되고 싶다고 호소한다. 학주는 고개를 끄덕이는 수밖에 없었다.

---

6) (B) 와 (C) 에 수록된 것에 따름.

(3) 색상자

정숙(貞淑)은 3대에 걸쳐 모셔온 이판서 댁을 뛰쳐나와서, 무턱대고 여공을 시작으로 해서 하숙집 경영을 시작으로 여관 경영자에까지 오른다. 정신을 차려보니 어느새 50살. 정숙은 마차를 끄는 말과도 같았던 인생을 개탄한다. 조용히 여생을 보내고 싶어진 그녀는 교외에 집을 신축해서 옮기고, 혼수 도구인 색상자를 열어 보며 당시를 그리워한다. 하지만 너무 조용한 생활도 어딘지 아쉬워서, 옛 주인집을 방문해 본다. 하지만 주인집은 몰락한 데다 마님이 임종을 맞이하고 있었다. 정숙은 장례식까지 치러주고, 주인집 장남을 돌봐주겠다고 제안한다. 앞으로는 돈을 쓰는 것으로 마음의 평안을 구하려고 했다. 하지만 주인집 장남으로부터 그러한 돈이 있으면 방공호라도 만들라고 거꾸로 제안을 받고서, 그녀는 애국반에 문의를 한다.

(4) 만년기

완고한 박노인은 사업에 실패하고 선대의 유산을 탕진하고 폭삭 늙는다. 아들은 5년 전 집을 나간 후 연락이 없으며, 딸 옥순(玉順)도 최근에는 고분고분하지 않다 "일에도 생활에도 실패를 하고, 절망과 피로를 느끼기 시작할 무렵, 노인은 무엇보다도 경성 거리에 신물을 내고, 간절히 귀향하고 싶다는 마음을 품었다".7) 헐값으로 집을 팔고 무리를 해서라도 귀향을 하려 했지만 결국 돌아올지도 모르는 아들을 위해서라도 좀 더 이곳에서 버티자고 마음을 고쳐먹는다.

---

7) 《청량리》 123쪽.

(5) 농무

한국인 천전(千田)은 농사일이 싫어서 출분해서 결국, 용맹스러운 트럭 운전수로 만주 일대를 누비고 다닌다. 어느 날 우연히 현(県)의 개척민 명부에서 아버지의 성함을 발견한다. 일가가 간도성(間島省) 유수둔(柳樹屯)에 입식한 것 같았다. 가족이 자신을 찾고 있을지도 모른다고 생각하자 눈물이 흘렀다. 하지만 매일같이 '비적(匪賊)'의 습격을 받고 있어서, 아버지를 찾아갈 여유는 없었다. 새벽녘에 비상벨이 울려서 일어나서 농무를 뚫고 출발. 아버지가 있을 것이 확실한 부락 인근 마을에서 연기가 치솟는 것을 본다. 천전은 결심하고 트럭에 토벌대를 태우고 전속력으로 달리기 시작한다.

(6) 참새를 굽다

강제적인 조혼에 반발해서 고향을 출분한 근배(根培)는 경성에서 술장사를 어떻게 하면 되는지 그 요령을 터득한다. 그리고 오뎅 가게도 빈틈없이 준비해서 열게 되는데 장사가 순조롭게 잘됐다. 하지만 최근에는 시대가 시대라서 이런 장사가 잘 되지 않는다. "이런 세상에, 젊은 처지로 오뎅가게 주인으로 머물러 있어도 좋단 말인가"8) 하는 반성도 있어서, 7년 만에 귀향한다. 하지만, 역시 농사일은 성미에 맞지 않아서, 공기총을 사서 초등학교에 다니는 아들과 참새를 쏴서 구워먹고는 한다. 근배는 자신이 갑자기 늙어버렸다는 느낌에 빠진다. 동생은 근면하고 지원병 시험에도 합격했으며, 남은 일은 아들에게 잇게 하고

---

8) 《청량리》 185쪽.

싶다는 생각이 들뿐이었다.

(7) 뒤돌아보지 않으리

전쟁터에서 어머니에게 보낸 '나(李)'의 편지. 아버지는 부락 갱생에 전력을 다하고 죽는다. 그 유업을 잇기 위해서 고등농림(高等農林)에 뛰어든 '나'였지만, 중퇴하고 지원병이 된다. 지금은 '나라를 위해 전쟁터에 나가 장렬하게 죽으리, 그것은 천황의 나라에 태어난 남자의 가장 큰 명예로 여기는 바(お国のために いくさに でて はなばなしく 死ぬ' それは すめらみくにに 生れ合せた 男の もつとも ほこりと するところ)"[9]이라고 생각하고 있다. 부모보다 먼저 죽는 것이 가장 큰 불효라고 하는 것은 평화로운 시대의 이야기다. 지금은 충과 효가 다른 것이 아니다. 어머니도 훌륭한 군국(軍國)의 어머니가 되길 바란다. 동생 현(賢)은 징병제가 실시됐기 때문에 언제가 "경사스러운 부르심(晴れのお召し)"이 곧 올 것이다. 지금이야말로 마음껏 "우미유카바(海ゆかば)"[10]를 부르고 죽고 싶다. 이 편지는 유서인 셈이다.

---

9) 《청량리》 207쪽.

10) 「우미유카바(海ゆかば)」는 일본 제국 해군을 상징하는 노래로, 각종 타이틀로 사용됐다. 이 곡의 가사는 "바다를 가노라면 물에 잠긴 송장/ 산에 가면 풀이 돋은 송장/ 천황 곁에서야 죽으리/ 돌아보지는 않으리"이다. 원 가사는 『만요슈(萬葉集)』 장가(長歌) 중 한 구절로, 1937년 노부도키 키요시(信時潔)가 작곡한 일본 군가이다. 이 곡은 국민의 전투의욕을 고취시키기 위한 곡이었으며 전장에 나가는 병사를 배웅하는 노래로서 애호됐다.

(8) 애정

　내년 봄 징병검사를 앞두고 병이 걸려서 누워 있는 동생과 어머니가 있어, 현숙(賢淑)은 집안을 돌보기 위해 ××상사(商社)에서 사무일을 본다. 상사 주인인 태기(泰基)는 현숙이 장부에 기입을 잘못했다는 것을 구실로 심아서 구에를 한다. 그는 밝고 듬직한 호감이 가는 남자였지만, 현숙은 그가 암거래에 발을 들여놓은 것을 눈치채고 걱정한다. 태기는 그 사실을 그녀에게 한 번만 눈감아 달라고 말한다. 하지만 현숙은 "총후의 국민(銃後の國民)"으로 그러한 것은 할 수 없다. 고민한 끝에, 현숙은 파출소에 신고를 하러 가는데, 그 길에서 동생과 태기가 앞을 가로 막아선다. 둘과 몸싸움을 하던 중 현숙은 쓰러지고 만다. 정신이 들자 머리맡을 그 둘이 지키고 앉아 있다. 태기도 순순히 사과를 한다.

(9) 개나리

　'나'는 과장 승진을 목전에 두고 병으로 쓰러져, 요양을 겸해 산속 외딴 시골로 전근을 해서, 아내와 함께 그곳으로 옮긴다. 아쯔섬(Attu Island) 옥쇄(玉碎) 소식을 들으면서, 이러한 때에 아무것도 하지 않는 것에 자책하는 마음이 들었는데, 자신이 가능한 것으로 나라에 봉시하자고 마음을 고쳐먹는다. 이곳은 고향에도 가깝고 개나리가 아름다웠다. '나'는 사무소에 얼굴을 내밀고 심기일전해서, 힘을 내자고 마음을 먹는다.

(10) 각서[11]

아버지는 만주에 출분한 채로 행방불명으로, '나(西原淳一＝한국인)'
는 보통학교를 마치자마자 첫사랑 정희(貞姬)와도 헤어져서 경성으로
올라온다. 어머니가 일을 해서 중학에도 다니며, 어머니의 간절한 바램
으로 경성제대 예과를 거쳐서 법과에 진학한다. 일본인 친구도 생기지
만 특히 오키(沖) 군의 여동생 도키코(時子)에게 끌린다. 때마침 대동아
전쟁이 발발해서, 반도 학도에게도 출정의 기회가 돌아온다. 하지만
'나'는 어머니 걱정에 지원하는 것을 주저하고 고민하지만, 결국 결심
을 한다. 좀처럼 죽을 각오가 되지 않아서 신변정리를 하고 이 각서를
쓰고 있다. 지금은 조급한 마음도 침착해져서, 더없이 평정심을 되찾은
마음으로 "국은에 보답할 때(国恩に報じる時)"[12]라고 깨닫게 된다.

제3절 작품 분석

(1) 개작에 대하여

① 청량리계외

우선 이 작품은 1937년 6월 26일~7월 2일에 걸쳐서 『매일신보』
지에 도합 4회 연재된 수필을 바탕으로 해서 창작된 것이다. 수필의
개요는 다음과 같다.

---

11) 《청량리》 수록된 글에 따름.
12) 《청량리》 283쪽.

　　'나'는 청량리로 이사온 지 한 달, 여기서 동경의 나가사키마치(長崎町)와도 비슷한 분위기를 발견하고 반가운 마음이 든다. 가까운 청량학원이라고 하는 소규모 강습소에서 배우는 아이들은 개구쟁이들이라서 애먹지만, 재미있는 아이들이었다. 아이들이 펌프를 고장내서, 이웃인 연립주택에 가서 물을 받아와야 했지만, 그곳 사람들의 소란함도 사는 곳이 최고라고 느껴졌다.

　　이 수필을 보면 정인택의 4년 조금 안 된 동경 생활의 모습을 알 수 있다. 그 사이, 스무번이 넘게 이사를 했는데, 그 가운데 반년동안 살았던 나가사키마치(이케부쿠로(池袋)에 가까운 동네 이름) 계외의 풍경만이 뇌리에 새겨져 있다고 쓰고 있으며, 잡초가 무성한 빈터, 너저분한 시장의 앞길, 릿교대학(立敎大学) 뒤편의 쓸쓸한 풍경 등에 대해서 구체적으로 열거하면서 회고하고 있다.[13] 하지만 이 부분은 수필을 소설화하면서 삭제하고 있다. 이것은 개인적인 감회를 삼가고 시국색을 내세우려고 했기 때문으로 보인다.

　　소설화한 것은 앞에서 썼듯이, (A)『국민문학』수록 분, (B)『조선국민문학집』수록 분, (C)『청량리계외』수록 분, 이렇게 세 번 활자화됐는데, (B)는 (A)를 그대로 전재한 것이다. 다만, (A) 의 말미에 기록된 "후기 이제 우물 펌프를 고장낸 정도로, 아내는 화를 내거나 하지는 않으리라. 울타리 밑에서 귀뚜라미가 울고 있다"[14]고 하는 부분은 사족이라고 판단한 것인지 단행본에는 삭제돼 있다.

　　한편, (B)→(C)에 재수록되면서 어구, 행간 등에 약간의 차이가 보인다. 어구를 보면 '斷指'에 'タンヂ(단지)'라고 한국어음 루비를 붙이고 있던[15] 것이 삭제된 것도 눈에 띈다. 또한 제2장 말미에서는 애국반장

---

13) 정인택「청량리계외(1)」『매일신보』 1937.6.26.
14)『국민문학』 1941.11. 196쪽.

이 된 아내가 당면한 일에 악전고투한 나머지, 가난한 이웃 사람들의 사정이나 인문학원의 문제를 해결하는 것에까지 의식이 미치지 못하고 있는 것을 지적한다. 또한, '나'는 아내를 성장시키기 위해서 자기 힘만으로 문제를 해결하는 법을 일깨우기 위해 적절한 시기가 오는 것을 기다리겠다라고 쓰면서, "그렇게 함으로써 아내는 비로소 애국반장이라는 영예로운 직책을 더럽히지 않을 수 있다, 라고 생각했기 때문이다"16)라고 하는 한 구절로 매듭을 짓고 있다. 이 구절은 너무 극단적이라고 생각했는지 (C)에서는 삭제했다.

② 각서

(A) 『국민문학』에 수록된 98쪽 이하 약 한 쪽 분량을, (B) 단편집 『청량리계외』수록 분에서는 개고(改稿)하면서 274~283쪽에 걸쳐 약 9쪽 정도로 늘렸다. 두 작품의 주요한 차이점을 요약하면 다음과 같다.

(A)

  (a) "내일, 나는 ××부대에 입대한다. 쇼와(昭和) 19년17) 1월 20일이다"18)[(B)에서는 삭제]

  (b) (「각서」를 쓴 의도는 다만) "어머니가 겪은 고투의 역사를 세상 사람들이 알아줬으면 하는 마음에서다"19)[(B)에서는 삭제]

  (c) "나나 어머니에 대한 것을, 야단스럽게 신문이 크게 보도해서, 기지(旣知)는 물론이고 미지의 분들로부터 많은 격려의 편지와 돈을 받았다. 별봉의 것이, 신문의 발췌나 편지 뭉치이

---

15) 전게, 『조선국민문학집』 110쪽.
16) 상동, 102쪽.
17) 1944년.
18) 『국민문학』1944.7, 98쪽.
19) 이상, 상동, 98쪽.

다. 나는 이것을 전부 도키코 씨에게 맡긴다. 모든 것은 도키
코 씨의 의지에 따른다"20)[(B)에서는 삭제]

(B)

   (d) "죽을 각오가 서기까지 좀처럼 어려웠다. 아무쪼록 생각하지
않으려고 노력하지만, 그것도, 저것도 마음에 걸려서 자칫하
면 굳게 먹은 결심이 약해질 것 같았다"21) [가필: 이하 9행
분도 같은 내용]

   (e) "그렇지, 하고 나는 마음속으로 외쳤다. 내 마음에 우울함을
안겨준 것은, 어머니였던 것이다"22) [가필: 이하 약 2쪽 분량,
같은 내용]

   (f) "나는 이미 숲처럼 움직이지 않았다./ 삶과 죽음도, 지금 내
눈 앞에는 없었다./ ―누구에게도 지지 않는 황군(皇軍)의 일
원이 되는 거다./ 입영일을 앞에 두고 내가 생각하는 것은, 그
것뿐이었다" 23) [가필: 말미 4행]

이상을 종합하면 (A)에서는 보다 주관적으로 어머니가 겪은 고투의
반생을 강조하고 있으며, 「각서」를 쓴 의도도 어머니에 관한 일을 널
리 알리기 위함이라고 하고 있다. 그 목적은 신문에 소개되는 것을 계
기로 우선 달성되었다고 할 수 있으며, 또한 마음에 두고 있는 사람인
도키코에 대한 감정도 억제하고 있지 않다. 이처럼 (A)는 세속적인 색
채가 상하지만, (B)에서는 외면적인 화려함은 그 자취를 감추고, 오로
지 입영을 앞에 둔 '나'의 심리 상태가 극명하게 묘사돼 있을 뿐이다.
죽음에 대한 공포, 육친에 대한 미련을 어떻게 하면 극복할 수 있는지

---

20) 상동, 99쪽.
21) 《청량리》 274-5쪽.
22) 상동, 280쪽.
23) 상동, 283쪽.

를 다소 집요하리만치 쓰고 있다. 그리고 마지막은 "죽음을 넘어서, 삶도 없고, 죽음도 없는, 더없이 평온한 마음으로 국은에 보답할 수 있는 것은 지금이다 라고, 나는 영감(靈感)처럼 싹튼 그 결의를, 순순히 받아들일 수 있었다"[24] 하는 체념의 경지에 도달하고 있는 것이다. 이 부분에 대응하는 (A)의 "삶은 물론 없었다. 하지만 그것과 함께 죽음도 또한 없었다. 삶도, 죽음도 넘어서 있는 것은 다만 진충보국(盡忠報國) 하고자 하는 일념뿐이었다"[25] 라고 술회하는 것과 비교해 보면, 관념성이 줄어든 만큼, 구체적인 심리묘사에 성공하고 있다. (A) 보다도 (B) 쪽이 당연히 후에 쓰여진 문장인만큼, 시국이 변화해 가는 추이를 고려해 넣는다면, 상당히 문학적으로도 평가할 수 있는 개고(改稿)라고 할 수 있겠다.

(2) 정인택의 일본어 단편소설의 특징

제2절에서 주요 작품에 대한 개요를 약술했는데, 그것을 바탕으로 그 외의 작품도 포함해서 등장인물 설정, 내용 경향 등에 대해서 다음 일람표를 통해 정리해 보고자 한다. ('경향'에 관한 부분은 ◎=군국적, ○=시국적, △=시국색이 가미된 작품임을 각각 나타낸다.)

(작품번호) 작품명 (발표연월)		
주요등장인물 [밑줄: 주인공]	작품 내용	경향
① 다 보지 못한 꿈(1940.1) 제목 바꿈: 「빈(濱)」(바닷가) 百合江(여급), 聖浩(구가[舊家]의 아들)	시골 어항(漁港)에서 펼쳐지는 여급(女給)의 애정문제	
② 청량리계외 (1941.11) [1인칭] '私(나)', 아내	청량리를 배경으로 한 신변잡기	△

---

24) 상동.

25) 『국민문학』1944.7, 99쪽.

③ 껍데기 (1942.1) 한국인 청년(학주)와 일본인 여성 학주의 아버지와 남동생	일본인과 한국인 사이의 결혼문제	△
④ 우산(傘)(1942.4) 〔장편(掌篇)〕 영숙(英淑), 어머니	가난한 모녀 가정의 생활과 심정	
⑤ 색상자(1942.4) 정숙(貞淑)	어느 여성의 반생기(半生記)	
⑥ 만년기(1942.5) 박노인과 그 가족	어느 노인의 심리와 행동	△
⑦ 농무 (1942.11) 한국인청년 천전(千田＝千)	한국인 운전수의 결의와 행동	○
⑧ 참새를 굽다 (1943.1) 근배(根培)와 아들	귀향한 중년 남성의 체념	△
⑨ 불초의 아이들 (1943.9)『辻小説』 한국인 노모	입영하는 아들을 향한 노모의 심경	○
⑩ 뒤돌아보지 않으리 (1943.10) 〔1인칭〕 'ぼく(나)'	어느 한국인 지원병의 결의	◎
⑪ 애정 (1943?) 현숙(賢淑)과 동생, 태기(泰基)(상사경영)	여자 사무원의 애정 문제	△
⑫ 아름다운 이야기 (1943?) 〔1인칭〕 '私(나)', 하숙처의 노파	과부 살림을 하는 일본인 여자의 군국적 '미담(美談)'	○
⑬ 개나리 (1944.5) 〔1인칭〕 '私(나)', 아내	병약한 회사원의 시국에 대한 결의	○
⑭ 각서 (1944.7) 〔1인칭〕 '私(나)' (西原＝한국인)	입영하는 한국인 청년의 심경과 각오	◎

　일본어 작품은 사실상, 태평양전쟁(1941.12～45.8) 기간에 그 대부분이 발표되고 있다. 그만큼 시국색도 짙게 드러나 있는데, 제2절에서 살펴본 대로 대부분의 경우, 시국 혹은 국책 그 자체를 테마로 하고 있는 것이 아니라, 애정에 관련된 이야기 및 그 밖의 문제를 다루면서 시국색을 가미하고 있다. 아니면 시국에 대한 테마를 식민지라는 시대

배경으로 다루고 있음을 알 수 있다. 노골적인 군국을 소재로 한 소설은 의외로 2, 3편에 그치고 있으며, 제재도 비교적 광범위한 것을 알 수 있다.

군국 소설로 볼 수 있는 「뒤돌아보지 않으리」「각서」에 대해서는, 일찍이 사에구사 도시카쓰가 이 시기의 소설 중 "총후의 생활에 관한 것"으로 분류해서 다루고 있으며, 작가의 사고 판단의 정지, 자신을 추구하는 정신의 저하를 보이고 있다고 분석한 바 있다.[26] 그런데, 이처럼 작가가 "판단정지"에 빠졌다고 하는 지적 자체는 당연하다고 할 수 있는데, 한편으로는 어째서 이러한 상태에 빠졌는가 하는 분석도 필요하다고 본다. 정인택의 일본어 단편 가운데 군국 소설이 생각보다 적으며, 그것을 쓰고 있는 경우에도 세상 물정과 시국색을 가미할 수밖에 없었던 것으로 보이는데, 그 이상으로 치닫지 않고 있다는 점은, 작가가 그러한 종류의 테마에 의욕을 갖고 있지 않았다고 하는 해석을 할 수도 있을 것이다.

다음으로 등장인물에 대한 것인데, 정인택 자신이 일찍이 아버지를 여읜 것을 반영한 것인지, 모녀 가정이라고 하는 설정이 적지 않다. 혹은, 어머니에 대한 호소라는 형식을 취한 작품도 눈에 띈다. 또한, 고향에서 나간다고 하는 설정도 많다. 전체적으로 객관소설이 대부분을 차지하며, 작가 자신이 등장하는 작품은 「청량리계외」와 「아름다운 이야기」밖에 없다고 하는 점도 특징 중의 하나라 할 수 있다.

여기서, 지금까지 분석한 작품 중에서 문제작 「만년기」(1942.5)와 「참새를 굽다」(1943.1)를 다소 분석해 보도록 하겠다. 우선, 「만년기」는 황혼에 접어든 인생에 저항하지 못하고 늙어가는 박노인의 심경과

---

26) 사에구사 도시카쓰(三枝壽勝)「상황과 문학자의 자세―일제말기 한국문학의 경우」, 경희대 석사논문, 1976.12, 90쪽. 참조.

행동을 잘 그리고 있으며, 이와 마찬가지로 영락한 노인을 그리고 있는 이태준의 「복덕방」(1937.3)이나, 박태원의 「최노인전초록(崔老人傳抄錄)」(1939.7)에 필적하는 작품이라고 할 수 있다. 한국어 문학 가운데서 이러한 테마를 다루고 있는 작품이 많지 않은 만큼 주목을 요한다. 이러한 작품에 공통적인 것은, 노인들이 주관적으로 갖고 있는 강한 자존심과 객관적 상황이 악화돼 가는 것이 병행하고 있는 점이며, 그 둘 사이의 괴리가 비극을 불러온다고 하는 구도에 있다. 다만 「만년기」의 박노인의 경우는 그러한 비극적 상황에 이르기 전에 그것을 제어할 수 있는 여력이 있다. 따라서 그 결말은 비극으로 끝나지 않고 일말의 희망을 남긴다. 그에 비해, 「참새를 굽다」의 경우, 주인공 근배는 아직 서른도 되지 않았는데, 이미 경성 생활을 단념하고 낙향하지만, 농사일도 체질에 맞지 않고, 아들과 함께 공기총으로 참새를 쏴서 구워 먹는 생활을 한다. 귀향할 당시는 "――그렇지, 이 조용함 가운데서 나는 다시 한 번 심신을 단련해서 재기하는 것이다 라고, 경건한 마음으로 두레박 물을 길어 올려서, 그 찬 물에 얼굴을 처넣고 보는 것이었다."27) 하고 그는 심기일전해서 살아갈 생각이었는데, 어느새 그 초심을 잃고 만다. 아들에게까지 꼼짝 못 할 소리를 듣고 나서 "갑자기 자신이 늙어버린 사람같다고 생각한 근배는,/ ――서른도 되지 않은 늙은이라……/ 하고 혼자서, 마음속으로 중얼거리며, 뭐 될대로 되라지, 시대가 시대니까, 그 대신 마을은 내 손으로 지킬테니까……하고 쓴 웃음을 짓고 외면하는"28) 것이었다. 이 너무나 젊은 사람의 체념은 무슨 연유에서일까. 특히 이 작품이 발표된 1943년 1월이라는 시점을 고려해 볼 때, 시국에 뒤떨어진 중년 남성이라고 하는 설정을

---

27) 《청량리》 188쪽.
28) 상동, 197-198쪽.

통해, 이 주인공의 심리와 행동을 담담하게 게다가 간결하게 그리고 있는 수완은 높게 평가할 수 있다.

정인택이 쓴 일본어 작품의 대표작은 단편집 표제작이기도 한 「청량리계외」를 꼽는 것이 보통인데, 이 작품은 시국색이 첨가되지 않았더라면 이렇다 할 특징도 없는 단순한 신변잡기에 그치고 있는 작품이라 할 수 있다. 정인택이 자신의 본령을 발휘한 것은, 오히려 전례없는 제재와 테마 및 능숙한 설정과 구성을 하고, 더욱이 심리묘사도 뛰어난 「만년기」, 「참새를 굽다」와 같은 작품이라고 하겠다.

마지막으로 본장에서는 다루지 못한 정인택의 한국어 작품과 일본어 작품 사이의 관계에 대해서 살펴보겠다. 정인택은 한국어 작가로서는 1930년대부터 약 15년간에 40여편의 작품을 발표하고 있으니, 그 양은 일본어 작품의 약 2배 이상의 분량에 해당된다. 다만, 일본어 작품은 1940년 초부터 44년 말까지에 집중돼 있으며, 이 기간만을 다루면 한국어 작품은 일본어 작품의 반 정도이다. 정인택이 쓴 한국어 작품을 보면, 1930년대에는 1인칭의 사소설 형식을 통해 룸펜 인텔리를 그린 심리주의적인 작품이 많으며, 40년대에 들어서면 점차 일상화된 애정문제의 묘사에 역점을 옮겨갔다고들 한다.[29] 그것과 일본어 작품을 비교해 보면, 우선 일본어 단편에서는 사소설 형식의 1인칭소설은 「청량리계외」단 한 편 밖에 없으며, 그것도 자자의 내면묘사와는 거리가 멀다. '나'는 어디까지나 방관자의 위치에 있다. 다음으로, 객관적 3인칭 소설의 경우에도 애정 소설의 비중이 높지 않음을 알 수 있다. 한국어 작품의 애정 소설도 실제로는 태평양전쟁 발발 이후에는 거의 사라진다. 이를 통해 볼 때, 이러한 경향은 시국의 추이에 따라 작가가

---

29) 문덕수 편 『세계문예대사전』성문각, 1975, 권영민 편 『한국근대문인대사전』아세아 문화사, 1990. 두 사전에서 '정인택' 항목 등.

자신을 규제한 측면이 있었음을 엿볼 수 있다. 「애정」「다 보지 못한 꿈」(=「빈(濱)」) 등은 본래의 애정 소설의 골격만을 제시한 작품에 그치고 있으며, 이 시기의 작품 가운데서 주류를 이루는 작품은 아니다. 그러므로 정인택의 일본어 작품은 오히려 애정 소설을 쓸 수 없게 된 시점에서 전개된 다양한 문학적 시도의 산물이라고 할 수 있지 않을까.

지금까지의 견해로는, 이 시기의 작품을 싸잡아서 시국 영합 작품이라고 잘라 버리는 경향이 있었다. 예를 들어 임종국은 『친일문학론』가운데 「정인택론」에서, 일본어 작품과 한국어 작품을 구별하지 않고 개관한 다음, "40년대의 정인택의 작품세계는 (중략) 애국반 정신의 고양, 황도조선의 건설과 내선일체의 앙양, 지원병 징병의 권유며 대화혼(大和魂)의 예찬, 만주개척 기타의 국책 선전 등으로 시종하여 대단히 우수한 국어문예작품을 우리 문학사에 서물해 주고 있었다"[30]고 비꼼을 섞어서 논단하고 있다. 하지만, 지금까지 살펴본 것처럼 실제 작품을 검토해 보면, 위와 같이 단순한 결론을 내리기 힘들다는 점을 확인할 수 있다.

제4절 끝으로

정인택의 일본어 작품을 한국의 다른 일본어 작가와 비교해 볼 때, 장혁주 정도로 제재의 다양성 및 그 양적인 면에 미치지 못하며, 김사량 정도로 비판 정신의 격렬함도 없다. 또한, 이석훈(牧洋) 정도의 구성력과 인간심리를 묘사하는 힘도 보여주지 못한다. 하지만, 지금까지

---

30) 임종국 『친일문학론』평화출판사, 1966, 369쪽.

살펴본 작품을 통해 보면, 정인택은 자그맣고 아담한 단편을 쓰는 명수라고 하는 느낌이 강하다. 태평양전쟁 개전 후, 정인택은 한국어로 창작을 하는 것이 현저하게 곤란해진 시기에, 일본어이기는 하지만 시국색을 가미하면서도 어디까지나 문학 본래의 과제에 맞서는 자세를 보여주고 있다. 이러한 정인택의 일본어 문학이 망각되어도 좋을 정도의 가치 밖에 없다고 생각할 수 없다.

본론에서는, 정인택이 한 한국어 문학의 번역31)에 대해서는 살펴보지 못했다. 또한, 일본어 작품과 한국어 작품을 본격적으로 비교하는 것을 통해 정인택 문학을 종합적으로 고찰하거나, 다른 일본어 작가들과 대조하는 작업도 이루지 못했다. 이러한 문제는 후일의 과제로 남겨두고 싶다.

【보론】 『반도의 독수리 다케야마 대위(半島の陸鷲 武山大尉)』에 대하여

『반도의 독수리 다케야마 대위』(이하, 줄여서 『다케야마 대위』)는 경상북도 선산면(善山面) 출신의 최명하(崔鳴夏, 창씨명 武山隆, 죽은 후에 승진)의 전기소설이다. 그는 전투기 파일럿으로 일본군의 인도네시아 스마트라섬 공격에 가세해서 현지에서 불시착히게 되는데, 그 후 네덜란드 병사와 교전을 하고, 1942년 1월 20일에 자결한다. 유골이 고향에 전해진 것은 다음해 43년 2월이며, 한반도 출신의 장교로서는 2번째 '쾌거'로 선전됐다. 그 흐름을 타고 정인택은 매일신보사로부터 전기 집필 의뢰를 받았던 것으로 보인다. 그 경위는 단행본 『다케야마

---

31) 안회남「겸허(謙虛)」(『조선문학선집』제3권, 아카쓰카쇼보, 1940.12), 이태준 『복덕방』(단편집 총15편, 모던일본사(モダン日本社), 1941.8) 등.

대위』권두에 나와 있는 매일신보사 가네카와(金川聖) 사장의 다음과 같은 소개문 일절을 보더라도 명확히 알 수 있다.

우리 신문사는 대위의 논공행상 발표 후, 지체없이 사원 정인택 군을 특파해 고향은 물론, 도쿄, 사이타마(埼玉), 시즈오카(静岡), 미에(三重), 기후(岐阜) 등 적어도 대위와 관련이 있는 곳은 빠짐없이 골고루 무인 생활(武人生活)의 흔적을 찾아서 『반도의 독수리 다케야마 대위』를 편집해서, 강호(江湖, 세상)에 내보내기로 했다. (하략) (같은 책, 4쪽)

실제로 정인택은 1년에 걸쳐서 꼼꼼하게 취재를 해서, 항공 관계의 지식도 상당히 공부를 해서 집필하고 있는 모습이 작품 속에도 녹아있다.

이 책은 조선총독부 정보과, 조선군 보도부, 국민총력 조선연맹 추천을 받은 것이다. 이 책의 강행과 거의 동시에 당시의 '소국민(小国民, 소년)'을 대상으로 한 오타니(大谷保) 저 『육지의 독수리 다케야마 대위(陸の荒鷲　武山大尉)』(1944.6)가 조선공민교육회(朝鮮公民教育会)에서 간행되었으며, 그 책은 조선군 보도부, 조선총독부 학무국, 정보과 추천을 받고 있다. 이 두 책 다 조선군 보도부장이었던 나가야(長屋尚作) 육군 소장이 추천의 말을 쓰고 있다. 이러한 점을 보면 『다케야마 대위』가 출판된 목적은 명백한 것이기는 하지만, 정인택이 주도면밀하게 취재를 해서 문학작품으로 쓰고 있는 만큼, 정인택의 전기 작가로서의 역량을 가늠해 볼 수 있다. 실제로 이 작품에는 그러한 역량이 잘 드러나 있으며, 일본어 표현 등도 상당히 숙달된 수준임을 알 수 있다.

주인공이 어린 시절부터 자결하기까지를 그저 단조롭게 술회하는 것이 아니라, 그때 그때의 에피소드에 초점을 맞춰서, 흥미진진하게 읽을 수 있을 정도의 필력을 보여주고 있다. 내용적으로는 제국주의 일본이 내세우고 있는 정책에 영합하고 있는 것은 물론 사실이기는 하지만, 이러한 필력을 '군군소설'이 아닌, 순수문학적인 소설에서 뛰어난 스토리텔러로서 발휘할 수 없는 시대에 활동했던 것이 애석하다.

※ 이 책을 입수하는데, 종로도서관에서 원본을 발견하고 복사본을 보내주신 와세다 대학의 호테이 도시히로(布袋敏博) 교수에게 깊이 감사한다.

【부기】 최근, B 씨의 석사논문「정인택의 일본어 소설연구」(전남대 대학원 2007)을 입수해서 읽어볼 기회가 있었는데, 필자가 이번 장에서 다룬 논고를 상당 부분 참조하고 있음을 알 수 있었다. 졸고에서 다루고 있는 소설의 개략 등은 그 대부분을 거의 번역과 다르지 않을 정도로 가져다 쓰고 있는데, 졸고를 참고했다고 하는 각주는 전혀 없었다. 작품의 개략 이외에도 졸고의 논의나 아이디어 일부를 그대로 이용하고 있는 부분도 있다. 하지만 언급으로서는 논문 말미의 참고문헌에 이 논문이 수록된 필자의 단행본『식민지기 조선의 작가와 일본(植民地期朝鮮の作家と日本)』(대학교육출판, 1995)을 언급하고 있을 따름이다. B 씨에게 문의해 봤더니, '실수'로 주 기재를 삭제하고 말았다고 한다. 그러나 그 석사논문의 일부를 간추려서 다시 발표한「정인택의 일본어소설연구(鄭人澤の日本語小說研究)」(일본어문학 제33집, 2007)에서도 문제점은 바로잡히지 않고 있다. 다만, 최근에 나온 B씨의「정인택의 〈淸凉里界隈〉와 〈覺書〉 연구」(김순전 외 공저『조선인 일본어소설 연구』제이앤씨, 2010. 수록)에서 비로소 필자의 논문

에 대한 언급이 보인다.(주 35, 99쪽)

필자는 지금까지 B 씨의 논문의 경우와 비슷한 무단차용을 당한 경험이 몇 번 있다. 그 전형적인 예를 들면 다음과 같다. 우선 필자의 석사논문인「한국근대문학 초창기의 일본적 영향」(동국대대학원, 1981)의 일부분을 차용한 J 씨의 『1910・20년대의 한일 근대문학 교류사』(J&C, 2003), 필자의 박사논문인「장혁주연구」(동국대대학원, 1989)의 일부분을 차용한 K 씨의 「일제 강점기 재일 한국인의 소설활동과 소설의식 연구」(『일제 강점기 제일 한국인의 문학활동과 문학의식 연구』부산대출판부, 1998), 그리고 필자의 김사량론인 「사가고등학교시절의 김사량(佐賀高等学校時代の金史良)」(조선학보(朝鮮学報)　제147집, 1993)의 일부분을 차용한 C 씨의「김사량의 습작기 문학연구」(일어교육 제32집, 2005) 등이다.

남의 연구를 이러한 방식으로 무단 차용하는 행위는 문학연구자의 자세로서 존경받기 힘들다고 생각한다. 여기에 감히 부기할 따름이다.

제4장 일본 잡지에 발표된 구식민지 작가의 문학

제1절 시작하며

일본은 1930년에서 1945년까지 약15년간 전쟁의 길을 택하게 되는데, 그 기간 동안 식민지 정책은 점차로 가혹함을 더 해 갔다. 이 시기에는 한국과 대만 등 구(舊) 식민지 지역에서 일본어로 창작 활동을 하는 작가가 본격적으로 나타난다. 1930년대 이전에도 일본어 창작이 전혀 없었던 것은 아니지만, 그것이 본격화 된 것은 1930년대 이후의 일이다. [1]

---

1) 임전혜의 연구를 보면 한국의 경우 일본국내에 있어서의 장르별 일본어 작품 수는 다음과 같다.

연대/ 장르	시	소설 희곡	평론 수필	합계
1883~1929	58편	17편	51편	126편
1930~1945	146편	129편	229편	504편

※ 임전혜 『일본의 조선인 문학의 역사(日本における朝鮮人文学の歴史)』호세(法政)대학출판국, 1994, 234쪽 표를 참조해서 필자가 작성. 발표지역을 일본국내에 한정하지 않는 경우, 더 많은 작품이 일본어로 발표되었다. 한국인이 쓴 소설만으로 한정해도 1929년까지 무려 43편, 1930~45년 사이에 310편에 달한다. (오오무라 마쓰오·호테이 도시히로 편, 『조선문학관계일본어문헌목록(朝鮮文学関係日本語文献目録)』

이 시기 한국의 대표적인 일본어 작가는 장혁주(1905~97), 김사량(1914~50), 이석훈(1907~?), 정인택(1909~53), 홍종우(1908~?) 등의 소설가, 그리고 김용제(1909~94), 한식(1907~?), 김종한(1914~44) 등의 시인을 들 수 있다.

한편, 대만에도 용영종(龍瑛宗,1911~99), 여혁약(呂赫若,1914~50), 장문환(張文環, 1909~78), 진화천(陳火泉,1907~89), 주금파(周金波,1920~96) 등의 일본어로 작품 활동을 한 작가들이 있다. 이러한 대만 작가에 대한 연구는 같은 식민지 지배 상황 속에 놓여진 한국 작가를 논할 때 큰 참고가 될 것이다. 하지만, 현재까지 구식민지 문학에 대한 연구 자체가 활발하다고 할 수 없고[2], 따라서 두 지역의 일본어 작품을 대조 분석한 연구도 거의 이뤄지지 않았다고 해도 좋다.[3]

그래서 이번 장에서는 기초적인 정보를 제공한다는 것을 겸해서, 구식민지 관계의 문학을 다루고 있는 잡지를 다뤄보도록 하겠다. 이번 장에서는 일본에서 발간된 구 식민지 문학과 관련해서 주요 잡지 별로 그 내용을 정리하고 분석하는 것을 통해, 이 시기의 잡지를 편집 발행했던 인물들이 각기 처해있던 입장과 상황을 알아볼 수 있을 것이다.

緑蔭書房制作, 1997에 의거해, 필자가 계산한 것임.)

2) 대표적인 연구로는 오자키 호츠키(尾崎秀樹)『구식민지문학의 연구(旧植民地文学の研究)』(勁草書房, 1971)가 있다. 한편, 다루미 치에(垂水千恵)의 『대만의 일본어문학: 일본 통치시대의 작가들(台湾の日本語文学: 日本統治時代の作家たち)』(五柳書院, 1995)에는 주금파(周金波), 진화천(陳化泉), 여혁약(呂赫若) 등이 언급돼 있다. 한편, 1994년 11월 대만 청화대학(清華大學)에서 개최된 <일거시기대만문학국제학술회의(日據時期臺灣文學國際學術會議)>에는 쓰카모토 데루카즈(塚本照和), 야마다 게이조(山田敬三), 시모무라 사쿠지로(下村作次郎), 노마 노부유키(野間信幸) 등의 발표가 있는 등, 일제시대 대만의 일본어 문학에 대한 연구는 점차 활발해지고 있다.

3) 필자의 이러한 시도로는, 졸고「조선과 대만의 일본어문학(朝鮮と台湾の日本語文学 [1930~1945])」, 『연보 조선학(年報朝鮮學)』2호, 규슈대학 조선학연구회, 1992.3. 등이 있다.

또한 이를 통해 일본 측의 구식민지와 그 주변 지역[4]에 대한 인식의
일단을 파악할 수 있을 것이다.

제2절 잡지별 검토

① 『개조(改造)』

『개조』지는 1919년에 창간돼, 더 오랜 역사가 있던 『중앙공론(中央
公論)』과 함께 당시 2대 종합 잡지였다. 이 잡지의 사장인 야마모토
사네히코(山本実彦)는 동아시아 지역에도 깊은 관심을 갖고 있던 진취
적인 기상을 가진 인물이었다. 그런 만큼 이 잡지는 사회, 노동문제를
적극적으로 다뤘으며 진취적인 색채를 띠고 있었던 것으로 널리 알려
져 있다.

『개조』에 발표된 한국 작가의 작품에는 장혁주의 다음과 같은 소설
이 있다.

「아귀도(餓鬼道)」(32.4)/ 「쫓겨가는 사람들(追はれる人々)」(32.10)/ 「
권이라는 사나이(権といふ男)」(32.2)/ 「하루(一日)」(35.1)/ 「성묘 가는
사나이(墓参に行く男)」(35.8) /「월희와 나(月姫と僕)」(36.11) /「골목길
(路地)」(38.10) /「밀수업자(密輸業者)」(40.5)

이 외에도,「조선인 취락을 간다(朝鮮人聚落を行く)」(37.6)「간도 두

---

4) 잡지의 특집 등에 다뤄진 지역으로는 조선, 대만을 비롯해서, 중국(대륙), 구 '만주'
등이 있기에, 이번 장에서는 이처럼 넓은 범위로 언급하기로 한다.

만(間島・圖們)」(39.11) 등의 잡문도 눈에 띈다. 장혁주는 또한 개조사에서 「아귀도」등 단편소설 7편을 정리해서 소설집 『권이라는 사나이』(34.6)를 간행한다. 장혁주 이외의 작가로는 윤백남「휫파람(口笛)」(32.10)이 게재되었고, 그 외 1936년 8월 호에 이광수가 일본어소설 「만할아범의 죽음(萬爺の死)」을 기고했다. 또한 같은 해 10월호에는 최재서 편역으로 이태준의 단편「꽃나무는 심어놓고(桜は植ゑたが)」와 박화성의 「한귀(旱鬼)」가 소개되고 있는 것도 주목을 끈다. 한편, 『개조』에는 대만 작가 용영종의 단편「파파이야가 있는 거리(パパイヤのある街)」(37.4)가 수록돼 있기도 하다.

이것으로 알 수 있듯이 『개조』는 장혁주의 작품을 비교적 많이 게재하고 있는데, 그 게재 기간도 장혁주가 현상 공모에 당선된 이후부터 1940년대까지 계속되고 있음을 알 수 있다. 장혁주는 1935년 6월, 야마모토 사장이 중국 방면으로 여행하던 도중 한국에 잠시 들렀을 때에도 한국 국내를 안내할 정도로 긴밀한 사이였다. 『개조』가 이처럼 조선의 신인작가를 적극적으로 수용했던 것은 야마모토 사장의 개인적인 방침도 있기는 했지만, 당시 일본 문학계 사정이 크게 작용했던 것으로 보인다. 즉, 『개조』현상 입선작인 「아귀도」의 내용을 보면, 경상북도에서 한발(旱魃)로 피해를 입은 이재민 구제를 위해 시작된 저수지 공사에 동원된 농민들의 참상 고발과 부정의에 대한 저항을 그린 작품으로, 이른바 '동반자 문학'적인 색채가 농후한 소설이라고 할 수 있다. 당시 일본 프롤레타리아 문학이 1932년 3월 일본 프롤레타리아 문화연맹원들이 대대적으로 검거되는 것을 계기로 점차 쇠퇴해 갈 수밖에 없었던 시기가 「아귀도」의 발표 시기와 맞물리고 있음은 주목을 요한다. 이러한 일본 프롤레타리아 문학의 대용품으로 식민지 현실을 고발한 조선의 신인작가의 작품이 참신하게 보였던 것이리라.5) 실제로,

신인이기는 하지만 작품 수준만으로 보자면 그렇게 뛰어나다고 할 수 없는 이 소설이 현상 공모에서 당선된 것은, 이러한 사정을 제외한다면 설명하기 힘들다고 할 수 있다.

1928년에 제정된 『개조』현상 공모는 1935년에 아쿠타가와상(芥川賞)이 제정되기까지 신인작가의 유력한 등용문의 역할을 하고 있었다. 『개조』현상 공모에서 제5회 「아귀도」에 이어서, 제9회(1937년)에 대만의 용영종의 「파파이야가 있는 거리」가 가작으로 당선된다. 용영종은 당시 26살의 은행원으로 이 당선을 계기로 등단해서, 대만의 일본어 작가로서 일가를 이루기에 이른다. 이 작품의 내용은 다음과 같다.

> 대만의 한 지방 사무소에 발령을 받은 성실한 수재 청년, 진유삼(陳有三)은 대만인의 밑바닥 생활에서 벗어나기 위해, 변호사 시험을 목표로 있는 힘껏 노력하지만, 침체에 빠진 지방의 분위기에 점차 빠져들어 태만하게 되고 연애에도 실패해서 절망적인 기분이 든다.

이 소설은 식민지 현실에 대한 비판의식을 형상화한 점이나, 작품의 구성, 그리고 일본어 수준 등 여러 각도에서 보더라도 현상 공모에 당선할 정도의 역량을 보여준 작품이다. 하지만 『개조』현상 공모는 1939년을 마지막으로 모집을 중지된다. 그래서 이 외에 식민지 출신의 삭가도 배출되지 않았다. 그 후 『개조』지에는 김사량의 단편「무궁일가(無窮一家)」(40.9)가 게재되지만, 이것은 아쿠타가와상 후보작가의 소설이라고 하는 것이 크게 작용한 것으로 보인다. 1940년 전후로 한 이른바 '조선 소개 붐' 가운데서 『개조』(문예지가 아닌 종합잡지였지만)

---

5) 이 점에 대해서는 김윤식「한국작가의 일본어작품」(『문학사상』24 1974.9)에서 이미 지적되어 있다. 김윤식 저, 오오무라 마쓰오 역『상흔과 극복(傷痕と克服)』(아사히신문사, 1975, 174쪽)에 수록된 것을 참조.

는 이렇다 할 구 식민지문학을 소개하지는 않았지만, 장혁주와 용영종
이라는 조선과 대만을 대표하는 일본어 작가를 배출했다는 것만으로도
특필해도 좋을 것이다.

②『문예수도(文芸首都)』

『문예수도』지는 『개조』의 제1회 현상공모(1928년)에 당선한 경력
을 지닌 야스타카 도쿠조(保高徳蔵)가 후배 신진작가들의 작품 발표
무대를 확보할 목적으로 1933년 1월에 창간한 동인 중심의 문예지다.
장혁주는 『문예수도』의 전신인 계간 『분가쿠쿼터리(文學クオタリイ)』
지(32.2~6)에 「사코타농장(迫田農場)」(32.6)을 게재했던 적도 있다.
야스타카는 사업 관계로 한국에 건너온 아버지와 함께 한국에서 생활
한 경험이 있는 인물로, 그런 만큼 후일 장혁주, 김사량 등을 비롯한
한국 출신의 작가들에 대해 아낌없는 후원을 하고 있다. 특히, 야스타
카에게 장혁주는 『개조』현상 공모를 통해 배출된 후배 작가이기도 하
다. 그런 인연에서인지 장혁주는 동경에서 야스타카의 집에서 기숙했
던 시기도 있었다.6)
　이러한 연유로 장혁주는 『문예수도』가 창간되자마자, 그 동인이 된
다. 장혁주가 이 잡지에 발표한 소설은 다음과 같다.

　　「형의 다리를 자르는 사나이(兄の脚を截る男)」(33.5)/ 「분기하는 자
　　(奮ひ起つ者)」(33.9) /「아내(女房)」(34.1)/ 「늑대(山犬)」(34.5) /「싸움(あ
　　らそひ)」(35.5) /「광녀점묘(狂女点描)」(36.3) /「어느 시기의 여성(或る時

---

6) 야스타카 도쿠조「일본에서 활약한 두 명의 작가(日本で活躍した二人の作家)」, 『민
　주조선(民主朝鮮)』1-4 1946.7, 69쪽.

이 가운데 「분기하는 자」는 경상북도 보통학교(소학교) 교사가 일본어를 강요하는 식민지 교육의 모순에 반발해서 연행되기까지를 그린 극히 격렬한 내용이다. 장혁주가 쓴 초기작품 가운데서도 가장 프롤레타리아 문학적인 색채가 강한 단편으로, 『문예수도』는 이 작품 때문에 발매금지 소동에 휘말렸다. 이후 장혁주는 발행인 야스타카의 입장을 고려해서 작풍을 전환하지 않을 수 없을 정도였다. 다만 이외의 소설은 특별히 언급할 정도의 것이 아니며, 1937년 이후 장혁주의 소설은 게재되지 않지만, 잡문의 경우는 창간호 「나의 문학(僕の文學)」(33.1) 이후, 「그 무렵의 추억(その頃の思ひ出)」까지 속속 발표된다. 그 편수는 문예시평, 평론, 수필 등을 합쳐서 도합 17편에 이른다. 이처럼 『문예수도』와 장혁주 사이의 관계는 상당히 깊었던 것을 알 수 있다.

한편, 김사량은 이 잡지에 「빛 속으로(光の中に)」(39.10), 「토성랑(土城廊)」(40.2) 「기자림(箕子林)」(40.6) 등 3편의 소설과 수필 「산의 신들(山の神々)」(41.7) 등을 포함해서 8편의 잡문을 기고하고 있는데, 그 게재 시기는 1939~41년에 집중돼 있다. 그 가운데 「빛 속으로」는 아쿠타가와상 후보작에 올라서, 큰 주목을 끈다. 이 소설은 한국인 대학생 남(南) 선생이 아이들을 가르치면서 만난 일본과 한국 사이의 혼혈아 야마다(山田) 소년을 통해서, 한국인으로서의 자각을 갖게 되는 과정을 그리며, 민족 문제에 고뇌하는 젊은 한국 지식인의 입장을 일본의 독자에게 제시한 내용이다. 하지만, 소설의 수준만을 놓고 보면 김사량의 모든 소설 가운데서 그렇게 뛰어난 편은 아니라고 할 수 있다. 그럼에도 불구하고 김사량의 작품이 아쿠타가와상 후보작이 된 것은 장혁주의 경우와는 다소 차이가 있지만, 역시 '내선일체'를 추구하던

당시 '시국'과 소설이 맞물렸던 상황을 고려하지 않을 수 없다.

다음으로 「토성랑」은 김사량이 다니던 동경제국대학의 동인지 『제방(堤防)』제2호(36.9)에 발표했던 것을 『문예수도』에 개작해서 게재한 경우이다. 「빛 속으로」를 통해 문단의 주목을 받은 김사량이 두 번째로 세상에 내놓은 작품이다. 이 작품을 발표한 이후 다른 소설들도 일반 잡지에 속속 게재되기 시작한다. 김사량도 『문예수도』를 통해서 일본문단에 등장한 것을 보면, 야스타카라는 존재가 매우 컸음을 알 수 있다.7) 그 외에도 『문예수도』에 작품을 실은 한국 작가로는 이석훈(李石薰)과 홍종우(洪鍾羽)가 있는데, 각각 1편 정도를 게재하고 있다.8)

대만 작가의 경우를 보면, 용영종이 소설 「초저녁달(宵月)」(40.7)을 게재하고 있다. 이 단편은 소학교 교사인 주인공이 아첨을 거부하여 죽은 동료 교사의 미망인을 동정해서 보살피는 사이에 남녀관계가 있다는 소문이 나서, 허무적인 심정에 사로잡힌다는 내용으로, 순수함을 일관되게 지속할 수 없는 대만의 현실을 매우 잘 그린 수작이다. 야스타카는 역시 『개조』지 현상 공모의 후배 작가인 용영종을 주목하며, 「파파이야가 있는 거리」가 당선되자마자, 바로 수필 「동경의 까마귀(東京の鴉)」(37.8)를 『문예수도』에 쓰게 했으며, 그 후 5편의 작품이 잡지에 더 실린다. 용영종은 1941년 1월에는 드디어 『문예수도』의 동인이 된다.

---

7) "김사량은 야스타카 도쿠조의 보살핌을 받고 근처에 살면서 연달아서 수작을 발표했다" 유아사 가츠에(湯浅克衛)「조선을 다룬 일본소설과 일본에 소개된 조선문학(朝鮮を扱つた日本の小説と日本に紹介された朝鮮文学)」, 『화랑(花郎)』(일본어판) 1-2, 1953 가을호, 12쪽.

8) 이석훈「교통사고(交通事故)」1939.11. (수필)/ 青木洪(홍종우[洪鍾羽])「동경의 한 구석에서(東京の片隅で)」1938.6.[창작]

③ 『문학안내(文學案內)』

『문학안내』지는 프롤레타리아 문학 계열의 대중 소설가였던 기시 야마지(貴司山治)가 프롤레타리아 문학이 탄압을 받은 이후인 1935년 7월에 창간한 잡지이다. 이 잡지는 노동자·농민을 대상으로 한 문학 계몽지로 출발해서, 1937년 4월에 폐간될 때까지 '진보적' 입장의 작품을 실었다. 기시 야마지는 특히 한국·중국·대만의 작가들과 연락을 취하면서, 프롤레타리아 문학 퇴각전(退却戰)을 둘러싼 문단 내외의 상황 속에서 분투한 인물[9]로 평가받고 있다.

그 가운데서도 상징적인 것이 1936년 1월호 '조선·대만·중국 신예 작가집(朝·臺·中國新銳作家集)'이라는 특집일 것이다. 이 특집의 목차를 보면 다음과 같다.

중국: 오조상(吳組緗) 「천하태평(天下太平)」(후카가와 겐지[深川賢
二] 번역)
조선: 장혁주 「안혜라(アン·ヘエラ)」
대만: 뇌화(賴和)「풍작(豐作)」(Y 번역)[Y는 양규(楊逵)일 것임]

이 기획은 창간호부터 각 지역의 '새로운 보고(新しい報告)' 란에 집필해 온 장혁주, 그리고 대만의 양규(楊逵), 중국의 뇌석유(雷石楡) 등의 협력을 얻어서 가능했던 것이라고 한다.[10]

---

9) 호리이 겐이치(堀井謙一)「기시 야마지(貴司山治)」 항목. 『일본근대문학사전(日本近代文學事典)』1, 고단샤(講談社), 1977, 479쪽 참조.

10) 편집국「조선·대만·중국 신예작가에 대해서(朝鮮·臺灣·中國·新銳作家について)」, 『文學案內』2-1, 1936.1, 93쪽. 이 글을 보면, 대만은 양규(楊逵)의「번자계(蕃仔鷄)」를 실을 예정이었는데, 양규가 선배 작가 뇌화(賴和)의 '한문(漢文)' 작품을 번역해서 보낸 것이라고 하고 있으며, 중국도 정령(丁玲)의 작품을 실을 예정이었는데, 번역자의

장혁주의 작품을 보면, 안혜라(安惠羅)라고 하는 농촌의 젊은 교사가 C에게 보낸 12통의 편지 형식을 취하고 있으며, 1930년대 전반의 가난한 한국 농촌의 현실이 잘 담겨있다. 이 작품은 1936년 가을 이후, 문학안내 사에서 간행될 예정이었던 '리얼리즘 문학총서(リアリズム文学叢書)' 중의 한 권으로, 『안혜라』라고 하는 단편집의 표제작으로 실릴 예정이었지만 실현되지 못하고 끝났던 것으로 보인다.[11]

1936년 1월호 『문학안내』의 기획에 장혁주가 참가하게 된 경위를 살펴보자. 장혁주는 당시 본인은 자신이 일본 문단인의 한 명으로 조선 문단의 대표가 아니다[12]라고 하고 있었으며, 한국 작가의 작품을 골라서 번역하고 싶다고까지 주장했다. 하지만, 문학안내사 입장에서 보면 시간적인 여유도 없는데다가, 장혁주가 조선을 제재로 해서 창작을 하고 있는 훌륭한 한국 작가 중의 한명으로 보고 있었다. 그러한 경위로 문학안내사 편집국은 「안혜라」를 게재하게 됐던 것이다. 편집국은 여기에 덧붙여서 비록 한국 내에서는 장혁주를 프롤레타리아 작가가 아니라고 하는 의견이 있지만, 그가 진보적 작가로서 손색이 없으며 본래 그러한 평가는 작품을 중심으로 하는 것이라며 장혁주를 변호하는 논리를 펼친다. 그리고 그 칼끝을 한국 측에 돌려, 한국 문단의 '섹트주의' 적인 경향을 오히려 비판하는 쪽으로 움직였다는 점은 주목을 요한다.[13]

어쨌든 이 특집은 기시 야마지 등이 프롤레타리아 문학적인 경향을 띤 작품을, 한국·대만·중국 출신이라는 카테고리로 묶어서 번역까지

    추천으로, 신진작가인 오(吳)의 작품으로 변경했다고 하고 있다.

11) 『문학안내』2-6, 1936.6 등에 '근간 예고'를 확인 할 수 있다.

12) 주10과 동일.

13) 상동.

해서 나란히 세워놓은 기획이었다. 이 3편은 모두 각 지역의 가난한 농촌을 그리고 있지만, 장혁주의 「안혜라」는 다른 2편과는 다른 특징을 갖고 있다. 「안혜라」의 경우는 원래부터 일본어 작품이기도 하며, 내용적인 면에서도 희망에 찬 낙천적인 내용이다.

장혁주는 이 작품 외에도, 소설 「심연의 사람(深淵の人)」(36.9)을 시작으로 1936~37년에 걸쳐서 앙케트를 포함하면, 약 10편의 글을 『문학안내』에 기고했다.

『문학안내』의 또 다른 특징은 한국·대만 문단 등의 현상 보고를 수시로 게재하고 있는 점이다. 그 대표적인 글은 다음과 같다.

장혁주: 「조선 문단의 현상 보고(朝鮮文壇の現狀報告)」 1935.10. (1권 4호)

양 규: 「'대만의 문학운동'에 대해서(臺灣の文學運動」について)」, 상동.

뇌석유: 「중국 문단현상론(中國文壇現狀論)」, 상동.

장혁주: 「조선 문단의 장래(朝鮮文壇の將來)」, 1935.11. (1권 5호)

양 규: 「대만 문학운동의 현상(臺灣文學運動の現狀)」, 상동.

양 규: 「대만 문학 작가 및 작품(臺灣文學作家及作品)」, 1935.12. (1권 6호)

장혁주: 「조선 문단의 작가와 작품(朝鮮文壇の作家と作品)」, 1936.6. (2권 6호)

양 규: 「대만 문단의 내일을 짊어질 사람들(臺灣文壇の明日を擔ふ人々)」, 상동.

김광주(金光洲): 「중국문단의 통일전선(中國文壇の統一戰線)」, 1936.11. (2권 11호)

장혁주: 「현대 조선 작가 소묘(現代朝鮮作家の素描)」, 1937.2. (3권 2호)

이것을 보면 이러한 보고문이 『문학안내』가 발행되던 전 기간에 해당되는, 1935년 7월~37년 4월에 걸쳐 있음은 주목해 보아야 할 대목이다.

한편, 이 잡지의 1937년 2월호에는 '조선 현대작가 특집(朝鮮現代作家特輯)'이라는 기획이 실린다. 게재된 작품을 당시 목차대로 나열해 본다.

> 이북명「발가숭이 부락(裸の部落)」/ 현민(玄民)「김강사와 T교수(金講師とT教授)」/ 한설야「흰 개척지(白い開拓地)」/ 강경애「장산곶(長山串)」/ 이효석「메밀꽃 필 무렵(蕎麦の花の頃)」

전술했던 장혁주의 「현대조선작가소묘」는 이 특집에 붙인 해설이다. 이 작품을 선정할 때 당연히 장혁주의 의향이 매우 크게 작용했을 것으로 보이는데, 대체로 그 당시 중견작가의 평이 좋았던 단편을 게재했음을 알 수 있다. 이 외에도, 『문학안내』에서는 1937년 1월호부터 4월호까지, 이기영의 「고향」이 고수명(高秀明) 역으로 일부분이 연재된 것도 주목해야 할 사실이다.[14] 또한, 시를 보면 대만 작가인 엽동일(葉冬日)과 양계동(揚啓東)의 작품[15]이, 한국에서는 김용제의 「바닷바람(潮風)」[16]이 각각 실려있다.

마지막으로 대만을 대표하는 작가의 한 명인 양규의 일본어 단편 「번자계(蕃仔鷄)」(36.6)에 대해서 살펴보자. 이 소설은 공장의 선반공이 강제 휴업으로 수입이 끊어지자 그것을 비관한 그의 사랑하는 아내가

---

14) 연재는 『문학안내』폐간으로 중단된다.
15) 2권 5호, 1936.5.
16) 2권 8호, 1936.8.

비참한 자살을 하게 된다는 이야기로, 그것이야말로 프롤레타리아 문학다운 마지막 광채를 일본 문단에서 발휘한 작품이라고 하겠다.

위와 같이 『문학안내』는 일본 국내 프롤레타리아 문학 탄압 이후에 남아있던 진보적 문단에 식민지 출신의 작가를 등용시키면서 이채를 띨 수 있었다고 하겠다.

④ 『문학평론』

『문학평론』지는 프롤레타리아 작가 동맹이 해체된 바로 그 달인 1934년 7월에 창간됐다. 이 잡지는 구 프롤레타리아 문학 계열의 작가들의 작품을 발표하는 매체였는데, 다른 한 편으로는 사회주의 리얼리즘 논쟁의 무대가 된 잡지이기도 하다. 이 잡지는 나우카(ナウカ)[17] 사에서 발행됐으며, 사원 전원이 군기보호법(軍機保護法) 위반으로 검거되서, 1936년 8월호(고리키 추도[追悼]호)를 마지막으로 폐간됐다. 이러한 잡지인만큼 식민지 문학과 그 작가에 대해서 깊은 관심을 보였다. 그 가운데서도 대만의 양규 등이 발행했던 『대만신문학(臺灣新文學)』지(1935.12~37.7)와 제휴 관계였다고 한다.[18]

한국과 관계 된 것은 이북명의 소설 「초진(初陣)」(35.5), 정우상(鄭遇尙)의 소설 「목소리(声)」(35.11), 김용제의 시 「봄은 꿈에서(春は夢から)」(36.5) 등이 게재됐는데, 작품보다 오히려 다음과 같은 평론 문장이 많은 것이 눈에 띈다.

---

17) '나우카'는 '과학'이라는 의미인 러시아어 명사 'наукa'를 뜻한다. 나우카 사는 1931년에 창업해서, 러시아 소련 관계의 서적을 수입했다.

18) 황득시(黃得時) 「만근의 대만문학운동사(輓近の臺灣文學運動史)」 『대만문학(臺灣文学)』2-4, 1942.10 겨울호, 6쪽.

김두용: 「사회주의적 리얼리즘인가 ×××리얼리즘인가(社會主義的リ
          アリズムか×××リアリズムか)」, 1935.6. (2권 7호)
이조민(李朝民): 「조선 문단의 현상(朝鮮文壇の現狀)」, 상동.
박승극(朴勝極): 「조선과 문학─1935년 문단의 회고─(朝鮮と文學─
          一九三五年文壇の回顧─)」, 1936.1. (3권 1호)
金子和[19]: 「현대 소설에 비친 조선적 현실─장혁주론─(現代小說に
          映じた朝鮮的現實─張赫宙論─)」, 1936.1~2. (3권1, 2호)
김용제   : 「「지하도의 봄」에 대해서(「地下道の春」について)」,
          1936.7. (3권 7호)
장혁주   : 「고리키의 명랑함(ゴルキイの明るさ)」,1936.8. (3권 8호)

또한, 이 외에도 다이라 하치로(平八郎)「김용제의 시(金龍濟の詩)」
(36.6), 미야모토 겐지(宮本顯治)「이치가야에서(市ケ谷より)」(김용제에
게 보낸 편지)(36.9)등, 일본인과 활발히 교류했음을 알 수 있는 문장
도 보인다.

그런데 『문학평론』의 가장 큰 특징은 대만의 일본어 작가에 대한
높은 관심일 것이다. 특히, 전술한 양규는 『문학평론』소설 응모에 단
편 「신문배달부(新聞配達夫)」(34.10)가 입선되면서 등장한 작가이기도
하다. 양규는 니혼대학(日本大学)에 유학한 후 대만에 돌아가 농민운동
에 종사하는 한편, 1932년 『대만신민보(臺灣新民報)』에 「신문배달부」
를 연재하고 있었다. 그러던 중 연재를 중단할 수밖에 없게 되자, 2년
후에 미발표 부분을 보충해서 『문학평론』소설 응모에 보낸 것이다. 이
소설의 당선으로 양규는 일본 문단에 등장한 최초의 대만인 작가가 되
었다. 그러한 의미에서 조선의 장혁주와도 대비할 수 있는 작가이다.
장혁주 자신도 그것을 충분히 의식했던 모양으로, 도쿠나가 스나오(德

─────────────

19) 김삼규(金三奎)의 일본어 필명.

永直)가 장혁주와 양규를 나란히 비교하면서 서로 경쟁하는 것이 좋다는 식의 발언을 하자마자[20], 그에 대해서 다음과 같이 반발하고 있다.

조선인과 대만인 어느 쪽이 더 많이 발금 처분을 받고 구속당하는지를 보자는 식의 말투를 흘리는 것은 심히 식민지인을 업신여긴 것이 아닌지요. 저는 구태여 양규 씨가 대만인이라서 경쟁하고 싶지는 않습니다.[21]

여기에는 식민지 작가에 대한 일본인의 전형적인 의식이 투영돼 있다고 할 수 있는데, 그것은 프롤레타리아 작가 도쿠나가라고 해도 별반 다르지 않았음을 시사하는 것이기도 하다.

그런데, 「신문배달부」는 양규 자신이 일본에서 고학 생활을 했던 체험이 담겨 있는 단편으로, 몰락한 일가 문중의 기대를 한 몸에 받고 동경에 온 대만 청년이 신문배달을 시작하지만, 배달점 주인의 무리한 구매자 확대 요구를 만족시켜 주지 못하고 해고되자마자, 일본인 동료의 조언으로 노동 운동가와 알게 돼서, 어떤 결의를 안고서 대만으로 돌아간다고 하는 내용이다. 상당히 과격한 계급의식을 전면에 내세운 작품인만큼 복자(覆字)도 많다. 하지만, 그래도 일단 게재가 허용된 것은, 발표 매체가 검열이 보다 더 엄격했던 식민지 대만이 아니라, 일본 잡지였기 때문에 가능했다고 할 수 있다. 양규는 이 외에도 3편의 평론 문장[22]에서도 격렬한 비판 의식을 드러낸다.

---

20) 도쿠나가 스나오「프롤레타리아 문단의 사람들(プロレタリア文壇の人々)」『行動』 1934.12, 200-201쪽.

21) 장혁주「나에게 대망하는 사람들에게—도쿠나가 스나오 씨에게 보내는 편지—(私に待望する人々へ—德永直氏に送る手紙—)」『행동(行動)』1935.2, 190쪽.

22) 양규 「얌전빼 예술관을 배격한다(お上品な芸術観を排す)」1935.5, 2권 5호 상동「대만문단의 근정(台湾文壇の近情)」, 1935.11, 2권 12호

이 「신문배달부」에 자극을 받고 쓴 것이, 같은 대만인 작가 여혁약의 일본어 소설「달구지(牛車)」(35.1)이며, 여혁약은 이 작품으로 실질적인 등단을 하게 된다. 여혁약은 다카미 준(高見順)이 그 작풍으로 보면 장혁주와 닮았다고 평한 작가이다.[23] 이 소설의 내용은, 소달구지를 끄는 사내가 화물 자동차의 출현으로 일이 격감해서, 아내는 매춘까지 하게 되고, 자신도 좀도둑질을 해서 잡힌다는 내용으로, 일본의 식민지 지배 및 근대화의 모순의 일면을 그리고 있다. 이처럼 『문학평론』은 사회 비판적인 작품을 적극적으로 게재하고 있다.

한편, 중국 관계에서도 뇌석유의 시「가랑비(細雨)」(35.5), 노신(魯迅)의 수필「춘말한담(春末閒談)」(36.7), 그리고 가지 와타루(鹿地旦)의 「상해통신(上海通信)」(36.3, 4, 6) 등이 눈길을 끈다.

이상과 같이 『문학평론』은 2년 정도의 짧은 기간이었지만, 한국과 대만과 관련된 문학을 비교적 많이 지면에 소개하고 있음을 알 수 있다.

⑤ 『문예(文藝)』

『문예』지는 개조사가 발행한 일반 문예지로 프롤레타리아 문학 사조 퇴조와 함께 도래한 이른바 '문예부흥' 움직임 가운데서 속속 간행된 『문학계(文學界)』, 『행동(行動)』등과 시기를 같이 하는 문예지 가운데 하나이다. 1933년 11월에 창간된 『문예』는 확실한 재정 기반을 바

상동「문평상 심사위원 제씨에게 보낸다(文評賞審査委員諸氏に与ふ)」, 1936.3, 3권 3호

23) 다카미 준(高見順)「대만 소설의 총평－1943년 상반기 대만문학(臺灣の小說の総評 －昭和一八年上半期の臺灣文學)」『대만공론(臺灣公論)』1943.8.

탕으로 이후 1944년 7월 폐간까지 가장 권위가 있는 상업 문예지로서, 특히 해외 문학 소개에도 힘을 쏟았다.

이 잡지에도 식민지 출신으로는 장혁주가 작품을 가장 많이 발표하고 있다. 다음에 열거하는 작품은 대부분이 단편소설이다.

「갈보(ガルボウ)」(34.3), 「장례식 밤에 생긴 일(葬式の夜の出来事)」(34.8), 「열엿샛날달밤에 (十六夜に)」(34.11), 「우열한(愚劣漢)」(35.4), 「애원의 동산(愛怨の園)」(37.5), 「분위기(雰圍氣)」(38.6), 「가토 기요마사(加藤清正)」(39.1)[24], 「욕심의심(欲心疑心)」(40.7)

1936년에 장혁주는 동경에 와서 영주(永住)하게 되는데, 상기한 소설에서도 한국에 살던 당시에 시골의 풍속을 그렸던 작품보다는, 도일 이후에 쓴 작품이 문학적 수준이 대체적으로 높다고 할 수 있다. 그 외에도 장혁주는 앙케이트나 대담을 포함하면 1933~42년 사이에 전부 13편의 문장을 게재하고 있는데, 그 가운데는 한국인의 '결함'을 다뤄서 물의를 일으킨 「조선의 지식인에게 호소한다(朝鮮の知識人に訴ふ)」(39.2)도 포함돼 있다.

한편 1940년 7월호 『문예』는 「조선문학특집(朝鮮文學特輯)」으로 꾸며진다. 여기에는 4편의 단편 소설이 실리는데, 열거해 보면 장혁주의 「욕심의심(欲心疑心)」, 유진오의 「여름(夏)」, 이효석의 「아련한 빛(ほのかな光)」, 김사량의 「풀숲 깊숙이(草深し)」로, 어느 것 하나 떨어지지 않는 역작이 모여 있다고 하겠다.

또한 동시에 다음과 같은 평론도 몇 편인가 실려 있다.

---

24) 동명의 장편소설 시작 부분.

하야시 후사오(林房雄)「조선의 정신(朝鮮の精神)」, 임화(林和)「조선문
학의 환경(朝鮮文學の環境)」, 백철(白鐵)「조선의 작가와 비평가(朝鮮の
作家と批評家)」, 이석훈(李石薰)「조선문학통신(朝鮮文學通信)」[25]

이것을 보면 알 수 있듯이, 이 특집은 상당히 본격적으로 한국문학
을 소개했던 기획이라고 할 수 있다. 특히 일본어 소설에는, 한국 문단
의 이른바 동반자 작가인 유진오와 이효석의 뛰어난 단편에, 2대 일본
어 작가로 불리울 장혁주와 김사량의 2편의 단편을 배치하면서, 바랄
수 있는 최고급 진용의 경쟁작으로 일본인 독자의 주목을 끌었다고 할
수 있다. 내용을 보더라도, 장혁주는 '순수한 일본어 문학 작가'를 목
표로 한 소설가답게, 「욕심의심」에서 한국의 광산 이권을 둘러싸고 주
인공(일본인)의 '욕심'과 그 좌절을 매우 잘 그리고 있다. 유진오는 토
막민의 생활상을, 이효석은 골동품 취미를 갖고 있는 한국인 청년이
고구려의 고도(古刀)에 보이는 집념을, 그리고 김사량은 총독부의 강압
적인 색의 장려 정책에 휘둘리는 시골 사람들의 모습을, 각기 능숙한
일본어로 묘사하고 있다. 1940년이라는 시점에서, 시국에 영합하는 색
채가 거의 없는 오히려 민족의식을 풍기는 작품을 실었다는 사실에 놀
라지 않을 수 없다.

다음으로 『문예』지는 1940년 3월부터 8월에 걸쳐서 한국과 '만주'
의 문학 관계 최신 정보 통신을 거의 매호에 게재한다. 그 가운데 한
국문학 관계의 기사는 백철이 「조선문학통신」을 3, 5, 6월에 쓰고, 7
월호는 앞서 밝혔듯이 이효석이 담당하고 있다. '만주'와 관계된 것은
요시노 하루오(吉野治夫)「만주문학에 대해서(滿州文學について)」(39.5)을

---

25) 이 외에 장혁주의 「촌감 두 가지(寸感二つ)」라는 단평도 실려 있으며, 한 쪽 가득
장혁주의 초상 사진도 실려 있다.

시작으로, 1940년 3, 5~8월호에 「만주문학통신」등이 실려 있다. 1941년 12월호에는 백인계 러시아인 작가 바이코프의 「바이코프 전(バイコフ傳)」도 눈에 띈다. 또한, 오우치 다카오(大內隆雄)가 번역한 전병(田兵)의 「사금부(砂金夫)」(40.4)가 게재되기도 했다.

한편, 대만의 용영종의 단편 「황가(黃家)」(40.11)도 실려 있다. 『문예』는 또한 조선인 학생 일본어 작문 대회의 우수작인 우수영(禹壽榮)의 「수업료(授業料)」(39.6)[26], 이정래(李貞來) 「애국 어린이 부대(愛國子供隊)」[27]에도 지면을 제공하고 있다.

1942년 12월 호에는 그 해 11월 동경에서 개최된 '대동아 공영권' 각지역의 대표를 모아서 개최한 '대동아 문학자 회의' 특집호로, 중국, 몽고, '만주' 대표의 인사와 희의록 전문이 게재된다. 이 회의록을 보면, 한국에서는 이광수(참여시에는 창씨명 香山光郎 사용), 박영희(참여시에는 창씨명 芳村香道)를 시작으로, 대만의 용영종, 장문환 외에, '만주'에서 5명, 몽고에서 1명, 중국에서 10명이 발언하고 있음을 알 수 있다.

마지막으로 김사량의 단편 「도둑(泥棒)」(41.5)에 대해서 간략하게 살펴보면, 이 소설은 좀도둑으로 수감된 사내가 조카딸 춘강(春江)과 서로 육친 간의 애정을 느끼면서도, 유치장이 두 사람 사이를 갈라놓는다고 하는 슬픈 결말의 이야기로, 김사량 자신의 수감 체험을 쉬운 것으로 보이는, 조선인 대학생의 발화를 통해 그러한 상황을 묘사한 수작이다. 이 소설에서 김사량은 일본어 방언까지 구사하고 있다.

태평양 전쟁 발발 때까지 『문예』는 이처럼 시국과 직접 관계없는

---

26) 경성일보 소학생신문이 모집한 조선총독상 작문 경연대회에서 우수상 제1석을 차지했다.
27) 국민총력 조선연맹의 연맹총재상을 수상했다.

구 식민지 작가의 수준 높은 순수 문학 작품을 게재했다고 하는 점에서 특필하기에 충분하다.

⑥ 그 외의 잡지

우선, 1933년 6월부터 1935년 2월 사이에 발행된 『문화집단(文化集團)』지를 살펴보자. 이 잡지는 프롤레타리아 문학 계열의 작가를 중심으로, 자유주의적 작가까지가 결집한 광범위한 이른바 '통일전선' 적인 방향을 모색했던 잡지이다. 이 잡지는 『문학평론』에도 자극을 받고 창간됐다고 하며, 조선의 박승극(朴勝極)이 다음과 같은 글을 싣고 있다.

> 「조선의 문학에 대해서—1919년까지의 문학개관(朝鮮の文學について—1919年迄の文学概観)」, 1934.2.
> 「'농악'과 축음기—조선의 문화('農樂'と蓄音機—朝鮮の文化—)」, 1934.10.
> 「구사카리 로쿠로 '자라다'—조선의 인물을 제재로 한 작품(草刈六郎'育つ'—朝鮮の人物を題材にした作品—)」, 1934.10.

여기 언급된 '구사카리'라는 인물은 조선인 작가로 보이는데, 소설「자라다」는 1934년 7월호에 실려 있다. 이 작품의 내용은 작가의 분신인 주인공의 고난에 찬 반생기이다. 이것을 박승극은 작품이 유력잡지에 발표되지 못해서 장혁주처럼 화제가 되지는 못했지만, 이기영의 「고향」보다 한층 리얼한 식민지 조선의 진실상을 그리고 있다고 평가하고 있는 부분은 주목을 요한다.[28]

---

28) 박승극(朴勝極)「창작 ＜育＞에 대해서(上)(下)」, 『조선일보』1934.11.3～4.

『문화집단』에는, 이 외에도 조선 출신인 이청원(李淸源)의 논문 「조선의 계급 분화에 대해서(朝鮮における階級分化に就いて)」(35.2)와 중국 소설과 시가 각 1편(34.8), 중국 문단 소식이 1편(34.2), 현지보고가 1편(34.4~5) 실려 있다.

다음으로, 1923년에 창간된 당시의 대표적인 종합잡지 『문예춘추(文藝春秋)』지는, 문예란에도 상당히 지면을 할애하고 있었다. 1935년에 제정된 아쿠타가와상은 이 잡지를 발표 무대로 삼고 있었다. 김사량의 「빛 속으로(光の中に)」는 1939년도 아쿠타가와상 후보작에 오른 이후, 다음 해 1940년 3월호에 재 수록된다. 그 외에 이 잡지에는 김사량의 「천마(天馬)」(40.6)와 「향수(鄕愁)」(41.7)가 게재되었는데, 이 2편 모두 식민지 하 조선의 청년 지식인의 갑갑한 심정과 고뇌를 그린 특이한 단편으로, 어느 쪽인가 하면 대중적인 일반 잡지적 성격을 가진 『문예춘추』에 실린 소설 작품 가운데서는 상당히 이채를 띠고 있다고 할 수 있다.

한편, 『신조(新潮)』지는 1904년에 창간된 대표적인 문예잡지로, 1920년대 이후에는 반(反)프롤레타리아 문학의 거점 역할도 하게 되었는데, 비교적 다양한 경향의 문학을 공평하게 다룬 잡지이다. 장혁주는 이 잡지에서 단편 「산 사나이(山男)」(36.1), 희곡「춘향전(春香傳)」(38.4)을 실었으며, 또 신조사에서 단행본으로 희곡·단편집 『춘향진』(38.4)과 문고판 『춘향전』(41.7)을 출판하기도 했다. 또한, 장혁주는 1936~40년 사이에 「조선문단의대표작가(朝鮮文壇の代表作家)」(40.5)와 수필 2편, 앙케트 2회를 게재하고 있다. 그에 비해 김사량은 「벌레(蟲)」(41.7), 「며느리(嫁)」(41.11), 「십장꼽새(親方コブセ)」(42.1) 등, 3편의 단편소설을 쓰고 있는데, 그 외의 글은 보이지 않는다. 『신조』에 실린 조선인 작가의 일본어 작품은 이 정도로, 유력한 문예잡지치고 식민지 출신 작

가에게 그다지 큰 관심을 보이지 않았던 것으로 보인다.

다음으로, 『중앙공론(中央公論)』지는 1899년까지 거슬러 올라갈 수 있는 대표적인 종합잡지인데, 특히 1920년대 이후는 『개조』지와 함께 2대 잡지로서 그 영향력이 매우 컸다. 문학 방면을 보더라도 광범위한 작가층에게 지면을 제공하고 있음을 알 수 있다. 식민지 작가 관계를 보면, 중국의 신진 프롤레타리아 작가였던 대평만(戴平萬)의 「춘천(春泉)」(33.10)이 번역 게재된 것이 주목되고 또한, 대만의 장문환의 단편 「아버지의 얼굴(父の顔)」이 1935년 1월, 많은 응모 작품 가운데서, 선외 가작으로 뽑히지만 실제 작품은 게재되지 않았다.

한국 작가로는 홍종우(게재 당시에는 창씨명 青木洪)의 단편 「민 며느리(ミインメヌリ)」(42.2)가 '신인 소설'로 실려 있으며, 장혁주의 현지보고 「반도 노무자의 연성(半島労務者の錬成)」(42.5)과 수필 「황도 조선의 완성(皇道朝鮮の完成)」(42.10) 등, 일본의 국책에 추종하는 문장이 보이는 정도이다. 한편 장혁주는 '만보산 사건'을 다른 수작 장편 『개간(開墾)』을 중앙공론사에서 출판했다.

『중앙공론(中央公論)』은 그 외에 1931년 10월호에 '선만특집(鮮満特輯)'을 기획하는데, 이것은 만주와 몽고를 중심으로 한 것이다. 『중앙공론』은 본래 외국인의 기고가 많지 않은 것이 특징인데, 게재된 경우를 보면 1930년 이후 식민지 관계의 기사는 전쟁문학으로 대표되는 일본의 국책에 추종하는 문장이 대부분이었다.

마지막으로, 1938년에 창간된 『일본의 풍속(日本の風俗)』지가 1941년 10월호에 기획한 '만주조선대만특집(満州·朝鮮·臺灣特輯)'에 대해서 보면, 이 특집은 태평양 전쟁 발발 직전의 기획으로, '대동아 공영권' 내의 각 지역에 대해 상당한 관심을 보이고 있다. 이 잡지가 원래 풍속을 중심으로 하고 있는 만큼, 특집은 만주, 조선, 대만의 순으로 3편씩 각 지역의 풍속 및 인상기를 일본인이 집필하고 있으며, 그 사이에 다음의 소설을 1편씩 삽입하고 있다.

고정(古丁) [만주] 「피상(皮箱)」/ 김사량 [조선] 「신들의 연회(神々の宴)」/ 용영종 [대만] 「맥(貘)」

이 가운데 「맥」은 대만의 시골에서 펼쳐진 부유한 일가가 몰락하는 모습을 통해서 대만의 폐풍(弊風)을 개탄한 작품이다. 「피상」은 만주의 도회지에서 젊은 여성이 결혼 생활에 실패해서 죽기까지를 그린 것으로, 아직 강하게 남아있던 남존여비 사상을 역시 개탄하고 있다.

그런데 김사량의 「신들의 연회」는 북부 조선의 어느 온천장에 살고 있는 무녀(무당)와 노승 사이의 사건을 경묘(輕妙)한 필치로 그린 작품이다. 상기한 다른 2편과 비교해 보면, 어두운 분위기가 전혀 없으며, 해학이 넘치는 시선으로 삽화처럼 사건을 취급하고 있음을 알 수 있다. 하지만 전 작품을 통해서 이 작가의 한국에 대한 한없는 애정을 느낄 수 있는 작품이다. 이 작품은 본래 『문예수도』에 「산의 신들(山の神々)」(41.7)이라는 수필로 발표됐다고 하는 점은 전술한 바와 같다. 김사량은 이 수필을 양적으로는 3배 정도 더 써서, 제목도 「신들의 연회」로 변경해서 다시 발표했던 것이다.29)

그 외에, 이 특집호에는 아오야기 유타카(靑柳優)의 「조선문학에 대해서(朝鮮文学に就て)」와, 야마다 세이자부로(山田淸三郞) 「만주문학에 대해서(滿州文學に就て)」라고 하는 평론이 각기 약 2쪽 가량의 단문으

---

29) 후일, 창작집 『고향(故鄕)』(1942.4)에 수록될 때, 다시 일부를 고쳐서 수록한다. 그 과정에 대해서는 임전혜가 「「산의 신들」완성까지의 프로세스(「山の神々」完成までのプロセス)」, 『해협(海峽)』2호,1975.7, 45-49쪽에서 상세하게 검토하고 있다.

로 실려 있음을 부기해 둔다.

제3절 끝으로

이상 살펴본 일본 잡지에 게재된 구 식민지 출신 작가와 관련된 문장을 종합해 보면, 다음과 같은 특징을 파악할 수 있다. 즉, 게재 시기를 보면 두 번 정점이 있었다는 것이다.

하나는 1933~35년경으로, 이 시기는 일본 프롤레타리아 문학이 탄압 등으로 쇠퇴하기 시작하는 동시에 프롤레타리아 잔존 세력을 흡수하면서 순수 문학 계열의 작가가 활동을 재개하면서, 이른바 '문예부흥' 기운이 고조됐던 시기였다. 이 때, 새롭게 창간된 『문예수도』, 『문예』, 『문학평론』등의 문예 잡지는 신진 식민지 작가가 작품을 발표할 수 있는 무대를 제공해 줄만한 여유가 있었다. 또한 그 이색적인 작품이 출현하는 것을 고대하는 분위기 속에서, 식민지 각 지역의 작가가 다루는 제재가 일본의 독자층의 관심을 끌 수 있었던 것도 한 몫을 했다. 이 사이의 사정은 박승극이 쓴 다음과 같은 발언을 통해서도 짐작할 수 있다.

> 1934년 일본 내지 문단에서는 식민지 문학에 대해 커다란 관심을 갖기에 이르렀다. 즉, 대만의 양규나 여혁약과 같은 인물이 『문학평론』을 거점으로 창작을 발표한 이후, 프롤레타리아 문학뿐만이 아니라, 일반 작가들이 '식민지 문학'을 중요시 하게 되었다./ 그와 동시에 『문화집단』에 발표된 「育つ(자란다)」도 적지 않은 호평을 얻었다.[30]

---

30) 박승극, 「조선 문단의 회고와 비판—작금의 정황을 주로 해서—」, 『신인문학』 2-3,

또 다른 시기는, 태평양 전쟁 발발을 전후로 한 1939~41년경인데, 이것은 말할 것도 없이 일본의 해외 팽창 정책에 호응한, 동아시아 각지에 대한 시국과 관련된 관심을 통해 설명할 수 있다. 이러한 '불순'한 동기로 비롯된 한국에 대한 관심에 대해서 장혁주는 다음과 같이 비판을 가하고 있다.

조선문학의 번역, 소개가 활발해지고 있다. 최근 근 12개월 사이에 3종류의 번역 출판이 있었으며, 이번 달 잡지만 봐도, 소개, 평론 등 5명의 필자가 쓰고 있다. (중략) 하지만, 만주사변 때에는 조선을, 그리고 이번 사변에서는 만주를, 함께 잊어버린 것과 같은— 이것을 뒤집어 말하자면, 이번 사변에서 갑도 을도, 지나(支那) 사변으로, 지나에 열을 올리고, 그리고 금방 지나에 질리면, 잠시 만주를 떠올리다가, 만주문학에 대해서 말하고, 또 바로 다시 이번에는 조선이 새삼스럽게 다시 상기되는 것과 같은, 이러한 문학자의 정치 관심의, 부박(浮薄)한 일면을 보는 것은 대단히 쓸쓸한 일이다.31)

그런데 이 시기의 실제 작품을 보자면, 의외로 노골적인 국책 추종적인 작품은 거의 없으며, 오히려 각 작가가 고국에 대해 일종의 민족적인 의식을 드러내고 있는 작품이 적지 않다. 게다가, 문학 작품 자체의 수준도 낮지 않은 수작도 많다. 이 시기에는 일본어 문장도 세련되게 변해서, 이러한 점도 일본인 독자들을 끌어들이는 힘으로 작용했다고 할 수 있겠다.

위 두 시기의 특징을 보면, 둘 다 일본 측의 사정과 식민지 작가 측의 의도가 동상이몽과도 같기는 했지만, 서로 부합됐던 상황이 떠오를

1935. 3, 85쪽(10. 동경문단과 조선의 작가).(대체적인 의미)

31) 장혁주, 「조선문학의 유행(朝鮮文學の流行)」, 『아사히신문(朝日新聞)』, 1940. 5. 6.

것이다.

다시 말하자면, 1930년대 전반을 놓고 보자면, 일본 측은 문단이 교체되던 시기였다. 그런만큼 식민지 작가의 이색적인 문학을 '외부 주입'할 필요가 있었던 것이고, 식민지 작가 측은 또한 그 상황을 이용해서 일본 문단에 등장해서, 고국인 식민지의 현실을 호소할 수도 있었다고 하겠다.

다음으로, 1940년을 전후로 한 시기에는, 제국주의 일본의 침략 정책에 따른 식민지 각 지역에 대한 관심을 만족시키기 위해서, 식민지 작가가 동원될 수밖에 없었다. 그런데, 그들은 이것을 이용해서 고국의 현실이나 풍속 등을 쓰면서 간접적이기는 하지만, 자기의 민족적 의식이나 감정을 그 나름대로 새길 수도 있었다.

이러한 상황은 물론 양자가 행복한 관계에 있었다는 것을 의미하는 것은 아니며, 1943년 이후가 되면, 식민지 작가의 작품과 언동은 그 때까지 조금이나마 남아 있던 자유마저 빼앗기게 된다. 이 시기에 이르면, 그들이 쓴 문장의 대부분의 발표 무대는 일본 국내보다는 식민지 각 지역의 현지에서 발행되는 일본어 잡지나 신문 등으로 옮겨가게 되는데, 이는 본고의 범위를 넘어서는 것이다.

한편, 작가와 독자를 매개하는 입장에 있던 일본 국내 잡지의 편집진의 자세에 대해서 생각해 보도록 하자. 우선 생각할 수 있는 것은 그들이 일본 측의 이익을 일단 떠나서 식민지 각 지역을 깊이 있게 이해하기 위해서, 솔선해서 기획을 짜거나 소개하는 등의 적극적인 자세나 일관된 방침이 있었다고는 생각할 수 없다.

끝으로 이번 장에서는 식민지 작가가 쓴 작품의 게재 상황과 그 의미를 고찰하는 것을 목표로 했기 때문에, 작품 자체에 대한 분석이나, 많은 그 외의 잡문 종류의 글을 검토할 수 없었다. 또한, 한국 내나 대

만 등지에서 발행된 일본어 신문, 잡지 등에 게재된 글을 비교 검토하
는 것을 포함한 종합적인 고찰이 앞으로 불가결함을 부언해 두고 싶다.

초출일람

서　론

　廉想渉と張赫宙—朝鮮近代作家の二つの〈生〉と文学,『朝鮮学報』203
　　　輯, 2007. 4.

제 1 부

　제1장: 廉想渉『万歳前』小考,『梅田博之教授古稀記念韓日語文学
　　　論叢』太学社, 2001. 4.

　제2장: 廉想渉〈万歳前〉の人物造型と人間認識,『大谷森繁博士古稀
　　　記念朝鮮文学論叢』, 白帝社, 2002. 3.

　제3장: 1920年代廉想渉小説と日本—再渡日前後の4篇を中心に,『朝
　　　鮮近代文学者と日本』[1999～2001年度科研費基盤研究B(1)
　　　研究成果報告書], サナエ・制作, 2002. 2.

　제4장: 廉想渉の長編小説に見える日本—1930年前後の作品を中心に,
　　　『近代朝鮮文学における日本との関連様相』[1995～97年度科
　　　研費基盤研究B(1)研究成果報告書], 緑蔭書房・制作, 1998. 1.

　제5장: 廉想渉の1930年代中盤長篇小説考—1932~36年を中心に,『朝
　　　鮮学報』199-200輯合併号, 2006. 7.

　제6장: 長篇小説「暁風」(1948年)について『九州産業大学国際文化学
　　　部紀要』32号, 2005. 11.(「朝鮮戦争前後の廉想渉小説につい

て」第1章)

제 2 부
　제1장: 張赫宙の初期長篇作品について，九州大学文学部『史淵』123
　　　　　輯，1986. 3.
　제2장: 李石薫(牧洋)作品考―資料整理を中心に，『朝鮮学報』160輯，
　　　　　1996. 7.
　제3장: 鄭人沢の日本語小説について，『大谷森繁博士還暦記念朝鮮文
　　　　　学論叢』，杉山書店，1992. 2.
　제4장: 日本雑誌에 発表된 旧植民地作家의 文学―1930～45年의 作
　　　　　品을 中心으로，『金英培先生回甲紀念論叢』， 慶雲出版社，
　　　　　1991. 11.

찾아보기

ㅇ

한국근대 知日작가와 그 문학연구

2010년 9월 10일 인쇄
2010년 9월 15일 발행

저 자 시라카와 유타카(白川 豊)
역 자 곽 형 덕
펴낸이 박 현 숙
찍은곳 신화인쇄공사

110-230
서울시 종로구 낙원동 58-1 종로오피스텔 606호
TEL. 764-3018, 764-3019 FAX. 764-3011
E-mail : kpsm80@hanmail.net
펴낸곳 도서출판 **깊 은 샘**
등록번호/제2-69. 등록년월일/1980년 2월 6일

ISBN 978-89-7416-223-8
※ 잘못된 책은 교환해 드립니다.

값 20,000원